KB123528

디지털인문학연구총서

5

조선시대 과거 합격자의
디지털 아카이브와 인적 관계망

이재옥 지음

보고사
BOGOSA

여는 글

　『논어(論語)』「위정편(爲政篇)」에 "옛것을 익혀 새것을 알면 남의 스승이 될 수 있다(子曰溫故而知新이면 可以爲師矣니라)"라는 말이 있다. 즉, 온고지신(溫故知新)으로 바로 디지털 인문학에 딱 어울리는 사자성어이다. 인문학을 익히고, 새로운 정보학을 아는 것이 바로 디지털 인문학이기 때문이다.

　인문지식의 정보화에 관심을 두게 된 것은 1995년 간행된 CD-ROM 『(국역)조선왕조실록』의 영향이었다. 이 시디롬은 한국에서 최초로 간행된 디지털 인문학의 결과물이다. 개인용 컴퓨터의 보급과 함께 인문지식을 컴퓨터로 검색하고 그 결과를 확인하는 일은 나에게 큰 충격으로 다가왔다.

　1993년 문민정부의 탄생과 함께 늦은 나이에 대학을 가게 되었다. 다행히 군대를 다녀와서 남들과 다르게 휴학 없이 꾸준히 4년 동안 학업에 전념하였다. 이때 인생의 스승인 송준호(宋俊浩, 1922~2003) 교수를 만나게 되었다. 송준호 교수는 미국 하버드대학교 교수인 에드워드 와그너(Edward W. Wagner, 1924~2001)와 함께 1966년부터 '조선조 지배 엘리트에 관한 연구'라는 부제가 붙은 "문과(文科) 프로젝트"를 공동 연구하고 있었다. 문과 프로젝트는 조선시대 문과 급제자 전체를 대상으로 하는 연구이다. 문과 종합방목(綜合榜目)에 나오는 급제자 전체를 컴퓨터로 입력하고, 데이터(Data)를 수정 보완하는 일종의 디지털 정본화(定本化) 작업이었다. 김현(金炫) 교수는 이것을 한국에서의 디지털 인문학의 효시라고 말하고 있다.

와그너 교수는 문과 데이터를 매킨토시 컴퓨터를 이용해서 입력하였다. 이 데이터는 표준적인 한자를 사용한 데이터가 아니므로 서울시스템(주) 한국학데이터베이스연구소(소장 김현)의 도움을 받아 파일을 한국의 KS 5601 표준 문자 파일로 전환하였다. 대학을 졸업하고 1997년 가을에 송준호 교수와 같이 문과 프로젝트를 마무리하기 위해서 미국으로 가면서 서울시스템에서 변환해준 문과 데이터 파일(hwp)을 가지고 갔다. 대학원 복학을 위해 1년 만에 귀국을 하였고, 대학원을 수료한 후 동방미디어(주)에 입사하였다. 2001년에 문과 프로젝트의 결과물을 동방미디어에서 CD-ROM으로 간행하였다. 이 일을 계기로 디지털 인문학의 세계로 첫발을 디뎠다.

디지털 인문학 입문은 한국학중앙연구원 한국학대학원에서 『(국역) 조선왕조실록』을 만든 김현 교수가 '인문정보학' 전공을 개설하였고, 이 학과에 입학하면서 시작되었다. 석사 과정과 박사 과정을 통해서 디지털 인문학에 필요한 새로운 기술 등을 배우게 되었다.

이 책은 필자의 박사 학위 논문을 단행본으로 간행한 것이다. 박사 학위 논문은 그 동안 한국에서 진행된 4대 방목(문과·무과·사마·잡과)의 전산화를 자세히 다루었다. 한국학중앙연구원 한국학대학원에서 4개의 방목으로 박사 학위를 배출하였다. 그래서 방목에 대해서 최종적으로 정리할 필요를 느꼈다. 과거 합격자 문헌 자료의 디지털 아카이브 구현으로 방목에 대한 설명과 함께 과거에 대해서도 상술하였다. 과거는 고려 광종부터 조선시대 갑오개혁으로 과거제가 폐지 될 때까지 끊임없이 설행 되었다. 임진왜란 같은 전쟁 중에도 과거는 중단되지 않았다.

방목을 연구하는 과정에서 고려 과거에서 "시학친시(侍學親試)"라는 조선조에는 없는 독특한 시험을 발굴하였고, 조선 과거에서는 문무대거(文武對擧)가 아닌 단독으로 실시된 문과나 무과의 방목을 "단독방목(單獨榜目)"이라고 명명하기도 하였다. 또 문과 종합방목 중에 태조부터 1894년(고종 31)까지 전체 문과 급제자를 수록한 완결본을 새로 발견하기도 하였다. 그리고 고려문과 방목부터 시작하여 조선조 과거방목인 문과·무과·사마·잡과방목까지 현전하는 전 방목에 대한 소장처 목록과 각 과거의 시험 연보 등을 소개하였다. 디지털 아카이브의 내용을 위키(Wiki) 사이트로 구축하였다.

논문을 쓰기 전에는 고려 및 조선시대를 아우르는 문과방목과 조선시대의 무과방목, 사마방목, 잡과방목 전체를 대상 자료로 하였다. 그러나 방목 자료가 방대하고, 합격자와 가족들의 수가 30여 만 명에 이르는 등 너무 많아서 조선시대 문과방목만을 자료로 이용하였다. 과거 합격자 중 문과 급제자를 시맨틱 데이터베이스로 만들었다.

문과방목 자료와 만가보(萬家譜), 사가족보(私家族譜) 자료를 비교하여 인적 관계망을 구현하였다. 각각의 시맨틱 데이터를 분석하고 시각화를 진행하였다. 문과 급제자와 가족들을 포함하면 75,000여 명이고, 중복을 제거하면 6만 여 명에 이른다. 문과 급제자들의 혼인 관계로 관계망을 구현한 결과 28,000여 명(46.7%)이 인척 관계를 맺고 있었다. 문과방목과 만가보를 통합해보고, 문과방목과 사가족보를 통합해서 차이점을 비교해보았다.

한국학중앙연구원에서 서비스하고 있는 "한국역대인물 종합정보시스템"(http://people.aks.ac.kr)을 관리하면서 계속 신규 방목을 찾는 일을 진행하고 있었다. 박사 학위 논문을 완성하고 나서 2018년에 2회분의 문무과 단회방목을 발견하였다. 국립민속박물관에서 1654년(효종 5) 문무과방목을 찾았고, 국립중앙도서관에서 1675년(숙종 1) 문무과방목을 발굴하였다. 본문에 반영하였고, "부록 6. 문무과방목 소장처 목록"에 2회분 방목을 추가하였다. 이로써 한국역대인물 사이트에서 서비스하고 있는 현전 무과방목은 총 160회(전체 800회, 1회분 임란시 무과 단독방목 포함)에 이른다.

이 논문을 쓰기까지 나에게 잊을 수 없는 두 분의 스승이 계시다. 앞서 소개한 고 송준호 교수와 김현 교수이다. 송 교수님은 인문학에 대한 가르침을 주셨고, 김 교수님은 논문 지도와 함께 정보학에 대한 지평을 넓혀 주셨다.

석·박사 과정에서 지도해 주신 손용택, 정치영 교수, 논문 심사 과정에서 편달을 아끼지 않고 가르침을 주신 권오영, 이남희, 강진갑, 원창애 선생님께 감사드린다. 그리고 논문을 작성하는데 기술적인 도움을 준 후배 김바로 선생과 학위 과정 동안 함께한 인문정보학 동학 및 후배 여러분들께도 고마움을 전한다.

졸렬한 글을 "디지털 인문학연구총서" 시리즈로 추천해 주신 연세대학교 허경진 교수님과 이 글을 출판해 준 보고사 김흥국 대표님과 편집부 여러분께도 감사드린다. 끝으로 여기까지 오는 데 힘이 되어 준 돌아가신 아버님과 편찮으신 어머님, 그리고 가족·친지들과 평생의 반려자 이유미, 두 아들 준행·도행에게 감사의 마음을 전한다.

2018년 7월
지은이 이재옥

차례

표목차

그림목차

제1장
서론

1. 연구의 배경 및 목적

이 연구는 조선시대 과거(科擧) 합격자(合格者) 명단인 방목(榜目) 자료를 종합적으로 수록한 데이터베이스의 편찬 방법과 활용에 대한 연구이다. 방목이라는 형태의 문헌 자료, 또는 그 속에 수록된 과거 합격자[1]를 독립적인 정보 단위로만 취급하는 것이 아니라, 그 인물들 한 사람 한 사람이 어떤 혈연적 관계 속에서 배출되었으며, 그 인적 관계망에서 찾을 수 있는 새로운 사실은 무엇인지 탐색할 수 있는, 조선시대 과거 합격자에 대한 디지털 기반의 종합적 연구 환경을 구축하는 것이 이 연구를 통해서 이루고자 하는 목표이다.

조선시대 과거 합격자를 중심으로 한 인적 관계망에 대한 연구는 과거보(科擧譜) 편찬의 형태로 시도된 바 있다. 과거보란 문과(文科)와 무과(武科), 사마시(司馬試), 그리고 중인(中人)들의 진출로인 잡과(雜科)를 포함한 시험의 합격자들의 명단인 방목과 그들이 속한 성관의 족보(族譜)를 연계한 일종의 종합보이다. 송준호(宋俊浩)는 문과방목을 연구하는 과정에서 문과 급제자의 계대 정보를 나열해서 "문과 Pyramid"를 만들었

---

[1] 합격자: 문・무과 홍패식(紅牌式)에는 급제출신자(及第出身者), 사마시 백패식(白牌式)에는 입격자(入格者), 잡과백패식(雜科白牌式)에는 출신자(出身者)로 되어 있다(『대전회통(大典會通)』「예전(禮典)」참고). 이 논문에서는 문・무과는 급제자(及第者)로, 사마・잡과는 합격자(合格者)로 칭한다. 이 모두를 아울러 '합격자'라고 부르기로 한다.

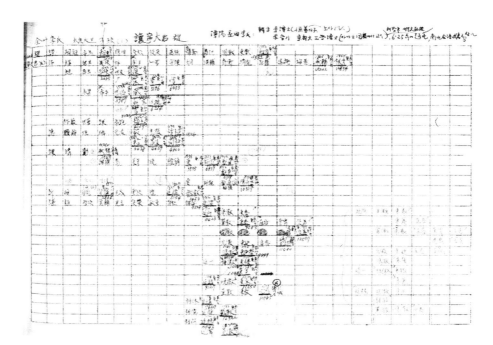

[그림 1-1] 송준호의 문과(文科) 피라미드[전주이씨(全州李氏)]

다.[2] 이것은 조선시대 엘리트들의 인맥을 보여주는 연구로서 유일하지만, 컴퓨터 데이터베이스로 사용하기보다는 데이터의 입출력 도구로만 사용하였기 때문에, 편찬 이후에는 인적 관계의 추가적인 보완이나 오류 수정이 불가능한 한계가 있다.

---

2) 송준호(1922~2003)가 착수한 "문과 Pyramid" 편찬은 그의 사후 아들인 송만오(전주 대학교 교수)에 의해 마무리되었다. 이 연구는 2004년 한국연구재단(NRF) 인문사회 분야 지원과제(과제명: 「조선시대 지배엘리트층의 인맥도 구축을 위한 기초자료의 조사 및 정리」. 2004.9.1.~2007.8.31.)로 수행되었다. 이 과제의 연구팀은 송준호 자료를 3년에 걸쳐 정리함으로써 661개의 성관의 문과 인맥도를 결과물로 완성하였다.(https://www.krm.or.kr/krmts/link.html?dbGubun=SD&m201_id=10006004&res=y)

개별 방목과 그것에 기록된 합격자들에 대한 연구는 여러 사람의
연구자에3) 의해서 연구되었다. 특히 방목 연구의 중심이 되어 온 한
국학중앙연구원 한국학대학원에서는 방목을 연구 자료로 삼은 4개의
박사학위논문이 산출되었다.4)

---

3) 이홍렬, 「文科 設行과 疑獄事件-己卯科獄을 中心으로-」, 『白山學報 第8號·東濱金庠
基博士古稀記念史學論叢』, 白山學會, 1970; Edward W. Wagner, 「韓國學 資料 電算化
에 있어서의 諸問題: 事例報告」, 『한국학자료의 전산화연구』, 한국정신문화연구원,
1982; Edward W. Wagner(저)/이훈상·손숙경(역), 「사회 완충제로서의 과거: 서북
지역의 사례 연구」, 『조선왕조 사회의 성취와 귀속』, 일조각, 2007; Edward W.
Wagner(저)/이훈상·손숙경(역), 「잡과-중인 종족들의 발전과 근대 이후의 운명」, 『조
선왕조 사회의 성취와 귀속』, 일조각, 2007; Edward W. Wagner(저)/이훈상·손숙경
(역), 「조선시대 지배 엘리트들에 대한 정량화 연구」, 『조선왕조 사회의 성취와 귀속』,
일조각, 2007; Edward W. Wagner(저)/이훈상·손숙경(역), 「조선시대 출세의 사다
리」, 『조선왕조 사회의 성취와 귀속』, 일조각, 2007; Edward W. Wagner(저)/이훈
상·손숙경(역), 「조선왕조의 중인 계급에 대한 연구」, 『조선왕조 사회의 성취와 귀속』,
일조각, 2007; 박용운, 「科試 設行과 製述科 及第者」, 『高麗時代 蔭敍制와 科擧制 研究』,
일지사, 1990; 송준호, 「朝鮮時代의 科擧와 兩班 및 良人(Ⅰ)-文科와 生員進士試를 中
心으로 하여-」, 『歷史學報』第69輯, 역사학회, 1976; 송준호, 「科擧制度를 통해서 본
中國과 韓國」, 『朝鮮社會史研究』, 일조각, 1987; 송준호, 「朝鮮後期의 科擧制度」, 『國史
館論叢』第63輯, 國史編纂委員會, 1995; 이성무, 『韓國의 科擧制度』, 집문당, 1994;
조좌호, 『韓國科擧制度史研究』, 범우사, 1996; 김창현, 『朝鮮初期 文科及第者研究』,
일조각, 1999; 차미희, 『朝鮮時代 文科制度研究』, 국학자료원, 1999; 원창애, 「문과
급제자의 전력 분석」, 『조선시대의 과거와 벼슬』, 집문당, 2003; 이남희, 「조선시대
잡과방목의 전산화와 중인 연구」, 『조선시대의 과거와 벼슬』, 집문당, 2003; 정해은,
「조선후기 무과 장원급제자의 관직 진출」, 『조선시대의 과거와 벼슬』, 집문당, 2003;
최진옥, 「조선시대 생원진사시 장원(壯元)의 사환(仕宦)」, 『조선시대의 과거와 벼슬』,
집문당, 2003; 한춘순, 「세조~성종대 과거에 관한 일 고찰」, 『조선시대의 과거와 벼
슬』, 집문당, 2003; 허홍식, 「조선개국과 급제자의 상반된 대응」, 『조선시대의 과거와
벼슬』, 집문당, 2003; 원창애, 「조선시대 문과 중시 급제자 연구」, 『역사와실학』39,
역사실학회, 2009; 이남희, 「장서각『醫八世譜』의 자료적 성격과 특징」, 『장서각』제21
집, 성남: 한국학중앙연구원, 2009; 이남희, 「조선 후기 의과팔세보(醫科八世譜)의 자
료적 특성과 의미」, 『조선시대사학보』제52집, 조선시대사학회, 2010; 한영우, 『과거
(科擧), 출세의 사다리』, 지식산업사, 2012; 박현순, 『조선 후기의 과거(科擧)』, 소명
출판, 2014.
4) 최진옥, 『朝鮮時代 生員 進士 研究』, 한국정신문화연구원 한국학대학원 박사학위논
문, 1994; 원창애, 『朝鮮時代 文科及第者 研究』, 한국정신문화연구원 한국학대학원 박

　이 가운데 원창애(元昌愛)의 문과방목 연구(1996)는 문과방목을 통하여 문과의 운영 실태를 살피고, 문과 급제자들의 전력, 성관, 거주지 분석을 통하여 문과의 법제와 실제라는 측면을 조명하고, 문과 급제자들의 신분·혈연·지연적 지위를 살펴봄으로써 문과의 특성과 기능을 밝힌 연구이다.

　최진옥(崔珍玉)의 사마방목 연구(1994)는 생원진사시의 운영과 합격자의 전력·성관·거주지 분석, 생원진사의 진로와 사회적 배경 등을 분석한 내용을 담고 있다.

　이남희(李南姬)의 잡과방목 연구(1998)는 방목의 분석을 통해 잡과의 운영, 잡과 입격자의 전력과 진로, 성관과 통혼권, 사회적 배경 등을 밝힌 연구이다.

　정해은(鄭海恩)의 무과방목 연구(2002)는 조선 후기의 무과방목을 대상으로, 이 시대 무과급제자의 전력과 거주지, 무과급제자의 성관과 아버지의 지위, 무과급제자의 관직 진출 등을 분석함으로써 무과의 운영 실태와 특징을 밝힌 것이다.

　한편, 조선 전기의 무과방목에 대한 연구는 심승구에 의해 수행된 바 있다. 심승구는『朝鮮前期 武科 硏究』(1994)[5)]를 통해 조선 전기 무과의 성립과 발달, 무과의 내용과 실제, 도시(都試)와 무학(武學)과의 관계, 무과 급제자의 신분과 진출 등을 분석·제시하였다.

　지금까지 이루어진 영역별 방목 연구를 통해, 문과, 무과, 사마, 잡과 등 각각의 분야에서의 엘리트 연구는 어느 정도 그 실체를 파악할

　　사학위논문, 1996; 이남희,『朝鮮時代 雜科入格者 硏究』, 한국정신문화연구원 한국학
　　대학원 박사학위논문, 1998; 정해은,『朝鮮後期 武科及第者 硏究』, 한국정신문화연구
　　원 한국학대학원 박사학위논문, 2002.
　5) 심승구,『朝鮮前期 武科 硏究』, 국민대학교대학원 박사학위논문, 1994.

수 있는 수준에 이르렀다고 할 수 있다. 조선시대 엘리트 연구에서 앞
으로 더 나아가기 위한 과제의 하나는 방목 상의 기록에만 국한하지
않고, 좀 더 넓은 시각에서 과거 합격자들의 인맥을 살필 수 있는 방
법을 찾는 일일 것이다.

　조선시대 과거 합격자의 인적 관계망을 구체적으로 살피기 위해서
는 그들이 속한 가문의 족보를 참고하지 않을 수 없다. 족보는 역사
연구 자료의 하나로 연구자들의 꾸준한 관심을 받아왔다.[6] 그러나 지

---

6) 족보와 관련된 대표적 논문들을 제시하면 다음과 같다.
　　최재석, 「朝鮮時代의 族譜와 同族組織」, 『歷史學報』 81, 역사학회, 1979; 최재석, 「族譜
　에 있어서의 派의 形成」, 『민족문화』 7, 민족문화추진회, 1981; 최재석, 『韓國家族制度史
　研究』, 일지사, 1983; 권영대, 「成化譜攷」, 『學術院論文集』 제20집, 대한민국학술원,
　1981; Edward W. Wagner, 「1476年 安東權氏族譜와 1565年 文化柳氏族譜 -그 性格과
　意味에 대한 考察-」, 『석당논총』, 동아대학교 석당학술원, 1989; Edward W. Wagner
　(저)/이훈상·손숙경(역), 「역사 자료로서의 한국 족보」, 『조선왕조 사회의 성취와 귀속』,
　일조각, 2007; Edward W. Wagner(저)/이훈상·손숙경(역), 「조선전기에 출간된 두
　족보 『안동권씨성화보』와 『문화유씨가정보』 그리고 여성의 지위」, 『조선왕조 사회의
　성취와 귀속』, 일조각, 2007; Edward W. Wagner(저)/이훈상·손숙경(역), 「컴퓨터를
　활용한 동아시아의 지배 엘리트와 이들의 계보에 대한 연구」, 『조선왕조 사회의 성취와
　귀속』, 일조각, 2007; 김용선, 「족보 이전의 가계기록」, 『한국사 시민강좌』 제24집,
　일조각, 1999; 노명호, 「한국사 연구와 족보」, 『한국사 시민강좌』 제24집, 일조각,
　1999; 박원호, 「명·청시대의 중국 족보」, 『한국사 시민강좌』 제24집, 일조각, 1999;
　백승종, 「위조 족보의 유행」, 『한국사 시민강좌』 제24집, 일조각, 1999; 송찬식, 「족보의
　간행」, 『한국사 시민강좌』 제24집, 일조각, 1999; 이기백, 「족보와 현대사회」, 『한국사
　시민강좌』 제24집, 일조각, 1999; 이수건, 「족보와 양반의식」, 『한국사 시민강좌』 제24
　집, 일조각, 1999; 박병련, 「韓國의 傳統社會와 族譜읽기」, 『장서각』 제1집, 한국학중앙
　연구원, 1999. 5; 박용운, 「安東權氏의 사례를 통해 본 高麗社會의 一斷面 -'成化譜'를
　참고로 하여-」, 『역사교육』 94, 역사교육연구회, 2005; 박용운, 「儒州(始寧·文化)柳氏
　의 사례를 통해 본 高麗社會의 一斷面 -'嘉靖譜'를 참고로 하여-」, 『韓國史學報』 24,
　고려사학회, 2009; 박홍갑, 「고성이씨 족보 간행과 그 특징」, 『고성이씨 가문의 인물과
　활동』, 일지사, 2010; 송준호, 「韓國에 있어서의 家系記錄의 歷史와 그 解釋」, 『歷史學報』
　제87집, 역사학회, 1980; 송준호, 「族譜를 통해서 본 韓·中 兩國의 傳統社會」, 『朝鮮社會
　史研究』, 일조각, 1987; 송준호, 「韓國의 譜學, 그 어제와 오늘」, 『朝鮮社會史研究』,
　일조각, 1987; 송준호, 「韓國의 氏族」, 『朝鮮社會史研究』, 일조각, 1987; 송준호, 「韓國

금까지 족보 연구는 동성 혈족인 부계 연구에 치중해 왔기 때문에,[7) 족보를 통해서 살필 수 있는 또 다른 정보, '이성 가문 사이의 혼인 관계'를 파악하는 연구는 상대적으로 미흡하였다.[8)

최근에는 디지털적인 연구방법을 도입한 족보 연구[9)도 활발히 진

의 氏族制에 있어서의 本貫 및 始祖의 問題」, 『朝鮮社會史硏究』, 일조각, 1987; 신명호, 「조선전기 왕실정비와 족보편찬 - 선원록류와 돈녕보첩을 중심으로 -」, 『경기사학』 제2집, 경기사학회, 1998; 김영모, 『朝鮮 支配層 硏究』, 高獻출판부, 2002; 이수건, 『한국의 성씨와 족보』, 서울대학교출판부, 2003; 이희재, 「와그녀의 한국족보 연구」, 『동양예학』, 동양예학회, 2004; 김일환, 「朝鮮後期 王室「八高祖圖」의 성립과정」, 『장서각』 제17집, 한국학중앙연구원, 2007. 6; 원창애, 「조선 후기 선원보첩류의 편찬체제와 그 성격」, 『장서각』 제17집, 한국학중앙연구원, 2007. 6; 권기석, 「15~17세기 族譜의 編制 방식과 성격」, 『규장각』 제30집, 서울대학교 규장각 한국학연구원, 2007. 6; 宮嶋博史, 「『안동권씨성화보』를 통해서 본 한국 족보의 구조적 특성」, 『大東文化硏究』 62, 성균관대학교 대동문화연구원, 2008; 차장섭, 「조선시대 족보의 유형과 특징」, 『역사교육논집』, 역사교육학회, 2010; 권기석, 「한국의 族譜 연구 현황과 과제」, 『한국학논집』 제44집, 계명대학교 한국학연구원, 2011; 권기석, 『족보와 조선 사회』, 태학사, 2011.
7) 전통시대 친족에 관한 연구는 대부분 출계(出系)의 원리를 중시하는 부계혈족에 중점을 두어 왔다. 친족제도의 핵심을 이루는 혼인을 양반의 문제와 결부시킨 연구가 두 방향에서 수행되어 왔다. 하나는 명문(名門)의 동성촌락(同姓村落) 즉, 반촌(班村)의 통혼권(通婚圈)을 조사한 것이고, 다른 하나는 혼인(婚姻)을 통한 조선후기 정치지배층들의 유대관계를 다룬 것이다. 반촌의 통혼권을 조사한 학자로 김택규(1964), 여중철(1975), 최재율(1975) 등이 있다. 혼인을 매개로 한 집단 간의 유대관계는 가와시마 후지야(川島藤也, 1973), 김영모(1977), 핫토리 타미오(服部民夫, 1980) 등의 연구가 있다.(조강희, 『嶺南地方 兩班家門의 婚姻關係』, 경인문화사, 2006, 3~4쪽.)
8) 이재옥, 「婚姻 關係 分析을 위한 族譜 데이터베이스 開發 硏究」, 한국학중앙연구원 한국학대학원 석사학위논문, 2011, 1쪽.
9) 이상호·장훈·이정일·이태규·오영석, 「족보정보 서비스 기술 개발에 관한 연구」, 숭실대학교 생산기술연구소, 1996; 이상호·장훈·김명환·오영석·최인여, 「족보 정보 서비스 기술 개발에 관한 연구」, 숭실대학교 생산기술연구소, 1997; 최훈, 송병화, 「트리 알고리즘을 도입한 Cyber 족보 검색 시스템 설계」, 『한국데이터베이스학회 국제학술대회 2001년도』, 한국데이터베이스학회, 2001. 6; 이월영, 용환승, 「XML 문서를 위한 족보 기반 인덱싱 기법」, 『정보과학회논문지 : 데이타베이스』 제31권 제1호, 한국정보과학회, 2004. 2; 李建植, 「韓國 家系記錄資料의 家系 데이터 모델에 관한 硏究」, 『장서각』 제16집, 한국학중앙연구원, 2006. 12; 서준석, 박진완, 서명석, 「Visual Genealogy : 한국 족보의 거대 데이터를 이용한 시각적 구성」, 『디자인학연구』 제20권 제6호, 한국디자인학회, 2007.11.

행되고 있다. 최근에 발표된 '족보 시각화 서비스'10)는 족보와 문과방목에서 찾은 혼인관계 정보를 시각적으로 표현한 서비스를 포함하고 있다. 이것은 본 논문이 목적하는 바와 유사한 형태의 결과물이라고 할 수 있다. 하지만, 이 연구에서는 그와 같은 유형의 관계 정보를 지속적으로 확장시켜 가는 장치를 마련한 것으로 보이지 않는다.

방목이나 족보와 같이 그 양이 방대하고, 새로운 자료가 지속적으로 발견되거나 디지털 데이터로 전환되어 가는 상황에서는 어느 한 시점에서의 데이터 처리보다는 그 처리를 지속적으로 발전시켜 갈 수 있는 방법을 마련하고, 그 환경 위에서 '확장 가능한'(extensible) 결과물을 산출하는 것이 중요하다.

인문학 연구를 위해 필요한 자료를 일시적으로 집적해서 디지털 신호로 고정화하는 것을 '인문학 자료의 전산화'라고 한다면, 디지털 환경에서 끊임없이 새로운 분석과 해석을 시도하고, 그 결과를 가지고 새로운 데이터를 보충, 보완할 수 있는 환경을 구축하는 것은 이른 바 '디지털 인문학'의 영역에 속하는 일이다.

디지털 인문학이란 정보통신기술(Information & Communication Technology)의 도움을 받아 새로운 방식으로 수행하는 인문학 연구와 교육, 그리고 이와 관계된 창조적인 저작 활동을 일컫는 말이다. 이것은 전통적인 인문학의 주제를 계승하면서 연구 방법 면에서 디지털 기술을 활용하는 연구, 그리고 예전에는 가능하지 않았지만 컴퓨터를 사용함으

---

10) 족보 시각화 서비스, http://what-jokbo-tells.kr
　경희대학교와 성균관대학교의 합동 연구로 진행되었다. 경희대학교 남윤재 교수·유창석 교수·박진홍, 성균관대학교 물리학과 김범준 교수·조우성·박혜진·이미진 등이 팀원으로 참여하였다. 정적인 형태의 시각화 작업은 UCINET의 netdraw와 Gephi를 사용하였다. 기타 자료 가공과 통계 분석 및 시각화는 Python3.4와 Stata12를 사용하였다.

로써 시도할 수 있게 된 새로운 성격의 인문학 연구를 포함한다. 단순히 인문학 연구 대상이 되는 자료를 디지털화 하거나, 연구 결과물을 디지털 형태로 간행하는 것보다는 정보기술의 환경에서 보다 창조적인 인문학 활동을 전개하는 것, 그리고 그것을 디지털 매체를 통해 소통시킴으로써 보다 혁신적으로 인문지식의 재생산을 촉진하는 노력 등이 '디지털 인문학'이라는 새로운 조어의 함의라고 할 수 있다.[11]

미국이나 유럽에서는 로베르토 부사(Roberto Busa, 1913~2011)의 '토마스 아퀴나스 콘코던스'(Thomas Aquinas Concordance)를[12] '디지털 인문학의 효시'로 보지만, 한국학의 영역에서 이루어진 디지털 인문학적 연구의 효시는 에드워드 와그너의 '문과 프로젝트'이다.[13]

미국과 서유럽의 역사학계에서 한국사 연구를 선도한 학자로 잘 알려진 하버드대학의 교수인 와그너는 1967년에 하버드대학교 옌칭연구소의 지원을 받아 그의 한국인 동료 전북대학교 교수인 송준호(宋俊浩)와 함께 문과 급제자 명부인 '문과방목(文科榜目)' 데이터를 디지털 데이터베이스로 편찬하는 프로젝트(Munkwa Project)에 착수하였다. 와그너와 송준호는 이 프로젝트를 통해 14,600명의 문과 급제자와 그의 4조(부·조·증·외조)와 처부(장인)등에 관한 데이터(본관, 성씨, 관직, 거주지 등)를 컴퓨터에 입력하고 이에 대한 종합적인 분석을 시도하였다.[14]

---

11) 김현·임영상·김바로, 『디지털 인문학 입문』, HUEBOOKs, 2016, 17~18쪽; 김현, 「디지털 인문학: 인문학과 문화콘텐츠의 상생 구도에 관한 구상」, 『인문콘텐츠』 29, 인문콘텐츠학회, 2013.
12) 토마스 아퀴나스의 저작을 중심으로 하는 중세 라틴어 텍스트 1,100만 단어의 전문 색인을 전자적인 방법으로 편찬한 디지털 저작물이다.
13) 김현 외, 앞의 책(2016), 18·20쪽.
14) 김현 외, 앞의 책(2016), 18·20쪽.

이 프로젝트는 당시로서는 해결하기 어려운 기술적인 문제(한자 입
출력, 데이터베이스 설계)에 부딪혀, 당초 기대했던 목표의 일부만을 연
구 성과로 산출하는데 머물렀다. 하지만, 반세기 전에 이미 방목과 같
이 방대한 정보를 기초 데이터로 하는 연구를 위해서는 디지털적인 연
구 환경과 연구방법론을 마련해야 한다는 인식을 가졌다는 것은 주목
하고 기억해야 할 일일 것이다.

오늘날의 디지털 인문학[15]은 와그너 시대와 달리 다양한 기술적 편

---

15) 디지털 인문학 관련 대표적인 논문은 다음과 같다.
    A. L. 바라바시(저)/강병남·김기훈(역), 『링크(Linked)』, 동아시아, 2002; Chris
    Kemper, 『Beginning Neo4j』, 뉴욕: Apress, 2015; Dean Allemang·Jim Hendler/
    김성혁·박영택·추윤미 공역, 『온톨로지 개발자를 위한 시맨틱웹』, 파주: 사이텍미디
    어, 2008; Mahesh Lal, 『Neo4j graph data modeling』, UK : Packt Publishing,
    2015; Mizoguchi R./최기선·황도삼 역, 『온톨로지 공학』, 두양사, 2012; Neo4jユー
    ザーグループ, 『グラフ型データベース入門: Neo4jを使う』, 東京 : リックテレコム, 2016;
    Oreilly & Associates Inc, 『Neo4j in action』, Manning Publications, 2014; 강진갑,
    『한국문화유산과 가상현실』, 북코리아, 2007; 김기협, 「기술조건 변화 앞의 역사학과
    역사업」, 『역사학과 지식정보사회』, 서울대학교출판부, 2001; 김유철, 「동아시아의
    지식정보 전통과 '정보화시대'의 역사학」, 『역사학과 지식정보사회』, 서울대학교출판
    부, 2001; 역사학회(편), 『역사학과 지식정보사회』, 서울대학교출판부, 2001; 이영석,
    「디지털 시대의 역사학, 긴장과 적응의 이중주」, 『역사학과 지식정보사회』, 서울대학교
    출판부, 2001; 한상구, 「한국역사 정보화의 방향과 과제」, 『역사학과 지식정보사회』,
    서울대학교출판부, 2001; 김영순·김현 외, 『인문학과 문화콘텐츠』, 다할미디어,
    2006; 김용학, 『사회 연결망 분석』, 박영사, 2003; 김현, 「인문 콘텐츠를 위한 정보학
    연구 추진 방향」, 『인문콘텐츠』 제1호, 인문콘텐츠학회, 2003. 6; 김현, 「電子文化地圖
    開發을 위한 情報編纂技術」, 『인문콘텐츠』 제4호, 인문콘텐츠학회, 2004. 12; 김현,
    「한국 고전적 전산화의 발전 방향-고전 문집 지식 정보 시스템 개발 전략-」, 『민족문
    화』 제28집, 민족문화추진회, 2005; 김현, 「한국학과 정보기술의 학제적 교육 프로그
    램 개발에 관한 연구」, 『민족문화연구』 제43호, 고려대학교 민족문화연구원, 2005.
    12; 김현, 「고문헌 자료 XML 전자문서 편찬 기술에 관한 연구」, 『고문서연구』 제29호,
    한국고문서학회, 2006. 8; 김현, 「향토문화 하이퍼텍스트 구현을 위한 XML 요소 처리
    방안」, 『인문콘텐츠』 제9호, 인문콘텐츠학회, 2007. 06; 김현, 「GIS와 지역 문화 콘텐
    츠의 연계 응용 기술」, 『인문콘텐츠』 제16호, 인문콘텐츠학회, 2009. 11; 김현, 「문화
    콘텐츠, 정보기술 플랫폼, 그곳에서의 인문지식」, 『철학연구』 제90집, 철학연구회,
    2010; 김현, 「고전 자료 정보화 기술」; 김현, 「뉴미디어와 인문지식」; 김현, 「동양학

의를 자유롭게 활용할 수 있는 수준으로 발전하였다. 그 가운데에서
도 데이터베이스 상에서 개별 요소 상호간의 관계를 체계적으로 기술
할 수 있게 하는 온톨로지 설계 기술[16]과 이를 기반으로 하는 시각
화[17] 기술은 방목 합격자를 중심으로 하는 조선시대 엘리트 인적 관
계망 연구에 큰 도움이 될 것으로 기대한다.

본 연구에서는, 이러한 인문정보학 기술을 방목 및 족보 데이터에
실제로 적용해 봄으로써 한국 디지털 인문학의 효시인 와그너의 문과
프로젝트 구상의 실현에 한 걸음 더 다가가고자 한다.

자료 전산화의 구상과 과제」; 김현, 「디지털 정보 시대의 인문학」; 김현, 「문화콘텐츠
와 인문정보학」; 김현, 「역사정보 시스템의 기술적 과제」; 김현, 「인문정보학에 관한
구상」; 김현, 「지식 정보 데이터베이스 편찬을 위한 과제」; 김현, 「하이퍼텍스트와
인문지식 콘텐츠」; 김현, 「한국 고전적 전산화의 성과와 과제」; 김현, 「한국의 전자도
서관과 전자책 출판」(이상 『인문정보학의 모색』, 북코리아, 2012); 김현, 「국립한글박
물관 디지털 아카이브 구축 기본 구상」, 국립한글박물관, 2013: 김현, 「디지털 인문학:
인문학과 문화콘텐츠의 상생 구도에 관한 구상」, 『인문콘텐츠』 29, 인문콘텐츠학회,
2013; 김현, 「한국의 디지털 인문학: 과거, 현재, 그리고 미래」, 제1회 디지털 휴머니
티 국제 심포지엄, 아주대학교, 2014; 인문콘텐츠학회, 『문화콘텐츠 입문』, 북코리아,
2006; 노상규·박진수, 『인터넷 진화의 열쇠 온톨로지』, gods'Toy, 2007; 齊藤孝/최
석두·한상길 역, 『온톨로지 알고리즘 I』, 파주:도서출판 한울, 2008a; 齊藤孝/최석
두·김이겸 역, 『온톨로지 알고리즘 II』, 파주:도서출판 한울, 2008b; 김현·김바로,
「미국 인문학재단(NEH)의 디지털인문학 육성 사업」, 『인문콘텐츠』 제34호, 인문콘텐
츠학회, 2014; 김현승, 「〈문효세자 보양청계병〉 복식 고증과 디지털 콘텐츠화」, 단국
대학교 대학원, 석사학위논문, 2016; 박순, 「고전문학 자료의 디지털 아카이브 편찬
연구」, 연세대학교 대학원, 박사학위논문, 2017.

16) 김현 외, 앞의 책(2016), 164쪽.

17) 데이터의 시각화: 인문학 지식으로 의미를 갖는 데이터의 관계망이나 통계적 수치를
그래프 형태로 시각화하는 것이다.(김현 외, 앞의 책(2016), 136쪽.)

2. 연구의 자료 및 방법

1) 연구 자료

과거(科擧)는 귀족사회에서 관료사회로 가는 척도이다. 본 연구의 1차 자료는 고려시대 이후 조선 말기까지 우리나라에서 시행된 과거 합격자 명단[방목(榜目)]이다.

958년(광종 9), 고려의 광종(光宗)은 쌍기(雙冀)를 지공거(知貢擧)로 삼아서 처음으로 과거를 실시하였다. 당시 과거의 시행을 건의한 쌍기는 당(唐)을 이은 오대(五代)[18]의 마지막 왕조 후주(後周)에서 귀화한 인물이었기 때문에 고려시대 과거는 당의 제도를 차용하였다. 그 후 과거는 왕조가 바뀌거나 전쟁 중에도 그침이 없이 1894년(고종 31)에 폐지될 때까지 937년간 지속되었다.

고려시대와 조선시대 과거의 가장 큰 차이점은 무과의 실시 여부이다. 또 다른 점은 고려시대에는 1회 시험에서 제술과(製述科=進士科)·명경과(明經科)(둘은 조선시대 문과에 해당)[19], 그리고 잡과[20] 등으로 나누어서 실시하였지만, 조선시대에는 여러 시험 즉, 식년시·증광시 등에서 문과·무과·잡과[역(譯)·의(醫)·음양(陰陽)·율(律)] 등 과업별로 시험을 실시하였다. 생원진사시에서 고려시대에는 생원시(生員試)와 진사시(進士試)가 별개로 연도를 달리해서 설행되었지만, 조선시대에

---

18) 오대(五代): 907~960년. 당(唐) 멸망에서 송(宋) 건국에 이르는 기간 동안 화북에 있던 왕조. 후량(後梁)·후당(後唐)·후진(後晉)·후한(後漢)·후주(後周)를 가리킨다.

19) 송준호, 『李朝 生員進士試의 硏究』, 대한민국국회도서관, 1970, 12쪽. 진사과(進士科=製述科)와 명경과(明經科)는 소위 양대업(兩大業, 業은 科라는 뜻)으로 고려 과거의 중심을 이루었는데, 명경과는 진사과처럼 정규적(正規的)으로 설행된 것이 아니라 몇 년 만에 한번 씩 있었으며 선발 인원도 4~5명에 불과하였다. 따라서 고려시대 문과는 진사과를 말하는 것이 관례(慣例)이다.

20) 의(醫)·복(卜)·지리(地理)·율(律)·서(書)·산(算)·삼례(三禮)·삼전(三傳)·하론(何論).(『고려사(高麗史)』 권73, 志 권제27 「선거(選擧)」1)

는 같은 해에 2~3일 차이로 진사시와 생원시가 실시되었다(조선 초 몇
년간은 진사시가 18차례 설행되지 않았다.).

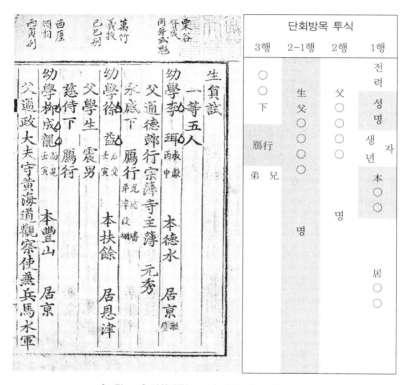

[그림 1-2] 단회방목(1564년 갑자 식년 사마방목)

　　과거 합격자의 명단인 방목은 형태와 내용에 따라 몇 가지로 나누
어 볼 수 있다.

　　형태별로는 크게 세 종류로 나눌 수 있다. 첫째 단회방목(單回榜
目)21)으로 1회의 시험 합격자만을 기록한 것이다. 생원·진사 합격자
들을 기록한 사마방목(司馬榜目)과 문과·무과 급제자들을 기록한 문무

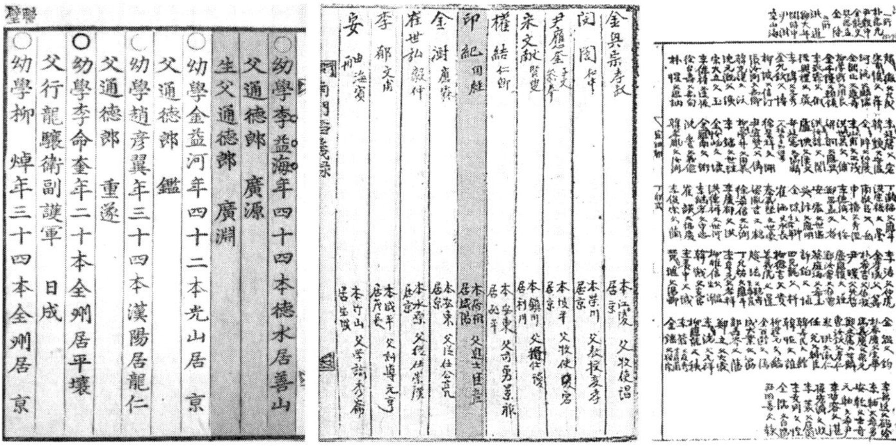

幼學柳焯年三十四本全剛居京
父行龍驤衛副護軍日成
○幼學李命奎年二十本全州居平壤
父通德郞重遂
○幼學趙彦翼年三十四本漢陽居龍仁
父通德郞廣淵
○幼學金益河年四十二本光山居京
父通德郞廣源
○幼學李益海年四十四本德水居善山
生父通德郞廣淵

[그림 1-3] 다양한 단회방목. 1773년 증광 사마(2行), 1531년 식년 사마(1行), 1567년 식년 사마(1張)

과방목(文武科榜目) 등이 여기에 해당한다.

단회방목은 투식(套式)이 존재한다. 1명의 합격자를 기술할 때는 보통 3행으로 기록하고, 생부(生父)가 있을 때는 1행이 늘어난다. 첫 행에는 전력, 성명, 소자쌍행(小字雙行)으로 자와 생년을 적고, 아래에 본관과 거주지를 기록한다. 두 번째 행에는 부의 관직과 이름을 적는데,

---

21) 송준호, 『李朝 生員進士試의 硏究』, 대한민국국회도서관, 1970, 34쪽; Edward W. Wagner, 「韓國學 資料 電算化에 있어서의 諸問題: 事例報告」, 『한국학자료의 전산화 연구』, 한국정신문화연구원, 1982, 111쪽; 에드워드 와그너(저)/ 이훈상·손숙경(역), 「한국학 자료 전산화의 제 문제」, 『조선왕조 사회의 성취와 귀속』, 일조각, 2007, 360쪽에서 송준호·와그너는 한 시험(試驗)이 끝난 후에 그 시험에 급제(及第)한 사람만을 수록(收錄) 간행(刊行)한 방목을 단과방목(單科榜目)이라고 부르고, 조선 초부터 연대순(年代順), 시험순(試驗順), 성적순(成績順)으로 수록한 종합적(綜合的)인 방목을 종합방목(綜合榜目)이라고 말하고 있다.
    이남희, 「朝鮮中期 譯科入格者의 身分에 관한 硏究」, 『청계사학』 4, 한국정신문화연구원 청계사학회, 1987, 139쪽에서 이남희는 위의 단과방목(單科榜目)을 단회방목(單回榜目)이라고 명명(命名)하고, 1회분이라는 의미를 부각시켰다. 그리고 잡과의 각 과목에 따라 연대순, 시험순, 성적순으로 명단을 수록한 방목을 단과방목이라고 이름 지었다.

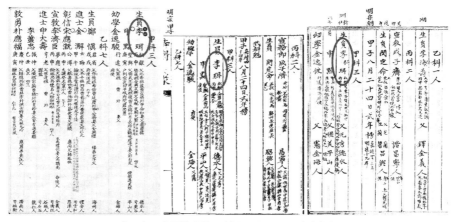

[그림 1-4] 종합방목(규백육본, 국중도본, 장서각본)

관직이 길어서 행을 넘어가기도 하는데, 이때도 1행으로 본다. 세 번째
행에는 부모구존 여부와 안항(鴈行, 형제)을 소자쌍행으로 적는다.

둘째는 종합방목(綜合榜目)으로 합격자들을 연대순·시험순으로 집
성한 책이다. 종합방목이란 명칭은 조선시대에 있었던 것은 아니다.
조선 초부터 문과 급제자를 왕대순으로 시험별, 등위순으로 수록하기
때문에 편의상 부르는 호칭이다. 단회방목에 대응하는 말이다. 문과
급제자들만을 기록한『국조방목(國朝榜目)』또는『국조문과방목(國朝文
科榜目)』,『등과록(登科錄)』과 잡과 합격자를 수록한『잡과방목(雜科榜
目)』이 이에 속한다.

종합방목에는 일정한 투식이 없다. 찬자가 정한 방식에 따라서 기록
하였다.『국조문과방목』(규장각[奎 106], 이하 규백육본)은 종합방목 중
가장 선본(善本)으로,『국조방목』(규장각[奎貴 11655], 이하 규귀중본)과 마
찬가지로 급제자의 부·조부·증조부·외조부·처부 등 가계정보를 충
실하게 적었고,『국조방목』(국립중앙도서관[한古朝26-47], 이하 국중도본)

은 단회방목처럼 부(父)만 기록하였고, 『국조방목』(장서각[K2-3538], 이하 장서각본)은 두 가지를 혼합한 양식이다.

[그림 1-5] 단과방목(역과방목)

[표 1-1] 방목의 종류(형태별, 내용별)

	형태	내용
1	단회방목	문과방목
		무과방목
		사마방목
		잡과방목
2	종합방목	**문과방목**
		잡과방목
3	단과방목	역과방목
		의과방목
		음양과방목
		율과방목
4	**단독방목**	문과방목
		무과방목

셋째는 단과방목(單科榜目)으로 한 시험과목을 집성해 놓은 것이다. 잡과방목의 한 종류인 역과방목(譯科榜目=象院榜目), 의과방목(醫科榜目), 음양과방목(陰陽科榜目=雲科榜目), 율과방목(律科榜目) 등이 있다.

여기에 한 가지를 더 추가하자면 단독방목(單獨榜目)을 들 수 있다. 필자(筆者)가 단독방목이라 부르는 것은 문과나 무과가 대거(對擧)[22]

---

22) 대거(對擧): 문무대거(文武對擧)와 중시대거(重試對擧)가 있다. 문무대거는 문과를 실시하면 반드시 무과를 실시해야 하고, 무과를 설행하면 문과 또한 설행해야 한다. 중시대거는 중시(重試)를 설행하면 반드시 일반 과거[별시(別試)](실록에서는 중시가 아닌 과거를 처음 보는 과거라는 의미로 '초시(初試)'라고 기록하고 있음)를 같이 설행하는 것을 이른다. ※식년시·증광시는 초시(初試)·복시(覆試=會試)·전시(殿試)의 3단계 절차를 거친다. 실록 중시대거에 나오는 초시와 과거 절차상의 초시는 서로 의미가

가 아닌 단독(單獨)으로 실시된 시험의 급제자들을 기록한 방목을 말
한다.23) 조선전기에 무과가 실시되지 않았을 때의 4차례 문과와 최초
의 문과 중시(重試)와 최초의 무과 중시 등 총 6회의 과거, 그리고 임
진왜란 중에 문과 설행 없이 무과만 약 20차례 단독으로 실시한 시
험24)들이 있다.25)

[표 1-2] 조선전기 문과 또는 무과만 단독으로 설행된 과거 시험

	연도	왕년	간지	시험명	문과장원	선발인원	무과장원	선발인원
1	1393	太祖 2	癸酉	式年試	宋介臣	33	×	·
2	1396	太祖 5	丙子	式年試	金益精	33	×	·
3	1399	定宗 1	己卯	式年試	田可植	33	×	·
4	1401	太宗 1	辛巳	增廣試	趙末生	33	×	·
5	1407	太宗 7	丁亥	重試	卞季良	10	×	·
6	1410	太宗 10	庚寅	重試	×	·	尹夏	33

내용별로는 어떤 과거에 합격한 인물을 수록하고 있느냐에 따라서
나눌 수 있다. 고려문과방목, 고려사마방목, 문과방목, 무과방목, 사
마방목, 생원시방목, 진사시방목, 잡과방목, 역과방목, 의과방목, 음
양과방목, 율과방목 등이다.

다르다.

23) 현전하는 단회방목 중에는 앞뒤로 문과와 무과가 나란히 연철(連綴)되어 있는 문무과
    단회방목이 있고, 무과가 없이 문과만으로 구성된 문과 단회방목이 있다. 무과 급제자
    가 너무 많거나 다른 이유로 무과를 누락한 것이다. 이런 문과방목은 단독방목이 아니
    다. 문과방목이라고 표지에 적혀져 있고, 문과 단회방목이다.

24) 『萬曆二十二年甲午正月日別試武科榜目』(연세대학교 학술정보원[고서(Ⅱ) 353.003
    6])은 임진왜란 중인 1594년에 설행된 시험으로 현전(現傳)하는 유일(唯一)한 무과(武
    科) 단독방목(單獨榜目)이다.

25) 임진왜란 중에 실시된 단독 무과에 대해서는 3장 무과방목 2절에서 자세하게 나온다.

[표 1-3] 조선시대 과거 설행 회수와 현전 방목

과거	시험회수	현전방목	비고	수록인원
문과	804	804	100	15,151명
무과	800	160	20	28,342명
생원시	230	193	83.9	20,560명
진사시	212	191	90.1	21,826명
역과	229~231[26]	173	75.2	3,001명
의과	229~231	169	73.5	1,562명
음양과	229~231	102	44.3	882명
율과	229~231	127	55.2	743명

방목 데이터를 분석하기 위해서 다음과 같은 자료를 참고하였다.

고려문과방목은 『고려사(高麗史)』「선거지(選擧志)」와 『증보문헌비고(增補文獻備考)』「고려등과총목(高麗登科總目)」, 그리고 『등과록전편(登科錄前編)』(규장각[古 4650-10]), 『국조방목(國朝榜目)』(규장각[奎 5202]), 『고려문과방목(高麗文科榜目)』(국립중앙도서관[古6024-161]), 『해동용방(海東龍榜)』(국립중앙도서관[古6024-157]), 『국조방목』(국립중앙도서관[古6024-6]), 『국조방목』(장서각[K2-3538]), 『용방회록(龍榜會錄)』(장서각[B13LB-

---

26) 잡과 설행 회수는 논점이 있다. 조선시대 과거에서 식년시는 164회, 증광시(대증광 포함)는 67회로 총 231회이다. 이남희는 『朝鮮後期 雜科中人 硏究』(이회문화사, 1999, 14쪽)에서 1397년(태조 6)부터 잡과를 시작하였다고 한다(『태조실록』11권, 태조 6년(1397) 2월 22일 기사. 태조 때 2번의 식년시에서 잡과는 설행되지 않았다고 추정된다. 그러면 설행 회수는 229회가 되어야 한다. 만약 1397년 잡과가 1396년 병자 식년시의 퇴행(退行)이라면 설행 회수는 230회이다. 하지만 실시 회수를 233회로 상정(詳定)하고 있다. 『태조실록』1권, 태조 1년(1392) 8월 2일 기사에 나오는 "입관보리법(入官補吏法)"에 의하면 잡과를 태조 초부터 실시했다고 여겨진다. 이를 근거로 하면 설행 회수는 231회이다. 최진옥은 「朝鮮時代 雜科設行과 入格者 分析」, 『朝鮮時代 雜科合格者 總覽』(韓國精神文化硏究院, 1990, 14~15쪽)에서 잡과가 처음 실시된 것은 1402년(태종 2)이라고 하였다. 이남희는 한국역대인물 사이트의 『잡과방목(雜科榜目) 해제』(2005)에서 조선시대 잡과는 1399년(정종 1)에 역과, 의과, 음양과, 율과 체제로 정비되었다고 한다(체제 정비를 시험의 시작이라고 간주하였다).

8]) 등을 참고하였다.

문과방목은 『국조문과방목(國朝文科榜目)』(규장각[奎 106]), 『국조방목(國朝榜目)』(규장각[奎貴 11655]), 『등과록(登科錄)』(규장각[古 4650-11]), 『국조방목』(국립중앙도서관[古6024-6]), 『국조방목』(국립중앙도서관[한古朝26-47]), 『국조방목』(서울대학교[일사 351.306 B224]), 『국조방목』(장서각[K2-3538]), 『국조방목』(장서각[K2-3539]), 『등과록』(일본 동양문고[Ⅶ-2-35]), 『해동용방(海東龍榜)』(일본 동경대학 아천문고[G23-176]) 등의 방목들을 연구 자료로 분석하였다.

무과방목은 『조선왕조실록(朝鮮王朝實錄)』(규장각[奎 12725])과 『무과총요(武科摠要)』(장서각[K2-3310]), 그리고 현전하는 160종 무과방목을 참고하였다. 사마방목은 『조선시대(朝鮮時代) 생진시방목(生進試榜目)』 (28책, 국학자료원, 2008.)과 신규 추가된 7회분 중 6회분(1회분은 영인본에 등재)을 포함한 193회분 방목을 저본으로 참고하였다. 잡과방목은 『조선시대(朝鮮時代) 잡과합격자(雜科合格者) 총람(總覽)』(한국정신문화연구원, 1990)과 신규 추가한 2회분의 단회방목을 참고하였다.

본 연구에서 과거 합격자의 인적 관계망을 확장하기 위해 방목과 함께 분석한 1차 자료는 족보이다.

족보는 가계기록(家系記錄) 그 자체를 말하기도 하고, 가계가 기록된 책을 이르기도 한다. 족보는 개인이 속한 씨족(氏族) 집단의 공동의 계보이며 역사이다. 씨족이란 조상(祖上, 부계조상)을 같이하는, 또는 조상이 같다고 믿고 있는, 사람들의 집단인데 한국의 경우 그것은 성(姓)이 같고 본관(本貫)이 같은 사람들의 집단이다.27)

---

27) 송준호, 「韓國에 있어서의 家系記錄의 歷史와 그 解釋」, 『朝鮮社會史研究』, 일조각, 1987, 28쪽.

　　족보는 세로로 쓰여 진 종보(縱譜)보다는 가로로 배치된 횡보(橫譜)가 대부분이다. 족보의 구성은 서(序), 기(記=誌), 선영도(先塋圖), 세계도(世系圖), 범례(凡例)[28], 본보(本譜=世系), 발(跋)로 되어 있다.

　　족보는 본보(本譜)의 방주(旁註)로 기록이 풍성해진다. 이름 옆에 쓰는 방주에는 자(字), 호(號), 생부(生父, 출계에 해당), 생졸년월일, 과거와 관직 이력, 증직, 증시, 묘소의 위치와 좌향 등이 기록되어 있다. 이어서 배우자에 대한 사항이 소개된다. 생졸년, 소속 본관성씨, 부·조부·증조부의 이름과 직위, 외조부의 성명과 본관 및 직위 등을 밝히고, 여서(女壻)의 경우는 성명과 본관, 부명, 자(子), 서(壻) 등이 적혀 있다.

[표 1-4] 족보의 내용에 따른 구분

	개인 중심의 가계기록	가계 중심의 족보
1	家乘	大同譜
2	內外譜	派譜
3	八高祖圖	世譜
4	十六祖圖	萬姓譜
5	十世譜	

　　족보[29]는 내용에 따라 개인 중심의 가계기록과 가계 중심의 족보로 나눌 수 있다. 편찬 주체에 왕실 족보와 사가 족보가 있고, 그리고 독

---

28) 족보의 범례에는 다양한 내용이 들어있다. 자녀의 차서(次序), 즉 기재 순서를 알려준다. 그리고 외손 기재 범위도 적는다. 또 딸과 여서(女壻)의 표시 범위, 적서(嫡庶) 구분도 언급을 한다. 적서의 구별로 부인의 표시를 배(配)와 실(室)로 구분하기도 하고, 또 서자는 취(娶)를 쓰고, 적자는 배(配)를 사용하기도 한다. 단순히 부인을 생실사배(生室死配)로 구분하기도 한다. 이런 내용을 범례에 기록한다.

29) 족보에 대한 자세한 내용은 위키(Wiki) 페이지에 기술되어 있다.(과거 합격자 정보 디지털 아카이브, http://dh.aks.ac.kr/~sonamu5/wiki)

특한 내용을 기술한 특별한 족보가 있다.

[표 1-5] 왕실 족보와 특별한 족보의 종류

	왕실 족보	특별한 족보
1	璿源錄	文譜
2	宗親錄	武譜
3	類附錄	蔭譜
4	加現錄	三班十世譜
5	璿源系譜記略	縉紳八世譜
6	敦寧譜牒	號譜
7	御牒	姓源錄
8	列聖王妃世譜	畵寫兩家譜略
9	列聖八高祖圖	養世系譜
10	璿源續譜	南譜・午譜・北譜

족보 데이터는 조선전기 족보는 『안동권씨성화보(安東權氏成化譜)』(1476)와 『문화유씨가정보(文化柳氏嘉靖譜)』(1565)를 참고하였고, 조선후기 족보는 왕실족보와 사가족보로 나누어서 분석하였다. 왕실족보는 『선원계보기략(璿源系譜紀略)』과 『선원록(璿源錄)』, 『선원속보(璿源續譜)』 등이고, 사가족보는 『만가보(萬家譜)』(광명: 민창문화사, 1992), 『씨족원류(氏族源流)』(서울: 보경문화사, 1992.), 『경주김씨태사공파대동보(慶州金氏太師公派大同譜)』(학문사, 1999), 『기계유씨족보(杞溪兪氏族譜)』(회상사, 1991), 『남양홍씨남양군파세보(南陽洪氏南陽君派世譜)』(회상사, 2003), 『연일정씨문청공파세보(延日鄭氏文淸公派世譜)』(회상사, 1984), 『청송심씨족보(靑松沈氏族譜)』(沈能定 編, 1843, 장서각[B10B-322]), 『청풍김씨세보(淸風金氏世譜)-仁伯派』(장서각[K2-1795]), 『청풍김씨세보(淸風金氏世譜)-興祿派』(장서각[K2-1796]), 『파평윤씨세보(坡平尹氏世譜)』(장서각[K2-1797]), 『평산신씨

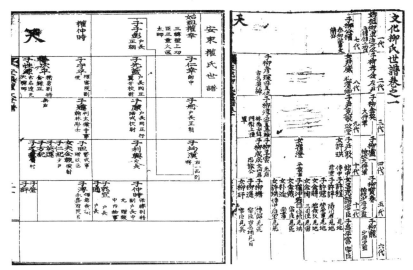

[그림 1-6] 안동권씨성화보와 문화류씨가정보

계보(平山申氏系譜)-正言公派』(장서각[K2-1799]), 『평산신씨문희공파보
(平山申氏文僖公派譜)』(족보문화사, 1997), 『평산신씨세보(平山申氏世譜)-
思簡公派』(장서각[B10B-301]), 『풍산홍씨족보(豊山洪氏族譜)』(洪象漢 編,
1768, 장서각[K2-1802]), 『한산이씨세보(韓山李氏世譜)』(1740, 장서각[K2-
1807]) 등이다.

[표 1-6] 안동권씨성화보와 문화유씨가정보 비교

	『安東權氏成化譜』	『文化柳氏嘉靖譜』[30]
간행년	1476년(성종 7)	1565년(명종 20)
분량	3권 2책	10권 10책
페이지	364쪽	950쪽
수록 인원	9,000	42,000
중복 출현	1,000	10,000

본종 인원	380	1,400
딸의 표기 방법	女夫	女
외손 성 기재	女夫 밑에 성명을 기재, 子는 姓을 생략	본손, 외손 모두 성을 기재
자녀 수록 순서	出生順	出生順
여계 자손 수록	外孫	外孫
입양	0건	126건(본종 7건)
자손 유무	无後 사용	无後 사용
서자녀 유무	0건	0건
재가[後夫] 유무	17건	18건

2) 연구 방법

원시 자료의 디지털화는 단순히 저장 매체의 전환만으로 완수되는 것이 아니라 전자 정보로서의 형식과 구조를 갖춘 데이터로 재편하는 작업을 수반한다.[31] 따라서 방목과 족보의 데이터를 정보화 하고자 하는 본 연구에서는 정보화의 대상인 방목과 족보의 편찬 체계와 그 틀 속에 담긴 데이터의 특성을 면밀하게 분석하여 그에 상응하는 데이터베이스 형식을 설계해야 한다.

대상 세계를 디지털 세계에 재현하기 위해 대상 세계의 존재 양식을 분석하고 그것에 상응하는 디지털 세계의 설계도를 그리는 일을 '온톨로지 설계'라고 한다.[32] 한국학중앙연구원 한국학대학원 인문정

---

30) 이 표는 "에드워드 와그너(저)/ 이훈상·손숙경(역), 『조선왕조 사회의 성취와 귀속』, 서울: 일조각, 2007, 227~240쪽"을 참고하여 정리한 것이다.

31) 김현, 「고문헌 자료 XML 전자문서 편찬 기술에 관한 연구」, 『인문정보학의 모색』, 북코리아, 2012, 541쪽.

32) '온톨로지'란 정보화의 대상이 되는 세계를 전자적으로 표현할 수 있도록 구성한 데이터 기술 체계이다. 원래 온톨로지라는 말은 철학에서 '존재론'이라고 번역되는 용어로서 '존재에 대한 이해를 추구하는 학문'의 의미를 갖는 말이었다. 그러한 용어가 정보과학 분야에서 중요한 개념으로 등장하게 된 것은 인간이 세계를 이해하는 틀과 컴퓨

보학 전공과정에서는 최근 수년간 한국의 역사 자료 데이터베이스 설계를 위해 온톨로지 설계 기술을 활용하는 방법에 대한 연구를 발전시켜 왔고, 그 과정에 다수의 연구 성과가 산출되었다.[33]

온톨로지 설계의 가장 일반적인 방법은 대상 자원을 클래스(class)로 범주화하고, 각각의 클래스에 속하는 개체(individuals)들이 공통의 속성(attribute)을 갖도록 하고, 그 개체들이 다른 개체들과 맺는 관계(relation)를 명시적으로 기술하는 것이다.[34] 온톨로지 기반의 데이터베이스가 만들어지면 그 속에 담긴 요소들의 상관관계를 보이는 데이터 시각화가 용이하게 이루어질 수 있다.

온톨로지 설계의 첫 단계는 정보화 하고자 하는 지식 세계에 어떠한 지식 요소들이 있는지 탐색하고, 그 성격을 분석하는 것이다. 분석후 목록화한 개개의 요소들을 개체(object)라고 하는데, 이 개체가 정보화하고자 하는 지식의 단위 요소(unit)이자, 네트워크에서 관계의 접점이 될 노드(node)가 된다.

다음 단계는 요소들 사이에서 서로 유사한 성격의 것들을 묶어줄 수 있는 범주를 정하는 것이다. 이것을 클래스라고 하고, 클래스 설계

터가 정보화 대상(콘텐츠)을 이해하는 틀 사이에 유사성이 있다고 보았기 때문이다. (김현 외, 앞의 책(2016), 164쪽.)

33) 서소리, 「문화유산 지식 정보 데이터 모델 연구」, 韓國學中央研究院 韓國學大學院 석사학위논문, 2014; 조연수, 「조선시대 화기 정보 모델 연구」, 韓國學中央研究院 韓國學大學院 석사학위논문, 2015; 김하영, 「門中古文書 디지털 아카이브 구현 연구」, 韓國學中央研究院 韓國學大學院 석사학위논문, 2015; 김사현, 「문화유적 안내 정보 모델 연구」, 韓國學中央研究院 韓國學大學院 석사학위논문, 2016; 류인태, 「조선시대 고문서 시맨틱 웹 DB 설계 기초 연구」, 부안김씨 문중 고문서 시맨틱 데이터베이스 모델 설계, 2016 세계한국학대회 발표 논문, 2016.10; 김현·안승준·류인태, 「고문서 연구를 위한 데이터 기술 모델」, 『기록의 생성과 역사의 구성』, 제59회 전국역사학대회, 2016.10.

34) 김현 외, 앞의 책(2016), 164쪽.

는 대상 세계를 무차별적인 사실·사물의 나열로 보지 않고, 일정한 체계 속에서 이해하려는 노력이라고 할 수 있다. 각각의 클래스에 속하는 개체들이 어떤 속성을 갖는지를 살피고, 이 속성을 담을 수 있는 틀, 즉 속성 설계를 한다. 그리고 개체들이 서로 어떠한 연관 관계를 맺고 있는지 분석하여 그 관계성을 표현할 수 있는 서술어를 정한다. 이를 관계성 설계라고 한다.[35]

방목 데이터와 족보 데이터를 대상으로 하는 조선시대 엘리트 온톨로지 설계와 이에 기반을 둔 조선시대 인적 관계망 데이터베이스는 조선시대의 과거 합격자와 그 주변의 인물들이 맺었던 친속 관계의 총체적인 모습을 살피는 데 도움을 줄 것이다.

이러한 취지에서 수행하는 본 연구의 2장에서는 방목(榜目)의 전산화 과정, 한국역대인물 종합정보시스템, 전자족보와 족보 데이터베이스 사이트 등 과거 합격자 자료의 전산화를 조사하여 방목 자료 전산화의 남겨 진 과제가 무엇인지 살피고자 한다.

제3장에서는 지금까지 수집된 과거 합격자 관련 문헌 자료를 종합적으로 분석하고 정리하여 체계적인 디지털 아카이브로 편찬한 조사·연구 과정과 그 결과물을 제시하고자 한다.

제4장에는 과거 합격자 데이터 속에서 인물들 간의 관계를 파악하고 해석할 수 있게 하는 새로운 형태의 데이터베이스 구현 방법에 대한 연구를 담고자 한다. 과거 합격자들의 인적 관계망을 구현할 수 있는 시맨틱 데이터베이스를 위한 온톨로지 설계와 방목-족보 데이터 연계 방안에 대해서 논할 것이다.

제5장에서는 제4장에서 설계·구현한 데이터베이스 틀 안에서 문과

---

35) 김현 외, 앞의 책(2016), 166~170쪽.

방목의 전체 데이터와 만가보와 11개 가문의 사가족보 중 문과 급제 인물 주변의 데이터를 처리하여 조선시대 과거 합격자의 인적 관계망을 구현하고, 그것이 조선시대 사회와 엘리트 연구에 어떠한 기여를 할 수 있는지 살펴보고자 한다.

제2장

과거 합격자 자료의 전산화

1. 방목(榜目)의 전산화

1) 문과 프로젝트(Munkwa Project)

[그림 2-1] CD-ROM (補註)朝鮮文科榜目

하버드대학교 교수 에드워드 와그너(Edward W. Wagner, 1924~2001)와 전북대학교 교수 송준호(宋俊浩, 1922~2003)는 1966년부터 근 40여 년간 "문과(文科) 프로젝트(Munkwa Project)"라는 이름으로 조선시대 문과 급제자를 연구하였다. 이 연구의 부제는 "조선조(朝鮮朝) 지배(支配) 엘리트에 관한 연구(研究)"이다. 이는 문과 급제자를 조선시대 지배 엘리트라고 규정하는 뜻이다. 이 연구의 결과물로 2001년에 『보주(補註) 조선문과방목(朝鮮文科榜目)』(이하 조선문과방목)이 CD-ROM으로 간행되었다.

조선문과방목의 사용설명서의 안내문에서도 송준호(宋俊浩)가 언급하였듯이 조선조의 엘리트에는 문과 급제자 이외에도 무과 급제자 또는 음직, 생원·진사 출신도 있다. 그러나 이들의 비중(比重)은 문과 급

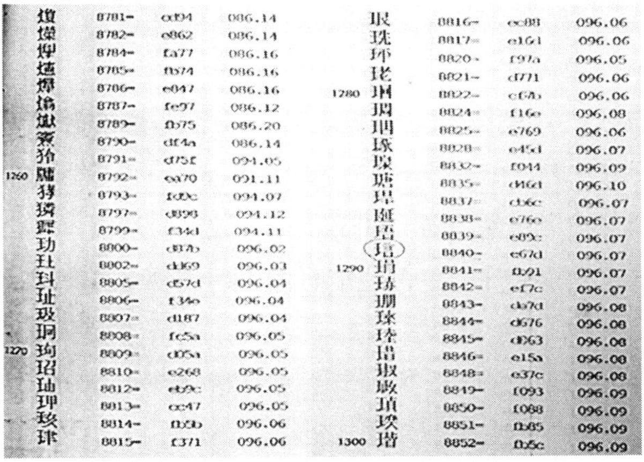

[그림 2-2] 중국의 전신(電信) 부호계(중국전보용한자)

제자에 비할 바가 아니었다. 이는 무과 또는 음직은 자료가 완벽하지 않아서 실체를 파악하기 힘들고, 생원·진사는 문과의 전 단계로 인식하여 배제할 수 없지만, 대과인 문과에 비해서 소과로 불리면서 문과보다는 훨씬 중요도가 떨어진다고 볼 수 있다. 그래서 조선조 지배 엘리트로서 문과 급제자가 대표성(代表性)을 갖는다고 지적하고 있다.[1)]

조선문과방목은 초기에 국회도서관에서 영인한 『국조방목(國朝榜目)』(규장각[奎貴 11655])을 저본으로 삼았다가, 보다 선본(善本)인 『국조문과방목(國朝文科榜目)』(규장각[奎 106])으로 바꾸었다. 초기에 와그너는 문과방목을 컴퓨터에 입력하는 데에서 많은 난관을 만나게 되었다.

한자(漢字)를 직접 입력할 수 없었기 때문에 한자 자료를 부호(符號)로 기입(記入)하고 그것을 다시 펀치 카드(punch card)에 옮겨서 입력

---

1) 송준호, 『補註 朝鮮文科榜目 CD-ROM 사용설명서』, 동방미디어(주), 2001, 12~13쪽.

작업을 하였다. 이 기초 작업에 3~4년이 소요되었다. 한자 데이터를 부호화하는 것이 쉽지 않았기 때문에 가능한 한 알파벳과 숫자로 전환하여 입력하였고, 숫자부호(數字符號)는 인명에만 사용하도록 제한하였다. 이 숫자부호는 중국의 전신(電信) 부호계2)를 차용하였다. 그리고 전체 합격자에게 여섯 자리 숫자로 된 고유한 일련번호를 배정하였다. 순서는 국조방목에 나오는 순서이다. 다음은 성씨(姓氏)의 부호화인데, 문과방목에서 나오는 성씨는 약 125개여서 숫자가 아닌 로마자로 부호화할 수 있었다. 성씨를 제외한 모든 한자는 숫자(4자리)로써 부호화하였다. 시험년은 서기(西紀)로 바꾸었다.3)

[표 2-1] 동음(同音) 성씨 로마자 표현(와그너 부호화)

성	와그너	성	와그너	성	와그너	성	와그너	성	와그너
姜	Kang	盧	No	申	Sin	俞	Yu	丁	Jeng
康	Kaang	魯	Noh	辛	Syn	庚	Yuh	鄭	Jeong
		房	Bang	愼	Sinn	柳	Ryu	趙	Jo
孔	Kong	方	Baang	梁	Ryang	劉	Riu	朱	Ju
公	Kongg			楊	Yang			朱	Ju
		卞	Byen	呂	Rye	任	Im	周	Juh
具	Ku	邊	Byenn	余	Ye	林	Rim	陳	Jin
丘	Kuu	薛	Sel	韋	Wi	全	Jen	秦	Jyn
仇	Kuh	偰	Sell	魏	Wih	田	Jeon	晉	Jinn

문과 프로젝트의 전 과정에서 가장 끈질기게 편찬자들을 괴롭힌 문제는 인명(人名)에 나오는 비정상적인 한자의 입력이었다. 인명에는

---

2) 중국 전신(電信) 부호계(중국전보용한자): 약 9,500개의 한자 하나하나에 4단위 번호를 주어서 만들었다. 일(一)자는 0001, 용(龍)자는 7893이다.

3) Edward W. Wagner, 「韓國學 資料 電算化에 있어서의 諸問題: 事例報告」, 『한국학자료의 전산화연구』, 한국정신문화연구원, 1982, 116~117쪽.

9,500자가 수록된 중국전보용한자책(中國傳報用漢字冊)에도 나오지 않는 글자가 1,000자가 넘을 만큼 많이 들어 있다. 전보용 한자책에는 비교적 많이 사용되는 8,000자가 있고, 거기에 약 1,500자가 추가되어 있는데, 1,500자를 무시하고 그 부분의 번호들에 위 1,000여 자의 비정상적인 한자[벽자(僻字)]를 새로 배정하였다. 입력하기 위한 한자의 부호화에 3~4년, 부호화를 마치고 문과 급제자 입력 작업에 3년 이상이 걸렸다.[4]

문과방목 입력 형태를 보면 성씨는 로마자로, 이름은 전신 부호로 표현되어 있다. 기타 왕명, 시험명, 본관, 거주지는 로마자 약어로 표시하였다.

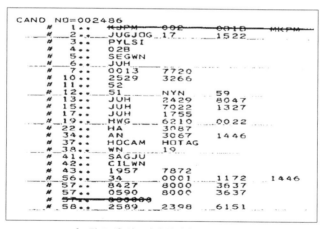

[그림 2-3] 와그너의 문과방목 입력 형태

이 자료를 바탕으로 색인을 출력하였는데, 색인의 순서는 고유 일련번호, 성, 이름, 이름의 전신 부호, 본관, 본관 지역, 거주지, 거주

---

4) Edward W. Wagner, 위의 논문(1982), 118쪽.

지 지역, 시험년, 왕명, 왕년, 시험명, 등위, 만성대동보 출처, 전력
또는 사마, 사마 합격년으로 구성되어 있다.

중국의 전신 부호계로 입력한 데이터는 동명이인(同名異人)이나 동
음이인(同音異人)은 구별할 수 없다. 예를 들면 강세구(姜世龜, 숙종 4년
(1678) 무오 증광시)와 강세구(姜世耉, 숙종 10년(1684) 갑자 식년시)는
KANG SEI KU로 표기하였다.[5]

[그림 2-3] 와그너의 문과방목 색인, 일련번호순 출력(1980년 6월)

1980년대 후반부터 매킨토시(Macintosh)[6] 컴퓨터가 미국의 대학 연
구자들 사이에서 쓰이기 시작하면서, 와그너도 문과 프로젝트를 이
컴퓨터상에서 진행하기 위해 데이터 변환을 시도하였다. 와그너가 매
킨토시를 채용한 이유는 인명에 쓰인 특수한 한자[벽자]의 폰트를 매

---

5) 최진옥, 「韓國史 資料의 電算處理」, 『정신문화연구』 제17권 제3호(통권56호), 한국정
신문화연구원, 1994, 74쪽.

6) 매킨토시(Macintosh): 미국의 애플컴퓨터가 1984년 1월에 발표한 16비트 및 32비트
개인용 컴퓨터의 상품명으로, 아이콘, 메뉴, 마우스 등의 GUI 시스템으로 컴퓨터의
사용을 쉽고 간편하게 하였다.(온라인 참조: 매킨토시, 두산백과, 네이버, http://
terms.naver.com/entry.nhn?docId=1180057&cid=40942&categoryId=32828)

킨토시에서 만들어 쓸 수 있기 때문이었다. 이렇게 만든 한자들은 "W08840"[언(瑄)]식으로 W와 5자리 숫자로 일련번호를 부여하였다.

W08781 (火+眞)	W09869 煇[전]	W03776 玢(분)	W03897 壎(연)	W08825 瑌(연)
W08782 燁(열)	W09870 (火+沓)	W03785 珇(조)	W08115 (王+隼)	W08828 琸(시)
W08784 㷯(학)	W09871 燠[욱]	W03788 珈(가)	W08800 玏(륵)	W08832 瑑(전)
W08785 (火+憲)	W09872 爉(견)	W03818 琚(거)	W08802 玝[보]	W08835 瑝(황)
W08786 (日/燀)	W09873 爗(벽)	W03849 琠(전)	W08805 珨[두]	W08837 瑲(한)
W08787 爀(흑)	W09874 爈(렬)	W03851 琱(소)	W08806 珆(이)	W08838 瑡(연)
W08789 (火+獻)	◆ 片 ◆	W03857 㻦(류)	W08807 (王+及)	W08839 瑤(오)
W08790 (烍/一)	W09792 爚(율)	W03859 瑨(진)	W08808 珦(향)	W08840 瑄(선)
W09856 (火+夐)	◆ 大 ◆	W03861 瑴(각)	W08809 䂂(구)	W08841 瑻(곤)
W09857 烅(훈)	W03712 㺱(전)	W03865 瑽(종)	W08810 珣(순)	W08842 (王+赤)
W09858 㷇(선)	W03716 㺳(의)	W03887 璲(수)	W08812 珼[유]	W08843 瑒(창)
W09859 炛(광)	W03755 㺵(광)	W03868 璆(구)	W08813 琄(견)	W08844 琄(갱)
W09860 (火+光)	W03794 瑓(기)	W03870 璈(오)	W08814 (王+亥)	W08845 (王+奎)
W09861 炑(요)	W08791 炡(령)	W03873 璐(로)	W08815 琎(진)	W08846 瑎[석]
W09862 (火+玉)	W08793 㺾(변)	W03879 璠(번)	W08816 琩(창)	W08848 瑓(욱)
W09863 烝(김)	W08797 㺿(린)	W03882 璝(회)	W08817 玼(자)	W08849 (王+群)
W09864 㷀(식)	W08799 (爿+犀)	W03885 璗(탕)	W08820 珘(종)	W08850 瑝[정]
W09866 燩(용)	◆ 玉 ◆	W03888 璸(빈)	W08821 琭(록)	W08851 (王+止)
W09867 熮(료)	W03771 玕(간)	W03893 瓛(환)	W08822 瑰(괴)	W08852 瑎(해)
W09868 爏(태)	W03775 玠(개)	W03896 璥(경)	W08824 琭(조)	

[그림 2-4] 와그너 코드 한자

문과 프로젝트의 목적은 크게 세 가지였다. 첫째는 문과 급제자들의 씨족(氏族) 및 지역적(地域的) 배경(背景)과 관련지어 조사 분석하여 조선시대 엘리트층에 관한 구체적인 측면을 파악하는 것이다. 둘째는 문과제도(文科制度) 그 자체의 운영(運營) 과정에서 나타나는 여러 가지 측면을 연구하는 것이고, 셋째는 문과 급제자에 관한 정확하고 완전(完全)한 색인(索引)을 편찬하는 일이다.[7] 이를 위해 와그너와 송준호(宋俊浩)는 문과방목의 기사 중에 누락된 부분을 보충하고, 잘못된 부분을 시정(是正)하기 위해서 광범위한 조사 작업에 전력(全力)을 기울였다. 송준호는 사마방목을 수집하여 그것을 엘리트 연구에 최대한으로 이용(利用)할 수 있도록 조사 분류하고 정리하였다. 와그너는 하버드옌칭도서관에

---

7) Edward W. Wagner, 위의 논문(1982), 114~115쪽.

있는 문집(文集), 족보(族譜), 읍지(邑誌)를 조사하여 문과 급제자들에 관한 개인별 신상 카드(Edit slip) 약 1만여 매(枚)를 작성하였다.[8]

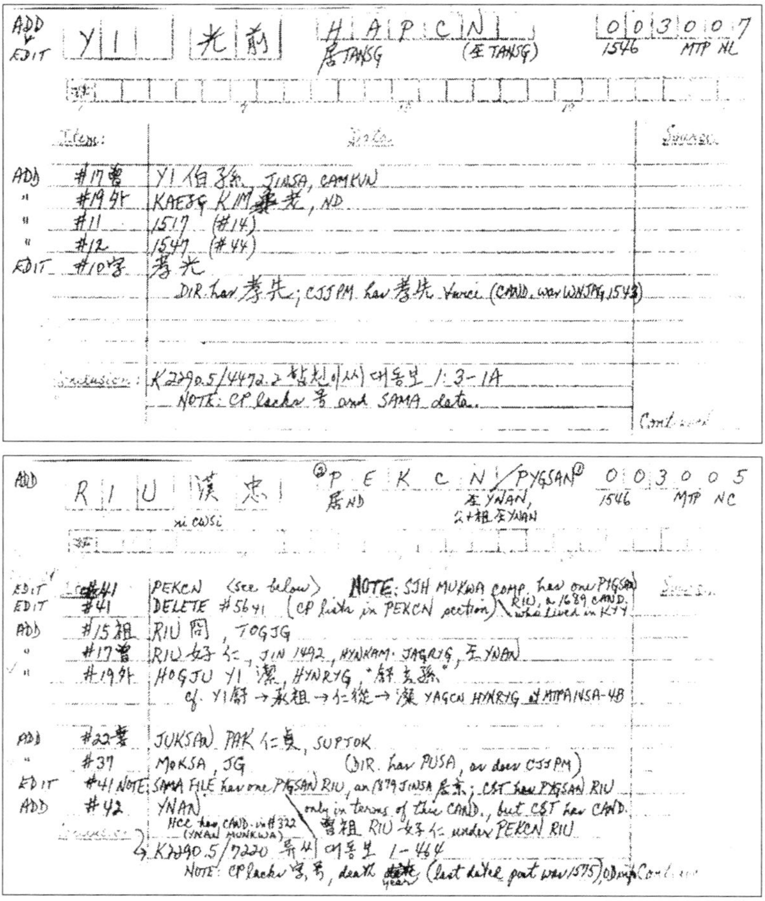

[그림 2-5] 와그너가 작성한 문과 급제자 신상 카드(劉漢忠·李光前)

8) Edward W. Wagner, 위의 논문(1982), 121~122쪽.

조선문과방목은 조선시대 문과 급제자 전체를 수록한 일종의 종합 방목으로 문과방목 데이터에 족보 등에서 자료를 보충하였기 때문에 문과방목의 원본보다 많은 내용이 들어있다. 와그너가 매킨토시에 정리한 내용의 순서는 자료(資料)의 출처, 왕대년도, 시험의 종류, 등위, 전자(前資=전력), 성(姓)과 명(名), 개명(改名), 일작(一作), 자(字), 생년(生年), 졸년(卒年), 부(父), 조(祖), 증조(曾祖), 외조(外祖), 외조의 본관(本貫), 처부(妻父), 처부의 본관, 생부(生父), 생조(生祖), 생증조(生曾祖), 생외조(生外祖), 생외조의 본관, 처2(妻二), 처2의 본관, 직력(職歷), 소과(小科), 중시(重試), 잡록(雜錄), 본관, 거주지(居住地), 호(號), 시호(諡號), 가족과거, 제담(諸談, 에피소드) 등이었다. 항목의 번호가 예외 사항을 염두에 두고 부여해서 총 58개 항목9)에 이르렀다. 그러나 처부3, 처부4에 대한 항목은 존재하지 않았다.

매킨토시 파일로 작성된 문과방목 데이터는 표준적인 한자 부호계를 사용한 것이 아니기 때문에 데이터베이스의 공개나 공동 작업에 의한 데이터 확장이 불가능하였다. 와그너는 이 문제를 해결하기 위해

---

9) 58개 항목 중 주요 항목들.

번호	항목	번호	항목	번호	항목
1	資料	13	父	34	妻二
2	王	15	祖	36	本貫
3	試類	17	曾	37	職歷
4	科位	19	外祖	38	小科
5	前資	21	本貫	39	重試
6	姓	22	妻父	40	雜錄
7	名	24	本貫	41	本貫
8	改名	25	生父	42	居住
9	一作	27	生祖	43	號
10	字	29	生曾	44	諡號
11	生年	31	生外	57	家科
12	卒年	33	本貫	58	諸談

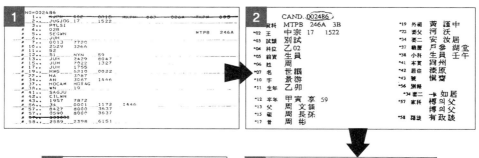

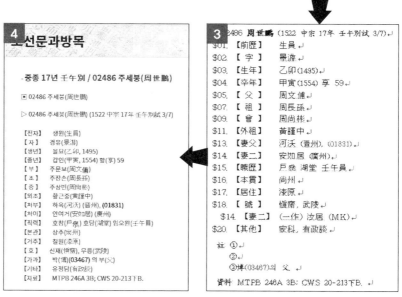

[그림 2-6] 와그너·송 문과 프로젝트 데이터 변환 과정

① 한자 대용으로 중국의 전신 부호계 사용.
② 한자 변환 후의 출력 데이터.(출처:『디지털 인문학 입문』, HUEBOOKs, 2016, 309쪽.)
③ 아래아한글(HWP) 파일로 정리된 모습.
④ CD-ROM 조선문과방목 검색 화면.

서울시스템(주) 한국학데이터베이스연구소(소장 김현)의 도움을 받아
매킨토시 파일을 한국의 KS 5601 표준 문자 부호계 파일로 전환하였
다.10) 이 때 KS 5601이 지원하지 않는 한자들은 당시 서울시스템(주)

에서 조선왕조실록 데이터베이스 편찬을 위해 제정한 KSX 코드 한자
로 변환하였다. 김현(金炫) 소장은 후속 작업으로 이 데이터를 ISO
10646 국제표준문자부호계 데이터로 전환하고 정보 검색이 가능한
온라인 데이터베이스로 구축하여 데이터 수정 작업 과정에서 참고할
수 있도록 하였으며,[11] 데이터의 수정 작업이 용이하도록 이 데이터
를 다시 '아래아한글(HWP)' 파일로 변환하여 와그너·송준호 및 당시
에 송준호를 도와 문과 데이터 검토 작업에 관여하였던 본 필자(筆者:
李載玉)에게 제공하였다.

　필자는 1997년 가을부터 1년간 송준호(宋俊浩)와 함께 미국의 하버
드대학에 체류하면서 와그너·송준호 양인을 도와 문과 데이터의 검
토 보완 작업을 보조하였고, 귀국 후 이 데이터를 CD-ROM으로 간행
하는 과정에서는 데이터베이스 최종적인 정리 작업을 주관하였다. 이
때 필자는 와그너 데이터의 58개 항목을 통폐합하여 20개[12]로 간략
하게 만들었다. 이 데이터를 기반으로 한 조선문과방목 데이터베이스
는 2001년 동방미디어(주)에서 CD-ROM으로 간행하였으며,[13] 현재
사이트 라이선스 방식으로 온라인상에서 서비스되고 있다.[14]

　디지털 텍스트로 편찬된 『조선문과방목』은 단순히 옛 방목 자료의
디지털 전환에 그치는 것은 아니다. 많은 곳에서 문과방목의 오류를
수정하고 이것을 보주(補註)를 통해서 설명하고 있다. 와그너, 송준호

---

10) 와그너가 김현 소장에게 보낸 서신(1994.09.12.) 참조.(온라인 참조: 1994년 조선문과방
　　목 전산화 자료-Wagner(와그너) to 김현, 바로바로's Blog, http://www.ddokbaro.
　　com/3934)
11) 문과방목 데이터의 최초의 온라인 서비스 시스템이라고 할 수 있는 이 데이터베이스
　　는 서울시스템의 서버 상에서 한시적으로 운영되었다. 당시 와그너와 송준호는 문과
　　방목 데이터가 더 많이 수정, 보완되어야 된다고 생각하고 이 데이터베이스의 완전
　　공개를 유보하였다.
12) 20개 항목.

두 사람은 자료를 찾고, 정리하는 데 많은 시간을 소요하였고, 이를 정리하는 보주 작업을 늦게 시작하였기 때문에 생전(生前)에 이 작업을 마무리하지 못하였다. 『조선문과방목』의 보주가 조선 초기에 그친 것은 그 이유 때문이다. 조선 중·후기 과거 합격자에 대해서는 보주를 달지 않았지만, 개별 방목 사이에서 기록의 차이를 보이는 항목에는 "일작(一作)" 정보를 추가하여 그 차이를 설명하고 있다. 또한 급제의 이름을 발견할 수 있는 많은 자료들을[15] "출전"으로 적어서 연구자들이 참고할 수 있도록 하였다.

번호	항목	번호	항목
\$1	前資	\$11	外祖(本貫)
\$2	字	\$12	生外祖(本貫)
\$3	生年	\$13	妻父(本貫)
\$4	卒年	\$14	妻2(本貫)
\$5	父	\$15	職歷, 小科, 重試, 雜錄
\$6	生父	\$16	本貫
\$7	祖	\$17	居住
\$8	生祖	\$18	號
\$9	曾	\$19	諡號
\$10	生曾	\$20	家科, 諸談(妻3·妻4)

13) CD-ROM 『(補註)朝鮮文科榜目』(2001).

14) 조선문과방목, KoreaA2Z, 동방미디어주식회사, http://aks.koreaa2z.com/viewer.php?seq=285#7

15) 『교남과방록(嶠南科榜錄)』;『교남지(嶠南誌)』;『국조문과방목(國朝文科榜目)』(규장각[奎 106]);『국조방목(國朝榜目)』(국립중앙도서관[한古朝26-47]);『국조방목』(규장각[奎貴 11655]);『국조인물고(國朝人物考)』;『국조인물지(國朝人物志)』;『동국여지승람(東國輿地勝覽)』;『등과록(登科錄)』;『만성대동보(萬姓大同譜)』;『만성대동보』續編;『만성대동보』上·下;『문화유씨가정보(文化柳氏 嘉靖譜)』(1565年刊);『백씨통보(百氏通譜)』;『성원록(姓源錄)』(中人);『성원록』續編;『씨족원류(氏族源流)』(보경문화사, 1992.);『안동권씨성화보(安東權氏成化譜)』(1476年刊);『전고대방(典故大方)』;『조선사(朝鮮史)』(日本語);『선원록(璿源錄)』(민창문화사, 1992.);『조선왕조실록(朝鮮王朝實錄)』(국사편찬위원회본);『조선인명사서(朝鮮人名辭書)』 부록의『국조방목』;『청송심씨족보(靑松沈氏族譜)』(1649年刊);『한국계행보(韓國系行譜)』(보고사, 1992.);『한국인명대사전(韓國人名大辭典)』;『한국인(韓國人)의 족보(族譜)』;『호남지(湖南誌)』

서론에서 소개한 송준호의 "문과 Pyramid"는 바로 『조선문과방목』
의 편찬 과정에서 만들어진 결과물 가운데 하나이다. 문과 피라미드
는 문과 급제자를 중심으로 자·손 중에 문과 급제자가 있는 경우, 그
계보를 족보처럼 그린 것이다.

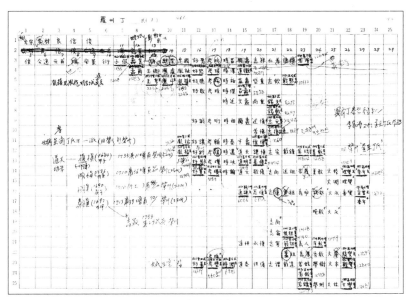

[그림 2-7] 문과 피라미드[나주정씨(羅州丁氏)]

2) 잡과방목의 전산화[16]

한국정신문화연구원(현 한국학중앙연구원)에서는 문과 프로젝트의
영향을 받아서 1984년 역사연구실의 프로젝트로 한국사 자료 전산화
사업을 시작하였다. 초기에는 산업연구원의 메인프레임 컴퓨터를 서

---

16) 잡과방목의 전산화에 대해서는 이 작업을 실제로 수행한 이남희의 저술(이남희, 『역
사문화학』, 북코리아, 2016, 249~278쪽)에 쓰인 내용을 참고하여 서술하였다.

[그림 2-8] CD-ROM 잡과방목

버로 하고, 이것과 연결된 터미널을 한국정신문화연구원에 설치하여, 이 터미널 상에서 데이터를 입력하는 방식으로 진행하였다. 이러한 방식으로 진행된 방목 전산화 사업의 첫 번째 결과물이 1990년에 『朝鮮時代 雜科合格者 總覽』이란 제목으로 간행된 데이터 리스트였다.

잡과방목은 조선시대 기술관(역관 · 의관 · 천문관 · 율관)[17] 선발 시험인 잡과 합격자 명부이다. 방목의 전산화 작업은 연구책임자 이성무(李成茂) 교수와 공동 연구자 최진옥(崔珍玉) · 김희복(金喜福)이 참여하였고, 기술적인 문제는 산업연구원의 도움을 받았다.

전산화는 ① 자료의 수집과 분석, ② 워크시트 작성, ③ 시스템 개발, ④ 입력 및 교정, ⑤ 통계 처리, ⑥ 계보도 작성 등의 순서로 진행되었다. 계보도는 성관(姓貫) 중 5대(代) 이상 가계가 이어지거나 20명 이상 합격자를 배출한 61개 성관을 작성하였다. 간행된 책에는 과별 연대순, 과별 본관성씨별, 전체 본관성씨별, 가나다순으로 출력하였다. 잡과 합격자 7,600여 명에 대한 인명사전의 기능도 지니고 있다.

산업연구원 서버의 데이터로 만들어진 초기 잡과 데이터는 CD-ROM 간행을 추진하면서 서울시스템으로 이관되어 데이터 변환과 함께 수록 정보 전체에 대한 교정, 교열 과정을 거쳤다. 이때의 편

---

17) 이성무, 「朝鮮初期의 技術官과 그 地位」, 『惠庵柳洪烈博士華甲紀念論叢』, 惠庵柳洪烈博士華甲紀念論叢刊行會, 1971, 204~205쪽.

찬 과정은 잡과방목 전문 연구자이자 당시 서울시스템에서 조선왕조
실록 데이터베이스 편찬 프로젝트에 참여하고 있던 이남희(李南姬)가
주도하였으며, 그 결과물은 1995년 8월 CD-ROM으로 간행되었다.
그 후 2002년에 이 데이터베이스는 동방미디어(주)에서 CD-ROM으
로 재간행[18] 되었으며, 다시 2005년에 한국학중앙연구원의 한국역대
인물 종합정보시스템(이하 한국역대인물)에서 데이터베이스로 재구축
하여 온라인 서비스를 시작하였다.

3) 사마방목의 전산화[19]

사마방목은 생원·진사시 합격자 명부이다. 한국정신문화연구원은
1986년부터 이 자료의 전산화를 추진하였다. 사마방목은 활자본이 많
아 판독이 용이하고, 기재된 내용도 단순하지만, 자료가 집성되어 있
지 않고 단회방목 형태로 국내외 도서관에 산재(散在)되어 있어 자료.
수집에 어려움이 많았다고 한다.

조선시대 생원·진사시의 설행 회수는 생원시가 230회이다. 이 중
수집된 사마방목은 186회분이고, 수록된 인원은 40,600여 명이다. 사
마방목의 자료 수집에는 하버드대학 와그너의 도움이 컸다. 와그너는
1985년 2학기에 객원교수로 초빙되어서 한국학대학원에서 강의를 하
였다. 한국에 오면서 하버드옌칭도서관에 있는 사마방목을 복사해서
가져왔고, 이를 전산화 자료로 제공하였다.

사마방목에는 잡과방목에 없는 전력(前歷, 시험 볼 당시의 신분), 거주

---

18) 동방미디어(주)에서 재간행된 CD-ROM『雜科榜目』(2002)은 본 필자(筆者)가 데이터
편찬을 담당하였다.
19) 사마방목의 전산화에 대해서는 이 작업을 주도한 최진옥의 논문(崔珍玉,「韓國史 資料
의 電算處理」,『정신문화연구』17권 3호(통권 56호), 1994. 77~88쪽.) 및 이남희의
『역사문화학』(2016)을 참고하여 서술하였다.

[그림 2-9] CD-ROM 사마방목

지, 시험과목, 등위, 부모의 생존 여부 등이 기록되어 있지만, 전체적으로 두 방목의 형태에 유사성이 많아 데이터 입력 및 교정 프로그램은 잡과방목에 사용하던 것을 그대로 사용하였다. 워크시트 작성을 생략하여 시간, 인력, 예산을 절감할 수 있었다.

한편 당시에는 이미 PC의 사용이 일반화되어 가던 때였기 때문에 산업연구원 서버를 이용하던 작업 방식이 생산적이지 않다는 문제 제기가 있었고, 그 결과 산업연구원 서버와 연결된 터미널을 철수하였다. 데이터 입력 프로그램과 기입력 데이터는 IBM PC용으로 변환되었지만, 이 과정에서의 작업 중단 및 문자 코드 변환 오류 등의 문제가 발생하여, 사마방목 데이터베이스 편찬 사업은 많은 어려움을 겪으면서 수행되었다.

사마방목은 데이터 편찬 과정에서 데이터의 전산 입력뿐만 아니라 각 항목에 대한 통계 작업을 병행하였다. 생원 진사 총 40,649명에 대해, 590여 곳의 본관, 170여 종의 성씨, 880여 개의 관직명 등 다양한 기준으로 통계 작업을 실시하여 조선시대 생원 진사를 설명하는 데 다양한 수치를 제공하였다.

총 186회분의 사마방목 전산 데이터는 잡과방목과 마찬가지로 서울시스템(주)에서 인수하여 CD-ROM 편찬을 추진하였다. 1997년에 서울시스템(주)은 사마방목 CD-ROM을 간행하였으며, 이 데이터는 2005년에 한국학중앙연구원의 한국역대인물 데이터베이스에 편입되었다.

4) 문과방목의 전산화

한국정신문화연구원은 와그너·송준호의 문과 프로젝트가 진행 중임을 고려하여, 그것과의 중복을 피해 잡과방목, 사마방목의 전산화를 우선 추진하였다. 그러나 와그너·송 문과 데이터베이스의 간행이 늦어지자 별도의 문과방목 데이터베이스 편찬을 결정하고 1992년에 입력 작업을 시작하였다.

문과방목은 『국조방목(國朝榜目)』(규장각[奎貴 11655])[20]과 『국조문과방목(國朝文科榜目)』(규장각[奎 106])[21]으로 영인 출판되어서 자료 수집이 잡과방목이나 사마방목만큼 어렵지 않았고, 급제자 수 또한 14,000여 명으로 사마방목에 비해 적었기 때문에 작업량도 많은 편이 아니었다.

문과방목은 잡과방목이나 사마방목의 경우와 달리 CD-ROM 편찬 과정을 거치지 않은 체, 바로 인터넷 상에서의 온라인 서비스를 시작하였다. 한국정신문화연구원은 1997년에 문과방목 데이터의 온라인 서비스를 시작하였다.

5) 무과방목의 전산화

무과방목은 다른 세 방목(문과, 사마, 잡과)의 경우와 달리 한국정신문화연구원 등 기관 차원의 독립적인 정보화 프로젝트를 통해서 전산

---

20) 『국조방목(國朝榜目)』: 대한민국국회도서관(大韓民國國會圖書館)에서 1971년 1책으로 상하 2단 축쇄 영인되었다. 저본은 규장각한국학연구원 소장 2종 방목으로 조선조는 『국조방목』(규장각[奎貴 11655])이고 고려조는 『국조방목』(규장각[奎 5202])이다.

21) 『국조문과방목(國朝文科榜目)』: 태학사(太學社)에서 1984년 4책(1책은 색인)으로 영인하였다. 저본은 규장각한국학연구원 소장 3종 방목으로 조선조 전반부는 태조 2년부터 영조 50년까지는 『국조문과방목』(규장각[奎 106])을, 후반부 영조 50년부터 고종 31년까지는 『국조방목』(규장각[奎貴 11655])을 저본으로 하고 있다. 고려조는 『국조방목』(규장각[奎 5202])이다.

화되지 않았다. 최초의 무과방목 데이터 온라인 서비스는 2005년에 한국학중앙연구원의 한국역대인물 서비스의 일환으로 무과 급제 인물에 관한 자료를 제공한 것이다.

이 서비스는 무과방목 전문 연구자였던 정해은(鄭海恩)22)이 연구 목적으로 수집, 정리한 132회분(2회분은 출처만 제시)의 무과방목 자료를 제공함으로써 이루어졌다. 그 이후 한국학중앙연구원 한국역대인물 운영진은 해마다 무과방목 데이터의 증보 업무를 수행하여 2018년 현재까지 30회분의 무과방목 데이터를 추가로 수집, 축적하였고, 이를 한국역대인물 서비스의 일부로 제공하고 있다.

[그림 2-10] 엠파스한국학지식 홈페이지

한국학중앙연구원은 2005년 한국학 자료에 대한 온라인 이용을 확대시키고자 포털 사이트를 통한 데이터 서비스를 추진하였고, 그 일

---

22) 정해은, 『朝鮮後期 武科及第者 硏究』, 한국정신문화연구원 한국학대학원 박사학위논문, 2002.

[그림 2-11] 한국역대인물 종합정보시스템 화면

환으로 문과방목 데이터도 포털을 통한 서비스를 시행하게 되었다.

2005년 1월 17일에 오픈한 '엠파스 한국학지식'23)의 '역사와 인물' 항목에서 '조선의 방목'이란 이름으로 문과방목을 서비스하였다. 엠파스는 2007년 11월에 SK커뮤니케이션즈와 통합하였고, 2009년 2월 28일부로 네이트(nate)로 통합되면서, '엠파스 한국학지식'은 '네이트 한국학'으로 재탄생하였다. 그러나 9년 만인 2014년 1월부터 네이트에서 '네이트 한국학'의 서비스를 중단하였다.24)

---

23) 엠파스 한국학지식, 엠파스, http://koreandb.empas.com(온라인 참조: 엠파스, '한국학 지식 서비스' 제공, 아이뉴스24, http://news.naver.com/main/read.nhn?mode=LSD&mid=sec&sid1=105&oid=031&aid=0000053459)

2. 한국역대인물 종합정보시스템

한국학중앙연구원에서는 2005년도 '지식정보자원관리사업'으로 "전근대인물 종합정보시스템 구축 사업"을 수행하였다. 이를 통해 4종의 방목, 즉 문과방목, 무과방목, 사마방목, 잡과방목 데이터를 데이터베이스로 구축하고 12월부터 인터넷으로 온라인 서비스[25]를 시작하였다.

[표 2-2] 각 방목의 연도별 전산화 내용

	방목	연도	사업명 및 방목명	사업 내용	비고
1	문과 방목	2001	CD-ROM (補註)朝鮮文科榜目	14,608	중시·파방 제외
		1997	한국학중앙연구원 전산화	15,151	
		2005	엠파스 한국학지식	15,151	서비스 중단
		2005	전근대인물 종합정보시스템 구축 사업	15,151	804회분
2	무과 방목	2005	전근대인물 종합정보시스템 구축 사업	약 10,000	58회분
		2008	장서각 소장 인물자료 DB 구축 사업	약 10,000	54회분
		2009	장서각 소장 인물자료 DB 구축 사업	약 2,500	14회분
		2010	장서각 소장 인물자료 DB 구축 사업	약 1,500	17회분
		2013	1599년 기해춘정시용호방목 1599년 기해추별시방목 1679년 기미정시방	377	3회분 추가
		2014	1525년 가정4년을유문무과방목 1546년 가정25년병오문[무]과식년방 1546년 가정25년병오문[무]과중시방 1577년 만력5년정축무과별시방목 1603년 계묘춘별시방 1635년 숭정8년을해알성문과방목 1665년 강희4년별시문과방목	868	8회분 추가

---

24) 이재옥, 「조선시대 문무과 재급제 현황과 재급제자 조사 (1)」, 『장서각』 32집, 한국학중앙연구원, 2014, 173~174쪽.

25) 한국역대인물 종합정보시스템, 한국학중앙연구원, http://people.aks.ac.kr

			1795년 숭정3을묘추정시문무과방목		
		2015	1705년 을유증광별시문무과방목 1710년 경인춘당대정시방목 1798년 숭정3무오식년문무과전시방목	133	3회분 추가
		2017	1687년 정묘식년문과방목	108	1회분 추가
		2018	1654년 갑오식년문무과방목 1675년 을묘식년문무과방목	96	2회분 추가
3	사마 방목	1997	CD-ROM 사마방목	40,649	186회분
		2005	전근대인물 종합정보시스템 구축 사업	400	2회분 추가
		2010	장서각 소장 인물자료 DB 구축사업	1,000	5회분 추가
4	잡과 방목	1990	『朝鮮時代 雜科合格者 總覽』 간행	7,750	도서
		2002	CD-ROM 잡과방목	7,750	
		2005	전근대인물 종합정보시스템 구축사업	7,750	
		2010	장서각 소장 인물자료 DB 구축사업	24	1회분 추가
		2014	1546년 가정25년 병오10월 초8일 문무과 식년방	41	1회분 추가
5	고려 문과	2008	장서각 소장 인물자료 DB 구축사업	1,536	
6	고려 사마	2011	『登科錄前編』	433	

　　2005년에 사업을 시작한 후 무과방목은 30회분의 방목을 새로 발굴하여 추가하였고, 사마방목은 7회분의 방목을 신규로 추가하였다.[26] 잡과방목도 2회분의 단회방목을 발견하여서 새로 추가하였다. 2008년에는 고려문과방목을 사이트에 추가 구축하였고, 2011년에는 고려사마방목을 추가하였다.

---

26) 이재옥, 「조선시대 무과 재급제 현황과 재급제자 조사」, 『장서각』 35집, 한국학중앙연구원, 2016, 214~242쪽.

[표 2-3] 한국역대인물 종합정보시스템 과거 테이블 칼럼명

	칼럼명	의미		칼럼명	의미
1	EXM_ID	ID	22	FAMILY_ID	성 ID
2	CLASS_NAME	과거명	23	FAMILY_NAME	성(姓)
3	CLASS_CODE	과거 ID	24	FAMILY_NAME_GANADA	성 가나다
4	EXM_NAME	시험명	25	EXM_PASS_GRADE	등급
5	KING_NAME	왕명	26	EXM_PASS_RANK	등위
6	KING_YEAR	왕년	27	RESIDENCE	거주지
7	EXM_GANJI	시험년간지	28	FIRST_GOV	전력(前歷)
8	EXM_YEAR	시험년서기	29	FATHER_NAME	부명(父名)
9	IDENTIFY	고유 ID	30	XML	XML 문서
10	FULLNAME	성명(姓名)	31	MODIFY_DATE	수정일
11	FULLNAME_GANADA	성명가나다	32	UCI	UCI
12	FIRST_NAME	초명(初名)	33	EXM_TYPE	시험 유형
13	TRAN_NAME	개명(改名)	34	EXM_PASS_TRANK	시험 전체 순위
14	JA	자(字)	35	EXM_MONTH	시험월
15	HO	호(號)	36	EXM_DAY	시험일
16	SIHO	시호(諡號)	37	EXM_DAY_YMDL	시험 연월일
17	BIRTH_YEAR	생년 서기	38	EST_YN	방목 현존 여부
18	DEATH_YEAR	졸년 서기	39	EST_ID	방목 현존 ID
19	ORIGIN_ID	본관 ID	40	BANGMOK	방목 유형명
20	ORIGIN_NAME	본관(本貫)	41	BANGMOK_ID	방목 유형 ID
21	ORIGIN_NAME_GANADA	본관가나다	42	EXM_TYPE_ID	시험 유형 ID

한국역대인물에서는 방목 자료에 나오는 모든 합격자들을 XML(eXtensible Markup Language) 문서로 만들어 데이터베이스를 구축하였다. 데이터베이스 관리시스템(Database Management System, DBMS)에 연결된 웹 관리기를 통해서 수정 보완을 하고 있다. 원전 방

목에서 누락된 항목(조부·증조부·외조부·처부 등)들과 졸년, 자·호 등을 자료(墓道文字 또는 族譜 등)를 참고하여 추가하고 있다. 이는 수정 요청을 하는 다양한 이용자들의 집단지성(集團知性)27)에 많은 도움을 받고 있다. 이로써 한국역대인물의 방목이 보다 더 충실해지고 있다.

한국역대인물에서는 디렉토리분류 메뉴를 통해서 과거 합격자들을 왕대별, 성관별, 시험종류별로 서비스를 하고 있다. 왕대별은 방목에 나오는 순서대로 보여주는 것이고, 성관별은 본관성씨별로 합격자들을 열람할 수 있게 해 준다. 시험종류별은 문과·무과의 다양한 시험들을 종류별로 선택해서 확인할 수 있다. 콘텐츠색인이란 메뉴에서 자·호 색인을 이용하여 합격자를 검색할 수 있다. 또 서비스 사용권이 확보된 방목에 대해서는 원본 이미지를 서비스하고 있다.

3. 전자족보와 족보 데이터베이스

1) 전자족보(電子族譜)28)

한국에서의 족보의 전산화는 두 방향으로 진행되어 왔다고 할 수 있다. 하나는 컴퓨터를 이용하여 단순하게 족보를 열람하는 전자 족보의 편찬이고, 다른 하나는 족보 전산화를 통해 학술적인 연구의 도움을 얻으려는 족보 데이터베이스 편찬이다.

전자 족보는 책자형 족보를 전산 조판으로 출판하는 과정에서 생긴 데이터의 활용에서 시작하였다. 즉, 전산 조판 결과물인 족보 데이터

---

27) 양창진, 「조선시대 무과 급제자 정보화 사례 연구 - 집단지성에 의한 사료의 복원」, 『東洋古典硏究』 제56집, 동양고전학회, 2014.9.
28) 이재옥, 「婚姻 關係 分析을 위한 族譜 데이터베이스 開發 硏究」, 韓國學中央硏究院 韓國學大學院 석사학위논문, 2011, 12~15쪽.

를 CD-ROM이나 DVD에 기록하여 책과 함께 보급한 것이 그 초기 형태라고 할 수 있다. 그러다가 CD 대신 인터넷이 주도적인 디지털 미디어로 부상하자 CD-ROM 족보는 자연스럽게 인터넷 족보로 형태를 바꾸게 되었다.

인터넷 족보는 책자형 족보 제작을 위주로 하는 족보 출판사에 의해 편찬되고 있다. 반면에 족보 데이터를 연구 자원으로 활용하기 위한 데이터베이스 구축은 대학교나 공공기관을 중심으로 추진된다.

검색과 열람에 목적을 두고 서비스 하는 인터넷 족보는 인터넷에 연결된 컴퓨터가 있으면 언제든지 자신이 속한 가문의 족보를 열람할 수 있게 만든 장치이다. 검색 즉시 자신의 뿌리를 찾을 수 있는 기술을 제공하고, 한자와 족보를 잘 모르는 후손들도 신속하게 조상을 찾을 수 있도록 도와준다.

인터넷족보 제작사 중 하나인 뿌리정보미디어[29]의 전자족보를 예로 들어 우리나라 인터넷 족보의 일반적인 형태를 보기로 한다. 뿌리정보미디어는 현재 300여 개 문중의 족보 발간, CD-ROM 및 인터넷 족보 구축, 종친회 홈페이지 제작 등의 사업을 수행하고 있다. 조사 결과 111개의 종친회 홈페이지에는 대부분 "인터넷족보"가 있었다. 아래 그림[30]에 족보 구축 흐름도를 보면, 인터넷족보를 만들기 위해서는 먼저 종친회 홈페이지를 개설하고, 홈페이지에서 수단을 접수한 다음 인터넷족보를 만든다는 것을 알 수 있다.

물론 족보책에 수록된 조상들은 족보프로그램을 통해 입력해야 한다. 그리고 족보에 실리지 않은 후손들은 수단으로 접수하여야 한다. 예전에는 종이에 쓴 수단을 접수했지만, 이제는 온라인상에서 실시간

---

29) 뿌리정보미디어, 뿌리정보미디어, http://www.jokbo.cc
30) 한상억(편저), 『족보편찬실무집』, 뿌리정보미디어, 2008, 227쪽.

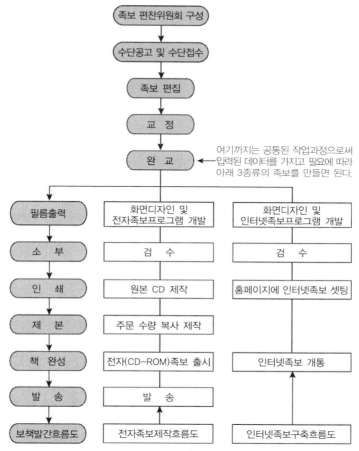

[그림 2-12] 보책·전자족보·인터넷족보 구축 흐름도

으로 접수를 하기 때문에 족보 편찬에 소요되는 시간과 비용이 많이 절약된다.

　뿌리정보미디어에서 만든 청주한씨 중앙종친회[31] 홈페이지에서 제

---

31) 청주한씨 중앙종친회, 淸州韓氏中央宗親會, http://www.cheongjuhan.net

[그림 2-13] 문중 홈페이지와 인터넷족보 화면

공하는 인터넷 족보에서는 다음과 기능을 볼 수 있다: 직계보기, 촌수 계산하기, 관직해설, 지명찾기, 동영상, 각종 통계보기 등. 그리고 <u>책 자 간행 이후의 후손 정보인 자손록</u>이 족보책과 동일한 서체, 동일한 폼으로 화면에 나타난다. 견상(見上)·견하(見下) 및 입·출계(入出系) 연결 페이지로 이동이 가능하다.

인터넷족보는 한글 병기를 하여 한자를 잘 모르는 후손들도 쉽게 읽을 수 있다. 직계검색이 되고, 이름이 같을 경우 아버지, 할아버지 를 비교하여 찾을 수 있다. 족보를 보면서 각종 사진과 동영상을 함께 볼 수 있다. 자(字), 호(號), 초명(初名), 일명(一名), 관직 등 본문에 수 록된 어휘를 입력해서 족보를 찾을 수 있다. 이런 기능은 족보전용편 집프로그램을 통해서 족보를 입력하면 자동적으로 구현될 수 있게 되 어 있다.

인터넷 족보는 데이터로서의 활용보다는 책자 족보 읽기와 유사한 열람 서비스 중심으로 만들어져 있고, 철저하게 소비자(문중) 중심으 로 운영되고 있다. 문중 종친회의 관심에 따라 될 수 있는 대로 전통 적인 형태와 유사한 모양의 전자족보를 만드는 데 만족하고 있다는 느 낌이다.

하지만 이러한 데이터가 학술적인 연구 목적의 족보 데이터베이스 와 전혀 다른 것이라고는 할 수 없다. 개체로서의 인물과 그 개체들 사이의 관계(부자, 혼인, 입후 등) 등 인적 관계망 연구에 필요한 정보를 인터넷 족보 데이터 속에서도 풍부하게 수 있다. 향후 보다 발전된 형 태의 조선시대 엘리트 연구를 위해 인터넷 족보의 적정한 활용 방안을 찾을 필요가 있다.

2) FamilySearch(예수 그리스도 후기 성도 교회)

패밀리서치[32]는 몰몬교(Mormons)로 불리는 "예수 그리스도 후기 성도 교회(https://www.mormon.org/kor)"에서 후원하는 사이트이다. 패밀리서치의 소개에 의하면 "FamilySearch는 전 세계에서 가장 큰 계보 단체이고, 매년 수백만 명의 사람이 FamilySearch 기록과 자원, 서비스를 사용하여 자기 조상들의 역사에 관해 더 많이 배우고 있다. FamilySearch는 무료로 모든 사람에게 전 세계에서 수집한 40억 개의 이름을 제공하고, 전 세계에서 4,745개의 FamilySearch 센터가 연중무휴로 운영된다."고 말하고 있다.

FamilySearch는 역사적으로는 1894년에 설립된 유타 계보 협회로 알려져 있으며 인류의 가족 기록을 보존하는 데 헌신하는 것을 목적으로 하고 있다. 1984년 예수 그리스도 후기 성도 교회는 GEDCOM의 스펙을 발표하였다. 전산화된 가족 관계 데이터를 교환하기 위한 유연하고 표준적인 포맷으로 만들어진 것이다. 계속 개정판이 나오다가 1999년에 Michael H. Kay에 의해서 GEDCOM 5.5 파일을 XML로 변환한 GedML이 발표되었다.[33]

아래 그림[34]은 5개 테이블로 이루어진 GEDCOM의 데이터 모델 ERD이다.

---

32) FamilySearch(예수 그리스도 후기 성도 교회), https://familysearch.org

33) 이건식, 「韓國 家系記錄資料의 家系 데이터 모델에 관한 研究」, 『장서각』 제16집, 한국학중앙연구원, 2006.12. 209쪽.(온라인 참조: GEDCOM, Wikipedia, https://en.wikipedia.org/wiki/GEDCOM#GEDCOM_model)

34) 이건식, 위의 논문(2006), 212쪽 〈그림 7〉을 재구성한 것이다.

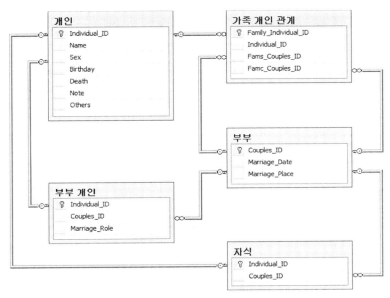

[그림 2-14] GEDCOM 데이터 모델 ERD

링크를 따라서 위로 조상을 찾거나 아래로 후손을 찾을 수 있는 장점이 있다. 그러나 입양 관계인 한국의 가족 관계를 표현하려면 부부 유형을 추가할 필요가 있다.

패밀리서치에서는 검색을 누르면 '역사 기록 검색'으로 들어가고, 한국어 계보 이미지 수집물에 "한국족보, 1200-2014"라는 항목이 있다. 1200년부터 2014년 사이에 간행한 족보라는 의미 같다. 여기에 130개 성씨[35]의 족보를 서비스하고 있다.

---

35) 패밀리서치에 연락한 결과 현재 사이트에 업로드 된 족보의 종수는 알 수 없다고 한다. 성씨에 따라서는 한 종류의 족보만 있고(慈氏·化氏), 어떤 성씨들은 연도별로 간행된 여러 종의 족보가 있다. 현재 족보가 계속 업데이트가 되고, 또한 최근 간행한 족보는 생존한 분들이 나오기 때문에 오픈을 하지 않고 있다고 한다.(최종 업데이트: 2016년 9월)

FamilySearch

패밀리 트리 추역 검색

기록 패밀리 트리 가계 정보 카탈로그

한국족보, 1200-2014 ▼

성 (Family Name)

정 丁 Jeong	엄 嚴 Eom	성 成 Seong	심 沈 Sim	장 章 Jang	소 邵 So
엄 任 Im	기 奇 Gi	방 房 Bang	하 河 Ha	간 簡 Gan	곽 郭 Gwak
여 余 Yeo	봉 奉 Bong	문 文 Mun	홍 洪 Hong	나 羅 Na	도 都 Do
원 元 Won	강 姜 Gang	방 方 Bang	반 潘 Ban	호 胡 Ho	정 鄭 Jeong
전 全 Jeon	공 孔 Gong	창 昌 Chang	모 牟 Mo	범 范 Beom	김 金 Gim (Kim)
유 兪 Yu	맹 孟 Maeng	명 明 Myeong	독고 獨孤 Dok-go	동 董 Dong	민 閔 Min
공 公 Gong	손 孫 Son	석 昔 Seok	현 玄 Hyeon	채 蔡 Chae	음 陰 Eum
구 具 Gu	안 安 An	진 晉 Jin	옥 玉 Ok	장 蔣 Jang	진 陳 Jin
유 劉 Yu	송 宋 Song	조 曺 Jo	왕 王 Wang	설 薛 Seol	육 陸 Yuk
화 化 Hwa	선 宣 Seon	주 朱 Ju	금 琴 Geum	소 蘇 So	국 鞠 Guk
천 千 Cheon	윤 尹 Yun	박 朴 Bak	감 甘 Gam	표 表 Pyo	한 韓 Han
남 南 Nam	최 崔 Choe	이 李 I	전 田 Jeon	배 裵 Bae	마 馬 Ma
남궁 南宮 Nam-gung	강 康 Gang	두 杜 Du	신 申 Sin	허 許 Heo	풍 馮 Pung
변 卞 Byeon	염 廉 Yeom	임 林 Im	백 白 Baek	제 諸 Je	고 高 Go
인 印 In	연 延 Yeon	류 柳 Ryu	황보 皇甫 Hwang-bo	빈 賓 Bin	위 魏 Wi
사 史 Sa	궁 弓 Gung	계 桂 Gye	노 盧 No	조 趙 Jo	어 魚 Eo
사공 司空 Sa-gong	장 張 Jang	양 梁 Yang	목 睦 Mok	차 車 Cha	노 魯 No
길 吉 Gil	서 徐 Seo	양 楊 Yang	석 石 Seok	신 辛 Sin	선우 鮮于 Seon-u
오 吳 O	신 愼 Sin	조 楚 Cho	우 禹 U	주 周 Ju	황 黃 Hwang
여 呂 Yeo	자 慈 Ja	권 權 Gwon	추 秋 Chu	변 邊 Byeon	용 龍 Yong
주 周 Ju	진 愼 Jin	은 殷 Eun	진 秦 Jin	옹 邕 Ong	
함 咸 Ham	경 慶 Gyeong	지 池 Ji	정 程 Jeong	형 邢 Hyeong	

[그림 2-15] 패밀리서치에서 서비스하는 족보 성씨 목록

  '성(Family Name)' 목록에서 성씨를 선택하면 '국가(Country) → 도, 시(Province) → 시, 군(City or County) → 동 or 면(Town or Village)'까지 4단계를 거치면 족보들을 확인할 수 있다. 그중 보고 싶은 족보를 선택하면 해당 이미지를 열람할 수 있다.

  이 사이트에서는 족보를 스캔해서 이미지만 서비스하기 때문에 인명 검색은 지원하지 않는다. 족보를 찾을 때는 먼저 성씨를 선택한 다음 본관지에 해당하는 도·시·군·면까지 누르면 서비스하는 족보의 명부가 보인다.

3) 한국족보자료시스템36)

성균관대학교 동아시아학술원 존경각에서는 2006년도 지식정보자원관리사업37)인 "한국경학자료 및 족보 DB구축 사업"을 통해 한국족보자료시스템38)(이하 존경각 전자족보)을 구축하였다.

이 사업은 성균관대학교 존경각에 보관되어 있는 족보 18종 100책을 데이터베이스로 구축하였다. 가계도 서비스와 책 형태로 볼 수 있는 전자족보 서비스를 구현하였고, 표제명으로 출현하는 인물과 방주(旁註)에 나오는 인물을 내용 인물로 세분하여 서로 관계를 밝혔다. 또 족보 본문에 다양한 마크업(mark-up)을 부가하여 각종 정보를 추출할 수 있도록 구조화하였다. 그리고 통계자료 서비스도 제공하고 있다.

사이트의 기능을 보면 본관, 이름, 자, 호, 과거, 관직, 생년, 졸년, 생간지, 졸간지 등 확인 가능한 개인 정보를 통해 족보에 수록된 인물을 검색할 수 있도록 하였다.

---

36) 이재옥, 앞의 논문(2011), 15~19쪽.
37) 2006년도 지식정보자원관리사업 역사분야 사업내용

사업명	주관기관
한국역사정보통합시스템	국사편찬위원회
고전국역총서 및 한국문집총간	재단법인 민족문화추진회
장서각소장 국학자료 전산화사업	한국학중앙연구원
한국학 고전원문 디지털화 사업	서울대학교 규장각
유교문화권 기록자료 DB 및 역사체험 콘텐츠 구축	한국국학진흥원
한국경학자료 및 족보 DB구축 사업	**성균관대학교 존경각**
한국관련 서양고서 원문 DB구축사업	명지대학교 국제한국학연구소
한국독립운동사 종합지식정보시스템구축	독립기념관
불교문화종합 DB구축 사업	동국대학교 중앙도서관
호남지역 고문서 디지털화 사업	전북대학교 박물관

출처: 국가지식포털, 한국정보문화진흥원, http://www.knowledge.go.kr
38) 한국족보자료시스템, 성균관대학교 동아시아 학술원 존경각, 성균관대학교, http://jokbo.skku.edu

요약정보에서는 본관명, 성씨명, 시조명 등 성관의 기본정보를 기록하였으며, 상세 내용에서는 일반적으로 알려진 성관의 유래와 족보상에 표기된 주요 거주 지역을 열거하였고, 화면 우측의 지도에 별도로 거주지와 관향지를 표기하여 대략적인 분포 현황을 일별할 수 있도록 하였다.

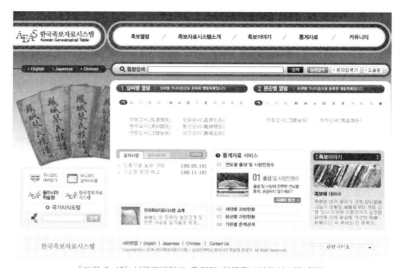

[그림 2-16] 성균관대학교 존경각 한국족보자료시스템 화면

메인화면에 성씨별 열람, 본관별 열람 2개의 탭을 설정하여 해당 성관을 가나다순으로 배열하고 해당 족보를 배치하였다. 이어 하위 디렉토리로 기본적인 서지사항, 족보 해제, 자손록, 서문, 발문, 문헌록, 범례, 분파도, 기타 자료 등을 수록하였다. 자손록은 세대별로 구분하여 등재하였으며, 해당 인물 항목에서는 파명, 파조, 자, 호, 생년, 졸년, 과거, 관직, 거주지, 묘소 위치 등의 상세 정보와 함께 별도의 탭으로 해당 인물의 방주 내용을 원문으로 열람할 수 있게 하였다.

또 배우자 및 배우자 관련인물 정보란을 따로 마련하여 족보에 등재된 아내, 사위 등의 정보를 볼 수 있도록 하였다. 해당 인물의 계보를 시계열적으로 확인할 수 있도록 별도의 멀티뷰어와 전자족보를 개발하였다. 경학자료시스템과 연계하여 해당 인물의 경학 저술이 있는 경우 이를 직접 확인할 수 있도록 하였다.

통계자료 서비스를 통해 연도별 출생 및 사망 인원수, 세대별 과방현황, 본관별 과방현황, 가문별 혼맥관계 등 4항목으로 자료를 제공하고 있다. 세대별 과방현황과 본관별 과방현황에서는 각각 생원, 진사, 문과, 무과, 잡과로 나누어 해당 성관의 세대별, 보책별 통계를 제시하였다. 가문별 혼맥관계에서는 아내와 사위의 항목으로 나누어 해당 족보의 성관과 혼인 관계를 맺은 성관의 통계를 제시하고 있다.

존경각 전자족보의 데이터베이스 구조를 보면 인물에 관한 3개 테이블과 족보책에 관한 8개의 테이블로 구성되어 있다. 인물은 인물정보 테이블과 배우자정보 테이블, 경학연계 테이블로 이루어져 있다. 그리고 족보기본정보 테이블과 연계되어 있다.

족보책은 중심인 족보기본정보 테이블과 이에 딸린 편저자 테이블, 서발문 테이블, 문헌록 테이블, 기타문서 테이블, 이미지목록 테이블, 전자족보띠주 테이블, 자손록책구성 테이블 등으로 구성되어 있다.

인물정보와 배우자정보로 나누어 데이터 활용 가능성을 제시한 점은 훌륭하다. 그러나 인물정보와 배우자정보 사이의 혼인 관계에 대한 별도의 조치를 취하지 않고 있다. 그래서 가문별 혼맥관계에서 아주 기초적인 수치 데이터만 제공하고 있다.

존경각 전자족보는 뿌리정보미디어보다는 발전했지만 여전히 전통적인 족보 지면을 화면에 출력하는 것에서 벗어나지 못한 한계가 있다.

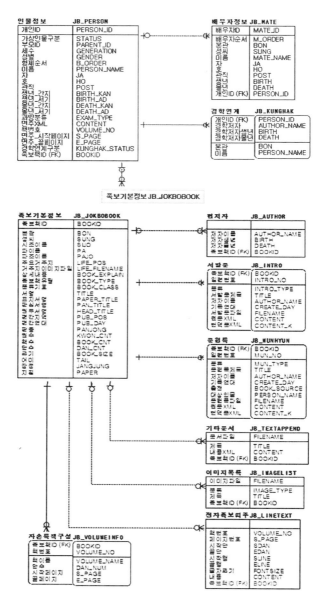

[그림 2-17] 성균관대학교 존경각 한국족보자료시스템 ERD

[그림 2-18] 한국학중앙연구원 장서각 왕실족보 화면

4) 장서각 한국학자료센터 디지털 왕실족보[39]

한국학중앙연구원 장서각에서는 2008년도 『한국학자료센터 구축사업』(권역센터분야)인 "장서각 국가전적 자료센터 구축사업"[40]으로 장서각 한국학자료센터[41]를 구축하였다.

---

39) 이재옥, 앞의 논문(2011), 19~21쪽.
40) 장서각 국가전적 자료센터 구축사업 1단계 사업 내용

연구 기간	2008년~2017년 (1단계 3년, 2단계 3년, 3단계 4년)
1단계 1차년도 사업	2008년 11월~2009년 08월
1단계 2차년도 사업	2009년 09월~2010년 07월
1단계 3차년도 사업	2010년 08월~2011년 07월

41) 장서각 한국학자료센터, 한국학중앙연구원 장서각, 한국학중앙연구원, http://royal.kostma.net/Default.aspx

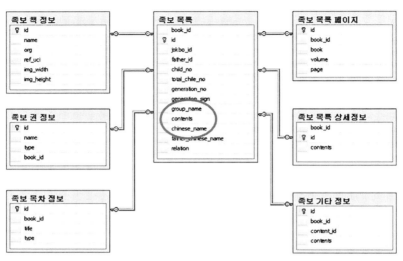

[그림 2-19] 한국학중앙연구원 장서각 왕실족보 ERD

대상 자료 중 왕실족보(王室族譜)는 1차년도 사업에서『선원계보기략』,『돈녕보첩』을 구축하였고, 2차년도 사업에서는『선원록』일부를 구축하였다.42) 왕실족보는 사가족보(私家族譜)와 다른 점이 있다.『선

---

42) 구축 대상 자료

연구 분야	1차년도 구축대상 자료	2차년도 구축대상 자료	3차년도 구축대상 자료
인명·계보자료 (족보)	왕실족보 (돈녕보첩, 선원계보기략)	왕실족보 (선원록 / 1차 26책)	왕실족보 (선원록 / 2차 25책)
국가전례·왕실문화 (의궤·등록류)	의궤 (장서각 소장 유일본)	의궤 (장서각 소장 유일본)	의궤 (장서각 소장 유일본 / 43종 48책)
지방사와 생활문화 (일기·고문서 등 민간자료)	일기 자료 (승총명록)	장서각수집고문서 (거창 초계정씨 고문서)	일기 자료 (경상도자인현일록, 전라도 지도군총쇄록 / 2종 3책)

(장서각권역 2차 연차보고서, 2010. 06).

원계보기략』이나 『선원록』은 왕대별로 구분이 되어 있고, 왕부터 계대가 시작되는 특이함이 있다. 『돈녕보첩』은 대왕편과 왕후편으로 구분하여 가계를 기록하였다. 일종의 내외보(內外譜) 형식을 띠고 있다.

사이트 기능을 보면 기본정보, 상세정보, 안내정보를 두어서 자료에 대한 설명을 하고 있다. 또 원문보기와 가계도보기를 두어서 사용자 편의를 도모하였다. 원문보기에서는 이미지를 불러와서 인물 영역을 설정하면 해당 인물에 대한 설명이 오른쪽에 보여 지고 있다. 그리고 통합검색을 지원하고 있다.

장서각 왕실족보의 데이터베이스 구조를 보면 7개의 테이블로 이루어져 있다. 족보목록 테이블을 중심으로 족보책정보 테이블, 족보권정보 테이블, 족보목차정보 테이블, 족보목록페이지 테이블, 족보목록 상세정보 테이블, 족보기타정보 테이블로 구성되어 있다.

족보목록 테이블에 있는 'contents'에 본인정보, 배우자정보, 선대정보, 기타정보, 참고정보 등을 XML로 처리하고 있다.

본인정보에는 이름, 대수, 자녀구분, 출계, 본관, 경력, 생몰, 묘소가 있고, 배우자정보에는 이름, 본관, 소생, 신분, 배우자경력, 생몰, 묘소, 배우자부, 배우자생부가 있다. 선대정보에는 부, 생부, 모의 이름을 기록하고, 참고정보에는 족보에서 해당 인물이 출현하는 페이지를 적는다.

장서각 왕실족보의 데이터 구조에서도 본인정보, 배우자정보, 선대정보로 나눠서 설계를 하였다. 그러나 여기서도 본인정보와 배우자정보를 연계하는 별도의 조치가 없고, 또한 선대정보를 따로 분리할 필요가 있는가 하는 의문이 든다. 장서각 왕실족보도 존경각 전자족보와 마찬가지로 본인과 배우자를 분리하기는 했지만, 전통적인 지면 위주의 화면 출력에서 벗어나지 못하였다.[43]

5) 한국학자료센터 인물관계정보

한국학중앙연구원 한국학학술정보관 한국학정보화실에서 운영하는 '한국학자료센터 구축사업'[44]에서 조선후기 만성보(萬姓譜)인 『만가보(萬家譜)』[45]와 『광산김씨족보(光山金氏族譜)』(1939), 『반남박씨세보

43) 이재옥, 앞의 논문(2011), 19~21쪽.

44) 한국학자료센터 구축 사업은 고문서·고서 등 국내외에 산재한 각종 역사 자료를 체계적으로 수집·정리·분석하고 표준화된 형식으로 가공·집적하여 한국학 지식콘텐츠를 구축할 목적으로 2008년 11월부터 3단계 10년 사업으로 계획되어 진행하고 있다. 1단계(3년)는 2008년 11월~2011년 6월까지, 2단계(3년)는 2011년 7월~2014년 6월까지, 3단계(4년)는 2014년 7월부터 2018년 6월까지이다. 중앙허브와 6개 권역센터로 구성되어 있다.(2017.2.15.)

권역	추진 주체	사이트
중앙허브	한국학중앙연구원 한국학도서관 한국학정보화실	http://www.kostma.net/
규장각 국가전적 자료센터	서울대학교 규장각 한국학연구원	의궤: http://kyujanggak.snu.ac.kr/center/main/main.jsp 지리지: http://kyujanggak.snu.ac.kr/geo/main/main.jsp
장서각 국가전적 자료센터	한국학중앙연구원 장서각	http://royal.kostma.net/Default.aspx
강원권역 자료센터	강원대학교 (2단계 참여)	http://cksm.kangwon.ac.kr/
영남권역 자료센터	한국국학진흥원	http://yn.ugyo.net/index.do
호남권역 자료센터	전북대학교 전라문화연구소	http://203.254.129.108/emuseum/service/
해외권역 자료센터	고려대학교 민족문화연구원	http://kostma.korea.ac.kr/
한국 고문서자료관	한국학중앙연구원 장서각	http://archive.aks.ac.kr/

45) 『만가보(萬家譜)』(녹우당 소장)는 14책으로 된 필사본 만성보이다. 형태사항은 37.5×21.3cm이다. 1992년에 5책으로 민창문화사(民昌文化社)에서 영인되었다.(온라인 참조: 인물관계정보, 한국학자료센터, 한국학중앙연구원, http://www.kostma.net/FamilyTree)

(潘南朴氏世譜)』(1926), 『성주이씨족보(星州李氏族譜)』등을 구축하였다.

『만가보』는 19세기말에 필사된 14책으로 된 종합보이다. 소장처는 해남윤씨(海南尹氏) 종택인 녹우당(綠雨堂)이다. 108개 성씨, 290개 본관으로 이루어져 있다.

기재 방법을 보면 출생 순서대로 기록하거나 외손(外孫) 및 서자(庶子)에 대한 기재 등 조선 전기 양식부터 본손(本孫)·부계(父系) 중심으로 기록하는 후기 족보형태가 혼재되어 있다. 편찬과정에서 참고한 족보가 시기적으로 각각 다른 족보를 참고 하였기 때문인 것으로 판단된다. 필체가 다양한 점은 여러 사람이 여러 가문의 족보를 참고하여 필사하였던 것으로 추정된다.[46]

인물관계정보(만가보) 사이트는 '문헌인물, 본관별, 성씨별, 족보보기, 혼맥관계, 통계정보' 등 6개 메뉴로 이루어져있다. 문헌인물은 고문헌과 관련된 인물을 족보에서 찾아보는 것이다. 본관별·성씨별은 290개 본관과 108개 성씨로 인물을 찾아보는 것이다. 족보보기 메뉴는 만가보와 광산김씨족보, 반남박씨족보, 성주이씨족보를 책별·권별로 찾아볼 수 있게 구성한 것이다. 혼맥관계는 만가보에 수록된 본관성씨별 인물 중에 배우자가 기재된 인물의 혼맥관계를 찾아볼 수 있으며 배우자의 가계도를 볼 수 있다.

통계정보는 가문별 인원 현황, 가문별 과거 합격 현황, 가문별 혼맥관계 현황을 통계로 보여 준다. 가문별 인원은 만가보에 출현하는 남자와 여자의 수를 보여주고, 과거 합격 현황은 문과·무과·잡과의 합격자를 가문별로 확인하게 해준다. 혼맥관계 현황은 각 가문별로 그 가문과 혼인한 가문들을 숫자와 막대그래프로만 보여준다. 아쉬운 점

---

46) 안승준, 「萬家譜 解題」, 『萬家譜』 1, 민창문화사, 1992, 2~3쪽.

[그림 2-20] 한국학자료센터 인물관계정보 화면

은 가문과 가문과의 혼인관계를 입체적 구현은 하고 있지 않다.

6) 장서각 기록유산DB

장서각 기록유산DB[47]는 한국학중앙연구원 장서각에서 제공하는 사이트이다. 이곳에서는 '비주얼조선(Visual Joseon)'을 목적으로 왕실 족보, 종묘, 군영등록, 반차도 등을 서비스한다. 그중 왕실족보는 『선원속보(璿源續譜)』를 시각화하여 보여준다.

『선원속보』는 앞서 소개하였듯이 각 왕의 왕자를 파조(派祖)로 삼은 파보를 모아 놓은 것으로 사가(私家)의 대동보와 같다. 1867년(고종 4)에 비로소 『선원속보』가 초간 되었다. 태조 이하의 왕자 81파와 추존

---

47) 장서각 기록유산DB, 한국학중앙연구원 장서각, 한국학중앙연구원, http://visual joseon.aks.ac.kr

[그림 2-21] 장서각 기록유산DB 화면

왕의 자손 20파의 파보를 간행하였고, 30년 만에 증보되어 1900년(광
무 4)에 110파로 늘었다. 실제 간행은 1900년에는 20파, 1902년에는
90파가 간행되었다.

장서각 기록유산DB 왕실족보는 왕대별목록과 파별목록의 두 가지
메뉴로 서비스하고 있다. 그리고 안내시스템을 통해서 왕실족보 인물
의 CSV(Comma-Separated Values) 파일 구조를 보여주고, 또 왕실족보
CSV 파일을 다운로드 할 수 있게 서비스하고 있다. 또한 파일을 실행
시킬 수 있는 그래프 데이터베이스(Graph Database)인 Neo4j[48]) 프로
그램을 다운로드해서 설치할 수 있게 하였다.

왕대별목록은 14세·15세 선공부터 장조(莊祖)까지 20개 항목이 있
다. 각 항목 왕을 누르면 해당 파(派)들이 나타난다. 파명을 누르면 족
보의 권수가 보이고, 이것을 선택하면 해당 족보 이미지가 우측에 나

---

48) Neo4j^{TM}(https://neo4j.com/): Neo Technology, Inc.사의 그래프 데이터베이스
    (Graph Database)이다. 현재 무료로 이용할 수 있다.

타난다. 우측 화면에 '이미지·계보도·통계' 탭이 있다. 이미지는 기본 선택이 되어 있기 때문에 처음부터 족보 이미지가 보인다. 계보도 탭을 선택하면 "부채꼴"과 "조직도" 메뉴가 있다. 부채꼴과 조직도의 그래프가 바로 Neo4j로 보여주는 화면이다. 통계는 성씨·본관·봉작호·관직명·과거 등 항목을 선택해서 결과를 확인할 수 있게 해준다.

파별목록은 가나다순으로 파들을 열람할 수 있게 해준다. 왕대별목록과 마찬가지로 상위메뉴를 선택하면 파명이 나오고, 하위메뉴로 족보 권수가 나타난다. 족보 권을 선택하면 우측에 원본 이미지가 보여진다. 메뉴 구성은 왕대별목록과 동일하다.

이 사이트에서 눈여겨 볼 점은 계보도 탭에서 그래프 DB를 이용해서 인물들을 입체적으로 볼 수 있게 처음으로 시도한 점이다. 이미지나 계보도에서 로딩(Loading) 되는 속도가 느린 것은 해결해야 할 문제이다.49)

---

49) 2018년부터 Neo4j로 구현되는 그래프와 CVS 파일 다운로드 서비스를 중지 하였다. 그래서 왕실족보는 왕대별목록과 파별목록 두 종류 메뉴에서 인물별목록을 추가해서 세 가지 메뉴로 서비스하고 있다. 현재 왕대별목록은 14세·15세선공, 목조·익조·도조·환조, 태조·정종·태종·세종·세조·덕종·성종·중종·선조·원종·인조까지 17개 항목으로 이루어져 있고, 각 항목 왕을 누르면 해당 파들이 나타난다. 파명을 누르면 족보의 권수가 보이고, 이것을 선택하면 해당 족보 이미지가 우측에 나타난다. 이미지는 기본 선택이 되어 있기 때문에 처음부터 족보 이미지가 보인다.

제3장

과거 합격자 문헌 자료 디지털 아카이브 구현

1. 문헌 자료 아카이브의 구현 목적

본 연구의 목적은 과거 합격자의 인적 관계망을 탐색할 수 있는 시맨틱 데이터베이스의 구현에 있다. 하지만 이 시맨틱 데이터베이스의 내용 요소들이 모두 방목과 족보라는 문헌 자료에 근거를 두고 있는 것인 만큼, 원시 자원(primitive resource)라고 할 수 있는 이들 문헌 자료의 데이터를 최대한 엄밀하게 검증하여 기계 가독적인(machine readable) 데이터로 집적해 두어야 한다.

앞에서 기술하였듯이, 와그너·송 문과 프로젝트와 한국학중앙연구원의 방목 전산화사업, 한국역대인물 종합정보시스템 구축 사업을 통해 우리는 방목 자료에 관한 한 망라적(網羅的)이라고 할 수 있는 문헌 자료 데이터베이스를 이용할 수 있게 되었다. 하지만 우리가 인정해야 할 점은 이 데이터베이스가 현전하는 방목 자료를 빠짐없이 수록하고 있는 것이 아니며, 개개의 데이터의 정확도도 완전하다고 보장할 수 없다는 점이다. 각각의 데이터베이스의 편찬자들은 최대한의 노력으로 데이터 품질 제고의 노력을 기울였겠지만, 미처 찾지 못했던 새로운 자료의 출현과 기존 데이터의 오류 발견은 언제든지 일어날 수 있는 일이다.

한국학중앙연구원의 한국역대인물 종합정보시스템은 방목에서 추출한 데이터를 종합적으로 서비스하고 있지만, 그 정보가 어떠한 원시 자료에 근거를 둔 것인지, 그러한 원시 자료의 조사와 획득, 가공이 얼마나 포괄적이고 정밀하게 이루어졌는지를 자세하게 알려 주지 않는다. 방목 데이터베이스가 학술적인 연구의 도구가 될 수 있도록 하기 위해서는 그 데이터가 어느 정도까지 포괄적으로, 그 내용을 어느 수준까지 신뢰할 수 있는지 판단할 수 있어야 한다.

앞에서 소개한 와그너·송 문과 프로젝트가 과거에 만들어진 국조방목 또는 국조문과방목이라는 문헌을 디지털화하는 것만을 목표로 하지 않고, 기존의 어느 종합방목보다 정확한 20세기의 종합방목 편찬을 목표로 했듯이, 필자가 지향하는 과거 합격자 자료 디지털 아카이브는 현전하는 방목 자료의 '디지털 사본'에 머물기보다는 그 개별 자료들을 엄밀하게 비교하고 종합해서 21세기의 종합방목의 의미를 갖는 것이다.

이러한 이유에서 필자는 '한국역대인물'에 수록된 방목 관련 정보의 문헌적 근거를 다시 조사하고, 그 토대 위에서 재정리한 개별 과거 시험 정보와 합격자 명단을 조사 내용에 대한 설명과 함께 위키(Wiki) 방식의 데이터베이스로 구현하였다.[1]

'과거 합격자 정보 디지털 아카이브'라고 명명한 위키 데이터베이스의 구현의 1차적인 목적은 연구자들이 사용할 방목 데이터베이스가 어떠한 자료를 어느 정보 범위까지 조사해서 만들어졌는지를 투명하게 알 수 있게 하려는 것이다. 위키 방식을 채택한 이유는 향후에 이 데이터베이스에 대한 편집 권한을 관련 연구자들에 개방하여 새로운

---

1) 과거 합격자 정보 디지털 아카이브. http://dh.aks.ac.kr/~sonamu5/wiki

과거 합격자 정보

자료가 발견되거나, 원시자료의 디지털화 과정 또는 원시 자료 자체에 오류가 있음을 발견한 경우 누구나 이를 수정하고, 새로운 의견을 제시할 수 있게 하려는 것이다.

현재의 '과거 합격자 정보 디지털 아카이브' 위키는 과거 시험 및 방목에 대해 조사한 내용과 과거 시험 합격자 명단을 위키 텍스트로 제공하고, 개별 인물에 대한 신상 정보는 '한국역대인물 종합정보시스템'의 해당 항목에서 참조할 수 있도록 하였다. '한국역대인물' 상에서 오류를 발견한 경우라도 발견 내용을 위키에 기술하면, 이는 곧바로 확인 과정을 거쳐 '한국역대인물' 데이터베이스에도 반영되도록 할 것이다. 향후에는 개별 인물 신상 정보까지 위키 텍스트로 제공하고, 이 텍스트의 수정이 곧바로 '한국역대인물' 데이터 및 '과거 합격자 시맨틱 데이터베이스'2) 데이터의 개정으로 연동되도록 할 계획이다.

'과거 합격자 정보 디지털 아카이브' 위키에 수록한 방목 자료 조사·정리 내용을 본 연구의 일부로 제시한다.

2. 과거 합격자 문헌 자료 조사·분석

1) 고려문과방목

(1) 고려문과 종합방목 및 단회방목

고려시대 과거는 『고려사(高麗史)』3) 권73, 志 권제27 「선거(選擧)」1, 과목(科目)1을 보면 그 단초를 알 수 있다. 또 『증보문헌비고(增補文獻備考)』4) 권185, 「선거고(選擧考)」2, 과제(科制)2에 「고려등과총목(高麗登科

---

2) 온톨로지 기반으로 과거 합격자들의 개별 신상정보와 인적 관계 데이터를 수록한 시맨틱 데이터베이스. 본 논문의 5장 및 6장에서 자세하게 나온다.

3) 『고려사(高麗史)』 「선거지(選擧志)」의 구성과 내용.

總目)」이 있다. 과목1의 선장조(選場條)와 「고려등과총목」에 고려시대 문과 설행에 대한 기록이 나와 있다. 과목은 과거(科擧)와 같은 의미이다.[5] 두 기록을 보면 광종부터 공양왕까지 문과 설행 연월과 고시관인 지공거(知貢擧)·동지공거(同知貢擧), 문과 장원, 제술과(製述科)·명경과(明經科)[6]·잡과(雜科)의 선발인원 등을 알 수 있다.

고려시대 방목은 종합방목과 단회방목이 있다. 현재 전해지고 있는 고려문과 종합방목은 여러 종류가 있다. 대표적인 종합방목으로 7개를 소개하려고 한다. 종합방목은『등과록전편(登科錄前編)』[7),『고려문과방목(高麗文科榜目)』[8),『국조방목(國朝榜目)』[9)(앞부분에 고려방목이 등재),『해

高麗史	志	編目	項目
卷73	卷第27	選擧1	序文, 科目1
卷74	卷第28	選擧2	科目2, 學校
卷75	卷第29	選擧3	銓注

4)『증보문헌비고(增補文獻備考)』(국립중앙도서관[古031-18]) 184권(選擧考一)부터 201권(選擧考十八)까지가 「선거고(選擧考)」이다. 총 18편목(編目)으로 1~2편목이 고려시대의 과거이다.

5) 박용운,『『高麗史』選擧志 譯註』, 경인문화사, 2012, 35쪽.

6) 양대업(兩大業): 제술업(製述業)과 명경업(明經業)으로 불리면서, 양대업이라 하여 중시되었다. 제술업은 진사과(進士科, 소과인 진사시와 다름)라고 하였고, 급제자를 진사(進士)라고 하였다.(이성무,『韓國의 科擧制度』, 집문당, 1994, 45쪽.)

7)『등과록전편(登科錄前編)』(규장각[古 4650-10])은 1책으로 편자 미상이다. 수록 연대는 958년(광종 9)부터 1392(공양왕 4)까지 고려시대 문과 전체를 기록하고 있다. 판본은 필사본(筆寫本)으로 책의 크기는 27×20cm이다.

8)『고려문과방목(高麗文科榜目)』(국립중앙도서관[古6024-161])은 1책으로 편자 미상이다. 수록 연대는 958년(광종 9)부터 1390년(공양왕 2)까지이다. 판본은 필사본으로 책의 크기는 24.7×15.4cm이다. 표제는 여조문과방목(麗朝文科榜目)으로 원본은 일본 덴리다이가쿠(天理大學) 이마시니분코(今西文庫[2821-925])에 소장되어 있다.

9) 규장각 소장『국조방목』(규장각[奎 5202])은 10책으로 편자 미상이다. 수록 연대는 958년(광종 9)부터 1877년(고종 14)까지로 조선시대 급제자 전체를 싣고 있지는 않다. 판본은 필사본으로 책의 크기는 30.2×20cm이다.

 - 국립중앙도서관 소장『국조방목』(국립중앙도서관[古6024-6])은 7책으로 편자 미상이다. 수록 연대는 1290년(충렬왕 16)부터 1794년(정조 18)까지이다. 판본은 필사본

동용방(海東龍榜)』10), 『용방회록(龍榜會錄)』11) 등이 현전하고 있다.

[표 3-1] 대표적인 고려문과 종합방목

	표제	권수제	소장처	청구기호	수록 연대	비고
1	登科錄12)	登科錄前編	규장각	古 4650-10	958~1392	1책
2	國朝榜目13)	前朝科擧事蹟	규장각	奎 5202	958~1877	10책 중 1책(~1390)
3	國朝榜目14)	前朝科擧事蹟	장서각	K2-3538	958~1796	8책 중 1책(~1390)
4	龍榜會錄15)	前朝高麗文科榜	장서각	B13LB-8	1290~1390	1책
5	麗朝文科榜目16)	高麗文科榜目	국중도	古6024-161	958~1392	1책 日本 天理大學 今西文庫
6	海東龍榜17)	麗朝文科榜	국중도	古6024-157	958~1834	10책 중 1책(~1392) 日本 東京大學 阿川文庫
7	國朝榜目18)	高麗以後 各年文科榜目	국중도	古6024-6	1290~1794	7책 중 1책(~1390)

* 2번과 3번은 서체는 달라도 내용은 동일함.

으로 책의 크기는 22×19cm이다.
　－ 한국학중앙연구원 장서각 소장『국조방목』(장서각[K2-3538])은 8책으로 편자 미상이다. 수록 연대는 958년(광종 9)부터 1796년(정조 20)까지이다. 판본은 필사본으로 책의 크기는 32×20.4cm이다.
　－ 서울대학교 중앙도서관 소장『국조방목』(서울대학교[일사 351.306 B224])은 10책으로 편자 미상이다. 수록 연대는 958년(광종 9)부터 1894년(고종 31)까지이다. 판본은 필사본으로 책의 크기는 24×14.7cm이다.
10)『해동용방(海東龍榜)』(국립중앙도서관[古6024-157])은 10책으로 편자 미상이다. 1책이 고려문과방목으로 수록 연대는 958년(광종 9)부터 1392년(공양왕 4)이다. 판본은 필사본으로 책의 크기는 24.3×14.6cm이다. 원본은 일본 도쿄다이가쿠(東京大學) 아가와분코(阿川文庫[G23-176])에 소장되어 있다. 1책은 신라고려문과방, 2책은 조선 조문과방목으로 태조~단종, 3책은 세조~연산, 4책은 명종~중종. 5책은 선조~광해. 6책은 인조~현종. 7책은 숙종~경종. 8책은 영조, 9책은 정조~순조, 10책은 고려조선의 중시와 고려조선의 생진 장원을 싣고 있다.
11)『용방회록(龍榜會錄)』(장서각[B13LB-8])은 1책으로 편자 미상이다. 수록 연대는 1290년(충렬왕 16)부터 1544년(중종 39)까지이다. 판본은 필사본으로 책의 크기는 22.6×16.8cm이다.

고려문과 종합방목은 모두 조선시대에 작성된 것이다.『등과록전편
(登科錄前編)』이라는 방목의 제목만 보아도 알 수가 있다. 조선시대에
작성한『등과록(登科錄)』[19]의 앞부분으로 작성된 것이다.『등과록』이

---

12) 등과록전편(登科錄前編, 규장각[古 4650-10]), 규장각한국학연구원, 서울대학교,
http://e-kyujanggak.snu.ac.kr/home/index.do?idx=06&siteCd=KYU&topMenuId
=206&targetId=379&gotourl=http://e-kyujanggak.snu.ac.kr/home/MOK/CONVI
EW.jsp?type=MOK^ptype=list^subtype=sm^lclass=AL^ntype=sj^cn=GR32982_00

13) 국조방목(國朝榜目, 규장각[奎 5202]), 규장각한국학연구원, 서울대학교, http://e-
kyujanggak.snu.ac.kr/home/index.do?idx=06&siteCd=KYU&topMenuId=206&t
argetId=379&gotourl=http://e-kyujanggak.snu.ac.kr/home/MOK/CONVIEW.js
p?type=MOK^ptype=list^subtype=sm^lclass=AL^ntype=sj^cn=GK05202_00

14) 국조방목(國朝榜目, 장서각[K2-3538]), 한국학전자도서관, 한국학중앙연구원, http:
//lib.aks.ac.kr/search/DetailView.ax?sid=1&cid=104717

15) 용방회록(龍榜會錄, 장서각[B13LB-8]), 장서각 디지털 아카이브, 한국학중앙연구원,
http://yoksa.aks.ac.kr/jsp/aa/ImageView.jsp?aa10up=kh2_je_a_vsu_B13LB^8_
000&aa10no=kh2_je_a_vsu_B13LB^8_001

16) 고려문과방목(高麗文科榜目, 국립중앙도서관[古6024-161]), 국립중앙도서관, 국립
중앙도서관, http://www.nl.go.kr/nl/search/SearchDetail.nl?category_code=ct
& service=KOLIS&vdkvgwkey=1161180&colltype=DAN_OLD&place_code_info=00
2&place_name_info=高麗文科榜目&manage_code=MA&shape_code=B&refLoc=nu
ll&category=dan&srchFlag=Y&h_kwd=麗朝文科榜目&lic_yn=N&mat_code=RB

17) 해동용방(海東龍榜 국립중앙도서관[古6024-157]), 국립중앙도서관, 국립중앙도서
관, http://www.nl.go.kr/nl/search/SearchDetail.nl?category_code=ct&service=
KOLIS&vdkvgwkey=1161851&colltype=DAN_OLD&place_code_info=172&place_n
a me_info=麗朝文科榜&manage_code=MA&shape_code=B&refLoc=null& category
=&srchFlag=Y&h_kwd=海東龍榜&lic_yn=N&mat_code=RB&top F1=title&kwd=海
東龍榜&dan=&yon=&disabled=&media=&web=&map=&music= &etc=&archive=&
cip=&kolisNet=&korcis

18) 국조방목(國朝榜目, 국립중앙도서관[古6024-6]), 국립중앙도서관, 국립중앙도서관,
http://www.nl.go.kr/nl/search/SearchDetail.nl?category_code=ct&service=KO
LIS&vdkvgwkey=1146789&colltype=DAN_OLD&place_code_info=002&place_nam
e_info=高麗以後各年文科榜目&manage_code=MA&shape_code=B&refLoc=
null&category=dan&srchFlag=Y&h_kwd=國朝榜目&lic_yn=N&mat_code=
RB&topF1=title&kwd=國朝榜目&dan=&yon=&disabled=&media=&web
=&map=&music=&etc=&archive=&cip=&kolisNet=&korcis

19)『등과록(登科錄)』(규장각[古 4650-11])은 7책으로 편자 미상이다. 수록 연대는 1393

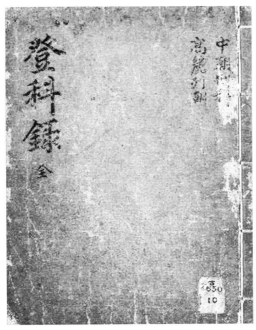

[그림 3-1] 『登科錄前編』 표지

라는 이름의 종합방목이 다수 있는데, 가장 잘 알려진 것은 서울대학
교 규장각한국학연구원(이하 규장각)에 소장된 것과 일본 도요분코(東
洋文庫)에 있는 것이다.

고려문과 종합방목은 선장조(選場條)를 참고하였기 때문에 각 시험
의 장원(壯元)과 장원 이외의 급제자 일부를 싣고 있다. 그러나 고려후
기에 오면 조선조의 문과 종합방목처럼 한 회 합격자 전원을 수록하고
있는 시험들이 있다. 총 15회의 시험에서 합격자 전원을 소개하고 있
다. 1371년(공민왕 20) 시험은 동진사(同進士)를 시작하는 제목 아래에

_____

년(태조 2)부터 영조조까지이다. 판본은 필사본으로 책의 크기는 27×20cm이다.

'2인무(二人無)'라는 주가 있다. 그래서 동진사가 23명이 아닌 21명만 실려 있다. 1388년(창왕 즉위) 시험은 동진사 제목에 '1인무(一人無)'라고 적고, 22명만 등재되어 있다. 1389년(창왕 1) 시험은 "동진사 20위" 노서(魯舒)[20]를 1365년 과거로 이동을 해서 1명이 부족하다.

[표 3-2] 고려문과 종합방목에 선발인원 전원이 수록된 시험

	시험년	왕대년	시험명	장원	선발	비고
1	1290	충렬왕 16	경인방	崔咸一	31	乙3·丙7·同進士21
2	1362	공민왕 11	임인방	朴實	33	乙3·丙7·同進士23
3	1368	공민왕 17	행구재친시방	李詹	7	등급이 없음
4	1369	공민왕 18	기유방	柳伯濡	33	乙3·丙7·同進士23
5	1371	공민왕 20	신해방	金潛	31	同進士二十三人 밑에 二人無
6	1374	공민왕 23	갑인방	金子粹	35	乙3·丙7·同進士25
7	1376	우왕 2	병진방	鄭摠	33	乙3·丙7·同進士23
8	1377	우왕 3	정사방	成石珚	33	乙3·丙7·同進士23
9	1380	우왕 6	경신방	李文和	33	乙3·丙7·同進士23
10	1382	우왕 8	임술방	柳亮	33	乙3·丙7·同進士23
11	1383	우왕 9	계해방	金漢老	33	乙3·丙7·同進士23
12	1385	우왕 11	을축방	禹洪命	33	乙3·丙7·同進士23
13	1388	창왕 즉위	무진방	李致	32	同進士二十三人 밑에 一人無
14	1389	창왕 1	기사방	金汝知	32	魯舒를 1365년 시험으로 이동
15	1390	공양왕 2	경오방	李惕	33	乙3·丙7·同進士23

고려문과 단회방목도 국내에 현전하고 있다. 단회방목은 4번처럼 온전히 책으로 존재하지만, 2·5번처럼 거창 초계정씨 문중의 고문서로 현전하고 있거나 『상현록(尙賢錄)』[21], 『석탄선생문집(石灘先生文集)』[22],

---

20) 『강화노씨세보(江華魯氏世譜)』를 참고하여 시험년을 "기사(己巳)"(1389)에서 "을사(乙巳)"(1365)로 이동하였다. 노서는 1386년에 사망하기 때문에 1389년 문과를 응시할 수 없다. 그리고 손자 노인복(魯仁復)은 1390년 문과에 급제하였다.

『경재선생실기(敬齋先生實紀)』23) 등 문집에 실려 있다. 저자가 각각 우탁
(禹倬, 1290년 경인방 병과 7위)24), 이존오(李存吾, 1360년 경자방 동진사 8
위)25), 홍로(洪魯, 1390년 경오방 동진사 11위)26)로 본인이 급제한 과거의
방목을 자신의 문집에 수록하고 있다.

[표 3-3] 고려문과 단회방목

	시험년	왕대년	방목명	소장처	청구기호	장원	선발
1	1290	忠烈王 16	榜目	『尙賢錄』 권2, 국중도	한古朝57 -가346	崔咸一	31
2	1355	恭愍王 4	大元至正十五年乙未及第枋[榜]	『古文書集成』 23책 (거창 초계정씨篇)		安乙起	33
3	1360	恭愍王 9	榜目	『石灘先生文集』, 연세대 학교	고서(I) 811.98 이신의 석-판	鄭夢周	33

---

21) 『상현록(尙賢錄)』(국립중앙도서관[古2107-235])은 1책으로 된 우탁(禹倬)의 문집이
   다. 판본은 영인(影印) 및 연활자본(鉛活字本)이다. 판본 사항은 사주쌍변(四周雙邊)으
   로 반곽(半郭)은 19.0×16.5cm이고, 계선(界線)이 있고 10행 19자로 주는 쌍행(雙行)이
   다. 내향이엽화문어미(內向二葉花紋魚尾)이고, 책의 크기는 29.1×21.4cm이다.

22) 『석탄선생문집(石灘先生文集)』(연세대학교 학술정보원[고서(I) 811.98 이신의 석-
   판])은 2책으로 된 이존오(李存吾)의 문집이다. 판본은 목판본(木板本)으로 1726년(영
   조 2)에 간행된 것으로 추정된다. 판본 사항은 사주쌍변으로 반곽은 22.1×16.2cm이
   고, 계선이 있고 10행 20자로 주는 쌍행이다. 상하내향이엽화문어미(上下內向二葉花
   紋魚尾)이고, 책의 크기는 30.3×20.4cm이다.

23) 『경재선생실기(敬齋先生實紀)』(국립중앙도서관[古2511-93-11])은 1책으로 된 홍로
   (洪魯)의 문집이다. 판본은 목판본으로 1826년(순조 26)에 간행되었다. 판본 사항은
   사주쌍변으로 반곽은 21.2×17.0cm이고, 계선이 있고 10행 18자로 주는 쌍행이다. 내
   향이엽화문어미이고, 책의 크기는 32.5×21.3cm이다.

24) 우탁(禹倬), 한국역대인물 종합정보시스템, 한국학중앙연구원, http://people.aks.
   ac.kr/front/tabCon/exm/exmView.aks?exmId=EXM_KM_5COc_1290_000724

25) 이존오(李存吾), 한국역대인물 종합정보시스템, 한국학중앙연구원, http://people.
   aks.ac.kr/front/tabCon/exm/exmView.aks?exmId=EXM_KM_5COc_1360_001018

26) 홍로(洪魯), 한국역대인물 종합정보시스템, 한국학중앙연구원, http://people.aks.
   ac.kr/front/tabCon/exm/exmView.aks?exmId=EXM_KM_5COc_1390_001506

4	1360	恭愍王 9	至正二十年庚子十月二十五日恭愍王九年新京東堂及第榜目	국중도	古6024-202	鄭夢周	33
5	1382	禑王 8	大明洪武十五年壬戌年五月日及第同年膀[榜]目	『古文書集成』 23책 (거창 초계정씨篇)		柳亮	33
6	1390	恭讓王 2	洪武二十三年 [恭讓王二年] 庚午文科榜目	『敬齋先生實紀』 권3, 국중도	古2511-93 -11	李穡	33

거창(居昌) 초계정씨(草溪鄭氏) 가문은 동계(桐溪) 정온(鄭蘊, 1569~ 1641)[27]의 후손 집안이다. 이 집안 고문서(古文書)에서 고려사마 단회 방목 1점(1377년 진사시)과 고려문과 단회방목 2점(1355 · 1382년 문과)이 발견되었다.[28] 고려사마방목인 '선광7년정사3월일문생진[사시방목](宣 光七年丁巳三月日門生進[士試榜目])'은 현재 유일본으로 귀중한 자료이 다. 1995에 영인된 『고문서집성(古文書集成)』 23책(거창 초계정씨편)에 실려 있다. 사마방목[29]에는 101명의 진사가 수록되어 있으며, 진사(進 士) 57명(1등4 · 2등15 · 3등38), 십운시(十韻詩) 42명(1등4 · 2등10 · 3등28), 명경(明經) 2명이다.

---

27) 정온(鄭蘊), 한국역대인물 종합정보시스템, 한국학중앙연구원, http://people.aks. ac.kr/front/tabCon/exm/exmView.aks?exmId=EXM_MN_6JOb_1610_004891

28) 과거급제명단 등 고서 82점 기탁, 2005년 06월 15일 기사, 경향신문, http://news.k han.co.kr/kh_news/khan_art_view.html?code=960201&artid=200506150832071

29) 고려시대 사마시는 국자감시(國子監試, 조선의 진사시에 해당)와 승보시(升補試, 조 선의 생원시에 해당)가 있었다. 국자감시는 감시(監試) · 진사시(進士試) · 남성시(南省 試) · 국자시(國子試) · 성균시(成均試)라고 하였고, 1032년(덕종 1)에 처음 실시되었다. 승보시는 1147년(의종 1)에 처음 생겼고, 1367년(공민왕 16)에 생원시(生員試)로 바뀌 었다. 조선과 달리 고려시대에는 승보시가 국자감시보다 격이 높았다.(이성무, 『韓國 의 科擧制度』, 집문당, 1994, 52쪽; 최진옥, 『朝鮮時代 生員進士 硏究』, 집문당, 1998, 31쪽.)

[표 3-4] 고려사마 단회방목

	시험년	왕대년	방목명	소장처	장원	선발
1	1377	禑王 3	宣光七年丁巳三月日門生 進[士試榜目]	『古文書集成』 23책 (거창 초계정씨篇)	鄭悛 權德生	101

(2) 고려문과 설행회수

선장조에는 총 250회의 시험이 실려 있다. 고려시대 문과를 기록하고 있는 종합방목들은 대체로 선장조와 일치하거나 선장조에 없는 과거가 기록되어 있다. 조좌호(1958)는 선장조를 기초로 고려시대 문과 설행을 252회로 보았고[30], 박용운(1990)은 선장조를 참고하여 250회로 보고 있고,[31] 이성무(1994)는 251회로[32], 허흥식(2005)은 255회가 실시되었다고 정리하고 있다.[33]

---

30) 조좌호, 『韓國科擧制度史硏究』, 범우사, 1996, 66쪽.

31) 박용운, 「科試 設行과 製述科 及第者」, 『高麗時代 蔭敍制와 科擧制 硏究』, 일지사, 1990, 325쪽. 1065년(문종 19) 6월 을사방 은사 급제, 1152년(의종 6) 5월 임신방, 1280년(충렬왕 6) 5월 경진 문신친시방, 1302년(충렬왕 28) 5월 임인 문신친시방 등 4회를 제외하였다. 반면에 선장조에 누락된 1296년(충렬왕 22) 병신방, 1297년(충렬왕 23) 정유방, 1324년(충숙왕 11) 갑자방 등 3회를 추가하였다.

32) 이성무, 『韓國의 科擧制度』, 집문당, 1994, 66쪽.

33) 허흥식, 『고려의 과거제도』, 일조각, 2005, 306·308·325쪽. 1082년(문종 36) 파방된 시험은 회수에서 제외하였다. 그래서 253회 실시되었지만, 252회로 정리하였다; 허흥식, 앞의 책(2005), 479~545쪽. 「고려 예부시 동년록」에서는 255회로 정리하고 있다. 선장조에 없는 추가한 시험은 4회로 1065년(문종 19) 은사 급제, 1296년(충렬왕 22)와 1297년(충렬왕 23) 시험, 1324년(충숙왕 11) 시험이다. 추가하지 않은 시험은 1122년(예종 17) 문신친시방, 1309년(충선왕 1) 시험, 그리고 5회의 시학친시방으로 총 7회이다.

[표 3-5]『高麗史』「選擧志」選場條에 기록되지 않은 문과

	시험년	왕년	登科錄前編	高麗登科總目	麗朝文科榜	前朝科擧事蹟
1	1065	문종 19	○34)(恩賜)	·	○	○
2	1116	예종 11	○	·	○	·
3	1122	예종 17	·	○(文臣親試)	·	·
4	1181	명종 11	·	○(侍學親試)	·	·
5	1227	고종 14	○(侍學選壯)	○(侍學親試)	·	·
6	1245	고종 32	·	○(侍學親試)	·	·
7	1276	충렬왕 2	○(侍學選榜)	○(侍學親試)	·	·
8	1296	충렬왕 22	○35)	·	○	·
9	1297	충렬왕 23	○36)	·	○	·
10	1309	충선왕 1	○(史無)	○37)	○	·
11	1314	충숙왕 1	○(侍學選榜)	·	·	·
12	1324	충숙왕 11	○(史無)	·	○	·
계			9	6	6	1

『등과록전편(登科錄前編)』은 「선거지(選擧志)」 선장조보다 8회가 많고, 「고려등과총목(高麗登科總目)」은 6회가 더 많다. 그래서 전자의 시험 회수는 258회이고, 후자는 256회38)이다. 둘 다 3번의 별두(別頭)39) 급제는 시험 회수에서 제외하였다. 『고려사』「선거지」선장조

---

34) 박용운, 『『高麗史』選擧志 譯註』, 경인문화사, 2012, 239쪽. 文宗十九年六月參知政事 金義珍知貢擧取進士 王覆試以盧旦奏事忤旨怒不設科 惟取十上不第者 賜李元長等五人恩 賜出身 又賜明經二人及第(『고려사』 권74, 志 권제28 「선거」2, 과목2, 恩例條).

35) 此榜未知壯元之誰 某而金公譜(商山金氏族譜)書登科年條(『등과록전편』).

36) 此榜未知壯元之誰 某而章榮公譜書以忠烈丁酉秋場製述科(『등과록전편』).

37) 忠宣王[補]二年取金成固等(고려등과총목). 고려등과총목에는 충선왕 2년(1310), 등과 록전편에는 충선왕 1년(1309)으로 나온다.

38) 1082년(문종 36) 3월에 시행된 과거는 최연(崔淵) 등 19인을 선발하였는데, 파방되었 기 때문에 회수에서 제외하였다.

39) 별두(別頭): 고려조 과거에서 중국인(中國人)으로서 과거의 을과에 급제한 사람이다.

와 『등과록전편』, 『증보문헌비고』「고려등과총목」에서 설행 회수의
차이에 큰 영향을 끼치는 것은 시학친시(侍學親試=侍學選試·侍學選
榜)40)의 유무이다.

시학친시는 조선시대에는 없던 시험으로 태자를 모실 시학(侍學)을
태자가 직접 선발하는 시험이다. 이 시험을 어떻게 분류할 것인가?『고
려사』「선거지」선장조에는 전혀 언급되어 있지 않고, 『등과록전편』에
는 3곳 즉, 1227년(고종 14)과 1276년(충렬왕 2), 1314년(충숙왕 1)에 기록
이 보이고 있다. 그런데 '시학선방(侍學選榜)'이라 적으면서 시험명의
위치를 생원시[승보시(升補試)]·진사시[국자감시(國子監試)]의 장원41) 다
음에 기록하고 있다. 반면에 『증보문헌비고』「고려등과총목」에서는
문과 시험과 동등한 자격을 부여해서 4회의 태자친시시학(太子親試侍
學, 또는 世子府侍學)을 적고 있다. 두 책에서 시학친시는 2회가 일치하
는 데, 두 책을 합하면 총 5회의 시학친시가 설행되었음을 알 수 있다.

『등과록전편』에는 '동년별두(同年別頭)'로, 「고려등과총목」에는 '동년별두과(同年別頭
科)'로 나온다. 고려시대에 총 3번의 시험이 있었다. ① 1102년(숙종 7) 장침(章忱),
② 1114년(예종 9) 임완(林完), ③ 1184년(명종 14) 왕봉진(王逢辰). '별두을과(別頭乙
科)·별사을과(別賜乙科)'라고 칭하는 것으로 보아 은사(恩賜)의 의미와 비슷한 것으로
추정된다.

40) 시학친시(侍學親試): 문신을 대상으로 하는 친시를 '문신친시방(文臣親試榜)', 태자가
시학(侍學)을 선발하는 친시는 '시학선방(侍學選榜)'이라『등과록전편』에서 적고 있
다.『증보문헌비고』「고려등과총목」에는 전자를 '친시문신(親試文臣)', 후자를 '태자친
시시학(太子親試侍學)' 또는 '세자부시학(世子府侍學)'이라 한다. 둘을 절충하여 "문신
친시(文臣親試)"와 "시학친시(侍學親試)"라고 명명(命名) 하였다.

41) 『등과록전편』을 조선시대에 편찬하였기 때문에 승보시(升補試) 장원은 '생장(生壯)',
국자감시(國子監試) 장원은 '진장(進壯)'이라고 적고 있다. 승보시 또는 국자감시 보다
는 널리 알려져 있는 조선시대 용어인 생원시와 진사시를 그대로 쓰기로 한다.

[표 3-6] 고려시대 왕대별 문과 설행 회수

	왕명	설행회수			왕명	설행회수
1	광종(光宗)	8	17		희종(熙宗)	6
2	경종(景宗)	2	18		강종(康宗)	2
3	성종(成宗)	14	19		고종(高宗)	29
4	목종(穆宗)	7	20		원종(元宗)	9
5	현종(顯宗)	14	21		충렬왕(忠烈王)	23
6	덕종(德宗)	2	22		충선왕(忠宣王)***	1
7	정종(靖宗)	6	23		충숙왕(忠肅王)****	7
8	문종(文宗)	20	24		충혜왕(忠惠王)	2
9	선종(宣宗)	7	23		충숙왕(忠肅王) 복위	1
10	헌종(獻宗)	1	24		충혜왕(忠惠王) 복위	4
11	숙종(肅宗)	6	25		충목왕(忠穆王)	1
12	예종(睿宗)*	12	26		공민왕(恭愍王)	10
13	인종(仁宗)	18	27		우왕(禑王)	7
14	의종(毅宗)	16	28		창왕(昌王)	2
15	명종(明宗)	18	29		공양왕(恭讓王)	2
16	신종(神宗)**	5	계			262

　* 예종 17년 8월 임인방은 4월에 예종이 죽었기 때문에 인종 즉위년으로 함.
　** 신종 7년 10월 갑자방은 신종이 9월에 폐위가 되어서 희종 즉위년으로 함.
　*** 충선왕 5년 8월 계축방은 3월에 선위를 해서 충숙왕 즉위년으로 함.
　**** 충숙왕 17년 10월 경오방은 충혜왕 즉위년으로 함.

　　이덕무(李德懋)[42]가 지은 『청장관전서(靑莊館全書)』(1795)에서 이만운(李萬運)[43]이 지은 『고려방안(高麗榜眼)』을 소개하면서, 방안에 실린 서문(序文)의 내용을 인용하고 있다. "전방(全榜) 17회 544인, 산방(散榜)

42) 이덕무(李德懋), 한국민족문화대백과사전, 한국학중앙연구원, http://encykorea. aks.ac.kr/Contents/Index?contents_id=E0043990
43) 이만운(李萬運), 한국역대인물 종합정보시스템, 한국학중앙연구원, http://people. aks.ac.kr/front/tabCon/exm/exmView.aks?exmId=EXM_MN_6JOc_1777_010592

210회 465인, 보방(補榜) 151인, 응거시(應擧試) 10회 32인, 문신중시(文臣重試) 3회 10인, 시학선시(侍學選試) 5회 7인, 진사장원(進士壯元) 135인, 십운시장원(十韻詩壯元) 65인, 생원장원(生員壯元) 37인, 총 1,446인으로 중첩되는 79인을 제외하면 실제로 1,367인이다."[44)]

이만운은 정조의 명을 받아『증보문헌비고』의 전신인『동국문헌비고(東國文獻備考)』를 증보한 사람이다.『증보문헌비고』의「고려등과총목」에 많은 부분 영향을 미쳤을 것이다. 시학친시의 5회와 장원 7인[45)]은『고려방안』의 내용과 일치한다. 그리고 문신중시를 3회라고 하는 것으로 보아 1122년(예종 17)에 문신친시(文臣親試=重試)[46)]가 설행이 되었음을 알 수 있다. 시학친시의 비중(比重)은 생원·진사시와 문과의 중간이라고 보여 진다.

그래서 필자는 현재 고려문과 설행 회수를 선장조의 250회와 누락된 12회[47)]의 시험을『등과록전편』과「고려등과총목」에서 참고하여 총 262회로 결론지었다.

---

44) 허흥식, 앞의 책(2005), 305쪽. 全榜十七共五百四十四人 散榜二百十共四百六十五人 補榜共一百五十一年[人] 應擧試十榜共三十二人 文臣重試三榜共十人 侍學選試五榜共七人 進士魁一百三十五人 十韻魁六十五人 生員魁三十七人 都合一千四百四十六人內 疊人凡七十九人 以計實則一千三百六十七人.(『청장관전서(靑莊館全書)』권70, 高麗榜眼)
45) ① 1181년(명종 11) 하거원(河巨源), ② 1227년(고종 14) 육운시장(六韻詩壯) 유순(兪恂), 사운시장(四韻詩壯) 정위(丁偉), 절구장(絕句壯) 이소(李紹), ③ 1245년(고종 32) 고계릉(高季稜), ④ 1276년(충렬왕 2) 육운시장 이익방(李益邦), ⑤ 1314년(충숙왕 1) 주영(周永) 이상 7인이다.
46)『등과록전편』에는 나오지 않고,「고려등과총목」에만 나온다.
47) 선장조에 누락된 시험은 1065년(문종 19) 6월 을사방, 1116년(예종 11) 병신방2, 1122년(예종 17) 문신친시방, 1181년(명종 11) 시학친시방, 1227년(고종 14) 시학친시방, 1245년(고종 32) 시학친시방, 1276년(충렬왕 2) 시학친시방, 1296년(충렬왕 22) 병신방, 1297년(충렬왕 23) 정유방, 1309년(충선왕 1) 기유방, 1314년(충숙왕 1) 시학친시방, 1324년(충숙왕 11) 갑자방 등 총 12회이다. 1065년 을사방은 과목(科目)2 은례조(恩例條)와『등과록전편』과「여조문과방」에 나온다.

박용운(朴龍雲)이 「科試 設行과 製述科 及第者」(1990)에서 제외한 4회
의 시험을 정규 설행으로 처리하였다. 1065년(문종 19) 6월 을사방은
은사 급제자(이원장[48])가 나왔기 때문이다. 그리고 1152년(의종 6) 5월
임신방은 같은 해 4월에 김의(金儀)[49] 등을 뽑고, 5월에 친시하여 유희
(劉羲)[50] 등을 선발하였다. 선장조에 나오는 최초의 친시방이다.[51]
1280년(충렬왕 6) 5월 경진 문신친시방은 4월에 이백기(李白琪)[52] 등을
급제시켰고, 5월에 문신을 대상으로 친시하여 조간(趙簡)[53] 등을 선발

	시험년	왕년	내용	출전
1	1065	문종 19	恩賜	恩例條・登科錄前編・麗朝文科榜
2	1116	예종 11	○	登科錄前編・麗朝文科榜
3	1122	예종 17	文臣親試	高麗登科總目
4	1181	명종 11	侍學親試	高麗登科總目
5	1227	고종 14	侍學親試	登科錄前編・高麗登科總目
6	1245	고종 32	侍學親試	高麗登科總目
7	1276	충렬왕 2	侍學親試	登科錄前編・高麗登科總目
8	1296	충렬왕 22	○	登科錄前編・麗朝文科榜
9	1297	충렬왕 23	○	登科錄前編・麗朝文科榜
10	1309	충선왕 1	史無	登科錄前編・高麗登科總目・麗朝文科榜
11	1314	충숙왕 1	侍學選榜	登科錄前編
12	1324	충숙왕 11	史無	登科錄前編・麗朝文科榜

48) 이원장(李元長), 한국역대인물 종합정보시스템, 한국학중앙연구원, http://people.
   aks.ac.kr/front/tabCon/exm/exmView.aks?exmId=EXM_KM_5COa_1065_000117
49) 김의(金儀), 한국역대인물 종합정보시스템, 한국학중앙연구원, http://people.aks.
   ac.kr/front/tabCon/exm/exmView.aks?exmId=EXM_KM_5COb_1152_000344
50) 유희(劉羲), 한국역대인물 종합정보시스템, 한국학중앙연구원, http://people.aks.
   ac.kr/front/tabCon/exm/exmView.aks?exmId=EXM_KM_5COb_1152_000346
51) 『증보문헌비고(增補文獻備考)』 권185, 「선거고(選擧考)」2, 과제(科制)2, 「고려등과총
   목(高麗登科總目)」에는 1122년(예종 17)에 문신(文臣)을 대상으로 친시(親試)를 거행
   하여 첨사부주부(詹事府注簿) 안보린(安寶麟) 등을 선발하였다는 기록이 있다. 선장조
   의 (문신)친시 1152년 보다 더 이른 시기이다.
52) 이백기(李白琪), 한국역대인물 종합정보시스템, 한국학중앙연구원, http://people.a
   ks.ac.kr/front/tabCon/exm/exmView.aks?exmId=EXM_KM_5COc_1280_000693
53) 조간(趙簡), 한국역대인물 종합정보시스템, 한국학중앙연구원, http://people.aks.

하였다. 선장조에 나오는 최초의 문신친시방이다(조선시대 중시에 해당한다). 1302년(충렬왕 28) 5월 임인 문신친시방은 4월에 최응(崔凝)[54] 등을 뽑고, 5월에 문신 친시하여 조광한(曺匡漢)[55] 등을 선발하였다. 모두 정규 과거에서 제외할 이유가 없다.

고려시대 문과에서 같은 해에 2번 설행된 경우는 여섯 차례 있었다. 위에서 언급한 1152년 친시, 1280년과 1302년의 문신친시, 1276년 시학친시, 그리고 983년(성종 2)과 1116년(예종 11)에는 일반 문과가 2번 실시되었다. 983년 5월 계미방에서 최행언(崔行言)[56] 등 5인을 선발하였고, 12월 시험에서는 강은천(姜殷川=姜邯贊)[57]이 장원 급제하였다. 1116년 5월 병신방에서 배우(裴祐)[58] 등 38인을 뽑았고, 11월에는 임허윤(林許允)[59] 등을 선발하였다.

ac.kr/front/tabCon/exm/exmView.aks?exmId=EXM_KM_5COc_1280_000695

54) 최응(崔凝), 한국역대인물 종합정보시스템, 한국학중앙연구원, http://people.aks. ac.kr/front/tabCon/exm/exmView.aks?exmId=EXM_KM_5COc_1302_000767

55) 조광한(曺匡漢), 한국역대인물 종합정보시스템, 한국학중앙연구원, http://people. aks.ac.kr/front/tabCon/exm/exmView.aks?exmId=EXM_KM_5COc_1302_000769

56) 최행언(崔行言), 한국역대인물 종합정보시스템, 한국학중앙연구원, http://people. aks.ac.kr/front/tabCon/exm/exmView.aks?exmId=EXM_KM_5COa_0983_000017

57) 강감찬(姜邯贊), 한국역대인물 종합정보시스템, 한국학중앙연구원, http://people. aks.ac.kr/front/tabCon/exm/exmView.aks?exmId=EXM_KM_5COa_0983_000018

58) 배우(裴祐), 한국역대인물 종합정보시스템, 한국학중앙연구원, http://people.aks. ac.kr/front/tabCon/exm/exmView.aks?exmId=EXM_KM_5COb_1116_000241

59) 임허윤(林許允), 한국역대인물 종합정보시스템, 한국학중앙연구원, http://people. aks.ac.kr/front/tabCon/exm/exmView.aks?exmId=EXM_KM_5COb_1116_000242

[표 3-7] 고려시대 문과에서 1년에 2번 실시된 시험

	시험년	왕대년	간지	월	시험명	장원	선발
1	983	成宗 2	癸未	5월	癸未榜	崔行言	5
				12월	癸未榜2-覆試	姜邯贊	3
2	1116	睿宗 11	丙申	5월	丙申榜	裵祐	38
				11월	丙申榜2	林許允	?
3	1152	毅宗 6	壬寅	4월	壬寅榜	金儀	27
				5월	親試	劉羲	35
4	1276	忠烈王 2	丙子	8월	侍學親試	李益邦	?
				10월	丙子榜	李益邦	33
5	1280	忠烈王 6	庚辰	4월	庚辰榜	李白琪	33
				5월	文臣親試	趙簡	9
6	1302	忠烈王 28	壬寅	4월	壬寅榜	崔凝	33
				5월	文臣親試	曹匡漢	7

(3) 고려문과 급제자수

박용운(朴龍雲)은 「科試 設行과 製述科 及第者」(1990)에서 선장조에 나오는 장원 급제자와 『고려사』 세가(世家)·열전(列傳), 『고려사절요(高麗史節要)』, 『동국이상국집(東國李相國集)』 등 각종 문집·금석문(金石文)·지리서(地理書), 초기의 『조선왕조실록(朝鮮王朝實錄)』, 고문서 그리고 조선조의 종합방목에 실려 있는 「고려조과거사적(高麗朝科擧事蹟)」·「고려열조방(高麗列朝榜)」 등을 참고하여 250회 총 1,445명 급제자를 정리하였다.[60] 허흥식은 「고려 예부시 동년록」(2005)에서 255회 총 1,148명 급제자를 기록하고 있다.

한국역대인물[61]에서는 선장조의 기록과 선장조에 없는 고려문과의

---

60) 박용운, 앞의 책(1990), 325쪽.
61) 한국역대인물 종합정보시스템(http://people.aks.ac.kr)은 2005년 12월에 처음으로 온라인 서비스를 시작하였다. 고려문과는 2008년, 고려사마는 2011년부터 서비스를

기록까지 추가해서 262회의 시험과 총 1,536명의 급제자를 수록하고
있다. 급제자들의 출전은 저본으로 한『등과록전편』이 950명으로 제
일 많은 부분을 차지하고 있다. 다음으로 박용운이 정리한 자료에서
463명, 허흥식의 자료는 앞선 두 자료에서 중복 인물을 제외해서 20
명을 추가하였다. 그 외에는 고려문과 단회방목 3개에서 각각 33명,
28명, 25명을 수록하였고, 기타는『국조문과방목』과『증보문헌비고』,
문집 등에서 17명을 추가하였다.

[표 3-8] 한국역대인물의 고려문과 출전별 급제자수

출전	급제자
『登科錄前編』(규장각[古 4650-10])	950
『高麗時代 蔭敍制와 科擧制 硏究』(朴龍雲, 일지사, 1990.)	463
「洪武二十三年[恭讓王二年]庚午文科榜目」(『敬齋先生實紀』 권2, 국립중앙도서관[古2511-93-11])	33
「大元至正十五年乙未及第枋[榜]」(『古文書集成』 23책(거창 초계정씨篇), 韓國精神文化硏究院 編, 한국정신문화연구원, 1995.)	28
「大明洪武十五年壬戌年五月日及第同年牓[榜]目」(『古文書集成』23책(거창 초계정씨篇), 韓國精神文化硏究院 編, 한국정신문화연구원, 1995.)	25
『고려의 과거제도』(허흥식, 일조각, 2005.)	20
『國朝文科榜目』(규장각[奎 106]), 홍패 등	7
『增補文獻備考』(국립중앙도서관[古031-18]) 권185, [高麗登科總目]	3
문집, 묘지명 등	7
급제자 수	1,536

한국역대인물에서 시험별 급제자수를 보면 제술과(製述科)로 1,490
명, 명경과(明經科)는 9명, 명서과(明書科) 1명, 은사(恩賜) 8명, 중시에
해당하는 문신친시(文臣親試)는 10명, 친시(親試) 8명, 시학친시(侍學親

개시하였다.

試) 7명, 별두과(別頭科) 3명으로 급제자가 분포하고 있다.

[표 3-9] 한국역대인물의 고려문과 시험별 급제자수

	시험명	급제자
1	제술과(製述科)	1,490
2	명경과(明經科)	9
3	명서과(明書科)	1
4	은사(恩賜)	8
5	문신친시(文臣親試)	10
6	친시(親試)	8
7	시학친시(侍學親試)	7
8	별두과(別頭科)	3
계		1,536

고려조와 조선조의 과거는 이어져있다. 왕조가 바뀌었지만 과거만
은 고려와 조선의 과거를 구분하고 있지 않다. 국조방목을 보면 조선
시대부터 편찬하고 있는 방목도 있지만, 앞부분에 고려시대 문과 급
제자를 실고 있는 방목도 많다. 또 고려문과 급제자가 조선시대의 중
시에 응시해서 급제를 하고 있다.

[표 3-10] 고려조와 조선조에 연속해서 급제한 문과 급제자

문과 급제자	시험년	합격 시험명
尹會宗 (尹孝宗)	1377	우왕 3년(1377) 정사 정사방(丁巳榜) 동진사 17위
	1407	태종 7년(1407) 정해 중시(重試) 문과 병과 6위
李之剛	1382	우왕 8년(1382) 임술 임술방(壬戌榜) 병과 5위
	1407	태종 7년(1407) 정해 중시(重試) 문과 병과 7위
卞季良	1382	우왕 8년(1382) 임술 진사시(進士試) 진사
	1383	우왕 9년(1383) 계해 생원시(生員試) 생원

	1385	우왕 11년(1385) 을축 을축방(乙丑榜) 동진사 4위
	1407	태종 7년(1407) 정해 중시(重試) 문과 을과 1위[壯元]
朴溪 (朴濟·朴灣)	1388	창왕 즉위년(1388) 무진 무진방(戊辰榜) 동진사 12위
	1407	태종 7년(1407) 정해 중시(重試) 문과 병과 2위

2) 문과방목

(1) 문과 종합방목

조선시대 문과방목은 집성된 종합방목(綜合榜目) 형태로 전체가 남아 있다. 대표적인 소장처로 규장각한국학연구원(이하 규장각), 국립중앙 도서관, 한국학중앙연구원 장서각(이하 장서각), 그리고 각 대학도서관 과 미국 하버드옌칭도서관, 일본 동양문고, 동경대도서관 등이 있다. 종합방목은 『국조방목(國朝榜目)』·『국조문과방목(國朝文科榜目)』·『등 과록(登科錄)』·『해동용방(海東龍榜)』 등의 이름으로 20여 종이 현전(現 傳)하고 있다. 물론 기록 형태나 권책수, 수록 연대는 제각각 다르다.[62]

대표적인 종합방목으로는 『국조문과방목』(규장각[奎 106], 이하 규백 육본)[63], 『국조방목』(규장각[奎貴 11655], 이하 규귀중본)[64], 『국조방목』

---

[62] 이재옥, 「조선시대 문무과 재급제 현황과 재급제자 조사 (1)」, 『장서각』 32집, 한국학 중앙연구원, 2014, 172~173쪽.

[63] 『국조문과방목(國朝文科榜目)』(규장각[奎 106])은 16권 8책으로 편자는 해평인(海平 人) 근암(近菴) 윤급(尹汲)으로 알려져 있다. 판본은 필사본으로 수록 기간은 1393년 (태조 3)부터 1774년(영조 50)까지 이다. 책 크기는 37×24.6cm이다. 현재 규장각에서 이미지(pdf) 서비스 중이다.

　태학사에서 1984년 4책(1책은 색인)으로 영인하였다. 영인본은 규장각 소장 3종의 방목이 합철되어 있다. 앞부분 고려조는 『국조방목』(규장각[奎 5202]), 중간은 『국조 문과방목』(규장각[奎 106]), 영조 50년 이후는 『국조방목』(규장각[奎貴 11655])이다.

[64] 『국조방목(國朝榜目)』(규장각[奎貴 11655])은 18권 8책과 5권(9~13권) 4책, 도합 23 권 12책으로 편자는 미상이다. 판본은 필사본으로 수록 기간은 1393년(태조 2)부터 1894년(고종 31)까지 조선시대 전 기간을 수록한 완결본이다. 책 크기는 42.3× 27.6cm이다. 현재 규장각에서 이미지(pdf) 서비스 중이다.

　대한민국국회도서관에서 1971년 1책으로 영인하였다. 영인본은 규장각 소장 2종 방목

(국립중앙도서관[한古朝26-47], 이하 국중도본)65), 『국조방목』(장서각
[K2-3538·K2-3539], 이하 장서각본)66), 『국조방목』(서울대학교 중앙도
서관[일사 351.306 B224], 이하 서울대본) 등이 있고, 눈여겨 볼만한 방
목으로 『등과록』(일본 東洋文庫[Ⅶ-2-35], 이하 일동양본)67)과 『해동용
방』(국립중앙도서관[古6024-157], 일본 東京大學 阿川文庫[G23-176], 이하
일동경본)68)이 있다.

이 합철되어 있다. 조선조의 『국조방목』(규장각[奎貴 11655])과 고려조의 『국조방목』
(규장각[奎 5202])이다.

65) 『국조방목(國朝榜目)』(국립중앙도서관[한古朝26-47])은 13권 13책으로 편자는 미상
이다. 필사본으로 수록 기간은 1393년(태조 2)부터 1889년(고종 26)까지 미완결본이
다. 책 크기는 27.3×17.8cm이다. 현재 국립중앙도서관에서 이미지 서비스 중이다.
서체는 다르지만 **동일한 제목과 내용**으로 같은 이름의 『국조방목』(규장각[古 4650-
97])이 규장각에 13권 13책으로 소장되어 있다. 필사본으로 책 크기는 25.5×15.5cm이다.

66) 『국조방목(國朝榜目)』(장서각[K2-3538])은 8권 8책으로 편자는 미상이다. 판본은 필
사본으로 수록 기간은 1393년(태조 2)부터 1796년(정조 20)까지 이다. 판본 사항은
사주쌍변에 반곽은 20.8×14.5cm이고, 오사란(烏絲欄)에 반엽 행자수부정(行字數不
定)하고 상삼엽화문어미(上三葉花紋魚尾)이다. 책 크기는 32×20.4cm이다. 현재 장서
각에서 이미지(pdf) 서비스 중이다.
  - 『국조방목』(장서각[K2-3539])은 5권(9~13권) 4책으로 편자는 최재윤(崔在允,
9~10책)·박호양(朴鎬陽, 11책)·김석빈(金碩彬, 12책)이고, 교열은 이준성(李準聖)이
다. 판본은 필사본으로 1930년(昭和 5)에 간행되었다. 수록 기간은 1798(정조 22)부터
1894년(고종 31)까지로 두 판본을 합하면 조선시대 전 기간을 수록한 완결본이 된다.
판본 사항은 무곽(無郭)에 무판심(無版心), 무사란(無絲欄)이고, 반엽(半葉) 행자수부
정(行字數不定) 무어미(無魚尾)이다. 책 크기는 31.9×21cm이다. 현재 장서각에서 이
미지(pdf) 서비스 중이다.

67) 『등과록(登科錄)』(일본 도요분코(東洋文庫)[Ⅶ-2-35])은 19권 13책으로 편자는 미상
이다. 판본은 필사본으로 표제는 국조방목이고, 권수제는 등과록이다. 수록 기간은
1393년(태조 2)부터 1819년(순조 19)까지 이다. 마지막 시험의 9명이 누락되어 있어,
1장이 탈락된 것으로 추정된다. 판본 사항은 사주쌍변에 반곽은 22.6×16.6cm이다.
유계(有界), 10행자수부정 주쌍행(註雙行)이다. 상하내향이엽화문어미이다. 책 크기
는 31.0×20.8cm이다. 원본은 일본 도요분코(東洋文庫)[Ⅶ-2-35])에 소장되어 있다.
(온라인 참조: 등과록, 고려대학교 해외한국학자료센터, 고려대학교 민족문화연구원,
http://kostma.korea.ac.kr/dir/list?uci=RIKS+CRMA+KSM-WI.0000.0000-201
40331.TOYO_0759)

68) 『해동용방(海東龍榜)』(국립중앙도서관[古6024-157])은 10권 10책으로 편자는 미상

그리고 문과 종합방목은 3번 영인(影印)이 되었다. 『국조방목』(대한
민국국회도서관, 1971)[69], 『국조문과방목』(태학사, 1984)[70], 『국조방목』
(영남문화사, 1987)[71]이 있다. 영남문화사 영인본은 국회도서관 영인본
을 재간행한 것이다.

[표 3-11] 대표적인 조선시대 문과 종합방목

	표제	권수제	소장처	청구기호	수록 연대	권책수	비고
1	國朝文科榜目[72]	國朝文科榜目	규장각	奎 106	1393~1774	16권 8책	
2	國朝榜目[73]	國朝榜目	규장각	奎貴 11655	1393~1894	18권 8책 5권 4책	완결본
3	登科錄[74]	登科錄	규장각	古 4650-11	1393~1754	16권 7책	
4	國朝榜目[75]	國朝榜目	서울대	일사 351.306 B224	958~1894	10권 10책	완결본
5	國朝榜目[76]	國朝榜目	규장각	古 4650-97	1393~1888	13권 13책	내용 동일
6	國朝榜目[77]	國朝榜目	국중도	한古朝26-47	1393~1888	13권 13책	
7	國朝榜目[78]	國朝榜目	국중도	古6024-6	1290~1794	7책	
8	國朝榜目[79]	國朝榜目	장서각	K2-3538	1393~1796	8권 8책	완결본
9	國朝榜目[80]	國朝榜目	장서각	K2-3539	1798~1894	5권 4책	
10	國朝榜目[81]	登科錄	日本	Ⅶ-2-35	1393~1819	19권 13책	

이다. 원본은 일본 도쿄다이가쿠(東京大學) 아가와분코(阿川文庫[G23-176])에 소장
되어 있다. 판본은 필사본으로 수록 기간은 신라·고려조 문과부터 1834년(순조 34)까
지이다. 판본 사항은 사주쌍변에 반곽은 17.1×12.0cm이다. 유계, 10행자수부정 주쌍
행이다. 내향백어미이다. 책의 크기는 24.3×14.6cm이다.

69) 『국조방목(國朝榜目)』: 1책. 저본은 규장각한국학연구원 소장 2종 방목으로 조선조는
『국조방목』[奎貴 11655]이고, 고려조는 『국조방목』[奎 5202]이다.

70) 『국조문과방목(國朝文科榜目)』: 4책(1책은 색인). 저본은 규장각한국학연구원 소장
3종 방목으로 고려조는 『국조방목』[奎 5202]이다. 조선조 태조 2년부터 영조 50년은
『국조문과방목』[奎 106]이고, 영조 50년부터 고종 31년까지는 『국조방목』[奎貴
11655]이다.

71) 『국조방목(國朝榜目)』: 1책. 저본은 국회도서관 영인본과 동일하다.

			東洋文庫				
11	海東龍榜[82]	海東龍榜	東京大學 阿川文庫	G23-176	958~1834	10권 10책	국중도[古6 024-157]

* 5번과 6번은 서체만 다를 뿐 내용은 동일하다.

---

72) 국조문과방목(규장각[奎 106]), 규장각한국학연구원, 서울대학교, http://e-kyujan
ggak.snu.ac.kr/home/index.do?idx=06&siteCd=KYU&topMenuId=206&targetId
=379&gotourl=http://e-kyujanggak.snu.ac.kr/home/MOK/CONVIEW.jsp?type
=MOK^ptype=list^subtype=sm^lclass=AL^ntype=sj^cn=GK00106_00

73) 국조방목(규장각[奎貴 11655]), 규장각한국학연구원, 서울대학교, http://e-kyujan
ggak.snu.ac.kr/home/index.do?idx=06&siteCd=KYU&topMenuId=206&targetId
=379&gotourl=http://e-kyujanggak.snu.ac.kr/home/MOK/CONVIEW.jsp?type
=MOK^ptype=list^subtype=sm^lclass=AL^ntype=sj^cn=GK11655_00

74) 등과록(규장각[古 4650-11]), 규장각한국학연구원, 서울대학교, http://e-kyujan
ggak.snu.ac.kr/home/index.do?idx=06&siteCd=KYU&topMenuId=206&targetId
=379&gotourl=http://e-kyujanggak.snu.ac.kr/home/MOK/CONVIEW.jsp?type
=MOK^ptype=list^subtype=sm^lclass=AL^ntype=sj^cn=GR32983_00

75) 국조방목(서울대 중앙도서관[일사 351.306 B224]), 서울대학교 중앙도서관, 서울대
학교, http://snu-primo.hosted.exlibrisgroup.com/primo_library/libweb/action
/display.do?tabs=requestTab&ct=display&fn=search&doc=82SNU_INST2148288
8160002591&indx=3&recIds=82SNU_INST21482888160002591&recIdxs=2&eleme
ntId=2&renderMode=poppedOut&displayMode=full&frbrVersion=&frbg=&&dsc
nt=0&scp.scps=scope%3A%2882SNU_SSPACE%29%2Cscope%3A%2882SNU_INS
T%29%2Cscope%3A%2882SNU_COURSE%29%2Cscope%3A%2882SNU_ROSETTA%
29%2Cprimo_central_multiple_fe&tb=t&vid=82SNU&mode=Basic&srt=rank&tab
=all&prefLang=ko_KR&dum=true&vl(freeText0)=國朝榜目&dstmp=14942171922
71

76) 국조방목(규장각[古 4650-97]), 규장각한국학연구원, 서울대학교, http://e-kyu
janggak.snu.ac.kr/home/index.do?idx=06&siteCd=KYU&topMenuId=206&targe
tId=379&gotourl=http://e-kyujanggak.snu.ac.kr/home/MOK/CONVIEW.jsp?ty
pe=MOK^ptype=list^subtype=sm^lclass=AL^ntype=sj^cn=GR33072_00

77) 국조방목(국중도[한古朝26-47]), 국립중앙도서관, 국립중앙도서관, http://www.
nl.go.kr/nl/search/SearchDetail.nl?category_code=ct&service=KOLIS&vdkvgw
key=8169067&colltype=DAN_OLD&place_code_info=172&place_name_info=國朝
榜目&manage_code=MA&shape_code=B&refLoc=null&category=dan&srchFlag
=Y&h_kwd=國朝榜目&lic_yn=N&mat_code=RB&topF1=title_author&kwd=國朝榜
目&dan=&yon=&disabled=&media=&web=&map=&music=&etc=&archive=&cip=

① 『**국조문과방목(國朝文科榜目)**』(규장각[奎 106], 규백육본)

규백육본은 16권 8책으로 구성되어 있고, 수록 기간은 1393년(태조 3)부터 1774년(영조 50) 갑오 식년시(6회 시험 중 두 번째)[83]까지 기록한 미완결본이다. 원본은 규장각에 소장되어 있다. 방목 전체를 이미지 (pdf) 서비스하고 있다.

&kolisNet=&korcis=

78) 국조방목(국중도[古6024-6]), 국립중앙도서관, 국립중앙도서관, http://www.nl.g o.kr/nl/search/SearchDetail.nl?category_code=ct&service=KOLIS&vdkvgwkey =1146789&colltype=DAN_OLD&place_code_info=002&place_name_info=國朝榜目 &manage_code=MA&shape_code=B&refLoc=null&category=dan&srchFlag=Y&h_ kwd=國朝榜目&lic_yn=N&mat_code=RB&topF1=title_author&kwd=國朝榜目&dan =&yon=&disabled=&media=&web=&map=&music=&etc=&archive=&cip=&kolis Net=&korcis=

79) 국조방목(장서각[K2-3538]), 한국학전자도서관, 한국학중앙연구원, http://lib. aks.ac.kr/search/DetailView.ax?sid=1&cid=104717

80) 국조방목(장서각[K2-3539]), 한국학전자도서관, 한국학중앙연구원, http://lib. aks.ac.kr/search/DetailView.ax?sid=1&cid=104718

81) 등과록(일본 東洋文庫[Ⅶ-2-35]), 고려대학교 해외한국학자료센터, 고려대학교 민족문화연구원, http://kostma.korea.ac.kr/dir/list?uci=RIKS+CRMA+KSM-WI. 0000.0000-20140331.TOYO_0759

82) 해동용방(국중도[古6024-157]), 국립중앙도서관, 국립중앙도서관, http://www.nl. go.kr/nl/search/SearchDetail.nl?category_code=ct&service=KOLIS&vdkvgwke y=1161851&colltype=DAN_OLD&place_code_info=172&place_name_info=海東榜 &manage_code=MA&shape_code=B&refLoc=null&category=&srchFlag=Y&h_kw d=海東龍榜&lic_yn=N&mat_code=RB&topF1=title_author&kwd=海東龍榜 &dan=&yon=&disabled=&media=&web=&map=&music=&etc=&archive=&cip=& kolisNet=&korcis

83) ① 등준시(15명)는 1월 15일, ② 식년시(46명)는 3월 16일, ③ 정시(20명)는 8월 20일, ④ 함경도별시(6명)와 ⑤ 평안도별시(6명)는 10월 3일, ⑥ 증광시(44명)는 11월 28일 에 실시되었다.

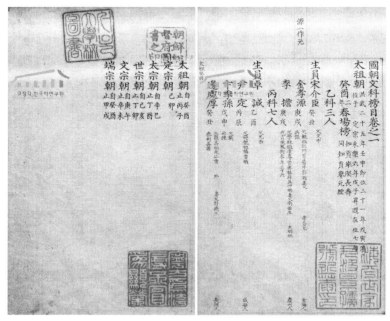

[그림 3-2] 寧方爲汙辱不圓爲顯榮, 海平世家尹汲

　1책의 목록을 보면 태조조부터 단종조까지의 목차가 보이고, 이 판본의 장서인(藏書印)이 찍혀 있다. 첫째로 "영방위오욕불원위현영(寧方爲汙辱不圓爲顯榮)"[84]이 있고, 두 번째로 "조선총독부도서지인(朝鮮總督府圖書之印)", 셋째로 "서울대학교도서"이다.

　다음에 '과제(科制)'라는 제목으로 제차(第次＝等級)[85]에 대한 설명, 중시(重試), 세조 때 설행된 발영시(拔英試)·등준시(登俊試), 성종 때의 진현시(進賢試), 생진장원(生進壯元) 중 양시 장원과 형제 장원을 소개

---

84) 당(唐) 원결(元結, 719~772)의 「오원(惡圓)」. "寧方爲卑, 不圓爲卿. 寧方爲汙辱, 不圓爲顯榮." 오원에 나오는 구절을 좌우명으로 삼아 도장을 만들어서 사용한 듯하다.
85) 조선시대 문과(文科)의 제차(과거의 등급)는 다음과 같다.

하고, 종실로서 과거에 합격한 사람들을 소개하고 있다. 이 페이지에
도 장서인이 2개 있다. "경성제국대학도서고(京城帝國大學圖書庫)"와
"서울대학교도서"이다.

효시	1등	2등	3등	4등	빈도
태조 2년 식년시	乙科	丙科	同進士		17
태종 14년 식년시	乙科一等	乙科二等進士	乙科三等同進士		1
태종 14년 친시	乙科一等	乙科二等	乙科三等		8
태종 16년 친시	乙科一等	乙科二等	×		3
세종 20년 식년시	乙科	丙科	丁科		18
세종 21년 친시	乙科	丙科	×		4
세종 29년 친시	乙科一等	丙科二等	丁科三等		1
세조 6년 평양별시	一等	二等	三等		29
세조 14년 식년시	甲科	乙科	丙科		716
세조 14년 중시	甲科	乙科	丙科	丁科	4
영조 52년 기로정시*	甲科	乙科	×		1
고종 25년 기로응제시**	×	×	×		2
계					804

출전: 『國朝文科榜目』(규장각[奎 106]).

* 영조 52년 기로정시는 "갑과1인, 을과1인"으로 2명 선발.(영조조의 마지막 과거로
가장 적은 문과 선발 인원임.)

** 고종 25년·27년 기로응제시는 등급 없이 각각 3명·5명 선발.

1393년(태조 2) 병오 식년시에는 "乙科·丙科·同進士"로 고려 과거제를 따랐고, 1414
년(태종 14) 갑오 식년시에 처음으로 "乙科一等·乙科二等進士·乙科三等同進士", 1414
년 갑오 친시에 "乙科一等·乙科二等·乙科三等", 1416년 병신 친시에는 "乙科一等·乙
科二等"만을 선발 시행하였다.

1438년(세종 20) 무오 식년시에 "乙科·丙科·丁科"를 시행하여 동진사를 정과로 바
꿨으며, 1439년(세종 21) 기미 친시에 "乙科·丙科"만 선발하였고, 1447년(세종 29)
정묘 친시에서 "乙科一等·丙科二等·丁科三等"을 실시하였다.

1460년(세조 6) 경진 평양별시에서 처음으로 "一等·二等·三等", 1468년(세조 14)에
무자 식년시에서 "甲科·乙科·丙科", 1468년 무자 중시에서 "甲科·乙科·丙科·丁科"
등을 시행하였다.

"을과·병과·동진사"는 1438년(세종 20) 이후에는 사용되지 않았으며, "을과·병과·
정과"는 1506년(종종 1) 이후에는 사용되지 않았다. "갑과·을과·병과"와 "1등·2등·3
등"이 중종조(中宗朝)에 번갈아 가면서 사용되었다. 1546년(명종 1)부터 1894년(고종
31) 갑오개혁까지 "갑과·을과·병과"로 고착화 되었다.

다음으로 범례(凡例)가 있다. 범례에는 태조 1년(1392)의 임신방(壬申榜)에 급제한 5명[86]을 소개하고, 방목에 체재에 대해서 설명하고 있다. 왕대별 연대순으로 급제자를 기록하고 성명(姓名) 위에는 전력(前歷, 幼學·進士 등)을 적고, 이름 아래 쌍서(雙書)는 자(字)와 생년(生年)을 기록한다. 우측 행에는 부·조부·증조부·외조부·처부를 적는데, 문과에 급제한 경우에는 작은 주권(朱圈, 붉은 동그라미)을 찍는다.(일종의 하이퍼링크라고 보면 된다.) 그리고 가족 중에 문과 급제자가 있으면 아래에 적는다. 좌측 행에는 관직, 시호, 중시, 사적(事蹟), 묘문(墓文) 찬자, 직부(直赴), 생진년, 향년을 적고, 말단에 본관과 별호를 기록한다. 개명은 두주에 적는다. 생진 장원은 증광, 식년시 방말에 기록한다. 무과 장원은 시험명을 적는 곳에 기록한다. 그리고 성명 옆에 주권으로 옥당(玉堂)·호당(湖堂), 제학(提學)·대제학(大提學)의 주권 예[87]를 설명하고 있다.

규백육본에는 낙관(落款)이 찍혀 있다. "해평세가윤급경유호근암인(海平世家尹汲景孺號近菴印)"이 그것으로 각 권(卷)이 시작하는 곳이 아닌 책(冊)의 서두에 해당하는 권(1·3·6·8·10·13·15·16권)에만 있다. 이것으로 편자를 윤급(尹汲)[88]으로 추정하고 있다. 해평윤씨 윤급은 자가 경유(景孺)이고, 호가 근암(近菴)으로 1697년(숙종 23)에 태어나 1770년(영조 46)에 향년 74세로 졸하였다. 그런데 규백육본은 1774년

---

86) 5명: 김권(金緯), 조탁(趙琢), 최견(崔蠲), 박취지(朴就之), 조문숙(趙文琡).

87) 성명방주권(姓名旁朱圈): ① 옥당(玉堂), ② 옥당 특수(特授), ③ 옥당참록미배(玉堂參錄未拜), ④ 옥당·호당(湖堂), ⑤ 미옥당지호당(未玉堂之湖堂), ⑥ 옥당·제학(提學), ⑦ 호당·제학(提學), ⑧ 미옥당지제학(未玉堂之提學), ⑨ 단관각대제학(單館閣大提學), ⑩ 양관대제학(兩館大提學).(옥당은 弘文館, 호당은 讀書堂, 양관은 藝文館·홍문관.)

88) 윤급(尹汲), 한국역대인물 종합정보시스템, 한국학중앙연구원, http://people.aks. ac.kr/front/tabCon/exm/exmView.aks?exmId=EXM_MN_6JOc_1725_008453

(영조 50)의 갑오 식년시까지 기록하고 있다. 1774년에 실시된 문과는 6회로 식년시는 두 번째이다. 윤급 사후 4년간의 문과가 더 기록되어 있는 것이다. 여하간 규백육본은 영조(英祖) 대에 편찬된 것이 분명하다. 영조를 묘호(廟號)로 적지 않고, '당저조(當宁朝)'[89]로 쓰고 있기 때문이다.

[표 3-12] 『國朝文科榜目』(규장각[奎 106])의 체재와 수록 내용

	권	책	왕대	장원	문과	중시	생진 장원	비고
1	권1	1책	태조 2(1393)~태종 17(1417)	宋介信	364	15	11	
2	권2		세종 1(1419)~단종 2(1454)	曺尙治	642	43	18	
3	권3	2책	세조 2(1456)~예종 1(1469)	任元濬	342	93	12	
4	권4		성종 1(1470)~성종 25(1494)	申浚	445	27	16	
5	권5		연산 1(1495)~연산 12(1506)	李穆	251	10	10	
6	권6	3책	중종 1(1506)~중종 39(1544)	陳植	899	34	28	
7	권7		명종 1(1546)~명종 21(1566)	崔應龍	472	25	16	
8	권8	4책	선조 0(1567)~선조 39(1606)	權愰	1,112	17	34	
9	권9		광해 0(1608)~광해 13(1621)	李爾瞻	461	16	18	삭과 42인 제외
10	권10	5책	인조 1(1623)~인조 27(1649)	洪霽	746	22	22	삭과 16인 제외
11	권11		효종 1(1650)~효종 8(1657)	李雲根	245	8	10	
12	권12		현종 1(1660)~현종 14(1673)	蘇斗山	390	5	14	삭과 9인 제외
13	권13	6책	숙종 1(1675)~숙종 45(1719)	趙祉錫	1,400	35	54	삭과 17인 제외
14	권14		경종 1(1721)~경종 3(1723)	尹心衡	183	–	8	
15	권15	7책	영조 1(1725)~영조 43(1767)	朴弼哲	1,595	41	40	원본에는

89) 당저(當宁): 바로 그 당시의 임금. 지금의 임금.(온라인 참조: 당저(當宁), 네이버 국어사전, 네이버, http://krdic.naver.com/detail.nhn?docid=8966500)

								없음
16	권16	8책	영조 44(1768)~영조 50(1774)	趙曮	370	15	10	원본에는 없음
계					9,917	406	321	

　규백육본은『국조방목』중에 가장 선본(善本)이라고 할 수 있다. 정서(正書)된 글씨체로 많은 정보를 담고 있다. 기재 내용은 다음과 같다. 첫째 왕조명을 쓰고 아래에 재위 기간을 쌍행으로 적었다. 둘째 시험명은 간지를 적고 왕년을 표시하고 시험 종류에 방(榜)을 붙였다. 쌍행으로 시행일과 시험문제, 그리고 무과 장원을 적었다. 셋째 시험 제차와 제차별 인원을 적었다. 넷째는 급제자를 적는데, 성명 위에는 전력을 적고, 성명 아래에는 쌍행으로 우측에는 자(字)를, 좌측에는 생년을 기록하였다. 다음 쌍행으로 우측에는 부·조부·증조부·외조부·처부를 적고, 아래에 가족 중 문과 급제자를 기록하였다. 좌측에는 관직, 중시, 시호, 묘문 찬자, 사적(事蹟), 향년 등을 적었고, 말단에 쌍행으로 우측에 본관을 좌측에 별호를 기록하였다. 아쉽게도 단회방목에 나오는 거주지는 기록하고 있지 않다.

　왕대가 끝나는 권말(卷末)에는 해당 왕대의 과거 시작과 끝을 적으면서 문과자 수와 중시 급제자수, 생원·진사 장원의 수를 기록하고 있다. 다만 영조대인 15권·16권에는 문과자 수를 적고 있지 않다. 왕조가 끝나지 않아서 그런 듯하다. 규백육본의 특징 중 하나는 판심에 왕대와 간지가 적혀 있어 찾아보기가 편하다.

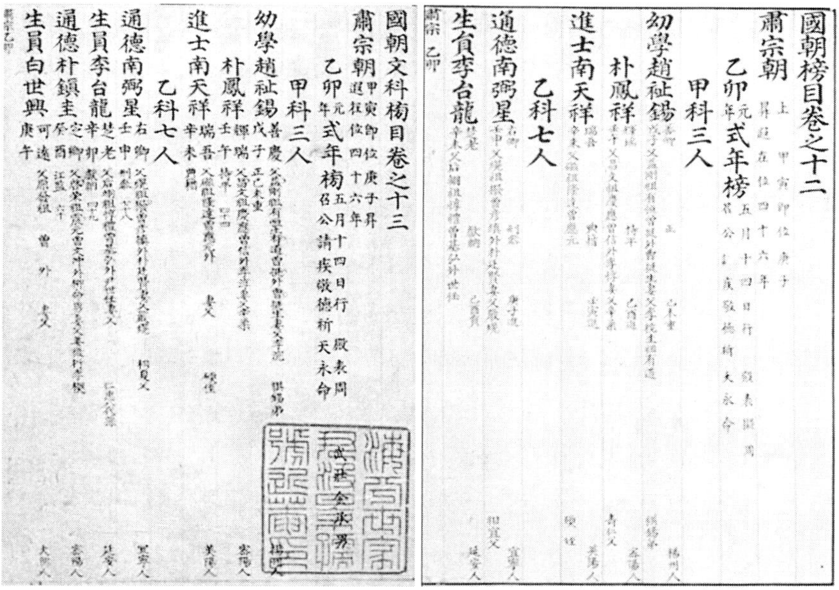
國朝文科榜目卷之十三
肅宗朝
乙卯年式年榜
甲科三人
幼學趙祉錫
朴鳳祥
進士南天祥
乙科七人
通德南弼星
生員李台龍
通德朴鎭圭
生員白世興

國朝榜目卷之十二
肅宗朝
乙卯年式年榜
甲科三人
幼學趙祉錫
朴鳳祥
進士南天祥
乙科七人
通德南弼星
生員李台龍

[그림 3-3] 『國朝文科榜目』(규백육본), 『國朝榜目』(규귀중본)

② **『국조방목(國朝榜目)』**(규장각[奎貴 11655], 규귀중본)

규귀중본은 23권 12책으로 편찬되어 있고, 수록 기간은 1393년(태조 2)부터 1894년(고종 31)까지 문과 종합방목의 완결본이다. 국조방목 중 조선시대 과거 502년(태조 2~고종 31)간 문과 급제자 전체, 즉 송개신(宋介臣)부터 이찬의(李燦儀)까지를 수록하고 있는 방목은 3종[90]이 있다. 규귀중본은 그 중 하나이다. 원본은 규장각에 소장되어 있다. 현재 방목 전체를 이미지(pdf) 서비스하고 있다.

하나의 판본으로 소장되어 있는데, 엄밀히 말하면 두 부분으로 나누어진다. 전반부는 18권 8책으로 태조조(太祖朝)부터 정종조(正宗朝=

90) 완결본: 『國朝榜目』(규장각[奎貴 11655]); 『國朝榜目』(서울대학교 중앙도서관[일사 351.306 B224]); 『國朝榜目』(장서각[K2-3538]·[K2-3539]).

正祖)까지이다. 후반부는 5권(9~13권) 4책으로 순종조(純宗朝=純祖)부터 고종조(高宗朝)까지이다. 후반부는 전반부와 내용은 이어지지만, 권수는 별개로 시작한다.

규귀중본의 전반부인 8책까지는 판심에 왕대와 간지가 적혀 있다. 다만 7책까지는 규백육본과 같이 왕대와 간지가, 8책은 간지만 쓰여 있다. 후반부의 시작인 9책에도 판심에 간지가 있다. 그 외에 10책부터 12책에는 판심에 간지가 없다. 규귀중본 1책을 보면 첫머리에 1책의 목차가 보이는데, 태조조~예종조까지 왕대가 기록되어 있다. 다음에 규귀중본 전체에 해당하는 선발 인원에 대한 통계가 나온다. 각 왕대를 적고 문과 급제자 수와 중시 급제자 수, 생원·진사 장원의 수를 나열하고 있다. 그런데, 여기에는 순종조(純宗朝=純祖)까지만 나와 있다.

체재는 규백육본과 흡사하다. 왕조명을 적고 아래에 쌍행으로 재위 기간을 기록 하였다. 그리고 시험명은 간지 다음에 왕년을 쓰고 시험 종류에 방(榜)을 적었다. 소자 쌍행으로 시험 실시일과 문제 등을 적었다. 다음으로 시험 등급과 선발 인원을 쓰고, 급제자를 나열하였다. 성명 위에는 전력을 적고, 성명 아래에는 쌍행으로 우측에는 자(字)를, 좌측에는 생년을 기록하였다. 다음 쌍행으로 (규백육본과 반대로) 우측에는 관직, 직부 등을 적었고, 좌측에 부·조부·증조부·외조부·처부를 적고, 아래에 가족 중 문과 급제자를 기록하였다. 말단에 쌍행으로 우측에 본관을 좌측에 거주지를 기록하였다. 아쉽게도 조선전기에는 거주지 기록이 거의 없다.

[표 3-13] 『國朝榜目』(규장각[奎貴 11655])의 체재와 수록 내용

	권	책	왕대	장원	문과	중시	생진 장원	비고
1	권1	1책	태조 2(1393)~태종 17(1417)	宋介信	364	15	11	
2	권2	1책	세종 1(1419)~단종 2(1454)	曺尙治	643	43	16	권말 642인은 오류
3	권3		세조 2(1456)~예종 1(1469)	任元濬	342	93	12	
4	권4	2책	성종 1(1470)~성종 25(1494)	申浚	445	27	16	
5	권5		연산 1(1495)~연산 12(1506)	李穆	251	10	10	
6	권6		중종 1(1506)~중종 39(1544)	陳植	899	34	28	
7	권7	3책	명종 1(1546)~명종 21(1566)	崔應龍	472	25	16	
8	권8		선조 0(1567)~선조 39(1606)	權愰	1,112	17	34	
9	권9	4책	광해 0(1608)~광해 13(1621)	李爾瞻	461	16	16	삭과 42인 제외
10	권10		인조 1(1623)~인조 27(1649)	洪霶	746	22	22	삭과 16인 제외
11	권11		효종 1(1650)~효종 8(1657)	李雲根	245	8	10	
12	권12	5책	현종 1(1660)~현종 14(1673)	蘇斗山	390	5	14	삭과 10인 제외
13	권13		숙종 1(1675)~숙종 36(1710)	趙祉錫				권말에 없음
14	권14	6책	숙종37(1711)~숙종45(1719)	李眞望	1,400	35	54	삭과 17인 제외
15	권15		경종 1(1721)~경종 3(1723)	尹心衡	183		8	
16	권16		영종 1(1725)~영종 27(1751)	朴弼哲				권말에 없음
17	권17	7책	영종28(1752)~영종52(1776)	李明煥	2,101	55	50	삭과 21인 제외
18	권18	8책	정종 0(1776)~정종 24(1800)	尹行履	775	20	22	권말에 없음
19	권9	9책	순종 1(1801)~순종 34(1834)	徐長輔	1,049	9	34	권말에 없음
20	권10	10책	헌종 1(1835)~헌종 15(1849)	韓啓源				권말에

								없음
21	권11		철종 1(1850)~철종 14(1863)	洪祐吉				권말에 없음
22	권12	11책	고종 1(1864)~고종 25(1888)	許栻				권말에 없음
23	권13	12책	고종25(1888)~고종31(1894)	宋鍾五				권말에 없음
	계				11,878	434	373	

1~7책(태조 3~영조 52)은 한 사람이 편찬한 것이다. 서체와 시험명을 적는 방법이 동일하다(간지+시험 종류+榜). 8책(정종조)은 앞의 내용과 이어서 18권으로 시작하고 있어 체재는 같지만, 서체와 시험명 명명(命名)하는 것이 다르다. 시험명에 간지와 설행일, 실시 이유를 적고, 끝에 전시방(殿試榜) 또는 문과방(文科榜)을 붙이고 있다. 그리고 왕대가 끝나는 권말에 문과 급제자 수와 중시 급제자 수, 생원·진사 장원 수를 적는데, 8책부터 12책까지 급제자 통계가 없다.

6책인 1751년(영조 27)까지는 글씨체와 수록 양식으로 추정한다면 1명이 편찬한 것으로 보인다. 그리고 영조조부터는 단회방목처럼 거주지가 드물게 기록되어 있고, 7책 1752년(영조 28)부터는 거주지가 많이 적혀 있다. 1775년(영조 51) 을미(乙未) 정시(庭試)부터는 시험명을 기록하는데, 그전과 다르게 시험명에 "문과(文科)"를 포함하여 적고 있다.

9책은 내용은 앞과 이어지지만, **19권이 아닌 9권**이다. 8책(정종), 9책(순종), 10책(헌종·철종)은 시험명 명명이나 체재는 동일하다. 시험명에 설행일과 실시 이유를 적기 때문에 필요 이상으로 길어지고 있다. 8책의 편자가 다르고, 9책의 편자 또한 다른 사람이라고 추정된다. 전자는 서체 등에서 차이가 나고, 후자는 권수를 명명하는 것 등에서 다르기 때문이다.

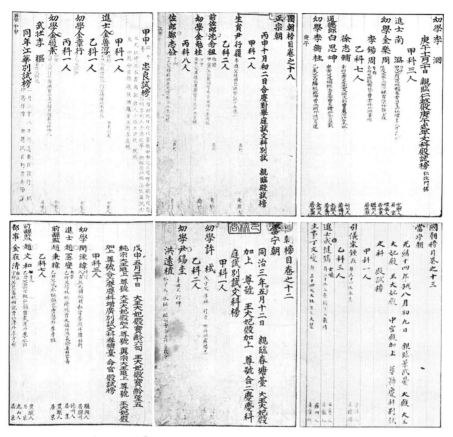

[그림 3-4] 『國朝榜目』(규귀중본) 7·8·9책(上), 10·11·12책(下)

10책도 9책과 서체가 다르다. 급제자 성명을 쓰는 글자의 굵기가 서로 차이가 있다. 11책과 12책은 모두 고종(高宗)을 '당저조(當宁朝)'로 표시하고 동일하게 시험명에 간지 대신 청(淸)의 연호(年號)를 사용하고 있다. 태조~철종까지는 간지가 시험명의 시작이었는데, 고종조는 중국 연호를 적으면서 시험명이 많이 길어지고 있다. 그리고 두 책의 서체도 다르다. 이로보아 8책부터 12책까지는 5명의 편자가 각각 저술한 것으로 보여 진다.

③ 『국조방목(國朝榜目)』(국립중앙도서관[한古朝26-47], 국중도본)

국중도본은 13권 13책으로 구성되어 있고, 수록 기간은 1393년(태조 2)부터 1888년(고종 25)까지 미완결본이다. 원본은 국립중앙도서관에 소장되어 있다. 현재 방목 전체를 이미지 서비스하고 있다.

국중도본에는 모두 18조의 범례가 있다. 다음으로 1권의 목록이 나오는데, 왕조별로 설행 시험과 선발 인원을 소개하고 있다. 다음에는 각 왕조별 시험 회수와 전체 선발 인원을 적고 있다. 목록과 왕조별 시험 회수와 선발 인원은 각 권마다 제일 앞에 위치하고 있다.

체재는 제일 위에 전력을 적고 아래에 성명을 적고 있다. 이는 모든 종합방목이 동일하다. 아래에 쌍행(雙行)으로 우측은 자(字)이고, 좌측은 생년을 적었다. 자 아래에는 사마 합격을, 생년 아래에는 별호를 기록하였다. 다음 하단에는 관직 등을 적고, 본관을 기록하고 있다. 본관 아래에는 부를 적었고, 조, 증조, 외조, 처부는 기록하지 않았는데, 가족 중 문과 급제자가 있을 때는 추가로 기록하였다. 거주지는 본관 위에 작은 글씨로 적고 있다.

국중도본과 동일한 내용의 『국조방목』이 규장각([古 4650-97], 이하 규구칠본)에 1부가 있다. 두 판본의 선후를 알 수 없지만, 규구칠본이 더 이른 시기로 추정하고 있다. 왜냐하면 국중도본의 판심(版心)에 "친위제일연대제삼대대(親衛第一聯隊第三大隊)"[91]라고 적혀 있기 때문이

---

91) 친위대(親衛隊): 조선 말기 왕궁의 경비를 담당했던 중앙군으로 1895년(고종 32) 을미 사변 때 일제가 민비시해에 훈련대를 동원하였다는 비난을 받게 되자 김홍집(金弘集) 내각이 훈련대를 해산하고, 이른바 육군편제강령을 반포하여 왕성 수비를 위한 중앙 군으로 이를 설치하였다. 친위대는 1개 대대에 4개 중대를, 1개 중대에 3개 소대를 편제한 2개 대대를 두었는데, 1개 중대병력은 220인으로 총병력은 약 1,700인이었다.

다. 3책 중종조에서 1519년(중종 14) 기묘(己卯) 현량과(賢良科)부터 판
심제가 "시위대대(侍衛大隊)"[92]로 바뀌고 있다(4책에서 명종조까지는 시
위대대. 6책에서 인조조 기묘부터 효종조까지 시위대대. 9책에서 영조 을축부
터 9책 끝까지 시위대대).

친위대는 1895년(고종 32)에 창설되었고, 1896년(고종 건양 1)에 제3
대대와 연대(聯隊)를 만들었다. 1905년(고종 광무 9)에 친위대는 폐지되

1896년 정월 공병(工兵)으로 편제된 친위 제3대대를 설치하였으나, 고종의 아관파천
등 국내정세가 불안해지자 3월에 제4·5대대를 추가로 배치하였다. 또한 공병대 등을
폐지하는 동시에 3개 대대를 합쳐 1개 연대로 만들었다. 4·5대대만으로는 1개 연대가
되지 못하자 이를 독립 대대로 두고, 이에 속하였던 마병대(馬兵隊)를 근대적인 기병
대로 독립, 개편하였다.

고종 환궁 이후 대한제국을 선포하면서 친위대도 증강하였는데, 1900년에는 친위연
대에 다시 공병 1개 중대와 치중병(輜重兵) 1개 중대를 증설 배속하여 내실을 기하였
다. 1902년에는 2개 연대로 증편되었다. 러일전쟁에서 승리한 일제는 이 군제개혁의
명목 아래 1905년 군대 감축을 실시, 제1단계로 친위대를 폐지하였다.(『한국민족문화
대백과사전』, 한국학중앙연구원.)

92) 시위대(侍衛隊): 1894년(고종 31) 갑오경장의 일환으로 일제의 간섭 아래 종래의 여러
군문(軍門)을 군무아문에 소속시켜 일원화했다가, 이듬해에 훈련대로 편성하였다. 그
러나 삼국간섭에 의해 일제의 세력이 약화되자, 1895년 5월 독자적으로 시위대를 설치
하였다. 처음 설치되었던 시위대는 1895년 8월 을미사변 때 일제가 조직한 훈련대와
충돌하고 그들과 교전했다는 이유로 훈련대로 편입되었다. 그러나 1896년 아관파천
후 친러내각이 이루어진 뒤, 당시 훈련대의 후신으로 조직된 친위대(親衛隊) 5개 대대
의 하사와 병졸 1,070명을 선발하여 시위대를 재조직하였다. 그리고 고종이 환궁할
때 배종(陪從)하였다. 시위대는 1907년 8월 훈련원에서 군대해산식을 거행당하고 폐
지되었다.(온라인 참조: 시위대, 한국민족문화대백과사전, 한국학중앙연구원, http:
//encykorea.aks.ac.kr/Contents/Index?contents_id=E0032428)

『각부거조존안(各部去照存案)』(규장각[奎 17242]). "侍衛大隊는 侍衛 第1大隊라고 하
고, 親衛 1, 2, 4, 5隊에서 선발한 병사로 새로 만든 大隊는 侍衛 第2大隊라고 하며,
그 편제와 예산은 軍部와 度支部에서 마련하고, 親衛 제1, 제4대는 親衛 제1대대로,
親衛 제2, 제5대는 親衛 제2대대로 합하라는 전월 30일 조칙이 있었다는 照會."[議政府
議政 沈舜澤이 1897년 10월 21일에 議政府贊政軍部大臣 李鍾健에게 보낸 문건](온라인
참조: 各部去照存案(제1책), 규장각한국학연구원, 서울대학교, http://e-kyujang
gak.snu.ac.kr/home/MGO/MGO_NODEVIEW.jsp?ptype=slist&subtype=08&lclas
s=81&mclass=17242_00&xmlname=GK17242_00SK0001_033.xml&setid=1575046
&pos=2)

었다. 친위대에서 사용할 목적으로 만든 종이에 급제자들의 이름을 필사해서 만든 방목이 국중도본이다. 즉, 1905년 친위대가 폐지된 후에 남는 종이로 만들었다고 짐작 된다. 그리고 고종(高宗)을 '당저조(當宁朝)'로 적고 있다.

[표 3-14] 『國朝榜目』(국립중앙도서관[한古朝26-47])의 체재와 수록 내용

	권	책	왕대	장원	문과	중시
1	권1	1책	태조 2(1393)~단종 2(1454)	宋介信	1,009	58
2	권2	2책	세조 2(1456)~연산 12(1506)	任元濬	1,018	130
3	권3	3책	중종 1(1506)~중종 39(1544)	陳植	897	34
4	권4	4책	명종 1(1546)~선조 21(1588)	崔應龍	1,074	37
5	권5	5책	선조 22(1589)~광해 13(1621)	柳夢寅	950	20
6	권6	6책	인조 1(1623)~효종 8(1657)	洪霙	989	30
7	권7	7책	현종 1(1660)~숙종 18(1692)	蘇斗山	995	20
8	권8	8책	숙종 19(1693)~경종 3(1723)	羅晩榮	982	20
9	권9	9책	영종 1(1725)~영종 29(1753)	朴弼哲	1,036	20
10	권10	10책	영종 30(1754)~정종 7(1783)	李贇	1,326	39
11	권11	11책	정종 8(1784)~헌종 2(1836)	鄭峸成	1,621	32
12	권12	12책	헌종 3(1837)~고종 5(1868)	林肯洙	1,090	13
13	권13	13책	고종 6(1869)~고종 25(1888)	都錫壎	1,051	10
	계				14,038	463

국중도본은 왕대가 각 권으로 끝나는 것이 아니라 2권에 걸쳐서 기록한 왕대가 많다. 선조, 숙종, 영조, 정조, 헌종, 고종 등이 그렇다. 왕대와 권들을 보면 계획적으로 나누어 필사한 것이 아니라 무질서하게 편찬한 듯하다. 그리고 판심제가 있어서 시험의 왕대와 간지는 판심의 광곽(匡郭) 위쪽 서미(書眉=上欄)에 적고 있다. 규구칠본은 판심제의 위치에 왕대와 권 정보가 있고, 본관을 적는 4번째 단에 맞추어 페이지[장

차(張次)]가 있다. 간지는 왕대가 적힌 곳의 광곽 위쪽 서미에 적혀 있다.

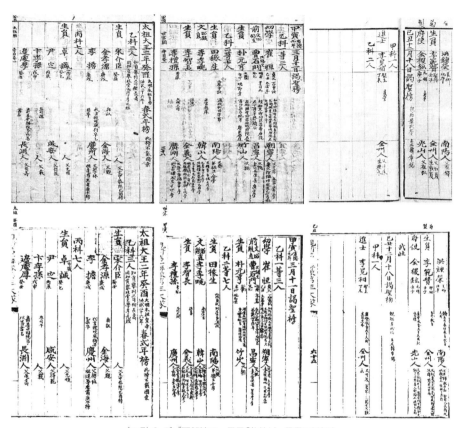

[그림 3-5] 『國朝榜目』 규구칠본(上). 국중도본(下)

규구칠본은 세로줄의 행뿐만 아니라 전력(1단), 성명(2단), 본관(4단)을 쓰는 부분에 가로줄로 된 단이 있어서 편찬에 격식(格式)이 있어 보인다. 그리고 규구칠본에는 판심에 페이지가 기록되어 있다. 반면에 국중도본은 세로줄만 있고, 가로줄은 없다. 국중도본의 판심에는 페이지가 없는데, 12·13책에 처음으로 페이지를 적고 있다.

국중도본은 1888년(고종 25)까지 문과 급제자를 수록하고 있는데, 마지막 페이지를 보면 무자(戊子) 별시(別試) 급제자 39명까지는 모두 적혀 있고, 다음에 1889년(고종 26) 기축(己丑) 알성시(謁聖試) 53명 중 장원(壯元) 이면상(李冕相)[93]만 기록하고 나머지 급제자는 적혀 있지 않다. 편찬 당시를 추정하면 1905년 이후여서 1894년 문과까지 기록되어야 하는데, 1889년 과거 장원까지만 적혀 있어서 무슨 이유 때문에 중단되었는지 의문이 생긴다. 필사 대상인 원본(규구칠본)이 1888년까지만 수록되어서 그렇지 않았을까 추정해 본다.

④ 『**국조방목(國朝榜目)**』(장서각[K2-3538 · K2-3539], 장서각본)
장서각본은 13권 12책으로 수록 기간은 1393년(태조 3)부터 1894년 (고종 31)까지 (규귀중본 · 서울대본과 동일하게) 조선시대 문과 전체를 수록하고 있는 문과 종합방목의 완결본이다. 원본은 장서각에 소장되어 있다. 현재 방목 전체를 이미지(PDF) 서비스를 하고 있다. 종합방목의 완결본이 3종 있는데, 그 중 하나이다. 두 완결본의 차이점은 규귀중본 · 서울대본은 하나의 판본(규귀중본은 내용상 2개의 판본)이고, 장서각본은 형태상 2개의 판본으로 구성되어 있다.

[표 3-15] 『國朝榜目』(장서각[K2-3538 · K2-3539])의 체재와 수록 내용

	권	책	왕대	장원	비고
1	권1	1책	고려조~세조 6(1460)	宋介信	K2-3538
2	권2	2책	세조 7(1461)~중종 23(1528)	河叔山	〃
3	권3	3책	중종 26(1531)~선조 29(1596)	金忠烈	〃

---

93) 이면상(李冕相), 한국역대인물 종합정보시스템, 한국학중앙연구원, http://people. aks.ac.kr/front/tabCon/exm/exmView.aks?exmId=EXM_MN_6JOc_1889_014658

4	권4	4책	선조 30(1597)~인조 27(1649)	趙守寅	〃
5	권5	5책	효종 1(1650)~숙종 24(1698)	李雲根	〃
6	권6	6책	숙종 25(1699)~영종 10(1734)	鄭杕	〃
7	권7	7책	영종 11(1735)~영종 40(1764)	朴弼理	〃
8	권8	8책	영종 41(1765)~정종 20(1796)	徐浩修	〃
9	권9	9책	정종 22(1798)~순종 34(1834)	李敬參	K2-3539
10	권10	10책	헌종 1(1835)~헌종 15(1849)	韓啓源	〃
11	권11		철종 1(1850)~철종 14(1863)	洪祐吉	〃
12	권12	11책	고종 1(1864)~고종 25(1888)	許杕	〃
13	권13	12책	고종 25(1888)~고종 31(1894)	宋鍾五	〃

장서각본 1(K2-3538)은 8권 8책으로 1393년부터 1796년(정조 20)까지 이고, 장서각본 2(K2-3539)는 5권 4책으로 1798년(정조 22)부터 1894년(고종 31)까지 구성되어 있다. 즉, 수록 양식과 판식(版式), 편찬 시기가 서로 다르지만, 왕대와 시험을 이어서 집성하고 있다. 장서각 본 2의 말미에 "소화 5년 7월 7일(昭和五年七月七日)"과 필사자의 이름 (9~10책 崔在允·11책 朴鎬陽·12책 金碩彬)이 적혀 있는 것으로 보아 일제 강점기인 1930년에 작성된 것으로 보인다(고종(高宗)을 당저(當宁)가 아 닌 '고종(高宗)'이라고 적고 있다). 전자의 편찬 체재를 보면 권(卷)에 왕대 가 분리된 곳이 많다. 중종, 선조, 숙종, 영조가 분리되어 있고, 특히 영조는 3권으로 나누어져 있다. 후자는 고종을 제외하고 왕대와 권이 일치한다.

장서각본 1·2의 차이는 먼저 판식(板式)에서 서로 다르다. 전자는 광곽(匡郭)과 계선(界線)이 있는데, 후자는 광곽과 계선이 없다. 전자의 체재는 전력, 성명, 그리고 쌍행으로 우측에 자(字), 좌측에 생년을 적 고 있다. 자 아래에는 개명, 관직 등을 적고, 생년 아래에는 조부·증 조부·외조부·처부를 작게 쓰고 있다. 다음으로 부명(생부일 때는 쌍

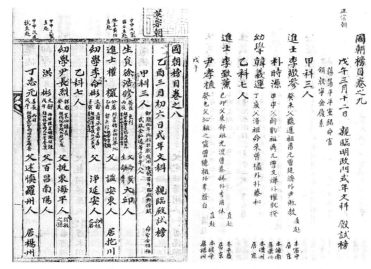

[그림 3-6] 『國朝榜目』(장서각본) 8책[K2-3538], 9책[K2-3539]

행)이 오고, 바로 아래에 이어서 본관을 기록하고 있다. 제일 아래에
는 거주지를 적고 있다.

후자는 전력, 성명, 쌍행으로 자·생년이 오고, 우측 자 아래에는 직
부, 관직 등을 적고, 좌측 생년 아래에는 부·조부·증조부·외조부·처
부를 기록하고 있다. 가장 말단에 우측에 본관, 좌측에 거주지를 적고
있다.

장서각본 1은 부명을 크게 적고 있는 것이 국중도본과 체재가 흡사
하다. 작은 글씨로 조부·증조부·외조부·처부를 적고 있는 것은 규
백육본·규귀중본과 유사하다. 장서각본 2는 규귀중본의 후반부(9책
이하)와 체재가 비슷하다.

⑤ 『**국조방목(國朝榜目)**』(서울대학교 중앙도서관[일사 351.306 B224], 서울대본)

서울대본은 10권 10책으로 수록 기간은 958년(광종 9)부터 1894년 (고종 31)까지 고려와 조선시대 문과를 아우르는 완결된 종합방목이다. 3종의 종합방목 완결본 중의 하나이다. 권수제 아래에는 "중촌장(中村藏)"이라는 일본인 장서인이 있다.

서울대본은 목록과 범례가 있다. 목록은 충렬왕(忠烈王)[1], 공민왕 (恭愍王)[5], 신우(辛禑)[8], 공양왕(恭讓王)[2] 등 고려조부터 조선시대 정종(正宗=正祖)까지 기록되어 있다. 범례는 7가지가 적혀 있다. 목록 은 충렬왕부터 나오지만, 내용은 「전조과거사적(前朝科擧事蹟)」이란 권 수제 아래 958년(광종 9) 급제자 최섬(崔暹)부터 기록하고 있다. 1책은 958년 고려 광종부터 1451년 조선 문종까지 급제자를 수록하고 있다. 중종·선조·숙종·영조·고종 등은 권을 분리해서 기록하였다.

[표 3-16] 『國朝榜目』(서울대학교[일사 351.306 B224])의 체재와 수록 내용

	권	책	왕대	장원	비고
1	권1	1책	고려 광종 9(958)~ 조선 문종 1(1451)	崔暹	고려+조선
2	권2	2책	단종 1(1453)~중종 23(1528)	李崇元	조선
3	권3	3책	중종 26(1531)~선조 29(1596)	金忠烈	〃
4	권4	4책	선조 30(1597)~인조 27(1649)	趙守寅	〃
5	권5	5책	효종 1(1650)~숙종 24(1698)	李雲根	〃
6	권6	6책	숙종 25(1699)~영조 10(1734)	鄭栻	〃
7	권7	7책	영조 11(1735)~영조 52(1776)	朴彌理	〃
8	권8	8책	정조 즉위(1776)~헌종 15(1849)	尹行履	〃
9	권9	9책	철종 1(1850)~고종 24(1887)	洪祐吉	〃
10	권10	10책	고종 25(1888)~고종 31(1894)	俞龜煥	〃

체재는 국중도본(=규구칠본)과 흡사하다. 전력과 성명을 적고, 아래에 소자쌍행으로 자와 생년을 기록하고 있다. 자 아래에는 관직 등을 기록하고, 생년 아래에는 졸년 및 호를 적고 있다. 그리고 본관을 쓰고, 부명을 적었다. 생부가 있을 때는 쌍행으로 부와 생부를 기록하였다. 부명 아래 말단에 거주지를 적고 있다.

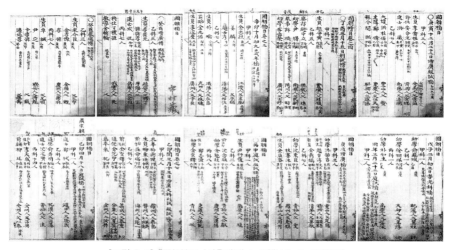

[그림 3-7] 『國朝榜目』(서울대본) 1~5책(上), 6~10책(下)

⑥ 『등과록(登科錄)』(일본 東洋文庫[Ⅶ-2-35], 일동양본)

일동양본은 19권 13책으로 수록 기간은 1393년(태조 2)부터 1819년(순조 19)까지로 미완결본이다. 표제는 '국조방목(國朝榜目)'이지만, 권수제[94]는 '등과록(登科錄)'이다. 해외 유출 자료로서 원본은 일본 도요분코(東洋文庫)에 소장되어 있다. 현재 고려대학교 해외한국학자료센

---

94) 천혜봉, 『한국 서지학』, 민음사, 2006, 581쪽. "고전에 있어서는 권수제(卷首題)가 가장 완전한 서명이 되므로 목록 기입상 가장 중요시한다."

터(http://kostma.korea.ac.kr)에서 이미지 서비스를 하고 있다.

1책 권수제 부분에 장서인이 5개 찍혀 있다. 도장이 찍힌 순서를 짐 작해서 가장 앞선 장서인으로 보이는 "풍산(豊山)"·"홍병주인(洪秉周印)"·"현상(顯相)"등 3개가 상하로 나란히 있다. 풍산홍씨 홍병주가 첫 소장자인 듯하다(낙관이면 편자이다). 그리고 "재산루수서지일(在山樓蒐書之一)"과 "동양문고(東洋文庫)"가 있다. 각 책의 마지막 장에는 "K. Mayema Sept. 2 1911"이라는 장서기(藏書記)가 있다. 장서인 "재산루수서지일"과 장서기는 일본인 마에마 교사쿠(前間恭作, 1868~1942)가 1911년 9월 2일에 수집하였다는 뜻이다. 그리고 마지막 장서인 "동양문고"는 마에마 교사쿠가 동양문고에 기증해서 찍힌 것이다.

일동양본의 체재는 규귀중본과 비슷하다. 범례와 목차는 없다. 성명 옆에 주권(朱圈)이나 청권(靑圈)이 있고, 주점(朱點)도 찍혀 있다. 전력과 성명을 적고, 아래에 쌍행으로 우측은 자(字), 좌측은 생년을 기록하고 있다. 자 밑에는 관직, 사마, 졸년, 시호 등을 적었고, 생년 아래에는 부·조부·증조부·외조부·처부를 기록하고, 가족 문과자를 적고 있다. 말단 우측에 본관을 적고, 좌측에는 거주지를 적고 있다.

[표 3-17] 『登科錄』(東洋文庫[Ⅶ-2-35])의 체재와 수록 내용

	권	책	왕대	장원	문과	중시	비고
1	권1	1책	태조 2(1393)~태종 17(1417)	宋介信	364	15	
2	권2		세종 1(1419)~단종 2(1454)	曺尙治	642	43	
3	권3	2책	세조 2(1456)~예종 1(1469)	任元濬	342	93	
4	권4		성종 1(1470)~성종 25(1494)	申浚	445	27	
5	권5	3책	연산 1(1495)~연산 12(1506)	李穆	251	10	
6	권6		중종 1(1506)~중종 39(1544)	陳植	899	34	
7	권7	4책	명종 1(1546)~명종 21(1566)	崔應龍	472	25	

8	권8	5책	선조 0(1567)~선조 39(1606)	權憘	1,112	17	
9	권9	6책	광해 0(1608)~광해 13(1621)	李爾瞻	461	16	삭과 42인 제외
10	권10		인조 1(1623)~인조 27(1649)	洪霫	746	22	삭과 16인 제외
11	권11	7책	효종 1(1650)~효종 8(1657)	李雲根	245	8	
12	권12		현종 1(1660)~현종 14(1673)	蘇斗山	390	5	삭과 10인 제외
13	권13	8책	숙종 1(1675)~숙종 36(1710)	趙祉錫			권말에 없음
14	권14	9책	숙종37(1711)~숙종45(1719)	李眞望	1,400	35	삭과 17인 제외
15	권15		경종 1(1721)~경종 3(1723)	尹心衡	183		
16	권16	10책	영종 1(1725)~영종 27(1751)	朴弼哲			권말에 없음
17	권17	11책	영종 28(1752)~정종 0(1776)	李明煥	2,110	58	삭과 11인 제외
18	권18	12책	정종 1(1777)~정종 24(1800)	柳星漢	767	18	
19	권19	13책	순조 1(1801)~순조 19(1819)	徐長輔			기묘 식년시 9명 누락
	계				10,829	426	

각 권과 왕대가 일치하게 편찬하고 있다. 숙종·영조만 권이 분리되어 있다. 권말에는 문과 급제자와 중시 급제자의 통계를 기록하고 있다. 그리고 삭과가 있을 때는 삭과 인원수까지 적었다. 물론 왕대가 종료가 안 된 권말(13·16권)에는 통계가 없다. 마지막 13책(순조)에는 "당저조(當宁朝)"로 시작하고 있다. 이로보아 순조 때 편찬되었다는 것을 알 수 있다. 순조 19년까지만 수록하고 있기 때문에 권말 통계는 없으며, 마지막 시험인 기묘 식년시의 9명이 누락되어 있다. 1장이 탈락(脫落)된 것으로 추정된다.

⑦ 『해동용방(海東龍榜)』(일본 東京大學 阿川文庫[G23-176], 일동경본)
일동경본은 10권 10책으로 수록 기간은 958년(광종 9)부터 1834년(순조 34)까지로 미완결본이다. 해외 유출 자료로서 원본은 일본 도쿄 다이가쿠(東京大學) 아가와분코(阿川文庫)에 소장되어 있다. 현재 복사

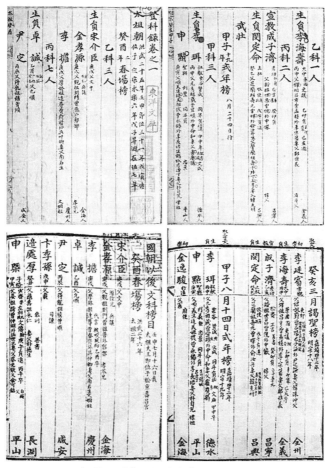

[그림 3-8] 『登科錄』(上), 『海東龍榜』(下)

본(複寫本)을 국립중앙도서관[古6024-157]에서 열람할 수 있다.

일동경본은 1책을 고려시대 문과에 할애하고 있고, 마지막 10책에
는 고려·조선시대의 중시(重試), 생원·진사 장원, 무과 장원을 수록하
고 있다. 범례는 없으나 목록은 있다. 각 권의 목록에는 왕대와 문과

급제자수를 적고 있다. 일동경본은 다른 종합방목과 다른 점이 있다. 등급(甲·乙·丙)을 기록하지 않고 있다. 전력은 광곽(匡郭) 위 서미(書眉)에 쌍행으로 적고 있다. 2단으로 분리해서 위에는 성명과 자(字)·생년을 적었고, 아래 단의 자 밑에 호(號), 관직, 시호, 사마, 졸년 등을 기록하고, 생년 밑에는 부·조부·증조부·외조부·처부를 적고 있다. 말단에는 본관을 기록하고 있다. 다른 종합방목은 본관에 인(人)을 붙이는데, 일동경본에는 인을 적지 않고, 본관만 적고 있다. 본관 위에 거주지를 기록하였다.

[표 3-18] 『海東龍榜』(東京大學 阿川文庫[G23-176])의 체재와 수록 내용

	권	책	왕대	장원	문과	비고
1	권1	1책	광종 9(958)~공양왕 4(1392)	崔暹		麗朝文科榜
2	권2	2책	태조 2(1393)~단종 2(1454)	宋介信	1,007	
3	권3	3책	세조 2(1456)~연산 12(1506)	任元濬	1,039	
4	권4	4책	중종 1(1506)~선조 즉위(1567)	陳植	1,404	
5	권5	5책	선조 1(1568)~광해 13(1621)	鄭熙績	1,600	
6	권6	6책	인조 1(1623)~현종 14(1673)	洪霽	1,399	
7	권7	7책	숙종 1(1675)~경종 3(1723)	趙祉錫	1,608	
8	권8	8책	영조 1(1725)~영조 52(1776)	朴弼哲	2,114	
9	권9	9책	정종 즉위(1776)~순종 34(1834)	尹行履		
10	권10	10책	고려·조선 중시, 생진장원, 무과장원	趙簡		중시, 생진장원
	계				10,171	

(2) 문과 선발인원 분석

종합방목을 비교하면 방목들 간의 차이점이 많이 발견된다. 첫째, 가장 큰 차이점은 정보의 기재 양식(형태)이 다르다. 규백육본은 부·조부·증조부·외조부·처부가 소자쌍행에서 우측에 적혀 있다. 규귀

중본은 가계 정보가 좌측에 있다. 국중도본은 부만 기록되어 있고, 가족 중 문과자가 있을 경우만 추가로 기록하고 있다. 장서각본은 국중도본과 비슷한 형태로 부만 기록하면서 일부 급제자만 조부·증조부·외조부·처부를 적고 있다.

둘째, 정보의 기록 량이 다르다. 즉, 규백육본은 자세한 반면에 국중도본은 소략한 편이다. 그 외 차이점은 선발인원이 서로 다르거나 등위(석차)를 기록한 순서가 다르다. 등위를 다르게 기록한 시험은 곳곳에서 발견이 된다. 예가 많아서 모두 언급하기는 힘들고, 선발인원이 방목마다 다른 시험 7개를 예시로 들었다.

① 1439년(세종 21) 기미(己未) 친시(親試)

1439년 기미 친시 방목에 대해서『세종실록』[95]을 보면 문과는 최경신(崔敬身)[96] 등 15인을 선발하였다고 한다. 그러나 규백육본을 제외한 종합방목에는 "乙科三人, 丙科七人"으로 10명을 수록하고 있다. 다만 규백육본을 보면 이 시험이 끝나는 말미에 광곽 위 서미에 두주(頭註)로 "김지경(金之慶)"[97]을 추가하고 있다.

그리고 야성정씨(野城鄭氏=盈德鄭氏) 괴음당 종가에서 한국국학진흥원에 기탁한『成册1[榜目]』「世宗大王二十一年己未[親試]榜目」에 "乙科三人, 丙科八人"으로 11명을 수록하고 있고, 병과 4위가 "정자함(鄭自咸)"[98]이

95)『세종실록』86권, 세종 21년(1439) 9월 4일 기사. "문·무과(文武科)를 방방(放榜)하였다. 문과는 최경신(崔敬身) 등 15인에게, 무과는 김요(金銚) 등 7인에게 급제(及第)를 주었다."

96) 최경신(崔敬身), 한국역대인물 종합정보시스템, 한국학중앙연구원, http://people.aks.ac.kr/front/tabCon/exm/exmView.aks?exmId=EXM_MN_6JOa_1439_000726

97) 김지경(金之慶), 한국역대인물 종합정보시스템, 한국학중앙연구원, http://people.aks.ac.kr/front/tabCon/exm/exmView.aks?exmId=EXM_MN_6JOa_1439_000736

98) 정자함(鄭自咸), 한국역대인물 종합정보시스템, 한국학중앙연구원, http://people.a

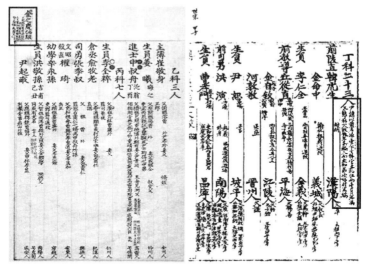

[그림 3-9] 『國朝文科榜目』 권2(규백육본), 『國朝榜目』 권1(국중도본)

다. 『성종실록』[99] 김종순의 졸기를 참고하여 "김종순(金從舜)"[100]을 추가하였다. 역대인물에 김지경과 정자함, 김종순을 추가하여 13명을 등재하였다.

② 1444년(세종 26) 갑자(甲子) 식년시(式年試)

1444년 갑자 식년시 방목에 대해서 『세종실록』[101]을 보면 문과는

---

ks.ac.kr/front/tabCon/exm/exmView.aks?exmId=EXM_MN_6JOa_1439_000737

99) 『성종실록』 160권, 성종 14년(1483) 11월 2일 기사. 김종순의 졸기.

100) 김종순(金從舜), 한국역대인물 종합정보시스템, 한국학중앙연구원, http://people. aks.ac.kr/front/tabCon/exm/exmView.aks?exmId=EXM_MN_6JOa_1439_000738

101) 『세종실록』 104권, 세종 26년(1444) 5월 16일 기사. "문·무과의 방목(榜目)을 발표 하였다. 문과는 황효원(黃孝源) 등 33인을, 무과는 강상보(姜尚甫) 등 28인을 급제시 켰다. 황효원으로 예빈주부(禮賓主簿)를 삼고, 그 나머지 사람들도 모두 차등 있게 벼슬을 임명하였다."

황효원(黃孝源)[102] 등 33인을 급제시켰다고 한다. 규백육본에는 "乙科三人, 丙科七人, 丁科二十二人"으로 32명을 수록하고 있다. 규귀중본에는 "乙科三人, 丙科七人, 丁科二十三人"으로 정과에 23명으로 적고 있지만, 실제로는 22명만 등재하고 있어 전체 32명이다(일동양본·일동경본도 마찬가지이다.).

국중도본에는 "乙科三人, 丙科七人, 丁科二十三人"으로 적고 방말에 "윤혜(尹譓)"[103]를 추가하고 있어 총 33명이다. 등급을 쓴 곳에 주(註)를 달아서 윤혜를 추가하게 된 사유를 "尹譓以黃孝源旁下丁科 官至礼佐 而旁目落漏 又缺丁科一人 故依年條編入 而未知第次 姑付末端"이라고 설명하고 있다.

장서각본에는 "乙科三人, 丙科七人, 丁科二十三人"으로 적혀 있는데, 정과는 22명을 기록하고 있다. 정과를 시작하는 곳에 "윤혜(尹譓)"를 추가하고 있어 전체 33명이다. "一人無者 無乃南原尹譓耶 尹譓父之安官禮曹正郎 光廟反正後不仕"라는 주가 있다(광묘(光廟)는 세조(世祖)).

③ 1480년(성종 11) 경자(庚子) 알성시(謁聖試)

1480년 경자 알성시[104] 방목에 대해서 『성종실록』[105]을 보면 문과

---

102) 황효원(黃孝源), 한국역대인물 종합정보시스템, 한국학중앙연구원, http://people.
   aks.ac.kr/front/tabCon/exm/exmView.aks?exmId=EXM_MN_6JOa_1444_000777

103) 윤혜(尹譓), 한국역대인물 종합정보시스템, 한국학중앙연구원, http://people.aks.
   ac.kr/front/tabCon/exm/exmView.aks?exmId=EXM_MN_6JOa_1444_000809

104) 규백육본과 규귀중본에는 시험명이 "경자친시방(庚子親試榜)"으로 나온다. 국중도본
   에는 "경자2월초7일알성방(庚子二月初七日謁聖榜)"으로 적혀 있다. 성종이 성균관에
   거동하여 석전을 행하고 실시한 시험이기 때문에 분명 이 시험은 알성시(謁聖試)이다.
   임금이 직접 행차하여 시험하였기에 "친시(親試)"로 기록한 듯하다. 그러나 성균관
   문묘에 가서 석전을 행하고 나서 설행한 과거이므로 알성시로 적은 국중도본이 맞다.

105) 『성종실록』 114권, 성종 11년(1480) 2월 7일 기사. "임금이 성균관(成均館)에 거동하
   여 석전(釋奠)을 행하고, … (중략) … 이극증(李克增) 등을 명하여 시관(試官)으로 삼았

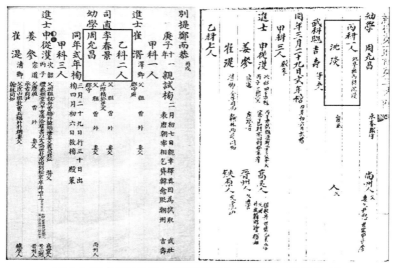

[그림 3-10] 『國朝文科榜目』 권4(규백육본), 『國朝榜目』 권2(국중도본)

는 최서(崔湑)[106] 등 3인을 선발하였다고 한다. 규백육본과 규귀중본
에는 "甲科一人, 乙科二人"으로 3명만을 수록하고 있다. 국중도본에는
"甲科一人, 乙科二人, 丙科一人"으로 4명을 기록하고 있다. 등급을 적
은 곳에 "他本無 丙科沈淡"이라는 주를 달고 "심담(沈淡)"[107]을 추가하
고 있다. 또 『성종실록』과 다르게 무과 장원을 "길수(吉壽)"(실록에는 길
소(吉邵), 종합방목에는 모두 길수)[108]로 적고 5인(실록 3인)을 선발하였

는데, 〈이극증 등과 무과(武科)에〉 내금위(內禁衛) 길소(吉邵) 등 3인을, 정창손 등은
문과(文科)에 최서(崔湑) 등 3인을 뽑아 아뢰었다. 즉시 최서는 성균관전적(成均館典
籍)을 제배(除拜)하고, 길소는 서부주부(西部主簿)를 제배하였으며, … (중략) …."
106) 최서(崔湑), 한국역대인물 종합정보시스템, 한국학중앙연구원, http://people.aks.
ac.kr/front/tabCon/exm/exmView.aks?exmId=EXM_MN_6JOa_1480_001692
107) 심담(沈淡), 한국역대인물 종합정보시스템, 한국학중앙연구원, http://people.aks.
ac.kr/front/tabCon/exm/exmView.aks?exmId=EXM_MN_6JOa_1480_001694_1
108) 길소(吉邵), 한국역대인물 종합정보시스템, 한국학중앙연구원, http://people.aks.
ac.kr/front/tabCon/exm/exmView.aks?exmId=EXM_MU_6JOa_1480_150001

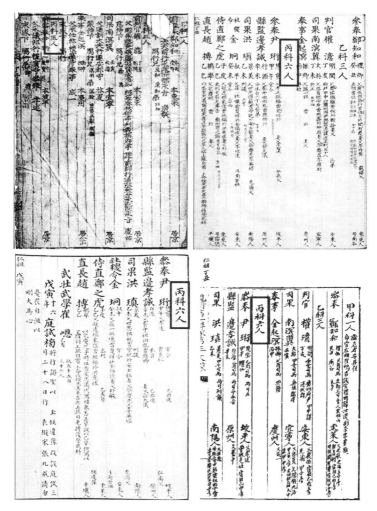

[그림 3-11] 단회방목·규백육본(上), 규귀중본·국중도본(下)

다고 적고 있다. 장서각본에는 "甲科一人, 乙科一人"으로 적고 있지만,
을과에 2명을 선발하여 3명을 실고 있다.

④ 1637년(인조 15) 정축(丁丑) 별시(別試)

1637년 정축 별시 방목에 대해서『인조실록』[109)]을 보면 문과는 정지화(鄭知和)[110)] 등 9인을 선발하였다고 나온다. 단회방목인『丁丑庭試文[武]科榜目』[111)]에도 문과 급제자는 9명(갑1·을3·병5)이다. 그런데 종합방목에는 갑과 1명, 을과 3명, 병과 6명으로 총 10명이 실려 있다. 병과 6위로 조박(趙搏)[112)]이 추가되어 있다. 조박은 종합방목마다 주(註)가 조금씩 다르기는 하지만, '등무과(登武科)'하였다고 나온다.

실록과 단회방목에는 삭과를 당하였기 때문에 실리지 않았던 것이다. 조박은 과거 부정을 저질러 삭과를 당하였고, 후에 무과(武科)에 급제하였다고 주에 적고 있다. 단회방목은 삭과된 결과를 잘 반영하고 있는데, 종합방목에는 삭과 후에 무과에 급제한 사람을 왜 기록하고 있는지 알 수 없다.

⑤ 1763년(영조 39) 계미(癸未) 기로정시(耆老庭試)

1763년 계미 기로정시 방목에 대해서『영조실록』[113)]을 보면 문과는 이종령(李宗齡)[114)] 등 6인을 뽑았다고 한다. 규백육본과 일동양본, 일

---

109)『인조실록』35권, 인조 15년(1637) 8월 24일 기사. "산성(山城)에 호종한 사람을 정시(庭試)하여 정지화(鄭知和) 등 9인을 뽑았다."

110) 정지화(鄭知和), 한국역대인물 종합정보시스템, 한국학중앙연구원, http://people. aks.ac.kr/front/tabCon/exm/exmView.aks?exmId=EXM_MN_6JOb_1637_005803

111)『丁丑庭試文科榜目』(규장각[想白古 351.306-B224mn-1637])과『丁丑庭試榜目』(고려대학교 도서관[대학원 B8 A2 1637])이 각각 규장각과 고려대학교 도서관에 동일본 [목판본(木版本)]이 소장되어 있다.

112) 조박(趙搏), 한국역대인물 종합정보시스템, 한국학중앙연구원, http://people.aks. ac.kr/front/tabCon/exm/exmView.aks?exmId=EXM_MN_6JOb_1637_005812

113)『영조실록』101권, 영조 39년(1763) 1월 8일 기사. "임금이 건춘문(建春門)에 나아가 문무기로과(文武耆老科)를 설행하여 이종령(李宗齡) 등 여섯 명을 뽑았다."

114) 이종령(李宗齡), 한국역대인물 종합정보시스템, 한국학중앙연구원, http://people. aks.ac.kr/front/tabCon/exm/exmView.aks?exmId=EXM_MN_6JOc_1763_009825

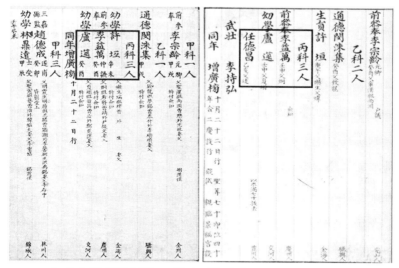

[그림 3-12] 『國朝文科榜目』 권15(규백육본), 『國朝榜目』 권17(규귀중본)

동경본에는 "甲科一人, 乙科一人, 丙科三人"으로 5명을 수록하고 있다. 규귀중본과 국중도본에는 "甲科一人, 乙科二人, 丙科三人"으로 6명을 수록하고 있다. 장서각본에는 "甲科一人, 乙科一人, 丙科三人"으로 적었지만, "1행루(一行漏)"라는 설명과 함께 두주로 "임덕창(任德昌)"[115]을 싣고 있어서 총 6명이다. 규백육본에는 "임덕창"이 누락되어 있다. 임덕창의 규귀중본과 국중도본에 "이미만70 발거(以未滿七十拔去)"라는 주가 있다. 이 기로정시의 응시 자격은 70세 이상이었다. 임덕창의 급제 나이가 69세여서 발거되었다.

---

115) 임덕창(任德昌), 한국역대인물 종합정보시스템, 한국학중앙연구원, http://people. aks.ac.kr/front/tabCon/exm/exmView.aks?exmId=EXM_MN_6JOc_1763_009829_1

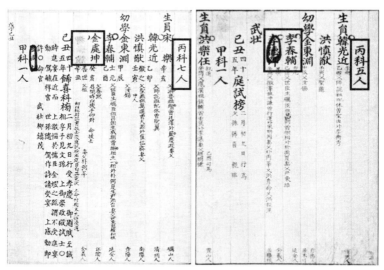

[그림 3-13] 『國朝文科榜目』 권16(규백육본), 『國朝榜目』 권17(규귀중본)

⑥ 1768년(영조 44) 무자(戊子) 정시(庭試)

1768년 무자 정시 방목에 대해서 『영조실록』을 보면 신사찬(申思贊) 등 10인을 선발하였다고 한다.[116] 그러나 10명 중 3명 신사찬·김처곤 (金處坤)·이덕사(李德師)를 발거하였다. 3명 중 이덕사[117]는 바로 3일 후에 복과하였다.[118] 그래서 선발인원은 8명이다. 규백육본과 일동양본에는 "甲科一人, 乙科二人, 丙科七人"으로 발거된 신사찬·김처곤을 포함하여 10명 전체가 실려 있다. 이덕사는 성명이 지워져 있다(대역죄(大逆罪)를 지어서 성명을 삭제하였다). 규귀중본과 국중도본, 장서각본, 일동경본에는 "甲科一人, 乙科二人, 丙科五人"으로 신사찬과 김

---

116) 『영조실록』 111권, 영조 44년(1768) 9월 26일 기사.

117) 이덕사(李德師), 한국역대인물 종합정보시스템, 한국학중앙연구원, http://people. aks.ac.kr/front/tabCon/exm/exmView.aks?exmId=EXM_MN_6JOc_1768_010094

118) 『영조실록』 111권, 영조 44년(1768) 9월 29일 기사.

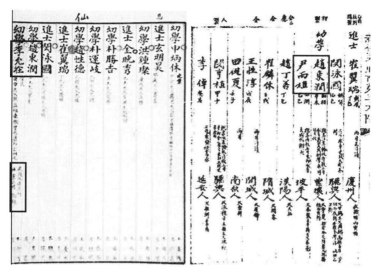

[그림 3-14] 『國朝榜目』권12(규귀중본), 『國朝榜目』권13(국중도본)

처곤이 삭제되어 8명이 수록되어 있다.

⑦ 1887년(고종 24) 정해(丁亥) 정시(庭試)

1887년 정해 정시 방목에 대해서 『고종실록』[119]을 보면 문과는 남광희(南光熙)[120] 등 5인을 뽑았다고 한다(실록에서 '二十'을 '二'로 오기한 듯함. 갑1+을2+병2[20]=5[23]. 그래서 23명이 5명이 되었다). 그러나 규귀중본에는 "甲科一人, 乙科二人, 丙科二十人"으로 23명을 선발하였다. 문제는 이 시험의 병과 12위에 "이윤재(李允在)"[121]가 들어 있다. 이윤

119) 『고종실록』 24권, 고종 24년(1887) 3월 15일 기사.

120) 남광희(南光熙), 한국역대인물 종합정보시스템, 한국학중앙연구원, http://people. aks.ac.kr/front/tabCon/exm/exmView.aks?exmId=EXM_MN_6JOc_1887_014500

121) 이윤재(李允在), 한국역대인물 종합정보시스템, 한국학중앙연구원, http://people. aks.ac.kr/front/tabCon/exm/exmView.aks?exmId=EXM_MN_6JOc_1887_014493

재는 1887년(고종 24) 1월에 실시한 정해 함경도도과(咸鏡道道科)에 급제하였다. 그런데, 규귀중본과 장서각본에 같은 해인 1887년 3월에 설행한 정해 정시에 또 기록되어서 병과가 21명 수록되어 있다. 이것은 명백한 오류이다. 규귀중본과 장서각본의 주(註)에도 "咸鏡北道道科 庚寅(1890)三月 除錄"이라고 적혀 있다. 제록은 제명(除名)과 같은 뜻이다. 국중도본에는 이윤재가 등재(登載)되어 있지 않다.

이밖에 선발인원에 유의할 파방된 시험은 5개가 있다.

① 1618년(광해군 10) 무오 식년시는 회시까지 열리고, 전시가 설행되지 않아서 파방되었다. 이 시험에서는 선발인원이 전무(全無)하다.

② 1621년(광해군 13) 신유 별시에서의 선발인원은 "甲科一人, 乙科三人, 丙科三十六人"으로 40명이다. 이 시험의 급제자와 1618년(광해군 10) 무오 식년시에서 회시 강경(講經)에 합격한 사람들을 대상으로 인조반정 후에 계해 개시(改試)가 설행되어 24명[122]을 선발하였다. 신유 별시 40명이 계해 개시를 또 보았기 때문에 24명 중에 재급제자[123] 13명이 생겼다.[124]

③ 1626년(인조 4) 병인 별시는 "甲科一人, 乙科三人, 丙科十二人"으로 16명을 선발하였다. 시험이 파방된 후에 13명의 재급제자가 발생하였다.

④ 1668년(현종 9) 무신 정시의 선발인원은 "甲科一人, 乙科二人, 丙科六人"으로 9명이다. 시험은 파방이 되었고, 이 중 5명이 재급제 하였다.

⑤ 1699년(숙종 25) 기묘 증광시는 "甲科三人, 乙科七人, 丙科二十四人"

---

122) 선발인원 24인: 무오 식년시[회시] 출신 10인, 신유 별시 출신 13, 직부자 1인.
123) 이재옥, 앞의 논문(2014), 175~191쪽.
124) 문과 재급제자(再及第者, 重試 급제 제외), 이재옥, http://dh.aks.ac.kr/~sonamu5/wiki/index.php/SEDB:문과 再及第者(重試 급제 제외)

으로 34인을 뽑았다. 시험이 파방되었다가 12명이 삭과되었고, 22
명은 복과 시켰다. 삭과자 12명 중 4명이 재급제를 하였다. 파방이
되어서 급제자로 인정하지 않고, 재급제자만 인정을 해야 할지 생
각해봐야 한다.

(3) 문과 급제자수

조선시대 문과 급제자수는 연구자마다 조금씩 차이가 있다.
Wagner·송준호는 14,620명(식년시 6,063명, 증광시 2,713명, 각종 별시
5,844명. 중시·파방 제외하여 최종 14,607명), 김영모(金泳謨)는 14,991명
(식년시 5,944명, 증광시 2,816명, 각종 별시 6,231명. 중시 포함), 차장섭은
14,681명(식년시 6,029명, 증광시 2,415명, 각종 별시 6,237명),[125] 원창애
(元昌愛)는 14,684명(식년시 5,996명, 증광시 2,748명, 각종 별시 5,940
명)[126], 한영우는 14,615명[127]이다.

[표 3-19] 문과 시험별 실시 회수와 급제자수

	시험명		시험회수	급제자수	
1	式年試		163		6,030
2	增廣試		67		2,713
3	重試	重試	52	381	464
4		비정기 重試	5	83	
5	別試	謁聖試	97	778	5,944
6		別試[128]	360	4,813	
7		外方別試	60	353	
계			804		15,151

---

125) 원창애, 앞의 논문(1996), 5쪽.
126) 원창애, 앞의 논문(1996), 59쪽.
127) 한영우, 앞의 책(2012), 5쪽.

현재 온라인 서비스 하고 있는 한국역대인물과 종합방목에 등재되어 있는 급제자의 수는 다음과 같다. 선발인원에 차이가 나는 시험을 기준[129]으로 급제자 수를 계산하였다.

[표 3-20] 실록 · 역대인물과 종합방목의 급제자 수 비교

	시험	실록	규백 육본	규귀 중본	국중 도본	장서 각본	일동 양본	일동 경본	역대 인물	비고
1	1439년(세종 21) 己未 親試	15	11	10	10	10	10	10	13	金之慶鄭自咸 金從舜
2	1444년(세종 26) 甲子 式年試	33	32	32	33	33	32	32	33	尹譓
3	1480년(성종 11) 庚子 謁聖試	3	3	3	4	3	3	3	4	沈淡
4	1637년(인조 15) 丁丑 別試	9	10	10	10	10	10	10	10	趙搏
5	1763년(영조 39) 癸未 耆老庭試	6	5	6	6	6	5	5	6	任德昌
6	1768년(영조 44) 戊子 庭試	10	10	8	8	8	10	8	8	申思贊金處坤
7	1887년(고종 24) 丁亥 庭試	5	[23]	24	23	24	[23]	[23]	23	李允在
	계	81	94	93	94	94	93	91	97	
	총계		15149	15147	15148	15148	15147	15145	15151	

가장 등재 급제자가 많은 곳은 역대인물과 규백육본이었다(수록 기간을 기준으로). 그러면 여기서 중시 급제자나 재급제자를 제외한 생애 처음으로 한 번 문과에 급제한 사람("최초 급제자"로 지칭)들의 수는 얼

---

128) 별시(別試): 別試(126) · 庭試(198) · 改試(1) · 求賢科(1) · 節喜科(1) · 春塘臺試(20) · 忠良科(1) · 親試(11) · 賢良科(1)를 포함하고 있다.

129) 선발인원을 비교한 7개의 시험을 제외하고, 다른 시험도 비교해야 정확한 급제자 수를 알 수 있다. 이것은 추후에 계속 연구를 진행하겠다.

마나 되는지 궁금하였다. 문과 급제자의 수를 조사하는 데는 자료적
인 제한이 있다. 조선시대 시행된 모든 시험의 단회방목이 존재하지
않기 때문이다. 그나마 다행인 것은 단회방목과 기타 자료를 바탕으
로 만든 종합방목이 수십 종 현전하고 있는 것이다. 그 중에서 앞에서
명기한 6종의 종합방목을 이용해서 문과 급제자의 수를 파악하였다.

[표 3-21] 조선시대 문과 최초 급제자

	문과	내용	제외 급제자	인원	합계
1	한국역대인물	804회	1887년(고종 24) 정해 정시: 1*		15,149
2	Wagner·송준호 (보주)조선문과 방목	중시	중 시: 381	464	14,607
			등준시: 27		
			발영시: 40		
			진현시: 4		
			탁영시: 12		
		파방	1618년(광해군 10) 무오 식년시: 0	77	
			1621년(광해군 13) 신유 별시: 40		
			1626년(인조 4) 병인 별시: 16		
			1668년(현종 9) 무신 정시: 9		
		삭과	1699년(숙종 25) 기묘 증광시: 12**		
3	재급제자	재급제	재급제자: 53	53	15,096
4	최초 급제자	급제 1번	중시 급제자: 464(+2)***	515	14,634
			재급제자: 53		

* 1887년(고종 24) 정해 정시 1인은 "이윤재(李允在)"이다.(등재 오류로 2번 수록)
** 1699년(숙종 25) 기묘 증광시는 급제자 34인 중 12명만 삭과됨. 나머지 파방은 선발인원 전원임.
*** 중시 급제자: 464(+2)는 문과 급제자가 아닌 "김화(金澕)"가 발영시에, "영순군(永順君) 이부(李溥)"가 등준시와 중시에 급제함.(일반 문과가 아닌 중시에서만 최초인 2명 추가.)

한국역대인물에서는 조선시대 전체 문과 시험(총804회)의 급제자를
모두 실고 있다. 총 급제자 수는 15,149명(15,151명[130])이다.

『(보주)조선문과방목』에서는 중시 급제자(464명)와 파방·삭과된 급제자(77명)를 제외하여 급제자를 태조부터 고종까지 일련번호를 부여한 결과 마지막 급제자의 번호가 14,607번이다. 그러나 1444년(세종 26) 갑자 식년시 정과에 "윤혜(尹譓)"를 추가해서 급제자는 14,608명이다.(등재 오류로 2번 수록한 "이윤재(李允在)"를 삭제하면 14,607명이다.)

전체 급제자 15,149명에서 재급제자 53명[131]을 빼면 15,096명이다. 문과에 급제를 1번이라도 한 최초 급제자는 중시 급제자(464명)와 재급제자(53명)를 제한 14,632명이다.(파방이나 발거 및 삭과는 규백육본이나 규귀중본·국중도본·장서각본에 실려 있어서 제외하지 않았다.)

이를 다시 정확히 하자면 중시 급제자 중에 문과 급제자 출신이 아닌 사람이 있다. 1466년(세조 12) 병술 발영시에 급제한 "김화(金澕)"[132]와 세조의 특혜로 1466년 병술 등준시와 1468년(세조 14) 무자 중시에 응시하여 급제한 "영순군(永順君) 이부(李溥)"[133]가 바로 그 사람이다. 그래서 중시 급제자에서 2명(3건)을 제외하여야 한다.(문과 급제자 출신 중시 급제자는 464명이 아니고 461명이다.) 최초 급제자[134]는 전체 15,149명에서 중시 급제자 464명과 재급제자 53명을 제하고 나서, 중시에서만 급제한

---

130) 2명 추가: 1439년(세종 21) 기미(己未) 친시(親試)에서 정자함(鄭自咸, 世宗大王二十一年己未[親試]榜目)·김종순(金從舜, 『성종실록』160권, 성종 14년(1483) 11월 2일)을 추가하였다.

131) 이재옥, 앞의 논문(2014), 175~191쪽.

132) 김화(金澕), 한국역대인물 종합정보시스템, 한국학중앙연구원, http://people.aks. ac.kr/front/tabCon/exm/exmView.aks?exmId=EXM_MN_6JOa_1466_001409

133) 이부(李溥), 한국역대인물 종합정보시스템, 한국학중앙연구원, http://people.aks. ac.kr/front/tabCon/exm/exmView.aks?exmId=EXM_MN_6JOa_1466_001418(登俊試); http://people.aks.ac.kr/front/tabCon/exm/exmView.aks?exmId=EXM_MN_6JOa_1468_001459(重試)

134) Waner·송준호처럼 중시(重試)와 파방(罷榜)·삭과(削科)를 제외하고 급제자를 계산하면 아래와 같다.

2명을 더하면 **14,634**명(파방 포함)이 된다.

3) 무과방목

(1) 무과 단회방목

무과방목은 문과방목처럼 종합방목으로 집성되지 않았고, 사마방목처럼 영인(影印)[135] 되지도 않았다. 개개의 단회방목으로 여러 도서관에 산재되어 있다.[136] 종합방목처럼 재정리도 되지 않았고, 사마방목 영인본처럼 인쇄도 안 되었는데, 한국학중앙연구원에서 진행된 '지식정보자원관리사업'으로 전산화[137)가 진행되었다.

시험명		인원	비고	제외	15,149
중시		381		381	14,768
등준시		27		27	14,741
발영시		40		40	14,701
진현시		4		4	14,697
탁영시		12		12	14,685
파방	1618년(광해군 10) 무오 식년시	0	급제자 없음	0	14,685
	1621년(광해군 13) 신유 별시	40	재급제자: −13	27	14,658
	1626년(인조 4) 병인 별시	16	재급제자: −13	3	14,655
	1668년(현종 9) 무신 정시	9	재급제자: −5	4	14,651
삭과	1699년(숙종 25) 기묘 증광시	12	재급제자: −4	8	14,643
재급제자		53	35	18	14,625

전체 급제자 15,149명에서 중시 급제자 464명을 빼고, 또 파방 후 재급제 못한 34명과 삭과 후 재급제 못한 8명을 제하고(파방·삭과 후 재급제자 35명은 최초 급제자와 같다.), 또 다른 재급제자 18명을 뺀 14,625명이 중시와 파방·삭과, 재급제까지 뺀 또 다른 최초 급제자 수이다.(중시에서만 급제한 2명 제외)

135) 사마방목 영인은 국학자료원에 의해서 1990년에 단회방목을 모아『司馬榜目』17책으로 집성되었고, 2008년에『朝鮮時代 生進試榜目』28책으로 신규 발견된 단회방목을 추가하여 증보 영인 되었다.

136) 이재옥,「조선시대 무과 재급제 현황과 재급제자 조사」,『장서각』35집, 한국학중앙연구원, 2016, 241쪽.

137) 한국역대인물 종합정보시스템 연도별 무과방목 전산화 내용

정해은(鄭海恩)이 2002년에 학계에 소개한 132회분[138]의 무과방목(2회분 미구축)과 새로 발견한 30회분을 추가해서 총 160회분의 무과방목을 데이터베이스로 구축하였다. 방목의 신규 추가는 집단지성[139]의 도

연도	사업명 및 방목명	무과 급제자
2005	전근대인물 종합정보시스템 구축사업	10,000여 명(58회)
2008	장서각 소장 인물자료 DB 구축사업	10,000여 명(54회)
2009	장서각 소장 인물자료 DB 구축사업	2,500여 명(14회)
2010	장서각 소장 인물자료 DB 구축사업	1,500여 명(17회)
2013	1599년 기해춘정시용호방목 1599년 기해추별시방목 1679년 기미정시방	377명(3회)
2014	1525년 가정4년을유3월26일문무과방목 1546년 가정25년병오10월초8일문[무]과식년방 1546년 가정25년병오10월11일문[무]과중시방 1577년 만력5년정축10월초6일무과별시방목 1603년 계묘춘별시방 1635년 숭정8년을해9월초4일알성문과방목 1665년 강희4년10월25일별시문과방목 1795년 숭정3을묘추합6경경과정시문무과전시방목	868명(8회)
2015	1705년 을유증광별시문무과방목 1710년 경인춘당대정시방목 1798년 숭정3무오식년문무과전시방목	133명(3회)
2017	1687년 정묘식년무과방목	108명(1회)
2018*	1654년 갑오식년문무과방목 1675년 을묘식년문무과방목	96명(2회)

* 2018년 추가분은 박사 학위 논문을 완성한 후에 발견한 방목이다.

138) 정해은, 「조선시대 武科榜目의 현황과 사료적 특성」, 『軍史』 第47號, 國防部軍史編纂研究所, 2002. 논문 부록에 무과 단독방목 1회와 문무과방목 131회(중시방목 6회 포함), 총132회의 현전하는 문무과방목이 소장처와 함께 정리되어 있다.(1594년 "萬曆二十二年甲午正月日別試武科榜目"은 임진왜란 중에 경상좌도 지방에서 무과만 단독으로 설행된 방목이다.) 미구축 2회분은 1522년 고려대학교 소장본과 1549년 산기문고(山氣文庫) 소장본이다. 고려대학교에서는 소장 여부가 확인이 안 되었고, 산기문고는 고서점 통문관(通文館)을 운영했던 산기(山氣) 이겸로(李謙魯, 1909~2006)의 개인 문고이다. 통문관에 연락한 결과 『山氣文庫目錄』(國學資料保存會, 1974.)에 나오는 이 방목은 소장하고 있지 않은 것으로 확인되었다(매매된 것으로 추정된다).

139) 양창진, 앞의 논문(2014. 9.)

제3장 과거 합격자 문헌 자료 디지털 아카이브 구현 **149**

움이 매우 컸다. 도서관 등에서 방목을 검색하면 소장하고 있는 방목들을 확인할 수 있다. 하버드옌칭도서관(Harvard-Yenching Library)은 검색어 "pangmok"으로 검색을 하면 344건이 검색된다. 좀 더 세분해서 "Sama pangmok"(사마방목)으로 검색하면 198건, "Munmu pang-mok"(문무과방목)으로 하면 96건이 검색된다.[140]

그중 "蓮桂榜目[141]: 萬曆丙辰, 天啓丁卯, 崇禎壬午(Yŏn'gye pangmok: Mallyŏk Pyŏngjin, Ch'ŏn'gye Chŏngmyo, Sunjŏng Imo)"[142]는 3종의 방목이 모아져 있다. 이 방목에는 1616년 "萬曆四十四年丙辰三月初七日增廣司馬榜目" 뿐만 아니라, 1627년 "天啓七年丁卯式年文科榜目"과 1642년 "崇禎十五年壬午式年文科榜目"이 함께 실려 있다.

[표 3-22] 한 책에 여러 시험이 수록되어 있는 방목

	표제	소장처 [청구기호]	연도	왕년	시험명	방목
1	司馬榜目[143]	장서각 [B13LB-6]	1504	연산 10	式年試	사마방목
			1513	중종 8	式年試	사마방목
			1531	중종 26	式年試	사마방목
			1543	중종 38	式年試	사마방목(일부)
2	嘉靖二十五年重試式年榜目[144]	중앙대 [C1241774]	1546	명종 1	重試	문무과방목
			1546	명종 1	式年試	문무잡과방목
3	國初文科榜目[145]	충남대[고서	1564	명종 19	式年試	문무잡과방목

140) HOLLIS Classic, Harvard Library, http://lms01.harvard.edu/F/45MMT4E27 GUFJI53DLN9V9YGASKJI54X94MRL6GJJVJ7VJKTJB-50686?RN=184345841&pds_handle=GUEST

141) 연계(蓮桂): 연방(蓮榜)은 사마방목, 계방(桂榜)은 문과방목을 뜻한다. 또 문과방목을 용방(龍榜), 무과방목을 호방(虎榜)이라고 칭(稱)하여 문무과방목을 용호방(龍虎榜目)이라고 부른다.

142) 『연계방목(蓮桂榜目)』(하버드옌칭도서관(Harvard-Yenching Library)[TK 2291.7 1746 (1616)])

			1585	선조 18	式年試	생원시방목
		史.記錄類 179]	1602	선조 35	別試	문무과방목
4	蓮桂榜146)	국중도 [古6024-145]	1570	선조 3	式年試	문무과방목
			1558	명종 13	式年試	사마방목
			1642	인조 20	式年試	문과방목
5	丙辰增廣司馬榜147)	고려대 [만송 B8 A1 1616B]	1573	선조 6	式年試	사마방목
			1576	선조 9	式年試	문무잡과방목
			1616	광해 8	增廣試	사마방목
			1624	인조 2	增廣試	문무과방목
6	萬曆四年丙子二十六日 司馬榜目148)	규장각[想白古 351.306-B224 s-1576]	1576	선조 9	式年試	사마방목
			1583	선조 16	謁聖試	문과방목
			1606	선조 39	增廣試	사마방목
7	蓮桂榜目149)	하버드옌칭 [TK 2291.7 1746 (1616)]	1616	광해 8	增廣試	사마방목
			1627	인조 5	式年試	문과방목
			1642	인조 20	式年試	문과방목
8	嘉靖辛卯司馬榜目150)	국편[MF A지수208]	1531	중종 26	式年試	사마방목
			1509	중종 4	別試	문과방목
			1532	중종 27	別試	문과방목
9	崇禎癸酉司馬榜目151)	국편[MF A지수208]	1633	인조 11	增廣試	사마방목
			1635	인조 13	謁聖試	문무과방목

143) 弘治十七年甲子生進榜目(한국학중앙연구원 장서각[B13LB-6]), 한국학전자도서관,
한국학중앙연구원, http://lib.aks.ac.kr/search/DetailView.ax?sid=1&cid=166604 (이미지 온라인 참조: 장서각 디지털 아카이브, 한국학중앙연구원, http://yoksa.aks.ac.kr/jsp/aa/VolumeList2.jsp?fcs=f&gb=1&cf=a&aa10up=kh2_je_a_vsu_B13LB^6_000)

144) 嘉精二十五年重試式年榜目(중앙대학교[C1241774]), 중앙대학교 서울캠퍼스 학술정보원, 중앙대학교, http://library.cau.ac.kr/search/DetailView.ax?sid=1&cid=6240278

145) 嘉靖四十三年甲子九月日文科覆試榜目(충남대학교[고서 史.記錄類 179]), 충남대학교
도서관, 충남대학교, http://library.cnu.ac.kr/search/detail/CATTOT000000 636854?mainLink=/search/tot&briefLink=/search/tot/result?q=國初文科榜目_A_qf=國初文科榜目_A_tapSearch=Y_A_websysdiv=tot_A_st=KWRD_A_qt=國初

文科榜目_A_y=17_A_x=22_A_si=TOTAL

146) 蓮桂榜: 戊午司馬榜(국립중앙도서관[古6024-145]), 국립중앙도서관, 국립중앙도서관, http://www.nl.go.kr/nl/search/SearchDetail.nl?category_code=ct&service=KOLIS&vdkvgwkey=1146841&colltype=DAN_OLD&place_code_info=002&place_name_info=蓮桂榜&manage_code=MA&shape_code=B&refLoc=null&category=&srchFlag=Y&h_kwd=蓮桂榜&lic_yn=N&mat_code=RB&topF1=total&kwd=蓮桂榜&dan=&yon=&disabled=&media=&web=&map=&music=&etc=&archive=&cip=&kolisNet=&korcis

147) 丙辰增廣司馬榜(고려대학교[만송 B8 A1 1616B]), 고려대학교 도서관, 고려대학교, http://library.korea.ac.kr/search/detail/CATTOT000000728945?briefLink=/searchMain/mashupResult?q=丙辰增廣司馬榜#.WVo935uwcmY

148) 萬曆四年丙子二十六日司馬榜目(규장각한국학연구원[想白古 351.306-B224s-1576]), 규장각한국학연구원, 서울대학교, http://e-kyujanggak.snu.ac.kr/home/MOK/CONVIEW.jsp?type=MOK&ptype=list&subtype=sm&lclass=AL&ntype=sj&cn=GS42216_00

149) 蓮桂榜目: 萬曆丙辰, 天啓丁卯, 崇禎壬午(하버드옌칭도서관[TK 2291.7 1746 (1616)]), HOLLIS Classic, Harvard Library, http://lms01.harvard.edu/F/D5B2K13TTXRFPM97BB52K1K96FBTCSP1KQYEMPVUG7Y6U2GXJB-14270?func=find-acc&acc_sequence=057533938(이미지 온라인 참조: 蓮桂榜目:萬曆丙辰:天啓丁卯:崇禎壬午, 국립중앙도서관, 국립중앙도서관, http://www.nl.go.kr/nl/search/bookdetail/online.jsp?contents_id=CNTS-00047779033&topF1=title_author&kwd=蓮桂榜目&dan=&yon=&disabled=&media=&web=&map=&music=&etc=&archive=&cip=&kolisNet=&korcis)

150) 嘉靖辛卯司馬榜目(국사편찬위원회[MF A지수208]), 전자사료관, 국사편찬위원회, http://archive.history.go.kr/catalog/view.do?arrangement_cd=ARRANGEMENT-0-D&arrangement_subcode=ARCHIVES_DOMESTIC-0-SE&provenanace_ids=&displaySort=&displaySize=50&currentNumber=1&system_id=000000658117&catalog_level=&catalog_position=-1&search_position=9&lowYn(이미지 온라인 참조: 嘉靖辛卯司馬榜, 전자사료관, 국사편찬위원회, http://archive.history.go.kr/image/viewer.do?system_id=000000658117)

151) 崇禎癸酉司馬榜目(국사편찬위원회[MF A지수208]), 전자사료관, 국사편찬위원회, http://archive.history.go.kr/catalog/view.do?arrangement_cd=ARRANGEMENT-0-D&arrangement_subcode=ARCHIVES_DOMESTIC-0-SE&provenanace_ids=&displaySort=&displaySize=50&currentNumber=1&system_id=000000658118&catalog_level=&catalog_position=-1&search_position=10&lowYn(이미지 온라인 참조: 癸酉增廣司馬榜目, 전자사료관, 국사편찬위원회, http://archive.history.go.kr/image/viewer.do?system_id=000000658118)

조선시대 무과는 1402년(태종 2) 임오 식년시부터 처음으로 실시되었다. 이 말은 1402년 이전에 실시된 4번[152]의 과거에서는 문과만 설행되었다는 것이다. 그래서 문무대거(文武對擧)로 문과가 804회 실시되었는데, 무과는 총 800회가 설행되었다. 무과방목은 항상 앞부분에 문과방목이 먼저 기록되어 있다. 그래서 문무과방목이라고 부른다. 그러나 예외도 있다. 과거가 문과만 설행되었거나 무과만 실시된 경우이다.

1402년 처음 무과가 실시되기 전의 4번의 문과와 최초의 문과 중시인 1407년(태종 7) 정해 중시 문과와 최초의 무과 중시인 1410년(태종 10) 경인 중시 무과가 그러한 경우이다. 1402년 무과가 실시되고, 1410년 중시 무과가 실시됨으로써 문무대거와 중시대거(重試對擧)로 과거가 완벽해졌다. 이 시험들의 단회방목이 현전한다면 그것은 모두 단독방목(單獨榜目)[153]이라고 불러야 한다. 물론 임진왜란 중에 무과만 단독으로 실시된 경우도 있다. 현전(現傳)하는 160회 문무과방목을 왕대별로 살펴보려고 한다.

[표 3-23] 왕대별 무과 실시 회수와 현전 방목수

	왕대	실시회수	현전	비고		왕대	실시회수	현전	비고
1	太宗	10			13	仁祖	52	18	34.6%
2	世宗	21			14	孝宗	15	6	40.0%
3	文宗	2			15	顯宗	24	9	37.5%
4	端宗	3	1	33.3%	16	肅宗	78	40	51.3%
5	世祖	23			17	景宗	9	2	22.2%

152) 1393년(태조 2) 癸酉 式年試, 1396년(태조 5) 丙子 式年試, 1399년(정종 1) 己卯 式年試, 1401년(태종 1) 辛巳 增廣試.
153) 단독방목(單獨榜目): 1장 서론에서 자세하게 언급하였다.

6	睿宗	1			18	英祖	126	20	15.9%
7	成宗	29	1	3.4%	19	正祖	41	12	29.3%
8	燕山君	13			20	純祖	51	8	15.7%
9	中宗	57	7	12.3%	21	憲宗	23	3	13.0%
10	明宗	26	4	15.4%	22	哲宗	26	1	3.8%
11	宣祖	61	21	34.4%	23	高宗	81	3	3.7%
12	光海君	28	4	14.3%	계		800	160	20.0%

　현재 무과 단회방목은 160회분이 전하고 있다. 1402년(태종 2)부터 1621년(광해군 13)까지 220년 동안 총 274회 과거가 설행되었는데, 현전하는 방목은 40회(1회는 임란 때 단독방목[154]) 뿐이다. 약 14.6% 정도만 전해지고 있다. 양란(兩亂)의 영향으로 조선전기 방목은 극히 적은 수가 현전하고 있다.

　1623년(인조 1)부터 1673년(현종 14)까지 51년 동안 총 91회 과거가 실시되었는데, 현전하는 방목은 33회분으로 약 36.3% 정도가 전해지고 있다.

　1675년(숙종 1)부터 1723년(경종 3)까지 49년 동안 총 87회 과거가 진행되었는데, 현전하는 방목은 42회분이다. 약 48.3% 정도가 현전하고 있다.

　1725년(영조 1)부터 1800년(정조 24)까지 76년 동안 총 167회 과거가 설행되었는데, 현전하는 방목은 32회분으로 약 19.2% 정도가 전해지고 있다.

　1801년(순조 1)부터 1894년(고종 31)까지 94년 동안 총 181회 과거가

---

154) 1594년(선조 27) 萬曆二十二年甲午正月日別試武科榜目은 임진왜란 중 병력 충원을 위한 지방(경상좌도)에서 무과만 실시된 단독방목(單獨榜目)이다. 현재 무과 단독방목으로 유일본이다.

설행되었는데, 현전하는 방목은 15회 뿐이다. 가장 가까운 시기임에
도 약 8.3% 정도만 발견되었다. 지금까지 현전하는 무과방목과 소장
처를 기록한 목록은 "무과 단회방목 소장처 목록"[155]이란 이름으로 위
키(wiki) 사이트와 "문무과방목 소장처 목록"으로 부록에 첨부 하였다.

[표 3-24] 시기별 현전하는 무과방목

범위	연한	실시회수	현전	비고
1402년(태종 2)~1621년(광해 13)	220	274	40	14.6%
1623년(인조 1)~1673년(현종 14)	51	91	33	36.3%
1675년(숙종 1)~1723년(경종 3)	49	87	42	48.3%
1725년(영조 1)~1800년(정조 24)	76	167	32	19.2%
1801년(순조 1)~1894년(고종 31)	94	181	15	8.3%
전체		800	162	20.3%

(2) 임진왜란 중 무과 설행

임진왜란 중에 무과만 단독으로 실시된 시험들은 약 20차례 있었다
고 한다.[156] 송준호(1995)와 심승구(1997)의 논문[157]을 근거로 임진왜
란 중에 시행된 무과를 표로 정리하였다.

---

155) 무과 단회방목 소장처 목록, 이재옥, http://dh.aks.ac.kr/~sonamu5/wiki/index.
php/SEDB:무과 단회방목 소장처 목록
156) 심승구, 「壬辰倭亂중 武科及第者의 身分과 特性」, 『韓國史研究』第92號, 한국사연구
회, 1996, 112쪽; 심승구, 「壬辰倭亂중 武科의 運營實態와 機能」, 『朝鮮時代史學報』
第1號, 조선시대사학회, 1997, 87~88쪽.
157) 송준호, 「朝鮮後期의 科擧制度」, 『國史館論叢』第63輯, 國史編纂委員會, 1995; 심승
구, 위의 논문(1997).

[표 3-25] 임진왜란 중 설행된 무과 단독 시험과 선발 인원(음영은 文武對擧)

	연도	월	일	왕년	시명	문과장원	선발	무과장원	선발	장소	시험관
1	1592	6	26	宣祖 25	龍灣別試	·	–	田齊安		義州	左議政 尹斗壽
	1592	7	2	〃	龍灣別試	鄭宗溟	4	■■■	168	義州	行在所
2	1592	9	21	〃	別試	·	–	■■■	?	義州	行在所
3	1592	9	21	〃	別試	·	–	■■■	500	順安	都元帥 金命元
4	1592	9	21	〃	別試	·	–	■■■	?	成川	世子
5	1592	9	21	〃	別試	·	–	■■■	?	陽德	
6	1592	9	21	〃	別試	·	–	■■■	?	江東	左防禦使 李鎰
7	1592	9	21	〃	別試	·	–	■■■	?	永柔	右防禦使 金應瑞
8	1592	10	00	〃	別試	·	–	■■■	100	長津	咸鏡監司 尹卓然
9	1593	4	17	宣祖 26	別試	·	–	■■■	353	永柔	
10	1593	7	00	〃	別試	·	–	■■■	?	中和	
11	1593	9	25	〃	別試	·	–	徐應斗	6	延安	行在所
12	1593	12	00	〃	別試	·	–	■■■		貞陵洞	
	1593	12	27	〃	全州別試	尹晧	9	承莫秀	1785	全州	分朝
13	1593	12	27	〃	別試	·	–	■■■	900	陜川	都元帥 權慄
14	1594	1	25	宣祖 27	別試	·	–	沈彦孝	418	慶州	巡察使 韓孝純
15	1594	1	25	〃	別試	·	–	■■■	?	陜川	都元帥 權慄
	1594	2	29	〃	庭試	朴東說	13	趙諄	174	貞陵洞	
16	1594	4	6	〃	別試	·	–	■■■	100	閑山島	三道水軍統制使 李舜臣
17	1594	6	2	〃	濟州別試	·	–	■■■	50	濟州	

	1594	10	19	〃	庭試2	柳潭	10	尹彦諶	195	貞陵洞	
	1594	11	23	〃	別試	宋駿	19	卞懷寶	107	貞陵洞	
	1595	11	6	宣祖 28	海州別試	趙庭堅	3	洪允先	574	海州	承旨
	1595	12	28	〃	別試	成以敏	15	徐惟一	201	貞陵洞	
18	1596	7	00	宣祖 29	濟州別試	·	–	■■■	8	濟州	御史
19	1596	윤8	16	〃	別試2	·	–	■■■	?	閑山島	體察副使 韓孝純
	1596	10	26	〃	庭試	安宗祿	19	崔景春	55	貞陵洞	
	1597	3	17	宣祖 30	別試	趙守寅	19	吳男	478	貞陵洞	重試對擧
	1597	4	2	〃	重試	許筠	5	張士行	36	貞陵洞	
	1597	4	4	〃	庭試	李好義	9	朴天生	69	貞陵洞	北路軍人親試
	1597	4	8	〃	謁聖試	尹繼善	8	李君彦	1073	貞陵洞	

1592년 6월 26일에 의주(義州)에서 처음으로 무과만을 설행하는 시험이 실시되었다. 장원은 전제안(田齊安)[158]으로 선발 인원은 어떤 기록에도 나오지 않는다. 다만 이 무과의 실시로 의주 성내가 조금 든든해졌다고 실록에서 기록하고 있다.[159] 7월 2일(종합방목 등의 기록에는 3일)에 문무대거가 실시되어서 문과에서는 정종명(鄭宗溟) 등 4인을 선발하였고, 무과에서 무사를 선발하였다.[160] 그러나 장원과 선발 인원을 알 수 없다. 『무과총요(武科摠要)』(표제는 武科總要)에는 초시 합격자만 168명으로 기록하고 있다(초시만으로 급제자를 선발하였다면 168명이

---

158) 전제안(田齊安), 한국역대인물 종합정보시스템, 한국학중앙연구원, http://people.
   aks.ac.kr/front/tabCon/exm/exmView.aks?exmId=EXM_MU_6JOb_1592_150001
159) 『선조실록』 27권, 선조 25년(1592) 6월 26일.
160) 『선조실록』 28권, 선조 25년(1592) 7월 2일.

고, 다시 회시나 전시를 보았다면 168명보다 적은 급제자가 나왔을 것이다.).

두 번째 단독 무과는 9월 21일에 6곳에서 실시되었다.[161] 이번 무과는 각 진영(陣營)에서 실시하는 초시(初試)로서 회시(會試)를 대신하고, 초시 합격자들을 한 곳에 모아서 전시(殿試)를 실시하려고 하였다. 그러나 전시(戰時) 상황에 한 곳에 모으는 것이 여의치가 않아서 초시로 최종 급제를 주고, 홍패(紅牌)도 각 진영에서 수여(授與)하기로 하였다. 무과가 실시된 6곳은 행재소가 있는 의주(義州), 도원수(都元帥, 金命元)가 있던 순안(順安), 분조(分朝, 世子)가 있던 성천(成川), 양덕(陽德), 좌방어사(左防禦使, 李鎰)의 강동(江東), 우방어사(右防禦使, 金應瑞)의 영유(永柔)였다. 세 번째 단독 무과는 10월 16일 이전에 실시되었다. 실록을 보면 10월에 장진(長津)에서 함경감사 윤탁연(尹卓然)이 무사 100명을 시취하였다고 나온다.[162]

네 번째 단독 무과는 1593년(선조 26) 4월 17일에 실시하였다. 영유(永柔)에서 353명을 선발하였다.[163] 다섯 번째는 7월 28일 이전에 설행하였다. 6월 29일에 진주성(晉州城)이 함락되었고, 7월 16일에 함락 소식이 강서(江西) 행재소에 도착하였다. 그 와중에 중화(中和) 무과 실시에 대한 논의가 있었다. 실록에 신급제자들에게 홍패를 주고, 조속히 싸움터로 보내는 것이 좋겠다는 의견이 있었다.[164] 여섯 번째는 서울로 가는 길에 연안(延安)에 도착해서 9월 2일 연안성(延安城) 수성에 공을 세운 군사들을 대상으로 9월 25일에 무과를 실시해서 서응두(徐應斗) 등 6명에게 급제를 주었다.[165]

---

161) 『선조실록』 30권, 선조 25년(1592) 9월 21일.
162) 『선조실록』 31권, 선조 25년(1592) 10월 16일.
163) 『선조실록』 37권, 선조 26년(1593) 4월 17일.
164) 『선조실록』 40권, 선조 26년(1593) 7월 28일.
165) 『선조실록』 42권, 선조 26년(1593) 9월 25일.

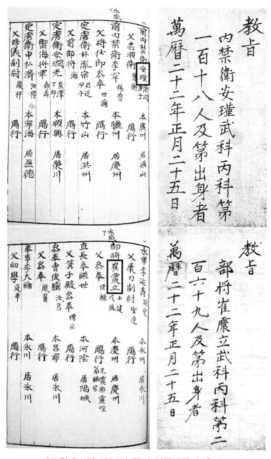

[그림 3-15] 1594년 무과 단독방목과 홍패

선조가 10월 1일에 서울로 돌아와서 일곱 번째 단독 무과를 12월에 정릉동(貞陵洞) 행궁에서 실시하였다.[166] 12월 27일에 전주(全州)에서 세자(光海君)가 문·무과를 실시하여 문과에서는 윤길(尹咭) 등 9명을,

---

166)『선조실록』 46권, 선조 26년(1593) 12월 23일.

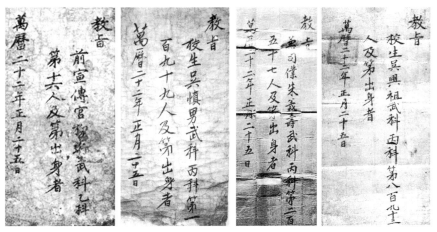

[그림 3-16] 1594년 1월 25일 설행된 무과 단독 시험의 홍패

무과에서는 승명수(承蓂秀)167) 등 1,000여 명을 선발하였다.168) 무과
선발 인원에 대해서는 자료마다 차이가 있다. 국중도본에서는 1,985
명, 『무과총요』에는 1,785명으로 기록되어 있다. 여덟 번째 단독 무과
는 전주별시가 실시된 때에 도원수 권율(權慄)이 합천(陜川)에서 900명
을 뽑았다.169) 이는 영남의 장사(將士)들이 과거를 보기 위해 전주까
지 오기가 힘들기 때문에 나눠서 선발한 것이다.

아홉 번째 단독 무과는 1594년(선조 27) 1월 25일 경상좌도에서 순
찰사(巡察使) 한효순(韓孝純)의 주도하에 실시되었다.170) 이 무과에 대
한 기록은 실록에서 찾을 수 없다. 그러나 이 **무과 단독방목**이 연세대

167) 승명수(承蓂秀), 한국역대인물 종합정보시스템, 한국학중앙연구원, http://people.
  aks.ac.kr/front/tabCon/exm/exmView.aks?exmId=EXM_MU_6JOb_1593_155001
168) 『선조수정실록』 27권, 선조 26년(1593) 12월 1일.
169) 『난중잡록(亂中雜錄)』 권3, 甲午年(1594) 10월 13일.
170) 심승구는 급제자 중에 경주 출신이 많고, 한효순(韓孝純)이 경주 감영에 머무르고
  있었다는 근거를 들어 과거가 경주(慶州)에서 실시되었다고 보고 있다.

학교 학술정보원에 소장171)되어 현전하고 있다. 갑과1등(甲科一等) 1명·을과2등(乙科二等) 10명·병과3등(丙科三等) 407명으로 도합 418명을 선발하였다. 아울러 이 무과 급제자의 홍패(安瑾172)·崔震立173))도 전해지고 있다.

같은 날인 1월 25일에 경상우도에서도 단독 무과가 실시되었다. 설행 증거로 홍패가 발견되었다. 유형(柳珩, 을과 16인)174), 오신남(吳愼男, 병과 199인)175), 주의수(朱義壽, 병과 257인)176), 오흥조(吳興祖, 병과 893인)177)의 홍패이다. 시행 일자는 동일하지만, 연세대학교 소장 방목의 급제 등위를 보면 아래의 홍패와 다르다. 방목은 을과를 10위까지만 선발해서 "을과 16위"가 없다. "병과 199위"는 안동인 권충보(權忠輔)178)이고, "병과 257위"는 청주인 한충원(韓忠元)179)이다. 이것으로 같은 날 두 곳에서 무과가 실시되었다는 것을 알 수 있다. 이 무과는 당시 경상우도 합천(陜川)에 머물고 있던 도원수 권율(權慄)의 주도 하에 실시된 것으로 추정된다. 이 단독 무과는 송준호·심승구의 논문에 언급이 안 되어 있다.

열 번째 단독 무과는 1594년 4월 6일에 삼도수군통제사(三道水軍統制使) 이순신(李舜臣)의 주도로 한산도(閑山島)에서 실시되었다.180) 원

---

171) 『萬曆二十二年甲午正月日別試武科榜目』(연세대학교 학술정보원[고서(Ⅱ) 353.0036]).

172) 안근(安瑾) 홍패: 경상남도 유형문화재 제149호.

173) 최진립(崔震立) 홍패: 『고문서집성(古文書集成)』 50책(경주최씨편).

174) 유형(柳珩) 홍패: 육군박물관[085270] 소장.

175) 오신남(吳愼男) 홍패: 강진 덕호사 소장.

176) 주의수(朱義壽) 홍패: 개인 소장.

177) 오흥조(吳興祖) 홍패: 국립중앙도서관[우촌貴2102.2-894] 소장.

178) 권충보(權忠輔), 한국역대인물 종합정보시스템, 한국학중앙연구원, http://people. aks.ac.kr/front/tabCon/exm/exmView.aks?exmId=EXM_MU_6JOb_1594_200210

179) 한충원(韓忠元), 한국역대인물 종합정보시스템, 한국학중앙연구원, http://people. aks.ac.kr/front/tabCon/exm/exmView.aks?exmId=EXM_MU_6JOb_1594_200268

래는 전주에서 무과를 보려고 하였는데, 무과 실시일 3일 전에 소식을 듣게 되었고, 또 3일 만에 전주까지 가기에는 너무 거리가 멀고 전시 (戰時) 하에 병력을 이동하였다가 만일의 사태에 대응하기 어렵다는 이유를 들어 진중에서 무과를 실시하게 되었다.

열한 번째 단독 무과는 6월 2일에 제주(濟州)에서 실시되었다.[181] 열두 번째 단독 무과는 1596년(선조 29) 7월에 제주에서 설행되었 다.[182] 열세 번째는 윤8월 16일에 이순신의 부탁으로 체찰부사(體察副 使) 한효순(韓孝純)의 주도하에 한산도에서 실시되었다.[183] 이로써 임 진왜란 중 단독 무과는 열세 차례, 19회 설행되었다. 공명홍패(空名紅 牌)[184]를 발행했기 때문에 이보다 더 많을 수도 있다. 다만 현재까지 실록 기록, 단독 무과방목, 홍패 등을 참고로 하여 조사한 회수이다.

(3) 무과 급제자수

조선전기 실록은 문과·무과 장원과 선발인원이 자세하게 나온다. 그러나 양란이후 조선후기 실록에서는 문과 장원과 선발인원은 나오 는데, 무과 장원과 선발인원을 기록하고 있지 않다. 이와 비슷하게 조 선전기 실록에서는 졸기(卒記)를 자세하게 인물의 전기(傳記) 형식으로 기록되어 있는데 반하여 후기 실록에서는 간단하게 사망 기사만 실려 있다.

조선전기는 실록을 참조하고, 후기는 『무과총요』를 참조하여 무과

---

180) 『난중일기(亂中日記)』 甲午年(1594) 9월 13일.
181) 『선조실록』 52권, 선조 27년(1594) 6월 2일.
182) 『선조실록』 77권, 선조 29년(1596) 7월 24일.
183) 『선조수정실록』 30권, 선조 29년(1596) 윤8월 1일.
184) 공명홍패(空名紅牌): 성명 쓰는 곳을 비워 놓고 미리 작성된 홍패이다.

급제자수를 파악하였다. 조선후기 무과를 보면 일종의 특혜인 직부(直 赴)[185]가 너무 많아서『대전회통(大典會通)』에 직부자를 장원으로 선발 하지 못하게 하는 법[186]이 생겼고, 직부를 제외한 원방(原榜)[187] 방목 이 존재할 정도였다.

[표 3-26] 원방(原榜)만 수록한 무과방목

시험년	왕대년	간지	방목명	소장처	문과 장원	선발	무과 장원	선발	수록
1798	正祖 22	戊午	崇禎三戊午式年 文武科殿試榜目	개인	李敬參	53	姜利八	429	30
1882	高宗 19	壬午	崇禎後五壬午慶 科增廣文武科殿 試榜目	국중도 [일산古 6024-13]	尹宏善	61	金思兢	384	31

1798년(정조 22) 무오 식년시 무과[188]는 장원이 강이팔(姜利八)[189] 이고, 429명을 선발하였다. 그런데 이 방목의 무과는 서익순(徐翼 淳)[190]이 1위(장원)로 나오고, 30명만 수록하고 있다. 1882년(고종 19)

---

185) 직부(直赴): 학업이나 과시 우수한 유생·생도, 그리고 무과에 응시하려는 한량·군 졸에게 초시(初試)를 면제하고 복시(覆試)에 바로 응시하거나, 초시와 복시를 면제하 고 전시(殿試)에 바로 응시하게 하는 것으로 직부회시(直赴會試)와 직부전시(直赴殿 試)가 있다.(『조선시대 과거제도사전』 참고.)
186) 【補】전시(殿試)의 장원(壯元)은 원방(原榜) 중에서 뽑는다. *【補】: 대전회통(大典會 通) 편찬 시에 추가된 법문이다.『대전회통(大典會通)』「병전(兵典)」참조.
187) 원방(原榜): 직부자(直赴者)를 제외하고, 초시·복시를 거친 급제자만을 모아놓은 방목이다.
188) 무오 식년시 무과: 강이팔(姜利八)이 갑과 1위[장원(壯元)], 이봉채(李鳳采)가 갑과 2위[아원(亞元)], 이만순(李萬淳)이 갑과 3위[탐화랑(探花郎)]를 차지하였다.
189) 강이팔(姜利八), 한국역대인물 종합정보시스템, 한국학중앙연구원, http://people. aks.ac.kr/front/tabCon/exm/exmView.aks?exmId=EXM_MU_6JOc_1798_150001
190) 서익순(徐翼淳), 한국역대인물 종합정보시스템, 한국학중앙연구원, http://people. aks.ac.kr/front/tabCon/exm/exmView.aks?exmId=EXM_MU_6JOc_1798_150431

임오 증광시 무과는 장원이 김사긍(金思兢)[191]이고, 384명을 뽑았다. 이 방목의 무과 1위는 구연태(具然泰)[192]로 기록되어 있다. 두 방목 모두 앞부분의 문과 단회방목은 문과 장원 및 선발인원이 <u>문과 종합방목의 기록과 일치한다</u>.

현재 무과장원과 선발인원이 밝혀진 시험은 800회 중 707회(1594년 단독무과 포함)로 약 140,170명이다. 이 합격 인원도 정확한 숫자는 아니다. 무과 선발인원은 자료에 따라서 선발인원이 다른 시험들이 있다. 차이가 생기는 시험의 선발인원을 적용하면 약 3,409명 정도 합격 인원이 줄어든다.

[표 3-27] 자료에 따라 선발인원이 차이가 나는 무과

	시험년	왕대년	간지	시험명	무과 장원	선발	차이
1	1427	世宗 9	丁未	重試	洪師錫	12	10
2	1435	世宗 17	乙卯	式年試	薛孝祖	28	29
3	1460	世祖 6	庚辰	春塘臺試	朴仲善	51	50
4	1460	世祖 6	庚辰	別試	文孟孫	1,813	1,800
5	1468	世祖 14	戊子	式年試	鄭錫禧	28	20
6	1480	成宗 11	庚子	謁聖試	吉邵	3	5
7	1594	宣祖 27	甲午	別試	卞懷寶	107	170
8	1665	顯宗 6	乙巳	溫陽庭試	崔應逸	165	179
9	1666	顯宗 7	丙午	別試	金成吉	87	86
10	1676	肅宗 2	丙辰	庭試	尹就商	17,652	14,207
11	1679	肅宗 5	己未	式年試	朴亨	58	66
12	1680	肅宗 6	庚申	庭試	朴貴達	143	144

---

191) 김사긍(金思兢), 한국역대인물 종합정보시스템, 한국학중앙연구원, http://people. aks.ac.kr/front/tabCon/exm/exmView.aks?exmId=EXM_MU_6JOc_1882_011962
192) 구연태(具然泰), 한국역대인물 종합정보시스템, 한국학중앙연구원, http://people. aks.ac.kr/front/tabCon/exm/exmView.aks?exmId=EXM_MU_6JOc_1882_011963

13	1693	肅宗 19	癸酉	謁聖試	黃軒	29	19
14	1696	肅宗 22	丙子	式年試	朴世振	46	48
15	1700	肅宗 26	庚辰	春塘臺試	鄭斗暹	36	32
16	1734	英祖 10	甲寅	春塘臺試	金義淑	63	50
17	1747	英祖 23	丁卯	式年試	張泰績	129	126
계						20,450	17,041

그리고 현전하는 무과방목 중에 선발 인원과 방목에 수록된 인원이 서로 다른 방목들이 있다. 많게는 20명 이상 차이가 나는 방목도 있고, 11명 이하로 작은 차이가 나는 방목도 있다. "선발인원과 수록 인원이 다른 무과방목"[193]이란 표를 만들어 위키 사이트에 올려놓았다. 이런 이유로 현전하는 방목만으로는 합격자수를 파악하기에는 어려운 점이 있다.

장원명은 있지만 선발인원 미상은 58회이고, 장원과 선발인원 모두 미상인 시험은 36회이다. 총 94회 시험이 선발인원 미상이다. 이 시험의 선발인원은 전례를 따라 선발인원을 정하는 경우가 많기 때문에 앞에 나오는 동일한 시험 2~3회의 선발인원의 평균치를 내서 선발인원을 추정하기로 한다. 밝혀진 선발인원과 추정된 선발인원을 합한 총 합격 인원을 살펴보고자 한다.

선발인원 미상인 94회 무과 시험의 선발인원 추정 인원은 약 22,050명이다. 그래서 무과 전체 시험의 선발인원은 약 162,220명으로 추정된다. 미상 선발인원의 추정치를 "선발인원 미상인 무과 시험의 추정 선발인원"[194]이란 표로 만들어 위키 사이트에 올려두었는데,

---

193) 선발인원과 수록 인원이 다른 무과방목, 이재옥, http://dh.aks.ac.kr/~sonamu5/wiki/index.php/SEDB:선발인원과 수록 인원이 다른 무과방목
194) 선발인원 미상인 무과 시험의 추정 선발인원, 이재옥, http://dh.aks.ac.kr/~sonamu5/wiki/index.php/SEDB:선발인원 미상인 무과 시험의 추정 선발인원

이는 근사치에 불과하다. 그러나 우리는 조선시대 무과의 선발인원이 약 16만 명이 넘는다고 추정할 수 있다.(임진왜란 때 설행된 시험은 1회만 포함되었다.)

4) 사마방목

(1) 사마 단회방목

생원진사시는 소과(小科, 문무과를 大科라고 함), 감시(監試), 사마시(司馬試)라고 불리었다. 생원·진사 합격자 명부를 사마방목이라고 한다. 조선시대 사마방목은 종합방목으로 성책되지 않았다. 모두 단회방목(單回榜目)으로 존재하고 있다. 현재 사마 단회방목은 193회분이 전하고 있다.

사마방목의 목록을 처음으로 작성한 것은 일본인 미키 사카에(三木榮)이다. 1939년에 총 76회의 사마방목을 소개하고, 1975년에 124회분의 방목을 소개하면서 소장처를 밝혔다. 우리 학계에서는 1968년 계훈모(桂勳模)가 미키 사카에의 자료를 토대로 사마시 설행 회수를 231회로 파악하고 총 147회분의 소재를 확인하였다. 계훈모는 1980년에 설행 회수를 230회로 수정하고, 177회분 사마방목의 소장처를 확인하였다.195)

1990년 국학자료원(國學資料院)에서 국내외 여러 기관에 소장되어 있는 단회방목을 모아『사마방목(司馬榜目)』17책(98회196))을 간행하였

---

195) 최진옥, 「生員 進士試와 司馬榜目」, 『朝鮮時代 生進試 榜目』1, 국학자료원, 2008, 해제 8쪽.

196) 사마방목 96회분 수록: 2책에 1710년(숙종 36) 경인 증광시 방목은 문무과 단회방목이다. 그리고 1882년(고종 19) 임오 증광시 방목이 9책과 15책에 중복(임오(壬午)를 1822년·1882년으로 환산해서 2곳에 배치. 9책은 오류.) 수록되어 있다. 간지 환산 오류 때문에 1662년(현종 3) 임인 증광시가 3책에 실려 있고, 1747년(영조 23) 정묘

다. 이 책의 해제 말미에 "1684년부터 1894년까지의『사마방목』을 일
차분으로 영인·간행하고 나머지도 곧 수집·간행할 계획"이라고 적고
있다. 가장 이른 시기 방목이 1책에 실린 1684년(숙종 10) 갑자(甲子)
식년시(式年試) 사마이다. 그러나 실제로는 간지 환산 오류로 3책에 등
재된 1662년(현종 3) 임인(壬寅) 증광시(增廣試)가 가장 앞 선 시기 방목
이다. "辛丑增廣司馬榜目"이라고 권수제가 붙어 있어서, 신축년을
1721년(경종 1)으로 알았는데, 실제는 1661년(현종 2)이다. 이 방목은
퇴행(退行)[197]하여 1662년 임인(壬寅)에 실시되었다.

1997년에 한국정신문화연구원과 서울시스템(주)에 의해서 간행된
CD-ROM(186회)으로 사마방목 전산화는 완성되었다. 2005년 한국역
대인물에서는 CD-ROM을 그대로 온라인 서비스를 시작하였고, 2회
분[198]을 추가하여 188회분을 서비스 하였다.

2008년 국학자료원에서 일차분 영인본의 오류(문무과방목 등재·중복
수록·간지 환산 오류)를 수정하고, CD-ROM에 수록된 사마방목(186회)
과 1회분[199]을 추가해서『朝鮮時代 生進試榜目』28책(187회)으로 증보
영인하였다. 2010년 한국역대인물에서는 사마방목 5회분[200]을 추가
하여 193회분을 구축하였다.

식년시가 8책에 등재되어 있다.

197) 퇴행(退行): 어느 한 시험의 시험일을 당초 예정한 것으로부터 뒤로 연기하는 것을
   말한다.(원창애·박현순·송만오·심승구·이남희·정해은,『조선시대 과거제도사전』,
   한국학중앙연구원 출판부, 2014, 249쪽.)
198) 2회분: 1519년『正德十四年己卯式司馬榜目』(장서각[수집 고문서(韓山李氏 문중)])과
   1591년『辛卯年司馬榜目』(성균관대학교 존경각[貴B13KB-0052])이다.
199) 추가분 1회: 1519년『正德十四年己卯式司馬榜目』(장서각[수집 고문서(韓山李氏 문
   중)])이다.
200) 5회분: 1507·1516·1589·1609·1618년 사마방목이다. 목록은 아래와 같다.

[표 3-28] 조선전기 생원시와 진사시 설행 회수

회	시험년	왕대년	간지	시험명	생원장원	선발	진사장원	선발
1	1393	太祖 2	癸酉	式年試	尹尚信	132	朴安信	102
2	1396	太祖 5	丙子	式年試	李隨	99	×	
3	1399	定宗 1	己卯	式年試	徐彌性	100	徐晉	100
4	1401	太宗 1	辛巳	增廣試	趙從生	100	×	
5	1402	太宗 2	壬午	式年試	閔無悔	100	×	
6	1405	太宗 5	乙酉	式年試	趙瑞老	100	×	
7	1408	太宗 8	戊子	式年試	尹梓	100	×	
8	1411	太宗 11	辛卯	式年試	權克和	100	×	
9	1414	太宗 14	甲午	式年試	趙瑞康	100	×	
10	1417	太宗 17	丁酉	式年試	權採	100	×	
11	1419	世宗 1	己亥	增廣試	成以儉	100	×	
12	1420	世宗 2	庚子	式年試	閔瑗	100	×	
13	1423	世宗 5	癸卯	式年試	南季瑛	100	×	
14	1426	世宗 8	丙午	式年試	辛石堅	100	×	
15	1429	世宗 11	己酉	式年試	庾智	100	×	
16	1432	世宗 14	壬子	式年試	鄭昌	100	×	
17	1435	世宗 17	乙卯	式年試	南輊	100	×	
18	1438	世宗 20	戊午	式年試	崔淸江	100	申叔舟	100
19	1441	世宗 23	辛酉	式年試	李石亨	100	李石亨	100
	1444*	世宗 26	甲子	式年試	李瓚	×	韓伯倫	×
20	1447	世宗 29	丁卯	式年試	卓中	200	×	
21	1450	文宗 0	庚午	式年試	洪叔阜	100	×	
22	1451	文宗 1	辛未	增廣試	孫舜孝	100	×	

* 1444년(세종 26) 사마시는 파방(罷榜)이 되어서 시험회수에서 제외하였다.

시년	왕대년	시험명	방목명	소장처
1507	중종 2	增廣試	正德二年丁卯春增廣司馬榜目	계명대
1516	중종11	式年試	正德十一年丙子式生員進士榜	개인
1589	선조22	增廣試	萬曆十七年己丑三月十七日宗系增廣司馬榜目	성균관대
1609	광해 1	增廣試	萬曆己酉司馬榜目	계명대
1618	광해10	增廣試	丁巳司馬榜目[萬曆四十五年](星巖公實記)	계명대

(2) 사마 설행회수

조선시대 생원진사시는 총 230회[201] 실시되었다. 조선전기 1393년 (태조 2)부터 1451년(문종 1)까지 생원시가 22회 열릴 동안 진사시는 4 회만 거행되었고, 18차례 설행(設行)되지 않았다. 그래서 생원시는 230회, 진사시는 212회가 거행되었다.

최진옥(1998)은 사마방목의 존재 형태를 세 가지로 나누었다. 첫째 국가에서 간행한 것, 둘째는 문집에 수록된 경우, 셋째는 후손에 의해 서 중간(重刊)된 방목이다.[202]

현전하는 사마시는 230회 중 생원시는 193회로 약 84%정도이고, 진사 시는 212회 중 191회로 약 90%정도가 전해지고 있다. 현전하는 사마방목 193회는 방목명과 소장처를 명기하여 "사마 단회방목 소장처 목록"[203]으 로 위키 사이트와 "사마방목 소장처 목록"으로 부록에 자세하게 나온다.

1546년(명종 1) 이후에 실전된 방목은 현재 3회분이다. 3회분 방목 은 1546년(명종 1) 병오 증광시, 1601년(선조 34) 신축 식년시, 1735년 (영조 11) 을묘 식년시 사마방목이다.

[표 3-29] 시기별 현전하는 사마방목

범위	연한	시험회수	현전	실전	비고
1393(태조 2)~1543(중종 38)	151	57	23	34	40.4%
1546(명종 1)~1723(경종 3)	178	88	86	2	97.7%
1725(영조 1)~1894(고종 31)	170	85	84	1	98.8%
전체		230	193	37	83.9%

---

201) 최진옥, 앞의 책(1998), 21쪽.
202) 최진옥, 앞의 책(1998), 23~24쪽.
203) 사마 단회방목 소장처 목록, 이재옥, http://dh.aks.ac.kr/~sonamu5/wiki/index. php/SEDB:사마 단회방목 소장처 목록

(3) 생원진사시 합격자수

사마는 생원 100명, 진사 100명으로 선발인원이 정해져 있다. 각각 1등 5인, 2등 25인, 3등 70인으로 구성하였다. 그러나 조선후기에는 정해진 선발인원을 지키지 않았다. 앞에서 설명하였듯이 사마 설행회수는 230회(생원시 230회, 진사시 212회)이다.

현재 사마방목의 선발인원은 무과방목과 다르게 모두 밝혀져 있다. 정형화된 합격자수의 파격은 1790년(正祖 14)에 처음으로 발생하였다. 생원이나 진사에서 선발인원 100명 이상을 뽑은 시험은 아래와 같다.

[표 3-30] 선발인원이 파격적으로 증가한 생원·진사시

회	시험년	왕대년	간지	시험명	생원장원	선발	진사장원	선발
178	1790	正祖 14	庚戌	增廣試	李向愚	120	徐俊輔	126
180	1795	正祖 19	乙卯	式年試	權襘	103	梁性默	108
181	1798	正祖 22	戊午	式年試	鄭燸	100	曺錫正	105
211	1858	哲宗 9	戊午	式年試	李教植	100	崔泰準	108
212	1859	哲宗 10	己未	增廣試	全永萬	113	李在喜	115
213	1861	哲宗 12	辛酉	式年試	辛志泰	94	黃㒅	132
214	1864	高宗 1	甲子	增廣試	蔡運永	141	李敏翊	140
215	1865	高宗 1	甲子	式年試	李定翼	150	黃益秀	150
216	1867	高宗 4	丁卯	式年試	韓鎭宅	177	趙鍾弼	196
217	1870	高宗 7	庚午	式年試	李肇榮	121	白殷洙	140
218	1873	高宗 10	癸酉	式年試	朴永昊	201	權灝	277
219	1874	高宗 11	甲戌	增廣試	崔亨泰	148	元翊常	127
222	1880	高宗 17	庚辰	增廣試	徐周殷	167	沈翼澤	238
223	1882	高宗 19	壬午	式年試	黃世夏	98	柳性根	123
224	1883	高宗 19	壬午	增廣試	成發敎	147	李時龜	210
225	1885	高宗 22	乙酉	式年試	趙鍾集	240	崔象說	238
226	1885	高宗 22	乙酉	增廣試	張復圭	107	朴升馨	168

227	1888	高宗 25	戊子	式年試	徐鎭穆	214	李昌善	324
228	1891	高宗 28	辛卯	增廣試	金思咼	238	徐夢龍	559
229	1891	高宗 28	辛卯	式年試	鄭東憲	125	金德漢	124
230	1894	高宗 31	甲午	式年試	金潤烋	278	金周演	1,055

위와 같이 파격적으로 선발인원을 늘려서 생원·진사를 뽑았다. 그래서 전체 합격자수는 생원 24,212명(230회), 진사 23,870명(212회)으로 총 합격자는 48,082명이다. 여기서 한 가지 집고 넘어가야 할 시험이 있다. 1891년(고종 28) 신묘 식년시이다. 현전하는 방목이 약식(略式)으로 '합격자와 부친'만 기록되어 있다. 생원 125명(1등 5·2등 25·3등 95), 진사 124명(1등 5·2등 25·3등 94)이 수록되어 있다. 그런데, 진사에서 3등 148위를 한 백패(白牌, 金煥圭)204)가 발견되었다. 이로보아 최소한 178명 이상을 진사에서 선발하였다. 이 시험의 정확한 선발인원이 밝혀지면 생원과 진사의 합격자수는 조금 증가할 것이다.

5) 잡과방목

(1) 잡과 종합방목 및 단과방목

기술관을 선발하는 잡과는 문과처럼 일찍부터 방목을 집성하였다. 종합방목인 잡과방목(雜科榜目) 뿐만 아니라 각 과목의 종합방목인 단과방목(單科榜目)을 만들었다. 또한 단회방목도 존재하고 있다. 물론 단회방목은 별도로 작성된 것은 아니고, 식년시 또는 증광시 문무과 방목 뒤에 붙어서 존재하고 있다.

---

204) 김환규(金煥圭) 백패:『전북지역 고문서 집성Ⅱ(정읍편)』, 전북대학교 전라문화연구소, 2009.

[표 3-31] 잡과 종합방목 및 단과방목

	과목	방목명	소장처	수록 연한
1	잡과	雜科榜目	규장각	권마다 다름
2	역과	譯科榜目	국중도	1498(연산 4)~1891(고종 28)
3		象院榜目	국편	1568(선조 1)~1740(영조 16)
4		司譯院榜目	규장각	1498(연산 4)~1867(고종 4)
5		譯科榜目	규장각	1498(연산 4)~1891(고종 28)
6		譯科榜目	규장각	1498(연산 4)~1891(고종 28)
7		譯科榜目	장서각	1498(연산 4)~1870(고종 7)
8		象院科榜[司譯院榜目]	하버드옌칭	1498(연산 4)~1880(고종 17)
9	의과	醫科榜目	고려대학교	1498(연산 4)~1885(고종 22)
10		醫科榜目	고려대학교	1756(영조 32)~1885(고종 22)
11		醫科榜目	국중도	1498(연산 4)~1874(고종 11)
12		醫科榜目	국편	?~1891(고종 28)
13		醫科榜目	규장각	1498(연산 4)~1870(고종 7)
14		醫榜	규장각	1498(연산 4)~1870(고종 7)
15		醫科榜目	천리대학	1498(연산 4)~1894(고종 31)
16		醫科榜目	하버드옌칭	1498(연산 4)~1880(고종 17)
17		醫科榜目	하버드옌칭	1498(연산 4)~1894(고종 31)
18	음양과	雲科榜目	국중도	1713(숙종 39)~1879(고종 16)
19		雲觀榜目	규장각	1713(숙종 39)~1885(고종 22)
20		觀象監榜目	규장각	1713(숙종 39)~1867(고종 4)
21		雲科榜目	하버드옌칭	1713(숙종 39)~1874(고종 11)
22	율과	律榜	규장각	?~1827(순조 27)
23		律科榜目	규장각	?~1861(철종 12)
24		律科榜目	하버드옌칭	1609(광해 1)~1861(철종 12)

　단과방목은 동일한 서명 또는 다른 이름으로 여러 소장처에 산재하고 있다. 한국학중앙연구원에서 단과방목들을 종합해서 1990년에『朝鮮時代 雜科合格者 總覽』이란 책으로 간행하였다. 이것이 한국학중앙

연구원의 방목 전산화의 시초이다.

(2) 잡과 단회방목

아래 표는 이남희(李南姬)의 논문(1998)과 책(1999)[205]에 나오는 단
회방목에 3회분을 더 추가하였다. 3회분 중 1498년(연산군 4) 방목은
조사만 하고 아직 확인을 하지 못하였다. 1546년(명종 1) 방목과 1567
년(선조 즉위) 방목은 신규 발견하여 한국역대인물에 추가하였다. 현재
잡과 단회방목은 17회분이 전하고 있다.

[표 3-32] 잡과 단회방목

	시험년	왕대년	방목명	소장처	역과	의과	운과	율과	선발
1	1498	燕山 4	醫科榜目戊午式年	영남대 [350.48 의과방-1498]	18	9			27
2	1507	中宗 2	正德二年三月 文武雜科榜目	보물 제896-3호	19	9		9	37
3	1513	中宗 8	正德八年九月 癸酉文武榜目	보물 제603호	10	9	6	7	32
4	1525	中宗 20	嘉靖四年乙酉三月二十六 日文科榜目	국중도	17	9	9	8	43
5	1540	中宗 35	嘉靖十九年庚子四月日式 年榜目	고려대	15	9	9	4	37
6	1543	中宗 38	癸卯式年榜目	계명대	15	9	9	6	39
7	1546	明宗 1	嘉靖二十五年丙午十月初 八日文武科式年榜	중앙대	19	6	8	8	41
8	1549	明宗 4	嘉靖己酉式年試雜科榜目	하버드옌칭	19	9	6	8	42
9	1564	明宗 19	嘉靖四十三年甲子九月日 文科覆試榜目	충남대	15	9	8	4	36

205) 이남희, 『朝鮮時代 雜科入格者 硏究』, 한국정신문화연구원 한국학대학원 박사학위 논문, 1998, 11쪽; 이남희, 『朝鮮後期 雜科中人 硏究』, 이회문화사, 1999, 17쪽.

10	1567	宣祖 0	隆慶元年丁卯十一月初二日文武科覆試榜目	국중도	9	8	9	6	32
11	1570	宣祖 3	隆慶庚午文武榜目	고려대	10	7	8	7	32
12	1576	宣祖 9	丙子式年文武雜科榜目	고려대	4	7	9	2	22
13	1601	宣祖 34	萬曆二十八年庚子式年退行於辛丑夏榜目	하버드옌칭	14	9	6		29
14	1633	仁祖 11	崇禎癸酉增廣試榜目	하버드옌칭	13	4			17
15	1633	仁祖 11	文武科榜目	하버드옌칭	8		1	4	13
16	1675	肅宗 1	康熙乙卯式年試雜科榜目	하버드옌칭	19	9		8	36
17	1684	肅宗 10	甲子式年文武科榜目	고려대	18	9		2	29
계					242	131	88	83	544

(3) 잡과 설행회수

조선시대 잡과는 사마시(司馬試)와 마찬가지로 식년시와 증광시에
만 설행되었다. 조선시대 식년시는 164회, 증광시는 67회(대증광 포함)
로 총 231회[206) 실시되었다.

[표 3-33] 조선시대 식년시 · 증광시 설행 회수

과거	식년시*	증광시	합계	비고
문과	163	67	230	1618년(광해군 10) 무오 식년시 문과 파방
무과	160**	66	226	1402년 처음 설행(조선초 식년시 3회, 증광시 1회 설행 안 됨)
생원시	163	67	230	1444년(세종 26) 갑자 식년시 생원 · 진사 파방
진사시	148	64	212	

 * 조선시대 식년시는 164회 설행되었다.
** 1618년(광해군 10) 문과 파방으로 무과 파방까지 되었는지는 현재 알 수 없다.(파방
이 되었다면 무과 식년시는 159회이다.)

---

206) 이남희, 앞의 논문(1998), 10쪽과 앞의 책(1999), 14쪽에 잡과는 233회 설행되었다
고 나온다.

잡과의 설행 회수는 229~231회이다.[207) 잡과의 최초 설행 기록[208)은 1397년(태조 6)이다. 이 기록을 참고하면 1393년(태조 2) 계유 식년시와 1396년(태조 5) 병자 식년시에는 잡과가 실시되지 않았다고 추정할 수 있다.

1397년은 정축(丁丑)으로 식년(式年)은 아니지만, 병자 식년시의 퇴행으로 볼 수도 있다. 이 실록 기사가 있지만 고려시대에 잡업(雜業)이란 이름으로 실시되었던 잡과가 조선으로 바뀌었다고 실시가 안 되었다고 볼 수도 없다. 이는 "입관보리법(入官補吏法)"[209)에 근거를 두고 있다.

즉, 잡과 설행은 태조 때 2번의 식년시에 설행이 되지 않았다면 229 회이다. 첫 번째 식년시에 설행되지 않았고 두 번째는 퇴행으로 실시되었다면 230회이다. 입관보리법을 근거로 조선 초부터 고려 때처럼 잡업의 형태로 잡과가 실시되었다면 231회가 잡과의 설행회수이다. 세 가지 중에 어느 것이 맞는지는 현재 알 수 없다. 다만 입관보리법에 근거하고, 또 고려의 과거를 그대로 답습했기 때문에 231회가 잡과 설행회수로 타당해 보인다.

---

207) 이남희는 『朝鮮後期 雜科中人 研究』(이회문화사, 1999, 14쪽)에서 1397년(태조 6)부터 잡과를 시작하였다고 한다(『태조실록』 11권, 태조 6년(1397) 2월 22일 기사. 태조 때 2번의 식년시에서 잡과는 설행되지 않았다. 그러면 설행 회수는 229회가 되어야 한다). 하지만 실시 회수를 233회로 상정(詳定)하고 있다. 『태조실록』 1권, 태조 1년 (1392) 8월 2일 기사에 나오는 "입관보리법(入官補吏法)"에 의하면 잡과를 태조 초부터 실시했다고 여겨지나, 최진옥은 「朝鮮時代 雜科設行과 入格者 分析」, 『朝鮮時代 雜科合格者 總覽』(韓國精神文化研究院, 1990, 14~15쪽)에서 잡과가 처음 실시된 것은 1402년(태종 2)이라고 하였다. 이남희는 한국역대인물 사이트의 『雜科榜目 해제』 (2005)에서 조선시대 잡과는 1399년(정종 1)에 역과, 의과, 음양과, 율과 체제로 정비되었다고 한다(체제 정비를 시험의 시작이라고 간주하였다).
208) 『태조실록』 11권, 태조 6년(1397) 2월 22일 을사. "잡과 시험을 쳐서 명의 8인과 명률 7인을 뽑다." 조선시대 최초의 잡과 설행 기사이다.
209) 『태조실록』 1권, 태조 1년(1392) 8월 2일 신해.

[표 3-34] 조선시대 잡과 설행 회수

과거	식년시	증광시	합계	비고
잡과	162	67	229	1393년(태조 2) 계유 식년시, 1396년(태조 5) 병자 식년시 실시 안함
	163	67	230	1393년(태조 2) 계유 식년시 실시 안함 1397년 설행을 1396년 退行으로 간주
	164	67	231	入官補吏法에 근거

(4) 잡과 합격자수

잡과 합격자수는 단과방목이 문과 종합방목처럼 100% 완결되지 않았기 때문에 정확한 숫자는 알 수 없다. 다만 현전하는 방목을 근거로 합격자수를 산정할 수밖에 없다.

[표 3-35] 잡과의 과목별 시험회수와 선발인원

과거종류	시험회수	현전 회수	비고	선발인원
역과	231	173	74.9	3,001
의과	231	169	73.2	1,562
음양과	231	102	44.2	882
율과	231	126	54.5	743
계				6,188

각 과목별 현전하는 시험회수와 선발인원을 살펴보았다. 이중 율과는 시험년 미상의 합격자 94명이 있다. 현재 한국역대인물에 서비스되고 있는 잡과 합격자는 총 6,188명이다.

3. 과거 합격자 문헌 자료 데이터 위키 구축

현전(現傳)하는 방목 데이터를 중심으로 정리하여 디지털 데이터
(Digital Data)로 과거(科擧) 합격자(合格者) 정보 디지털 아카이브를 위
키(Wiki)로 구축하였다.[210] 이 데이터베이스는 현전하는 방목 자료에
대한 조사 분석 성과를 설명하는 '과거 합격자 문헌 자료 조사 분석
보고서', 방목 자료 속의 과거 합격자 데이터를 종합하여 디지털 데이
터로 제공하는 '과거 합격자 문헌 자료', 과거 합격자와 그가 속한 문
중 인물과의 관계를 분석한 '과거 합격자 인적 관계 시맨틱 데이터' 및
이를 시각화한 '과거 합격자 인적 관계 네트워크 그래프'로 구성되어
있다.

[그림 3-17] '과거 합격자 정보 디지털 아카이브' 위키 사이트 화면

---

210) 위키 데이터베이스로 구현한 '과거 합격자 정보 디지털 아카이브'는 다음 주소로
열람할 수 있다.(온라인 참조: http://dh.aks.ac.kr/~sonamu5/wiki)

 첫 번째 과거 합격자 문헌 자료 조사 분석 보고서는 앞에 기술한 1·
2절의 내용이다. 각 항목에는 "SEDB"[211]라고 하는 데이터베이스 이
름을 접두사로 붙였다.

[그림 3-18] '과거 합격자 문헌 자료 조사 분석 보고서' 목차 화면

 두 번째 과거 합격자 문헌 자료는 방목을 조사 분석한 결과를 바탕으로
합격자 통계, 시험 연보, 방목의 소장처, 그리고 합격자 명단을 구축한
내용으로 이루어져 있다. 세 번째 과거 합격자 인적 관계 시맨틱 데이터
및 네트워크 그래프는 방목과 족보 자료를 이용한 인적 관계망 구현에
관한 대상 자료 및 구현 결과로 나온 시각화 그래프를 소개하고 있다.
 여기서는 두 번째 과거 합격자 문헌 자료 위키 사이트를 화면 예시
와 함께 소개하고자 한다.

---

211) SEDB: State Examination Database의 약어이다.

[그림 3-19] '과거 합격자 문헌 자료' 목차 화면

1) 고려문과

고려문과는 ① 고려문과 시험 연보212), ② 고려사마 시험 연보213),
③ 고려문과 급제자 명단, ④ 고려사마 합격자 명단으로 구성되어 있
다. "고려문과 시험 연보"는 부록에도 첨부 하였다. 고려문과 급제자
명단214)과 세 번째 고려사마 합격자 명단215)은 한국역대인물에서 서
비스하고 있는 급제자 명단과 합격자 명단을 구축한 것이다. 명단의
성명을 누르면 한국역대인물로 이동할 수 있게 링크를 시켜 놓았다.

---

212) 고려문과 시험 연보, 이재옥, http://dh.aks.ac.kr/~sonamu5/wiki/index.php/
    SEDB:고려문과 시험 연보
213) 고려사마 시험 연보, 이재옥, http://dh.aks.ac.kr/~sonamu5/wiki/index.php/
    SEDB:고려사마 시험 연보
214) 고려문과 급제자 명단, 이재옥, http://dh.aks.ac.kr/~sonamu5/wiki/index.php/
    SEDB:고려문과 급제자 명단
215) 고려사마 합격자 명단, 이재옥, http://dh.aks.ac.kr/~sonamu5/wiki/index.php/
    SEDB:고려사마 합격자 명단

[그림 3-20] 고려문과 목차 화면

2) 문과

문과는 ① 문과 급제자 통계, ② 문과 시험 연보[216]), ③ 문과 종합방목 소장처 목록[217]), ④ 문과 급제자 명단 등 4항목으로 구성되어 있다. 15,151명의 문과 급제자를 기반으로 한 통계이다.

---

216) 문과 시험 연보, 이재옥, http://dh.aks.ac.kr/~sonamu5/wiki/index.php/SEDB: 문과 시험 연보
217) 문과 종합방목 소장처 목록, 이재옥, http://dh.aks.ac.kr/~sonamu5/wiki/index. php/SEDB:문과 종합방목 소장처 목록

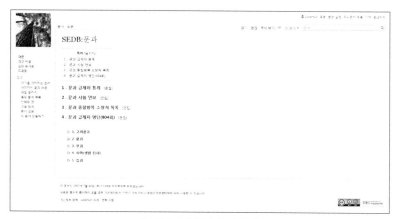

[그림 3-21] 문과 목차 화면

첫 번째 문과 급제자 통계는 문과 급제자 성관(姓貫) 통계 등 8개 항
목으로 나누어져 있다. 문과 급제자 성관 통계[218]의 순위를 보면 압도
적인 1위는 전주이씨(全州李氏)로 870명이고, 다음으로 안동권씨(安東
權氏) 368명과 파평윤씨(坡平尹氏) 346명이다. 그리고 남양홍씨(南陽洪
氏[唐])와 청주한씨(淸州韓氏)가 292명으로 뒤를 잇고 있다.

---

218) 문과 급제자 성관 통계, 이재옥, http://dh.aks.ac.kr/~sonamu5/wiki/index.php
/SEDB:문과 급제자 성관 통계

[그림 3-22] 문과 급제자 통계 목차 화면

[표 3-36] 문과 성관 통계 일부(2017년 5월)

순위	성관	빈도	%	순위	성관	빈도	%
1	全州李氏	870	5.7	28	昌寧成氏	136	0.9
2	安東權氏	368	2.4	29	金海金氏	130	0.9
3	坡平尹氏	346	2.3		豊山洪氏	130	0.9
4	南陽[唐]洪氏	292	1.9	31	順興安氏	124	0.8
	淸州韓氏	292	1.9	32	迎日鄭氏	121	0.8
6	密陽朴氏	267	1.8	33	驪州李氏	115	0.8
7	光山金氏	263	1.7		海平尹氏	115	0.8
8	延安李氏	255	1.7	35	昌寧曺氏	110	0.7
9	驪興閔氏	242	1.6	36	全州崔氏	108	0.7
10	晉州姜氏	228	1.5	37	礪山宋氏	107	0.7
11	慶州金氏	213	1.4	38	淸風金氏	105	0.7
12	韓山李氏	202	1.3	39	德水李氏	102	0.7
13	潘南朴氏	201	1.3	40	義城金氏	100	0.7
14	東萊鄭氏	199	1.3		全州柳氏	100	0.7
15	靑松沈氏	198	1.3	42	海州吳氏	99	0.7

16	廣州李氏	197	1.3		楊州趙氏	99	0.7
17	全義李氏	188	1.2	44	江陵金氏	98	0.6
	豊壤趙氏	188	1.2	45	陽川許氏	96	0.6
19	慶州李氏	180	1.2	46	漢陽趙氏	93	0.6
	平山申氏	180	1.2	47	杞溪俞氏	90	0.6
21	延安金氏	163	1.1	48	高靈申氏	88	0.6
22	安東[舊]金氏	162	1.1		龍仁李氏	88	0.6
23	安東[新]金氏	159	1.0	50	晉州[移]柳氏	82	0.5
24	豊川任氏	155	1.0	51	昌原黃氏	80	0.5
25	宜寧南氏	146	1.0	52	恩津宋氏	79	0.5
26	文化柳氏	142	0.9	53	咸平李氏	77	0.5
	大丘徐氏	142	0.9	54	星州李氏	75	0.5

41위까지 세 자리수의 급제자를 배출하였다. 본관 미상 성씨를 포함하여 795개 성관이 급제자를 배출하였다. 1명의 문과 급제자를 배출한 성관은 269개이고, 2명의 성관은 101개로 나왔다. 아래 표는 54위까지 성관을 나타내고 있다.(성관 전체 통계 숫자는 변경될 수 있다. 본관 미상을 찾아내거나 본관이 변경되는 경우이다. 또 분적(分籍)한 본관이 환적(換籍)해서 합본(合本)하는 경우도 있다.) 화면 아래쪽에 '문과 급제자 성관 통계(전체)'[219]로 이동하는 링크가 있다.

과거에서 석차(席次) 1위를 장원(壯元)이라고 한다. 문과 급제자 중 장원을 가장 많이 배출한 가문은 전주이씨로 66명의 장원이 있다. 10명 이상을 배출한 가문들로 10위까지만 아래 표로 만들었다. 전체 문과 급제자 장원 성관 통계[220]는 위키 사이트에서 확인이 가능하다.

219) 문과 급제자 성관 통계(전체), 이재옥, http://dh.aks.ac.kr/~sonamu5/wiki/index.php/SEDB:문과 급제자 성관 통계(전체)
220) 문과 급제자 장원 성관 통계(전체), 이재옥, http://dh.aks.ac.kr/~sonamu5/wiki/index.php/SEDB:문과 급제자 장원 성관 통계(전체)

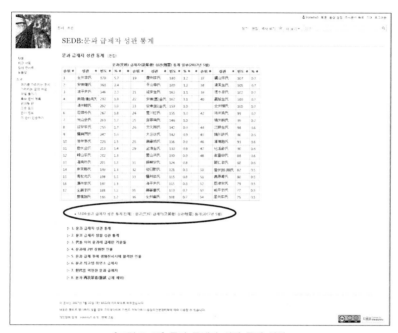

[그림 3-23] 문과 급제자 성관 통계 화면

　문과에서 대(代)를 이어 연속으로 급제한 가문들이 있다.[221] 고려시대 문과와 조선시대 문과까지 연이어서 11대 연속으로 문과 급제자를 배출한 가문으로 순흥안씨(順興安氏)와 고령신씨(高靈申氏)가 있고, 10대 연속은 광주이씨(廣州李氏)와 여흥민씨(驪興閔氏)가 있다. 그밖에 9대 연속으로 문과 급제자를 배출한 나주정씨(羅州丁氏)와 7대 연속 배출한 대구서씨(大丘徐氏)가 있다. 앞에 나오는 순흥안씨·고령신씨·광주이씨는 고려조와 조선조를 거쳐서 문과 급제자를 배출하였고, 여흥민씨·나주정씨·대구서씨는 조선조에서만 연속으로 문과 급제자를 배출하였다.

---

221) 대(代)를 이어 문과에 급제한 가문들, 이재옥, http://dh.aks.ac.kr/~sonamu5 /wiki/index.php/SEDB:代를 이어 문과에 급제한 가문들.

[표 3-37] 문과 장원 성관 통계 일부(2017년 5월)

	본관	장원
1	전주이씨(全州李氏)	66
2	안동권씨(安東權氏)	28
3	청주한씨(淸州韓氏) 연안이씨(延安李氏) 여흥민씨(驪興閔氏)	20
4	파평윤씨(坡平尹氏)	16
5	반남박씨(潘南朴氏) 대구서씨(大丘徐氏)	15
6	풍양조씨(豊壤趙氏) 청송심씨(靑松沈氏) 안동김씨(安東[新]金氏)	14
7	진주강씨(晉州姜氏) 남양홍씨(南陽[唐]洪氏) 경주이씨(慶州李氏) 광산김씨(光山金氏)	13
8	의령남씨(宜寧南氏) 해주오씨(海州吳氏)	12
9	동래정씨(東萊鄭氏)	11
10	평산신씨(平山申氏) 청풍김씨(淸風金氏) 한산이씨(韓山李氏) 영일정씨(迎日鄭氏) 해평윤씨(海平尹氏)	10

[표 3-38] 11대 연속 문과 급제자를 배출한 가문

	순흥안	문과 급제		고령신	문과 급제
1대	安珦	원종(元宗) 1년(1260) 경신 경신방 을과 3위	1대	申成用	고려문과 급제년 미상 (『月汀集』 別集卷4, [漫錄])
2대	安于器	충렬왕(忠烈王) 8년(1282) 임오 임오방 을과 2위	2대	申康升	〃
3대	安牧	충숙왕(忠肅王) 2년(1315) 을묘 을묘방 병과 3위	3대	申仁材	〃

4대	安元崇	충혜왕(忠惠王) 미상 시년 미상	4대	申思敬	〃
5대	安瑗	공민왕(恭愍王) 23년(1374) 갑인 갑인방 병과 3위	5대	申德隣	충목왕 미상 시년미상
6대	安從約	창왕(昌王) 즉위년(1388) 무진 무진방 동진사 18위	6대	申包翅	우왕 9년(1383) 계해 계해방 동진사 12위
7대	安玖	태종 17년(1417) 정유 식년시 문과 동진사 1위	7대	申檣	태종 2년(1402) 임오 식년시 문과 동진사 4위
8대	安知歸	세종 14년(1432) 임자 식년시 문과 동진사 16위	8대	申叔舟	세종 21년(1439) 기미 친시 문과 을과 3위
9대	安瑚	세조 12년(1466) 병술 고성 별시 문과 1등 2위	9대	申洞	성종 5년(1474) 갑오 식년시 문과 병과 7위
10대	安處善	연산군 3년(1497) 정사 별시 문과 을과 1위	10대	申光漢	중종 5년(1510) 경오 식년시 문과 을과 7위
11대	安玼	중종 14년(1519) 기묘 현량과 문과 3등 4위	11대	申津	선조 7년(1574) 갑술 별시 문과 병과 8위

[표 3-39] 10대 연속 문과 급제자를 배출한 가문

	광주이	문과 급제		여흥민	문과 급제
1대	李集	공민왕 4년(1355) 을미 을미방 병과 6위	1대	閔機	선조 30년(1597) 정유 별시 문과 병과 8위
2대	李之直	우왕 6년(1380) 경신 경신방 을과 2위	2대	閔光勳	인조 6년(1628) 무진 알성시 문과 갑과 1위
3대	李仁孫	태종 17년(1417) 정유 식년시 문과 동진사 20위	3대	閔蓍重	현종 5년(1664) 갑진 춘당대시 문과 갑과 1위
4대	李克堪	세종 26년(1444) 갑자 식년시 문과 병과 5위	4대	閔鎭周	숙종 10년(1684) 갑자 정시 문과 병과 1위
5대	李世佑	성종 6년(1475) 을미 알성시 문과 병과 4위	5대	閔應洙	영조 1년(1725) 을사 증광시 문과 병과 1위
6대	李滋	성종 25년(1494) 갑인 별시 문과 병과 11위	6대	閔百昌	영조 16년(1740) 경신 증광시 문과 병과 31위
7대	李若氷	중종 9년(1514) 갑술 별시 문과 병과 2위	7대	閔命爀	정조 19년(1795) 을묘 정시 문과 병과 5위

8대	李洪男	중종 33년(1538) 무술 알성시 문과 을과 1위	8대	閔致文	헌종 1년(1835) 을미 증광시 문과 갑과 2위
9대	李民覺	명종 11년(1556) 병진 별시 문과 갑과 1위[壯元]	9대	閔達鏞	철종 4년(1853) 계축 정시 문과 병과 3위
10대	李廷冕	선조 30년(1597) 정유 정시 문과 병과 3위	10대	閔泳一	고종 17년(1880) 경진 증광시 문과 병과 13위

[표 3-40] 9대·7대 연속 문과 급제자를 배출한 가문

	나주정	문과 급제		대구서	문과 급제
1대	丁子伋	세조 6년(1460) 경진 평양별시 문과 3등 1위	1대	徐文尙	현종 9년(1668) 무신 별시 문과 병과 9위
2대	丁壽崗	성종 8년(1477) 정유 식년시 문과 을과 6위	2대	徐宗泰	숙종 6년(1680) 경신 별시 문과 을과 2위
3대	丁玉亨	중종 8년(1513) 계유 식년시 문과 병과 12위	3대	徐命均	숙종 36년(1710) 경인 증광시 문과 병과 8위
4대	丁應斗	중종 29년(1534) 갑오 식년시 문과 갑과 2위	4대	徐志修	영조 16년(1740) 경신 증광시 문과 병과 11위
5대	丁胤福	선조 즉위년(1567) 정묘 식년시 문과 을과 4위	5대	徐有臣	영조 48년(1772) 임진 정시 문과 갑과 1위
6대	丁好善	선조 34년(1601) 신축 식년시 문과 을과 1위	6대	徐榮輔	정조 13년(1789) 기유 식년시 문과 갑과 1위
7대	丁彦璧	인조 22년(1644) 갑신 별시 문과 병과 7위	7대	徐箕淳	순조 27년(1827) 정해 증광시 문과 갑과 2위
8대	丁時潤	숙종 16년(1690) 경오 식년시 문과 을과 4위			
9대	丁道復	숙종 20년(1694) 갑술 별시 문과 병과 19위			

문과에서 1번 하기도 힘든 장원을 2번한 인물들이 있다.[222] 조선조에서는 10명의 인물이 2번의 장원을 하였다. 일반 문과와 중시(重試)에서 9명, 중시에서만 2번한 1명(김수온)[223]이 있다.

---

222) 문과에 2번 장원한 인물. 이재옥. http://dh.aks.ac.kr/~sonamu5/wiki/index.php/SEDB:문과에 2번 장원한 인물

[표 3-41] 문과에 2번 장원한 인물

	급제자	본관	장원 1	장원 2
1	鄭麟趾	河東	태종 14년(1414) 갑오 식년시 문과 을과1등 1위(壯元)	세종 9년(1427) 정미 중시 문과 을과1등 1위(壯元)
2	金守溫	永同	세조 12년(1466) 병술 발영시 문과 1등 1위(壯元)	세조 12년(1466) 병술 등준시 문과 1등 1위(壯元)
3	申從濩	高靈	성종 11년(1480) 경자 식년시 문과 갑과 1위(壯元)	성종 17년(1486) 병오 중시 문과 갑과 1위(壯元)
4	權弘	安東	연산군 3년(1497) 정사 별시 문과 갑과 1위(壯元)	중종 2년(1507) 정묘 중시 문과 1등 1위(壯元)
5	丁胤禧	羅州	명종 11년(1556) 병진 알성시 문과 갑과 1위(壯元)	명종 21년(1566) 병인 중시 문과 갑과 1위(壯元)
6	洪萬容	豊山	현종 3년(1662) 임인 정시 문과 갑과 1위(壯元)	현종 7년(1666) 병오 중시 문과 갑과 1위(壯元)
7	金一鏡	光山	숙종 28년(1702) 임오 식년시 문과 갑과 1위(壯元)	숙종 33년(1707) 정해 중시 문과 갑과 1위(壯元)
8	李基敬	全義	영조 15년(1739) 기미 정시 문과 갑과 1위(壯元)	영조 33년(1757) 정축 중시 문과 갑과 1위(壯元)
9	趙德成	林川	영조 39년(1763) 계미 증광시 문과 갑과 1위(壯元)	영조 50년(1774) 갑오 등준시 문과 갑과 1위(壯元)
10	申鳳朝	平山	정조 19년(1795) 을묘 식년시 문과 갑과 1위(壯元)	정조 20년(1796) 병진 중시 문과 갑과 1위(壯元)

보통 상급 시험에 합격을 하면 하급 시험에는 응시를 하지 않는다. 그런데 대과(大科)인 문과에 급제한 후에 하급 시험[小科]인 생원진사시(生員進士試)에 합격한 인물들이 있다. 다양한 사유로 문과에서 급제가 취소된 경우이다. 사유는 파방(罷榜), 삭과(削科), 발거(拔去) 등으로 문과 급제가 취소되었을 때 다시 생원·진사에 도전하여 합격하였다. 지금까지 조사로 14명을 찾아냈다.[224]

---

223) 김수온(金守溫), 한국역대인물 종합정보시스템, 한국학중앙연구원, http://people. aks.ac.kr/front/tabCon/exm/exmView.aks?exmId=EXM_MN_6JOa_1466_001374

[표 3-42] 문과 급제 후에 생원진사시에 합격한 인물

	구분	성명	본관	시년	시험명	비고
1	문과	李全之	陽城	1432	세종 14년 임자 식년시 문과 병과 7위	
	생원	李全之	陽城	1447	세종 29년 정묘 식년시 생원 3등 70위	
2	문과	韓戱	淸州	1586	선조 19년 병술 알성시 문과 병과 1위	
	생원	韓戱	淸州	1591	선조 24년 신묘 식년시 생원 3등 18위	
3	문과	李舠	全義	1621	광해군 13년 신유 별시 문과 병과 33위	
	생원	李䑶	全義	1624	인조 2년 갑자 증광시 생원 3등 47위	
	문과	李䑶	全義	1630	인조 8년 경오 식년시 문과 병과 7위	再及第
4	문과	李時馧	公州	1626	인조 4년 병인 별시 문과 을과 3위	
	생원	李之馧	公州	1630	인조 8년 경오 식년시 생원 3등 48위	
	진사	李之馧	公州	1630	인조 8년 경오 식년시 진사 3등 7위	
	문과	李之馧	公州	1633	인조 11년 계유 식년시 문과 병과 6위	再及第
5	문과	林濡	平澤	1665	현종 6년 을사 온양정시 문과 병과 7위	
	생원	林濡	平澤	1669	현종 10년 기유 식년시 생원 3등 61위	
6	문과	鄭瑞河	迎日	1699	숙종 25년 기묘 증광시 문과 병과 24위	
	생원	鄭瑞河	迎日	1702	숙종 28년 임오 식년시 생원 3등 10위	
7	문과	張后相	仁同[2]	1699	숙종 25년 기묘 증광시 문과 병과 21위	
	생원	張后相	仁同[2]	1705	숙종 31년 을유 식년시 생원 2등 18위	
8	문과	李煥龍	平山	1744	영조 20년 갑자 정시 문과 병과 2위	
	진사	李煥龍	平山	1771	영조 47년 신묘 식년시 진사 3등 36위	
9	문과	李載乾	全州	1887	고종 24년 정해 정시2 문과 병과 31위	
	생원	李載乾	全州	1888	고종 25년 무자 식년시 생원 3등 111위	
10	문과	閔丙漢	驪興	1889	고종 26년 기축 알성시 문과 병과 13위	
	진사	閔丙漢	驪興	1891	고종 28년 신묘 증광시 진사 3등 143위	
11	문과	李炳觀	延安	1890	고종 27년 경인 별시 문과 병과 19위	
	진사	李炳觀	延安	1891	고종 28년 신묘 증광시 진사 3등 170위	
12	문과	趙漢復	林川	1890	고종 27년 경인 별시 문과 병과 15위	
	진사	趙漢復	林川	1891	고종 28년 신묘 증광시 진사 3등 168위	

224) 문과 급제 후에 생원진사시에 합격한 인물, 이재옥, http://dh.aks.ac.kr/~sonam
u5/wiki/index.php/SEDB:문과 급제 후에 생원진사시에 합격한 인물

13	문과	徐廷稷	大丘	1892	고종 29년 임진 별시3 문과 병과 23위	
	진사	徐廷稷	大丘	1894	고종 31년 갑오 식년시 진사 3등 207위	
14	문과	洪性友	南陽[唐]	1892	고종 29년 임진 정시 문과 병과 6위	
	진사	洪性友	南陽[唐]	1894	고종 31년 갑오 식년시 진사 3등 200위	

문과 급제자 중 최고령 급제자와 최연소 급제자를 찾아보았다.[225] 최고령은 2명으로 90세에 급제하였다. 김재봉(金在琫)[226]은 90세에 생원(生員)에 합격하자 철종(哲宗)의 은사(恩賜)로 문과 급제에 이름을 올렸고, 박화규(朴和圭)[227]는 70세 이상을 대상으로 하는 기로응제시(耆老應製試)에서 급제를 하였다. 최연소 급제자는 이몽필(李夢弼, 全州)[228]로 13세에 급제를 하였다.

[표 3-43] 문과 최고령 · 최연소 급제자

	구분	성명	본관	합격연령	시험년	시험명	비고
1	최고령	金在琫	光山	90	1861	철종 12년 신유 정시 병과 4위	年九十生員試 謝恩日特賜第
2		朴和圭	高靈	90	1888	고종 25년 무자 기로 응제시 3위	耆老科 應試
1	최연소	李夢弼	全州	13	1519	중종 14년 기묘 별시 병과 10위	
2		李建昌	全州	14	1866	고종 3년 병인 강화 별시 병과 3위	『黨議通略』 저자

225) 문과 최고령 · 최연소 급제자, 이재옥, http://dh.aks.ac.kr/~sonamu5/wiki/index.php/SEDB:문과 최고령 · 최연소 급제자

226) 김재봉(金在琫), 한국역대인물 종합정보시스템, 한국학중앙연구원, http://people.aks.ac.kr/front/tabCon/exm/exmView.aks?exmId=EXM_MN_6JOc_1861_013266

227) 박화규(朴和圭), 한국역대인물 종합정보시스템, 한국학중앙연구원, http://people.aks.ac.kr/front/tabCon/exm/exmView.aks?exmId=EXM_MN_6JOc_1888_014570

228) 이몽필(李夢弼), 한국역대인물 종합정보시스템, 한국학중앙연구원, http://people.aks.ac.kr/front/tabCon/exm/exmView.aks?exmId=EXM_MN_6JOa_1519_002613

[그림 3-24] 세대(世代)를 역전(逆轉)한 문과 급제자

'세대(世代)를 역전한 문과 급제자'229)는 아버지나 장인보다 아들·
사위가 먼저 급제한 경우이다. 제5장에서 상세히 언급하고자 한다. 다
음으로 '문과 재급제자(再及第者, 중시 급제 제외)'230) 목록을 표로 작성
해서 열람할 수 있게 하였다.

그리고 "문과 시험 연보"231)와 "문과 종합방목 소장처 목록"232)은

---

229) 세대(世代)를 역전한 문과 급제자, 이재옥, http://dh.aks.ac.kr/~sonamu5/
    wiki/index.php/SEDB:世代를 역전한 문과 급제자
230) 문과 재급제자(再及第者, 중시 급제 제외), 이재옥, http://dh.aks.ac.kr/~son
    amu5/wiki/index.php/SEDB:문과 再及第者(重試 급제 제외)
231) 문과 시험 연보, 이재옥, http://dh.aks.ac.kr/~sonamu5/wiki/index.php/SEDB:
    문과 시험 연보
232) 문과 종합방목 소장처 목록, 이재옥, http://dh.aks.ac.kr/~sonamu5/wiki/index.
    php/SEDB:문과 종합방목 소장처 목록

[그림 3-25] 문과 급제자 명단 목차 화면

표로 작성하였다. "문과 급제자 명단"은 804회 시험별로 나누어서 위키에 구축하였고, 급제자 성명을 클릭하면 한국역대인물로 이동할 수 있게 연결하였다. "문·무과 시험 연보", "문과(고려문과) 종합방목 소장처 목록", "문무과방목 소장처 목록"은 부록에 표로 첨부 하였다.

3) 무과

무과는 ① 무과 급제자 통계, ② 무과 시험 연보[233]), ③ 무과 단회방목 소장처 목록[234]), ④ 무과 급제자 명단 등 4개 항목으로 이루어져 있다. 현전하는 160회 무과 단회방목을 기반으로 한 통계이다.

---

233) 무과 시험 연보, 이재옥, http://dh.aks.ac.kr/~sonamu5/wiki/index.php/SEDB: 무과 시험 연보
234) 무과 단회방목 소장처 목록, 이재옥, http://dh.aks.ac.kr/~sonamu5/wiki/index. php/SEDB:무과 단회방목 소장처 목록

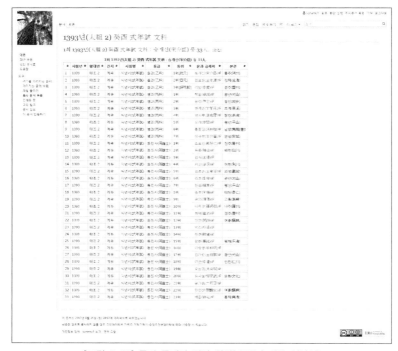

[그림 3-26] 문과 급제자 명단 화면(1393년 계유 식년시)

첫 번째 무과 급제자 통계에는 ① 무과 급제자 성관 통계[235], ② 무과에 2번 장원한 급제자[236], ③ 무과 재급제자(再及第者, 중시 급제 제외)[237] 등 3종류의 통계가 있다.

무과 급제자 성관 통계는 현전 단회방목만을 대상으로 추출한 성관

---

235) 무과 급제자 성관 통계, 이재옥, http://dh.aks.ac.kr/~sonamu5/wiki/index.php/SEDB:무과 급제자 성관 통계
236) 무과에 2번 장원한 급제자, 이재옥, http://dh.aks.ac.kr/~sonamu5/wiki/index.php/SEDB:무과에 2번 장원한 급제자
237) 무과 재급제자(再及第者, 중시 급제 제외), 이재옥, http://dh.aks.ac.kr/~sonamu5/wiki/index.php/SEDB:무과 再及第者(重試 급제 제외)

[그림 3-27] 무과 목차 화면

통계이다. 상위 20위까지만 표로 작성하였다. '무과 급제자 성관 통계
(전체)'[238]는 위키에서 확인할 수 있다.

[표 3-44] 무과 급제자 성관 통계 일부(2017년 5월)

	성관	빈도	%			성관	빈도	%
1	金海金氏	1,426	5.2		11	順興安氏	275	1.0
2	全州李氏	1,407	5.2		12	光山金氏	266	1.0
3	密陽朴氏	1,130	4.1		13	海州吳氏	265	1.0
4	慶州金氏	679	2.5		14	全州金氏	261	1.0
5	清州韓氏	492	1.8		15	安東權氏	255	0.9
6	慶州李氏	378	1.4		16	廣州李氏	252	0.9
7	晉州姜氏	374	1.4		17	慶州崔氏	231	0.8
8	南陽[唐]洪氏	352	1.3		18	全州崔氏	227	0.8
9	坡平尹氏	305	1.1		19	濟州高氏	216	0.8
10	平山申氏	297	1.1		20	安東[舊]金氏	215	0.8

---

238) 무과 급제자 성관 통계(전체), 이재옥, http://dh.aks.ac.kr/~sonamu5/wiki/
index.php/SEDB:무과 급제자 성관 통계(전체)

무과에서 2번 장원(壯元)한 인물을 표로 작성하였다.

[표 3-45] 무과에 2번 장원한 인물

	급제자	본관	장원1	장원2
1	李宗蕃		세종 8년(1426) 병오 식년시 1등 1위(壯元)	세종 18년(1436) 병진 중시 1등 1위(壯元)
2	崔適		세조 12년(1466) 병술 알성시 갑과 1위(壯元)	세조 12년(1466) 병술 등준시 갑과 1위(壯元)
3	李春琦	咸平	영조 32년(1756) 병자 식년시 갑과 1위(壯元)	영조 50년(1774) 갑오 등준시 갑과 1위(壯元)

'무과 시험 연보', '무과 단회방목 소장처 목록', '무과 급제자 명단 (160회)'을 위키에 구축하였다. 무과 시험 연보는 문과와 합쳐서 부록 에 실었고, 무과 단회방목 소장처 목록도 부록에 첨부하였다.

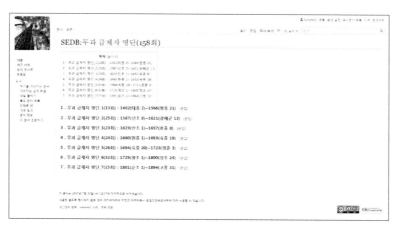

[그림 3-28] 무과 급제자 명단 목차 화면

4) 사마(생원 · 진사)

사마는 ① 생원진사시 합격자 통계, ② 생원진사시 시험 연보[239], ③ 사마 단회방목 소장처 목록[240], ④ 생원 합격자 명단, ⑤ 진사 합격자 명단 등 5개 항목으로 구성되어 있다. 현전하는 사마 단회방목 193회의 합격자를 대상으로 하는 통계이다. 생원 20,398명과 진사 21,711명으로, 총 42,109명이다.

[그림 3-29] 사마 목차 화면

생원진사시 합격자 통계에서는 ① 생원 합격자 성관 통계[241], ② 진사 합격자 성관 통계[242], ③ 사마(생원 · 진사) 합격자 성관 통계[243],

239) 생원진사시 시험 연보, 이재옥, http://dh.aks.ac.kr/~sonamu5/wiki/index.php/
    SEDB:생원진사시 시험 연보
240) 사마 단회방목 소장처 목록, 이재옥, http://dh.aks.ac.kr/~sonamu5/wiki/index.
    php/SEDB:사마 단회방목 소장처 목록
241) 생원 합격자 성관 통계(전체), 이재옥, http://dh.aks.ac.kr/~sonamu5/wiki/inde
    x.php/SEDB:생원 합격자 성관 통계(전체)

④ 동년(同年)에 생원 장원과 진사 장원을 동시에 한 합격자[244], ⑤ 사마시에 2번 합격한 인물(양시 제외)[245] 등을 표로 작성해서 위키에서 확인할 수 있게 하였다. 아래 표는 각각의 성관 통계에서 상위 20위까지를 정리한 것이다.

[표 3-46] 생원 합격자 성관 통계 일부(2017년 5월)

	성관	빈도	%		성관	빈도	%
1	全州李氏	1,389	6.8	11	驪興閔氏	270	1.3
2	安東權氏	531	2.6	12	韓山李氏	265	1.3
3	坡平尹氏	470	2.3	13	靑松沈氏	261	1.3
4	淸州韓氏	441	2.2	14	慶州李氏	250	1.2
5	密陽朴氏	391	1.9	15	全義李氏	249	1.2
6	光山金氏	346	1.7	16	東萊鄭氏	245	1.2
7	南陽[唐]洪氏	342	1.7	17	金海金氏	237	1.2
8	延安李氏	295	1.4	18	平山申氏	237	1.2
9	晉州姜氏	280	1.4	19	文化柳氏	219	1.1
10	慶州金氏	276	1.4	20	安東[舊]金氏	211	1.0

242) 진사 합격자 성관 통계(전체), 이재옥, http://dh.aks.ac.kr/~sonamu5/wiki/index.php/SEDB:진사 합격자 성관 통계(전체)
243) 사마 합격자 성관 통계(전체), 이재옥, http://dh.aks.ac.kr/~sonamu5/wiki/index.php/SEDB:사마(司馬) 합격자 성관 통계(전체)
244) 동년(同年)에 생원 장원과 진사 장원을 동시에 한 합격자, 이재옥, http://dh.aks.ac.kr/~sonamu5/wiki/index.php/SEDB:同年에 생원 장원과 진사 장원을 동시에 한 합격자
245) 사마시에 2번 합격한 인물(양시 제외), 이재옥, http://dh.aks.ac.kr/~sonamu5/wiki/index.php/SEDB:사마시에 2번 합격한 인물

[표 3-47] 진사 합격자 성관 통계 일부(2017년 5월)

	성관	빈도	%		성관	빈도	%
1	全州李氏	1,647	7.6	11	驪興閔氏	337	1.6
2	坡平尹氏	518	2.4	12	慶州李氏	306	1.4
3	南陽[唐]洪氏	456	2.1	13	慶州金氏	301	1.4
4	安東權氏	436	2.0	14	韓山李氏	286	1.3
5	淸州韓氏	419	1.9	15	晉州姜氏	278	1.3
6	密陽朴氏	411	1.9	16	東萊鄭氏	271	1.2
7	光山金氏	399	1.8	17	宜寧南氏	251	1.2
8	延安李氏	350	1.6	18	金海金氏	249	1.1
9	平山申氏	347	1.6	19	大丘徐氏	234	1.1
10	靑松沈氏	346	1.6	20	全義李氏	233	1.1

[표 3-48] 사마 합격자 성관 통계 일부(2017년 5월)

	성관	빈도	%		성관	빈도	%
1	全州李氏	3,036	7.2	11	平山申氏	584	1.4
2	坡平尹氏	988	2.3	12	慶州金氏	577	1.4
3	安東權氏	967	2.3	13	晉州姜氏	558	1.3
4	淸州韓氏	860	2.0	14	慶州李氏	556	1.3
5	密陽朴氏	802	1.9	15	韓山李氏	551	1.3
6	南陽[唐]洪氏	798	1.9	16	東萊鄭氏	516	1.2
7	光山金氏	745	1.8	17	金海金氏	486	1.2
8	延安李氏	645	1.5	18	全義李氏	482	1.1
9	驪興閔氏	607	1.4	19	文化柳氏	426	1.0
10	靑松沈氏	607	1.4	20	潘南朴氏	415	1.0

같은 해[동년(同年)]에 생원시와 진사시에서 장원을 한 합격자이다. 조선시대 전체에서 3명만 존재한다. 특히, 이석형(李石亨)246)은 생장

---

246) 이석형(李石亨), 한국역대인물 종합정보시스템, 한국학중앙연구원, http://people.

(生壯)·진장(進壯)을 하고서, 동년 문과(文科)에서도 장원을 하였다(중시에서는 乙科二等 4위로 19명 중 7위를 하였다).

[표 3-49] 동년(同年)에 생원 장원과 진사 장원을 동시에 한 합격자

	성명	본관	시험년	시험명	생원 장원	진사 장원
1	李石亨	延安	1441	세종 23년(1441) 신유 식년시	생원 1등 1위 (壯元)	진사 1등 1위 (壯元)
2	裵孟厚	盆城	1462	세조 8년(1462) 임오 식년시	생원 1등 1위 (壯元)	진사 1등 1위 (壯元)
3	金綠	光山	1507	중종 2년(1507) 정묘 식년시	생원 1등 1위 (壯元)	진사 1등 1위 (壯元)

특이한 합격자 중에 하나인데, 사마시에서 2번 합격한 인물이다. 앞서 문과 급제 후에 사마시에 합격한 인물들을 소개하였는데, 여기에 나오는 인물도 비슷하다.

[표 3-50] 사마시에 2번 합격한 인물(兩試 제외)

	구분	성명	본관	시험년	시험명	비고
1	생원	鄭泰煥	迎日	1763	영조 39년 계미 증광시 생원 3등 28위	생원 2번
	생원	鄭泰煥	迎日	1765	영조 41년 을유 식년시 생원 2등 8위	
2	진사	趙宅鉉	漢陽	1763	영조 39년 계미 증광시 진사 3등 57위	생진
	생원	趙宅鉉	漢陽	1773	영조 49년 계사 증광시 생원 3등 57위	

그리고 '생원진사시 시험 연보', '사마 단회방목 소장처 목록', '생원 합격자 명단', '진사 합격자 명단'을 위키에 구축하였다.

---

aks.ac.kr/front/tabCon/exm/exmView.aks?exmId=EXM_MN_6JOa_1441_000736

[그림 3-30] 생원 합격자 명단 목차 화면

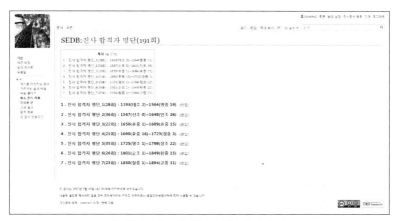

[그림 3-31] 진사 합격자 명단 목차 화면

5) 잡과

잡과는 ① 잡과 합격자 통계, ② 잡과 시험 연보[247]), ③ 잡과 합격

---

247) 잡과 시험 연보, 이재옥, http://dh.aks.ac.kr/~sonamu5/wiki/index.php/SEDB:
   잡과 시험 연보

자 명단, ④ 주학 취재 명단248) 등 4개 항목으로 이루어져 있다. 잡과
합격자 통계는 현재까지 조사·수집된 잡과방목 데이터 전체249)를 기
반으로 작성하였다.

[그림 3-32] 잡과 목차 화면

잡과 합격자 통계에는 5종류의 통계가 있다. ① 역과 합격자 성관
통계250), ② 의과 합격자 성관 통계251), ③ 음양과 합격자 성관 통
계252), ④ 율과 합격자 성관 통계253), 그리고 ⑤ 잡과 합격자 성관 통

---

248) 주학 취재 명단, 이재옥, http://dh.aks.ac.kr/~sonamu5/wiki/index.php/SEDB:
주학 취재 명단
249) 잡과의 현전 방목에 대해서는 이 논문의 [표 Ⅰ-3]과 [표 Ⅲ-35]를 참조.
250) 역과 합격자 성관 통계(전체), 이재옥, http://dh.aks.ac.kr/~sonamu5/wiki/index.
php/SEDB:역과 합격자 성관 통계(전체)
251) 의과 합격자 성관 통계(전체), 이재옥, http://dh.aks.ac.kr/~sonamu5/wiki/index.
php/SEDB:의과 합격자 성관 통계(전체)
252) 음양과 합격자 성관 통계(전체), 이재옥, http://dh.aks.ac.kr/~sonamu5/wiki/
index.php/SEDB:음양과 합격자 성관 통계(전체)
253) 율과 합격자 성관 통계(전체), 이재옥, http://dh.aks.ac.kr/~sonamu5/wiki/
index.php/SEDB:율과 합격자 성관 통계(전체)

계254)로 이루어져 있다.

[그림 3-33] 잡과 합격자 통계 목차 화면

[표 3-51] 역과 합격자 성관 통계 일부(2017년 5월)

	성관	빈도	%
1	全州李氏	144	4.8
2	南陽[唐]洪氏	93	3.1
3	牛峰金氏	81	2.7
4	川寧玄氏	80	2.7
5	慶州金氏	76	2.5
6	草溪卞氏	76	2.5
7	淸州韓氏	70	2.3
8	慶州崔氏	64	2.1
9	密陽朴氏	56	1.9
10	金山李氏	48	1.6

---

254) 잡과 합격자 성관 통계(전체), 이재옥, http://dh.aks.ac.kr/~sonamu5/wiki/
index.php/SEDB:잡과 합격자 성관 통계(전체)

[표 3-52] 의과 합격자 성관 통계 일부(2017년 5월)

	성관	빈도	%
1	全州李氏	64	4.1
2	泰安李氏	40	2.6
3	慶州崔氏	39	2.5
4	慶州金氏	37	2.4
5	慶州李氏	35	2.2
6	金海金氏	34	2.2
7	川寧玄氏	33	2.1
8	慶州鄭氏	33	2.1
9	溫陽鄭氏	28	1.8
10	密陽朴氏	28	1.8

[표 3-53] 음양과 합격자 성관 통계 일부(2017년 5월)

	성관	빈도	%
1	全州李氏	62	7.0
2	稷山崔氏	27	3.1
3	咸陽朴氏	24	2.7
4	慶州金氏	22	2.5
5	順興安氏	18	2.0
6	金山全氏	18	2.0
7	南陽[唐]洪氏	16	1.8
8	淸州韓氏	16	1.8
9	密陽朴氏	15	1.7
10	陽城李氏	14	1.6

[표 3-54] 율과 합격자 성관 통계 일부(2017년 5월)

	성관	빈도	%
1	清州韓氏	35	4.7
2	密陽朴氏	23	3.1
3	金海金氏	22	3.0
4	仁同張氏	20	2.7
5	草溪卞氏	18	2.4
6	安陰林氏	17	2.3
7	全州李氏	15	2.0
8	溫陽鄭氏	12	1.6
9	玄風郭氏	12	1.6
10	咸陽朴氏	12	1.6

[표 3-55] 잡과 합격자 성관 통계 일부

	성관	빈도	%
1	全州李氏	285	4.6
2	慶州金氏	142	2.3
3	清州韓氏	140	2.3
4	南陽[唐]洪氏	128	2.1
5	川寧玄氏	124	2.0
6	慶州崔氏	123	2.0
7	密陽朴氏	122	2.0
8	草溪卞氏	120	1.9
9	金海金氏	113	1.8
10	慶州李氏	95	1.5

[그림 3-34] 잡과 합격자 명단 화면

　　잡과 합격자 명단에는 ① 역과 합격자 명단[255], ② 의과 합격자 명
단[256], ③ 음양과 합격자 명단[257], ④ 율과 합격자 명단[258] 등 4종의
합격자 명단이 있다.

---

255) 역과 합격자 명단, 이재옥, http://dh.aks.ac.kr/~sonamu5/wiki/index.php/
　　　SEDB:역과 합격자 명단

256) 의과 합격자 명단, 이재옥, http://dh.aks.ac.kr/~sonamu5/wiki/index.php/
　　　SEDB:의과 합격자 명단

257) 음양과 합격자 명단, 이재옥, http://dh.aks.ac.kr/~sonamu5/wiki/index.php/
　　　SEDB:음양과 합격자 명단

258) 율과 합격자 명단, 이재옥, http://dh.aks.ac.kr/~sonamu5/wiki/index.php/
　　　SEDB:율과 합격자 명단

제4장
과거 합격자 시맨틱 데이터베이스의 구현

1. 과거 합격자 데이터베이스 구현의 새 방향

현재 한국역대인물의 과거 합격자 정보는 원본에 기재된 순서로 보는 방식(왕대별), 성관별, 거주지별, 시험종류별로 모아서 열람하는 방식 등 여러 가지 방법으로 서비스를 하고 있다. 여기에 저작권 사용의 문제가 없는 방목은 원문 이미지를 같이 서비스하고 있다.

이런 방식은 표면적으로 이용자(user)를 위한 다양한 서비스 제공으로 보일 수도 있지만, 실상은 제공자(service provider) 입장에서 용이하게 구현할 수 있는 몇 가지 서비스 방식을 일방적으로 제공하는 것이라고 할 수 있다. 앞으로는 사용자(user)가 직접 자기가 원하는 방식으로 정보에 접근할 수 있도록 해야 한다.

그러한 서비스는 이용자가 직접 한국역대인물의 과거 합격자 DB에 접근해서 SQL(Structured Query Language) 쿼리문과 같은 질의어를 사용하여 필요한 정보를 획득하는 방식으로 구현할 수 있다. 현재 한국학중앙연구원의 '장서각 기록유산DB'[1]에서 그와 유사한 개념의 서비스를 시행하고 있다.

---

1) 장서각 기록유산DB, 한국학중앙연구원 장서각, 한국학중앙연구원, http://visual joseon.aks.ac.kr/front/index.do (더이상 Neo4j와 쿼리문 검색 방식을 서비스하지 않음.)

[그림 4-1] 왕실족보 쿼리 화면과 결과 화면

한국역대인물 과거 합격자 DB는 여기서 더 나아가, 과거 합격자 한 사람 한 사람이 그들 상호간에 또는 또 다른 친족 인물을 매개로 어떠한 혈연적 관계를 맺고 있는지, 혼인을 통해 어떠한 가문과 연을 맺었는지 등의 정보까지 탐색할 수 있게 할 필요가 있다. 궁극적으로는 혈연 관계 뿐 아니라 사승(師承=門人) 관계, 교우(交友) 관계 그 밖의 학파(學派)와 당파(黨派)의 형성에 관련이 있는 사회적 관계도 기록하고 서비스할 수 있는 방법을 강구해야 한다.

역사 인물의 혈연 및 사회적 관계를 모범적으로 정보화 한 데이터베이스의 사례로 '중국 역대 인물 데이터베이스'(中國歷代人物傳記資料庫, China Biographical Database, CBDB)를 들 수 있다.

CBDB는 미국 하버드 페어뱅크 중국학 연구센터, 타이완 중앙연구

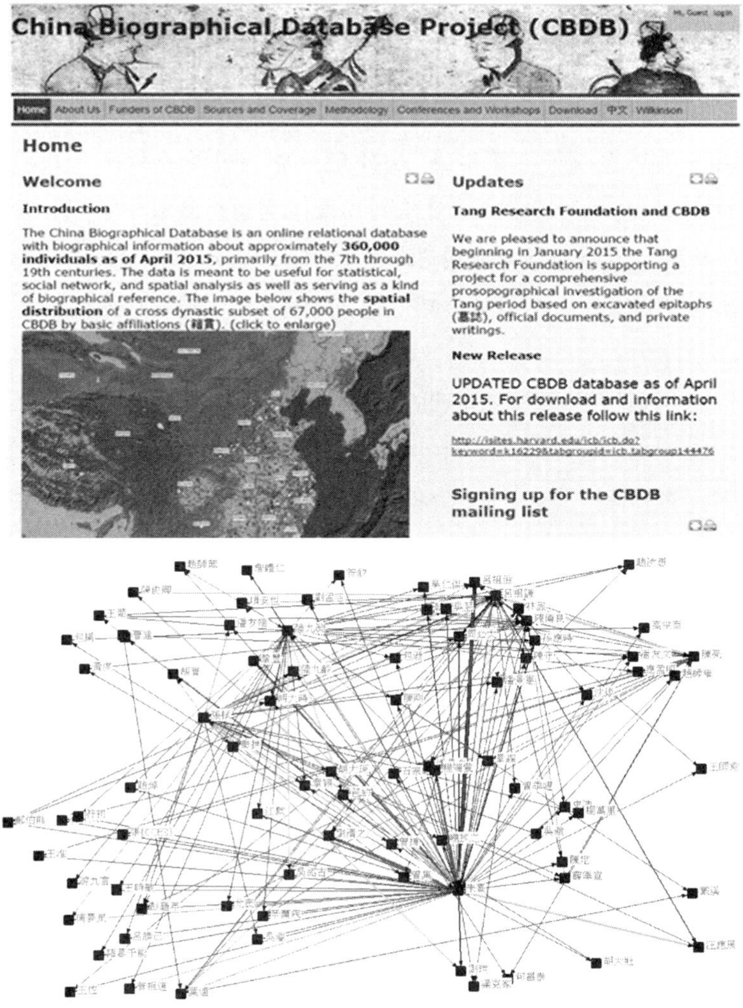

[그림 4-2] CBDB 화면과 CBDB 데이터를 이용한 사회적 관계망 시각화 예시

원 역사언어연구소, 중국 북경대학교 중국고대사 연구센터가 공동으로 편찬한 중국의 역사 인물 데이터베이스이다. CBDB 데이터는 7~12

세기(唐~淸)에 중국에서 활동한 인물 370,000명에 관한 신상정보(이름, 생졸년, 별명, 임관, 출생·거주지, 저술 등)를 기본 정보로 수록하고 있으며, 여기에 더하여 그 인물들 사이의 친속관계와 사회관계를 기술하는 정보를 제공하고 있다. 특히 인물들 사이의 사회적 관계는 학문적 관계, 정치적 관계, 경제적 관계를 포함하는 500가지 이상의 관계성으로 상세하게 정보화함으로써 그 시대 중국사회 주요 인물들의 사회적 관계망을 시각화하고 다양한 관점에서 분석할 수 있는 길을 열어 주고 있다.[2]

과거 합격자 정보 데이터베이스가 CBDB와 같은 연구 지원 기능을 갖도록 하기 위해서는 그 데이터베이스가 '문헌 자료 데이터'를 집적한 수준에 머물지 않고, 그 속의 정보 요소 상호간의 관계성까지도 정보화 한 '시맨틱 데이터베이스'(Semantic Database)[3]의 수준으로 발전해야 한다.

2. 시맨틱 데이터베이스 구현 기술

1) 온톨로지 기술 언어

개개의 정보 요소뿐 아니라 그 요소들 상호간의 관계성까지 정보화할 수 있는 시맨틱 데이터베이스는 온톨로지(ontology) 설계를 통해 구현할 수 있다.

---

2) 김현 외, 앞의 책(2016), 33~34쪽.
3) 시맨틱 데이터베이스: 시맨틱 데이터 모델(Semantic Data Model)에 의해 설계, 구현된 데이터베이스. 시맨틱 데이터 모델이란 '지식의 조각'이라고 할 수 있는 개체들(individuals)이 서로서로 어떤 의미로 관계를 맺는지 명시적으로 보이게 하는 데이터 조직 체계를 말한다.

가장 기본적인 온톨로지 기술 언어의 하나로 RDF(Resource Description Framework)[4]를 들 수 있다. RDF는 웹상의 자원의 정보를 표현하기 위한 규격이다. 상이한 메타데이터 간의 어의, 구문 및 구조에 대한 공통적인 규칙을 지원한다. 웹상에 존재하는 기계가독형(machine-readable) 정보를 교환하기 위하여 월드와이드웹 컨소시엄에서 제안한 것으로, 메타데이터간의 효율적인 교환 및 상호호환을 목적으로 한다. 메타데이터 교환을 위해서 명확하고 구조화된 의미 표현을 제공해 주는 공통의 기술 언어로 XML(eXtensible Markup Language)을 사용하기도 한다. RDF는 데이터 모형, 데이터의 상호교환을 위한 구문, 스키마 모형, 기계가독형 스키마를 위한 구문, 질문과 프로파일 프로토콜과 같은 요소로 구성된다.[5]

RDF 형식으로 웹 자원 상호간의 관계를 기술하기 위해서는 두 가지 조건이 필요하다. 첫째는 관계성을 부여하고자 하는 객체가 월드와이드웹 상에서 유일하게 식별될 수 있는 이름을 가져야 한다. 두 번째는 객체와 객체 사이의 관계를 설명하는 관계 서술어의 표준적인 형태를 약속해야 한다. 객체의 식별자는 월드와이드웹 문서의 주소와 같은 형식으로 부여되었지만 웹상에 이에 대응하는 문서가 존재하는 것은 아니다. 세상의 모든 사물, 심지어는 추상적인 개념까지도 디지털 세계에서 객체로 식별될 필요가 있을 때에는 웹 주소 형태의 식별자(URI 또는 IRI)[6]를 부여할 수 있다.[7]

---

4) RDF(Resource Description Framework): 월드와이드웹 자원의 메타데이터를 기술하는 형식이다. 2004년 W3C(World Wide Web Consortium)의 권고안이 제시되었으며, 시맨틱 웹 활동의 일환으로 운용되고 있다.(온라인 참조: https://www.w3.org/2001/sw/wiki/RDF)

5) RDF(Resource Description Framework), 위키백과, https://ko.wikipedia.org/wiki/RDF

RDF를 확장시킨 언어가 RDFS(RDF Schema)와 OWL(Web Ontology Language)로 월드와이드웹 상에서 표준적인 약속으로 권장되고 있다.[8] RDF 스키마(Schema)는 특정 메타데이터에서 정의하고 있는 어휘들을 선언하기 위해서 사용된다. 어휘(Vocaburaries)란 속성 집합으로 자원을 기술하기 위해 각 메타데이터 형식들에서 정의하고 있는 메타데이터 요소 집합을 말한다. 인간이 읽을 수 있고(human-readable) 기계처리가 가능한(machine-processable) 어휘들을 정형화 하는 것은 상이한 메타데이터 형식들 간의 어휘 확장과 재사용, 상호교환을 가능하게 해 주는 것이며, 이러한 정형화를 위한 것이 바로 RDF 스키마이다. RDF 스키마는 RDF의 데이터 모형과 구문 명세에 의해서 표현된다. 현재 RDF 스키마 명세는 개발단계에 있으며, 더 많은 연구가 필요하다.[9]

[표 4-1] OWL 문서에서 기본적으로 참조하는 이름 공간(Name Space)

```
xmlns: owl="http://www.w3.org/2002/07/owl#"
xmlns: rdfs="http://www.w3.org/2000/01/rdf-schema#"
xmlns: rdf="http://www.w3.org/1999/02/22-rdf-syntax-ns#"
xmlns: xsd="http://www.w3.org/2001/XMLSchema#"
```

---

6) IRI(Internationalized Resource Identifier): 인터넷상의 특정 자원을 유일하게 식별할 수 있게 하는 이름. 종래의 URI(Uniform Resource Identifier)는 ASCⅡ 문자(영문 알파벳과 기호)를 사용했던 데 반해 IRI는 한글, 한자를 포함하는 세계문자부호계(Unicode/ISO 10646)의 모든 문자를 사용할 수 있도록 하였다. IETF(Internet Engineering Task Force)에서 2005년에 제안하였다. https://tools.ietf.org/html/rfc3987(김현 외, 앞의 책(2016), 151쪽, 각주 22번.)

7) 김현 외, 앞의 책(2016), 154쪽.

8) 김현 외, 앞의 책(2016), 175쪽.

9) RDFS(Resource Description Framework Schema), 위키백과, https://ko.wikipedia.org/wiki/RDF

OWL은 얼마나 복잡하고 정교한 온톨로지를 설계하느냐에 따라 사용하는 어휘의 종류가 달라질 수 있지만, 핵심적인 것은 클래스, 속성, 관계성, 개체를 선언하고, 각각의 개체에 속성을 지정하거나 개체 사이의 관계성을 지정하는 데 필요한 어휘들이다.[10]

[표 4-2] OWL의 주요 어휘

OWL 어휘	의미
owl:Ontology	온톨로지 선언
owl:Class	클래스 선언
owl:ObjectProperty	관계성 선언
owl:DatatypeProperty	속성 선언
owl:NamedIndividual	개체 선언
rdfs:subClassOf	서브 클래스 선언
rdfs:domain	정의역 지정
rdfs:range	치역 지정
rdf:datatype	데이터 타입 지정

2) 네트워크 시각화 방안

개체와 개체 사이의 관계를 그래프로 보여주는 네트워크 시각화는 가장 일반적으로 활용하는 데이터 시각화 기술 중 하나이다. 네트워크 그래프가 만들어지려면 두 종류의 데이터가 필요하다. 하나는 네트워크 속에서 연결선이 만나는 접점(node)이 되는 개체의 목록이고, 다른 하나는 개체와 개체 사이를 연결(link)하는 관계성에 대한 목록이다.[11]

---

10) 김현 외, 앞의 책(2016), 176쪽.
11) 김현 외, 앞의 책(2016), 139쪽.

온톨로지 기반으로 구현된 데이터베이스는 그 안에 이 두 종류의 정보를 포함하고 있기 때문에 접점(node)과 연결(link)에 해당하는 정보를 추출하고 이것을 적정한 시각화 소프트웨어에 입력 데이터로 제공하면 관계성 정보를 시각화한 네트워크 그래프를 얻을 수 있다.

과거 합격자 정보의 경우, 합격자를 비롯하여, 그 주변의 인물 한 사람 한 사람이 이 네트워크의 노드(node)가 되고, 그들 사이의 다양한 인척 관계 및 사회적 관계가 노드 사이의 링크(link)를 만들어 줄 것이다.

3) 데이터 적재 플랫폼

데이터 적재 플랫폼은 데이터를 담아두고 필요에 따라 조회, 검색, 열람할 수 있는 장치를 말한다. 일반적으로 데이터베이스를 생성, 조작할 수 있도록 하는 소프트웨어인 '데이터베이스 관리 시스템'(DBMS)이 이에 해당한다. 하지만, DBMS처럼 정교한 데이터 처리 기능을 지원하지 않더라도, 데이터를 저장하고, 질의를 통해 얻은 결과를 시각화하는 목적으로 사용하기에 충분한 개방형 소프트웨어들이 다수 존재하므로, 연구 목적의 데이터베이스 구현을 위해서는 이러한 소프트웨어도 데이터 적재 플랫폼으로 활용될 수 있다.

본 연구에서는 위키 방식의 공개적인 텍스트 데이터의 적재 플랫폼으로 MediaWiki^{TM}12)를 사용하였으며, 시맨틱 데이터의 적재를 위해서는 그래프 데이터베이스 관리 시스템인 Neo4j^{TM}13)를 사용하였다. 데이터

---

12) MediaWiki: 위키백과에서 사용하기 위해 만들어진 자유 소프트웨어 오픈 소스 위키 패키지. 위키백과 사이트를 포함하여 비영리 위키미디어 재단의 여러 다른 프로젝트와 많은 다른 위키에서 사용하고 있다.(온라인 참조: MediaWiki, MediaWiki, https://www.mediawiki.org)

13) Neo4j^{TM}(http://neo4j.com): Neo Technology사에서 개발한 그래프 데이터베이스

의 시각화를 위해서는 Neo4j와 함께 Gephi™14), Google Visualization API15)를 사용하였다. 본 연구를 통해 생산한 시맨틱 데이터를 연구자들에게 제공하기 위해 만든 공유 데이터는 역사 연구자들이 쉽게 다룰 수 있도록 Microsoft Excel™ 파일로 작성하였고, '과거 합격자 정보 디지털 아카이브' 위키(Wiki) 상에서 다운로드를 받을 수 있도록 하였다.

3. 과거 합격자 데이터베이스를 위한 온톨로지 설계

과거 합격자 시맨틱 데이터베이스를 위한 데이터 모델을 '인적 관계망 데이터 모델(sndm, Social Network Data Model)'이라고 명명하였다. '인적 관계망 데이터 모델'은 일반적인 온톨로지 설계 방법론을 따라 작성하고자 한다.

'온톨로지'란 정보화의 대상이 되는 세계를 전자적으로 표현할 수 있도록 구성한 데이터 기술 체계이다.16) 원래 온톨로지라는 말은 철학에서 '존재론'이라고 번역되는 용어로서 '존재에 대한 이해를 추구

관리 시스템이다.

14) Gephi™(http://gephi.org): open-source network analysis and visualization software package written in Java on the NetBeans platform.(온라인 참조: Gephi, Wikipedia, http://en.wikipedia.org/wiki/Gephi)

15) Google Visualization API(http://www.gvstreamer.com): The Google Visualization API is a JavaScript API for web developers and Google gadgets developers, that allows you to turn structured data into charts, tables, maps, and more on your page.

16) 정보 기술 분야에서 말하는 '온톨로지(ontology)'에 대한 가장 일반적인 정의는 그루버(Gruber, Thomas. 1959~)가 말한 '명시적 명세화의 방법에 의한 개념화(explicit specification of a conceptualization)'이다.(Gruber, 'A Translation Approach to Portable Ontology Specifications', Knowledge Systems Laboratory Technical Report KSL 92-71, Stanford University, 1992.)

하는 학문'의 의미를 갖는 말이었다. 그러한 용어가 정보과학 분야에서 중요한 개념으로 등장하게 된 것은 인간이 세계를 이해하는 틀과 컴퓨터가 정보화 대상(콘텐츠)을 이해하는 틀 사이에 유사성이 있다고 보았기 때문이다. 그 틀은 바로 대상을 구성하는 요소들에 대응하는 개념들과 그 개념들 간의 연관 관계이다.17)

광의의 의미에서는 모든 정보화의 틀이 다 온톨로지일 수 있겠지만, 대상 자원을 '클래스(class)'로 범주화하고, 각각의 클래스에 속하는 개체(individuals)들이 공통의 '속성(attribute)'을 갖도록 하고, 그 개체들이 다른 개체들과 맺는 '관계(relation)'를 명시적으로 기술하는 것이 가장 일반적인 온톨로지 설계 방법이라고 할 수 있다.18)

일반적인 온톨로지는 온톨로지 기술 언어(Ontology Language)를 사용하여 표현한다. 언어들 중에서 국제적으로 표준적인 지위를 얻고 있는 것이 월드와이드웹 컨소시엄(W3C)이 권장하는 Web Ontology Language(OWL)이다. '과거 합격자 DB 온톨로지'는 기본적으로 OWL의 문법에 따라 설계하였다.

[표 4-3] 온톨로지 설계 용어(Terms for Ontology Design)19)

온톨로지 구성요소	용도20)	Web Ontology Language (OWL)
Class 클래스	a group of individuals that belong together because they share some properties	owl: Class

17) 김현, 「한국 고전적 전산화의 발전 방향—고전 문집 지식 정보 시스템 개발 전략—」, 『민족문화』 28, 2005.
18) 김현 외, 앞의 책(2016), 164쪽.
19) 온톨로지 설계 용어(Terms for Ontology Design), http://dh.aks.ac.kr/Edu/ wiki/ index.php/인문정보학_온톨로지_설계_가이드라인 (크롬 브라우저 권장); http://dh.aks.ac.kr/Encyves/wiki/index.php/EKC_Data_Model-Draft_1.1

	공동의 속성을 가진 개체들을 묶는 범주	
Individual 개체	Instances of classes 클래스에 속하는 개체	owl: NamedIndividual
Relation 관계	relationships between pairs of individuals (같거나 다른 클래스에 속하는) 개체 사이 관계	owl: ObjectProperty
Attribute 속성	relationships from individuals to data values 개체가 속성으로 갖는 데이터 값	owl: DatatypeProperty
Relation Attribute 관계 속성	attributes related to relations 관계 정보에 부수되는 속성	N/A in OWL
Domain 영역	A domain of a property which limits the individuals to which the property can be applied 특정 관계 또는 속성이 적용될 수 있는 클래스를 한정	rdfs: domain
Range 범위	The range of a property limits the individuals that the property may have as its value 특정 관계 또는 속성이 Data 값으로 삼을 수 있는 클래 스를 한정	rdfs: range

1) 클래스(Class) 설계

클래스(Class)란 정보화 하고자 하는 대상 자원 속에서 성격이 유사
한 개체들을 하나의 조합으로 묶는 범주이다.

먼저 방목 자료 속의 데이터를 디지털 정보로 재구성하기 위해 필
요한 정보의 범주를 다음과 같이 설계하였다.

---

20) OWL Web Ontology Language Overview, W3C Recommendation, http://www.
w3.org/TR/owl-features

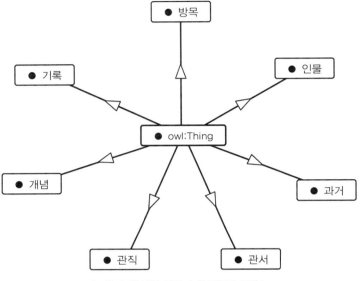

[그림 4-3] 방목 자료 속의 데이터 클래스

① 방목: 과거 합격자의 명부인 방목 자체에 대한 정보
② 과거: 방목을 생산하게 한 과거 시험에 대한 정보
③ 인물: 과거 시험의 시험관, 합격자 및 합격자의 인척 등
④ 관직: 합격자 및 인척들이 역임한 관직
⑤ 관서: 합격자 및 인척들이 종사한 관서
⑥ 기록: 합격자와 관련된 정치적 사건이나 사실. 일화, 합격자의 묘도문
　등도 포함.
⑦ 개념: 방목에 등장하는 용어로서, 과거의 이해를 위해 해석을 필요로
　하는 것들.

　한편, 방목과 함께 인적 관계망 데이터베이스 구현을 위해 참고할
또 하나의 정보 자원인 '족보'에서 찾을 수 있는 데이터의 범주는 다음
과 같다.

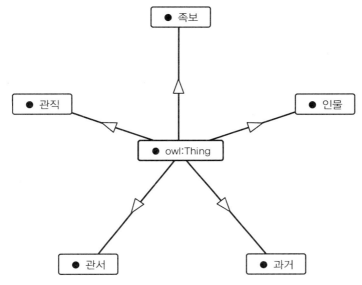

[그림 4-4] 족보 자료 속의 데이터 클래스

① 족보: 특정 가문의 계대를 기록 족보 자체에 대한 정보
② 인물: 족보 속에 기록된 개별 인물에 대한 정보
③ 과거: 족보 인물 중 과거 합격자가 있는 경우, 그가 합격한 과거 시험에
　대한 정보
④ 관직: 족보 속의 인물이 역임한 관직
⑤ 관서: 족보 속의 인물이 종사한 관서

　'방목'과 '족보', 이 두 종류의 자료는 각기 고유의 편찬 목적과 내용
체제를 가지고 있는 자료이지만, 그 자료에 포함된 정보 많은 부분은
유사한 범주로 묶을 수 있다. 따라서 인적 관계망 탐색을 중요한 목적
으로 하는 이 데이터베이스 온톨로지의 클래스(Class)는 두 자료의 공
통 범주를 하나로 묶어 다음과 같이 8개로 설계하였다.

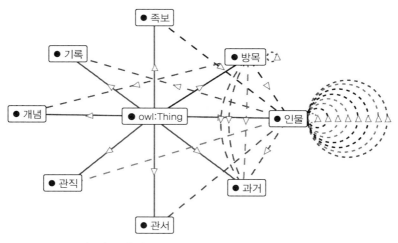

[그림 4-5] 방목과 족보 통합 자료 속의 데이터 클래스

[표 4-4] 과거 합격자 데이터베이스의 클래스(Class)

Class Name	국문 클래스 명칭	설명
Bangmok	방목	방목
Genealogy	족보	족보
Person	인물	− 방목에 나오는 시험관과 합격자, 합격자의 인척 − 족보에 기록된 개별 인물
Exam	과거	과거 시험
Office	관서	인물이 종사한 관서
Position	관직	인물이 역임한 관직
Record	기록	인물에 관해 참고가 되는 기록: 관련 사건, 일화, 묘도문 등 방목이나 족보에 부기된 내용
Concept	개념	해석, 해설이 필요한 용어

(1) 방목(Bangmok) 클래스

'방목(Bangmok)' 클래스는 과거 합격자의 명단으로 방목 데이터의 대상이 되는 그 자체에 대한 정보를 담기 위한 틀이다. 방목의 유형에

따라 8종의 하위 클래스를 설계하였다.

[표 4-5] 방목 클래스 정의

클래스		이름	설명
Bangmok	B0	종합방목1	문과 또는 잡과 합격자를 모아 놓은 방목
	B1	종합방목2	종합방목 중 시험별로 구분한 종합방목
	B2	단회방목	1회의 시험 단위로 합격자를 기록한 방목
	B3	단과방목	역과·의과·음양과·율과 등 과목별로 합격자를 모아 놓은 방목
	B4	단독방목	문과 또는 무과가 홀로 설행되어 만들어진 방목
	B5	초시방목	과거 중 초시 합격자를 모아 놓은 방목
	B6	복시방목	복시(=회시)에 합격한 사람들을 모아 놓은 방목
	B7	전시방목	전시에 합격한 사람들을 기록한 방목

(2) 족보(Genealogy) 클래스

'족보(Genealogy)' 클래스는 계대 정보를 정리한 족보 자체(문헌 자료로서의 족보) 대한 정보를 담기 위한 틀이다. 족보는 가문별로 여러 종류의 문헌이 있기 때문에 가문별로 하위 클래스를 둘 수 있게 하였다.

[표 4-6] 족보 클래스 정의

클래스		이름	설명
Genealogy	G1	安東權氏成化譜(1476)	1476년에 간행된 안동권씨세보이다. 성화보라고 부른다.
	G2	文化柳氏 嘉靖譜(1565)	1565년에 간행된 문화류씨세보이다. 가정보라고 부른다.
	G3	璿源續譜(1867) 孝寧大君派	1867년에 간행된
		………	
		………	

(3) 인물(Person) 클래스

'인물(Person)' 클래스는 방목에 나오는 시험관과 합격자, 합격자의 인척, 그리고 족보에 기록된 개별 인물 등을 담기 위한 틀이다. 방목에는 남성만 등장하지만, 족보에는 비록 이름은 밝혀져 있지 않아도 남성과 함께 여성이 등장한다. 향후 과거 합격자 인적 관계망을 분석함에 있어서 혼인에 의한 가문과 가문의 연결을 탐색할 때, 이들 여성은 그 연결고리 역할을 하는 노드로서 중요하게 취급될 수 있다. 이를 위해 '남성'과 '여성'이라는 두 개의 하위 클래스를 두기로 하였다.

[표 4-7] 인물 클래스 정의

클래스		이름	설명
Person	P1	남성	방목과 족보에 나오는 남성 인물이다
	P2	여성	족보에 나오는 여성 인물이다.

(4) 과거(Exam) 클래스

'과거(Exam)' 클래스는 방목을 생산한 과거 시험에 관한 정보를 담기 위한 틀이다. 방목에 기록된 합격자들이 어느 시험의 출신(出身)인가를 알려준다. 과거 시험의 종류는 문과, 무과, 생원시, 진사시, 역과, 의과, 음양과, 율과 등으로 나눌 수 있기 때문에 이에 따라 11개의 하위 클래스를 두었다.

[표 4-8] 과거 클래스 정의

클래스		이름	설명
Exam	E0	과거	과거 합격자이다
	E1	문과	문과 급제자이다
	E2	무과	무과 급제자이다

	E3	생원시	생원시 합격자이다
	E4	진사시	진사시 합격자이다
	E5	역과	잡과 중 역과 합격자이다
	E6	의과	잡과 중 의과 합격자이다
	E7	음양과	잡과 중 음양과 합격자이다
	E8	율과	잡과 중 율과 합격자이다
	E9	고려문과	고려문과 급제자이다
	E10	고려사마	고려사마(생원·진사) 합격자이다

(5) 관서(Office) 클래스

'관서(Office)' 클래스는 합격자들이 근무했던 행정기관을 정의하기 위한 틀이다. 중앙 관서와 지방 관서 등 2개의 하위 클래스를 설계하였다.

[표 4-9] 관서 클래스 정의

클래스		이름	설명
Office	O1	중앙 관서	중앙에 있는 관서이다
	O2	지방 관서	지방에 있는 관서이다

(6) 관직(Position) 클래스

'관직(Position)' 클래스는 합격자들이 역임한 관직들을 설명하기 위한 틀이다. 관직을 표현하기 위해 품계, 관직, 증직, 봉호 등으로 나누었다. 더 세분할 수 있지만, 현재는 4개의 하위 클래스를 두었다.

[표 4-10] 관직 클래스 정의

클래스		이름	설명
Position	S1	품계	합격자의 품계이다
	S2	관직	합격자의 역임한 관직이다
	S3	증직	합격자가 사후에 오른 증직이다
	S4	봉호	功臣號 또는 封君 등을 말한다

(7) 기록(Record) 클래스

'기록(Record)' 클래스는 합격자와 관련된 정치적 사건이나 사실을 기록하기 위한 틀이다. 여기에는 정치적 사건뿐만 아니라, 일화, 합격 자에 대한 묘도문 등도 포함한다. 2개의 하위 클래스를 설계하였다.

[표 4-11] 기록 클래스 정의

클래스		이름	설명
Record	R1	이야기	정치적 사건이나 일화이다
	R2	묘도문	사후에 합격자에 대해서 쓰여 진 묘도문자이다 (行狀, 墓碣, 墓碑, 墓誌, 墓表, 謚狀, 神道碑 등)

(8) 개념(Concept) 클래스

'개념(Concept)' 클래스는 방목에 등장하는 개념들을 위한 틀이다. 방목에는 과거와 관련된 용어들이 출현한다. 시험의 시작과 종료에 해당하는 개장(開場), 방방(放榜=唱榜), 출방(出榜), 시험관은 은문(恩門), 명관(命官), 독권관(讀券官), 대독관(對讀官) 등, 시험 문제에서는 대책(對策), 표(表), 부(賦), 시(詩), 의(義), 의(疑), 무과에서는 규구(規矩)의 종류가 다양하게 나온다. 특이한 합격에 대한 용어도 있다. 생원 과 진사에 합격하는 양시(兩試)는 쌍련(雙蓮)·쌍중(雙中)·구중(俱中), 형제가 같이 합격하는 연벽(聯璧)은 연방(聯榜)·연중(聯中)·형제구중(兄弟俱中)·형제동년(兄弟同年) 등으로 불린다. 등위에서는 장원(壯元), 아원(亞元=榜眼), 탐화(探花)가 있다. 합격에 관해서는 파방(罷榜), 삭과(削科), 발거(拔去), 복과(復科), 회방(回榜), 원방(原榜) 등이 있고, 방목 을 부르는 다른 이름으로 용방(龍榜, 문과), 호방(虎榜, 무과), 계방(桂榜, 문과), 연방(蓮榜, 사마) 등도 있다. 이러한 용어의 해설을 담아 방목에 대한 이해를 도울 수 있도록 개념(Concept) 클래스를 설정하였다.

2) 관계(Relation, ObjectProperty) 설계

8개 클래스의 개체들은 동일한 클래스 또는 다른 클래스의 개체들과 유의미한 연관 관계를 맺을 수 있다. 8개 클래스에 속하는 많은 개체들 사이의 관계를 명시적으로 기술할 경우, 학술적으로 유의미한 정보나 지식을 도출할 수 있다. 아래의 모든 관계성은 A에서 B로 향하는 방향성을 갖는다.

(1) '방목(Bangmok)' 클래스 개체와 '인물(Person)' 클래스 개체 사이의 관계

[표 4-12] 방목과 인물 클래스 개체 사이의 관계

관계	방목	인물	설명
isListedIn	A	B	방목 A는 인물 B를 명단으로 삼는다. ※ 방목에 인물(합격자)들이 포함되어 있다.
isMemberOf	A	B	인물 B는 족보 A의 구성원이다. ※ 족보에 인물들이 포함되어 있다.

(2) '방목(Bangmok)' 클래스 개체와 '과거(Exam)' 클래스 개체 사이의 관계

[표 4-13] 방목과 과거 클래스 개체 사이의 관계

관계	방목	과거	설명
isRecordOf	A	B	방목 A는 과거 B의 기록이다.
isGRosterOf	A	B	방목 A는 과거 B의 합격자 명단이다.(종합방목)
isSRosterOf	A	B	방목 A는 과거 B의 합격자 명단이다.(단회방목)

(3) '방목(Bangmok)' 클래스 개체와 '개념(Concept)' 클래스 개체 사이의 관계

[표 4-14] 방목과 개념 클래스 개체 사이의 관계

관계	방목	개념	설명
isMentionedIn	A	B	개념 A는 방목 B에서 언급되었다.

(4) '인물(Person)' 클래스 개체 사이의 관계

[표 4-15] 인물과 인물 클래스 개체 사이의 관계

관계	인물	인물	설명
hasSon	A	B	인물 A는 인물 B를 아들로 두었다. (B isSonOf A)
hasWife	A	B	인물 A는 인물 B를 아내로 두었다. (B isWifeOf A)
hasSuccessor	A	B	인물 A는 인물 B를 계후자(양자)로 두었다. (B isSuccessorOf A)
hasDaughter	A	B	인물 A는 인물 B를 딸로 두었다. (B isDaughterOf A)
hasRelative	A	B	인물 A는 인물 B에 대해 친척이다. (B isRelativeOf A)
hasDisciple	A	B	인물 A는 인물 B를 문인으로 두었다. (B isDiscipleOf A)

※ 여성 인물(아내, 딸)을 노드로 취급하지 않는 경우, 사위, 손녀사위 관계에 대한 관계성 표시자는 다음과 같이 할 수 있다.

관계	인물	인물	설명
hasSonIL	A	B	인물 A는 인물 B를 사위로 두었다. (B isSonILOf A)
hasGSonIL	A	B	인물 A는 인물 B를 손녀사위로 두었다. (B isGSonILOf A)

(5) '인물(Person)' 클래스 개체와 '과거(Exam)' 클래스 개체 사이의 관계

[표 4-16] 인물과 과거 클래스 개체 사이의 관계

관계	인물	과거	설명
isPasserOf	A	B	인물 A는 과거 B의 합격자이다.

(6) '인물(Person)' 클래스 개체와 '관서(Office)', '관직(Position)' 클래스 개체 사이의 관계

[표 4-17] 인물과 관서·관직 클래스 개체 사이의 관계

관계	인물	관서·관직	설명
isOfficerOf	A	B	인물 A는 관서 B에 소속되어 있다.
hasPosition	A	B	인물 A는 관직 B를 가지고 있다. (B isPositionOf A)

(7) '인물(Person)' 클래스 개체와 '기록(Record)' 클래스 개체 사이의 관계

[표 4-18] 인물과 기록 클래스 개체 사이의 관계

관계	인물	기록	설명
hasRelation	A	B	인물 A는 기록 B에 관련되어 있다.(B isRelatedTo A)
writesAbout	A	B	인물 A는 기록 B를 집필하였다.(B isWrittenBy A)

※ 묘도문자(墓碑, 墓碣, 墓誌, 墓表, 行狀, 諡狀, 神道碑 등)를 누가 누구에 대해서 撰하였는지 관계를 표현한다.

3) 개체 속성(Attribute, DatatypeProperty) 설계

'개체 속성'은 특정 클래스(Class)에 속하는 단일 '개체(Individual)'가 가지는 특성을 데이터 값으로 표현하는 요소이다. 8개 클래스에 속하

는 각각의 개체들이 지니는 속성을 형식과 같이 정의하였다.

(1) 방목(Bangmok) 클래스 개체 속성

[표 4-19] 방목 클래스의 개체 속성 정의

클래스	이름	설명
Bangmok	nid	식별자
	name	한글 방목명
	chi_name	한자 방목명
	roster_holder	방목 소장자 및 소장처
	background	시험 설행 이유
	question	시험 문제
	question_type	시험 문제 유형(문과: 策·賦·表, 무과: 規矩)
	announcement	합격자 발표일(出榜=掛榜)
	conferment	합격증서 수여일(放榜=唱榜)
	publisher	간행처
	URL	Web 자원 주소

(2) 족보(Genealogy) 클래스 개체 속성

[표 4-20] 족보 클래스의 개체 속성 정의

클래스	이름	설명
Genealogy	nid	식별자
	name	한글 족보명
	chi_name	한자 족보명
	clan	본관
	publish_year	간행년
	publisher	간행처
	genealogy_holder	족보 소장자 및 소장처
	URL	Web 자원 주소

(3) 인물(Person) 클래스 개체 속성

[표 4-21] 인물 클래스의 개체 속성 정의

클래스	이름	설명
Person	nid	식별자
	full_name	성명(한자 병기)
	name	한글명
	chi_name	한자명
	f_name	초명
	r_name	개명
	a_name	일명
	nickname	字
	penname	號
	ph_name	諡號
	birth_year_kanji	생년 간지
	birth_year	생년
	death_year_kanji	졸년 간지
	death_year	졸년
	status	전력
	important_posts	淸要職 경력(옥당·호당·문형 등)
	posts	관력
	major	전공(잡과에서 출현)
	sur_name	본관 성씨
	clan	본관
	residence	거주지
	reference	출전

(4) 과거(Exam) 클래스 개체 속성

[표 4-22] 과거 클래스의 개체 속성 정의

클래스	이름	설명
Exam	nid	식별자
	name	과거명
	chi_name	한자명
	exam_class	과거 종류(문·무·사마·잡과)
	exam_type	시험 종류식년시·증광시·별시 등)
	king	왕명
	reign_year	왕년
	exam_year_kanji	시험년 간지
	exam_year	시험년
	exam_month	시험월
	exam_day	시험일
	top_person	장원
	entries	선발인원
	reference	출전

(5) 관서(Office) 클래스 개체 속성

[표 4-23] 관서 클래스의 개체 속성 정의

클래스	이름	설명
Office	nid	식별자
	name	한글 관서명
	chi_name	한자 관서명
	office_type	관할 유형(중앙·지방)

(6) 관직(Position) 클래스 개체 속성

[표 4-24] 관직 클래스의 개체 속성 정의

클래스	이름	설명
Position	nid	식별자
	name	한글 관직명
	chi_name	한자 관직명
	position_type	관직 유형(동반·서반)
	rank	품계(정1품, 종1품 등)

(7) 기록(Record) 클래스 개체 속성

[표 4-25] 기록 클래스의 개체 속성 정의

클래스	이름	설명
Record	nid	식별자
	name	한글 기록명
	chi_name	한자 기록명
	content_type	기록 유형(정답·묘도문)

(8) 개념(Concept) 클래스 개체 속성

[표 4-26] 개념 클래스의 개체 속성 정의

클래스	이름	설명
Concept	nid	식별자
	name	한글 개념명
	chi_name	한자 개념명
	domain	개념 유형

4) 관계 속성(Relation Attribute) 설계

'관계 속성'은 '개체(individual)'가 아니라, 개체와 개체 사이의 '관계

(Relation)'에 부여된 '속성(Attribute)'이다. 개체의 고유한 속성은 아니면서, 한 개체가 다른 개체와 관계를 맺을 때 발생하는 특수한 정보가 있을 수 있는데, 지식의 관계 구도에서는 이러한 정보가 중요한 의미를 가질 수 있기 때문에 관계 속성을 다룰 수 있는 장치를 마련하였다.[21]

(1) '방목(Bangmok)' 클래스 개체 사이의 관계 속성

[표 4-27] 방목과 방목 클래스 개체 사이의 관계 속성 정의

관계	방목	방목	설명
hasPart	A	B	성책 여부

(2) '인물(Person)' 클래스 개체 사이의 관계 속성

[표 4-28] 인물과 인물 클래스 개체 사이의 관계 속성 정의

관계	인물	인물	설명
hasSon	A	B	legitimacy, order(적서구분, 차서)
hasDaughter	A	B	legitimacy, order(적서구분, 차서)
hasWife	A	B	legitimacy, order(처첩구분, 순서(후처의 경우))
hasRelative	A	B	kinship(친척관계)

4. 방목-족보 데이터의 연계

'방목'과 '족보'의 분석된 정보를 담을 수 있는 데이터 온톨로지를

---

21) '관계 속성'은 Web Ontology Language(OWL)에서 직접 지원하지 않는다. 하지만 '관계 속성'을 사용할 때 대상 세계를 보다 용이하게 기술할 수 있기 때문에 인문 정보 데이터 모델을 설계할 때 '관계 속성'을 사용하도록 권장하고 있다.(김현·안승준·류인태, 「고문서 연구를 위한 데이터 기술 모델」, 『기록의 생성과 역사의 구성』, 제59회 전국역사학대회, 2016. 10. 17쪽.)

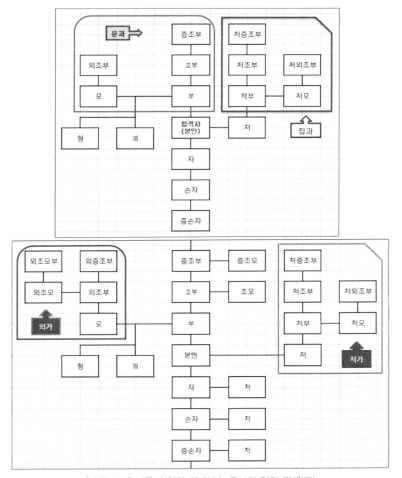

[그림 4-6] 방목의 인적 관계(上), 족보의 인적 관계(下)

위와 같이 하나의 큰 틀로 설계하였다.

각기 다른 형식과 내용을 가진 '방목'과 '족보'라도 그 자료를 구성하는 정보의 유사성에 근거하여 동일한 체계의 온톨로지를 적용하면, 두 자료의 정보는 용이하게 하나의 체계로 묶일 수 있다. 사실상 본

연구에서 찾고자 하는 '인적 관계'는 그것이 '방목'에 기록되어 있든, 아니면 그 합격자가 속한 가문의 '족보'에 기록되어 있든, 별개의 사실이 아니다. 따라서 두 종류의 기록은 그 연결고리만 정확하게 찾는다면 서로 일치하거나 상호 보완적인 관계에 있는 데이터를 제공해 줄 것이다.

방목과 족보에서 찾을 수 있는 인적 관계 기록의 형태를 그림으로 도식하였다.

방목의 인적 관계 데이터와 족보의 인적 관계 데이터를 하나로 묶은 첫 번째 요건이 '동일한 온톨로지'의 적용이라고 한다면, 두 번째 필수적인 요건은 양 쪽 자료에서 실제로 동일 인물인 한 사람이 동일한 식별자를 갖도록 하는 것이다.

방목과 족보의 연계 이전에 방목과 족보를 따로 따로 분석하는 과정에서도 유일한 개체를 식별하는 이 과정은 엄밀하게 수행되어야지만 의미 있는 인적 관계망 데이터를 생산할 수 있다. 족보상에서는 동일인이 출현하는 경우가 제한되어 있고, 또 그것을 인물을 식별하는 것이 비교적 용이하다. 하지만, 과거 시험 단위로 생산된 방목에서는 동일 인물이 여러 방목에 각각 다른 위상으로 출현하는 일이 빈번한데, 이를 명시적으로 알게 하는 정보가 없기 때문에 여러 가지 가능성을 열어놓고 탐색을 시작하되, 정밀한 검토와 검증을 통해 잘못된 식별이 일어나지 않도록 해야 한다.

제5장
조선시대 엘리트의 인적 관계망 구현

1. 구현 범위와 대상 자료

1) 문과방목 자료

조선시대 엘리트의 인적 관계망을 구현하기 위한 대상 자료는 방목과 족보로 나눌 수 있다. 방목은 조선시대 엘리트라고 칭할 수 있는 문과방목(文科榜目)이 가장 큰 비중(比重)을 차지한다. 문과(文科)는 고려와 조선시대에 걸쳐 중단 없이 실시되었기 때문에 고려문과와 (조선)문과를 포함하였다.

양반(兩班)은 문반(文班)과 무반(武班)을 이르고, 문반은 문과로 대별되고, 무반은 무과(武科)로 지칭된다. 또한 대과(大科)인 문무과에 비해 소과(小科)로 불리어지는 생원(生員)과 진사(進士)를 빼놓을 수 없다. 그래서 방목에서는 고려문과, 문과, 무과, 생원시, 진사시 합격자들을 대상으로 삼았다.

[표 5-1] 방목 데이터 목록

과거종류	대상 자료	참고 자료	인원
문과	『國朝文科榜目』(규장각[奎 106]) 『國朝榜目』(규장각[奎貴11655])	『國朝榜目』(국중도[한古朝26-47]) 『國朝榜目』(장서각[K2-3538]) 『國朝榜目』(장서각[K2-3539])	15,151
무과	단회방목 160회	『武科摠要』(장서각[K2-3310])	28,342

생원	단회방목 193회		20,398
진사	단회방목 191회		21,711
고려문과	『登科錄前編』 (규장각[古 4650-10])	『高麗史』 『增補文獻備考』	1,036
계			86,638

　　전체 합격자의 인원은 85,562명이다. 여기에 고려문과와 문과에서 합격자의 4조(부·조부·증조부·외조부)와 처부가 더하여지고, 무과와 생원·진사에서 부·생부와 안항(형제)을 추가하였다. 그래서 총 대상 인원은 약 300,847명이다. 문과방목, 무과방목, 사마방목, 고려문과 방목의 합격자 데이터를 방목별로 정리하였다.

[표 5-2] 과거별 합격자와 가족 노드(node) 수

	합격자	부·생부	조부	증조부	외조부	처부	형제	계
문과	15,151	16,042	12,275	12,015	11,040	9,187		75,710
무과	27,266	27,726					19,305	74,297
생원	20,398	21,487					29,554	71,439
진사	21,711	23,273					31,039	76,023
고려문과	1,036	580	468	428	379	486		3,377
합계	85,562	89,108	12,743	12,443	11,419	9,673	79,898	300,846

　　전체 방목 인물 300,846명을 모두 '과거 합격자 데이터베이스 온톨로지'에 따른 데이터로 축적하였으나, 문과 급제자 이외 인물들은 현재까지 동일인 식별의 정확성을 신뢰할만한 수준으로 확보하지 못하였으므로, 이번 연구에서는 문과방목 출현 인물 75,710명을 인적 관계망 구현의 대상으로 삼고자 한다.

　　중복 출현하는 동일인 식별에 많은 노력이 필요하다. 30여만 명을 대상으로 하기에는 개인의 능력으로 벅찬 부분이 있다. 또한 컴퓨터의

성능에 한계가 있어서 방목 전체 데이터를 다루기가 어려웠다. 그래서 조선시대 지배 엘리트의 비중이 높은 문과방목으로 한정을 하였다.

문과방목 출현 인물 75,710명 중에는 문과 급제자가 15,151명이고 합격자의 친속(親屬)이 60,559명이다. 외조부와 처부 중 성(姓)만 알려지고 이름이 미상인 333명은 분석 대상에서 제외하였다. 75,710명이 문과방목 인적 관계망 데이터의 실제적인 노드(Node) 수이다. 노드와 노드의 관계를 나타내는 링크(Link)는 60,360건이다.

[표 5-3] 문과방목 링크 관계 내용과 빈도

	관계	내용	빈도
1	hasSon	부, 생부	38,993
2	hasSuccessor	양부	1,253
3	hasGSonIL	외조부	11,010
4	hasSonIL	처부	9,104
			60,360

링크의 관계는 4종류로 구성하였다. 부·생부 관계는 'hasSon', 양부 관계는 'hasSuccessor', 외조부 관계는 'hasGSonIL', 처부 관계는 'hasSonIL'로 표현하였다.

노드와 링크 데이터로 인적 관계망을 구현하기 위해서는 중복 출현하는 인물의 ID를 1개의 ID로 통일하는 작업을 해야 한다. 75,710건의 노드 중 한 사람이 중복해서 출현한 경우를 여러 곳에서 살필 수 있다. 합격자 본인이 다른 합격자의 부·조부·증조부·외조부·처부 등으로 출현하기도 하고, 또 합격자가 문과에 2번 급제하는 경우도 있다. 중시(重試, 登俊試·拔英試·進賢試·擢英試)에 합격하거나 재급제(再及第)[1]하는 경우이다. 그리고 급제자는 아니지만, 형제 급제자의 부·조부·증조부는 동일하고, 외조부의 경우는 부친이 2번 이상 혼인한 경우가 아니면, 외조부도 동일하다. 사촌 형제는 조부·증조부가 동일하다. 이런 이유로 합격자와 친속 데이터에서 많은 중복 인물이 출현한다.

2) 만가보와 사가족보 자료

족보 자료[2)]는 '한국학자료센터 인물관계정보'에서 서비스하고 있는 『만가보(萬家譜)』와 13종의 사가족보(私家族譜)[3)] 데이터를 자료로 이용하였다.

[표 5-4] 족보 데이터 목록

번호	족보명	간행년	수록범위	건수
1	萬家譜	미상	전체	116,451
2	慶州金氏太師公派大同譜	1999	6대 150년	133
3	延日鄭氏文清公派世譜	1984	6대 150년	255
4	平山申氏系譜(正言公派)	1906	6대 150년	233

1) 이재옥, 앞의 논문(2014). 문과 재급제자, 이재옥, http://dh.aks.ac.kr/~sonamu5/wiki/index.php/SEDB:문과 再及第者(重試 급제 제외); 무과 재급제자, 이재옥, http://dh.aks.ac.kr/~sonamu5/wiki/index.php/SEDB:무과 再及第者(重試 급제 제외)
2) 여러 족보 자료에 나오는 문과 급제자 빈도.

번호	족보명	간행	수록범위	문과 급제자
1	安東權氏成化譜	1476년(성종 7)	~성종	682
2	文化柳氏嘉靖譜	1565년(명종 20)	~명종	2,231
3	氏族源流	조선중기	~선조	789
4	璿源錄	1681년(숙종 7)	~현종	2,919
5	萬姓大同譜	조선후기	~1910	10,135
6	萬家譜	조선후기	~1910	5,512
7	百氏通譜	일제강점기	~1910	8,066

3) 사가족보(私家族譜): 석사학위논문에서 이용하였던 12종과 새로 추가한 1종으로 13종이다.

5	杞溪俞氏族譜	1991	6대 150년	224
6	坡平尹氏世譜	1895	6대 150년	232
7	豊山洪氏族譜	1768	6대 150년	160
8	淸風金氏世譜(仁伯派)	1750	6대 150년	358
9	淸風金氏世譜(興祿派)	1857	6대 150년	
10	平山申氏系譜思簡公派子孫錄	미상	6대 150년	509
11	平山申氏文僖公派譜	1997	6대 150년	
12	靑松沈氏族譜	1843	6대 150년	348
13	南陽洪氏南陽君派世譜	2003	6대 150년	108
14	韓山李氏世譜	1740	15대 380년	429
계				119,440

만가보는 전체 14권으로 70개 성(姓), 270여 성관의 계보로 구성되어 있다. 만가보 전체 노드 수는 116,451건이다. 만가보의 링크 리스트는 부·생부 관계는 'hasSon', 양부 관계는 'hasSuccessor', 처부 관계는 'hasSonIL'로 표현하였다. 총 링크 수는 84,335건이다.

[표 5-5] 만가보 링크 관계 내용과 빈도

	관계	내용	빈도
1	hasSon	부, 생부	64,915
2	hasSuccessor	양부	2,814
3	hasSonIL	처부	16,606
			84,335

13종의 사가족보의 노드 수는 5,023건이다. 12종은 조선시대 효종(孝宗)~정조(正祖) 연간으로 6대 150년간을 입력하였고, 새로 추가한 한산이씨족보(韓山李氏族譜, 1740)는 시조 이윤경(李允卿)부터 15대 선조(宣祖) 연간까지 380년간을 입력하였다. 총 링크 수는 6,084건이다.

2. 문과방목 시맨틱 데이터베이스 구현

1) 노드(Node) 데이터: 개체(individual)

문과방목으로 대상 자료를 한정한 것은 작업량의 한계 때문이었다. 여력이 있어서 생원진사시 합격자를 추가하였다면 더욱 풍부한 내용을 담은 인적 관계망이 구현이 가능했을 것이다. 하지만 문과방목으로 한정해서 좋은 점은 조선시대 지배 엘리트만 추려서 인적 관계망을 확인할 수 있다는 점이다.

인적 관계망의 시맨틱 데이터베이스 구현은 온톨로지 설계에 따라 클래스별 개체(노드)를 생성하고, 개체와 개체 사이의 관계성(링크)을 지정하는 방법으로 진행하였다. 각각의 클래스별로 생산한 개체(노드) 리스트의 예시는 다음과 같다.

(1) '방목(Bangmok)' 클래스 노드

nid	name	chi_name	roster_holder
Exm_Roster_KJ1	국조문과방목	國朝文科榜目	규장각
Exm_Roster_KJ2	국조방목	國朝榜目	규장각
Exm_Roster_KJ1_1393_001	국조문과방목-태조 2	國朝文科榜目-太祖 2	규장각
Exm_Roster_KJ1_1396_002	국조문과방목-태조 5	國朝文科榜目-太祖 5	규장각
Exm_Roster_KJ1_1399_003	국조문과방목-정종 1	國朝文科榜目-定宗 1	규장각
Exm_Roster_KJ1_1401_004	국조문과방목-태종 1	國朝文科榜目-太宗 1	규장각
⋮	⋮	⋮	⋮
Exm_Roster_KJ3_1392_262	등과록전편-공양왕 4	登科錄前編-恭讓王 4	규장각

(2) '인물(Person)' 클래스 노드

nid	name	chi_name	···
PMn_1393_000001	송개신	宋介臣	···
PMn_1393_000002	김효원	金孝源	···
PMn_1393_000003	이담	李擔	···
PMn_1393_000004	탁함	卓誠	···
⋮	⋮	⋮	···
PCm_1392_001521	김문	金問	···

(3) '과거(Exam)' 클래스 노드

nid	name	chi_name	exam_class
EMn_1393_SN_00001	문과 식년시 1393	文科 式年試 太祖 2	문과
EMn_1396_SN_00002	문과 식년시 1396	文科 式年試 太祖 5	문과
EMn_1399_SN_00003	문과 식년시 1399	文科 式年試 定宗 1	문과
EMn_1401_JK_00004	문과 증광시 1401	文科 增廣試 太宗 1	문과
⋮	⋮	⋮	⋮
ECm_1392_BG_00262	고문 임신방 1392	高文 壬申榜 恭讓王 4	고려문과

(4) '관서(Office)' 클래스 노드

nid	name	chi_name	office_type
EOffice_2KS_000213	종친부	宗親府	중앙
EOffice_2KS_000214	의정부	議政府	중앙
EOffice_2KS_000215	충훈부	忠勳府	중앙
⋮	⋮	⋮	⋮
EOffice_2KS_000429	회원위	懷遠衛	지방

(5) '관직(Position)' 클래스 노드

nid	name	chi_name	position_type
EPosition_1KG_000001	대광보국숭록대부	大匡輔國崇祿大夫	동반
EPosition_1KG_000002	보국숭록대부	輔國崇祿大夫	동반
EPosition_1KG_000003	숭록대부	崇祿大夫	동반
EPosition_1KG_000004	숭정대부	崇政大夫	동반
⋮	⋮	⋮	⋮
EPosition_3KJ_001022	훈련원정	訓鍊院正	서반

(6) '기록(Record)' 클래스 노드

nid	name	chi_name	content_type
ERecord_001	사건	事件	정치담
ERecord_002	유배	流配	정치담
ERecord_003	일화	逸話	일화
ERecord_004	선시	善詩	일화
ERecord_005	선서	善書	일화
⋮	⋮	⋮	⋮
ERecord_007	묘갈	墓碣	묘도문

(7) '개념(Concept)' 클래스 노드

nid	name	chi_name	domain
EConcept_001	연벽	聯壁	과거
EConcept_002	양시	兩試	과거
EConcept_003	용방	龍榜	과거
EConcept_004	호방	虎榜	과거
EConcept_005	계방	桂榜	과거
EConcept_006	연방	蓮榜	과거
⋮	⋮	⋮	⋮
EConcept_014	규구	規矩	무과

2) 링크(Link) 데이터: 관계(relation)

(1) '인물(Person)' 클래스 개체 사이의 링크

과거 합격자와 그의 인척인 개별 인물들 상호간의 인척 관계를 명시적으로 표현하는 정보를 생산하는 것이 '과거 합격자 시맨틱 데이터베이스'의 구현의 핵심적인 부분이다. 방목에 기록된 4조(四祖)와의 관계 및 족보에 기록된 계대 관계를 토대로 인물 사이의 링크 데이터를 생산하였다.

이 때 수행한 중요한 과업은 중복 출현 인물을 식별하고 이들에게 하나의 유일한 식별자(ID)를 부여하는 것이다. 방목에는 한 사람의 인물이 여러 번 여러 가지 위상으로 출현하는 경우가 있다. 즉 어느 방목에서 과거 합격자로 출현한 인물이 다른 방목이나 시험에서는 합격자의 아버지나 조부, 외조부나 처부로 출현하는 경우를 말한다. 이 때 이 두 사람이 동일인임을 확인하고, 동일한 식별자를 부여함으로써 과거 합격자의 인적 관계망을 넓혀 갈 수 있다. 마찬가지로 족보에서 가져온 데이터 상에서도 방목 인물과 동일인임을 확인할 수 있는 인물이 있는 경우, 그에게도 동일한 식별자를 부여함으로 인적 네트워크를 확대한다.

방목 데이터의 경우 기본적으로 다음과 같은 규칙에 의해 개별 인물 ID를 부여하고, 링크 데이터 생산 과정에서 중복 출현 인물이 발견될 때에는 과거 합격자로서 부여받은 식별자를 유일 식별자로 통일하였다. 과거 합격 전력이 없이 중복 출현한 경우에는 먼저 출현할 때 부여받은 ID를 유일 식별자로 삼았다.

가족 중에 과거 합격자가 있는 경우는 과거 합격자 ID를 사용하면 되는데, 과거에 합격하지 못한 가족들은 새로운 ID를 부여하여야 한다. 그래서 가족들은 합격자의 ID에 새로운 식별자를 부여하였다. 물

[표 5-6] 친속(親屬)들의 식별 ID 부여

가족	ID
부, 생부	A1, A2
조부, 생조부	B1, B3
증조부, 생증조부	C1, C5
외조부, 외조부2 …	D1, D2 …
생외조부	E1
처부, 처부2 …	F1, F2 …
형, 형2 …	G1, G2 …
제, 제2 …	H1, H2 …
例	PMn_1393_000001_A1

론 가족들 중 문과 급제자는 문과 급제자 ID를 그대로 사용하였다.

부는 A1, 생부는 A2, 조부는 B1, 생조부는 B3, 증조부는 C1, 생증조부는 C5, 외조부는 D1, 두 번째 외조부는 D2, 생외조부는 E1, 처부는 F1, 두 번째 처부는 F2, 형은 G1·G2, 제는 H1·H2로 부여하였다. 예를 들면 "PMn_1393_000001_A1"이 과거 합격자 PMn_1393_000001의 부를 지칭하는 ID이다.

[표 5-7] 조부와 증조부의 계후별 명칭(文科와 蔭譜 비교)

기준	명칭	구분	조부(문과)	조부(음보)	증조부(음보)
本人	부	부:	조부	조부1: 부의 부	증조부1: 조부1의 부 증조부2: 조부1의 생부
		생부:	조부생부	조부2: 부의 생부	증조부3: 조부2의 부 증조부4: 조부2의 생부
	생부	부:	생조부	조부3: 생부의 부	증조부5: 조부3의 부 증조부6: 조부3의 생부
		생부:	생조생부	조부4: 생부의 생부	증조부7: 조부4의 부 증조부8: 조부4의 생부

(2) 중복 출현 인물 식별

아버지의 ID가 여러 개 생성되는 경우가 있다. 합격자가 2번 이상 문과에 합격했을 때(重試·再及第)와 형제가 합격했을 때 동일한 아버지가 여러 개의 ID를 가지게 된다.

문과에서 형제 합격자가 출현하는 경우는 아래와 같이 다양하게 나타나고 있다. 6형제 문과는 1건, 5형제 문과는 7건, 4형제 문과는 31건, 3형제 문과는 182건, 2형제 문과는 1,142건이다. 이 형제들에서 아버지가 여러 ID를 가지게 될 경우는 2,995건이다. 물론 아버지가 문과 급제자일 경우는 동일한 ID를 가지고 있기 때문에 문제가 바로 해결이 된다.

[표 5-8] 형제 문과 가문별 수

문과 합격	합격자 형제 가문 수	중복 ID 생성 가능 수
6형제 문과*	1	6
5형제 문과	7	35
4형제 문과	31	124
3형제 문과	182	546
2형제 문과	1,142	2,284
계	1,363	2,995

* 원식(元植)·원즙(元戢)·원격(元格)·원적(元樀)·원절(元梲)·원철(元橄)

아래 표에서 보다시피 강욱(姜昱)과 강섬(姜暹)은 형제로 동일한 아버지 강공망(姜公望)을 가지고 있다. 하지만 각각의 자리에서 ID를 부여했기 때문에 2개의 서로 다른 아버지의 ID가 생성이 되었다. 강선(姜銑)과 강현(姜鋧, 문과와 중시 합격)은 형제로 아버지 강백년(姜栢年)이 3번 출현하는데, 강백년이 문과 급제자여서 ID를 하나만 부여 받았다. 문과 급제자 15,151명 중 365명이 부친의 이름에 대한 기록이 없

어서 미상이다. 그래서 14,785명의 합격자들은 부친의 이름이 존재한
다. 그런데 본인이 2번 이상 합격(重試·再及第)하거나, 형제 합격자일
경우로 아버지가 2번 이상 중복 출현하는 경우는 3,862건이다.

[표 5-9] 동일인이 여러 ID를 가지는 경우

Node1	New_Node1		Node2	
PMn_1540_003094_A1	PMn_1540_003094_A1	姜公望	PMn_1540_003094	姜昱
PMn_1546_003178_A1	PMn_1540_003094_A1	姜公望	PMn_1546_003178	姜暹
PMn_1573_003859_B1	PMn_1540_003094_A1	姜公望	PMn_1573_003859	姜義虎
PMn_1600_004568_D1	PMn_1540_003094_A1	姜公望	PMn_1600_004568	李頤慶
PMn_1809_011700_B1	PMn_1809_011700_B1	姜潚	PMn_1809_011700_A1	姜穆
PMn_1840_012605_C1	PMn_1809_011700_B1	姜潚	PMn_1840_012605_B1	姜稷
PMn_1853_013008_C1	PMn_1809_011700_B1	姜潚	PMn_1853_013008_B1	姜棆
PMn_1572_003809_A1	PMn_1553_003356	姜克誠	PMn_1572_003809	姜宗慶
PMn_1573_003864_A1	PMn_1553_003356	姜克誠	PMn_1573_003864	姜先慶
PMn_1596_004483_D1	PMn_1553_003356	姜克誠	PMn_1596_004483	李惟弘
PMn_1649_006068_C1	PMn_1553_003356	姜克誠	PMn_1649_006068	姜裕後
PMn_1672_006693_F2	PMn_1627_005484	姜栢年	PMn_1672_006693	南益熏
PMn_1675_006788_F1	PMn_1627_005484	姜栢年	PMn_1675_006788	閔就道
PMn_1675_006802_A1	PMn_1627_005484	姜栢年	PMn_1675_006802	姜銑
PMn_1680_006938_A1	PMn_1627_005484	姜栢年	PMn_1680_006938	姜鋧
PMn_1686_007170_A1	PMn_1627_005484	姜栢年	PMn_1686_007170	姜鋧
PMn_1713_007994_B1	PMn_1627_005484	姜栢年	PMn_1713_007994	姜世胤
PMn_1763_009843_C1	PMn_1627_005484	姜栢年	PMn_1763_009843	姜侁
PMn_1772_010265_C1	PMn_1627_005484	姜栢年	PMn_1772_010265	姜愼
PMn_1786_010884_C1	PMn_1627_005484	姜栢年	PMn_1786_010884	姜愼
PMn_1790_011042_C1	PMn_1627_005484	姜栢年	PMn_1680_006938	姜償

　　동일인의 여러 개 ID를 하나로 통일하는 것이 링크 데이터를 만드는
것에서 가장 중요한 문제이다. 중복 출현하는 동일인을 확인 방법으로

1대를 약 30년으로 보고, 친속(親屬) 관계를 참고하고자 하였다. 그러나 합격자 본인을 제외하고 친속들의 생년을 모르기 때문에 생년을 참고하는 방법은 사용할 수 없었다. 차선으로 합격년을 참고하였다. 본인과 부·처부의 합격년 차이를 약 30년으로 본다면 대부분 맞다. 하지만 합격년은 절대적이지 않다. 예를 들면, 문과 합격년에서 부나 처부보다 먼저 합격하는 세대(世代)를 역전(逆轉)하는 경우도 종종 발견된다.

[표 5-10] 세대(世代)를 역전(逆轉)한 문과 급제자

	구분	합격자	본관	생년	합격년	합격 연령	부	조부	외조부	처부
1	자	宋象賢	礪山	1551	1576	26	**宋復興**	宋琠	金承碩	李熅
	부	宋復興	礪山	1527	1590	64	宋琠	宋承殷	全瑗	金承碩
2	사위	李恒福	慶州	1556	1580	25	李夢亮	李禮臣	崔崙	**權慄**
	처부	權慄	安東	1537	1582	46	權轍	權勣	曹承晛	朴世烱
3	조카	李顯祿	全州	1684	1722	39	李涉	李山輝	尹恢	權尙游
	숙부	李瀹	全州	1684	1725	42	李山輝	李遇	洪處厚	柳萬齡
4	자	任珽	豊川	1694	1723	30	**任守迪**	任胤元	柳以井	姜鋭
	부	任守迪	豊川	1671	1725	55	任胤元	任量	權侊	柳以井
5	자	李載厚	驪州	1698	1727	30	**李東煥**	李百休	洪星齡	尹志賢
	부	李東煥	驪州	1682	1729	48	李百休	李湜	宋耆相	洪星齡
6	자	金尙集	江陵	1723	1755	33	**金始煐**	金弘權	李從龍	徐命
	부	金始煐	江陵	1694	1756	63	金弘權	金得元	·	李從龍
7	사위	具庠	綾城	1730	1759	30	具允明	具夢奎	崔尙履	**尹得聖**
	처부	尹得聖	海平	1699	1769	71	尹沆	尹世鐸	宋相曾	金彦熙
8	사위	申錫禧	平山	1808	1848	41	申在正	申光直	金履翼	**徐膺淳**
	처부	徐膺淳	大丘	1783	1854	72	徐貞輔	徐有常	柳光錫	李鉉禹

송상현(宋象賢)[4]은 송복흥(宋復興)[5]의 아들인데, 아버지보다 15년

---

4) 송상현(宋象賢), 한국역대인물 종합정보시스템, 한국학중앙연구원, http://people. aks.ac.kr/front/tabCon/exm/exmView.aks?exmId=EXM_MN_6JOb_1576_003941

앞서 합격하였고, 이항복(李恒福)6)은 권율(權慄)7)의 사위인데, 처부(妻
父)보다 2년 먼저 합격하였다. 합격년을 참고하는데, 이런 경우가 있
기 때문에 세심한 주의가 필요하다. 보다 정확성을 기하기 위해서 합
격년과 본관을 같이 비교하면서 동일인으로 중복 출현하는 인물의 ID
를 하나로 통일(統一)하였다.

[표 5-11] 다수의 ID를 하나의 ID로 변환

Old_ID	성명	New_ID	합격년	성명	관계
PMn_1579_003985	洪麟祥	PMn_1579_003985+M	1579	洪麟祥	본인
PMn_1605_004685_A1	洪履祥	PMn_1579_003985+M	1605	洪霶	부
PMn_1621_005247_A1	洪履祥	PMn_1579_003985+M	1621	洪霙	부
PMn_1624_005366_F1	洪履祥	PMn_1579_003985+M	1624	趙公淑	처부
PMn_1624_005368_A1	洪履祥	PMn_1579_003985+M	1624	洪{雨/集}	부
PMn_1624_005370_F1	洪履祥	PMn_1579_003985+M	1624	許啓	처부
PMn_1626_005471_A1	洪履祥	PMn_1579_003985+M	1626	洪{雨/集}	부
PMn_1627_005491_A1	洪履祥	PMn_1579_003985+M	1627	洪霙	부
PMn_1631_005638_B1	洪履祥	PMn_1579_003985+M	1631	洪柱一	조부
PMn_1636_005791_F1	洪履祥	PMn_1579_003985+M	1636	許啓	처부
PMn_1651_006171_D1	洪履祥	PMn_1579_003985+M	1651	許珽	외조
PMn_1653_006215_B1	洪履祥	PMn_1579_003985+M	1653	洪柱三	조부
PMn_1662_006419_B1	洪履祥	PMn_1579_003985+M	1662	洪柱國	조부
PMn_1662_006421_C1	洪履祥	PMn_1579_003985+M	1662	洪萬衡	증조
PMn_1662_006450_C1	洪履祥	PMn_1579_003985+M	1662	洪萬容	증조

---

5) 송복흥(宋復興), 한국역대인물 종합정보시스템, 한국학중앙연구원, http://people.
   aks.ac.kr/front/tabCon/exm/exmView.aks?exmId=EXM_MN_6JOb_1590_004328
6) 이항복(李恒福), 한국역대인물 종합정보시스템, 한국학중앙연구원, http://people.
   aks.ac.kr/front/tabCon/exm/exmView.aks?exmId=EXM_MN_6JOb_1580_004026
7) 권율(權慄), 한국역대인물 종합정보시스템, 한국학중앙연구원, http://people.aks.
   ac.kr/front/tabCon/exm/exmView.aks?exmId=EXM_MN_6JOb_1582_004082

PMn_1666_006546_C1	洪履祥	PMn_1579_003985+M	1666	洪萬鍾	증조
PMn_1666_006591_C1	洪履祥	PMn_1579_003985+M	1666	洪萬容	증조
PMn_1666_006594_C1	洪履祥	PMn_1579_003985+M	1666	洪萬衡	증조
PMn_1678_006856_C1	洪履祥	PMn_1579_003985+M	1678	洪萬邃	증조
PMn_1678_006857_C1	洪履祥	PMn_1579_003985+M	1678	洪萬朝	증조
PMn_1679_006892_C1	洪履祥	PMn_1579_003985+M	1679	洪萬邃	증조
PMn_1689_007254_C1	洪履祥	PMn_1579_003985+M	1689	洪萬紀	증조
PMn_1690_007284_B1	洪履祥	PMn_1579_003985+M	1690	洪柱震	조부
PMn_1699_007551_C1	洪履祥	PMn_1579_003985+M	1699	洪萬通	증조
PMn_1699_007614_C1	洪履祥	PMn_1579_003985+M	1699	洪萬迪	증조
PMn_1702_007642_C1	洪履祥	PMn_1579_003985+M	1702	洪萬遇	증조
PMn_1705_007761_C1	洪履祥	PMn_1579_003985+M	1705	洪萬迪	증조

문과방목 데이터에서 가장 많이 출현하는 사람이 풍산인(豊山人) 홍인상(洪麟祥, 1549~1615)[8]이다. 홍인상은 합격 후에 홍이상(洪履祥)으로 개명하였다. 홍이상은 슬하에 6남 3녀[9]를 두었다. 아들 4명과 사위 2명이 문과에 합격하였다. 자손들의 친속으로 26회 수록되어 있다. 수록 내용은 아들 4명에서 5회(父), 사위 2명에서 3회(妻父), 손자 4명에서 4회(祖父), 외손자 1명에서 1회(外祖父), 증손자 9명에서 13회(曾祖父) 출현하였다. 증손(문과방목에는 증조부까지 기록)까지만 보면 20명(2명은 사위, 1명은 외손)의 문과 급제자를 배출하였다. 친손을 보면 4명의 아들과, 4명의 손자, 그리고 9명의 증손자가 문과에 합격하였다.

ID를 통일한 후 데이터에서 가장 많이 출현한 인물들을 보면 1위가

8) 홍인상(洪麟祥), 한국역대인물 종합정보시스템, 한국학중앙연구원, http://people. aks.ac.kr/front/tabCon/exm/exmView.aks?exmId=EXM_MN_6JOb_1579_003985
9) 『창석집(蒼石集)』卷16, 墓誌, [사헌부대사헌 홍공묘지명(司憲府大司憲洪公墓誌銘)]. (온라인 참조: 贈大匡輔國崇祿大夫, 議政府領議政. 行嘉義大夫. 司憲府大司憲洪公墓誌銘, 한국고전 종합DB, 한국고전번역원, http://db.itkc.or.kr/dir/item?itemId=MO#/dir/node?dataId=ITKC_MO_0268A_0160_020_0010)

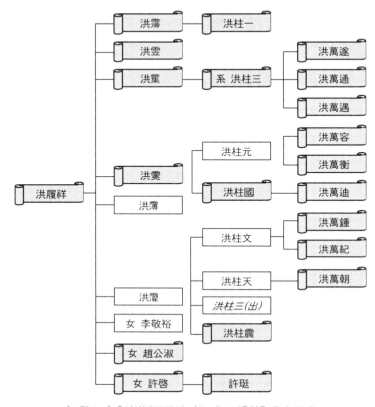

[그림 5-1] 홍이상(洪履祥)의 자손 계보도(음영은 문과 급제)

홍이상(洪履祥, 豊山)으로 27건, 2위는 이인손(李仁孫, 廣州)[10]으로 23
건, 공동 3위는 이상의(李尙毅, 驪州)[11]와 이지직(李之直, 廣州)[12]이 22

---

10) 이인손(李仁孫), 한국역대인물 종합정보시스템, 한국학중앙연구원, http://people.
　　aks.ac.kr/front/tabCon/exm/exmView.aks?exmId=EXM_MN_6JOa_1417_000377
11) 이상의(李尙毅), 한국역대인물 종합정보시스템, 한국학중앙연구원, http://people.
　　aks.ac.kr/front/tabCon/exm/exmView.aks?exmId=EXM_MN_6JOb_1586_004229
12) 이지직(李之直), 한국역대인물 종합정보시스템, 한국학중앙연구원, http://people.
　　aks.ac.kr/front/tabCon/exm/exmView.aks?exmId=EXM_KM_5COc_1380_001259

건, 5위는 신장(申檣, 高靈)¹³⁾으로 20건이다.

[표 5-12] 친속 출현 상위 빈도순(15번 이상 출현)

번호	성명	본관	빈도	번호	성명	본관	빈도
1	洪履祥	豊山	27	18	宋麒壽	恩津	16
2	李仁孫	廣州	23	19	柳自新	文化	16
3	李尙毅	驪州	22	20	李光庭	延安	16
4	李之直	廣州	22	21	李原	固城	16
5	申檣	高靈	20	22	李廷龜	延安	16
6	安從約	順興	19	23	丁應斗	羅州	16
7	姜碩德	晉州	18	24	洪霙	豊山	15
8	申欽	平山	18	25	金光燦	安東[新]	15
9	李山海	韓山	18	26	閔光勳	驪興	15
10	李澍	延安	18	27	閔頔	驪興	15
11	趙啓遠	楊州	18	28	成揜	昌寧	15
12	金自知	延安	17	29	李季甸	韓山	15
13	金得元	江陵	16	30	李克堪	廣州	15
14	金槃	光山	16	31	李集	廣州	15
15	南翮	宜寧	16	32	洪萬容	豊山	15
16	睦詹	泗川	16	33	洪重箕	豊山	15
17	朴紹	潘南	16	34	洪鉉輔	豊山	15

15번 이상 출현하는 인물을 표로 작성하였다. 출현 빈도는 자·손자·증손 또는 사위·외손자가 문과 급제를 하였고, 그곳에서 친속으로 출현하는 수를 말한다. 24번 홍영(洪霙)¹⁴⁾, 32번 홍만용(洪萬容)¹⁵⁾, 33

13) 신장(申檣), 한국역대인물 종합정보시스템, 한국학중앙연구원, http://people.aks.ac.kr/front/tabCon/exm/exmView.aks?exmId=EXM_MN_6JOa_1402_000146
14) 홍영(洪霙), 한국역대인물 종합정보시스템, 한국학중앙연구원, http://people.aks.ac.kr/front/tabCon/exm/exmView.aks?exmId=EXM_MN_6JOb_1621_005247
15) 홍만용(洪萬容), 한국역대인물 종합정보시스템, 한국학중앙연구원, http://people.aks.ac.kr/front/tabCon/exm/exmView.aks?exmId=EXM_MN_6JOb_1662_006450

번 홍중기(洪重箕)[16], 34번 홍현보(洪鉉輔)[17]는 1번 홍이상의 후손이다.
홍영은 아들이고, 홍만용은 증손자, 홍중기는 4대손, 홍현보는 5대손
이다. 홍현보는 사도세자(思悼世子=莊祖)의 장인인 홍봉한(洪鳳漢)[18]의
아버지이다(홍이상의 증손 홍만용-4대손 홍중기-5대손 홍현보-6대손 홍봉
한). 즉, 홍이상은 4대, 5대, 6대손에서는 출현하지 않지만, 그 후손들
인 홍영, 홍만용, 홍중기, 홍현보가 각각 15회 출현하는 것은 그만큼
홍이상의 후손들이 가장 많이 문과에 급제하였다는 것을 말해준다.

3. 문과방목·족보 시맨틱 데이터 분석 및 시각화

1) 문과방목 시맨틱 데이터 분석 및 시각화 예시

문과방목 데이터는 중복 출현 인물 식별을 하지 않은 경우, 합격자
15,151명과 친속 60,559명, 도합 75,710건의 노드로 구성되어 있다.
중복 출현 인물을 식별하여 하나의 식별자를 부여한 결과, 유일 ID를
갖는 노드의 수는 47,293건으로 조정되었다. '문과방목 출현 인물'이라고
하는 데이터의 세계에 47,293건의 노드가 총 60,360건의 관계(Link)를
형성하며 존재하는 것이다. 노드와 노드 사이의 관계는 'hasSon'(부),
'hasSuccessor'(양부), 'hasGSonIL'(외조부), 'hasSonIL'(처부)의 4종류
이다.

이 데이터를 네트워크 분석 프로그램의 일종인 Gephi를 이용하여

16) 홍중기(洪重箕), 한국역대인물 종합정보시스템, 한국학중앙연구원, http://people.
aks.ac.kr/front/tabCon/exm/exmView.aks?exmId=EXM_SA_6JOb_1666_013513
17) 홍현보(洪鉉輔), 한국역대인물 종합정보시스템, 한국학중앙연구원, http://people.
aks.ac.kr/front/tabCon/exm/exmView.aks?exmId=EXM_MN_6JOb_1718_008149
18) 홍봉한(洪鳳漢), 한국역대인물 종합정보시스템, 한국학중앙연구원, http://people.
aks.ac.kr/front/tabCon/exm/exmView.aks?exmId=EXM_MN_6JOc_1744_009152

분석하였다. 일차적으로 노드와 노드 사이의 관계가 끊어지지 않고 계속 이어지는 노드들의 군집(클러스터, cluster)을 조사하였다. 그 결과 총 60,360건의 관계로 인해 4,211개의 클러스터(군집)가 형성되었음을 확인하였다. 이 클러스터 하나하나가 인척 관계로 맺어진 친속 집단이라고 할 수 있다. 앞에서 설명했듯이 문과방목에서 부명이 미상으로 급제자 본인만 있는 365명을 링크 리스트에서 제외하였다. 만일 이 부명 미상 급제자들까지 리스트에 넣었다면, 1개의 노드로 존재하는 인물들도 있었을 것이다.

47,293건의 노드가 4,211개의 클러스터로 만들어졌고, 이 중 가장 최소 단위는 2건의 노드로 1개의 링크만 가지고 있는 클러스터이다. 2건의 노드로 구성된 클러스터는 총 1,505개로, 이는 단 두 사람 사이의 관계만 보이고, 다른 인물과의 관계는 찾지 못한 경우이다. 가장 많은 노드 수를 가지고 있는 클러스터는 28,038건 노드로 59.3%를 차지하고 있다. 다음으로 큰 클러스터는 42건의 노드로 된 것이었다.

[표 5-13] 문과 상위 클러스터

순위	노드 수
1	28,038
2	42
3	39
4	37
5	35
6	34
7	33
8	32
9	30
10	29
계	28,349

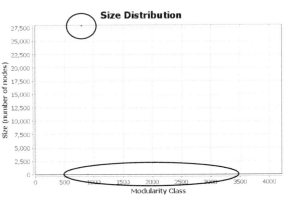

[그림 5-2] 문과 클러스터 군집도

28,038건의 노드를 가지고 있는 가장 큰 클러스터에서 고려문과는 142명, 문과는 8,942명, 무과는 28명, 생원·진사는 2,322명, 총 11,434명의 합격자가 있었다. 이 중에 가장 이른 인물은 1290년에 고려 문과에 급제한 최함일(崔咸一, 慶州)[19]이고, 조선 문과 급제자로는 1393년의 김효원(金孝源, 金海)[20]이다. 가장 늦은 인물은 1894년에 급제한 이찬의(李燦儀, 全州)[21]이다. 즉, 이 클러스터는 605년 동안의 문과 급제자들의 혈속 관계와 혼인 관계를 보여주고 있다.

가장 많은 링크를 가진 인물은 이상의(李尙毅, 驪州)로 17개[22]이고, 다음으로 이계전(李季甸, 韓山)[23]·이산해(李山海, 韓山)[24]·이광정(李光

---

19) 최함일(崔咸一), 한국역대인물 종합정보시스템, 한국학중앙연구원, http://people. aks.ac.kr/front/tabCon/exm/exmView.aks?exmId=EXM_KM_5COc_1290_000715

20) 김효원(金孝源), 한국역대인물 종합정보시스템, 한국학중앙연구원, http://people. aks.ac.kr/front/tabCon/exm/exmView.aks?exmId=EXM_MN_6JOa_1393_000002

21) 이찬의(李燦儀), 한국역대인물 종합정보시스템, 한국학중앙연구원, http://people. aks.ac.kr/front/tabCon/exm/exmView.aks?exmId=EXM_MN_6JOc_1894_015147 (문과방목에서 가장 마지막에 나오는 인물이다.)

22) 이상의(李尙毅)의 17개 링크.

	본인	친속	관계		본인	친속	관계
1	李尙毅	李志完	자	10	李尙毅	李翊相	외손자
2	李尙毅	李志定	자	11	李尙毅	李有相	외손자
3	李尙毅	李志宏	자	12	許垧	李尙毅	외손자
4	李尙毅	李志安	자	13	尹晛	李尙毅	사위
5	李友仁	李尙毅	자	14	李尙毅	鄭世美	사위
6	李尙毅	鄭攸	외손자	15	李尙毅	李後天	사위
7	李尙毅	鄭脩	외손자	16	李尙毅	金德承	사위
8	李尙毅	李殷相	외손자	17	李尙毅	李昭漢	사위
9	李尙毅	李弘相	외손자				

23) 이계전(李季甸), 한국역대인물 종합정보시스템, 한국학중앙연구원, http://people. aks.ac.kr/front/tabCon/exm/exmView.aks?exmId=EXM_MN_6JOa_1427_000529

24) 이산해(李山海), 한국역대인물 종합정보시스템, 한국학중앙연구원, http://people. aks.ac.kr/front/tabCon/exm/exmView.aks?exmId=EXM_MN_6JOa_1561_003537

[표 5-14] 문과 상위 클러스터 성관 빈도

	성관	빈도	%
1	全州李氏	1,686	6.0
2	安東權氏	689	2.5
3	坡平尹氏	596	2.1
4	南陽[唐]洪氏	515	1.8
5	淸州韓氏	511	1.8
6	延安李氏	428	1.5
7	驪興閔氏	419	1.5
8	靑松沈氏	387	1.4
9	韓山李氏	386	1.4
10	全義李氏	370	1.3
11	東萊鄭氏	369	1.3
12	光山金氏	365	1.3
13	潘南朴氏	353	1.3
14	密陽朴氏	345	1.2
15	豊壤趙氏	338	1.2
16	晉州姜氏	322	1.1
17	慶州李氏	321	1.1
18	安東[舊]金氏	318	1.1
19	平山申氏	300	1.1
20	廣州李氏	300	1.1
계		9,318	33.2

庭, 延安)[25)]·홍현보(洪鉉輔, 豊山)가 14개의 링크를 가졌다.

이 클러스터는 596개의 성관(본관 미상 포함)으로 이루어져있다. 빈도를 보면 전주이씨가 1,686명, 안동권씨가 689명, 파평윤씨가 596명으로 문과 급제자 성관 통계[26)]와 거의 일치하고 있다. 300명 이상 출

---

25) 이광정(李光庭), 한국역대인물 종합정보시스템, 한국학중앙연구원, http://people.aks.ac.kr/front/tabCon/exm/exmView.aks?exmId=EXM_MN_6JOb_1590_004326

현하는 성관으로 20위까지 통계표로 작성하였다. 20위까지가 9,318
명으로 전체에서 33.2%를 차지하고 있다.(본관 미상인 '○○李氏' 1,139
명(4.1%)과 '○○金氏' 553명(2.0%)은 통계표에서 제외.)

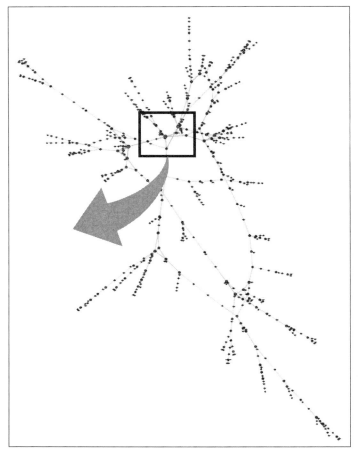

[그림 5-3] 문과 최상위 클러스터의 시각화

---

26) 문과 급제자 성관 통계, 이재옥, http://dh.aks.ac.kr/~sonamu5/wiki/index.php/
   SEDB:문과 급제자 성관 통계(전체)

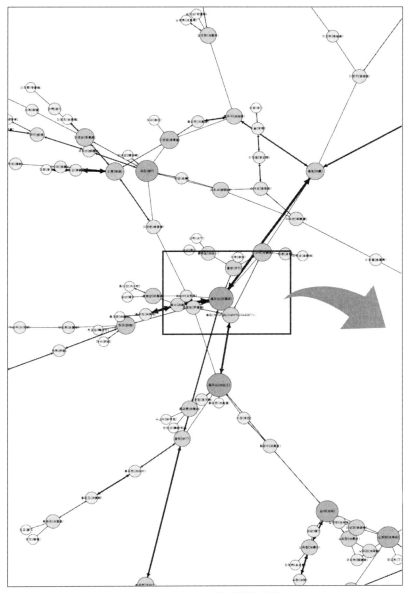

[그림 5-4] 문과 클러스터의 시각화 확대-1

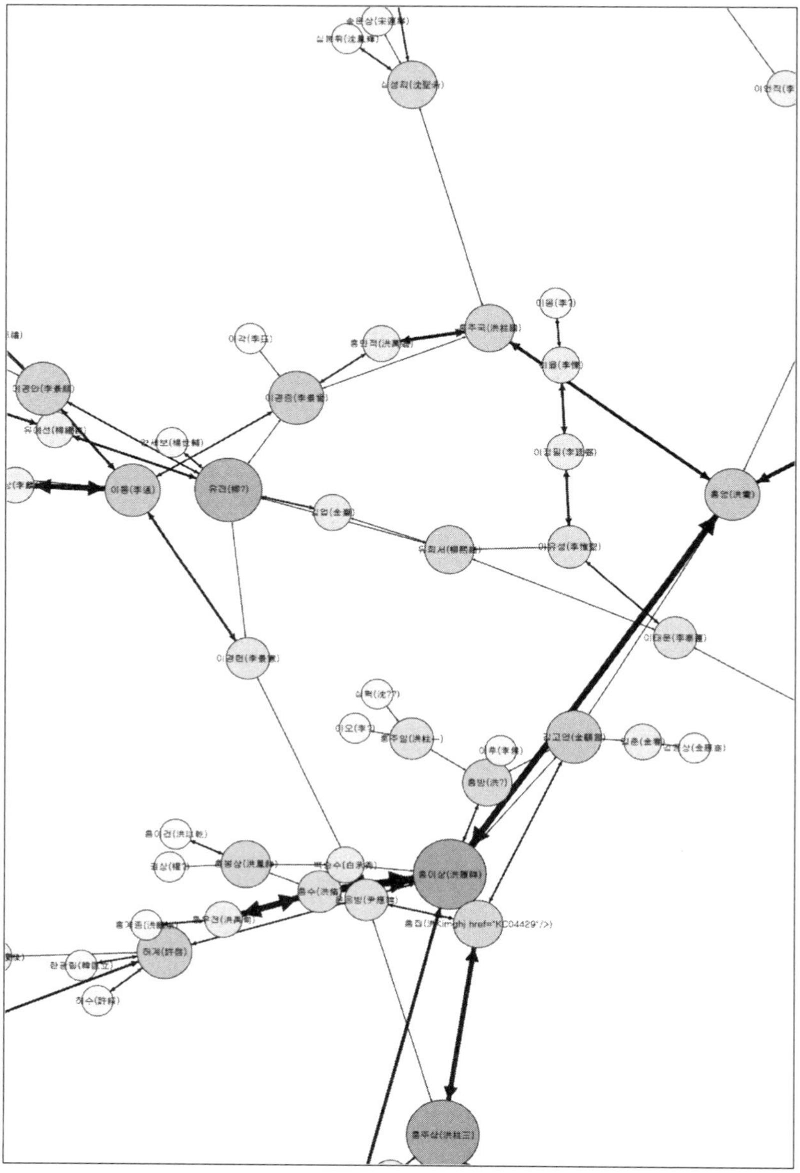

[그림 5-5] 문과 클러스터의 시각화 확대-2

문과 클러스터의 시각화에서 홍이상(洪履祥)이란 인물을 중심으로 시각화의 그래프를 확대하여 보았다. 홍이상의 처부 김고언(金顧言)과 아들 홍영(洪霙)·홍집(洪霫)[27]·홍방(洪霧)[28], 사위 허계(許啓)[29] 등이 홍이상과 맺고 있는 인척(姻戚) 관계를 이 그래프에서 살필 수 있다. 어떤 인물이든지 한 인물을 선택하면 그와 인척 관계를 맺고 있는 주변의 인물들이 누구였는지, 그 관계가 어떠한 것이었는지를 직접 시각화를 통해서 확인할 수 있다.

2) 만가보 시맨틱 데이터 분석 및 시각화 예시

만가보 데이터는 116,451건의 노드로 구성되어 있다. 이는 여자(딸)들을 하나의 더미(dummy) 노드로 잡고, 사위를 딸의 노드와 연결하는 방식을 취했을 때의 수치이다. 여기서 딸의 더미 노드를 제외하고, 본인과 직접 처부로 연결하는 링크 리스트를 만들면, 총 85,061건의 노드가 84,335건의 관계를 형성하며 존재하는 것을 확인할 수 있다. 노드와 노드 사이의 관계는 'hasSon'(부), 'hasSuccessor'(양부), 'hasSonIL'(처부)의 3종류이다.

이 데이터를 네트워크 분석 프로그램을 이용하여 분석하였다. 일차적으로 노드와 노드들의 클러스터(cluster)를 조사하여 85,061건이 797개의 클러스터(군집)로 형성되었음을 확인하였다. 만가보는 70개 성씨(姓氏)로 이루어진 270여 성관을 수록하고 있다. 클러스터가 797

---

27) 홍집(洪霫), 한국역대인물 종합정보시스템, 한국학중앙연구원, http://people.aks.ac.kr/front/tabCon/exm/exmView.aks?exmId=EXM_MN_6JOb_1624_005368

28) 홍방(洪霧), 한국역대인물 종합정보시스템, 한국학중앙연구원, http://people.aks.ac.kr/front/tabCon/exm/exmView.aks?exmId=EXM_MN_6JOb_1605_004685

29) 허계(許啓), 한국역대인물 종합정보시스템, 한국학중앙연구원, http://people.aks.ac.kr/front/tabCon/exm/exmView.aks?exmId=EXM_MN_6JOb_1624_005370

개가 생성된 것은 만가보 수록 데이터 중에는 동일한 성관에서도 계대 연결이 끊어진 인물군(人物群)이 존재하는 것을 보여준다.

[표 5-15] 만가보 상위
클러스터

순위	노드 수
1	2,732
2	2,492
3	2,457
4	1,705
5	1,577
6	1,463
7	1,424
8	1,421
9	1,382
10	1,319
계	17,972

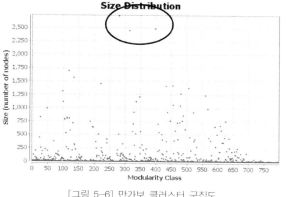

[그림 5-6] 만가보 클러스터 군집도

797개의 클러스터 중 가장 많은 노드 수를 가지고 있는 것은 2,732 건의 노드로 구성된 클러스터였다. 다음으로 큰 클러스터는 2,492건 노드로 된 것이었다. 클러스터 전체에서 18위까지는 4자리 수 노드, 149위까지 3자리 수의 노드를 가지고 있었다. 가장 적은 노드 수는 2 건의 노드인데 141개였다. 이는 단 두 사람 사이의 관계만 보이고, 다른 인물과의 관계는 찾지 못한 경우이다.

만가보 최상위 클러스터는 앞서 밝힌 바와 같이 2,732명으로 이루 어진 군집이다. 이 클러스터에는 57개 성관이 나오는데, 성관 빈도를 보면 1,258명의 반남박씨와 476명의 밀양박씨가 주축을 이루는 있는 것을 알 수가 있다. 55개는 본관 미상의 성씨로 998명이다. 이 중 본관 미상의 이씨(李氏)가 308명으로 전체의 약 11.3%를 차지하고 있다.
그리고 2명의 구성원을 갖는 성씨는 4개이고, 1명은 13개 성씨로 나타
났다. 상위 10개 가문들이 2,392명으로 87.6%를 차지하고 있다.

[표 5-16] 만가보 상위 클러스터 성관 빈도

	성관	빈도	%
1	潘南朴氏	1,258	46.0
2	密陽朴氏	476	17.4
3	○○李氏	308	11.3
4	○○金氏	100	3.7
5	○○尹氏	75	2.7
6	○○趙氏	46	1.7
7	○○鄭氏	42	1.5
8	○○柳氏	30	1.1
9	○○洪氏	29	1.1
10	○○崔氏	28	1.0
계		2,392	87.6

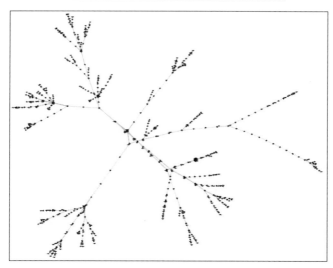

[그림 5-7] 만가보 최상위 클러스터의 시각화

3) 사가족보 시맨틱 데이터 분석 및 시각화 예시

사가족보 데이터는 5,023건의 노드로 구성되어 있다. 사가족보는 여성(딸·아내)들을 하나의 더미(dummy) 노드로 잡고, 사위를 딸의 노드와 연결하는 방식을 취했을 때의 수치이다. 아내 노드도 처부와 연결하고 있다.

'사가족보 출현 인물'이라고 하는 데이터의 세계에 5,023건의 노드가 있고, 중복을 제거하여 총 4,601건으로 정리가 되었다. 이 노드가 총 6,084건의 관계를 형성하며 존재하는 것이다. 노드와 노드 사이의 관계는 'hasSon'(부), 'hasDaughter'(부), 'hasSonIL'(처부), 'hasWife'(남편)의 4종류이다.

이 데이터를 네트워크 분석 프로그램을 이용하여 분석하였다. 일차적으로 노드와 노드들의 클러스터(cluster)를 조사하였다. 6,084건이 3개의 클러스터(군집)로 형성되었음을 확인하였다.

사가족보는 11개 성씨(姓氏)로 이루어진 13종의 족보를 입력하였다. 숙종~영조 연간의 경주김씨(慶州金氏)를 중심으로 혼인 관계가 빈번한 4개의 가문[연일정씨(延日鄭氏)·평산신씨(平山申氏)·기계유씨(杞溪俞氏)·파평윤씨(坡平尹氏)]을 입력하였고, 또 같은 기간에 풍산홍씨(豊山洪氏)를 중심으로 혼인 관계에 있는 3개 가문[청풍김씨(淸風金氏)·평산신씨·청송심씨(靑松沈氏)]과 이 3개 가문과 혼인 관계에 있는 남양홍씨(南陽洪氏)를 선택하여 6대 150년간을 입력하였다. 별도로 추가한 한산이씨(韓山李氏)는 15대 380년간을 입력하였다.

혼인 관계에 있는 가문들을 입력하였기 때문에 11개 가문이 3개의 클러스터로 결집되었다. 가장 큰 클러스터는 4,422건의 노드로 구성되어 있다.

[표 5-17] 사가족보 상위 클러스터 수(전체)

순위	노드 수
1	4,422
2	13
3	2
계	4,437

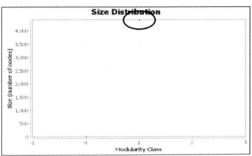

[그림 5-8] 사가족보 클러스터 군집도

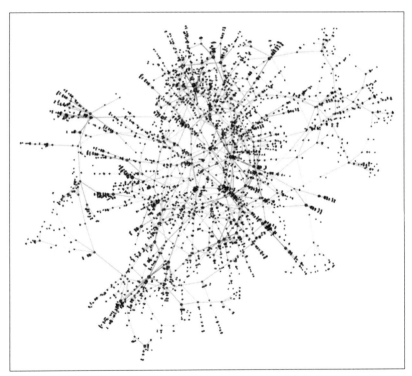

[그림 5-9] 사가족보 최상위 클러스터의 시각화

4. 통합 시맨틱 데이터 분석 및 시각화

1) 문과방목과 만가보 통합 시맨틱 데이터 분석 및 시각화 예시

문과방목 데이터와 만가보 데이터를 통합하여 네트워크 분석을 하였다. '문과방목과 만가보의 통합 출현 인물'이라고 하는 데이터에 총 192,161건의 노드 데이터가 생겼다. 중복을 제거하여 총 129,035건의 데이터로 144,695건의 링크를 형성하고 있다. 노드와 노드 사이의 관계는 'hasSon'(부), 'hasSuccessor'(양부), 'hasGSonIL'(외조부), 'hasSonIL'(처부)의 4종류이다.

[표 5-18] 문과방목과 만가보 데이터의 링크 수와 클러스터 수

항목	노드수	링크수	클러스터수	2개인 노드수
문과방목	47,293	60,360	4,211	1,505
만가보	85,061	84,335	797	141
합계	132,354	144,695	(5,008)	(1,646)
문과방목+만가보	129,035	144,695	4,500	1,603

만가보 데이터에서 문과방목 데이터의 ID가 같은 동일인 매핑(mapping)이 Node1에서는 5,348건, Node2에서는 4,835건이 출현하였다. 이 매핑에 의해서 두 데이터가 통합되었다. 분석 후 데이터의 노드들의 클러스터(cluster)를 조사하였다. 그 결과 총 144,695건의 링크로 인해 4,500개의 클러스터(군집)가 형성되었음을 확인하였다.

문과방목 클러스터 4,211개와 만가보 클러스터 797개를 합하면 5,008개의 클러스터가 되어야 맞는데, 실제로는 4,500개의 클러스터가 생성되었다. 즉, 508개의 클러스터가 감소하였다. 2건의 노드로 구성된 가장 작은 클러스터의 수도 43개가 줄었다.

문과방목과 족보인 만가보를 통합한 결과 클러스터 수가 감소되었다는 것은 두 데이터의 결합으로 인적 관계가 분리되어 있던 클러스터 사이의 연결이 발생했음을 보이는 것이다.

[표 5-19] 문과+만가보 통합 상위 클러스터

순위	노드수
1	102,580
2	654
3	422
4	348
5	249
6	193
7	171
8	131
9	121
10	116
11	115
12	111
계	105,211

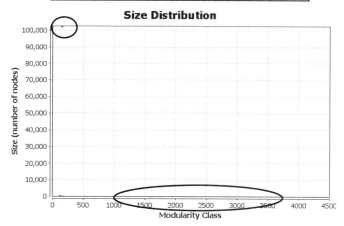

[그림 5-10] 문과+만가보 통합 클러스터 군집도

4,500개의 클러스터 중 가장 많은 노드 수를 가지고 있는 것은 102,580건의 노드로 구성된 클러스터였다. 다음으로 큰 클러스터는 654건 노드로 된 것이었다. 클러스터 전체에서 12위까지 3자리 수의 노드를 가지고 있었다. 가장 적은 노드 수는 2건인데 1,603개였다.

[표 5-20] 통합 상위 클러스터 성관 빈도

순위	성관	빈도	%
1	全州李氏	6,155	6.0
2	安東權氏	2,919	2.8
3	坡平尹氏	2,787	2.7
4	延安李氏	2,236	2.2
5	淸州韓氏	1,878	1.8
6	潘南朴氏	1,640	1.6
7	驪興閔氏	1,571	1.5
8	韓山李氏	1,529	1.5
9	南陽洪氏	1,515	1.5
10	廣州李氏	1,466	1.4
계		23,696	23.1

이 클러스터의 성관 빈도를 보면 전주이씨가 6,155명, 안동권씨가 2,919명, 파평윤씨가 2,787명 등으로 이루어져 있다. 상위 10위까지 성관이 23,696명으로 전체 23.1%를 차지하고 있다.

[표 5-21] 문과·만가보·통합 클러스터 수 비교

	문과	만가보	통합	만가보 순위
1	28,038	2,732	102,584	
2	42	2,492	654	41위
3	39	2,457	422	61위

4	37	1,705	348	73위
5	35	1,577	249	87위
6	34	1,463	193	104위
7	33	1,424	171	111위
8	32	1,421	131	
9	30	1,382	121	137위
10	29	1,319	116	139위

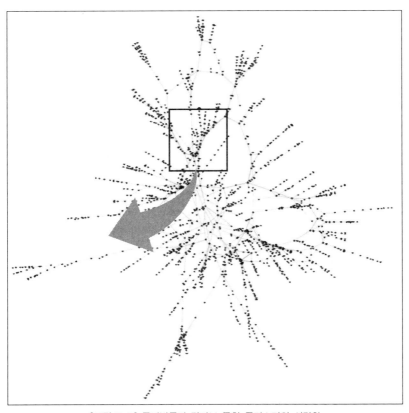

[그림 5-11] 문과방목과 만가보 통합 클러스터의 시각화

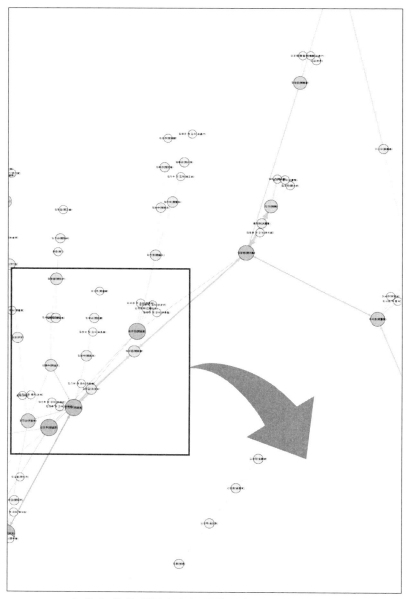

[그림 5-12] 문과방목과 만가보 통합 클러스터의 시각화 확대-1

문과 데이터의 최대 클러스터인 28,038건과 만가보 데이터의 클러
스터가 합쳐져서 통합 데이터의 최대 클러스터인 102,584건이 되었
다. 다양한 만가보의 성관들이 문과와 합쳐진 것이다. 통합 데이터의
클러스터 2위부터 나오는 클러스터 건수가 만가보의 클러스터에서 그
대로 보이고 있다. 이는 만가보의 성관에 문과 급제자가 없어서 문과
데이터와 합쳐지지 않은 클러스터이다.

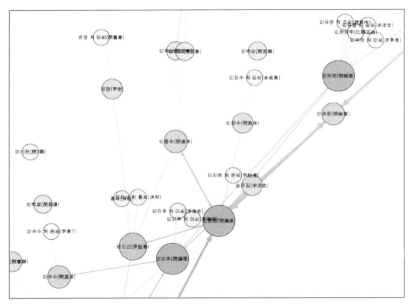

[그림 5-13] 문과방목과 만가보 통합 클러스터의 시각화 확대-2

문과와 만가보의 통합 데이터의 클러스터의 시각화를 확대해 보았
다. 원(圓)의 크기는 링크의 수와 일치한다. 여흥민씨(驪興閔氏)는 조
선시대 과거에서 10대 연속으로 문과 급제자를 배출한 가문으로 유
명하다.30)

확대한 그림은 민광훈(閔光勳)[31]-민유중(閔維重)[32]-민진후(閔鎭厚)[33]·
민진원(閔鎭遠)[34]-민통수(閔通洙)[35]로 이어지는 계대이다. 민유중은 외
조부가 이광정(李光庭, 延安)이고, 처부는 동춘당(同春堂) 송준길(宋浚吉,
恩津)[36]과 이경증(李景曾, 德水)[37]이다. 민진후는 처부가 이덕로(李德老,
延安)와 이단상(李端相, 延安)[38]이고, 동생 민진원은 처부가 윤지선(尹趾善,
坡平)[39]이다. 민유중과 민진후·민진원의 2대를 보았는데, 연안이씨,
은진송씨, 덕수이씨, 파평윤씨 등과 혼인 관계를 맺고 있다. 이 중 연안이
씨가 3번 출현한다. 민유중과 아들 세대에서 문과 급제자의 혼인만 나타내
고 있지만, 연안이씨와 많은 혼인이 이루어지고 있다. 즉, 통혼권의

---

30) 10대 연속 문과 급제자: ①閔機(1597)-②閔光勳(1628)-③閔蓍重(1664)-④閔鎭周
(1684)-⑤閔應洙(1725)-⑥閔百昌(1740)-⑦閔命爀(1795)-⑧閔致文(1835)-⑨閔達鏞
(1853)-⑩閔泳一(1880).(온라인 참조: 대(代)를 이어 문과에 급제한 가문들, 이재옥,
http://dh.aks.ac.kr/~sonamu5/wiki/index.php/SEDB:代를 이어 문과에 급제한
가문들)

31) 민광훈(閔光勳), 한국역대인물 종합정보시스템, 한국학중앙연구원, http://people.a
ks.ac.kr/front/tabCon/exm/exmView.aks?exmId=EXM_MN_6JOb_1628_005534

32) 민유중(閔維重), 한국역대인물 종합정보시스템, 한국학중앙연구원, http://people.
aks.ac.kr/front/tabCon/exm/exmView.aks?exmId=EXM_MN_6JOb_1650_006111

33) 민진후(閔鎭厚), 한국역대인물 종합정보시스템, 한국학중앙연구원, http://people.
aks.ac.kr/front/tabCon/exm/exmView.aks?exmId=EXM_MN_6JOb_1686_007164

34) 민진원(閔鎭遠), 한국역대인물 종합정보시스템, 한국학중앙연구원, http://people.
aks.ac.kr/front/tabCon/exm/exmView.aks?exmId=EXM_MN_6JOb_1691_007325

35) 민통수(閔通洙), 한국역대인물 종합정보시스템, 한국학중앙연구원, http://people.
aks.ac.kr/front/tabCon/exm/exmView.aks?exmId=EXM_MN_6JOc_1734_008740

36) 송준길(宋浚吉), 한국역대인물 종합정보시스템, 한국학중앙연구원, http://people.
aks.ac.kr/front/tabCon/exm/exmView.aks?exmId=EXM_SA_6JOb_1624_009415

37) 이경증(李景曾), 한국역대인물 종합정보시스템, 한국학중앙연구원, http://people.a
ks.ac.kr/front/tabCon/exm/exmView.aks?exmId=EXM_MN_6JOb_1624_005396

38) 이단상(李端相), 한국역대인물 종합정보시스템, 한국학중앙연구원, http://people.a
ks.ac.kr/front/tabCon/exm/exmView.aks?exmId=EXM_MN_6JOb_1649_006086

39) 윤지선(尹趾善), 한국역대인물 종합정보시스템, 한국학중앙연구원, http://people.a
ks.ac.kr/front/tabCon/exm/exmView.aks?exmId=EXM_MN_6JOb_1662_006428

큰 세력이 연안이씨라고 볼 수 있다.

　아래 그림은 10대 연속 문과 급제자를 배출하기 시작하는 민기(閔機)⁴⁰⁾부터 5대를 계보로 표시한 것이다. 여기 나오는 민씨들은 모두 문과에 급제하였다. 문과에 급제한 자손으로만 계보를 그린 것이다. 여흥민씨 문과 급제자와 혼인한 다른 성씨들에서도 많은 문과 급제자가 출현하였다.

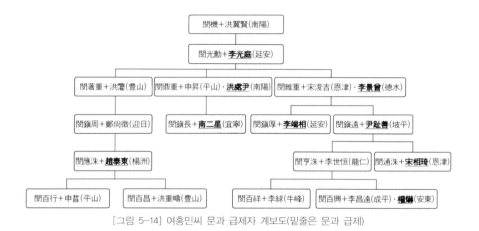

[그림 5-14] 여흥민씨 문과 급제자 계보도(밑줄은 문과 급제)

　다른 성씨 문과 급제자들 보면 1대에서 이광정(李光庭, 延安), 2대에서 홍처윤(洪處尹, 南陽)⁴¹⁾, 이경증(李景曾, 德水), 3대에서 남이성(南二星, 宜寧)⁴²⁾, 이단상(李端相, 延安), 윤지선(尹趾善, 坡平), 4대에서 조태동(趙泰

────────────────

40)　민기(閔機), 한국역대인물 종합정보시스템, 한국학중앙연구원, http://people.aks.ac.kr/front/tabCon/exm/exmView.aks?exmId=EXM_MN_6JOb_1597_004509

41)　홍처윤(洪處尹), 한국역대인물 종합정보시스템, 한국학중앙연구원, http://people.aks.ac.kr/front/tabCon/exm/exmView.aks?exmId=EXM_MN_6JOb_1639_005833

42)　남이성(南二星), 한국역대인물 종합정보시스템, 한국학중앙연구원, http://people.aks.ac.kr/front/tabCon/exm/exmView.aks?exmId=EXM_MN_6JOb_1662_006452

東, 楊州)43), 송상기(宋相琦, 恩津)44), 5대에서 신석(申晳, 平山)45), 권혁(權爀, 安東)46)까지 10명이 보인다.

사마 합격자들은 2대에서 홍탁(洪霾, 豊山)47), 신변(申昪, 평산)48), 송준길(宋浚吉, 은진), 3대에서 정상징(鄭尙徵, 迎日)49), 4대에서 이세항(李世恒, 龍仁)50), 5대에서 홍중주(洪重疇, 풍산)51), 이구(李絿, 牛峰)52) 등 7명이 있다.

이러한 유형의 정보로 이 DB에서 더 많은 족보 데이터가 결합되면 문과 클러스터와 결합되는 현상을 좀 더 확실하게 확인할 수 있을 것이다. 그래서 문과방목 데이터와 사가족보(私家族譜)와의 통합 데이터를 들여다봄으로써 그 가능성을 확인하고자 한다.

---

43) 조태동(趙泰東), 한국역대인물 종합정보시스템, 한국학중앙연구원, http://people.aks.ac.kr/front/tabCon/exm/exmView.aks?exmId=EXM_MN_6JOb_1695_007459

44) 송상기(宋相琦), 한국역대인물 종합정보시스템, 한국학중앙연구원, http://people.aks.ac.kr/front/tabCon/exm/exmView.aks?exmId=EXM_MN_6JOb_1684_007108

45) 신석(申晳), 한국역대인물 종합정보시스템, 한국학중앙연구원, http://people.aks.ac.kr/front/tabCon/exm/exmView.aks?exmId=EXM_MN_6JOb_1718_008152

46) 권혁(權爀), 한국역대인물 종합정보시스템, 한국학중앙연구원, http://people.aks.ac.kr/front/tabCon/exm/exmView.aks?exmId=EXM_MN_6JOc_1726_008514

47) 홍탁(洪霾), 한국역대인물 종합정보시스템, 한국학중앙연구원, http://people.aks.ac.kr/front/tabCon/exm/exmView.aks?exmId=EXM_SA_6JOb_1613_008703

48) 신변(申昪), 한국역대인물 종합정보시스템, 한국학중앙연구원, http://people.aks.ac.kr/front/tabCon/exm/exmView.aks?exmId=EXM_SA_6JOb_1633_010288

49) 정상징(鄭尙徵), 한국역대인물 종합정보시스템, 한국학중앙연구원, http://people.aks.ac.kr/front/tabCon/exm/exmView.aks?exmId=EXM_SA_6JOb_1652_012092

50) 이세항(李世恒), 한국역대인물 종합정보시스템, 한국학중앙연구원, http://people.aks.ac.kr/front/tabCon/exm/exmView.aks?exmId=EXM_SA_6JOb_1696_016585

51) 홍중주(洪重疇), 한국역대인물 종합정보시스템, 한국학중앙연구원, http://people.aks.ac.kr/front/tabCon/exm/exmView.aks?exmId=EXM_SA_6JOb_1699_016814

52) 이구(李絿), 한국역대인물 종합정보시스템, 한국학중앙연구원, http://people.aks.ac.kr/front/tabCon/exm/exmView.aks?exmId=EXM_SA_6JOb_1717_019013

2) 문과방목과 사가족보 통합 시맨틱 데이터 분석 및 시각화 예시

문과방목 데이터와 사가족보 데이터를 통합하여 네트워크 분석을 하였다. '문과방목과 사가족보의 통합 출현 인물'이라고 하는 데이터에 총 51,730건의 노드 데이터가 생겼다. 중복을 제거하여 총 51,166건의 데이터로 66,444건의 링크를 형성하고 있다. 노드와 노드 사이의 관계는 'hasSon'(부), 'hasSuccessor'(양부), 'hasGSonIL'(외조부), 'hasSonIL'(처부), 'hasDaughter'(부), 'hasWife'(남편)의 6종류이다.

[표 5-22] 문과방목과 사가족보 데이터의 링크 수와 클러스터 수

항목	노드수	링크수	클러스터수	2개인 노드수
문과방목	47,293	60,360	4,211	1,505
사가족보	4,437	6,084	3	1
합계	51,730	66,444	(4,214)	(1,506)
문과방목+사가족보	51,166	66,444	4,140	1,497

사가족보 데이터에서 문과방목 데이터의 ID가 같은 동일인 매핑이 Node1에서는 1,745건, Node2에서는 747건이 출현하였다. 이 매핑에 의해서 두 데이터가 통합되었다. 분석 후 데이터의 노드들의 클러스터(cluster)를 조사하였다. 그 결과 총 66,444건의 링크로 인해 4,140개의 클러스터(군집)가 형성되었음을 확인하였다. 클러스터 수와 2개인 노드 수가 줄었다.

[표 5-23] 문과+사가족보 통합 상위 클러스터

순위	노드 수
1	32,438
2	42
3	37
4	35
5	34
6	33
7	32
8	30
9	29
10	28
계	32,738

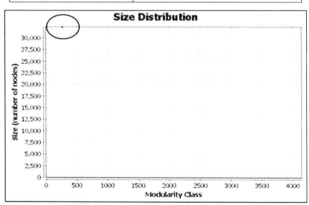

[그림 5-15] 문과+사가족보 통합 클러스터 군집도

　　4,140개의 클러스터 중 가장 많은 노드 수를 가지고 있는 것은 32,438건의 노드로 구성된 클러스터였다. 다음으로 큰 클러스터는 42건 노드로 된 것이었다. 가장 적은 노드 수는 2건인데 1,497개였다.

[표 5-24] 문과 · 사가족보 · 통합 클러스터 수 비교

	문과	사가족보	통합	문과 순위
1	28,038	4,422	32,438	
2	42	13	42	2위
3	39	2	37	4위
4	37	×	35	5위
5	35	×	34	6위
6	34	×	33	7위
7	33	×	32	8위
8	32	×	30	9위
9	30	×	29	10위
10	29	×	28	11위

통합 클러스터에서 2순위부터는 문과 클러스터에 있는 노드 수와 동일하다. 이는 클러스터가 변하지 않고, 문과 클러스터가 그대로 존재하고 있는 것이다. 즉, 문과 클러스터와 사가족보 클러스터 간에 연결이 이루어지지 않았다는 것이다. 문과 최대 클러스터와 사가족보 최대 클러스터가 ID 매핑을 통해서 서로 연결이 되었다.

문과방목과 사가족보 통합 클러스터의 시각화 그래프 일부분이다. 홍인상(洪麟祥=洪履祥)이란 인물을 중심으로 자세히 들여다보았다. 그래프 화면에 홍이상(洪履祥)과 인척 관계를 맺고 있는 인물들이 자세하게 보이고 있다. 홍수(洪脩)는 홍이상의 아버지이고, 백승수(白承秀, 聞慶)는 외조부, 김고언(金顧言, 安東[舊])은 처부이다. 조공숙(趙公淑, 平壤)[53]은 둘째 사위, 허계(許啓, 陽川)는 셋째 사위이다. 허정(許珽)[54]은 허계의

53) 조공숙(趙公淑), 한국역대인물 종합정보시스템, 한국학중앙연구원, http://people.a ks.ac.kr/front/tabCon/exm/exmView.aks?exmId=EXM_MN_6JOb_1624_005366
54) 허정(許珽), 한국역대인물 종합정보시스템, 한국학중앙연구원, http://people.aks. ac.kr/front/tabCon/exm/exmView.aks?exmId=EXM_MN_6JOb_1651_006171

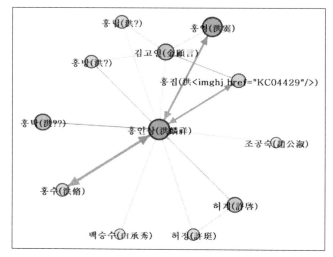

[그림 5-16] 문과방목과 사가족보 통합 클러스터의 시각화(홍이상 중심-1단계)

아들로 홍이상의 외손자이다. 홍방·홍립[55]·홍집·홍영·홍탁은 홍이
상의 아들들이다. 김고언과 관계는 외조부이다.(밑줄은 문과 급제)[56]

　사마방목 등 다른 방목 데이터와 더 많은 사가족보 데이터가 부가
될 경우, 조선시대 엘리트의 인적 관계는 더욱 다채로운 모습으로 드
러나게 될 것이다.

　과거 합격자 한 사람의 개인 신상뿐 아니라 그들과 그 주변 인물과
의 관계를 정보화한 과거 합격자 시맨틱 데이터베이스는 조선시대 정
치적 지배 계층의 인물 한 사람 한 사람이 누구와 어떠한 혈연관계를
맺고 있었는지 확인할 수 있게 할 뿐 아니라, 그와 같은 가문 간의 인
적 네트워크가 시간의 흐름에 따라 어떻게 변화해 갔는지도 추적할 수

---

55) 홍립(洪靈), 한국역대인물 종합정보시스템, 한국학중앙연구원, http://people.aks.
　　ac.kr/front/tabCon/exm/exmView.aks?exmId=EXM_MN_6JOb_1627_005491
56) 계대 관계 및 문과 급제는 [그림 5-1](248쪽)을 참조.

있다. 조선시대 과거 합격자 디지털 아카이브의 활용과 확장을 통해 조선시대 사회의 여러 국면들을 새롭게 조망하고 해석하는 연구가 가능해질 것이다.

제6장
결론

　이 연구는 조선시대 과거(科擧) 합격자(合格者)에 대한 디지털 기반의 종합적 연구 환경을 구축하고자 하는 목적을 가지고 수행되었다. 방목(榜目)이라는 형태의 문헌 자료, 또는 그 속에 수록된 과거 합격자를 독립적인 정보 단위로만 취급하는 것이 아니라, 그 인물들 한 사람 한 사람이 어떤 혈연적 관계 속에서 배출되었으며, 그 인적 관계망에서 찾을 수 있는 새로운 사실은 무엇인지 탐색할 수 있는 방법을 강구하고자 한 것이다.

　이것은 방목이라는 자료를 중심으로 지금까지 이루어져 온 역사학 분야의 연구 성과와 자료 전산화의 토대 위에서 '디지털 인문학적'인 연구 방법론을 도입하여 보다 발전적인 방목 연구의 길을 모색하고자 하는 취지에서 시행한 연구이다.

　먼저 방목 연구의 1차 자료가 되는 다양한 문헌 자료의 유형을 조사하고, 각각의 자료가 어떤 특징을 가지고 있는지를 살펴보았다. 단회방목(單回榜目), 종합방목(綜合榜目), 단과방목(單科榜目) 및 필자가 또하나의 유형으로 추가한 단독방목(單獨榜目) 등 여러 유형의 자료들은 서로 중복된 내용을 담고 있다고 하더라도, 각각 다른 자료에 없거나 잘못 기록된 정보를 보완해 주는 역할을 하기 때문에 그 자료의 특성과 가치를 폭넓게 이해하고 활용할 필요가 있다. 또한 방목 자료에서 그 시대 엘리트들의 인적 관계망을 찾고자 하는 입장에서는 그 인물들의 친속 관계에 관한 정보를 보충해 줄 수 있는 족보 자료의 참조가 필수적이기 때문에 다양한 족보의 유형에 대해서도 조사하고 정리하는 과업을 수행하였다.

2장에서는 지금까지 이루어진 방목 자료의 전산화의 성과와 문제점을 살펴보았다. 와그너·송 문과 프로젝트와 한국학중앙연구원의 방목 전산화사업, 한국역대인물 종합정보시스템 구축 사업 등 기존의 방목 전산화 노력의 성과가 작지 않으며, 이로 인해 우리는 이미 매우 유용한 방목 문헌 자료 데이터베이스를 이용할 수 있게 되었다. 하지만 미처 찾지 못했던 새로운 자료의 출현과 기존 데이터의 오류 발견은 언제든지 일어날 수 있는 일인데 반해, 이러한 데이터베이스들은 확장성이 부족할 뿐 아니라, 그 속에 담긴 정보를 분석할 수 있는 방법을 제공하지 하지 못하는 한계를 가지고 있다.

방목에 관한 기초 자료와 기존 정보화의 성과를 살펴본 데 이어 3장부터 5장까지는 새로운 형태의 '과거 합격자 정보 데이터베이스'의 구축 방향에 대한 필자의 연구를 기술하였다.

3장에는 '한국역대인물'에 수록된 방목 관련 정보의 문헌적 근거를 다시 조사·분석하고, 그 토대 위에서 재정리한 개별 과거 시험 정보와 합격자 명단을 조사 내용에 대한 설명과 함께 위키(Wiki) 방식의 데이터베이스로 구현한 내용을 담았다.

'과거 합격자 정보 디지털 아카이브'라고 명명한 위키 데이터베이스의 구현의 1차적인 목적은 연구자들이 사용할 방목 데이터베이스가 어떠한 자료를 어느 정보 범위까지 조사해서 만들어졌는지를 투명하게 알 수 있게 하려는 것이다. 위키 방식을 채택한 이유는 향후에 이 데이터베이스에 대한 편집 권한을 관련 연구자들에 개방하여 새로운 자료가 발견되거나, 원시자료의 디지털화 과정 또는 원시 자료 자체에 오류가 있음을 발견한 경우 누구나 이를 수정하고, 새로운 의견을 제시할 수 있게 하려는 것이다.

고려문과방목을 조사하는 과정에서 '시학친시(侍學親試)'를 발굴하여 정식 시험 과정에 추가하였다. 문과방목은 문과 선발인원을 분석하여 문과 급제자수를 조사하였고, 무과방목은 임진왜란 중에 무과 단독으로 설행된 시험들을 조사하여 실시 회수를 확정하고, 무과 급제자수를 추정해서 조사하였다.

4장에서는 이 과거 합격자 정보 데이터베이스를 개개의 정보 요소뿐만 아니라 그 요소들 상호간의 관계성까지 정보화 할 수 있는 시맨틱 데이터베이스로 발전시킬 수 있는 방법을 제시하였다.

향후의 과거 합격자 정보 데이터베이스는 '근거를 충실히 밝히는 문헌 자료 데이터베이스'에서 한 걸음 더 나아가, 그 문헌 기록 속에 담긴 사실을 분석하고 새롭게 해석할 수 있는 길을 제공해 주어야 한다. 이를 위해 방목 뿐 아니라, 족보에서 얻은 정보까지 체계적으로 정리해서 통계 분석은 물론, 질의에 의한 추론이 가능한 데이터베이스 스키마를 '인적 관계망 온톨로지'라는 이름으로 설계하였다.

5장에서는 앞에서 설계한 온톨로지에 따라 구현된 데이터베이스에 '문과방목 출현 인물 데이터'와 '만가보(萬家譜) 출현 인물 데이터', '사가족보(私家族譜) 출현 인물 데이터'를 적재하고 이로부터 인적 관계를 확인할 수 있는 사람들의 군집을 도출하는 실험을 하였다. 그리고 문과방목과 만가보, 문과방목과 사가족보의 데이터를 각각 통합한 인적 관계 실험도 진행하였다.

이 실험을 통해 문과방목에서 도출한 인적 관계 군집이 만가보·사가족보의 군집과 결합하여 그 규모가 커지는 것을 확인할 수 있었고, 이 인적 관계 네트워크를 통해 조선시대 지배 엘리트인 문과 급제자들의 상당수가 어떤 관계로든 혈연관계를 이루고 있음을 볼 수 있었다.

이 연구를 통해서 방목과 족보를 통합한 과거보(科擧譜)를 디지털 환경에서 구현하고 그 내용을 시각적으로 재현하였다. 이 데이터베이스를 통해 조선시대 정치적 지배 계층의 인물 한 사람 한 사람이 누구와 어떠한 혈연관계를 맺고 있었는지 확인할 수 있으며, 가문 간의 인적 네트워크는 시간의 흐름에 따라 어떻게 변화해 갔는지도 추적할 수 있게 되었다. 조선시대 과거 합격자 디지털 아카이브의 활용과 확장을 통해 조선시대 사회의 여러 국면들을 새롭게 조망하고 해석하는 연구가 가능해질 것으로 기대한다.

본 연구를 통해 설계한 '인적 관계망 온톨로지'와 이에 기반 한 '과거 합격자 정보 데이터베이스'의 효용성을 여실히 드러내기 위해서는 문과 인물뿐 아니라, 무과, 생원진사시, 잡과 합격자들의 정보까지 모두 수록하고, 족보 자료 또한 여러 가문의 데이터를 활용했어야 했다. 그러나 방목 출현 인물만 해도 30만 명이 넘는 대상 자원 전체에 대해, 인적 네트워크 구현의 필수 과업인 동일인 식별을 모두 해 내는 것은 개인 연구로서는 벅찬 일이었고, 필자가 운용할 수 있는 정보 처리 하드웨어에도 한계가 있었기 때문에 이것은 향후에 우리 학계가 협업으로 달성할 과제로 남겨 두었다.

이 방향의 연구에 뜻을 두는 동학들의 협업으로 이 과업이 완수될 수 있기를 희망하며, 그 기초 데이터를 충실히 정리하고, 누구나 공유할 수 있는 자원으로 가공한 것이 필자가 수행한 본 연구의 의미 있는 부분이라고 생각한다.[1]

방목 자료에 기초한 조선시대 엘리트의 인적 관계망 연구는 본 연

---

1) 본 연구를 통해 정리, 가공된 디지털 데이터는 '과거 합격자 정보 디지털 아카이브'(http://dh.aks.ac.kr/~sonamu5/wiki)에서 열람 또는 다운로드 받을 수 있다.

구를 통해 부분적으로 시도한 족보와의 연계 외에도, 다양한 조선왕
조실록, 승정원일기 등 이미 문헌 자료의 디지털화가 이루어진 많은
사료로부터 추출할 수 있는 관력(官歷) 정보(행장, 묘도문자 등), 분재기
(分財記) 등의 문중 고문서에서 추적할 수 있는 재산 상속 정보, 일기
(日記)·서간(書簡) 등 개개인의 저작물에서 추출할 수 있는 교우(交友)
관계, 지리적(地理的) 관계 정보 등 그 사회적 관계망을 확장해 갈 수
있는 정보 자원 연계 방안은 실로 무궁무진할 것이다. 연구 자원과 대
상이 다르더라도 그 속에 있는 공통의 요소들을 하나로 묶어서 더 넓
은 연결망을 만드는 인문정보학적 장치를 마련하는 데 본 연구가 일조
할 수 있기를 희망한다.

과거 합격자 정보

참고문헌

1. 방목

『고려문과방목(高麗文科榜目)』(국립중앙도서관[古6024-161]), 原: 일본 덴리다이가
  쿠(天理大學) 이마니시분코(今西文庫[2821-925])

『국조문과방목(國朝文科榜目)』(규장각[奎 106])

『국조방목(國朝榜目)』(국립중앙도서관[한古朝26-47])

『국조방목(國朝榜目)』(국립중앙도서관[古6024-6])

『국조방목(國朝榜目)』(규장각[奎貴 11655])

『국조방목(國朝榜目)』(규장각[奎 5202])

『국조방목(國朝榜目)』(서울대학교[일사 351.306 B224])

『국조방목(國朝榜目)』(장서각[K2-3538])

『국조방목(國朝榜目)』(장서각[K2-3539])

『등과록전편(登科錄前編)』(규장각한국학연구원[古 4650-10]), 複: 하버드옌칭도서
  관(Harvard-Yenching Library[K 2291.7 1747.4a])

『등과록(登科錄)』(규장각[古 4650-11])

『등과록(登科錄)』(일본 도요분코(東洋文庫)[Ⅶ-2-35])

『용방회록(龍榜會錄)』(장서각[B13LB-8])

『해동용방(海東龍榜)』(국립중앙도서관[古6024-157]), 原: 일본 도쿄다이가쿠(東京大
  學) 아가와분코(阿川文庫[G23-176])

무과방목(160회): 부록 '6. 문무과방목 소장처 목록' 참고.

사마방목(193회): 부록 '7. 사마방목 소장처 목록' 참고.

잡과방목: 부록 '8. 잡과방목 소장처 목록' 참고.

2. 족보

『경주김씨태사공파대동보(慶州金氏太師公派大同譜)』(學文社, 1999)

『기계유씨족보(杞溪俞氏族譜)』(回想社, 1991)

『남양홍씨남양군파세보(南陽洪氏南陽君派世譜)』(회상사, 2003)

『동국만성잠영보(東國萬姓簪纓譜)』(장서각[B10B-290])

『동국세보(東國世譜)』(장서각[K2-1735])

『만가보(萬家譜)』(광명: 民昌文化社, 1992.)
『만성대동보(萬姓大同譜)』(장서각[B10B-54B])
『만성보(萬姓譜)』(장서각[K2-1740])
『문화유씨가정보(文化柳氏嘉靖譜)』(1565)
『백씨통보(百氏通譜)』(장서각[K2-1751])
『선원계보기략(璿源系譜紀略)』(장서각[K2-1036])
『선원록(璿源錄)』(장서각[K2-1047])
『선원속보(璿源續譜)』(장서각)
『씨족원류(氏族源流)』(서울: 保景文化社, 1992.)
『안동권씨성화보(安東權氏成化譜)』(1476, 장서각[B10B-127A])
『연일정씨문청공파세보(延日鄭氏文淸公派世譜)』(회상사, 1984)
『조선과환보(朝鮮科宦譜)』(장서각[B9D-24])
『조선씨족통보(朝鮮氏族統譜)』(장서각[B10B-106])
『청구씨보(靑邱氏譜)』(장서각[B10B-411])
『청송심씨족보(靑松沈氏族譜)』(沈能定 編, 1843, 장서각[B10B-322])
『청풍김씨세보(淸風金氏世譜)-仁伯派』(장서각[K2-1795])
『청풍김씨세보(淸風金氏世譜)-興祿派』(장서각[K2-1796])
『파평윤씨세보(坡平尹氏世譜)』(장서각[K2-1797])
『평산신씨계보(平山申氏系譜)-正言公派』(장서각[K2-1799])
『평산신씨세보(平山申氏世譜)-思簡公派』(장서각[B10B-301])
『평산신씨문희공파보(平山申氏文僖公派譜)』(族譜文化社, 1997)
『풍산홍씨족보(豊山洪氏族譜)』(洪象漢 編, 1768, 장서각[K2-1802])
『한국계행보(韓國系行譜)』(寶庫社, 1992.)
『한산이씨세보(韓山李氏世譜)』(1740, 장서각[K2-1807])

3. 고서
『각부거조존안(各部去照存案)』(규장각[奎 17242])
『경재선생실기(敬齋先生實紀)』(국립중앙도서관[古2511-93-11])
『고려사(高麗史)』 권73, 「선거지(選擧志)」 (국립중앙도서관)
『고문서집성(古文書集成)』 23책(거창 초계정씨篇), 50책(경주최씨篇)
『태조실록(太祖實錄)』
『세종실록(世宗實錄)』

『성종실록(成宗實錄)』

『선조실록(宣祖實錄)』

『선조수정실록(宣祖修正實錄)』

『인조실록(仁祖實錄)』

『영조실록(英祖實錄)』

『고종실록(高宗實錄)』

『난중일기(亂中日記)』

『난중잡록(亂中雜錄)』

『대전회통(大典會通)』「예전(禮典)」,「병전(兵典)」

『무과총요(武科摠要)』(장서각[K2-3310])

『상현록(尙賢錄)』(국립중앙도서관[古2107-235])

『석탄선생문집(石灘先生文集)』(연세대학교 학술정보원[고서(I) 811.98 이신의 석-판])

『증보문헌비고(增補文獻備考)』권185,「고려등과총목(高麗登科總目)」(국립중앙도서
    관[古031-18])

『청장관전서(靑莊館全書)』(1795)

* 소장처에는 청구기호를 표시하였다.

4. 논문

Edward W. Wagner(저)/梨花女子大學校 史學科研究室(編譯),「朝鮮時代의 官職獲得
    과 族譜」,『朝鮮身分史研究-身分과 그 移動-』, 法文社, 1987.

_____,「1476年 安東權氏族譜와 1565年 文化柳氏族譜 -그 性格과 意味
    에 대한 考察-」,『석당논총』, 동아대학교 석당학술원, 1989.

_____,「韓國學 資料 電算化에 있어서의 諸問題: 事例報告」,『한국학자
    료의 전산화연구』, 한국정신문화연구원, 1982.

宮嶋博史,「『안동권씨성화보』를 통해서 본 한국 족보의 구조적 특성」,『大東文化研究』
    62, 성균관대학교 대동문화연구원, 2008.

권기석,「15~17세기 族譜의 編制 방식과 성격」,『규장각』제30집, 서울대학교 규장각
    한국학연구원, 2007.6.

_____,「한국의 族譜 연구 현황과 과제」,『한국학논집』제44집, 계명대학교 한국학
    연구원, 2011.9.

권영대,「成化譜攷」,『學術院論文集』제20집, 대한민국학술원, 1981.

김기협,「기술조건 변화 앞의 역사학과 역사업」,『역사학과 지식정보사회』, 서울대학

교출판부, 2001.

김용선, 「족보 이전의 가계기록」, 『한국사 시민강좌』 제24집, 일조각, 1999.

김유철, 「동아시아의 지식정보 전통과 '정보화시대'의 역사학」, 『역사학과 지식정보
사회』, 서울대학교출판부, 2001.

김일환, 「朝鮮後期 王室「八高祖圖」의 성립과정」, 『장서각』 제17집, 한국학중앙연구
원, 2007.6.

김하영, 「門中古文書 디지털 아카이브 구현 연구」, 韓國學中央研究院 韓國學大學院
석사학위논문, 2015.

김현, 「GIS와 지역 문화 콘텐츠의 연계 응용 기술」, 『인문콘텐츠』 제16호, 인문콘텐
츠학회, 2009.11.

____, 「고문헌 자료 XML 전자문서 편찬 기술에 관한 연구」, 『고문서연구』 제29호,
한국고문서학회, 2006.8.

____, 「디지털 인문학: 인문학과 문화콘텐츠의 상생 구도에 관한 구상」, 『인문콘텐츠』
29, 인문콘텐츠학회, 2013.

____, 「문화콘텐츠, 정보기술 플랫폼, 그곳에서의 인문지식」, 『철학연구』 제90집, 철
학연구회, 2010.

____, 「인문 콘텐츠를 위한 정보학 연구 추진 방향」, 『인문콘텐츠』 제1호, 인문콘텐츠
학회, 2003.6.

____, 「電子文化地圖 開發을 위한 情報編纂技術」, 『인문콘텐츠』 제4호, 인문콘텐츠학
회, 2004.12.

____, 「한국 고전적 전산화의 발전 방향-고전 문집 지식 정보 시스템 개발 전략-」,
『민족문화』 제28집, 민족문화추진회, 2005.

____, 「한국의 디지털 인문학: 과거, 현재, 그리고 미래」, 제1회 디지털 휴머니티 국제
심포지엄, 아주대학교, 2014.

____, 「한국학과 정보기술의 학제적 교육 프로그램 개발에 관한 연구」, 『민족문화연
구』 제43호, 고려대학교 민족문화연구원, 2005.12.

____, 「향토문화 하이퍼텍스트 구현을 위한 XML 요소 처리 방안」, 『인문콘텐츠』 제9
호, 인문콘텐츠학회, 2007.6.

____, 「국립한글박물관 디지털 아카이브 구축 기본 구상」, 국립한글박물관, 2013.

____ · 김바로, 「미국 인문학재단(NEH)의 디지털인문학 육성 사업」, 『인문콘텐츠』 제
34호, 인문콘텐츠학회, 2014.

김현승, 「〈문효세자 보양청계병〉 복식 고증과 디지털 콘텐츠화」, 단국대학교 대학원,

석사학위논문, 2016.

김현·안승준·류인태, 「고문서 연구를 위한 데이터 기술 모델」, 『기록의 생성과 역사의 구성』, 제59회 전국역사학대회, 2016.10.

김현·이현주·류인태·김하영, 「관계의 발견을 위한 디지털 스토리텔링 데이터 모델」, 『한국고문서 정서·역주 및 스토리텔링 연구-2015년 연구보고서』, 한국학중앙연구원 장서각, 2015.11.

노명호, 「한국사 연구와 족보」, 『한국사 시민강좌』 제24집, 일조각, 1999.

류인태, 「조선시대 고문서 시맨틱 웹 DB 설계 기초 연구」, 부안김씨 문중 고문서 시맨틱 데이터베이스 모델 설계, 2016 세계한국학대회 발표 논문, 2016.10.

이홍렬, 「文科 設行과 疑獄事件-己卯科獄을 中心으로-」, 『白山學報 第8號·東濱金庠基博士古稀記念史學論叢』, 白山學會, 1970.

박병련, 「韓國의 傳統社會와 族譜읽기」, 『장서각』 제1집, 성남: 한국학중앙연구원, 1999.5.

박순, 「고전문학 자료의 디지털 아카이브 편찬 연구」, 연세대학교 대학원, 박사학위논문, 2017.

박용운, 「科試 設行과 製述科 及第者」, 『高麗時代 蔭敍制와 科擧制 研究』, 일지사, 1990.

_____, 「安東權氏의 사례를 통해 본 高麗社會의 一斷面 -'成化譜'를 참고로 하여-」, 『역사교육』 94, 역사교육연구회, 2005.

_____, 「儒州(始寧·文化)柳氏의 사례를 통해 본 高麗社會의 一斷面 -'嘉靖譜'를 참고로 하여-」, 『韓國史學報』 24, 고려사학회, 2009.

박원호, 「명·청시대의 중국 족보」, 『한국사 시민강좌』 제24집, 일조각, 1999.

박홍갑, 「고성이씨 족보 간행과 그 특징」, 『고성이씨 가문의 인물과 활동』, 일지사, 2010.

백승종, 「위조 족보의 유행」, 『한국사 시민강좌』 제24집, 일조각, 1999.

서준석·박진완·서명석, 「Visual Genealogy: 한국 족보의 거대 데이터를 이용한 시각적 구성」, 『디자인학연구』 제20권 제6호, 한국디자인학회, 2007.11.

성봉현, 「장서각소장 왕실보첩류의 종류와 현황」, 『한국학논집』 제44집, 계명대학교 한국학연구원, 2011.9.

송준호, 「朝鮮時代의 科擧와 兩班 및 良人(Ⅰ) -文科와 生員進士試를 中心으로 하여-」, 『歷史學報』 第69輯, 역사학회, 1976.

_____, 「朝鮮後期의 科擧制度」, 『國史館論叢』 第63輯, 國史編纂委員會, 1995.

송준호, 「韓國에 있어서의 家系記錄의 歷史와 그 解釋」, 『歷史學報』 제87집, 역사학
　회, 1980.
송찬식, 「족보의 간행」, 『한국사 시민강좌』 제24집, 일조각, 1999.
신명호, 「조선전기 왕실정비와 족보편찬 – 선원록류와 돈녕보첩을 중심으로 –」, 『경
　기사학』 제2집, 경기사학회, 1998.
심승구, 「壬辰倭亂중 武科及第者의 身分과 特性」, 『韓國史硏究』 第92號, 한국사연구
　회, 1996.3.
＿＿＿, 「壬辰倭亂중 武科의 運營實態와 機能」, 『朝鮮時代史學報』 第1號, 조선시대사
　학회, 1997.
＿＿＿, 「朝鮮前期 武科 硏究」, 국민대학교대학원 박사학위논문, 1994.
안승준, 「萬家譜 解題」, 『萬家譜』 1, 민창문화사, 1992.
양창진, 「조선시대 무과 급제자 정보화 사례 연구 – 집단지성에 의한 사료의 복원」,
　『東洋古典硏究』 제56집, 동양고전학회, 2014.9.
원창애, 「朝鮮時代 文科及第者 硏究」, 한국정신문화연구원 한국학대학원 박사학위논
　문, 1996.
＿＿＿, 「문과 급제자의 전력 분석」, 『조선시대의 과거와 벼슬』, 집문당, 2003.
＿＿＿, 「조선 후기 선원보첩류의 편찬체제와 그 성격」, 『장서각』 제17집, 한국학중
　앙연구원, 2007.6.
＿＿＿, 「조선시대 문과 중시 급제자 연구」, 『역사와실학』 39, 역사실학회, 2009.9.
이건식, 「韓國 家系記錄資料의 家系 데이터 모델에 관한 硏究」, 『장서각』 제16집, 한
　국학중앙연구원, 2006.12.
이기백, 「족보와 현대사회」, 『한국사 시민강좌』 제24집, 일조각, 1999.
이남희, 「朝鮮中期 譯科入格者의 身分에 관한 硏究」, 『청계사학』 4, 한국정신문화연
　구원 청계사학회, 1987.
＿＿＿, 「朝鮮時代 雜科入格者 硏究」, 한국정신문화연구원 한국학대학원 박사학위논
　문, 1998.
＿＿＿, 「장서각「醫八世譜」의 자료적 성격과 특징」, 『장서각』 제21집, 한국학중앙연
　구원, 2009.4.
＿＿＿, 「조선 후기 의과팔세보(醫科八世譜)의 자료적 특성과 의미 –현전 자료와 그
　수록 년대를 중심으로–」, 『조선시대사학보』 제52집, 조선시대사학회, 2010.
＿＿＿, 「조선시대 잡과방목의 전산화와 중인 연구」, 『조선시대의 과거와 벼슬』, 집문
　당, 2003.

이상호·장훈·이정일·이태규·오영석, 「족보정보 서비스 기술 개발에 관한 연구」, 숭실대학교 생산기술연구소, 1996.

이상호·장훈·김명환·오영석·최인여, 「족보정보 서비스 기술 개발에 관한 연구」, 숭실대학교 생산기술연구소, 1997.

이성무, 「朝鮮初期의 技術官과 그 地位」, 『惠庵柳洪烈博士華甲紀念論叢』, 探求堂, 1971.

_____, 「韓國의 科擧制와 그 特性」, 『科擧』, 일조각, 1981.

이수건, 「족보와 양반의식」, 『한국사 시민강좌』 제24집, 일조각, 1999.

이영석, 「디지털 시대의 역사학, 긴장과 적응의 이중주」, 『역사학과 지식정보사회』, 서울대학교출판부, 2001.

이재옥, 「婚姻 關係 分析을 위한 族譜 데이터베이스 開發 硏究」, 韓國學中央硏究院 韓國學大學院 석사학위논문, 2011.

_____, 「조선시대 문무과 재급제 현황과 재급제자 조사 (1)」, 『장서각』 32집, 한국학중앙연구원, 2014.

_____, 「조선시대 무과 재급제 현황과 재급제자 조사」, 『장서각』 35집, 한국학중앙연구원, 2016.

이태진, 「정보화시대의 한국역사학」, 『역사학과 지식정보사회』, 서울대학교출판부, 2001.

이희재, 「와그너의 한국족보 연구」, 『동양예학』 제12집, 동양예학회, 2004.

정해은, 「朝鮮後期 武科及第者 硏究」, 한국정신문화연구원 한국학대학원 박사학위논문, 2002a.

_____, 「조선시대 武科榜目의 현황과 사료적 특성」, 『軍史』 第47號, 國防部軍史編纂硏究所, 2002b.

_____, 「조선후기 무과 장원급제자의 관직 진출」, 『조선시대의 과거와 벼슬』, 집문당, 2003.

조연수, 「조선시대 화기 정보 모델 연구」, 韓國學中央硏究院 韓國學大學院 석사학위논문, 2015.

차장섭, 「조선시대 족보의 유형과 특징」, 『역사교육논집』 제44집, 역사교육학회, 2010.

최재석, 「朝鮮時代의 族譜와 同族組織」, 『歷史學報』 81, 역사학회, 1979.

_____, 「族譜에 있어서의 派의 形成」, 『민족문화』 7, 민족문화추진회, 1981.

최진옥, 「朝鮮時代 生員 進士 硏究」, 한국정신문화연구원 한국학대학원 박사학위논문, 1994a.

최진옥, 「韓國史 資料의 電算處理」, 『정신문화연구』 제17권 제3호(통권56호), 한국정
　　신문화연구원, 1994b.

＿＿＿, 「조선시대 생원진사시 장원(壯元)의 사환(仕宦)」, 『조선시대의 과거와 벼슬』,
　　집문당, 2003.

＿＿＿, 「生員 進士試와 司馬榜目」, 『朝鮮時代 生進試 榜目』 1, 국학자료원, 2008.

한상구, 「한국역사 정보화의 방향과 과제」, 『역사학과 지식정보사회』, 서울대학교출
　　판부, 2001.

한춘순, 「세조~성종대 과거에 관한 일 고찰」, 『조선시대의 과거와 벼슬』, 집문당,
　　2003.

허흥식, 「조선개국과 급제자의 상반된 대응」, 『조선시대의 과거와 벼슬』, 집문당,
　　2003.

5. 도서

강진갑, 『한국문화유산과 가상현실』, 북코리아, 2007.

국학자료원, 『朝鮮時代 生進試榜目』 1~28, 국학자료원, 2008.

권기석, 『족보와 조선 사회』, 태학사, 2011.

규장각 소장, 『國朝榜目』, 大韓民國國會圖書館, 1971.

＿＿＿＿＿, 『國朝文科榜目』 1~3, 太學社, 1984.

김영모, 『朝鮮 支配層 硏究』, 高獻 출판부, 2002.

김영순 · 김현 외, 『인문학과 문화콘텐츠』, 다할미디어, 2006.

김용학, 『사회 연결망 분석』, 박영사, 2003.

김창현, 『朝鮮初期 文科及第者硏究』, 일조각, 1999.

김현, 『인문정보학의 모색』, 성남: 북코리아, 2012.

김현 · 임영상 · 김바로, 『디지털 인문학 입문』, HUEBOOKs, 2016.

노상규 · 박진수, 『인터넷 진화의 열쇠 온톨로지』, 서울: gods'Toy, 2007.

미야자키 이치사다(宮崎市定)(저)/박근칠 · 이근명(역), 『중국의 시험지옥—과거(科擧)』,
　　청년사, 1996.

박용운, 『高麗時代 蔭敍制와 科擧制 硏究』, 일지사, 1990.

＿＿＿, 『『高麗史』 選擧志 譯註』, 경인문화사, 2012.

박현순, 『조선 후기의 과거(科擧)』, 소명출판, 2014.

서울대학교 교육연구소(편), 『교육학용어 사전』, 하우, 1994.

송준호, 『李朝 生員進士試의 硏究』, 대한민국국회도서관, 1970.

송준호, 『朝鮮社會史硏究』, 一潮閣, 1987.

_____, 『補註 朝鮮文科榜目 CD-ROM 사용설명서』, 동방미디어(주), 2001.

_____ · 송만오(편), 『朝鮮時代 文科白書(上)』, 삼우반, 2008.

송만오, 『朝鮮時代 文科白書(中)』, 조인출판사, 2017.

神崎正英/황석형 · 양혜술 공역, 『시맨틱 웹을 위한 RDF · OWL 입문』, 홍릉과학출판사, 2008.

에드워드 와그너(저)/이훈상 · 손숙경(역), 『조선왕조 사회의 성취와 귀속』, 일조각, 2007.

역사학회(편), 『역사학과 지식정보사회』, 서울대학교출판부, 2001.

_____, 『科擧』, 일조각, 1981.

원창애 · 박현순 · 송만오 · 심승구 · 이남희 · 정해은, 『조선시대 과거제도사전』, 한국학중앙연구원 출판부, 2014.

이기백 책임편집, 『한국사 시민강좌』 제24집, 일조각, 1999.

이남희, 『朝鮮後期 雜科中人 硏究』, 이회문화사, 1999.

_____, 『영조의 과거, 널리 인재를 구하다』, 한국학중앙연구원 출판부, 2013.

_____, 『역사문화학』, 북코리아, 2016.

이상진, 『한국족보학 개론』, 민속원, 2005.

이성무, 『韓國의 科擧制度』, 집문당, 1994.

이수건, 『한국의 성씨와 족보』, 서울대학교출판부, 2003.

인문콘텐츠학회, 『문화콘텐츠 입문』, 북코리아, 2006.

정승모, 『한국의 족보』, 이화여자대학교출판부, 2010.

齊藤孝/최석두 · 한상길 역, 『온톨로지 알고리즘 Ⅰ』, 도서출판 한울, 2008a.

_____ · 김이겸 역, 『온톨로지 알고리즘 Ⅱ』, 도서출판 한울, 2008b.

조강희, 『嶺南地方 兩班家門의 婚姻關係』, 경인문화사, 2006.

조종운 編, 『氏族源流』, 保景文化社, 1991.

조좌호, 『韓國科擧制度史硏究』, 범우사, 1996.

진정(金諍)(저)/김효민(金曉民)(역), 『중국 과거 문화사』, 동아시아, 2003.

차미희, 『朝鮮時代 文科制度硏究』, 국학자료원, 1999.

_____, 『조선시대 과거시험과 유생의 삶』, 이화여자대학교출판부, 2013.

천혜봉, 『한국 서지학』, 민음사, 2006.

최재석, 『韓國家族制度史硏究』, 일지사, 1983.

최진옥, 『朝鮮時代 生員進士硏究』, 집문당, 1998.

한국정신문화연구원 역사연구실 편, 『朝鮮時代 雜科合格者 總覽』, 한국정신문화연구원, 1990.
한상억 편저, 『족보편찬실무집』, 뿌리정보미디어, 2008.
한영우, 『과거, 출세의 사다리』 1~4, 지식산업사, 2012.
해남윤씨, 『萬家譜』, 民昌文化社, 1992.
허흥식, 『고려의 과거제도』, 일조각, 2005.
히라다 시게키(平田茂樹)(저)/김용천(역), 『과거(科擧)와 관료제(官僚制)』, 동과서, 2007.
A. L. 바라바시(저)/강병남·김기훈(역), 『링크(Linked)』, 동아시아, 2002.
Dean Allemang·Jim Hendler/김성혁·박영택·추윤미 공역, 『온톨로지 개발자를 위한 시맨틱웹』, 사이텍미디어, 2008.
Mizoguchi R./崔杞鮮·黃道三 역, 『온톨로지 공학』, 두양사, 2012.

6. 참고 사이트
FamilySearch(예수 그리스도 후기 성도 교회), https://familysearch.org/
Gephi™, http://gephi.org/
Google Visualization API, http://www.gvstreamer.com
HOLLIS Classic, http://lms01.harvard.edu
IRI(Internationalized Resource Identifier), https://tools.ietf.org/html/ rfc3987
Neo4j™, http://neo4j.com
protégé, http://protege.stanford.edu
RDF(Resource Description Framework), https://ko.wikipedia.org/wiki/ RDF
RDFS(Resource Description Framework Schema), https://ko.wikipedia.org/wiki /RDF
W3C(World Wide Web Consortium), https://www.w3.org/2001/sw/wiki/RDF
Wikipedia, http://ko.wikipedia.org
과거 합격자 정보 디지털 아카이브, http://dh.aks.ac.kr/~sonamu5/wiki
경향신문, http://news.khan.co.kr
국립중앙도서관, http://www.nl.go.kr
규장각한국학연구원, http://e-kyujanggak.snu.ac.kr
두산백과사전 두피디아, www.doopedia.co.kr
바로바로's Blog, http://www.ddokbaro.com/3934

뿌리정보미디어, http://www.jokbo.cc
아이뉴스24, www.inews24.com
위키 백과, http://ko.wikipedia.org/wiki
장서각 한국학자료센터, http://royal.kostma.net
장서각 기록유산DB, http://visualjoseon.aks.ac.kr
조선문과방목, http://aks.koreaa2z.com
족보 시각화 서비스, http://what-jokbo-tells.kr
청주한씨 중앙종친회, http://www.cheongjuhan.net
한국고전번역원 한국고전 종합DB, http://db.itkc.or.kr
한국역대인물 종합정보시스템, http://people.aks.ac.kr
한국역사정보통합시스템, http://www.koreanhistory.or.kr
한국족보자료시스템(성균관대학교 존경각), http://jokbo.skku.edu
한국학자료센터 인물관계정보, http://www.kostma.net/FamilyTree
한국민족문화대백과사전, http://encykorea.aks.ac.kr

부록

1. 문·무과 시험 연보1)

	시년	월	일	왕대년	연호	간지	시험명	문과 장원	선발	무과 장원	선발
1	1393	6	13	太祖 2	洪武 26	癸酉	武年試	송개신(宋介臣)	33	·	
2	1396	5	1	太祖 5	洪武 29	丙子	武年試	김익정(金益精)	33	·	
3	1399	4	5	定宗 1	建文 1	己卯	武年試	전가식(田可植)	33	·	
4	1401	4	9	太宗 1	建文 3	辛巳	增廣試	조말생(趙末生)	33	·	
5	1402	4	3	太宗 2	建文 4	壬午	武年試	신효(申曉)	33	성달생(成達生)	28
6	1405	4	21	太宗 5	永樂 3	乙酉	武年試	유면(俞勉)	33	강유(姜裕)	28
7	1407	4	18	太宗 7	永樂 5	丁亥	重試	변계량(卞季良)	10		
8	1408	3	12	太宗 8	永樂 6	戊子	武年試	어변갑(魚變甲)	33	마희성(馬希聲)	28
7	1410	3	28	太宗 10	永樂 8	庚寅	重試	황보인(皇甫仁良)		윤하(尹夏)	33
9	1411	4	5	太宗 11	永樂 9	辛卯	武年試	권극중(權克中)	33	김득상(金得祥)	28
10	1414	3	9	太宗 14	永樂 12	甲午	武年試	정인지(鄭麟趾)	33	유승연(柳承淵)	28
11	1414	7	17	太宗 14	永樂 12	甲午	謁聖試	권제(權踶)	26	■제■■	
12	1416	8	15	太宗 16	永樂 14	丙申	親試	정지담(鄭之澹)	9	이정옥(李澄玉)	9
13	1416	8	17	太宗 16	永樂 14	丙申	重試	김자(金緖)	5	주맹인(周孟仁)	5
14	1417	4	8	太宗 17	永樂 15	丁亥	武年試	한혜(韓惠)	33	전선생(田善生)	28
15	1419	3	29	世宗 1	永樂 17	己亥	增廣試	조상치(曺尙治)	33	남우량(南佑良)	28
16	1420	3	18	世宗 2	永樂 18	庚子	武年試	안승선(安崇善)	33	김자웅(金自雄)	28
17	1423	3	28	世宗 5	永樂 21	癸卯	武年試	정종(鄭棕)	32	배천(裵倩)	28
18	1426	4	11	世宗 8	宣德 1	丙午	武年試	황보량(皇甫良)	34	이종비(李宗庇)	28

1) 시험 연월일은 문과 시험으로 조선왕조실록, 문과총요, 단회방목, 종합방목 순으로 우선 순위를 두었다.

	시년	월	일	왕대년	연호	간지	시험명	문과 장원	선발	무과 장원	선발
19	1427	3	14	世宗 9	宣德 2	丁未	親試	남계영(南季瑛)	20	박연세(朴延世)	20
20	1427	3	16	世宗 9	宣德 2	丁未	重試	정인지(鄭麟趾)	12	홍사석(洪師錫)	12
21	1429	4	7	世宗 11	宣德 4	己酉	式年試	하시문(河斯文)	33	섬유(俠蕕)	28
22	1429	5	26	世宗 11	宣德 4	己酉	謁聖試	조주(趙注)	3	■■■■(■■■■)	
23	1432	4	14	世宗 14	宣德 7	壬子	式年試	김김통(金吉通)	33	조석강(趙石岡)	28
24	1434	3	8	世宗 16	宣德 9	甲寅	謁聖試	최항(崔恒)	25	김수연(金壽延)	10
25	1435	4	17	世宗 17	宣德 10	乙卯	式年試	이함녕(李咸寧)	33	설효조(薛孝祖)	28
26	1436	4	9	世宗 18	正統 1	丙辰	親試	윤사윤(尹士昀)	9	이백륜(李伯倫)	2
27	1436	4	9	世宗 18	正統 1	丙辰	重試	남수문(南秀文)	12	이종변(李宗蕃)	12
28	1438	4	11	世宗 20	正統 3	戊午	式年試	하위지(河緯地)	33	이원손(李元孫)	28
29	1439	8	20	世宗 21	正統 4	己未	親試	최경신(崔敬身)	13	김경(金鏡)	7
30	1441	5	16	世宗 23	正統 6	辛酉	式年試	이석형(李石亨)	33	권숭후(權崇厚)	28
31	1442	8	13	世宗 24	正統 7	壬戌	親試	이교연(李咬然)	8	박거겸(朴居謙)	17
32	1444	5	13	世宗 26	正統 9	甲子	式年試	황효원(黃孝源)	33	강상보(姜尚甫)	28
33	1447	4	3	世宗 29	正統 12	丁卯	式年試	이승소(李承召)	33	이양제(李穰梯)	28
34	1447	8	18	世宗 29	正統 12	丁卯	重試	성삼문(成三問)	19	민유(閔諭)	21
35	1447	8	19	世宗 29	正統 12	丁卯	親試	강희맹(姜希孟)	26	김정언(金精彦)	18
36	1450	10	9	文宗 0	景泰 1	庚午	式年試	권람(權擥)	33	유균(柳均)	28
37	1451	4	9	文宗 1	景泰 2	辛未	增廣試	홍응(洪應)	40	성문치(成文治)	40
38	1453	4	13	端宗 1	景泰 4	癸酉	增廣試	이숭원(李崇元)	40	권인(權繗)	40
39	1453	11	1	端宗 1	景泰 4	癸酉	式年試	김수녕(金壽寧)	33	김계원(金繼元)	28
40	1454	11	1	端宗 2	景泰 5	甲戌	謁聖試	정효상(鄭孝常)	33	김옥겸(金玉謙)	28
41	1456	2	25	世祖 2	景泰 7	丙子	式年試	임원준(任元濬)	33	어유소(魚有沼)	28

	시년	월	일	왕대년	연호	간지	시험명	문과 장원	선발	무과 장원	선발
42	1457	1	25	世祖 3	天順 1	丁丑	謁聖試	강자평(姜子平)	13	오순손(吳順孫)	25
43	1457	2	5	世祖 3	天順 1	丁丑	重試	이영은(李永垠)	21	신흥례(申興禮)	27
44	1457	5	12	世祖 3	天順 1	丁丑	別試	오응(吳凝)	13	어득해(魚得海)	13
45	1458	2	25	世祖 4	天順 2	戊寅	謁聖試	도하(都夏)	5	이의견(李義堅)	5
46	1459	3	27	世祖 5	天順 3	己卯	式年試	고태정(高台鼎)	33	장효손(張孝孫)	28
47	1460	7	7	世祖 6	天順 4	庚辰	春塘臺試	이명현(李明賢)	4	박중선(朴仲善)	51
48	1460	9	12	世祖 6	天順 4	庚辰	別試	최경지(崔敬止)	20	문맹손(文孟孫)	1,813
49	1460	10	22	世祖 6	天順 4	庚辰	平壤別試	유자한(柳自漢)	22	최지강(崔至剛)	100
50	1461	1	24	世祖 7	天順 5	辛巳	別試	하숙산(河叔山)	3	■■■(■■■)	
51	1462	8	25	世祖 8	天順 6	壬午	謁聖試	강인중(姜仁仲)	9	■■■(■■■)	
52	1462	10	22	世祖 8	天順 6	壬午	式年試	유자비(柳自濱)	33	조영달(趙穎達)	28
53	1464	3	4	世祖 10	天順 8	甲申	溫陽別試	이륙(李陸)	13	한정동(韓哲同)	60
54	1465	2	9	世祖 11	成化 1	乙酉	式年試	성진(成諲)	33	김계정(金繼貞)	28
55	1465	7	5	世祖 11	成化 1	乙酉	別試	이봉(李封)	3	신석강(辛錫康)	4
56	1466	3	6	世祖 12	成化 2	丙戌	謁聖試	신승선(愼承善)	17	최적(崔適)	27
57	1466	3	6	世祖 12	成化 2	丙戌	重試	김극검(金克儉)	15	이병정(李秉正)	40
58	1466	3	17	世祖 12	成化 2	丙戌	高城別試	진지(陳祉)	18	이길선(李吉善)	37
59	1466	5	5	世祖 12	成化 2	丙戌	拔英試	김수온(金守溫)	40	금휘(琴徽)	43
60	1466	7	23	世祖 12	成化 2	丙戌	登俊試	김수온(金守溫)	12	최적(崔適)	51
61	1468	2	13	世祖 14	成化 4	戊子	溫陽別試	유자광(柳子光)	4	이계(李誡)	36
62	1468	2	13	世祖 14	成化 4	戊子	重試	이부(李溥)	5	이몽석(李夢石)	38
63	1468	4	2	世祖 14	成化 4	戊子	式年試	이인형(李仁亨)	33	정석희(鄭錫禧)	28
64	1469	10	21	睿宗 1	成化 5	己丑	增廣試	채수(蔡壽)	33	여길정(余吉目)	28

	시년	월	일	왕대년	연호	간지	시험명	문과 장원	선발	무과 장원	선발
65	1470	10	21	成宗 1	成化 6	庚寅	別試	신준(申浚)	16	이계동(李季仝)	13
66	1471	3	27	成宗 2	成化 7	辛卯	別試	김흔(金訢)	9	김화(金確)	17
67	1472	3	6	成宗 3	成化 8	壬辰	式年試	안양생(安良生)	33	임득목(任得目)	28
68	1474	3	15	成宗 5	成化 10	甲午	式年試	최관(崔灌)	33	김세적(金世勣)	28
69	1475	3	5	成宗 6	成化 11	乙未	謁聖試	박형문(朴衡文)	20	정양(鄭瀁)	19
70	1476	3	21	成宗 7	成化 12	丙申	別試	윤희손(尹喜孫)	13	장한명(張漢明)	18
71	1476	3	27	成宗 7	成化 12	丙申	重試	정회(鄭淮)	10	문신(文莘)	14
72	1477	2	19	成宗 8	成化 13	丁酉	式年試	신계거(辛季琚)	33	강유선(康有善)	28
73	1477	8	3	成宗 8	成化 13	丁酉	謁聖試	권건(權健)	4	■■■(■■■■)	
74	1478	12	3	成宗 9	成化 14	戊戌	親試	권경희(權景禧)	5	신계종(申繼宗)	11
75	1479	2	8	成宗 10	成化 15	己亥	別試	정광세(鄭光世)	10	이성달(李成達)	9
76	1479	2	8	成宗 10	成化 15	己亥	重試	조지서(趙之瑞)	5	양담(楊墰)	17
77	1480	2	7	成宗 11	成化 16	庚子	謁聖試	최서(崔忬)	4	김소(吉部)	3
78	1480	3	29	成宗 11	成化 16	庚子	式年試	신종호(申從濩)	33	조결(趙潔)	28
79	1481	9	29	成宗 12	成化 17	辛丑	親試	윤달신(尹達莘)	13	김숙(金淑)	7
80	1482	10	19	成宗 13	成化 18	壬寅	謁聖試	김기손(金驥孫)	11	김수정(金粹碇)	23
81	1482	10	25	成宗 13	成化 18	壬寅	進賢試	이승건(李承健)	4	김수정(金守貞)	10
82	1483	3	29	成宗 14	成化 19	癸卯	式年試	이문좌(李文佐)	33	정종손(鄭洪孫)	28
83	1485	5	26	成宗 16	成化 21	乙巳	謁聖試	송영(宋瑛)	16	우전신(禹黃山)	15
84	1486	10	12	成宗 17	成化 22	丙午	式年試	민이(閔頤)	33	임찬(任纘)	28
85	1486	10	24	成宗 17	成化 22	丙午	重試	신종호(申從濩)	8	황형(黃衡)	16
86	1487	3	16	成宗 18	成化 23	丁未	別試	유순정(柳順汀)	5	윤보상(尹輔商)	16
87	1488	4	26	成宗 19	弘治 1	戊申	謁聖試	이수공(李守恭)	4	이예(李藝)	4

	시년	월	일	왕대년	연호	간지	시험명	문과 장원	선발	무과 장원	선발
88	1489	4	6	成宗 20	弘治 2	己酉	式年試	김전(金詮)	33	정관(鄭寬)	28
89	1490	11	8	成宗 21	弘治 3	庚戌	別試	송식(宋軾)	10	김근명(金近明)	22
90	1491	4	7	成宗 22	弘治 4	辛亥	別試	권세형(權世衡)	6	홍이성(洪以成)	21
91	1492	4	24	成宗 23	弘治 5	壬子	式年試	강숙돌(姜叔突)	33	유원종(柳元宗)	28
92	1492	9	6	成宗 23	弘治 5	壬子	別試	이희맹(李希孟)	14	황석건(黃碩健)	33
93	1494	4	12	成宗 25	弘治 7	甲寅	別試	한훈(韓訓)	22	김형보(金荊寶)	22
94	1495	11	6	燕山 1	弘治 8	乙卯	增廣試	이목(李穆)	33	이장건(李長堅)	28
95	1496	4	8	燕山 2	弘治 9	丙辰	式年試	김천령(金千齡)	33	성수재(成秀才)	28
96	1497	9	4	燕山 3	弘治 10	丁巳	別試	권홍(權弘)	13	강두(姜斗)	12
97	1497	9	10	燕山 3	弘治 10	丁巳	重試	윤장(尹璋)	10	최한홍(崔漢洪)	15
98	1498	3	25	燕山 4	弘治 11	戊午	式年試	정인인(鄭麟仁)	33	정여흠(鄭汝欽)	28
99	1498	9	3	燕山 4	弘治 11	戊午	別試	김극성(金克成)	6	이순경(李舜卿)	7
100	1501	4	2	燕山 7	弘治 14	辛酉	式年試	이부(李俯)	35	한륜(韓倫)	28
101	1502	3	6	燕山 8	弘治 15	壬戌	謁聖試	송세림(宋世琳)	14	이보(李俌)	18
102	1503	8	26	燕山 9	弘治 16	癸亥	別試	권벌(權橃)	8	김석정(金石貞)	17
103	1504	4	6	燕山 10	弘治 17	甲子	別試	윤은필(尹殷弼)	9	고자겸(高自謙)	9
104	1504	9	6	燕山 10	弘治 17	甲子	式年試	이자(李耔)	31	■■■■(■■■■)	
105	1504	11	22	燕山 12	弘治 17	甲子	別試2	최세절(崔世節)	19	김윤희(金閏禧)	14
106	1506	4	15	中宗 1	正德 1	丙寅	別試	김안로(金安老)	17	■■■■(■■■■)	
107	1506	5	26	中宗 1	正德 1	丙寅	別試	진식(陳植)	15	■■■■(■■■■)	
108	1507	3	25	中宗 2	正德 2	丁卯	增廣試	김정(金淨)	36	하순(河洵)	28
109	1507	10	9	中宗 2	正德 2	丁卯	式年試	유옥(柳沃)	33	■■■■(■■■■)	
110	1507	10	9	中宗 2	正德 2	丁卯	重試	권홍(權弘)	6	■■■■(■■■■)	

	시년	월	일	왕대년	연호	간지	시험명	문과 장원	선발	무과 장원	선발
111	1508	2	9	中宗 3	正德 3	戊辰	謁聖試	권성(權晠)	3	강수정(姜壽貞)	4
112	1509	4	6	中宗 4	正德 4	己巳	別試	김정국(金正國)	18	신윤정(申㡾衡)	16
113	1510	3	22	中宗 5	正德 5	庚午	式年試	이려(李膂)	33	김구(金鉤)	28
114	1511	3	16	中宗 6	正德 6	辛未	別試	강태수(姜台壽)	16	■■■(■■■■)	
115	1513	2	26	中宗 8	正德 8	癸酉	別試	한충(韓忠)	10	박길소(朴吉김)	10
116	1513	9	11	中宗 8	正德 8	癸酉	式年試	표빙(表憑)	33	주순(朱順)	28
117	1514	5	6	中宗 9	正德 9	甲戌	謁聖試	최호(崔顥)	4	이수철(李壽鐵)	11
118	1514	9	18	中宗 9	正德 9	甲戌	別試	박세희(朴世熹)	21	원맹로(元彭老)	21
119	1515	8	19	中宗 10	正德 10	乙亥	謁聖試	장옥(張玉)	15	안종의(安尊義)	22
120	1516	3	25	中宗 11	正德 11	丙子	式年試	김유신(金硊信)	33	손수눌(孫守訥)	28
121	1516	9	6	中宗 11	正德 11	丙子	別試	심희전(沈希佺)	11	허은(許誾)	37
122	1516	9	16	中宗 11	正德 11	丙子	重試	정사룡(鄭士龍)	3	이승석(李升碩)	20
123	1517	10	25	中宗 12	正德 12	丁丑	別試	허관(許寬)	18	안서청(安瑞麘)	37
124	1519	3	19	中宗 14	正德 14	己卯	式年試	박소(朴紹)	29	원적(元績)	28
125	1519	4	13	中宗 14	正德 14	己卯	賢良科	김식(金湜)	28	정린(鄭璘)	46
126	1519	10	17	中宗 14	正德 14	己卯	別試	김필(金珌)	19	홍사우(洪思禹)	17
127	1520	9	10	中宗 15	正德 15	庚辰	別試	송겸(宋謙)	11	이지(李芝)	30
128	1521	12	18	中宗 16	正德 16	辛巳	別試	조세영(趙世英)	18	김위건(金渭堅)	10
129	1522	3	26	中宗 17	嘉靖 1	壬午	式年試	강전(姜銓)	33	김리(金璃)	28
130	1522	11	4	中宗 17	嘉靖 1	壬午	別試	강승덕(姜崇德)	7	이진중(李崇忠)	20
131	1523	3	27	中宗 18	嘉靖 2	癸未	謁聖試	신영(申瑛)	4	김일(金昳)	
132	1524	2	19	中宗 19	嘉靖 3	甲申	別試	이효충(李效忠)	30	이성(李城)	19
133	1525	3	25	中宗 20	嘉靖 4	乙酉	式年試	심광언(沈光彦)	33	한흠(韓洽)	28

	시년	월	일	왕대년	연호	간지	시험명	문과 장원	선발	무과 장원	선발
134	1526	9	26	中宗 21	嘉靖 5	丙戌	別試	김중윤(金仅胤)	13	■■■(■■■)	
135	1526	10	17	中宗 21	嘉靖 5	丙戌	重試	박상(朴祥)	8	송흠(宋欽)	12
136	1528	4	11	中宗 23	嘉靖 7	戊子	式年試	정희린(鄭希麟)	33	남치근(南致勤)	28
137	1528	9	24	中宗 23	嘉靖 7	戊子	別試	김만균(金萬鈞)	19	남치욱(南致勗)	17
138	1528	10	15	中宗 23	嘉靖 7	戊子	驪州別試	신석간(申石澗)	3	이지강(李枝岡)	11
139	1531	10	8	中宗 26	嘉靖 10	辛卯	式年試	김충열(金忠烈)	33	서경천(徐慶千)	28
140	1532	2	9	中宗 27	嘉靖 11	壬辰	別試	정대년(鄭大年)	5	김여적(金呂勣)	10
141	1532	10	17	中宗 27	嘉靖 11	壬辰	別試2	이현당(李賢鏜)	8	심홍(沈泓)	13
142	1533	5	7	中宗 28	嘉靖 12	癸巳	別試	이연충(李顯忠)	14	이정(李玎)	7
143	1534	3	8	中宗 29	嘉靖 13	甲午	式年試	김희성(金希聖)	26	서수억(徐壽億)	28
144	1534	8	28	中宗 29	嘉靖 13	甲午	謁聖試	이준인(李遵仁)	8	김억수(金億壽)	15
145	1535	2	2	中宗 30	嘉靖 14	乙未	別試	이줄(李岉)	11	김극희(金克熙)	9
146	1535	9	3	中宗 30	嘉靖 14	乙未	謁聖試	이음규(李乙圭)	7	신희증(申希曾)	17
147	1535	9	16	中宗 30	嘉靖 14	乙未	開城別試	진복장(陳復昌)	3	조인(趙遴)	
148	1536	2	28	中宗 31	嘉靖 15	丙申	別試	이정(李楨)	7	유권(劉寬)	10
149	1536	3	9	中宗 31	嘉靖 15	丙申	重試	홍춘경(洪春卿)	5	■■■(■■■■)	
150	1536	8	11	中宗 31	嘉靖 15	丙申	親試	허경(許坰)	4	불취무사(不取武士)	-
151	1537	9	10	中宗 32	嘉靖 16	丁酉	式年試	윤현(尹鉉)	27	선충윤(宣仲倫)	28
152	1537	10	7	中宗 32	嘉靖 16	丁酉	別試	심통원(沈通源)	9	배규(裵規)	10
153	1538	3	9	中宗 33	嘉靖 17	戊戌	謁聖試	정유길(鄭惟吉)	8	한희보(韓希輔)	11
154	1538	9	12	中宗 33	嘉靖 17	戊戌	別試	이만영(李萬榮)	15	이분(李芬)	9
155	1538	9	21	中宗 33	嘉靖 17	戊戌	擢英試	나세찬(羅世纘)	12	전유담(全有淡)	23
156	1539	5	1	中宗 34	嘉靖 18	己亥	別試	성운(成雲)	12	왕순효(王順孝)	20

	시년	월	일	왕대년	연호	간지	시험명	문과 장원	선발	무과 장원	선발
157	1539	11	24	中宗 34	嘉靖 18	己亥	別試2	김주(金澍)	6	이견(李堅)	8
158	1540	3	21	中宗 35	嘉靖 19	庚子	武年試	김윤정(金胤鼎)	33	박응(朴應)	28
159	1540	10	1	中宗 35	嘉靖 19	庚子	別試	윤희성(尹希聖)	19	이정회(李廷檜)	14
160	1541	10	29	中宗 36	嘉靖 20	辛丑	謁聖試	유호(柳浩)	5	이빈(李濱)	9
161	1542	11	12	中宗 37	嘉靖 21	壬寅	庭試	이건(李健)	4	유홍서(劉弘緒)	9
162	1543	9	11	中宗 38	嘉靖 22	癸卯	武年試	노수신(盧守愼)	33	김상겸(金尙謙)	28
163	1544	9	15	中宗 39	嘉靖 23	甲辰	別試	권응(權谷)	23	홍지무(洪致武)	24
164	1546	4	24	明宗 1	嘉靖 25	丙午	增廣試	최응룡(崔應龍)	33	임몽서(任夢瑞)	28
165	1546	10	08	明宗 1	嘉靖 25	丙午	武年試	심수경(沈守慶)	33	박해(朴海)	28
166	1546	10	11	明宗 1	嘉靖 25	丙午	重試	유경심(柳景深)	10	이언임(李彦任)	35
167	1547	9	25	明宗 2	嘉靖 26	丁未	謁聖試	이수철(李壽鐵)	6	서련(徐練)	12
168	1548	10	5	明宗 3	嘉靖 27	戊申	別試	김홍도(金弘度)	22	이란(李蘭)	19
169	1549	9	27	明宗 4	嘉靖 28	己酉	武年試	민시중(閔時中)	34	김인(金仁)	29
170	1551	4	12	明宗 6	嘉靖 30	辛亥	謁聖試	김충(金冲)	5	조욱(趙然)	15
171	1552	4	2	明宗 7	嘉靖 31	壬子	武年試	황시(黃端)	36	김세공(金世功)	30
172	1553	3	26	明宗 8	嘉靖 32	癸丑	別試	김경원(金慶元)	41	■■■(■■■)	41
173	1553	8	24	明宗 8	嘉靖 32	癸丑	親試	박순(朴淳)	4	이공좌(李公佐)	5
174	1555	4	6	明宗 10	嘉靖 34	乙卯	武年試	한복(韓馥)	33	하재청(河載淸)	28
175	1556	2	4	明宗 11	嘉靖 35	丙辰	別試	이민각(李民覺)	12	박한보(朴漢輔)	200
176	1556	2	12	明宗 11	嘉靖 35	丙辰	重試	양응정(梁應鼎)	9	유용(柳溶)	20
177	1556	7	17	明宗 11	嘉靖 35	丙辰	謁聖試	정윤희(丁胤禧)	6	불취무사(不取武士)	–
178	1558	8	6	明宗 13	嘉靖 37	戊午	別試	오운기(吳雲夔)	11	■■■(■■■)	
179	1558	10	28	明宗 13	嘉靖 37	戊午	武年試	고경명(高敬命)	35	남언순(南彦純)	28

	시년	월	일	왕대년	연호	간지	시험명	문과 장원	선발	무과 장원	선발
180	1559	9	20	明宗 14	嘉靖 38	己未	庭試	유영길(柳永吉)	12	이유의(李由義)	4
181	1560	9	26	明宗 15	嘉靖 39	庚申	別試	민덕봉(閔德鳳)	18	이몽상(李夢祥)	19
182	1561	9	25	明宗 16	嘉靖 40	辛酉	式年試	최립(崔岦)	36	유춘발(柳春發)	28
183	1562	3	18	明宗 17	嘉靖 41	壬戌	別試	정철(鄭澈)	25	■■■(■■■)	17
184	1563	3	3	明宗 18	嘉靖 42	癸亥	謁聖試	이정빈(李廷賓)	4	백인손(白麟孫)	6
185	1564	8	24	明宗 19	嘉靖 43	甲子	式年試	이이(李珥)	33	한계남(韓繼男)	28
186	1564	10	7	明宗 19	嘉靖 43	甲子	別試	이광전(李光軒)	12	김응식(金應湜)	32
187	1565	3	20	明宗 20	嘉靖 44	乙丑	謁聖試	김효원(金孝元)	4	이원명(李源明)	3
188	1566	윤10	20	明宗 21	嘉靖 45	丙寅	謁聖試	이충원(李忠元)	17	송수익(宋壽水)	17
189	1566	윤10	27	明宗 21	嘉靖 45	丙寅	重試	정윤희(丁胤禧)	6	황윤용(黃允容)	20
190	1567	11	10	宣祖 0	隆慶 1	丁卯	式年試	권수(權燧)	33	이지시(李之詩)	28
191	1568	6	18	宣祖 1	隆慶 2	戊辰	增廣試	정희적(鄭熙績)	33	■■■(■■■)	
192	1569	9	25	宣祖 2	隆慶 3	己巳	謁聖試	노식(盧禑)	7	■■■(■■■)	
193	1569	10	21	宣祖 2	隆慶 3	己巳	別試	윤담휴(尹覃休)	16	■■■(■■■)	
194	1570	3	22	宣祖 3	隆慶 4	庚午	式年試	김대명(金大鳴)	34	■■■(■■■)	29
195	1572	3	10	宣祖 5	隆慶 6	壬申	春塘臺試	심충겸(沈忠謙)	15	윤희충(尹希忠)	
196	1572	3	20	宣祖 5	隆慶 6	壬申	別試	유근(柳根)	16	■■■(■■■)	
197	1572	12	2	宣祖 5	隆慶 6	壬申	別試2	임영로(任榮老)	20	유렴(柳濂)	52
198	1573	3	13	宣祖 6	萬曆 1	癸酉	式年試	주덕원(朱德元)	34	■■■(■■■)	29
199	1573	9	26	宣祖 6	萬曆 1	癸酉	謁聖試	이말(李濊)	7	■■■(■■■)	8
200	1574	9	13	宣祖 7	萬曆 2	甲戌	別試	정상(鄭詳)	15	■■■(■■■)	
201	1576	3	22	宣祖 9	萬曆 4	丙子	式年試	윤기(尹箕)	34	문명신(文命新)	29
202	1576	9	29	宣祖 9	萬曆 4	丙子	別試	정곤수(鄭崑壽)	19	송전(宋筌)	25

	시년	월	일	왕대년	연호	간지	시험명	문과 장원	선발	무과 장원	선발
203	1576	10	10	宣祖 9	萬曆 4	丙子	重試	조광익(曺光益)	6	최호(崔湖)	18
204	1577	9	9	宣祖 10	萬曆 5	丁丑	謁聖試	김여물(金汝岉)	15	■■■(■■■)	
205	1577	9	28	宣祖 10	萬曆 5	丁丑	別試	강신(姜紳)	17	김남걸(金南傑)	34
206	1579	5	8	宣祖 12	萬曆 7	己卯	武年試	홍인상(洪麟祥)	34	■■■(■■■)	
207	1580	2	25	宣祖 13	萬曆 8	庚辰	謁聖試	황치성(黃致誠)	12	임완(林莞)	44
208	1580	3	18	宣祖 13	萬曆 8	庚辰	別試	황혁(黃赫)	27	■■■(■■■)	
209	1582	3	20	宣祖 15	萬曆 10	壬午	武年試	장운익(張雲翼)	35	김암(金巖)	101
210	1583	4	4	宣祖 16	萬曆 11	癸未	謁聖試	차운로(車雲輅)	12	민의서(閔義端)	500
211	1583	8	28	宣祖 16	萬曆 11	癸未	別試	심우정(沈友正)	33	오정방(吳定邦)	80
212	1583	12	12	宣祖 16	萬曆 11	癸未	庭試	이홍로(李弘老)	10	송익수(宋益壽)	18
213	1584	3	13	宣祖 17	萬曆 12	甲申	親試	박호(朴箎)	4	황정(黃廷)	202
214	1584	8	17	宣祖 17	萬曆 12	甲申	別試	민인백(閔仁伯)	10	권구(權球)	
215	1585	9	28	宣祖 18	萬曆 13	乙酉	武年試	고인은(高翰雲)	33	선의문(宣義問)	28
216	1585	10	16	宣祖 18	萬曆 13	乙酉	別試	최정견(崔鐵堅)	12	■■■(■■■)	
217	1586	9	9	宣祖 19	萬曆 14	丙戌	謁聖試	여계선(呂繼先)	9	■■■(■■■)	
218	1586	9	19	宣祖 19	萬曆 14	丙戌	別試	남근(南瑾)	14	■■■(■■■)	
219	1586	9	29	宣祖 19	萬曆 14	丙戌	重試	이장영(李長榮)	6	원유남(元裕男)	5
220	1588	3	16	宣祖 21	萬曆 16	戊子	武年試	김시헌(金時獻)	34	민정봉(閔廷鳳)	28
221	1588	5	29	宣祖 21	萬曆 16	戊子	謁聖試	황신(黃愼)	11	■■■(■■■)	
222	1589	5	00	宣祖 22	萬曆 17	己丑	增廣試	유몽인(柳夢寅)	34	원중서(元忠恕)	28
223	1590	10	00	宣祖 23	萬曆 18	庚寅	增廣試	남이공(南以恭)	40	권진경(權晉慶)	
224	1591	9	00	宣祖 24	萬曆 19	辛卯	武年試	민유부(閔有孚)	34	■■■(■■■)	
225	1591	10	00	宣祖 24	萬曆 19	辛卯	別試	이유함(李惟諴)	15	김광협(金光鋏)	300

	시년	월	일	왕대년	연호	간지	시험명	문과 장원	선발	무과 장원	선발
226	1592	7	2	宣祖 25	萬曆 20	壬辰	龍灣別試	정종명(鄭宗溟)	4	■■■(■■■)	
227	1593	12	26	宣祖 26	萬曆 21	癸巳	全州別試	윤길(尹趌)	9	승명수(承命秀)	1,785
228	1594	2	29	宣祖 27	萬曆 22	甲午	庭試	박동열(朴東說)	13	조순(趙諄)	174
229	1594	10	19	宣祖 27	萬曆 22	甲午	庭試2	유금(柳渰)	10	윤언심(尹彦諶)	195
230	1594	11	23	宣祖 27	萬曆 22	甲午	別試	송준(宋駿)	19	변회보(卞懷寶)	107
231	1595	11	6	宣祖 28	萬曆 23	乙未	海州別試	조정견(趙庭堅)	3	홍윤선(洪允先)	574
232	1595	12	28	宣祖 28	萬曆 23	乙未	別試	성이민(成以敏)	15	서유일(徐惟一)	201
233	1596	10	26	宣祖 29	萬曆 24	丙申	庭試	안중록(安宗祿)	19	최경춘(崔景春)	55
234	1597	3	17	宣祖 30	萬曆 25	丁酉	別試	조수인(趙守寅)	19	오남(吳男)	478
235	1597	4	2	宣祖 30	萬曆 25	丁酉	重試	허균(許筠)	5	장사행(張士行)	36
236	1597	4	4	宣祖 30	萬曆 25	丁酉	庭試	이호의(李好義)	9	박천생(朴天生)	69
237	1597	4	8	宣祖 30	萬曆 25	丁酉	謁聖試	윤계선(尹繼善)	8	이군연(李君彦)	1,073
238	1599	3	17	宣祖 32	萬曆 27	己亥	庭試	이제영(李再榮)	10	권승경(權升慶)	206
239	1599	7	26	宣祖 32	萬曆 27	己亥	別試	조탁(曹倬)	16	신득목(申得穆)	152
240	1600	4	17	宣祖 33	萬曆 28	庚子	別試	이시정(李時楨)	16	홍득요(洪得堯)	186
241	1601	5	23	宣祖 34	萬曆 29	辛丑	式年試	이사경(李士慶)	34	유온(柳溫)	40
242	1602	9	9	宣祖 35	萬曆 30	壬寅	謁聖試	안욱(安昱)	5	장윤(張潤)	25
243	1602	10	1	宣祖 35	萬曆 30	壬寅	別試	김수권(金壽權)	11	홍직(洪稷)	102
244	1603	1	8	宣祖 36	萬曆 31	癸卯	庭試	이명준(李命俊)	10	신경유(申景裕)	1,629
245	1603	10	11	宣祖 36	萬曆 31	癸卯	式年試	이언영(李彦英)	33	이승일(李承一)	34
246	1605	4	1	宣祖 38	萬曆 33	乙巳	增廣試	이식립(李稙立)	33	이지언(李祉言)	31
247	1605	6	25	宣祖 38	萬曆 33	乙巳	庭試	전유형(全有亨)	7	■■■(■■■)	
248	1605	12	17	宣祖 38	萬曆 33	乙巳	別試	이은로(李殷老)	12	조득지(趙得智)	189

	시년	월	일	왕대년	연호	간지	시험명	문과 장원	선발	무과 장원	선발
249	1606	10	1	宣祖 39	萬曆 34	丙午	式年試	임기(林基)	33	이춘영(李春榮)	37
250	1606	10	9	宣祖 39	萬曆 34	丙午	增廣試	양응락(梁應洛)	36	황집(黃緝)■■■■	
251	1608	12	25	光海 0	萬曆 36	戊申	別試	정호서(丁好恕)	14	황집(黃緝)	
252	1608	12	25	光海 0	萬曆 36	戊申	重試	이이첨(李爾瞻)	9	■■■■	
253	1609	10	19	光海 1	萬曆 37	己酉	增廣試	홍천경(洪千璟)	33	정협(鄭浹)	
254	1610	5	1	光海 2	萬曆 38	庚戌	式年試	권득기(權得己)	33	김득진(金得振)	
255	1610	9	9	光海 2	萬曆 38	庚戌	謁聖試	김개(金闓)	7	노경립(盧景立)	27
256	1610	10	22	光海 2	萬曆 38	庚戌	別試	신광엽(辛光業)	20	김덕순(金德純)	46
257	1611	3	17	光海 3	萬曆 39	辛亥	別試	정문익(鄭文翼)	13	박자돈(朴自敦)	216
258	1612	4	21	光海 4	萬曆 40	壬子	式年試	홍명형(洪命亨)	34	최완(崔淟)	29
259	1612	9	9	光海 4	萬曆 40	壬子	增廣試	이민구(李敏求)	33	이후여(李厚輿)	28
260	1613	4	18	光海 5	萬曆 41	癸丑	謁聖試	신혜익(愼惠翊)	6	윤현(尹玹)	28
261	1613	10	10	光海 5	萬曆 41	癸丑	增廣試	임성지(任性之)	42	이경여(李慶餘)	39
262	1614	11	20	光海 6	萬曆 42	甲寅	全州別試	양곡(梁穀)	4	선홍원(宣弘遠)	36
263	1615	4	19	光海 7	萬曆 43	乙卯	式年試	이상빈(李尙馪)	33	김경택(金景澤)	33
264	1615	9	21	光海 7	萬曆 43	乙卯	謁聖試	권제(權悌)	8	황진(黃耫)	33
265	1616	4	5	光海 8	萬曆 44	丙辰	增廣試	김세렴(金世濂)	41	장시현(張時顯)	37
266	1616	8	10	光海 8	萬曆 44	丙辰	謁聖試	기준격(奇俊格)	10	심계(沈洊)	24
267	1616	10	1	光海 8	萬曆 44	丙辰	別試	정흔(鄭昕)	27	박유기(朴有起)	
268	1616	10	00	光海 8	萬曆 44	丙辰	重試	이대엽(李大燁)	7	김경운(金慶雲)	15
269	1617	9	24	光海 9	萬曆 45	丁巳	謁聖試	허직(許直)	5	한향길(韓恦吉)	12
270	1618	7	27	光海 10	萬曆 46	戊午	庭試	이직(李稙)	6	박진(朴璡)	3,200
271	1618	10	19	光海 10	萬曆 46	戊午	增廣試	김기종(金起宗)	40	유효걸(柳孝傑)	35

	시년	월	일	왕대년	연호	간지	시험명	문과 정원	선발	무과 정원	선발
·	1618			光海 10	萬曆 46	戊午	式年試	파방(罷榜)	0	파방(罷榜)	—
272	1619	8	26	光海 11	萬曆 47	己未	水原開城別試	유성증(兪省曾)	4	최명량(崔明量)	440
273	1619	10	16	光海 11	萬曆 47	己未	謁聖試	홍명구(洪命耈)	3	임응순(林應順)	59
274	1619	12	28	光海 11	萬曆 47	己未	庭試	이경의(李景義)	3	김제도(金繼道)	100
275	1620	7	13	光海 12	泰昌 1	庚申	庭試	김우진(金遇辰)	15	■■■(■■■)	5,000
276	1621	9	24	光海 13	天啓 1	辛酉	庭試	박안제(朴安悌)	11	최명(崔洺)	4,031
277	1621	10	9	光海 13	天啓 1	辛酉	謁聖增廣	신세휘(宣世徽)	9	■■■(■■■)	
278	1621	10	20	光海 13	天啓 1	辛酉	別試	최유연(崔有淵)	40	■■■(■■■)	
279	1623	5	2	仁祖 1	天啓 3	癸亥	謁聖試	홍보(洪雴)	10	이대온(李大溫)	4
280	1623	5	13	仁祖 1	天啓 3	癸亥	庭試	신달도(申達道)	4	■■■(■■■)	
281	1623	8	12	仁祖 1	天啓 3	癸亥	改試	채유후(蔡裕後)	24	■■■(■■■)	
282	1624	2	15	仁祖 2	天啓 4	甲子	公州庭試	홍습(洪雴)	6	안형도(安亨道)	24
283	1624	4	28	仁祖 2	天啓 4	甲子	別試	김주우(金柱宇)	11	구인준(具仁俊)	4
284	1624	9	29	仁祖 2	天啓 4	甲子	增廣試	김현(金睍)	38	권응균(權應均)	50
285	1624	10	19	仁祖 2	天啓 4	甲子	謁聖試	이경증(李景曾)	4	김적(金迪)	6
286	1624	11	6	仁祖 2	天啓 4	甲子	式年試	조빈(趙贇)	34	김여수(金汝水)	
287	1625	9	13	仁祖 3	天啓 5	乙丑	別試	김종일(金宗一)	12	■■■(■■■)	
288	1626	7	26	仁祖 4	天啓 6	丙寅	別試	심연(沈演)	16	■■■(■■■)	
289	1626	8	18	仁祖 4	天啓 6	丙寅	庭試	조경(趙絅)	4	■■■(■■■)	
290	1626	8	23	仁祖 4	天啓 6	丙寅	重試	이경석(李景奭)	8	■■■(■■■)	
291	1627	2	28	仁祖 5	天啓 7	丁卯	全州別試	김상비(金尙賓)	4	이순민(李舜民)	600
292	1627	3	11	仁祖 5	天啓 7	丁卯	江華庭試	허식(許𥛚)	4	유군(劉窘)	332
293	1627	7	29	仁祖 5	天啓 7	丁卯	庭試	임득열(林得說)	7	윤응원(尹應元)	9

	시년	월	일	왕대년	연호	간지	시험명	문과 장원	선발	무과 장원	선발
294	1627	7	7	仁祖 5	天啓 7	丁卯	式年試	김연(金演)	34	방두원(房斗元)	28
295	1628	5	8	仁祖 6	崇禎 1	戊辰	別試	조석윤(趙錫胤)	11	엄후기(嚴後起)	
296	1628	9	20	仁祖 6	崇禎 1	戊辰	別試2	이만(李曼)	14	최응정(崔應禎)	9
297	1628	9	25	仁祖 6	崇禎 1	戊辰	謁聖試	민광훈(閔光勳)	5	최대상(崔大祥)	11
298	1629	10	22	仁祖 7	崇禎 2	己巳	別試	정두경(鄭斗卿)	25	김효남(金孝男)	162
299	1629	11	7	仁祖 7	崇禎 2	己巳	庭試	이상질(李尙質)	5	■■■(■■■)	28
300	1630	3	16	仁祖 8	崇禎 3	庚午	式年試	정시망(鄭時望)	33	배시량(裵時亮)	28
301	1630	10	1	仁祖 8	崇禎 3	庚午	別試	정뇌경(鄭雷卿)	10	■■■(■■■)	
302	1631	8	30	仁祖 9	崇禎 4	辛未	別試	민유(閔愈)	15	강수황(姜受璜)	34
303	1632	3	18	仁祖 10	崇禎 5	壬申	謁聖試	김시번(金始蕃)	5	정진익(鄭振益)	8
304	1633	4	19	仁祖 11	崇禎 6	癸酉	增廣試	이도(李裪)	33	오이룡(吳二龍)	36
305	1633	11	17	仁祖 11	崇禎 6	癸酉	式年試	목행선(睦行善)	33	강전(姜洤)	29
306	1634	3	14	仁祖 12	崇禎 7	甲戌	別試	오달제(吳達濟)	12	■■■(■■■)	
307	1635	9	4	仁祖 13	崇禎 8	乙亥	謁聖試	이만영(李晩榮)	8	장응룡(張應龍)	4
308	1635	10	21	仁祖 13	崇禎 8	乙亥	增廣試	이이송(李爾松)	43	정영(鄭淡)	50
309	1636	11	23	仁祖 14	崇禎 9	丙子	別試	신유(申濡)	11	홍익성(洪翼聖)	504
310	1636	12	12	仁祖 14	崇禎 9	丙子	重試	신희계(辛喜季)	6	박경지(朴敬祉)	6
311	1637	8	18	仁祖 15	崇禎 10	丁丑	庭試	조한영(曺漢英)	11	송운겸(宋雲濂)	10
312	1637	8	24	仁祖 15	崇禎 10	丁丑	別試	정지좌(鄭知和)	10	최은(崔檃)	5,536
313	1638	3	28	仁祖 16	崇禎 11	戊寅	庭試	황위(黃㙇)	15	현수은(玄水銀)	80
314	1639	3	10	仁祖 17	崇禎 12	己卯	謁聖試	권집(權諿)	7	김사길(金士吉)	11
315	1639	9	10	仁祖 17	崇禎 12	己卯	別試	이이존(李以存)	16	김성율(金聲律)	21
316	1639	10	8	仁祖 17	崇禎 12	己卯	式年試	김운장(金雲長)	33	황녕(黃寗)	38

	시년	월	일	왕대년	연호	간지	시험명	문과 정원	선발	무과 정원	선발
317	1641	9	20	仁祖 19	崇禎 14	辛巳	庭試	홍석기(洪錫箕)	8	원삼락(元三樂)	12
318	1642	4	1	仁祖 20	崇禎 15	壬午	式年試	임한백(任翰伯)	33	■■■(■■■■)	
319	1642	9	16	仁祖 20	崇禎 15	壬午	庭試	심선(沈選)	5	한준영(韓俊榮)	11
320	1643	2	28	仁祖 21	崇禎 16	癸未	闕丙別試	김여지(金汝地)	4	안증(安楫)	60
321	1644	9	1	仁祖 22	崇禎 17	甲申	庭試	이경억(李慶億)	7	이지형(李枝馨)	100
322	1644	10	3	仁祖 22	崇禎 17	甲申	別試	최후현(崔後賢)	19	이익달(李益達)	201
323	1645	11	6	仁祖 23	順治 2	乙酉	別試	권오(權悟)	15	홍조(洪照)	100
324	1646	4	16	仁祖 24	順治 3	丙戌	式年試	정승명(鄭承明)	34	예용주(芮用周)	25
325	1646	9	20	仁祖 24	順治 3	丙戌	重試	강명년(姜栢年)	8	지기연(池旣涓)	6
326	1646	10	6	仁祖 24	順治 3	丙戌	庭試	오핵(吳䎘)	7	신경로(辛景輅)	162
327	1648	8	25	仁祖 26	順治 5	戊子	庭試	이정기(李廷夔)	9	박연(朴淵)	94
328	1648	11	2	仁祖 26	順治 5	戊子	式年試	조정(曹挺)	34	유성길(劉成吉)	28
329	1649	3	25	仁祖 27	順治 6	己丑	別試	오두인(吳斗寅)	13	김효립(金孝立)	150
330	1649	4	4	仁祖 27	順治 6	己丑	庭試	민정중(閔鼎重)	7	이동로(李東老)	15
331	1650	12	22	孝宗 1	順治 7	庚寅	增廣試	이운근(李雲根)	33	정찬(丁燦)	28
332	1651	3	28	孝宗 2	順治 8	辛卯	庭試	이창현(李昌炫)	4	권극용(權克用)	56
333	1651	9	12	孝宗 2	順治 8	辛卯	式年試	이익한(李翊漢)	33	김위국(金緯國)	28
334	1651	9	18	孝宗 2	順治 8	辛卯	謁聖試	김수항(金壽恒)	7	윤위(尹煒)	12
335	1651	11	4	孝宗 2	順治 8	辛卯	別試	정시대(鄭始大)	17	김정필(金廷弼)	1,236
336	1652	10	24	孝宗 3	順治 9	壬辰	增廣試	여증제(呂曾齊)	33	김승(金陞)	32
337	1653	8	17	孝宗 4	順治 10	癸巳	謁聖試	민주면(閔周冕)	7	이기성(李起成)	5
338	1653	11	16	孝宗 4	順治 10	癸巳	別試	김진표(金震標)	15	김천상(金天祥)	134
339	1654	3	11	孝宗 5	順治 11	甲午	春塘臺試	박세모(朴世模)	6	최경립(崔景立)	

	시년	월	일	왕대년	연호	간지	시험명	문과 장원	선발	무과 장원	선발
340	1654	10	1	孝宗 5	順治 11	甲午	武年試	유정립(柳珽立)	34	이정완(李珽完)	28
341	1655	4	11	孝宗 6	順治 12	乙未	春塘臺試	유경(柳坰)	7	이천뢰(李天賚)	8
342	1656	8	24	孝宗 7	順治 13	丙申	別試	이민적(李敏迪)	10	박유임(朴惟任)	44
343	1656	9	1	孝宗 7	順治 13	丙申	重試	남용익(南龍翼)	8	임시헌(林時憲)	20
344	1657	9	13	孝宗 8	順治 14	丁酉	武年試	민중로(閔重魯)	34	김의선(金義善)	44
345	1657	9	17	孝宗 8	順治 14	丁酉	謁聖試	최순영(崔舜寧)	5	조득렴(趙得廉)	12
346	1660	4	30	顯宗 1	順治 17	庚子	武年試	소두산(蘇斗山)	35	유정열(劉廷烈)	42
347	1660	11	11	顯宗 1	順治 17	庚子	增廣試	박세당(朴世堂)	34	최두제(崔斗齊)	30
348	1662	3	15	顯宗 3	康熙 1	壬寅	增廣試	김석주(金錫冑)	41	조충선(趙忠善)	71
349	1662	10	24	顯宗 3	康熙 1	壬寅	庭試	홍만용(洪萬容)	13	남응벽(南凥璧)	43
350	1663	4	5	顯宗 4	康熙 2	癸卯	武年試	권진한(權晉漢)	33	박필성(朴弼聖)	44
351	1664	4	13	顯宗 5	康熙 3	甲辰	春塘臺試	민시중(閔蓍重)	8	구영망(具英望)	28
352	1664	9	00	顯宗 5	康熙 3	甲辰	咸鏡道別試	한기백(韓紀白)	3	엄우단(嚴友端)	300
353	1665	4	12	顯宗 6	康熙 4	乙巳	庭試	김만중(金萬重)	11	김효청(金孝淸)	426
354	1665	4	28	顯宗 6	康熙 4	乙巳	溫陽庭試	홍우기(洪宇紀)	9	최응일(崔應逸)	165
355	1665	10	25	顯宗 6	康熙 4	乙巳	別試	임상원(任相元)	13	이예길(李禮吉)	30
356	1666	3	4	顯宗 7	康熙 5	丙午	武年試	이주징(李周徵)	38	차정철(車廷轍)	61
357	1666	4	10	顯宗 7	康熙 5	丙午	溫場別試	권열(權說)	3	맹사증(孟師曾)	112
358	1666	9	22	顯宗 7	康熙 5	丙午	別試	윤진(尹搢)	10	김성길(金成吉)	87
359	1666	9	29	顯宗 7	康熙 5	丙午	重試	홍만종(洪萬鍾)	5	유태신(柳泰新)	7
360	1668	11	12	顯宗 9	康熙 7	戊申	別試	민중도(閔弘道)	13	박업생(朴業生)	32
361	1668	12	22	顯宗 9	康熙 7	戊申	庭試	정수준(鄭壽俊)	9	■■■(■■■)	■■■
362	1669	3	10	顯宗 10	康熙 8	己酉	平安道別試	양현망(楊顯望)	4	정상운(丁尙雲)	398

	시년	월	일	왕대년	연호	간지	시험명	문과 장원	선발	무과 장원	선발
363	1669	6	1	顯宗 10	康熙 8	己酉	式年試	이덕영(李德齡)	33	김응성(金應聲)	48
364	1669	10	7	顯宗 10	康熙 8	己酉	庭試	한태동(韓泰東)	7	안후길(安厚吉)	141
365	1670	11	5	顯宗 11	康熙 9	庚戌	別試	정도성(鄭道成)	10	김충석(金忠錫)	365
366	1671	11	29	顯宗 12	康熙 10	辛亥	庭試	박태상(朴泰尙)	8	이필화(李必華)	174
367	1672	10	21	顯宗 13	康熙 11	壬子	別試	유명천(柳命天)	21	박정원(朴廷元)	553
368	1673	3	26	顯宗 14	康熙 12	癸丑	春塘臺試	유명현(柳命賢)	10	채구웅(蔡龜雄)	30
369	1673	4	3	顯宗 14	康熙 12	癸丑	式年試	이익(李瀷)	34	이도오(李敦五)	41
370	1675	5	14	肅宗 1	康熙 14	乙卯	式年試	조지석(趙祉錫)	34	김승남(金承男)	68
371	1675	11	1	肅宗 1	康熙 14	乙卯	增廣試	이봉징(李鳳徵)	34	유이번(柳以蕃)	47
372	1676	1	26	肅宗 2	康熙 15	丙辰	庭試	오시만(吳始萬)	9	윤취상(尹就商)	17,652
373	1677	3	26	肅宗 3	康熙 16	丁巳	謁聖試	박태보(朴泰輔)	7	김상(金尙)	12
374	1678	3	2	肅宗 4	康熙 17	戊午	庭試	조효창(曹孝昌)	10	박세정(朴世楨)	56
375	1678	3	29	肅宗 4	康熙 17	戊午	增廣試	이진은(李震殷)	42	홍찬(洪贊)	305
376	1679	10	4	肅宗 5	康熙 18	己未	庭試	김석(金晳)	10	손세주(孫世冑)	23
377	1679	10	18	肅宗 5	康熙 18	己未	重試	강세구(姜世龜)	8	최무정(崔武丁)	8
378	1679	10	30	肅宗 5	康熙 18	己未	式年試	이인징(李麟徵)	36	박형(朴亨)	58
379	1680	6	8	肅宗 6	康熙 19	庚申	春塘臺試	이사명(李師命)	4	김단한(金端漢)	9
380	1680	9	10	肅宗 6	康熙 19	庚申	庭試	서문중(徐文重)	9	박귀달(朴貴達)	143
381	1680	9	15	肅宗 6	康熙 19	庚申	別試	조형기(趙亨期)	20	이여웅(李汝雄)	214
382	1681	9	10	肅宗 7	康熙 20	辛酉	謁聖試	김성시(金盛始)	8	김지준(金之俊)	8
383	1681	12	1	肅宗 7	康熙 20	辛酉	式年試	이태동(李泰東)	33	이웅한(李雄漢)	65
384	1682	4	18	肅宗 8	康熙 21	壬戌	春塘臺試	김구(金構)	10	양즙(梁檝)	14
385	1682	11	14	肅宗 8	康熙 21	壬戌	增廣試	김정협(金鼎協)	35	최취표(崔天標)	84

연번	시년	월	일	왕대년	연호	간지	시험명	문과 장원	선발	무과 장원	선발
386	1683	11	21	肅宗 9	康熙 22	癸亥	增廣試	허윤(許玧)	35	장익훈(張益勳)	49
387	1684	9	26	肅宗 10	康熙 23	甲子	庭試	신필청(申必淸)	20	김효창(金孝昌)	109
388	1684	11	13	肅宗 10	康熙 23	甲子	式年試	홍수점(洪受漸)	36	어경광(魚景光)	44
389	1686	4	5	肅宗 12	康熙 25	丙寅	謁聖試	조식(趙湜)	9	홍우선(洪禹善)	16
390	1686	8	12	肅宗 12	康熙 25	丙寅	別試	민진장(閔鎭長)	15	김태웅(金泰雄)	111
391	1686	8	21	肅宗 12	康熙 25	丙寅	重試	신계화(申啓華)	7	임경윤(任景尹)	24
392	1686	9	16	肅宗 12	康熙 25	丙寅	咸鏡道別試	한항(韓沆)	3	조원민(曺元敏)	100
393	1686	10	20	肅宗 12	康熙 25	丙寅	庭試	김진규(金鎭圭)	7	이재(李材)	8
394	1687	9	21	肅宗 13	康熙 26	丁卯	謁聖試	권흘(權忔)	8	김구(金球)	17
395	1687	10	17	肅宗 13	康熙 26	丁卯	式年試	이극형(李克亨)	39	조직(趙溭)	108
396	1689	4	24	肅宗 15	康熙 28	己巳	增廣試	이사상(李師尙)	38	유최(柳㝡)	57
397	1690	3	26	肅宗 16	康熙 29	庚午	式年試	조덕순(趙德純)	40	강원(姜愃)	139
398	1690	11	19	肅宗 16	康熙 29	庚午	庭試	한명상(韓命相)	5	김시흡(金時洽)	12
399	1691	3	22	肅宗 17	康熙 30	辛未	增廣試	송내백(宋來栢)	42	이천만(李千萬)	83
400	1691	8	10	肅宗 17	康熙 30	辛未	謁聖試	이야(李梛)	5	김지흥(金枝興)	9
401	1692	8	11	肅宗 18	康熙 31	壬申	存賢堂試	신이익(愼爾益)	6	윤흥만(尹興萬)	22
402	1693	4	1	肅宗 19	康熙 32	癸酉	式年試	나만영(羅晩榮)	40	남전(南㙉)	119
403	1693	7	26	肅宗 19	康熙 32	癸酉	謁聖試	이인병(李寅炳)	7	황식(黃戠)	29
404	1693	9	1	肅宗 19	康熙 32	癸酉	開城庭試	허부(許溥)	3	장경위(張景緯)	23
405	1694	8	3	肅宗 20	康熙 33	甲戌	謁聖試	오명준(吳命峻)	7	이홍매(李弘邁)	10
406	1694	10	22	肅宗 20	康熙 33	甲戌	別試	이광좌(李光佐)	26	손식(孫湜)	170
407	1695	3	25	肅宗 21	康熙 34	乙亥	平安道別試	전처경(田慶卿)	4	김지도(金志道)	100
408	1695	9	15	肅宗 21	康熙 34	乙亥	別試	이탄(李坦)	14	박상두(朴尙枓)	115

	시년	월	일	왕대년	연호	간지	시험명	문과 정원	선발	무과 정원	선발
409	1696	8	27	肅宗 22	康熙 35	丙子	庭試	이만성(李晩成)	9	박세웅(朴世雄)	53
410	1696	11	22	肅宗 22	康熙 35	丙子	式年試	강영(姜楧)	35	박세정(朴世楨)	46
411	1697	9	26	肅宗 23	康熙 36	丁丑	庭試	엄경운(嚴慶運)	15	박상은(朴尙殷)	160
412	1697	10	8	肅宗 23	康熙 36	丁丑	重試	정사효(鄭思孝)	8	김정보(金鼎寶)	17
413	1698	4	11	肅宗 24	康熙 37	戊寅	謁聖試	윤헌주(尹憲柱)	6	이석면(李碩葂)	14
414	1699	4	18	肅宗 25	康熙 38	己卯	庭試	정식(鄭栻)	17	박진걸(朴進傑)	201
415	1699	4	22	肅宗 25	康熙 38	己卯	式年試	이계(李溎)	40	음태기(陰泰起)	76
416	1699	10	21	肅宗 25	康熙 38	己卯	增廣試	한세량(韓世良)	34	박학령(朴鶴齡)	43
417	1700	9	2	肅宗 26	康熙 39	庚辰	春塘臺試	이익한(李翊漢)	3	정두흥(鄭斗興)	36
418	1702	3	25	肅宗 28	康熙 41	壬午	謁聖試	이희태(李喜泰)	9	조세호(趙世豪)	14
419	1702	3	28	肅宗 28	康熙 41	壬午	咸鏡道別試	한재회(韓在誨)	4	강무신(姜武臣)	300
420	1702	5	1	肅宗 28	康熙 41	壬午	式年試	김일경(金一鏡)	38	정부겸(丁福謙)	88
421	1702	12	26	肅宗 28	康熙 41	壬午	別試	권집(權緝)	13	정지천(鄭之天)	90
422	1704	9	3	肅宗 30	康熙 43	甲申	春塘臺試	한세필(韓世弼)	8	김진성(金振聲)	21
423	1705	4	11	肅宗 31	康熙 44	乙酉	式年試	정동후(鄭東後)	41	김태석(金泰錫)	146
424	1705	4	28	肅宗 31	康熙 44	乙酉	謁聖試	이교악(李喬岳)	5	성세구(成世玖)	17
425	1705	11	6	肅宗 31	康熙 44	乙酉	增廣試	임상덕(林象德)	31	최상규(崔相圭)	48
426	1706	3	13	肅宗 32	康熙 45	丙戌	庭試	홍호인(洪好人)	7	김시회(金時會)	198
427	1707	3	27	肅宗 33	康熙 46	丁亥	別試	이기성(李基聖)	12	임태현(林泰玄)	219
428	1707	4	2	肅宗 33	康熙 46	丁亥	重試	김일경(金一鏡)	7	민중려(閔重呂)	30
429	1708	3	16	肅宗 34	康熙 47	戊子	式年試	이정주(李挺周)	37	김여중(金呂重)	116
430	1709	8	11	肅宗 35	康熙 48	己丑	謁聖試	김상욱(金相玉)	5	오한흥(吳漢興)	15
431	1710	6	8	肅宗 36	康熙 49	庚寅	增廣試	박징빈(朴澄賓)	41	김중윤(金重潤)	133

	시년	월	일	왕대년	연호	간지	시험명	문과 장원	선발	무과 장원	선발
432	1710	8	9	肅宗 36	康熙 49	庚寅	存情庭試	이세민(李世勉)	5	박성채(朴聖采)	55
433	1711	4	4	肅宗 37	康熙 50	辛卯	式年試	이진망(李眞望)	36	이후건(李後健)	100
434	1712	2	25	肅宗 38	康熙 51	壬辰	庭試	양정호(梁廷虎)	19	주도평(周道平)	271
435	1713	10	11	肅宗 39	康熙 52	癸巳	增廣試	남세운(南世雲)	51	이진엽(李震燁)	168
436	1714	11	12	肅宗 40	康熙 53	甲午	增廣試	이정소(李廷熽)	39	김세화(金世華)	51
437	1715	5	2	肅宗 41	康熙 54	乙未	式年試	박진량(朴震亮)	35	이만기(李萬起)	42
438	1717	8	1	肅宗 43	康熙 56	丁酉	平安道別試	임익비(林益彬)	4	김윤국(金潤國)	150
439	1717	8	1	肅宗 43	康熙 56	丁酉	咸鏡道別試	주형리(朱炯리)	4	조필형(趙必亨)	276
440	1717	9	15	肅宗 43	康熙 56	丁酉	溫陽庭試	이유춘(李制春)	9	김규욱(金奎煜)	442
441	1717	10	13	肅宗 43	康熙 56	丁酉	庭試	이거원(李巨源)	5	박지흥(朴枝興)	68
442	1717	10	29	肅宗 43	康熙 56	丁酉	重試	권세항(權世恒)	5	이만상(李萬相)	10
443	1717	11	9	肅宗 43	康熙 56	丁酉	式年試	유복명(柳復明)	42	김세정(金世鼎)	193
444	1718	10	19	肅宗 44	康熙 57	戊戌	庭試	홍현보(洪鉉輔)	13	송시징(宋時徵)	213
445	1719	2	30	肅宗 45	康熙 58	己亥	別試	이성환(李星煥)	10	홍현주(洪顯周)	103
446	1719	9	21	肅宗 45	康熙 58	己亥	增廣試	정형익(鄭亨益)	34	박단석(朴端錫)	69
447	1719	10	1	肅宗 45	康熙 58	己亥	存情庭試	남수원(南壽賢)	4	김흥상(金興尙)	88
448	1721	2	28	景宗 1	康熙 60	辛丑	庭試	윤심형(尹心衡)	7	박용제(朴龍禾)	148
449	1721	4	3	景宗 1	康熙 60	辛丑	式年試	오성유(吳聖兪)	34	이홍정(李弘禎)	86
450	1721	11	4	景宗 1	康熙 60	辛丑	增廣試	신치수(申應洙)	32	양필대(梁必大)	80
451	1722	2	12	景宗 2	康熙 61	壬寅	庭試	조경명(趙景命)	9	유언업(俞彦업)	301
452	1722	9	15	景宗 2	康熙 61	壬寅	謁聖試	성덕윤(成德潤)	7	황이영(黃爾英)	19
453	1723	3	4	景宗 3	雍正 1	癸卯	增廣試	박사수(朴師洙)	41	이진룡(李震龍)	136
454	1723	3	16	景宗 3	雍正 1	癸卯	別試	박사유(朴師游)	13	유덕징(柳德徵)	478

	시년	월	일	왕대년	연호	간지	시험명	문과 정원	선발	무과 정원	선발
455	1723	10	6	景宗 3	雍正 1	癸卯	庭試	김상성(金尙星)	5	박지번(朴枝蕃)	122
456	1723	11	3	景宗 3	雍正 1	癸卯	式年試	정재춘(鄭再春)	35	박수회(朴受繪)	138
457	1725	2	12	英祖 1	雍正 3	乙巳	庭試	박필철(朴弼哲)	15	이장택(李長澤)	130
458	1725	10	18	英祖 1	雍正 3	乙巳	增廣試	정언섭(鄭彦燮)	44	유옹(柳翁)	309
459	1725	11	1	英祖 1	雍正 3	乙巳	庭試2	이만영(李萬榮)	20	박세민(朴世敏)	432
460	1726	2	20	英祖 2	雍正 4	丙午	江華試	성유열(成有烈)	5	구철(具澈)	183
461	1726	11	19	英祖 2	雍正 4	丙午	式年試	이휘항(李彙恒)	35	채인해(蔡仁海)	198
462	1726	11	25	英祖 2	雍正 4	丙午	謁聖試	김치주(金致㴤)	7	김윤구(金潤九)	10
463	1727	3	20	英祖 3	雍正 5	丁未	增廣試	민원(閔瑗)	43	김여재(金麗彩)	112
464	1727	9	17	英祖 3	雍正 5	丁未	庭試	강백(姜栢)	5	김정삼(金鼎三)	81
465	1727	10	10	英祖 3	雍正 5	丁未	重試	이정작(李庭綽)	5	손시택(孫時澤)	39
466	1728	5	29	英祖 4	雍正 6	戊申	春塘臺試	오원(吳瑗)	3	강필주(姜弼周)	350
467	1728	8	15	英祖 4	雍正 6	戊申	平安道別試	이양(李瀁)	5	황진서(黃振西)	170
468	1728	9	27	英祖 4	雍正 6	戊申	別試	안득준(安得駿)	15	안수장(安壽長)	633
469	1728	10	24	英祖 4	雍正 6	戊申	庭試	박대주(朴大厚)	6	김중위(金重偉)	165
470	1729	10	21	英祖 5	雍正 7	己酉	式年試	정동욱(鄭東郁)	41	신후선(申後善)	316
471	1730	2	15	英祖 6	雍正 8	庚戌	庭試	이시희(李時熙)	20	이순기(李順起)	365
472	1731	2	24	英祖 7	雍正 9	辛亥	庭試	심악(沈䂳)	5	최성택(崔聖澤)	268
473	1731	4	8	英祖 7	雍正 9	辛亥	咸鏡道別試	이재춘(李覩春)	5	한세광(韓世光)	300
474	1732	10	5	英祖 8	雍正 10	壬子	庭試	오대관(吳大灌)	10	김지구(金致九)	318
475	1733	9	25	英祖 9	雍正 11	癸丑	謁聖試	이석관(李錫杓)	5	이정선(李廷善)	8
476	1733	11	8	英祖 9	雍正 11	癸丑	式年試	박첨(朴瞻)	51	김순일(金順逸)	176
477	1734	2	25	英祖 10	雍正 12	甲寅	庭試	김상구(金尙耈)	6	양현위(梁賢渭)	87

	시년	월	일	왕대년	연호	간지	시험명	문과 장원	선발	무과 장원	선발
478	1734	10	10	英祖 10	雍正 12	甲寅	存恤慶試	이명곤(李命坤)	5	김의수(金義洙)	63
479	1735	4	13	英祖 11	雍正 13	乙卯	增廣試	박필리(朴弼理)	42	이상백(李尙白)	151
480	1735	8	29	英祖 11	雍正 13	乙卯	武年試	윤택휴(尹澤休)	37	정흥도(鄭興道)	55
481	1735	10	11	英祖 11	雍正 13	乙卯	庭試	신수(申橓)	7	김세주(金世冑)	97
482	1736	4	20	英祖 12	乾隆 1	丙辰	庭試	조하망(曺夏望)	15	이세충(李世忠)	325
483	1736	9	20	英祖 12	乾隆 1	丙辰	庭試2	원경하(元景夏)	10	김용서(金龍瑞)	395
484	1736	10	2	英祖 12	乾隆 1	丙辰	謁聖試	윤득경(尹得敬)	5	박춘우(朴春遇)	25
485	1737	3	14	英祖 13	乾隆 2	丁巳	別試	홍계희(洪啓禧)	17	인석주(印錫主)	145
486	1737	3	18	英祖 13	乾隆 2	丁巳	重試	이섭원(李燮元)	8	심동상(沈東尙)	35
487	1738	3	15	英祖 14	乾隆 3	戊午	武年試	한광회(韓光會)	41	김재익(金載益)	175
488	1739	3	19	英祖 15	乾隆 4	己未	謁聖試	이희겸(李喜謙)	10	고경흥(高擎興)	27
489	1739	9	28	英祖 15	乾隆 4	己未	庭試	이기경(李基敬)	19	홍언석(洪彦碩)	440
490	1740	4	21	英祖 16	乾隆 5	庚申	庭試	정계주(鄭啓周)	7	이진경(李珍慶)	192
491	1740	8	9	英祖 16	乾隆 5	庚申	謁聖試	이창수(李昌壽)	4	이함일(李咸一)	20
492	1740	9	2	英祖 16	乾隆 5	庚申	開城別試	전명조(全命肇)	3	전흥제(田興齊)	65
493	1740	11	6	英祖 16	乾隆 5	庚申	增廣試	홍중효(洪重孝)	51	방두방(方斗芳)	158
494	1741	11	12	英祖 17	乾隆 6	辛酉	武年試	안극효(安兑孝)	37	문천경(文天擎)	128
495	1742	9	9	英祖 18	乾隆 7	壬戌	庭試	이명휴(李明休)	10	이광소(李光紹)	121
496	1743	4	7	英祖 19	乾隆 8	癸亥	謁聖試	한광조(韓光肇)	6	김부규(金福奎)	60
497	1743	9	30	英祖 19	乾隆 8	癸亥	庭試	조엄로(趙曮魯)	26	이태형(李泰兄)	143
498	1744	3	25	英祖 20	乾隆 9	甲子	春塘臺試	장수(張脩)	10	전익조(全益祚)	295
499	1744	9	21	英祖 20	乾隆 9	甲子	武年試	박창원(朴昌源)	37	최경설(崔景卨)	54
500	1744	10	16	英祖 20	乾隆 9	甲子	庭試	황함(黃㑦)	6	임택신(林澤新)	67

	시년	월	일	왕대년	연호	간지	시험명	문과 장원	선발	무과 장원	선발
501	1745	9	20	英祖 21	乾隆 10	乙丑	庭試	이관섭(李觀燮)	12	한종일(韓宗一)	166
502	1746	3	2	英祖 22	乾隆 11	丙寅	庭試	남운로(南雲老)	9	주지명(朱之明)	109
503	1746	3	4	英祖 22	乾隆 11	丙寅	謁聖試	이득종(李得宗)	5	현필주(玄弼柱)	23
504	1746	3	7	英祖 22	乾隆 11	丙寅	重試	이윤신(李潤身)	7	이동엽(李東燁)	41
505	1746	4	2	英祖 22	乾隆 11	丙寅	平安道別試	이인제(李仁禔)	5	안국정(安國目)	150
506	1746	7	24	英祖 22	乾隆 11	丙寅	春塘臺試	이명희(李命熙)	5	신운공(申蕓洪)	94
507	1746	8	4	英祖 22	乾隆 11	丙寅	咸鏡道別試	주형질(朱炯質)	4	신익동(辛翊東)	300
508	1747	3	16	英祖 23	乾隆 12	丁卯	式年試	심국현(沈國賢)	34	장태직(張泰稷)	129
509	1747	9	19	英祖 23	乾隆 12	丁卯	庭試	이유수(李惟秀)	15	정시좌(丁時佐)	130
510	1748	3	25	英祖 24	乾隆 13	戊辰	春塘臺試	김치인(金致仁)	5	김윤장(金潤章)	131
511	1749	3	16	英祖 25	乾隆 14	己巳	春塘臺試	이양천(李亮天)	5	조연적(趙衍禰)	29
512	1750	3	18	英祖 26	乾隆 15	庚午	式年試	이존중(李存中)	51	김기서(金起西)	431
513	1750	9	10	英祖 26	乾隆 15	庚午	謁聖試	이인원(李仁源)	5	홍인범(洪仁範)	16
514	1750	9	12	英祖 26	乾隆 15	庚午	溫陽別試	조시겸(趙時謙)	7	이춘적(李春油)	119
515	1751	2	18	英祖 27	乾隆 16	辛未	春塘臺試	오찬(吳瓚)	10	박만흥(朴萬興)	160
516	1751	9	18	英祖 27	乾隆 16	辛未	庭試	윤득우(尹得雨)	24	고형천(高亨賢)	651
517	1752	9	20	英祖 28	乾隆 17	壬申	庭試	이명환(李明煥)	25	김순민(金舜民)	215
518	1753	2	8	英祖 29	乾隆 18	癸酉	謁聖試	홍억(洪檍)	7	구서오(具敍五)	96
519	1753	2	20	英祖 29	乾隆 18	癸酉	庭試	노성중(盧聖中)	12	최충대(崔忠大)	119
520	1753	10	17	英祖 29	乾隆 18	癸酉	庭試2	이현옥(李鉉玉)	15	장만갑(張萬甲)	178
521	1753	10	29	英祖 29	乾隆 18	癸酉	式年試	권세구(權世耈)	36	이한흥(李漢興)	54
522	1754	2	15	英祖 30	乾隆 19	甲戌	道科庭試	이의(李顗)	8	민성중(閔聖中)	38
523	1754	4	3	英祖 30	乾隆 19	甲戌	增廣試	홍중해(洪宗海)	40	김백령(金栢齡)	118

	시년	월	일	왕대년	연호	간지	시험명	문과 장원	선발	무과 장원	선발
524	1755	4	4	英祖 31	乾隆 20	乙亥	咸鏡道別試	오상현(吳尙顯)	7	황봉래(黃鳳來)	400
525	1755	5	2	英祖 31	乾隆 20	乙亥	庭試	이시민(李時敏)	10	김대삼(金大三)	437
526	1755	9	25	英祖 31	乾隆 20	乙亥	庭試2	심이지(沈履之)	15	김광수(金光秀)	150
527	1756	3	16	英祖 32	乾隆 21	丙子	庭試	김성유(金聖猷)	35	이동잔(李東贊)	304
528	1756	7	7	英祖 32	乾隆 21	丙子	耆老庭試	이가우(李嘉遇)	6	이명한(李鳴漢)	42
529	1756	9	11	英祖 32	乾隆 21	丙子	武年試	한중찬(韓宗纘)	38	이춘기(李春氣)	85
530	1756	윤9	26	英祖 32	乾隆 21	丙子	庭試2	정원달(鄭遠達)	8	김만흥(金萬珩)	55
531	1757	8	29	英祖 33	乾隆 22	丁丑	庭試	이택진(李宅鎭)	15	전태수(全泰壽)	368
532	1757	9	11	英祖 33	乾隆 22	丁丑	庭試2	이제협(李霽協)	8	신광우(申光遇)	25
533	1757	9	17	英祖 33	乾隆 22	丁丑	重試	이기경(李基敬)	7	김윤식(金允瑞)	22
534	1759	4	3	英祖 35	乾隆 24	己卯	武年試	이태정(李台鼎)	56	김광우(金光宇)	321
535	1759	7	22	英祖 35	乾隆 24	己卯	別試	이만영(李晚榮)	12	이규(李珪)	173
536	1759	7	25	英祖 35	乾隆 24	己卯	謁聖庭試	신익(申㴒)	6	박천주(朴天柱)	470
537	1759	8	10	英祖 35	乾隆 24	己卯	庭試	심익운(沈翼雲)	11	최치삼(崔致三)	142
538	1761	9	28	英祖 37	乾隆 26	辛巳	庭試	권극강(權克綱)	31	장덕하(張德河)	638
539	1762	3	22	英祖 38	乾隆 27	壬午	謁聖庭試	권이강(權以綱)	3	임담(林潭)	108
540	1762	4	13	英祖 38	乾隆 27	壬午	武年試	조진영(趙鎭衡)	37	우하적(禹夏績)	69
541	1762	7	28	英祖 38	乾隆 27	壬午	庭試	신상권(申尙權)	17	김성세(金成世)	203
542	1763	1	7	英祖 39	乾隆 28	癸未	耆老庭試	이종영(李宗齡)	6	이지중(李枝趴)	86
543	1763	10	22	英祖 39	乾隆 28	癸未	增廣試	조덕성(趙德成)	53	장운익(張雲翼)	318
544	1764	2	8	英祖 40	乾隆 29	甲申	忠良科	김노순(金魯淳)	3	이주(李柱)	14
545	1764	2	22	英祖 40	乾隆 29	甲申	江華別試	유덕하(柳宅夏)	4	조기(趙竒)	75
546	1764	4	1	英祖 40	乾隆 29	甲申	庭試	민홍열(閔弘烈)	5	이동식(李東植)	194

	시년	월	일	왕대년	연호	간지	시험명	문과 장원	선발	무과 장원	선발
547	1765	3	6	英祖 41	乾隆 30	乙酉	式年試	서호수(徐浩修)	52	전홍일(全弘逸)	228
548	1765	3	28	英祖 41	乾隆 30	乙酉	謁聖試	강이정(姜彝正)	5	이시우(李時術)	33
549	1766	2	29	英祖 42	乾隆 31	丙戌	庭試	이한경(李漢慶)	13	여종주(呂從周)	186
550	1766	3	4	英祖 42	乾隆 31	丙戌	重試	이성원(李性源)	8	임시륜(任時綸)	37
551	1766	3	28	英祖 42	乾隆 31	丙戌	庭試2	조제준(趙濟俊)	6	김낙서(金樂瑞)	44
552	1766	4	11	英祖 42	乾隆 31	丙戌	庭試3	홍찬해(洪纘海)	10	김상직(金尙偱)	95
553	1766	9	28	英祖 42	乾隆 31	丙戌	庭試4	서유린(徐有隣)	20	이동삼(李東三)	618
554	1767	3	11	英祖 43	乾隆 32	丁亥	庭試	김문순(金文淳)	3	강복린(姜福麟)	264
555	1767	9	18	英祖 43	乾隆 32	丁亥	謁聖試	김광묵(金光默)	10	김취선(金就善)	301
556	1767	12	16	英祖 43	乾隆 32	丁亥	重試	이지회(李之晦)	6	이기령(李杞齡)	32
557	1768	3	10	英祖 44	乾隆 33	戊子	式年試	조정(趙㲄)	57	홍석범(洪錫範)	131
558	1768	9	26	英祖 44	乾隆 33	戊子	庭試	홍종신(洪宗藎)	8	고익상(高翼相)	223
559	1769	2	9	英祖 45	乾隆 34	己丑	飾喜科	홍낙임(洪樂任)	3	유진무(柳鎭茂)	72
560	1769	5	25	英祖 45	乾隆 34	己丑	耆老庭試	윤득성(尹得聖)	5	김태상(金泰尙)	47
561	1769	9	10	英祖 45	乾隆 34	己丑	庭試	최해녕(崔海寧)	15	민덕윤(閔德潤)	410
562	1770	12	3	英祖 46	乾隆 35	庚寅	庭試	신대승(申大升)	15	차민구(車黃主)	453
563	1771	2	20	英祖 47	乾隆 36	辛卯	庭試	이상암(李商巖)	15	차유제(車有淸)	162
564	1771	3	11	英祖 47	乾隆 36	辛卯	式年試	남강로(南綱老)	74	이동식(李東植)	39
565	1771	10	27	英祖 47	乾隆 36	辛卯	庭試2	김상정(金相定)	20	이일신(李日新)	352
566	1772	2	12	英祖 48	乾隆 37	壬辰	耆老庭試	신광수(申光洙)	6	김세창(金世昌)	626
567	1772	8	1	英祖 48	乾隆 37	壬辰	蕩平庭試	임종주(任宗周)	11	조억창(趙億茂)	40
568	1772	9	20	英祖 48	乾隆 37	壬辰	庭試	서유신(徐有臣)	15	이수제(李受梯)	183
569	1773	3	8	英祖 49	乾隆 38	癸巳	增廣試	이회수(李會遂)	60	김해서(金海西)	224

번호	시년	월	일	왕대년	연호	간지	시험명	문과 장원	선발	무과 장원	선발
570	1773	10	18	英祖 49	乾隆 38	癸巳	庭試	이겸환(李謙煥)	20	고득량(高得良)	248
571	1774	1	15	英祖 50	乾隆 39	甲午	登俊試	조덕성(趙德成)	15	이춘기(李春奇)	18
572	1774	3	16	英祖 50	乾隆 39	甲午	武年試	김진구(金振九)	46	왕희국(王熙國)	86
573	1774	8	20	英祖 50	乾隆 39	甲午	庭試	김노억(金老未)	20	박동혁(朴東赫)	194
574	1774	8	27	英祖 50	乾隆 39	甲午	平安道別試	계낙해(桂樂海)	6	백양제(白亮弟)	400
575	1774	11	7	英祖 50	乾隆 39	甲午	咸鏡道別試	주중순(朱重純)	6	김유룡(金有龍)	400
576	1774	11	28	英祖 50	乾隆 39	甲午	增廣試	이영철(李永喆)	44	최희겸(崔喜謙)	97
577	1775	5	25	英祖 51	乾隆 40	乙未	庭試	정극환(鄭克煥)	34	장원오(張嫈五)	229
578	1775	8	16	英祖 51	乾隆 40	乙未	庭試2	이연년(李延年)	20	조언빈(趙彥彬)	53
579	1775	9	3	英祖 51	乾隆 40	乙未	庭試3	심낙수(沈樂洙)	5	임대경(任大慶)	25
580	1775	11	16	英祖 51	乾隆 40	乙未	求賢科	조진관(趙鎭寬)	5	이서백(李瑞白)	47
581	1775	12	11	英祖 51	乾隆 40	乙未	庭試4	임도호(林道浩)	16	조광연(曹光彥)	169
582	1776	2	13	英祖 52	乾隆 41	丙申	耆老庭試	강세황(姜世晃)	2	진순기(陳順起)	46
583	1776	10	2	正祖 0	乾隆 41	丙申	庭試	윤행이(尹行履)	11	이정원(李昌源)	64
584	1776	10	3	正祖 0	乾隆 41	丙申	重試	오준근(吳濬根)	3	유효원(柳孝源)	7
585	1777	4	20	正祖 1	乾隆 42	丁酉	增廣試	유성한(柳星漢)	35	봉지원(奉致遠)	123
586	1777	10	7	正祖 1	乾隆 42	丁酉	武年試	남술의(南述毅)	33	김아해(金躍海)	58
587	1777	11	1	正祖 1	乾隆 42	丁酉	庭試	박하규(朴漢圭)	9	이송모(李松模)	13
588	1778	7	27	正祖 2	乾隆 43	戊戌	謁聖試	박종정(朴宗正)	3	유광제(劉光齊)	16
589	1778	8	11	正祖 2	乾隆 43	戊戌	庭試	최수옹(崔粹翁)	8	김성배(金誠伯)	90
590	1779	8	8	正祖 3	乾隆 44	己亥	南漢別試	민백익(閔台翼)	3	이상연(李尙淵)	15
591	1780	3	16	正祖 4	乾隆 45	庚子	武年試	김우해(金宇海)	44	원택진(元宅鎭)	225
592	1782	3	10	正祖 6	乾隆 47	壬寅	謁聖試	조장진(趙悵鎭)	4	이동선(李東善)	23

	시년	월	일	왕대년	연호	간지	시험명	문과 장원	선발	무과 장원	선발
593	1782	10	5	正祖 6	乾隆 47	壬寅	平安道別試	조몽인(趙夢寅)	9	최지일(崔趾一)	438
594	1782	10	12	正祖 6	乾隆 47	壬寅	咸鏡道別試	박문원(朴聞遠)	7	최극제(崔極齊)	444
595	1782	12	13	正祖 6	乾隆 47	壬寅	庭試	신엄(申曮)	15	조중정(趙重鼎)	421
596	1783	4	20	正祖 7	乾隆 48	癸卯	增廣試	이민긍(李敏兢)	38	허원(許垣)	146
597	1783	9	18	正祖 7	乾隆 48	癸卯	庭試	한상신(韓商新)	5	김구강(金九岡)	118
598	1783	10	23	正祖 7	乾隆 48	癸卯	武年試	최벽(崔璧)	33	박여증(朴與曾)	47
599	1784	9	26	正祖 8	乾隆 49	甲辰	庭試	정최성(鄭㝡成)	18	고정환(高廷煥)	2,692
600	1784	10	4	正祖 8	乾隆 49	甲辰	庭試2	한지응(韓致應)	8	김백전(金百全)	173
601	1785	3	11	正祖 9	乾隆 50	乙巳	謁聖試	김이익(金履翼)	5	유극량(劉國良)	33
602	1785	10	28	正祖 9	乾隆 50	乙巳	庭試	장지면(張至冕)	10	승응창(承應昌)	242
603	1786	2	27	正祖 10	乾隆 51	丙午	別試	박유원(朴㽕源)	7	강성우(姜聖佑)	62
604	1786	3	11	正祖 10	乾隆 51	丙午	重試	목만중(睦萬中)	8	용유이(龍有㝵)	77
605	1786	3	13	正祖 10	乾隆 51	丙午	式年試	오대곤(吳大坤)	32	오재신(吳在臣)	44
606	1787	1	24	正祖 11	乾隆 52	丁未	庭試	이의강(李義綱)	15	김윤심(金允深)	148
607	1789	2	26	正祖 13	乾隆 54	己酉	謁聖試	신현조(申顯朝)	6	유재춘(柳載春)	18
608	1789	3	10	正祖 13	乾隆 54	己酉	式年試	서유보(徐榮輔)	60	백영진(白永鎭)	437
609	1789	11	4	正祖 13	乾隆 54	己酉	庭試	조득영(趙得永)	5	민종혁(閔宗赫)	93
610	1790	2	11	正祖 14	乾隆 55	庚戌	水原別試	이덕승(李德升)	5	이광춘(李光春)	174
611	1790	2	25	正祖 14	乾隆 55	庚戌	謁聖試	김경(金烱)	4	김흥득(金興得)	15
612	1790	9	20	正祖 14	乾隆 55	庚戌	增廣試	이문회(李文會)	47	김창신(金昌信)	311
613	1792	3	13	正祖 16	乾隆 57	壬子	式年試	이조원(李肇源)	59	한형조(韓亨祚)	374
614	1794	2	26	正祖 18	乾隆 59	甲寅	謁聖試	김근순(金近淳)	6	박제갑(朴濟甲)	31
615	1794	2	28	正祖 18	乾隆 59	甲寅	庭試	권준(權晙)	50	이석구(李石求)	821

	시년	월	일	왕대년	연호	간지	시험명	문과 장원	선발	무과 장원	선발
616	1795	2	11	正祖 19	乾隆 60	乙卯	水原別試	최지성(崔之聖)	5	김건(金鍵)	56
617	1795	3	13	正祖 19	乾隆 60	乙卯	式年試	신봉조(申鳳朝)	49	왕도항(王道恒)	202
618	1795	9	4	正祖 19	乾隆 60	乙卯	庭試	이경윤(李卿尹)	24	김성명(金聲鳴)	501
619	1796	2	20	正祖 20	嘉慶 1	丙辰	別試	김수신(金秀臣)	5	이응태(李應泰)	125
620	1796	2	20	正祖 20	嘉慶 1	丙辰	重試	신봉조(申鳳朝)	10	한수헌(韓守憲)	61
621	1798	3	12	正祖 22	嘉慶 3	戊午	式年試	이경삼(李敬參)	53	강이필(姜利八)	429
622	1799	9	30	正祖 23	嘉慶 4	己未	謁聖試	이규진(李奎鎭)	6	정경진(鄭慶鎭)	13
623	1800	4	3	正祖 24	嘉慶 5	庚申	別試	이재기(李在璣)	41	옥제혁(玉載赫)	924
624	1801	4	22	純祖 1	嘉慶 6	辛酉	庭試	서정보(徐長輔)	10	김상보(金相輔)	127
625	1801	4	24	純祖 1	嘉慶 6	辛酉	增廣試	권상신(權常愼)	37	이경(李綱)	30
626	1801	10	21	純祖 1	嘉慶 6	辛酉	式年試	윤지정(尹致鼎)	35	이동응(李東膺)	126
627	1802	2	26	純祖 2	嘉慶 7	壬戌	庭試	안광우(安光宇)	8	조일(趙悅)	117
628	1802	10	29	純祖 2	嘉慶 7	壬戌	庭試2	서능보(徐能輔)	7	이득록(李得鈜)	125
629	1802	11	8	純祖 2	嘉慶 7	壬戌	庭試3	황명한(黃明漢)	3	박예강(朴禮綱)	11
630	1803	4	10	純祖 3	嘉慶 8	癸亥	謁聖試	이상우(李尙愚)	3	박흥완(朴興完)	27
631	1803	4	12	純祖 3	嘉慶 8	癸亥	增廣試	김상휴(金相休)	35	김사열(金思說)	114
632	1804	3	7	純祖 4	嘉慶 9	甲子	庭試	이동사(李東師)	7	이수문(李守文)	182
633	1804	4	4	純祖 4	嘉慶 9	甲子	式年試	이우재(李愚在)	38	이중현(李重鉉)	42
634	1805	10	13	純祖 5	嘉慶 10	乙丑	庭試	이동영(李東榮)	6	이인갑(李仁甲)	309
635	1805	10	28	純祖 5	嘉慶 10	乙丑	增廣試	이노신(李魯新)	42	김현철(金鉉哲)	48
636	1806	3	10	純祖 6	嘉慶 11	丙寅	別試	이항(李沆)	6	김흥국(金興國)	207
637	1806	3	10	純祖 6	嘉慶 11	丙寅	重試	구득로(具得魯)	3	박정필(朴廷弼)	73
638	1807	4	10	純祖 7	嘉慶 12	丁卯	式年試	윤지겸(尹致謙)	38	현시영(玄蓍永)	195

순번	시년	월	일	왕대년	연호	간지	시험명	문과 장원	선발	무과 장원	선발
639	1807	5	25	純祖 7	嘉慶 12	丁卯	庭試	정완(鄭浣)	5	임재양(林再陽)	128
640	1807	9	10	純祖 7	嘉慶 12	丁卯	調聖試	윤지후(尹致後)	3	서유식(徐有植)	9
641	1807	10	4	純祖 7	嘉慶 12	丁卯	庭試2	박승현(朴升鉉)	6	이세태(李世泰)	75
642	1809	11	25	純祖 9	嘉慶 14	己巳	增廣試	이계수(李在秀)	43	이숙(李橚)	400
643	1810	11	20	純祖 10	嘉慶 15	庚午	武年試	남로(南潞)	39	신로(申輅)	221
644	1811	3	16	純祖 11	嘉慶 16	辛未	庭試	이승협(李升烈)	20	홍우형(洪禹伯)	216
645	1812	10	13	純祖 12	嘉慶 17	壬申	庭試	구영식(具榮錫)	11	김갑순(金甲順)	246
646	1813	10	22	純祖 13	嘉慶 18	癸酉	增廣試	김난순(金蘭淳)	51	이민식(李民植)	255
647	1814	3	11	純祖 14	嘉慶 19	甲戌	庭試	조기영(趙冀永)	20	권호병(權虎秉)	173
648	1814	4	17	純祖 14	嘉慶 19	甲戌	武年試	서헌보(徐憲輔)	38	정해주(鄭海柱)	45
649	1815	10	7	純祖 15	嘉慶 20	乙亥	庭試	이시원(李是遠)	22	서기보(徐箕輔)	360
650	1815	10	23	純祖 15	嘉慶 20	乙亥	平安道別試	김나데(金聲翮)	7	김성엽(金聲燁)	347
651	1815	10	27	純祖 15	嘉慶 20	乙亥	咸鏡道別試	최진경(崔喜慶)	8	지옥연(池若淵)	375
652	1816	9	6	純祖 16	嘉慶 21	丙子	庭試	임안철(林顏喆)	20	박정간(朴挺幹)	214
653	1816	9	15	純祖 16	嘉慶 21	丙子	重試	이노집(李魯集)	3	임명관(任百觀)	56
654	1816	10	10	純祖 16	嘉慶 21	丙子	武年試	박종학(朴宗學)	38	구정현(具泰鉉)	67
655	1817	9	21	純祖 17	嘉慶 22	丁丑	庭試	권욱(權頊)	16	김서욱(金庶郁)	344
656	1819	4	25	純祖 19	嘉慶 24	己卯	武年試	조인영(趙寅永)	39	심낙신(沈樂臣)	235
657	1820	10	2	純祖 20	嘉慶 25	庚辰	庭試	김정균(金鼎均)	9	황기운(黃琦潤)	339
658	1821	11	8	純祖 21	道光 1	辛巳	庭試	한중교(韓弘教)	5	장만섭(張晩燮)	112
659	1822	4	4	純祖 22	道光 2	壬午	武年試	이효순(李孝淳)	39	유상건(柳相健)	46
660	1823	4	10	純祖 23	道光 3	癸未	庭試	이규명(李圭命)	10	이완민(李完敏)	62
661	1823	9	17	純祖 23	道光 3	癸未	庭試2	서만순(徐萬淳)	6	이규은(李圭殷)	62

	시년	월	일	왕대년	연호	간지	시험명	문과 장원	선발	무과 장원	선발
662	1825	4	13	純祖 25	道光 5	乙酉	式年試	오지순(吳致淳)	48	신의항(申義恒)	503
663	1825	4	21	純祖 25	道光 5	乙酉	謁聖試	서경보(徐耕輔)	5	추한명(秋漢明)	71
664	1826	3	10	純祖 26	道光 6	丙戌	別試	정기일(鄭基一)	8	오치영(吳致永)	52
665	1826	3	22	純祖 26	道光 6	丙戌	重試	윤제홍(尹濟弘)	3	■■■(■■■■)	
666	1826	10	24	純祖 26	道光 6	丙戌	平安道別試	김성(金鑏)	6	조효진(趙孝珍)	99
667	1826	10	28	純祖 26	道光 6	丙戌	咸鏡道別試	허담(許紞)	4	김달진(金達珍)	241
668	1827	4	9	純祖 27	道光 7	丁亥	庭試	임원배(林原培)	28	이인화(李寅華)	8
669	1827	10	19	純祖 27	道光 7	丁亥	增廣試	홍중섭(洪重燮)	40	이종규(李鍾奎)	106
670	1828	4	22	純祖 28	道光 8	戊子	式年試	유성환(兪星煥)	42	원경(元炅/木)	225
671	1829	10	18	純祖 29	道光 9	己丑	庭試	김필(金鏍)	42	오명선(吳明善)	637
672	1830	10	29	純祖 30	道光 10	庚寅	庭試	김재전(金在田)	5	이용상(李容象)	231
673	1831	4	24	純祖 31	道光 11	辛卯	式年試	김공현(金公鉉)	42	이교행(李敎行)	166
674	1834	4	25	純祖 34	道光 14	甲午	式年試	심의승(沈宜升)	49	홍대항(洪大恒)	651
675	1835	9	28	憲宗 1	道光 15	乙未	別試	한계원(韓啓源)	5	선시영(宣時永)	218
676	1835	10	13	憲宗 1	道光 15	乙未	增廣試	이진익(李晉翼)	37	허운로(許雲老)	410
677	1836	2	25	憲宗 2	道光 16	丙申	庭試	막내만(朴來萬)	10	장계섭(張繼燮)	293
678	1836	2	29	憲宗 2	道光 16	丙申	重試	김숙순(金錫淳)	5	이명석(李明錫)	195
679	1837	4	12	憲宗 3	道光 17	丁酉	式年試	임긍수(林肯洙)	41	박재인(朴載仁)	163
680	1837	10	11	憲宗 3	道光 17	丁酉	庭試	서유훈(徐有薰)	10	김계정(金啓㳣)	217
681	1838	4	17	憲宗 4	道光 18	戊戌	庭試	이회영(李晦榮)	11	조풍림(趙豊林)	282
682	1838	4	21	憲宗 4	道光 18	戊戌	謁聖試	이익(李寅翼)	3	정상섭(鄭尙燮)	71
683	1838	9	29	憲宗 4	道光 18	戊戌	咸鏡道道科	오중흡(吳重翕)	8	허남(許枏)	207
684	1839	4	20	憲宗 5	道光 19	己亥	庭試	김영삼(金永三)	12	이지수(李祉秀)	151

	시년	월	일	왕대년	연호	간지	시험명	문과 장원	선발	무과 장원	선발
685	1840	4	4	憲宗 6	道光 20	庚子	式年試	조구하(趙龜夏)	38	장두형(張斗衡)	339
686	1841	3	13	憲宗 7	道光 21	辛丑	庭試	이호형(李好亨)	19	나경준(羅敬俊)	218
687	1843	4	9	憲宗 9	道光 23	癸卯	式年試	유광목(柳光睦)	52	김낙문(金樂文)	402
688	1844	4	20	憲宗 10	道光 24	甲辰	增廣試	유진한(柳進翰)	39	임태경(任泰褧)	300
689	1845	4	10	憲宗 11	道光 25	乙巳	庭試	정창협(丁昌夾)	14	임익상(林翼相)	400
690	1846	2	25	憲宗 12	道光 26	丙午	庭試	장용규(張龍逵)	7	이경권(李經權)	223
691	1846	3	13	憲宗 12	道光 26	丙午	重試	임기수(林基洙)	3	박영식(朴英湜)	24
692	1846	3	15	憲宗 12	道光 26	丙午	式年試	이만덕(李晩德)	38	고제의(高濟義)	143
693	1847	2	26	憲宗 13	道光 27	丁未	庭試	조운경(趙雲卿)	24	김영욱(金榮鈺)	145
694	1848	5	30	憲宗 14	道光 28	戊申	增廣試	민영위(閔泳緯)	43	허집(許鏶)	480
695	1848	10	30	憲宗 14	道光 28	戊申	庭試	이인동(李仁東)	3	이희태(李熙台)	218
696	1849	4	8	憲宗 15	道光 29	己酉	式年試	이양신(李亮信)	36	백성수(白聖洙)	76
697	1849	4	20	憲宗 15	道光 29	己酉	庭試	윤돈(尹暾)	5	손석영(孫錫榮)	50
698	1850	4	28	哲宗 1	道光 30	庚戌	增廣試	홍주길(洪冑吉)	40	최운익(崔雲翼)	
699	1851	3	13	哲宗 1	咸豊 1	辛亥	庭試	윤병정(尹秉鼎)	11	김제긍(金濟肯)	330
700	1851	10	17	哲宗 2	咸豊 1	辛亥	庭試2	안제린(安在麟)	13	곽조운(郭祚運)	266
701	1851	10	19	哲宗 2	咸豊 1	辛亥	謁聖試	곽직섭(郭致燮)	3	유철주(兪喆柱)	58
702	1852	4	9	哲宗 3	咸豊 2	壬子	式年試	김기현(金基鉉)	39	민희호(閔羲鎬)	166
703	1852	10	15	哲宗 3	咸豊 2	壬子	庭試	김순(金準)	7	구원조(具源祚)	704
704	1853	3	20	哲宗 4	咸豊 3	癸丑	庭試	이승구(李承九)	15	김희성(金熙性)	286
705	1854	2	27	哲宗 5	咸豊 4	甲寅	庭試	이응권(李應呂)	19	이시철(李時喆)	235
706	1854	5	15	哲宗 5	咸豊 4	甲寅	耆老庭試	서응순(徐膺淳)	6	심휘태(沈徽泰)	844
707	1854	7	29	哲宗 5	咸豊 4	甲寅	濟州別試	김명억(金命岳)	3	이언길(李彦吉)	

	시년	월	일	왕대년	연호	간지	시험명	문과 장원	선발	무과 장원	선발
708	1855	4	4	哲宗 6	咸豊 5	乙卯	庭試	서유순(徐友淳)	17	심태지(沈泰之)	679
709	1855	4	9	哲宗 6	咸豊 5	乙卯	式年試	김동원(金東元)	33	구창식(具昌植)	48
710	1856	4	4	哲宗 7	咸豊 6	丙辰	別試	이후선(李俊善)	10	홍하주(洪鶴周)	21
711	1856	4	16	哲宗 7	咸豊 6	丙辰	重試	송흠익(宋欽翼)	5	이종하(李鍾夏)	84
712	1857	4	9	哲宗 8	咸豊 7	丁巳	庭試	유만원(兪晩源)	23	김몽구(金夢求)	691
713	1858	4	29	哲宗 9	咸豊 8	戊午	庭試	김태수(金泰洙)	25	김환감(金煥鑑)	875
714	1858	9	17	哲宗 9	咸豊 8	戊午	庭試2	이조신(李肇信)	3	최규오(崔圭五)	267
715	1858	10	16	哲宗 10	咸豊 8	戊午	武年試	이태익(李泰翼)	39	이민정(李敏鼎)	
716	1859	3	13	哲宗 10	咸豊 9	己未	增廣試	윤태건(尹泰健)	40	박영원(朴泳元)	170
717	1860	3	12	哲宗 11	咸豊 10	庚申	庭試	김민수(金民秀)	19	윤병섭(尹秉燮)	150
718	1861	4	2	哲宗 12	咸豊 11	辛酉	庭試	정한조(鄭漢朝)	6	이인제(李麟在)	
719	1861	4	25	哲宗 12	咸豊 11	辛酉	武年試	이심재(李心宰)	56	유해심(柳海鬵)	
720	1862	3	10	哲宗 13	同治 1	壬戌	庭試	김학로(金學鰲)	15	김재성(金在聲)	422
721	1862	8	12	哲宗 13	同治 1	壬戌	庭試2	조창화(趙昌和)	6	최원영(崔元永)	238
722	1863	6	2	哲宗 14	同治 2	癸亥	濟州別試	송상순(宋祥淳)	5	양제호(梁濟浩)	
723	1863	8	27	哲宗 14	同治 2	癸亥	庭試	채동직(蔡東直)	18	조면식(趙勉植)	748
724	1864	5	12	高宗 1	同治 3	甲子	庭試	허식(許杙)	18	이택신(李澤信)	
725	1864	10	18	高宗 1	同治 3	甲子	增廣試	박선수(朴瑄壽)	37	홍운섭(洪運燮)	28
726	1865	4	28	高宗 2	同治 4	乙丑	式年試	양상기(梁相器)	43	이덕순(李德純)	28
727	1866	3	26	高宗 3	同治 5	丙寅	庭試	황익수(黃翼秀)	20	정영태(鄭永泰)	109
728	1866	4	9	高宗 3	同治 5	丙寅	重試	이규영(李珪永)	5	성종호(成宗鎬)	8
729	1866	9	29	高宗 3	同治 5	丙寅	庭試2	이민도(李敏燾)	8	박능세(朴菱世)	
730	1866	10	3	高宗 3	同治 5	丙寅	諸聖試	고영석(高永錫)	3	이정필(李正弼)	257

	시년	월	일	왕대년	연호	간지	시험명	문과 장원	선발	무과 장원	선발
731	1866	11	13	高宗 3	同治 5	丙寅	不安道道科	최봉명(崔鳳命)	5	■■■(■■■■)	
732	1866	12	13	高宗 3	同治 5	丙寅	江華別試	이연수(李演壽)	6	■■■(■■■■)	
733	1866	12	14	高宗 3	同治 5	丙寅	開城別試	이철(李品)	3	■■■(■■■■)	
734	1867	2	9	高宗 4	同治 6	丁卯	咸鏡道道科	황하겸(黃夏謙)	4	■■■(■■■■)	
735	1867	4	9	高宗 4	同治 6	丁卯	式年試	김정호(金正浩)	46	이교술(李敎述)	813
736	1867	9	17	高宗 4	同治 6	丁卯	庭試	정도인(鄭度仁)	8	신상태(申相兌)	
737	1868	3	11	高宗 5	同治 7	戊辰	庭試	채시흠(蔡時欽)	15	김석린(金錫麟)	
738	1868	3	20	高宗 5	同治 7	戊辰	庭試2	이몽제(李蒙濟)	5	이상중(李尙興)	
739	1869	3	20	高宗 6	同治 8	己巳	庭試	도석훈(都錫壎)	32	원세억(元世煜)	
740	1870	3	22	高宗 7	同治 9	庚午	庭試	남광철(南光轍)	22	전학문(田鶴文)	378
741	1870	4	28	高宗 7	同治 9	庚午	武年試	민지량(閔致良)	33	오순영(吳順泳)	28
742	1871	3	13	高宗 8	同治 10	辛未	謁聖試	이계만(李啓萬)	8	남기혁(南基赫)	
743	1871	3	15	高宗 8	同治 10	辛未	庭試	이호익(李鎬翼)	25	이규집(李奎集)	165
744	1872	2	4	高宗 9	同治 11	壬申	謁聖試	김옥균(金玉均)	5	장지용(張志庸)	163
745	1872	3	5	高宗 9	同治 11	壬申	開城別試	왕성협(王性協)	5	박경우(朴景友)	26
746	1872	4	9	高宗 9	同治 11	壬申	庭試	한석동(韓頔東)	21	이기섬(李基燮)	433
747	1873	4	26	高宗 10	同治 12	癸酉	武年試	윤승구(尹升求)	45	김섭(金燮)	28
748	1873	8	19	高宗 10	同治 12	癸酉	庭試	홍병일(洪柄一)	10	김구락(金龜洛)	199
749	1874	5	15	高宗 11	同治 13	甲戌	增廣試	이주영(李胄榮)	45	민기영(閔箕泳)	28
750	1874	9	9	高宗 11	同治 13	甲戌	庭試	조규현(趙圭鉉)	11	노병직(盧炳稷)	
751	1875	4	28	高宗 12	光緒 1	乙亥	別試	이용원(李容元)	34	배익승(裵翊承)	72
752	1876	3	6	高宗 13	光緒 2	丙子	庭試	김세진(金世鎭)	5	이민석(李敏奭)	445
753	1876	3	12	高宗 13	光緒 2	丙子	重試	윤상원(尹相元)	5	이긍한(李肯漢)	23

	시년	월	일	왕대년	연호	간지	시험명	문과 장원	선발	무과 장원	선발
754	1876	3	21	高宗 13	光緒 2	丙子	式年試	김인규(金寅圭)	44	남병주(南秉疇)	28
755	1876	4	9	高宗 13	光緒 2	丙子	咸鏡道道科	한백규(韓白圭)	8	■■(■■■)	
756	1877	4	9	高宗 14	光緒 3	丁丑	庭試	조중필(趙重㻶)	21	윤영선(尹泳先)	616
757	1877	9	15	高宗 14	光緒 3	丁丑	耆老應製試	서정춘(徐鼎勳)	3	■■■(■■■)	
758	1878	4	21	高宗 15	光緒 4	戊寅	庭試	고은정(高雲欽)	18	김양선(金養善)	708
759	1879	2	27	高宗 16	光緒 5	己卯	庭試	남정호(南廷皓)	21	구연희(具然喜)	310
760	1879	3	6	高宗 16	光緒 5	己卯	庭試2	이동연(李東㴭)	8	이병우(李秉禹)	170
761	1879	3	21	高宗 16	光緒 5	己卯	式年試	윤영수(尹英秀)	49	백낙균(白樂均)	28
762	1880	5	19	高宗 17	光緒 6	庚辰	庭試	이승구(李承九)	5	이한영(李漢英)	658
763	1880	6	24	高宗 17	光緒 6	庚辰	增廣試	유은욱(兪殷沃)	72	이은춘(李殷春)	414
764	1880	9	20	高宗 17	光緒 6	庚辰	謁聖試	박인환(朴寅煥)	7	신백희(申白熙)	295
765	1880	10	29	高宗 17	光緒 6	庚辰	庭試2	위익원(魏翼源)	3	구백서(具槇書)	471
766	1881	3	27	高宗 18	光緒 7	辛巳	庭試	서긍순(徐公淳)	12	유석형(柳錫衡)	
767	1882	3	22	高宗 19	光緒 8	壬午	別試	윤영식(尹榮植)	23	이민헌(李敏漢)	
768	1882	4	6	高宗 19	光緒 8	壬午	庭試	이구상(李龜相)	5	김두식(金斗植)	384
769	1882	10	20	高宗 19	光緒 8	壬午	增廣試	윤형선(尹宅善)	61	김사긍(金思兢)	
770	1882	12	12	高宗 19	光緒 8	壬午	別試2	서상우(徐相雨)	10	홍택후(洪澤厚)	58
771	1883	3	12	高宗 20	光緒 9	癸未	式年試	윤호섭(尹㫒燮)	41	■■■(■■■)	
772	1883	5	15	高宗 20	光緒 9	癸未	別試	김낙진(金洛鎭)	14	한기순(韓耆淳)	219
773	1885	3	17	高宗 22	光緒 11	乙酉	庭試	이민규(李敏奎)	44	허구(許柱)	
774	1885	4	16	高宗 22	光緒 11	乙酉	式年試	송민수(宋敏洙)	35	이규현(李奎鉉)	
775	1885	9	15	高宗 22	光緒 11	乙酉	增廣試	유지익(兪致益)	46	이민대(李敏大)	28
776	1886	3	7	高宗 23	光緒 12	丙戌	庭試	김양원(金亮鋐)	26	김호준(金好俊)	222

	시년	월	일	왕대년	연호	간지	시험명	문과 장원	선발	무과 장원	선발
777	1886	3	16	高宗 23	光緒 12	丙戌	重試	심기택(沈琦澤)	5	김긍현(金兢鉉)	
778	1886	12	25	高宗 23	光緒 12	丙戌	不安道道科	김경순(金敬淳)	12	■■(■■■)	
779	1887	1	9	高宗 24	光緒 13	丁亥	咸鏡道道科	서백륜(徐百倫)	8	■■(■■■)	
780	1887	3	15	高宗 24	光緒 13	丁亥	庭試	남광희(南光熙)	23	원용정(元容鋌)	29
781	1887	11	9	高宗 24	光緒 13	丁亥	開城別試	우제일(禹濟一)	7	■■(■■■)	
782	1887	12	16	高宗 24	光緒 13	丁亥	庭試2	박정수(朴鼎壽)	37	권재문(權在文)	100
783	1888	2	3	高宗 25	光緒 14	戊子	耆老應製試	유구환(兪龜煥)	3	유계수(柳啓秀)	10
784	1888	3	22	高宗 25	光緒 14	戊子	庭試	오준영(吳竣泳)	14	이진하(李振夏)	28
785	1888	4	19	高宗 25	光緒 14	戊子	武年試	김이수(金彛秀)	34	장석조(張錫祚)	
786	1888	8	9	高宗 25	光緒 14	戊子	別試	송종오(宋鍾五)	39	신석모(申錫謨)	282
787	1889	12	17	高宗 26	光緒 15	己丑	謁聖試	이민상(李旻相)	53	이규정(李圭正)	2,513
788	1890	3	2	高宗 27	光緒 16	庚寅	耆老應製試	정해관(鄭海觀)	5	■■(■■■)	
789	1890	11	27	高宗 27	光緒 16	庚寅	別試	권연(權沇)	33	민영훈(閔泳勳)	
790	1891	3	21	高宗 28	光緒 17	辛卯	庭試	김병흡(金炳翕)	5	이원영(李元永)	669
791	1891	4	2	高宗 28	光緒 17	辛卯	庭試2	민두호(閔斗鎬)	16	한규하(韓圭夏)	506
792	1891	7	11	高宗 28	光緒 17	辛卯	增廣試	송병찬(宋秉瓚)	78	김이현(金頤玄)	28
793	1891	9	24	高宗 28	光緒 17	辛卯	庭試3	이병롱(李炳龍)	20	조재옥(趙載玉)	335
794	1891	11	11	高宗 28	光緒 17	辛卯	武年試	민지은(閔致殷)	39	이공순(李珙淳)	349
795	1892	3	27	高宗 29	光緒 18	壬辰	別試	최국현(崔國鉉)	64	백남복(白南福)	216
796	1892	8	11	高宗 29	光緒 18	壬辰	庭試	이인장(李寅昌)	13	이민영(李敏榮)	31
797	1892	8	16	高宗 29	光緒 18	壬辰	別試2	안정간(安廷玕)	10	오일영(吳日泳)	100
798	1892	9	16	高宗 29	光緒 18	壬辰	謁聖試	천광독(千光祿)	7	이이로(李羽魯)	286
799	1892	10	11	高宗 29	光緒 18	壬辰	別試3	심상길(沈相吉)	27	조규헌(趙觀顯)	564

	시년	월	일	왕대년	연호	간지	시험명	문과 장원	선발	무과 장원	선발
800	1893	4	23	高宗 30	光緒 19	癸巳	庭試	오영(吳英)	32	박희택(朴喜宅)	
801	1893	8	9	高宗 30	光緒 19	癸巳	謁聖試	이용태(李龍泰)	8	오대근(吳大根)	
802	1893	10	18	高宗 30	光緒 19	癸巳	庭試2	이종익(李鍾翊)	18	이석범(李錫範)	
803	1893	12	23	高宗 30	光緒 19	癸巳	平安道永義科	김윤기(金潤起)	5	■■■(■■■■)	
804	1894	5	15	高宗 31	光緒 20	甲午	武年試	신종익(愼宗翼)	57	신영균(申永均)	1,147

2. 생원·진사시,2) 잡과 시험 연보

순번	시년	월	일	實	왕대년	연호	간지	시험명	생원 장원	선발	진사 장원	선발	譯科	醫科	書科	律科	선발
1	1393	6	24	實	太祖 2	洪武 26	癸酉	武年試	윤안신(尹安信)	132	박안신(朴安信)	102					0
2	1396	6	1	實	太祖 5	洪武 29	丙子	武年試	이수(李隨)	99	×						0
3	1399				定宗 1	建文 1	己卯	武年試	서미성(徐彌性)	100	서진(徐晉)	100					0
4	1401	3	13	實	太宗 1	建文 3	辛巳	增廣試	조종생(趙從生)	100	×						0
5	1402	2	10	實	太宗 2	建文 4	壬午	武年試	민무회(閔無悔)	100	×						0
6	1405	3	5	實	太宗 5	永樂 3	乙酉	武年試	조서로(趙瑞老)	100	×						0
7	1408	2	8	實	太宗 8	永樂 6	戊子	武年試	윤수(尹粹)	100	×						0
8	1411	3	7	實	太宗 11	永樂 9	辛卯	武年試	권극화(權克和)	100	×						0
9	1414	2	10	實	太宗 14	永樂 12	甲午	武年試	조서강(趙瑞康)	100	×						0
10	1417	2	12	實	太宗 17	永樂 15	丁酉	武年試	권채(權採)	100	×						0
11	1419	2	6	實	世宗 1	永樂 17	己亥	增廣試	성이겸(成以兼)	100	×						0
12	1420	윤1	18	實	世宗 2	永樂 18	庚子	武年試	민원(閔瑗)	100	×						0
13	1423	2	14	實	世宗 5	永樂 21	癸卯	武年試	남계영(南季瑛)	100	×						0
14	1426	2	21	實	世宗 8	宣德 1	丙午	武年試	신석견(辛石堅)	100	×						0
15	1429	2	21	實	世宗 11	宣德 4	己酉	武年試	유지(庾智)	100	×						0
16	1432	2	20		世宗 14	宣德 7	壬子	武年試	정창(鄭昌)	100	×						0

2) 실행일의 우선 순위는 단회방목이고, 다음으로 조선왕조실록을 참고하였으며, 월일을 참고고는 옆에 표시를 하였다.(방목=榜, 실록=實) 조선 전기에는 방목명에 나오는 월일을 참고하였고, 조선 후기에는 진사시가 끝나고 나오는 부록(附錄)을 참고하였다.
단회방목에서는 초시(初試)는 보통 전년도에 실시하고, 복시(覆試=會試)는 초시 다음 해에 실행하였다.(초시·복시를 같은 해에 실시하는 경우도 있다.) 복시 조장(初場)의 시험일을 기준으로 하였다.(실록은 방방일(放榜日)을 기록한 듯하다.)

	시년	월	일		왕대년	연호	간지	시험명	생원 장원	선발	진사 장원	선발	譯科	醫科	雲科	律科	선발
17	1435	2	27	實	世宗 17	宣德 10	乙卯	式年試	남지(南智)	100	신숙주(申叔舟)	100					0
18	1438	2	7	實	世宗 20	正統 3	戊午	式年試	최항강(崔恒江)	100	이석형(李石亨)	100					0
19	1441	2	10	實	世宗 23	正統 6	辛酉	式年試	이석형(李石亨)	100	이석형(李石亨)	100					0
·	1444				世宗 26	正統 9	甲子	式年試	이진(李蓁)	罷榜	한명금(韓明昆)(白倫)	罷榜					0
20	1447	2	18	實	世宗 29	正統 12	丁卯	式年試	틱중(卓中)	200	×						0
21	1450	9	5	實	文宗 0	景泰 1	庚午	式年試	홍숙부(洪叔阜)	100	×	100					0
22	1451	2	10	實	文宗 1	景泰 2	辛未	增廣試	손순효(孫舜孝)	100	×						0
23	1453	2	10	實	端宗 1	景泰 4	癸酉	增廣試	김상(金湘)	100	최한보(崔漢輔)	100					0
24	1453	9	4	實	端宗 1	景泰 4	癸酉	增廣試	김성원(金性源)	100	윤탁(尹晫)	100					0
25	1456	1	25	實	世祖 2	景泰 7	丙子	式年試	민수(閔粹)	100	박순(朴峋)	100					0
26	1459	2	15	實	世祖 5	天順 3	己卯	式年試	유순(柳洵)	100	이부신(李復善)	100					0
27	1462	8	14	實	世祖 8	天順 6	壬午	式年試	배맹주(裵孟厚)	100	배맹주(裵孟厚)	100					0
28	1465	1	27	實	世祖 11	成化 1	乙酉	式年試	이장신(李昌臣)	100	정지(鄭摯)	100					0
29	1468	2	25	實	世祖 14	成化 4	戊子	式年試	조형문(趙亨門)	100	김종(金근)	100					0
30	1469	9	0	榜	睿宗 1	成化 5	己丑	增廣試	김괴(金塊)	100	한인(韓인)	100					0
31	1472	2	10	實	成宗 3	成化 8	壬辰	式年試	이승언(李承彦)	100	유인종(柳麟種)	100			1		1
32	1474	2	14	實	成宗 5	成化 10	甲午	式年試	조지서(趙之瑞)	100	신종호(申從濩)	100					0
33	1477	2	20	實	成宗 8	成化 13	丁酉	式年試	남궁찬(南宮璨)	100	남세담(南世聃)	100					0
34	1480	3	3	榜	成宗 11	成化 16	庚子	式年試	최연손(崔連孫)	100	이오(李鰲)	100					0
35	1483	2	0	榜	成宗 14	成化 19	癸卯	式年試	강혼(姜渾)	100	이상(李瑺)	100					0
36	1486	9	15	實	成宗 17	成化 22	丙午	式年試	김일손(金馹孫)	100	임희재(任熙載)	100					0
37	1489	3	7	實	成宗 20	弘治 2	己酉	式年試	김인평(金仁平)	100	김진령(金千齡)	100					0
38	1492	4	5	實	成宗 23	弘治 5	壬子	式年試	정희량(鄭希良)	100	윤효빙(尹孝聘)	100					0

	시년	월	일		왕년	연호	간지	시험명	생원 장원	선발	진사 장원	선발	譯科	器科	雲科	律科	선발
39	1495	10	24	賞	燕山 1	弘治 8	乙卯	增廣試	이장곤(李長坤)	100	조계형(曹繼衡)	100					0
40	1496	윤3	3	榜	燕山 2	弘治 9	丙辰	式年試	김극성(金克成)	100	김우서(金禹瑞)	100					0
41	1498	3	3	賞	燕山 4	弘治 11	戊午	式年試	김세필(金世弼)	100	이광조(李光祖)	100	18	9			27
42	1501	2	0	榜	燕山 7	弘治 14	辛酉	式年試	이수정(李守貞)	100	김녀국(金女國)	100					0
43	1504				燕山 10	弘治 17	甲子	增廣試	유예신(柳禮臣)	100	정백붕(鄭百朋)	100					0
44	1507				中宗 2	正德 2	丁卯	式年試	유돈(柳墩)	100	박우(朴祐)	100	19	9		9	37
45	1507	9	7	榜	中宗 2	正德 2	丁卯	式年試	김구(金絿)	100	김구(金絿)	100					0
46	1510	2	25	榜	中宗 5	正德 5	庚午	式年試	김취정(金就精)	100	조광조(趙光祖)	100					0
47	1513	8	20	榜	中宗 8	正德 8	癸酉	式年試	이약빙(李若氷)	100	신잠(申潛)	100	10	9	6	7	32
48	1516	3	7	賞	中宗 11	正德 11	丙子	式年試	심연원(沈連源)	100	조연(趙連)	100					0
49	1519	2	13	賞	中宗 14	正德 14	己卯	式年試	이원휘(李元徽)	100	권련(權璉)	100					0
50	1522	2	21	賞	中宗 17	嘉靖 1	壬午	式年試	채무일(蔡無逸)	100	이기(李芑)	100					0
51	1525	2	21	榜	中宗 20	嘉靖 4	乙酉	式年試	신억령(辛億齡)	100	김개(金鎧)	100	17	9	9	8	43
52	1528	2	24	榜	中宗 23	嘉靖 7	戊子	式年試	박충원(朴忠元)	100	윤겸(尹洊)	100					0
53	1531	8	0	榜	中宗 26	嘉靖 10	辛卯	式年試	이주(李澍)	100	이윤경(李潤慶)	100	16	9			25
54	1534	윤2	2	榜	中宗 29	嘉靖 13	甲午	式年試	채승선(蔡承先)	100	진우(陳宇)	100					0
55	1537		23		中宗 32	嘉靖 16	丁酉	式年試	송찬(宋贊)	100	최계훈(崔繼勳)	100					0
56	1540	2	23	榜	中宗 35	嘉靖 19	庚子	式年試	양응정(梁應鼎)	100	김범(金範)	100	15	9	9	4	37
57	1543	8	24	榜	中宗 38	嘉靖 22	癸卯	式年試	이광전(李光前)	100	김균(金鈞)	100	15	9	9	6	39
58	1546	4	15	賞	明宗 1	嘉靖 25	丙午	增廣試	박민헌(朴民獻)	100	김언운(金彦雲)	99					0
59	1546	9	0	榜	明宗 1	嘉靖 25	丙午	式年試	윤비(尹丼)	100	김홍도(金弘度)	100	19	6	8	8	41
60	1549	9	9	榜	明宗 4	嘉靖 28	己酉	式年試	홍부(洪溥)	100	이형(李泂)	100	19	9	6	8	42
61	1552	3	8	賞	明宗 7	嘉靖 31	壬子	式年試	정엄(鄭淹)	100	김우굉(金宇宏)	100					0

	시년	월	일		왕대년	연호	간지	시험명	생원 장원	선발	진사 장원	선발	譯科	醫科	雲科	律科	선별
62	1555	3	1	榜	明宗 10	嘉靖 34	乙卯	式年試	윤두수(尹斗壽)	100	서임(徐嶰)	100					0
63	1558	10	10	實	明宗 13	嘉靖 37	戊午	式年試	주박(周博)	100	이중림(李中立)	100					0
64	1561				明宗 16	嘉靖 40	辛酉	式年試	조정기(趙廷機)	100	홍성민(洪聖民)	100					0
65	1564	7	20	榜	明宗 19	嘉靖 43	甲子	式年試	이이(李珥)	100	조원(趙瑗)	100	15	9	8	4	36
66	1567				宣祖 0	隆慶 1	丁卯	式年試	조욱(趙儼)	100	강신(姜紳)	100					0
67	1568				宣祖 1	隆慶 2	戊辰	增廣試	허봉(許篈)	100	하락(河洛)	100	1				1
68	1570	2	18	榜	宣祖 3	隆慶 4	庚午	式年試	윤정(尹晛)	100	정언(鄭彦)	100	10	7	8	7	32
69	1573	2	24	榜	宣祖 6	萬曆 1	癸酉	式年試	이산악(李山岳)	100	김굉(金竑)	100	1				1
70	1576	2	16	榜	宣祖 9	萬曆 4	丙子	式年試	이괴(李晦)	100	윤엄(尹俺)	100	4	7	9	2	22
71	1579	4	2	榜	宣祖 12	萬曆 7	己卯	式年試	한준겸(韓浚謙)	100	이호민(李好閔)	100					0
72	1582	2	28	榜	宣祖 15	萬曆 10	壬午	式年試	조의(趙翊)	100	우홍적(禹弘績)	100	1	4			5
73	1585	8	24	榜	宣祖 18	萬曆 13	乙酉	式年試	이상의(李尙毅)	100	정엽(鄭曄)	100					0
74	1588	2	24	榜	宣祖 21	萬曆 16	戊子	式年試	윤영현(尹英賢)	100	김의원(金義元)	100	14	9	6		9
75	1589	3	17	榜	宣祖 22	萬曆 17	己丑	增廣試	청근중(菁董中)	100	이성길(李成吉)	100	18				0
76	1590				宣祖 23	萬曆 18	庚寅	增廣試	김광엽(金光燁)	100	윤훤(尹暄)	100		4			4
77	1591				宣祖 24	萬曆 19	辛卯	式年試	성순(成恂)	100	민여임(閔汝任)	100	1	6			7
78	1601	2			宣祖 34	萬曆 29	辛丑	式年試	김지선(金止善)	100	조희일(趙希逸)	100	14	9	6		29
79	1603				宣祖 36	萬曆 31	癸卯	式年試	유엄(柳渰)	100	이구(李久)	100	18	8		4	30
80	1605	2	14	實	宣祖 38	萬曆 33	乙巳	增廣試	최명길(崔鳴吉)	100	고용후(高用厚)	100	1	6			7
81	1606	9	10	榜	宣祖 39	萬曆 34	丙午	式年試	이유달(李惟達)	100	남이웅(南以雄)	100	1	4			5
82	1606	11	6	榜	宣祖 39	萬曆 34	丙午	增廣試	이시호(李士浩)	100	오천(吳煥)	100	2	9			11
83	1609				光海 1	萬曆 37	己酉	增廣試	김시주(金是柱)	100	이민구(李敏求)	100	19	9			28
84	1610	윤3	6	榜	光海 2	萬曆 38	庚戌	式年試	최중운(崔㴤雲)	100	유진(柳袗)	100	5	4		1	10

번호	시년	월	일	榜	왕대년	연호	간지	시험명	생원 장원	선발	진사 장원	선발	譯科	醫科	雲科	律科	선발
85	1612	3	13	榜	光海 4	萬曆 40	壬子	式年試	남호학(南好學)	100	이대엽(李大燁)	100	4	1			5
86	1612				光海 4	萬曆 40	壬子	增廣試	정두인(鄭斗寅)	100	정택뢰(鄭澤雷)	100	1				1
87	1613			榜	光海 5	萬曆 41	癸丑	增廣試	이제(李穧)	100	나만갑(羅萬甲)	100	4	5			9
88	1615			榜	光海 7	萬曆 43	乙卯	式年試	심지청(沈之淸)	100	기윤헌(奇允獻)	100	3	7			10
89	1616	3	7	榜	光海 8	萬曆 44	丙辰	增廣試	우방(禹昉)	100	임기지(任器之)	100	6				6
90	1618			榜	光海 10	萬曆 46	戊午	增廣試	이영구(李榮久)	100	조익형(趙益亨)	100	23				23
91	1618	9	29	榜	光海 10	萬曆 46	戊午	增廣試	이기숙(李基橚)	100	유명립(柳命立)	100	1	6			7
92	1624	8	11	榜	仁祖 2	天啓 4	甲子	增廣試	윤형지(尹衡志)	100	조석형(趙錫馨)	100	4			1	5
93	1624	10	13	榜	仁祖 2	天啓 4	甲子	式年試	신민(申旻)	100	조수익(趙壽益)	100	3	9		3	15
94	1627	8	4	榜	仁祖 5	天啓 7	丁卯	式年試	서원리(徐元履)	100	유심(柳淰)	100	5	9		3	17
95	1630	2	12	榜	仁祖 8	崇禎 3	庚午	式年試	이시해(李時楷)	100	홍명일(洪命一)	100	19	9		5	33
96	1633	3	20	榜	仁祖 11	崇禎 6	癸酉	增廣試	박응부(朴宗阜)	100	김진표(金震標)	100	13	4			17
97	1633	10	10	榜	仁祖 11	崇禎 6	癸酉	式年試	송시열(宋時烈)	100	이명식(李命式)	100	8		1	4	13
98	1635	10	4	榜	仁祖 13	崇禎 8	乙亥	增廣試	김익겸(金益兼)	100	홍중보(洪重普)	100	23	11			34
99	1639				仁祖 17	崇禎 12	己卯	式年試	권지(權止)	100	박세견(朴世堅)	100	18	9		6	33
100	1642	2	8	榜	仁祖 20	崇禎 15	壬午	式年試	조연양(趙衍陽)	100	이만하(李曼夏)	100	18	9			27
101	1646	3	0	榜	仁祖 24	順治 3	丙戌	式年試	윤재(尹柔)	100	김수항(金壽恒)	100	10	6		2	18
102	1648	8	18	榜	仁祖 26	順治 5	戊子	式年試	한오상(韓五相)	100	이단상(李端相)	100	16	7			23
103	1650	11	26	榜	孝宗 1	順治 7	庚寅	增廣試	민시중(閔蓍重)	100	한성열(韓聖說)	100	13	9		6	28
104	1651	7	19	榜	孝宗 2	順治 8	辛卯	式年試	이원목(李元默)	100	이익상(李翊相)	100	15	9		3	27
105	1652	9	14	榜	孝宗 3	順治 9	壬辰	增廣試	송도항(宋道恒)	100	정유악(鄭維岳)	100	6	5		1	12
106	1654	8	7	榜	孝宗 5	順治 11	甲午	式年試	박빈(朴鑌)	100	이해(李澥)	100	11	8		3	22
107	1657				孝宗 8	順治 14	丁酉	式年試	이형(李泂)	100	김석주(金錫胄)	100	13	7		1	21

	시년	월	일	榜	왕대년	연호	간지	시험명	생원 장원	선발	진사 장원	선발	譯科	醫科	畵科	律科	선발
108	1660	3	21	榜	顯宗 1	順治 17	庚子	式年試	이희태(李喜泰)	99	김하진(金夏辰)	100	16	9		4	29
109	1660	9	4	榜	顯宗 1	順治 17	庚子	增廣試	오시대(吳始大)	100	유명필(兪命弼)	100	11	9		1	21
110	1662	2	9	榜	顯宗 3	康熙 1	壬寅	增廣試	이만정(李萬程)	100	이우성(李羽成)	100	26	11		1	38
111	1663	2	19	榜	顯宗 4	康熙 2	癸卯	式年試	이적(李積)	100	홍석보(洪碩普)	100	18	9		3	30
112	1666	1	26	榜	顯宗 7	康熙 5	丙午	式年試	임영(林泳)	100	최석만(崔錫萬)	100	15	9		6	30
113	1669	4	22	榜	顯宗 10	康熙 8	己酉	式年試	한성우(韓聖佑)	100	신엄(申儼)	100	12	1		5	18
114	1673	2	19	榜	顯宗 14	康熙 12	癸丑	式年試	이현기(李玄紀)	100	이사명(李師命)	100	19	9		3	31
115	1675	3	27	榜	肅宗 1	康熙 14	乙卯	式年試	서종태(徐宗泰)	100	강현(姜鋧)	100	19	9		8	36
116	1675	10	7	榜	肅宗 1	康熙 14	乙卯	增廣試	권두인(權斗寅)	100	목임중(睦林重)	100	19	9		1	29
117	1677	2	4	榜	肅宗 3	康熙 16	丁巳	增廣試	이현명(李顯命)	100	이윤문(李允文)	100	35	17		3	55
118	1679	10	24	榜	肅宗 5	康熙 18	己未	式年試	채시익(蔡時益)	100	이현령(李玄齡)	100	16	9		3	28
119	1681	10	4	榜	肅宗 7	康熙 20	辛酉	式年試	민진후(閔鎭厚)	100	조정만(趙正萬)	100	18	9		1	28
120	1682	8	19	榜	肅宗 8	康熙 21	壬戌	增廣試	박태순(朴泰淳)	100	김진구(金鎭龜)	100	15	9	1		25
121	1683	10	3	榜	肅宗 9	康熙 22	癸亥	增廣試	윤성교(尹省敎)	100	홍만적(洪萬迪)	100	19	9		3	31
122	1684	10	2	榜	肅宗 10	康熙 23	甲子	式年試	한배주(韓配周)	100	유봉서(柳鳳瑞)	100	18	9		2	29
123	1687	8	20	榜	肅宗 13	康熙 26	丁卯	式年試	이세면(李世勉)	100	김진화(金鎭華)	100	19	9		7	35
124	1689	윤3	22	榜	肅宗 15	康熙 28	己巳	式年試	이협(李浹)	100	조백붕(趙百朋)	100	16	9		2	27
125	1690	2	14	榜	肅宗 16	康熙 29	庚午	式年試	윤신(尹愼)	100	이의중(李毅灣)	100	18	9		7	34
126	1691	2	0	榜	肅宗 17	康熙 30	辛未	增廣試	홍상민(洪相民)	100	이만근(李萬根)	100	19	9			28
127	1693	2	19	榜	肅宗 19	康熙 32	癸酉	增廣試	장내범(張乃方)	100	노하정(盧夏鼎)	100	18	9		5	32
128	1696				肅宗 22	康熙 35	丙子	式年試	이진망(李眞望)	100	박양한(朴亮漢)	100	19	9		6	34
129	1699	3	10	榜	肅宗 25	康熙 38	己卯	式年試	이승인(李承寅)	100	홍중주(洪重疇)	100	19	9		5	33
130	1699	9	17	榜	肅宗 25	康熙 38	己卯	增廣試	윤지대(尹志大)	100	어유봉(魚有鳳)	100	19	9		1	29

	시년	월	일		왕대년	연호	간지	시험명	생원 장원	선발	진사 장원	선발	譯科	醫科	雲科	律科	선발
131	1702	3	28	榜	肅宗 28	康熙 41	壬午	式年試	이진유(李眞儒)	100	홍제적(洪霽迪)	100	19	9		5	33
132	1705	2	20	榜	肅宗 31	康熙 44	乙酉	式年試	조문명(趙文命)	100	서명균(徐命均)	100	17	9		2	28
133	1705	10	1	榜	肅宗 31	康熙 44	乙酉	增廣試	이병상(李秉常)	100	김제겸(金濟謙)	100	11	9		1	21
134	1708	2	26	榜	肅宗 34	康熙 47	戊子	增廣試	이현근(李顯謚)	100	이하곤(李夏坤)	100	19	9		4	32
135	1710	5	11	榜	肅宗 36	康熙 49	庚寅	式年試	권적(權樀)	100	민응수(閔應洙)	100	16	9		3	28
136	1711	2	18	榜	肅宗 37	康熙 50	辛卯	增廣試	임상익(林象翼)	100	조하망(曺夏望)	100	18	9		6	33
137	1713	9	6	榜	肅宗 39	康熙 52	癸巳	增廣試	이진수(李眞洙)	100	이덕해(李德海)	100	27	11	2	5	45
138	1714	10	8	榜	肅宗 40	康熙 53	甲午	增廣試	박사한(朴師漢)	100	이영보(李英輔)	100	18	9			27
139	1715	3	16	榜	肅宗 41	康熙 54	乙未	增廣試	윤득형(尹得衡)	100	이기지(李器之)	100	19	9	6	6	40
140	1717	9	24	榜	肅宗 43	康熙 56	丁酉	式年試	신방(申昉)	100	이구(李絿)	100	17	8	5	1	31
141	1719	8	20	榜	肅宗 45	康熙 58	己亥	增廣試	조명익(趙明翼)	100	권적(權樀)	100	18	8		2	28
142	1721	2	10	榜	景宗 1	康熙 60	辛丑	式年試	김형(金泂)	100	김신겸(金信謙)	100	19	9	3	2	33
143	1721	10	4	榜	景宗 1	康熙 60	辛丑	增廣試	민통수(閔通洙)	100	김치만(金致萬)	100	19	9	4	2	34
144	1723	2	2	榜	景宗 3	雍正 1	癸卯	增廣試	윤향백(尹向白)	100	오수엄(吳遂儼)	100	27	11	3		41
145	1723	9	24	榜	景宗 3	雍正 1	癸卯	式年試	박필현(朴弼顯)	100	이광익(李匡謚)	100	17	9	4	3	33
146	1725	9	24	榜	英祖 1	雍正 3	乙巳	增廣試	유무기(俞無基)	100	윤급(尹汲)	100	19	9	4	3	35
147	1726	9	24	榜	英祖 2	雍正 4	丙午	式年試	이주(李疇)	100	홍계희(洪啓禧)	100	19	9	1	6	35
148	1727	3	22	榜	英祖 3	雍正 5	丁未	增廣試	송사흠(宋思欽)	100	홍상한(洪象漢)	100	27	11	1	3	42
149	1729	9	28	榜	英祖 5	雍正 7	己酉	式年試	박사백(朴師伯)	100	이석표(李錫杓)	100	19	9	3	1	32
150	1733	10	1	榜	英祖 9	雍正 11	癸丑	增廣試	정심(鄭淰)	100	이종적(李宗迪)	100	19	9	4	5	37
151	1735	4	16	榜	英祖 11	雍正 13	乙卯	式年試	박만원(朴萬源)	100	임금(任珍)	100	19	9	5	1	34
152	1735	7	24	實	英祖 11	雍正 13	乙卯	式年試	이광좌(李匡佐)	100	이존중(李存中)	100	13	7	5	3	28
153	1738	2	8	榜	英祖 14	乾隆 3	戊午	式年試	이명닉(李命蓂)	100	박인원(朴麟源)	100	19	9	4	1	33

	시년	월	일	왕대년	榜	연호	간지	시험명	생원 장원	선발	진사 장원	선발	譯科	醫科	雲科	律科	선발
154	1740	10	3	英祖 16	榜	乾隆 5	庚申	增廣試	최중간(崔弘簡)	100	민백창(閔百昌)	100	27	11	7	4	49
155	1741	10	3	英祖 17	榜	乾隆 6	辛酉	式年試	김양택(金陽澤)	100	조제홍(趙載洪)	100	19	9	4	5	37
156	1744	8	19	英祖 20	榜	乾隆 9	甲子	式年試	송환성(宋煥星)	100	민백상(閔百祥)	100	19	8	4	4	35
157	1747	2	10	英祖 23	榜	乾隆 12	丁卯	式年試	허증(許增)	100	이재관(李在寬)	100	19	9	6	7	41
158	1750	2	9	英祖 26	榜	乾隆 15	庚午	式年試	박지익(朴志益)	100	강필교(姜必敎)	100	19	9	7	8	43
159	1753	9	18	英祖 29	榜	乾隆 18	癸酉	式年試	강필면(姜必勉)	100	신시권(申史權)	100	19	9	9	9	46
160	1754	4	4	英祖 30	榜	乾隆 19	甲戌	增廣試	신광정(申光鼎)	100	문연박(文演朴)	100	27	11	17	5	60
161	1756	9	4	英祖 32	榜	乾隆 21	丙子	式年試	남대만(南大萬)	100	이지형(李之行)	100	19	9	5	8	41
162	1759	2	27	英祖 35	榜	乾隆 24	己卯	式年試	이인섭(李寅燮)	100	강대인(康大彥)	100	19	9	8	7	43
163	1762	2	27	英祖 38	榜	乾隆 27	壬午	式年試	박수문(朴垂聞)	100	이권조(李觀祚)	100	18	9	6	7	40
164	1763	10	1	英祖 39	榜	乾隆 28	癸未	增廣試	김성환(金星煥)	100	한광부(韓光傅)	100	27	10	11	11	59
165	1765	2	27	英祖 41	榜	乾隆 30	乙酉	式年試	서득장(徐得章)	100	남경택(南景宅)	100	15	9	5	1	30
166	1768	2	11	英祖 44	榜	乾隆 33	戊子	式年試	이노승(李魯述)	100	이태원(李太源)	100	19	9	9	5	42
167	1771	2	11	英祖 47	榜	乾隆 36	辛卯	式年試	신채복(申任復)	100	홍택희(洪澤熙)	100	19	8	9	9	45
168	1773	3	18	英祖 49	榜	乾隆 38	癸巳	增廣試	조응구(趙應耈)	100	김정근(金正根)	100	27	11	15	6	59
169	1774	2	11	英祖 50	榜	乾隆 39	甲午	式年試	김제순(金在淳)	100	정제운(丁載運)	100	19	9	5	3	36
170	1774	11	12	英祖 50	榜	乾隆 39	甲午	增廣試	이규섭(李奎燮)	100	이기양(李基讓)	100	19	9	9	1	38
171	1777	3	21	正祖 1	榜	乾隆 42	丁酉	增廣試	김유기(金裕己)	100	목조늘(睦祖訥)	100	14	7	3		24
172	1777	9	2	正祖 1	榜	乾隆 42	丁酉	式年試	원운순(元允孫)	100	이원성(李源誠)	100	13	6	4	2	25
173	1780	2	10	正祖 4	榜	乾隆 45	庚子	式年試	이후연(李厚延)	100	정가용(鄭可容)	100	6	3	7	1	17
174	1783	4	2	正祖 7	榜	乾隆 48	癸卯	增廣試	심임(成任稔)	100	유신주(俞山柱)	100	15	9	4	4	32
175	1783	9	20	正祖 7	榜	乾隆 48	癸卯	式年試	이수인(李樹仁)	100	유표주(俞豊柱)	100	19	9	7	3	38
176	1786	2	10	正祖 10	榜	乾隆 51	丙午	式年試	김대익(金台翼)	100	권선(權襈)	100	19	9	9	8	45

번호	시년	월	일		왕대년	연호	간지	시험명	생원 장원	선발	진사 장원	선발	譯科	醫科	籌科	律科	선발
177	1789	2	16	榜	正祖 13	乾隆 54	己酉	式年試	유은주(兪殷柱)	100	윤기환(尹箕煥)	100	14	9	9	9	41
178	1790	9	2	榜	正祖 14	乾隆 55	庚戌	增廣試	이상우(李尙愚)	120	서준보(徐俊輔)	126	30	13	14	14	71
179	1792	2	18	榜	正祖 16	乾隆 57	壬子	式年試	권심도(權心度)	100	김진백(金鎭白)	100	19	9	8	7	43
180	1795	2	25	榜	正祖 19	乾隆 60	乙卯	式年試	권괴(權襘)	103	양성묵(梁性默)	108	16	9	9	7	41
181	1798	2	18	榜	正祖 22	嘉慶 3	戊午	式年試	정심(鄭淰)	100	조석정(曺錫正)	105	18	9	11	8	46
182	1801	3	27	榜	純祖 1	嘉慶 6	辛酉	增廣試	심능직(沈能稷)	100	김가순(金可淳)	100	19	9	11	6	45
183	1801	9	17	榜	純祖 1	嘉慶 6	辛酉	式年試	홍석연(洪錫淵)	100	신세준(申世浚)	100	19	9	11	5	44
184	1803	3	18	榜	純祖 3	嘉慶 8	癸亥	增廣試	강민순(康敏淳)	100	김제효(金載爻)	100	18	9	11	9	47
185	1804	2	22	榜	純祖 4	嘉慶 9	甲子	式年試	유성환(兪聖煥)	100	이의철(李毅喆)	100	19	9	11	6	45
186	1805	10	4	榜	純祖 5	嘉慶 10	乙丑	增廣試	박지익(朴慶恪)	100	이영곡(李永錫)	100	19	9	11	9	48
187	1807	2	22	榜	純祖 7	嘉慶 12	丁卯	式年試	황면기(黃勉基)	100	홍희규(洪羲圭)	100	19	9	11	4	43
188	1809	10	27	榜	純祖 9	嘉慶 14	己巳	增廣試	이인승(李仁承)	100	이괴(李澮)	100	19	9	11	9	48
189	1810	10	16	榜	純祖 10	嘉慶 15	庚午	式年試	정민제(鄭旻載)	100	정기직(鄭基直)	100	19	9	11	6	45
190	1813	9	28	榜	純祖 13	嘉慶 18	癸酉	增廣試	김영익(金永翼)	100	황철(黃徹)	100	19	9	11	9	48
191	1814	3	15	榜	純祖 14	嘉慶 19	甲戌	式年試	허위(許禕)	100	최수항(崔秀恒)	100	19	9	11	6	45
192	1816	9	9	榜	純祖 16	嘉慶 21	丙子	式年試	신제익(申在翼)	100	김익수(金益秀)	100	19	9	11	5	44
193	1819	2	20	榜	純祖 19	嘉慶 24	己卯	式年試	최환(崔桓)	100	이하석(李河錫)	100	19	9	11	7	46
194	1822	윤3	2	榜	純祖 22	道光 2	壬午	式年試	김종주(金宗柱)	100	김좌현(金左鉉)	100	19	9	9	9	46
195	1825	2	20	榜	純祖 25	道光 5	乙酉	式年試	이구현(李九鉉)	100	조웅수(趙龍洙)	100	19	9	11	9	48
196	1827	9	24	榜	純祖 27	道光 7	丁亥	增廣試	서인보(徐堂輔)	100	김응원(金膺元)	100	19	9	11	9	48
197	1828	3	16	榜	純祖 28	道光 8	戊子	式年試	이익(李瀷)	100	민종숙(閔種淑)	100	19	9	10	8	46
198	1831	3	20	榜	純祖 31	道光 11	辛卯	式年試	정수용(鄭需容)	100	임태수(林泰洙)	100	19	9	11	6	45
199	1834	3	20	榜	純祖 34	道光 14	甲午	式年試	신우영(申友永)	100	승달영(朱達榮)	100	19	9	11	7	46

	시년	월	일		王代年	年號	干支	試驗名	生員 장원	선발	進士 장원	선발	譯科	醫科	雲科	律科	선발
200	1835	9	10	榜	憲宗 1	道光 15	乙未	增廣試	임오상(任五常)	100	예대열(芮大烈)	100	19	9	11	5	44
201	1837	2	18	榜	憲宗 3	道光 17	丁酉	式年試	김종태(金宗泰)	100	이헌구(李獻九)	100	19	9	11	3	42
202	1840	2	18	榜	憲宗 6	道光 20	庚子	式年試	이민로(李敏老)	100	김세호(金世鎬)	100	19	9	11	6	45
203	1843	2	22	榜	憲宗 9	道光 23	癸卯	式年試	이만운(李晩運)	100	민종하(閔種河)	100	19	9	11	9	48
204	1844	3	22	榜	憲宗 10	道光 24	甲辰	增廣試	기기진(寄驥鎮)	100	권기좌(權基和)	100	19	9	11	9	48
205	1846	2	8	榜	憲宗 12	道光 26	丙午	式年試	김익용(金益容)	100	이정모(李鼎謨)	100	19	9	11	9	48
206	1848	4	27	榜	憲宗 14	道光 28	戊申	增廣試	한기우(韓基佑)	99	유구진(柳主鎮)	101	8	5	6	1	20
207	1849	2	25	榜	憲宗 15	道光 29	己酉	增廣試	박호신(朴祜信)	100	이인무(李禋懋)	99	19	9	11	8	47
208	1850	4	3	榜	哲宗 1	道光 30	庚戌	增廣試	배극소(裵克紹)	100	홍수승(洪綏升)	100	19	9	11	9	48
209	1852	2	22	榜	哲宗 3	咸豊 2	壬子	式年試	강문영(姜文永)	100	김유항(金有見)	100	12	9	11	5	37
210	1855	2	18	榜	哲宗 6	咸豊 5	乙卯	式年試	안효구(安孝補)	100	황정연(黃正淵)	100	19	9	11	9	48
211	1858	9	9	榜	哲宗 9	咸豊 8	戊午	式年試	이교식(李敎植)	100	최태준(崔泰準)	108	28	13	13	13	67
212	1859	2	19	榜	哲宗 10	咸豊 9	己未	增廣試	전영만(全永萬)	113	이재희(李在喜)	115	19	9	11	9	48
213	1861	3	27	榜	哲宗 12	咸豊 11	辛酉	式年試	신지태(辛志泰)	94	황집(黃集)	132	19	9	11	9	48
214	1864	9	15	榜	高宗 1	同治 3	甲子	增廣試	채운영(蔡運永)	141	이민익(李敏翊)	140	18	9	11		38
215	1865	3	20	榜	高宗 2	同治 4	乙丑	式年試	이정익(李定翼)	150	황익수(黃益秀)	150	15	9	10		34
216	1867	2	19	榜	高宗 4	同治 6	丁卯	式年試	한진택(韓鎮宅)	177	조종필(趙鍾弼)	196	17	3	2		22
217	1870	2	19	榜	高宗 7	同治 9	庚午	式年試	이조영(李肇榮)	121	백은수(白段洙)	140	19	9	8		36
218	1873	2	18	榜	高宗 10	同治 12	癸酉	式年試	박영호(朴永昊)	201	권호(權灝)	277	20	9	11		40
219	1874	4	22	榜	高宗 11	同治 13	甲戌	增廣試	최형태(崔亨泰)	148	원익상(元翊常)	127	39	19	20	13	78
220	1876	2	10	榜	高宗 13	光緒 2	丙子	式年試	김병수(金秉秀)	101	홍재풍(洪在豊)	102	22	10	10	9	42
221	1879	3	10	榜	高宗 16	光緒 5	己卯	式年試	김두권(金斗權)	100	이헌기(李巘基)	104	36	13	23	9	72
222	1880	6	11	榜	高宗 17	光緒 6	庚辰	增廣試	서주은(徐周殷)	167	심익택(沈翼澤)	238	42	18	22	13	82

번호	시년	월	일	榜	왕대년	연호	간지	시험명	생원 장원	선발	진사 장원	선발	譯科	醫科	雲科	律科	선발
223	1882	9	24	榜	高宗 19	光緒 8	壬午	增廣試	성말교(成末敎)	147	이시구(李時鳩)	210	40	21	12		73
224	1882[3]	2	27	榜	高宗 19	光緒 8	壬午	武年試	황세하(黃世夏)	98	유상근(柳世根)	123	33	17	14		64
225	1885	2	22	榜	高宗 22	光緒 11	乙酉	武年試	조종길(趙鍾吉)	240	최상엽(崔象說)	238	36	19	12		67
226	1885	7	27	榜	高宗 22	光緒 11	乙酉	增廣試	장복구(張復主)	107	박승형(朴升馨)	168	62	46	16		124
227	1888	2	19	榜	高宗 25	光緒 14	戊子	武年試	서진묵(徐鎭穆)	214	이장선(李昌善)	324	45	18			63
228	1891	5	22	榜	高宗 28	光緒 17	辛卯	增廣試	김사심(金思心)	238	서문룡(徐夢龍)	559	51	18			69
229	1891				高宗 28	光緒 17	辛卯	武年試	정동희(鄭東憙)	125	김덕한(金德漢)	124	35	18			53
230	1894	2	20	榜	高宗 31	光緒 20	甲午	武年試	김윤식(金潤祿)	278	김주연(金周演)	1,055		18			18

3) 224번: 임오 식년시는 1882년 2월 27일에 초장(初場)을, 29일에 중장(終場), 30일에 종장(出榜), 합격자 발표을 하였다. 그런데, 방방(放榜), 합격증서 수여)은 다음 해인 1883년 2월 19일이다.(문과 식년시 퇴행(退行)과 맞춤.)

3. 고려문과 시험 연보

	시년	왕대년	간지	시험명	문과 장원	저술(製述)	명경(明經)	은사(恩賜)	잡업(雜業)
1	958	光宗 9	戊午	무오방(戊午榜)	최섬(崔暹)	2	3		卜業2
2	960	光宗 11	庚申	경신방(庚申榜)	최광범(崔光範)	7	1		醫業3
3	961	光宗 12	辛酉	신유방(辛酉榜)	왕거(王擧)	7	1		
4	964	光宗 15	甲子	갑자방(甲子榜)	김책(金策)	1	1		卜業1
5	966	光宗 17	丙寅	병인방(丙寅榜)	최거업(崔居業)	2			
6	972	光宗 23	壬申	임신방(壬申榜)	양연(楊演)	4			
7	973	光宗 24	癸酉	계유방(癸酉榜)	백사유(白思柔)	2			
8	974	光宗 25	甲戌	갑술방(甲戌榜)	한인경(韓藺卿)	2			
9	977	景宗 2	丁丑	정축방(丁丑榜)	고응(高凝)	甲科3·乙科3			
10	979	景宗 4	己卯	기묘방(己卯榜)	원징연(元徵衍)				
11	983	成宗 2	癸未	계미방(癸未榜)	최행언(崔行言)	5			
12	983	成宗 2	癸未	계미방2(癸未榜2)	강감찬(姜邯贊)	甲科1·乙科2			
13	984	成宗 3	甲申	갑신방(甲申榜)	이종(李宗)	乙科1·丙科2			
14	985	成宗 4	乙酉	을유방(乙酉榜)	진광(秦兌)	乙科1·丙科2			
15	986	成宗 5	丙戌	병술방(丙戌榜)	최영린(崔英藺)				
16	987	成宗 6	丁亥	정해방(丁亥榜)	정우현(鄭又玄)	甲科1	1		卜業1·醫業2·明法業2
17	988	成宗 7	戊子	무자방(戊子榜)	이위(李緯)	乙科2·丙科2			醫業2
18	989	成宗 8	己丑	기축방(己丑榜)	최득중(崔得中)	乙科10·丙科8	1		卜業2
19	991	成宗 10	辛卯	신묘방(辛卯榜)	최항(崔沆)	甲科1·乙科6	3		
20	993	成宗 12	癸巳	계사방(癸巳榜)	이유현(李維賢)	甲科1·乙科6·同進士5	3		

	시년	왕대년	간지	시험명	문과 장원	제술(製述)	명경(明經)	은사(恩賜)	잡업(雜業)
21	994	成宗 13	甲午	갑오방(甲午榜)	조원신(趙元信)	甲科4·乙科4	9		
22	995	成宗 14	乙未	을미방(乙未榜)	이자림(李子琳)	甲科1·乙科4	3		
23	996	成宗 15	丙申	병신방(丙申榜)	곽원(郭元)	甲科1·乙科3	6		
24	997	成宗 16	丁酉	정유방(丁酉榜)	주인걸(周仁傑)	甲科2·乙科3	7		明法5·明書3·明算4·三禮10·三傳2
25	998	穆宗 1	戊戌	무술방(戊戌榜)	강주재(姜周載)				
26	1000	穆宗 3	庚子	경자방(庚子榜)	송공(末紒)	甲科8·乙科7	8		
27	1002	穆宗 5	壬寅	임인방(壬寅榜)	박원휘(朴元徽)	乙科3·丙科6	19		
28	1004	穆宗 7	甲辰	갑진방(甲辰榜)	황주량(黃周亮)	甲科5·乙科10	4		
29	1005	穆宗 8	乙巳	을사방(乙巳榜)	최충(崔冲)	甲科7·乙科10	3		
30	1007	穆宗 10	丁未	정미방(丁未榜)	조원(趙元)	乙科2·丙科4	3		
31	1008	穆宗 11	戊申	무신방(戊申榜)	손원선(孫元仙)	甲科4·乙科5	2		
32	1009	顯宗 즉위	己酉	기유방(己酉榜)	안창령(安昌齡)	甲科1·乙科4·同進士3	2		
33	1010	顯宗 1	庚戌	경술방(庚戌榜)	서숭(徐崧)	甲科1·丙科6·同進士1	3		
34	1013	顯宗 4	癸丑	계축방(癸丑榜)	임유간(林維幹)	乙科3·丙科3·同進士2	1		
35	1014	顯宗 5	甲寅	갑인방(甲寅榜)	우현부(禹賢符)	11		2	
36	1016	顯宗 7	丙辰	병진방(丙辰榜)	김현(金顯)	9	5		
37	1017	顯宗 8	丁巳	정사방(丁巳榜)	정명겸(鄭倍佺)	乙科1·丙科5·同進士5			
38	1018	顯宗 9	戊午	무오방(戊午榜)	황정(黃精)	乙科1·丙科4	10		
39	1020	顯宗 11	庚申	경신방(庚申榜)	이원현(李元顯)	乙科3·丙科6·同進士6	3		
40	1021	顯宗 12	辛酉	신유방(辛酉榜)	조패(趙覇)	甲科1·丙科1·同進士5	4		
41	1023	顯宗 14	癸亥	계해방(癸亥榜)	장교(張校)	丙科2·同進士2	2		

연번	시년	왕대년	간지	시험명	문과 장원	제술(製述)	명경(明經)	은사(恩賜)	잡업(雜業)
42	1024	顯宗 15	甲子	감자방(甲子榜)	이자연(李子淵)	丙科2·同進士7	10		
43	1026	顯宗 17	丙寅	병인방(丙寅榜)	최황(崔貺)	甲科2·乙科2·丙科2·同進士7	1		
44	1028	顯宗 19	戊辰	무신방(戊辰榜)	정배원(鄭陪元)	乙科1·丙科2·同進士7	1		
45	1030	顯宗 21	庚午	경오방(庚午榜)	최유선(崔惟善)	乙科18			
46	1032	德宗 1	壬申	임신방(壬申榜)	백가이(白可易)	乙科3·丙科6		4	
47	1033	德宗 2	癸酉	계유방(癸酉榜)	최희묵(崔希黙)	丙科6			
48	1035	靖宗 1	乙亥	을해방(乙亥榜)	김무제(金無滯)	乙科4·丙科4·同進士6	4		
49	1037	靖宗 3	丁丑	정축방(丁丑榜)	노연패(盧延覇)	乙科4·丙科4·同進士3	2		
50	1039	靖宗 5	己卯	기묘방(己卯榜)	황항지(黃抗之)	乙科5·丙科8·同進士5	2	1	
51	1041	靖宗 7	辛巳	신사방(辛巳榜)	유창(俞敞)	乙科1·丙科4	5		
52	1044	靖宗 10	甲申	갑신방(甲申榜)	김원현(金元鉉)	乙科1·丙科4	5		
53	1046	靖宗 12	丙戌	병술방(丙戌榜)	이인정(李仁玎)	乙科4·丙科6·同進士7	1		
54	1047	文宗 1	丁亥	정해방(丁亥榜)	김정신(金鼎新)	乙科4·丙科9·同進士6	3		
55	1049	文宗 3	己丑	기축방(己丑榜)	박인수(朴仁壽)	乙科2·丙科7·同進士6	4	1	
56	1051	文宗 5	辛卯	신묘방(辛卯榜)	최석(崔錫)	乙科7·丙科6·同進士6	3		
57	1053	文宗 7	癸巳	계사방(癸巳榜)	우선여(禹先餘)	乙科6·丙科9·同進士6	2		
58	1054	文宗 8	甲午	갑오방(甲午榜)	유선여(柳善餘)	乙科6·丙科6·同進士11	2		
59	1056	文宗 10	丙申	병신방(丙申榜)	이간방(李幹方)	乙科2·丙科4·同進士7	4	2	
60	1057	文宗 11	丁酉	정유방(丁酉榜)	이준(李俊)	乙科3·丙科9·同進士2	4		
61	1059	文宗 13	己亥	기해방(己亥榜)	양신린(楊信麟)	丙科8·同進士9	4	4	
62	1061	文宗 15	辛丑	신축방(辛丑榜)	나계함(羅繼含)	乙科6·丙科8·同進士6	2		
63	1063	文宗 17	癸卯	계묘방(癸卯榜)	홍기(洪器)	乙科4·丙科14·同進士1	1	5	

	시년	왕대년	간지	시험명	문과 장원	제술(製述)	명경(明經)	은사(恩賜)	잡업(雜業)
64	1065	文宗 19	乙巳	을사방(乙巳榜)	이원장(李元長)	2	2		
65	1066	文宗 20	丙午	병오방(丙午榜)	고중신(高仲伯)	乙科3·丙科7·同進士4	2	5	
66	1068	文宗 22	戊申	무신방(戊申榜)	최인(崔則)	乙科2·丙科5·同進士10	2	1	
67	1070	文宗 24	庚戌	경술방(庚戌榜)	최석신(崔奭臣)	乙科3·丙科7·同進士11	1	2	
68	1072	文宗 26	壬子	임자방(壬子榜)	박유가(朴維恪)	乙科2·丙科11·同進士9	2		
69	1074	文宗 28	甲寅	갑인방(甲寅榜)	이하(李假)	乙科2·丙科10·同進士14	2		
70	1076	文宗 30	丙辰	병진방(丙辰榜)	이욱(李昱)	乙科2·丙科7·同進士21	2		
71	1078	文宗 32	戊午	무오방(戊午榜)	우원령(禹元齡)	乙科1·丙科7·同進士72	3		
72	1080	文宗 34	庚申	경신방(庚申榜)	김상제(金尙磾)	乙科2·丙科9·同進士7	3		
73	1083	文宗 37	癸亥	계해방(癸亥榜)	음정(陰鼎)	乙科2·丙科6·同進士6	2	1	
74	1084	宣宗 1	甲子	갑자방(甲子榜)	고민헌(高旻漢)	乙科3·丙科7·同進士6	4		
75	1085	宣宗 2	乙丑	을축방(乙丑榜)	김준(金畯)	乙科3·丙科7·同進士12	3	2	
76	1086	宣宗 3	丙寅	병인방(丙寅榜)	박경백(朴景伯)	乙科3·丙科7·同進士12	3		
77	1088	宣宗 5	戊辰	무진방(戊辰榜)	김부필(金富弼)	乙科5·丙科7·同進士11	3	1	
78	1090	宣宗 7	庚午	경오방(庚午榜)	이경필(李景泌)	乙科3·丙科9·同進士14	2	3	

시년	왕대년	간지	시험명	문과 장원	제술(製述)	명경(明經)	은사(恩賜)	잡업(雜業)
79	1092	宣宗 9	壬申	임신방(壬申榜)	김성(金成)	乙科5·丙科10·同進士18	3	2	
80	1094	宣宗 11	甲戌	갑술방(甲戌榜)	정극공(鄭克恭)	乙科2·丙科9·同進士17	4	4	
81	1095	獻宗 1	乙亥	을해방(乙亥榜)	유진(俞進)	乙科3·丙科9·同進士14	3	3	
82	1096	肅宗 1	丙子	병자방(丙子榜)	김보신(金輔臣)	乙科5·丙科10·同進士15	4	4	
83	1097	肅宗 2	丁丑	정축방(丁丑榜)	임원통(林元通)	乙科5·丙科10·同進士18	4	4	
84	1098	肅宗 3	戊寅	무인방(戊寅榜)	이덕윤(李德允)	乙科3·丙科8·同進士18	3	5	
85	1100	肅宗 5	庚辰	경진방(庚辰榜)	한숙단(韓淑旦)	乙科3·丙科11·同進士22	3	6	
86	1102	肅宗 7	壬午	임오방(壬午榜)	강적(康迹)	乙科5·丙科11·同進士17	3	5	
87	1104	肅宗 9	甲申	갑신방(甲申榜)	승위(丞偉)	乙科3·丙科8·同進士36	2	5	
88	1106	睿宗 1	丙戌	병술방(丙戌榜)	황보허(皇甫許)	34	2		
89	1107	睿宗 2	丁亥	정해방(丁亥榜)	한즉유(韓卽由)	乙科4·丙科8·同進士15	2	3	
90	1108	睿宗 3	戊子	무자방(戊子榜)	노현용(盧顯用)	34	3	3	
91	1109	睿宗 4	己丑	기축방(己丑榜)	이정승(李正升)	乙科4·丙科9·同進士16	3	6	

	시년	왕대년	간지	시험명	문과 장원	제술(製述)	명경(明經)	은사(恩賜)	잡업(雜業)
92	1112	睿宗 7	壬辰	임진방(壬辰榜)	정지원(鄭之元)	乙科3·丙科6·同進士16	3		
93	1114	睿宗 9	甲午	갑오방(甲午榜)	백유(白瑜)	乙科5·丙科11·同進士22	3		
94	1115	睿宗 10	乙未	을미방(乙未榜)	김정(金精)	39			
95	1116	睿宗 11	丙申	병신방(丙申榜)	배우(裵祐)	62		38	
96	1116	睿宗 11	丙申	병신방2(丙申榜2)	임허윤(林許允)				
97	1118	睿宗 13	戊戌	무술방(戊戌榜)	김복윤(金福允)	23			
98	1120	睿宗 15	庚子	경자방(庚子榜)	이지저(李之氐)	38			
99	1122	睿宗 17	壬寅	문신친시방(文臣親試榜)	안보린(安寶麟)				
100	1122	仁宗 즉위	壬寅	임인방(壬寅榜)	나경순(羅景純)	31			
101	1123	仁宗 1	癸卯	계묘방(癸卯榜)	변순보(卞純夫)	30			
102	1124	仁宗 2	甲辰	갑진방(甲辰榜)	고효충(高孝冲)	37			
103	1125	仁宗 3	乙巳	을사방(乙巳榜)	이양신(李陽伸)	37			
104	1127	仁宗 5	丁未	정미방(丁未榜)	왕좌재(王佐材)	33			
105	1128	仁宗 6	戊申	무신방(戊申榜)	이원철(李元哲)	29			
106	1130	仁宗 8	庚戌	경술방(庚戌榜)	박동주(朴東柱)	32			
107	1132	仁宗 10	壬子	임자방(壬子榜)	최광원(崔光遠)	25			
108	1133	仁宗 11	癸丑	계축방(癸丑榜)	김우번(金于蕃)	25			
109	1134	仁宗 12	甲寅	갑인방(甲寅榜)	허홍재(許洪材)	29			
110	1137	仁宗 15	丁巳	정사방(丁巳榜)	이신(李信)	28			
111	1138	仁宗 16	戊午	무오방(戊午榜)	이대유(李大有)	29			
112	1139	仁宗 17	己未	기미방(己未榜)	최금(崔伋)	20			

	서년	왕대년	간지	시험명	문과 장원	제술(製述)	명경(明經)	은사(恩賜)	잡업(雜業)
113	1140	仁宗 18	庚申	경신방(庚申榜)	팽희밀(彭希密)	26			
114	1142	仁宗 20	壬戌	임술방(壬戌榜)	고주(高儔)	30	2	5	
115	1144	仁宗 22	甲子	갑자방(甲子榜)	김돈중(金敦中)	26			
116	1145	仁宗 23	乙丑	을축방(乙丑榜)	조문진(趙文振)	32			
117	1146	仁宗 24	丙寅	병인방(丙寅榜)	황문부(黃文富)				
118	1147	毅宗 1	丁卯	정묘방(丁卯榜)	이유창(李愈昌)	32			
119	1148	毅宗 2	戊辰	무진방(戊辰榜)	유정견(柳廷堅)	25			
120	1150	毅宗 4	庚午	경오방(庚午榜)	안우유(安禾有)				
121	1152	毅宗 6	壬申	임신방(壬申榜)	김의(金䔶)	27			
122	1152	毅宗 6	壬申	진시방(親試榜)	유희(劉羲)	35			
123	1153	毅宗 7	癸酉	계유방(癸酉榜)	곽원(郭元)	30	3		
124	1154	毅宗 8	甲戌	갑술방(甲戌榜)	황보탁(皇甫倬)				
125	1156	毅宗 10	丙子	병자방(丙子榜)	황문장(黃文莊)				
126	1158	毅宗 12	戊寅	무인방(戊寅榜)	김정명(金正明)	27	3		
127	1160	毅宗 14	庚辰	경진방(庚辰榜)	최효저(崔孝著)	33	3		
128	1162	毅宗 16	壬午	임오방(壬午榜)	이계원(李繼元)	29	3		
129	1163	毅宗 17	癸未	계미방(癸未榜)	이순우(李純祐)	28	3		
130	1164	毅宗 18	甲申	갑신방(甲申榜)	김원례(金元禮)	28			
131	1166	毅宗 20	丙戌	병술방(丙戌榜)	박소(朴紹)	30			
132	1168	毅宗 22	戊子	무자방(戊子榜)	장영재(張令才)	27	4		
133	1169	毅宗 23	己丑	기축방(己丑榜)	이의충(李義忠)	29			
134	1171	明宗 1	辛卯	신묘방(辛卯榜)	임수(林洙)	28	4		
135	1172	明宗 2	壬辰	임진방(壬辰榜)	장문경(張聞慶)	22			

	시년	왕대년	간지	시험명	문과 장원	제술(製述)	명경(明經)	은사(恩賜)	잡업(雜業)
136	1173	明宗 3	癸巳	계사방(癸巳榜)	최시행(崔時幸)	32			
137	1175	明宗 5	乙未	을미방(乙未榜)	백용섭(白龍燮)	28	3		
138	1176	明宗 6	丙申	병신방(丙申榜)	진간공(秦幹公)	30	4		
139	1177	明宗 7	丁酉	정유방(丁酉榜)	최기정(崔基靖)	35	4		
140	1178	明宗 8	戊戌	무술방(戊戌榜)	진광순(陳光恂)	30	3		
141	1180	明宗 10	庚子	경자방(庚子榜)	이득옥(李得玉)	29		4	
142	1181	明宗 11	辛丑	시학친시방(侍學親試榜)	하거원(河巨源)				
143	1182	明宗 12	壬寅	임인방(壬寅榜)	허정(許瀞)	30	4		
144	1184	明宗 14	甲辰	갑진방(甲辰榜)	금극의(琴克儀)	31	5		
145	1186	明宗 16	丙午	병오방(丙午榜)	송도광(宋得光)	33	5		
146	1188	明宗 18	戊申	무신방(戊申榜)	이당모(李唐髦)	29			
147	1190	明宗 20	庚戌	경술방(庚戌榜)	황보위(皇甫偉)	40	5	7	
148	1192	明宗 22	壬子	임자방(壬子榜)	손희작(孫希綽)	29			
149	1194	明宗 24	甲寅	갑인방(甲寅榜)	김군수(金君綏)	31			
150	1196	明宗 26	丙辰	병진방(丙辰榜)	조정규(趙廷奎)	37			
151	1197	明宗 27	丁巳	정사방(丁巳榜)	방연보(房衍寶)	30			
152	1198	神宗 1	戊午	무오방(戊午榜)	전민유(田敏儒)	33			
153	1199	神宗 2	己未	기미방(己未榜)	최득검(崔得儉)	33			
154	1200	神宗 3	庚申	경신방(庚申榜)	조문발(趙文拔)				
155	1201	神宗 4	辛酉	신유방(辛酉榜)	최종준(崔宗俊)	33			
156	1202	神宗 5	壬戌	임술방(壬戌榜)	황극중(黃克中)	33	4		
157	1204	熙宗 즉위	甲子	갑자방(甲子榜)	인득후(印得侯)	30			
158	1205	熙宗 1	乙丑	을축방(乙丑榜)	마중기(馬仲奇)	30			

	시년	왕대년	간지	시험명	문과 장원	제술(製述)	명경(明經)	은사(恩賜)	잡업(雜業)
159	1206	熙宗 2	丙寅	병인방(丙寅榜)	유양재(庾良才)	33			
160	1208	熙宗 4	戊辰	무진방(戊辰榜)	황보관(皇甫瓘)	33	6	2	
161	1210	熙宗 6	庚午	경오방(庚午榜)	김홍(金泓)				
162	1211	熙宗 7	辛未	신미방(辛未榜)	강창서(姜昌瑞)	38	5		
163	1212	康宗 1	壬申	임신방(壬申榜)	진경성(陳慶成)	29	6		
164	1213	康宗 2	癸酉	계유방(癸酉榜)	허수(許受)	31	5		
165	1214	高宗 1	甲戌	갑술방(甲戌榜)	김신정(金莘鼎)				
166	1215	高宗 2	乙亥	을해방(乙亥榜)	염후(廉珝)	31	7	5	
167	1216	高宗 3	丙子	병자방(丙子榜)	유충(庾衝)	30			
168	1219	高宗 6	己卯	기묘방(己卯榜)	김지대(金之岱)				
169	1220	高宗 7	庚辰	경진방(庚辰榜)	박승유(朴承儒)	29	6		
170	1222	高宗 9	壬午	임오방(壬午榜)	양식(梁軾)	31			
171	1223	高宗 10	癸未	계미방(癸未榜)	조균정(曹均正)	29	3	9	
172	1224	高宗 11	甲申	갑신방(甲申榜)	손완(孫完)	33	4	6	
173	1225	高宗 12	乙酉	을유방(乙酉榜)	임장경(林長卿)	30	3	7	
174	1226	高宗 13	丙戌	병술방(丙戌榜)	오예(吳乂)	32	1	9	
175	1227	高宗 14	丁亥	시학친시방(侍學親試榜)	유순(兪恂)				
176	1228	高宗 15	戊子	무자방(戊子榜)	이돈(李敦)	31			
177	1230	高宗 17	庚寅	경인방(庚寅榜)	진광(田鑛)	33	3	3	
178	1232	高宗 19	壬辰	임진방(壬辰榜)	문진(文振)	29	2		
179	1234	高宗 21	甲午	갑오방(甲午榜)	김인성(金鍊成)	31	2	8	
180	1236	高宗 23	丙申	병신방(丙申榜)	박희(朴曦)	乙科3·丙科8·同進士18	3		

	시년	왕대년	간지	시험명	문과 장원	제술(製述)	명경(明經)	은사(恩賜)	잡업(雜業)
181	1238	高宗 25	戊戌	무술방(戊戌榜)	지순(池洵)	乙科3·丙科7·同進士20	3		
182	1240	高宗 27	庚子	경자방(庚子榜)	장천기(張天驥)	乙科3·丙科7·同進士4	4		
183	1241	高宗 28	辛丑	신축방(辛丑榜)	최종균(崔宗均)	乙科3·丙科7·同進士23	2		
184	1242	高宗 29	壬寅	임인방(壬寅榜)	홍지경(洪之慶)	乙科3·丙科7·同進士17	2	8	
185	1244	高宗 31	甲辰	갑진방(甲辰榜)	위순(魏恂)	32	2	9	
186	1245	高宗 32	乙巳	시학친시방(侍學親試榜)	고계릉(高季棱)				
187	1246	高宗 33	丙午	병오방(丙午榜)	양저(梁貯)				
188	1248	高宗 35	戊申	무신방(戊申榜)	김균(金鈞)	33	3	2	
189	1250	高宗 37	庚戌	경술방(庚戌榜)	김응문(金應文)	29	3	8	
190	1252	高宗 39	壬子	임자방(壬子榜)	유성재(柳成梓)	乙科3·丙科7·同進士23	5	6	
191	1254	高宗 41	甲寅	갑인방(甲寅榜)	윤정형(尹正衡)	33	2	5	
192	1255	高宗 42	乙卯	을묘방(乙卯榜)	곽예(郭預)	乙科3·丙科7·同進士23	2	2	
193	1258	高宗 45	戊午	무오방(戊午榜)	장한문(張漢文)	33			
194	1260	元宗 1	庚申	경신방(庚申榜)	위문경(魏文卿)	乙科3·丙科7·同進士26	2		
195	1261	元宗 2	辛酉	신유방(辛酉榜)	정점(鄭漸)				
196	1262	元宗 3	壬戌	임술방(壬戌榜)	조득주(趙得珠)				
197	1264	元宗 5	甲子	갑자방(甲子榜)	김주정(金周鼎)	25			

	시년	왕대년	간지	시험명	문과 장원	제술(製述)	명경(明經)	은사(恩賜)	잡업(雜業)
198	1266	元宗 7	丙寅	병인방(丙寅榜)	민지(閔漬)	27	1	2	
199	1268	元宗 9	戊辰	무진방(戊辰榜)	은승관(尹承官)	33	2	8	
200	1272	元宗 13	壬申	임신방(壬申榜)	김황(金滉)	33	1	7	
201	1273	元宗 14	癸酉	계유방(癸酉榜)	정현좌(鄭賢佐)	29	1		
202	1274	元宗 15	甲戌	갑술방(甲戌榜)	주정(朱悅)	25	1	3	
203	1275	忠烈王 1	乙亥	을해방(乙亥榜)	최지보(崔之甫)	25	1		
204	1276	忠烈王 2	丙子	시하친시방(侍學親試榜)	이익방(李益邦)	33	1	3	
205	1276	忠烈王 2	丙子	병자방(丙子榜)	이익방(李益邦)				
206	1279	忠烈王 5	己卯	기묘방(己卯榜)	조간(趙簡)	33	2	8	
207	1280	忠烈王 6	庚辰	경진친시방(庚辰榜)	이백기(李白琪)	33	1	1	
208	1280	忠烈王 6	庚辰	문신친시방(文臣親試榜)	조간(趙簡)	9			
209	1282	忠烈王 8	壬午	임오방(壬午榜)	최백륜(崔伯倫)	32			
210	1284	忠烈王 10	甲申	갑신방(甲申榜)	조선렬(趙宣烈)	33	2	1	
211	1285	忠烈王 11	乙酉	을유방(乙酉榜)	곽린(郭麟)	31			
212	1286	忠烈王 12	丙戌	병술방(丙戌榜)	이부(李榑)	31			
213	1288	忠烈王 14	戊子	무자방(戊子榜)	윤선좌(尹宣佐)	36			
214	1290	忠烈王 16	庚寅	경인방(庚寅榜)	최함일(崔咸一)	乙科3·丙科7·同進士21	1	2	
215	1294	忠烈王 20	甲午	갑오방(甲午榜)	윤안비(尹安庇)				
216	1295	忠烈王 21	乙未	을미방(乙未榜)	강훤(姜暄)	27			
217	1296	忠烈王 22	丙申	병신방(丙申榜)	김욱(金頊)				
218	1297	忠烈王 23	丁酉	정유방(丁酉榜)	김진(金䂁)				
219	1300	忠烈王 26	庚子	경자방(庚子榜)	이자세(李資歲)	33			

	시년	왕대년	간지	시험명	문과 장원	제술(製述)	명경(明經)	은사(恩賜)	잡업(雜業)
220	1301	忠烈王 27	辛丑	신축방(辛丑榜)	노승관(盧承綰)	33			
221	1302	忠烈王 28	壬寅	임인방(壬寅榜)	최응(崔凝)	36			
222	1302	忠烈王 28	壬寅	문신친시방(文臣親試榜)	조광한(曹匡漢)	乙科2·丙科5			
223	1303	忠烈王 29	癸卯	계묘방(癸卯榜)	박리(朴理)	33			
224	1305	忠烈王 31	乙巳	을사방(乙巳榜)	장자빈(張子贇)	33			
225	1307	忠烈王 33	丁未	정미방(丁未榜)	안분(安奮)	33			
226	1309	忠宣王 1	己酉	기유방(己酉榜)	김성고(金成固)				
227	1313	忠宣王 5	癸丑	계축방(癸丑榜)	안진(安震)	33			
228	1314	忠肅王 1	甲寅	시하친시방(待學親試榜)	주열(周悅)				
229	1315	忠肅王 2	乙卯	을묘방(乙卯榜)	박인간(朴仁幹)	33			
230	1317	忠肅王 4	丁巳	정사방(丁巳榜)	홍의손(洪義孫)				
231	1320	忠肅王 7	庚申	경신방(庚申榜)	최용갑(崔龍甲)	33			
232	1324	忠肅王 11	甲子	갑자방(甲子榜)	하즙(河楫)				
233	1326	忠肅王 13	丙寅	병인방(丙寅榜)	최원우(崔元遇)				
234	1330	忠肅王 즉위	庚午	경오방(庚午榜)	송천봉(宋天鳳)	33	2	2	
235	1331	忠惠王 1	辛未	신미방(辛未榜)	주빈(周贇)	33			
236	1336	忠肅王 후5	丙子	병자방(丙子榜)	남궁민(南宮敏)	33			
237	1340	忠惠王 후1	庚辰	경진방(庚辰榜)	이공수(李公遂)	33			
238	1341	忠惠王 후2	辛巳	신사방(辛巳榜)	안원룡(安元龍)				
239	1342	忠惠王 후3	壬午	임오방(壬午榜)	이자을(李資乙)	33			
240	1344	忠惠王 후5	甲申	갑신방(甲申榜)	하을지(河乙沚)	33			
241	1347	忠穆王 3	丁亥	정해방(丁亥榜)	김인관(金仁琯)	33			
242	1353	恭愍王 2	癸巳	계사방(癸巳榜)	이색(李穡)	乙科3·丙科7·	2		

	시년	왕대년	간지	시험명	문과 장원	제술(製述)	명경(明經)	은사(恩賜)	잡업(雜業)
243	1355	恭愍王 4	乙未	을미방(乙未榜)	안을기(安乙起)	同進士22			
244	1357	恭愍王 6	丁酉	정유방(丁酉榜)	염흥방(廉興邦)	33			
245	1360	恭愍王 9	庚子	경자방(庚子榜)	정몽주(鄭夢周)	乙科3·丙科7·同進士23			
246	1362	恭愍王 11	壬寅	임인방(壬寅榜)	박실(朴實)	33			
247	1365	恭愍王 14	乙巳	을사방(乙巳榜)	윤소종(尹紹宗)	28			
248	1368	恭愍王 17	戊申	행구제친시방辛九齋[松山]親試榜	이첨(李詹)	7			
249	1369	恭愍王 18	己酉	기유방(己酉榜)	유백유(柳伯濡)	33			
250	1371	恭愍王 20	辛亥	신해방(辛亥榜)	김잠(金潛)	31			
251	1374	恭愍王 23	甲寅	갑인방(甲寅榜)	김자수(金子粹)	33			
252	1376	禑王 2	丙辰	병진방(丙辰榜)	정총(鄭摠)	33	4		
253	1377	禑王 3	丁巳	정사방(丁巳榜)	성석연(成石珚)	33			
254	1380	禑王 6	庚申	경신방(庚申榜)	이문화(李文和)	33	6		
255	1382	禑王 8	壬戌	임술방(壬戌榜)	유량(柳亮)	33			
256	1383	禑王 9	癸亥	계해방(癸亥榜)	김한로(金漢老)	33			
257	1385	禑王 11	乙丑	을축방(乙丑榜)	우홍명(禹洪命)	33			
258	1386	禑王 12	丙寅	병인방(丙寅榜)	맹사성(孟思誠)	33			
259	1388	昌王 즉위	戊辰	무진방(戊辰榜)	이지(李致)	33			
260	1389	昌王 1	己巳	기사방(己巳榜)	김여지(金汝知)	33			
261	1390	恭讓王 2	庚午	경오방(庚午榜)	이조(李佻)	33			
262	1392	恭讓王 4	壬申	임신방(壬申榜)	김진(金縉)	33			

4. 고려 생원·진사시 시험 연보

	시년	월	왕대년	간지	시명	정원	선발인원	시부(詩賦)	십운시(十韻詩)	명경(明經)
1	1032	순10	德宗 1	壬申	進士試	정공지(鄭功志)	60			
2	1049	02	文宗 3	己丑	進士試	한복(韓復)	39	39		
3	1071	10	文宗 25	辛亥	進士試	■■■	75	75		
4	1082	00	文宗 36	壬戌	進士試	■■■				
5	1091	03	宣宗 8	辛未	進士試	김신(金藎)	91	91		
6	1102	00	肅宗 7	壬午	進士試	■■■				
7	1104	00	肅宗 9	甲申	進士試	■■■				
8	1106	03	睿宗 1	丙戌	進士試	안지충(安之忠)	89	89		
9	1116	02	睿宗 11	丙申	進士試	유탄승(兪坦升)	99			
10	1117	03	睿宗 12	丁酉	進士試	왕존(王存)	103			
11	1122	00	睿宗 17	壬寅	進士試	■■■	100			
12	1127	00	仁宗 5	丁未	進士試	■■■				
13	1139	00	仁宗 17	己未	進士試	임경(林景)				
14	1140	00	仁宗 18	庚申	進士試	한자(韓梓)				
15	1141	03	仁宗 19	辛酉	進士試	탁광유(卓光裕)				
16	1143	00	仁宗 21	癸亥	進士試	황보존(皇甫存)				
17	1145	00	仁宗 23	乙丑	進士試	박언유(朴彦儒)				
18	1146	04	仁宗 24	丙寅	進士試	김대년(金大年)				
19	1147	00	毅宗 1	丁卯	進士試	박수(朴綏)	55	55		
20	1147	00	毅宗 1	丁卯	生員試	임유공(任裕公)	55			
21	1148	04	毅宗 2	戊辰	進士試	양응찬(梁忠贊)	11	11		

	시년	월	왕대년	간지	시명	장원	선발인원	시부(詩賦)	십운시(十韻詩)	명경(明經)
22	1149	05	毅宗 3	己巳	進士試	오광윤(吳光允)	14	14		
23	1151	04	毅宗 5	辛未	進士試	고영중(高英重)	15	15		
24	1152	07	毅宗 6	壬申	生員試	오세문(吳世文)	25	25		
25	1153	03	毅宗 7	癸酉	進士試	김세뢰(金世䎖)	18	18		
26	1154	04	毅宗 8	甲戌	進士試	박세남(朴世南)	18	18		5
27	1155	05	毅宗 9	乙亥	進士試	김단보(金端寶)	100	100 여		
28	1157	04	毅宗 11	丁丑	進士試	이양수(李陽秀)	100	100 여		
29	1158	09	毅宗 12	戊寅	生員試	윤돈식(尹敦軾)	16	16		
30	1159	05	毅宗 13	己卯	進士試	■■■	78		78	
31	1161	05	毅宗 15	辛巳	進士試	고극중(高克中)	88	83		5
32	1163	04	毅宗 17	癸未	進士試	정성택(鄭成澤)	94	94		
33	1164	04	毅宗 18	甲申	進士試	김보직(金輔直)	100	100		
34	1165	05	毅宗 19	乙酉	進士試	김등(金縢)	15	15	90	5
35	1167	00	毅宗 21	丁亥	進士試	민식(閔湜)	31	27		4
36	1168	00	毅宗 22	戊子	進士試	왕광순(王光純)				
37	1169	00	毅宗 23	己丑	進士試	임정(林挺)				
38	1171	01	明宗 1	辛卯	進士試	이희우(李希祐)	13	13		
39	1172	03	明宗 2	壬辰	進士試	김광조(金光朝)	115	115		
40	1172	09	明宗 2	壬辰	生員試	이명하(李鳴鶴)	38	38		8
41	1173	03	明宗 3	癸巳	進士試	김지위(金贄魏)	28	28		
42	1175	06	明宗 5	乙未	進士試	승구원(承丘源)	12	12		
43	1176	06	明宗 6	丙申	進士試	이진승(李晉升)	8	8		
44	1176	10	明宗 6	丙申	生員試	황보항(皇甫沆)	48	45		3

	시년	월	왕대년	간지	시명	장원	선발인원	시부(詩賦)	십운시(十韻詩)	명경(明經)
45	1177	04	明宗 7	丁酉	進士試	박두장(朴斗章)	15	15		3
46	1178	08	明宗 8	戊戌	生員試	고득일(高得一)	41	41		
47	1179	05	明宗 9	己亥	進士試	이적교(李洊喬)	81	81		
48	1180	09	明宗 10	庚子	生員試	박중장(朴仲羲)	40	81		
49	1181	04	明宗 11	辛丑	進士試	홍영식(洪永植)	89	89		
50	1183	05	明宗 13	癸卯	進士試	오몽림(吳夢霖)	10	10		6
51	1185	05	明宗 15	乙巳	進士試	최문목(崔文枚)				
52	1186	05	明宗 16	丙午	進士試	양공준(梁公俊)	37	32		5
53	1187	07	明宗 17	丁未	進士試	지종주(池宗霔)	89	80		9
54	1189	05	明宗 19	己酉	進士試	정수강(鄭守剛)	19	19		
55	1190	09	明宗 20	庚戌	生員試	안사기(安社基)	32	32		
56	1191	00	明宗 21	辛亥	進士試	홍경(洪儆)				
57	1192	09	明宗 22	壬子	生員試	이중함(李仲諴)	30			
58	1195	06	明宗 25	乙卯	進士試	신식(申湜)	21	21		
59	1197	04	明宗 27	丁巳	進士試	■■■(□□□)	100		86	13
60	1198	04	神宗 1	戊午	進士試	지대성(智大成)	19	19		
61	1199	04	神宗 2	己未	進士試	옥영의(陸永儀)	20	20		
62	1200	윤02	神宗 3	庚申	進士試	진화(陳澕)	22	22		
63	1201	03	神宗 4	辛酉	進士試	정공찰(鄭公札)	22	22		
64	1202	04	神宗 5	壬戌	進士試	진양문(秦陽蚊)	14			
65	1202	09	神宗 5	壬戌	生員試	최천우(崔天祐)	43	43		
66	1203	05	神宗 6	癸亥	進士試	김명여(金命予)	21	21		
67	1204	02	神宗 7	甲子	生員試	정승조(鄭丞祖)	41	41		

번호	시년	월	왕대년	간지	시명	장원	선발인원	시부(詩賦)	십운시(十韻詩)	명경(明經)
68	1205	04	熙宗 1	乙丑	進士試	이위(李瑋)	90		90	
69	1207	05	熙宗 3	丁卯	進士試	김남석(金南石)	90	90		
70	1209	06	熙宗 5	己巳	進士試	주영수(秋永壽)	16	16		
71	1211	03	熙宗 7	辛未	進士試	정종서(鄭宗諝)	20	20		
72	1212	05	康宗 1	壬申	進士試	민부(閔橆)	28	28		
73	1213	04	康宗 2	癸酉	進士試	진교(陳墝)	81	81		
74	1214	04	高宗 1	甲戌	進士試	윤득지(尹得之)	25	25		
75	1215	04	高宗 2	乙亥	進士試	김문로(金文老)	92	86		6
76	1216	03	高宗 3	丙子	進士試	문창서(文昌瑞)	64			
77	1219	04	高宗 6	己卯	進士試	김수견(金守堅)	67	67		
78	1220	05	高宗 7	庚辰	進士試	진창덕(陳昌德)	24	24		
79	1221	04	高宗 8	辛巳	進士試	이양무(李陽茂)	86	86		
80	1221	05	高宗 8	辛巳	生員試	김수강(金守剛)	52	52		
81	1223	04	高宗 10	癸未	進士試	한경윤(韓景允)	60	60		
82	1224	03	高宗 11	甲申	進士試	김진(金稹)	74	74		
83	1225	02	高宗 12	乙酉	進士試	이유신(李惟信)	66	66		
84	1226	03	高宗 13	丙戌	進士試	유승백(庾松栢)	59	59		
85	1227	03	高宗 14	丁亥	進士試	유양(俞亮完)	74	72		2
86	1228	08	高宗 15	戊子	生員試	석연년(石延年)	47	47		
87	1229	05	高宗 16	己丑	進士試	김양순(金良純)	20	20		
88	1231	04	高宗 18	辛卯	進士試	이단(李旦)	25	25		
89	1233	00	高宗 20	癸巳	進士試	강홍정(康洪正)				
90	1237	04	高宗 24	丁酉	進士試	오수(吳壽)	81	81		4

	시년	월	왕대년	간지	시명	장원	선발인원	시부(詩賦)	십운시(十韻詩)	명경(明經)
91	1240	04	高宗 27	庚子	進士試	오순(吳恂)	41	41		
92	1242	03	高宗 29	壬寅	進士試	권위(權㻋)	74	74		2
93	1243	06	高宗 30	癸卯	進士試	한경(韓璟)	20	20	60	2
94	1245	05	高宗 32	乙巳	進士試	민양선(閔陽宣)	29	29		
95	1247	04	高宗 34	丁未	進士試	정순(鄭洊)	95	90		5
96	1249	04	高宗 36	己酉	進士試	손창연(孫昌衍)				
97	1251	04	高宗 38	辛亥	進士試	노인(盧亻)	39	39	60	
98	1253	04	高宗 40	癸丑	進士試	김중위(金仲偉)	30	30		
99	1254	04	高宗 41	甲寅	進士試	이소(李䫨)	33	33		
100	1255	05	高宗 42	乙卯	進士試	왕윤(王胤)	34	34		
101	1257	윤04	高宗 44	丁巳	進士試	임춘수(林椿壽)	17	17		
102	1258	03	高宗 45	戊午	進士試	이원(李源)	65		27	1
103	1260	05	元宗 1	庚申	進士試	오한경(吳漢卿)	80	80		
104	1261	05	元宗 2	辛酉	進士試	김수연(金守衍)	21	21		
105	1263	05	元宗 4	癸亥	進士試	김양유(金良裕)	55	55		
106	1264	06	元宗 5	甲子	生員試	이방연(李芳衍)	47			
107	1264	06	元宗 5	甲子	進士試	■■■(■■■■)				
108	1265	00	元宗 6	乙丑	進士試	박안(朴安)				
109	1266	06	元宗 7	丙寅	生員試	정시(鄭蓍)	31	31		
110	1267	00	元宗 8	丁卯	進士試	이회(李繪)				
111	1269	04	元宗 10	己巳	進士試	방신로(方宜老)	90			
112	1271	05	元宗 12	辛未	進士試	양순(梁淳)	53			
113	1273	09	元宗 14	癸酉	進士試	문관지(文貫之)	19	19		

	시년	월	왕대년	간지	시명	장원	선발인원	시부(詩賦)	십운시(十韻詩)	명경(明經)
114	1275	04	忠烈王 1	乙亥	進士試	김태현(金台鉉)	21	21		
115	1276	08	忠烈王 2	丙子	進士試	이지환(李之抵)	30	30		
116	1277	00	忠烈王 3	丁丑	進士試	정공단(鄭公旦)	31	31		
117	1279	05	忠烈王 5	己卯	進士試	백원항(白元恒)	32	32		
118	1282	03	忠烈王 8	壬午	進士試	박문정(朴文璉)	38	38		
119	1283	05	忠烈王 9	癸未	進士試	이부(李榑)	38	38		
120	1284	11	忠烈王 10	甲申	生員試	남선용(南宣用)	33	33		
121	1285	04	忠烈王 11	乙酉	進士試	윤신걸(尹莘傑)	31	31		
122	1285	11	忠烈王 11	乙酉	生員試	이서(李瑞)	38	38	24	
123	1286	05	忠烈王 12	丙戌	進士試	임홍기(任弘基)	36	36	40	
124	1286	06	忠烈王 12	丙戌	生員試	권주(權柱)	29	29		
125	1287	05	忠烈王 13	丁亥	進士試	이규(李糾)	85	85		
126	1289	10	忠烈王 15	己丑	進士試	김승인(金承印)	70	70		
127	1292	06	忠烈王 18	壬辰	進士試	이언충(李彦忠)	61	61		
128	1295	09	忠烈王 21	乙未	進士試	이권(李權)	70	70 여		
129	1296	09	忠烈王 22	丙申	進士試	최응(崔凝)	70	70 여		
130	1299	09	忠烈王 25	己亥	進士試	이천(李瑄)	70			
131	1300	03	忠烈王 26	庚子	進士試	김낭운(金琅韻)	69	69		
132	1301	04	忠烈王 27	辛丑	進士試	이봉룡(李鳳龍)	77	77		
133	1301	07	忠烈王 27	辛丑	生員試	최응(崔凝)	150	150		
134	1302	03	忠烈王 28	壬寅	進士試	양성자(梁成梓)	70	70		
135	1303	05	忠烈王 29	癸卯	進士試	구원(具黿)	99	99		
136	1305	03	忠烈王 31	乙巳	進士試	이문인(李文彦)	73	73		

시년	월	왕대년	간지	시명	장원	선발인원	시부(詩賦)	십운시(十韻詩)	명경(明經)
137	1317	00	忠肅王 4	丁巳	九齋朔試	김현구(金玄具)			
138	1320	08	忠肅王 7	庚申	進士試	정을보(鄭乙輔)			
139	1320	10	忠肅王 7	庚申	生員試	정종보(鄭宗輔)			
140	1326	00	忠肅王 13	丙寅	進士試	이달중(李達中)			
141	1330	09	忠肅王 17	庚午	進士試	손광사(孫光嗣)	99	99	
142	1331	04	忠惠王 1	辛未	進士試	탁광무(卓光茂)	90	90	
143	1339	01	忠肅王 88	己卯	進士試	안원룡(安元龍)	99	99	
144	1340	00	忠惠王 81	庚辰	進士試	양온식(梁允軾)			
145	1341	00	忠惠王 82	辛巳	進士試	성사달(成士達)			
146	1342	00	忠惠王 83	壬午	進士試	김응(金鷹)	99	99	
147	1344	00	忠穆王 0	甲申	進士試	안보린(安保麟)	99	99	
148	1345	05	忠穆王 1	乙酉	生員試	이천기(李天驥)	19	19	
149	1347	04	忠穆王 3	丁亥	進士試	박형(朴形)	52	52	
150	1350	05	忠定王 2	庚寅	生員試	이구(李玖)			
151	1353	04	恭愍王 2	癸巳	進士試	한달한(韓達漢)	87	12	5
152	1353	06	恭愍王 2	癸巳	生員試	양이시(楊以時)	50	50	
153	1355	01	恭愍王 4	乙未	進士試	전익(全翊)	95	95	
154	1357	03	恭愍王 6	丁酉	進士試	이존(李存)	98	98	
155	1360	09	恭愍王 9	庚子	進士試	박계양(朴季陽)	99	99	
156	1360	10	恭愍王 9	庚子	生員試	막계(■■■)	8	8	
157	1362	09	恭愍王 11	壬寅	進士試	허시(許時)	101	100	
158	1362	11	恭愍王 11	壬寅	生員試	정천익(鄭天益)	5	5	
159	1365	10	恭愍王 14	乙巳	進士試	민안인(閔安仁)	55	55	

	시년	월	왕대년	간지	시명	장원	선발인원	시부(詩賦)	십운시(十韻詩)	명경(明經)
160	1368	08	恭愍王 17	戊申	生員試	전백영(全伯英)	37	37		
161	1374	04	恭愍王 23	甲寅	生員試	이취(李就)	100	100		
162	1376	05	禑王 2	丙辰	進士試	정희(鄭熙)	99	99		
163	1376	06	禑王 2	丙辰	生員試	양인손(梁印孫)				
164	1377	03	禑王 3	丁巳	進士試	정전(鄭悛)	57	99		
165	1377	05	禑王 3	丁巳	生員試	문경(文璟)				
166	1380	05	禑王 6	庚申	進士試	이여량(李汝良)	57	99		
167	1380	06	禑王 6	庚申	生員試	홍상빈(洪尙賓)	110	110		
168	1382	04	禑王 8	壬戌	進士試	이승상(李升商)	57	99		
169	1382	05	禑王 8	壬戌	生員試	정구진(鄭龜晉)	100	100		
170	1383	04	禑王 9	癸亥	進士試	우홍명(禹洪命)	105	99		
171	1383	04	禑王 9	癸亥	生員試	왕비(王裨)	109	109	6	
172	1385	04	禑王 11	乙丑	進士試	임공위(任公緯)	99	99		
173	1385	05	禑王 11	乙丑	生員試	최견(崔蠲)	60	60 여		
174	1386	04	禑王 12	丙寅	進士試	정곤(鄭坤)	99	99		
175	1388	08	昌王 0	戊辰	進士試	맹사겸(孟思謙)	99	99		
176	1388	09	昌王 0	戊辰	生員試	신상(申商)				
177	1389	08	昌王 1	己巳	進士試	황녹(黃祿)	99	99		
178	1389	09	昌王 1	己巳	生員試	황현(黃鉉)				
179	1390	윤04	恭讓王 2	庚午	生員試	조유인(曹由仁)		99		
180	1390	05	恭讓王 2	庚午	進士試	이적(李逖)	99	99		
181	1392	03	恭讓王 4	壬申	生員試	허적(許慥)	120	120		
182	1392	03	恭讓王 4	壬申	進士試	이맹균(李孟畇)	99	99		

5. 문과(고려문과) 종합방목 소장처4) 목록

	구분	표제	소장처	청구기호	책권수	원 소장처
1	고려	経科録前編	규장각	古 4650-10	1책	
2	고려	國朝榜目	규장각	奎 5202	10책 중 1책	
3	고려	高麗文科榜目	국중도	古6024-161	1책	今西文庫[2821-925]
4	고려	海東龍榜	국중도	古6024-157	10책 중 1책	[阿川]文庫[G23-176]
5	고려	國朝榜目	국중도	古6024-6	7책 중 1책	
6	고려	國朝榜目	장서각	K2-3538	8책 중 1책	
7	고려	龍榜會錄	장서각	B13LB-8	1책	
1	조선	國朝文科榜目	규장각	奎 106	16권 8冊	
2	조선	國朝文科榜目	규장각	古 4650-26	5冊	
3	조선	國朝文科榜目	고려대	대학원B8-A87	8卷 4冊	
4	조선	國朝文科榜目	성암고서박	성암2-710	2冊	
5	조선	國朝文科榜目	연세대	고서(원세) 351.2 국조문	18권 10冊	
6	조선	國朝榜目	계명대	349.16-국조방	8卷 8冊	
7	조선	國朝榜目	단국대	고920.051-국227	4冊	
8	조선	國朝榜目	전북대	351.3- 국조방	12冊	

4) 소장처: 계명대=계명대학교 동산도서관; 고려대=고려대학교 도서관; 국중도=국립중앙도서관; 규장각=서울대학교 규장각한국학연구원; 단국대=단국대학교 율곡기념도서관; 동양문고=일본 도요문고(東洋文庫); 서울대=서울대학교 중앙도서관; 성암고서박=성암고서박물관; 안동대=안동대학교 도서관; 연세대=연세대학교 학술정보원; 영남대=영남대학교 중앙도서관; 장서각=한국학중앙연구원 장서각; 전남대=전남대학교 중앙도서관; 전북대=전북대학교 중앙도서관; 중앙도서관=하버드옌칭도서관(Harvard-Yenching Library); 今西文庫=일본 덴리다이가쿠(天理大學) 이마니시 문고(今西文庫); 阿川文庫=일본 도쿄다이가쿠(東京大學) 아가와문고(阿川)文庫.

	구분	표제	소장처	청구기호	책권수	원 소장처
9	조선	國朝榜目	국중도	古6024-178	9卷 9冊	
10	조선	國朝榜目	국중도	한古朝26-47	13卷 13冊	
11	조선	國朝榜目	국중도	승계古6024-110	1冊	
12	조선	國朝榜目	국중도	古6024-6	7冊	
13	조선	國朝榜目	사우당종택		6冊	
14	조선	國朝榜目	규장각	奎 5202	10冊	
15	조선	國朝榜目	규장각	奎貴 11655	12冊	
16	조선	國朝榜目	규장각	古 4650-97	13卷 13冊	
17	조선	國朝榜目	서울대	일사 351.306 B224	10冊	
18	조선	國朝榜目	안동대	350.48-국75	3冊	
19	조선	國朝榜目	영남대	古도355.48-국조방	10冊	
20	조선	國朝榜目	일본 靜嘉堂文庫	17817-9.91-37	9卷 9冊	
21	조선	國朝榜目	전남대	2F7-사31ㅂ	11卷 12冊	
22	조선	國朝榜目	하버드옌칭	TK 2291.7-6426	1冊	
23	조선	國朝榜目	장서각	K2-3541	3冊	
24	조선	國朝榜目	장서각	K2-3538	8冊	
25	조선	國朝榜目	장서각	K2-3539	5卷 4冊	
26	조선	國朝榜目	장서각	K2-3540	11卷 11冊	
27	조선	國朝榜目	장서각	B13LB-15	1冊	
28	조선	登科錄	규장각	古 4650-11	16卷 7冊	
30	조선	登科錄	東洋文庫	VII-2-35	19卷 13冊	
29	조선	龍榜會錄	장서각	B13LB-8	1冊	
31	조선	海東龍榜	국중도	古6024-157	10卷 10冊	阿川文庫

6. 문무과방목 소장처5) 목록

	시연	왕대년	간지	시험명	방목명	소장처	청구기호	비고
1	1453	端宗 1	癸酉	武年試	景泰四年癸酉十一月初一日武科榜目	『古文書集成』23책 (거창 초계정씨篇)		
2	1471	成宗 2	辛卯	別試	成化七年辛卯三月二十九日文[武]科殿試榜	신묘삼월 문무과전시방목	보물 제1884호	
3	1507	中宗 2	丁卯	增廣試	丁卯三月二十五日武科殿試榜目	『冲齋先祖府君及第榜目』, 權統宗家典籍	보물 제896-3호	하버드[K 2291.7 1748 (1507)]
4	1513	中宗 8	癸酉	武年試	正德八年癸酉九月日榜目	文武雜科榜目	보물 제603호	하버드[K 2291.7 1748 (1513)]
5	1519	中宗 14	己卯	賢良科	正德己卯四月薦擧別試文武科榜目	『雜同散異』4		하버드[K 2291.7 1748 (1519)]
6	1522	中宗 17	壬午	武年試	壬午式年文科榜目			고려대학교 소장으로 알려졌으나 고려대에서 찾지를 못함.
7	1525	中宗 20	乙酉	武年試	嘉靖四年乙酉三月二十六日武[文]科榜目	국립중앙도서관	古6024-216	
8	1528	中宗 23	戊子	別試	嘉靖七年戊子九月日別試榜目	국립중앙도서관	古貴6024-204	
9	1540	中宗 35	庚子	武年試	庚子式年文武科榜目	계명대학교		

5) 소장처: 경상대=경상대학교 문천각; 계명대=계명대학교 동산도서관; 고려대=고려대학교 도서관; 국중도=국립중앙도서관; 국편=국사편찬위원; 구장각=서울대학교 규장각한국학연구원; 동양문고=東洋文庫; 도요분코=일본 도요분코; UC버클리대=UC버클리 동아시아도서관(UC Berkeley East Asian Library); 북경대=베이징대학(北京大學); 성균관대=성균관대학교 존경각; 성암고서박=성암고서박물관; 연세대=연세대학교 학술정보원; 장서각=한국학중앙연구원 장서각; 중앙대=중앙대학교 학술정보원; 청주대=청주대학교 중앙도서관; 충남대=충남대학교 도서관; 하버드옌칭=하버드옌칭도서관(Harvard-Yenching Library); 해사박=해군사관학교박물관.

	시년	왕대년	간지	시험명	방목명	소장처	청구기호	비고
10	1543	中宗 38	癸卯	式年試	癸卯式年文武科榜目	계명대학교	(이귀) 349.16 문무잡	
11	1546	明宗 1	丙午	式年試	嘉靖二十五年丙午十月初八日文[武]科式年榜目	중앙대학교	C1241774	
12	1546	明宗 1	丙午	重試	嘉靖二十五年丙午十月十一日文[武]科重試榜	중앙대학교	C1241774	
13	1549	明宗 4	己酉	式年試	己酉式年文武科榜目			산기문고(山氣文庫) 소장으로 되어 있으나 매매된 것으로 추정.
14	1560	明宗 15	庚申	別試	嘉靖三十九[年庚申]文武科別試榜目	하버드옌칭	K 2291.7 1748 (1560)	성암고서박[성암2-716]
15	1564	明宗 19	甲子	式年試	嘉靖四十三年甲子九月初四日文[武]科榜目	중남대학교	고서 史.記錄類 179	
16	1567	宣祖 0	丁卯	式年試	隆慶元年丁卯十一月初二日文[武]科覆試榜目	국립중앙도서관	古6024-217	하버드[TK 2291.7 1748 (1567)]-국중도에서 서비스 중
17	1570	宣祖 3	庚午	式年試	隆慶四年庚午式四月十六日文[武]科覆試榜目『蓮珪榜』	국중도	古6024-145	하버드[K 2291.7 1748 (1750): 고려대[만송 貴 386 1570]
18	1572	宣祖 5	壬申	別試2	隆慶六年壬申十二月初二日文[武]科別試榜目	하버드옌칭	TK 2291.7 1746 (1564 a)	
19	1576	宣祖 9	丙子	式年試	[萬曆四年丙子式年]武科[榜目]『丙辰增廣司馬榜』	고려대학교	만송 B8 A1 1616B	하버드[K 2291.7 1748 (1576)]
20	1577	宣祖 10	丁丑	別試	萬曆五年丁丑十月初六日文武科別試榜目	장서각	수집 고문서	
21	1580	宣祖 13	庚辰	別試	庚辰別試文武科榜目	고려대학교	만송 貴 388 1580	하버드[K 2291.7 1748 (1580)]
22	1583	宣祖 16	癸未	謁聖試	萬曆十一年癸未四月初四日文[武]科榜目	하버드옌칭	TK 2291.7 1746 (1549)	UC버클리대[2293,1746 1660]

	시년	왕대년	간지	시험명	방목명	소장처	청구기호	비고
23	1583	宣祖 16	癸未	別試	萬曆十一年癸未九月初三日別試榜目	국립중앙도서관	한貴古朝26-28-6	
24	1584	宣祖 17	甲申	別試	萬曆十二年甲申秋別試文武榜目	계명대학교	(고) 349.16 문무만	
25	1588	宣祖 21	戊子	式年試	萬曆戊子文武榜目	국사편찬위원회	MF A지수532	
26	1589	宣祖 22	己丑	增廣試	己丑四月日增廣龍虎榜目	국사편찬위원회	MF A지수149	
27	1591	宣祖 24	辛卯	別試	辛卯別試文武科榜目	하버드옌칭	K 2291.7 1748 (1651.2)	
28	1594	宣祖 27	甲午	別試	萬曆二十二年甲午正月日別試武科榜目	연세대학교	고서(II) 353.003 6	무과(武科) 단독방목(單獨榜目)
29	1599	宣祖 32	己亥	庭試	己亥春庭試龍虎榜目	국사편찬위원회	IM000084590	
30	1599	宣祖 32	己亥	別試	己亥秋別試武榜目	개인		
31	1601	宣祖 34	辛丑	式年試	萬曆二十八年庚子式年科榜目 行於辛丑夏[文試武榜目]	하버드옌칭	TK 2291.7 1748 (1600)	UC버클리대[2293,1746 1660]
32	1602	宣祖 35	壬寅	別試	萬曆三十年[壬寅]十月二十二日文[武]科榜目	『國初文科榜目』, 중앙대학교	고서 史.記錄類 179	
33	1603	宣祖 36	癸卯	庭試	癸卯春庭試榜	해군사관학교박물관	해사02 710609-000	
34	1603	宣祖 36	癸卯	式年試	萬曆癸卯式年文武榜目	하버드옌칭	K 2291.7 1748 (1603)	성암고서박[성암2-712]
35	1605	宣祖 38	乙巳	增廣試	乙巳增廣別試文武榜目	장서각		
36	1606	宣祖 39	丙午	式年試	萬曆三十四年丙午十二月初二日式年文武科榜目	하버드옌칭	TK 2291.7 1748 (1606)	하버드[K 2291.7 1748 (1606)]: 성암고서박[성암2-713]
37	1612	光海 4	壬子	式年試	壬子式年文[武]科榜目	국립중앙도서관	의산6024-115	중앙대[고서 史.記錄類 185]: 하버드[FK28]

	시년	왕대년	간지	시험명	방목명	소장처	청구기호	비고
38	1612	光海 4	壬子	增廣試	萬曆壬子增廣文科榜目	국사편찬위원회	MF A지수328	
39	1613	光海 5	癸丑	增廣試	癸丑增廣別試殿試榜目	UC버클리대	19.42	
40	1615	光海 7	乙卯	式年試	乙卯式年文科榜目	고려대학교	만송 B8 A2 1615	하버드[K 2291.7 1748 (1615)]
41	1623	仁祖 1	癸亥	謁聖試	天啓三年癸亥五月初二日謁聖榜目	규장각	古 4652.5-23	
42	1624	仁祖 2	甲子	增廣試	甲子增廣文武科榜目	하버드옌칭	TK 2291.7 1748 (1624)	국중도에서 서비스 중, 하버드[FK20 15]
43	1627	仁祖 5	丁卯	庭試	天啓七年丁卯七月二十九日庭試武榜目	규장각	想白古 351.306-B224m-16 27	
44	1629	仁祖 7	己巳	別試	崇禎二年己巳皇子誕生別試[文武科]榜目	성균관대학교	B13KB-0050	국중도[한古朝26-28-11](문과만), 규장각[想白古 351.306-B224mn-1 629](문과만)
45	1630	仁祖 8	庚午	式年試	庚午式年文武科榜目	국사편찬위원회	MF A지수703	화성시향토박물관조제정씨 기증; 고려대[만송 B8 A2 1630]; 계명대[(이) 349.16 문무정오]
46	1633	仁祖 11	癸酉	增廣試	癸酉增廣文武科榜目	개인		
47	1633	仁祖 11	癸酉	式年試	崇禎六年癸酉十一月日式年文武科榜目	국립중앙도서관	한貴古朝26-28-12	하버드[K 2291.7 1748 (1633)]: 조선대[O/G 350.1 ㅅ642]
48	1635	仁祖 13	乙亥	謁聖試	崇禎八年乙亥九月初四日謁聖文武科榜目	국사편찬위원회	MF A지수208	
49	1636	仁祖 14	丙子	別試	丙子別試文武科榜目	고려대학교	대학원 B8 A2 1636	하버드[K 2291.7 1748 (1636.1)]
50	1636	仁祖 14	丙子	重試	丙子十二月十二日重試榜	고려대학교	대학원 B8 A2 1636	하버드[K 2291.7 1748 (1636.1)]
51	1637	仁祖 15	丁丑	庭試	崇禎十年丁丑八月十八日庭試文武科榜目	규장각	想白古 351.306-B22	

	시년	왕대년	간지	시험명	방목명	소장처	청구기호	비고
52	1637	仁祖 15	丁丑	別試	還都後庭試榜 / 丁丑庭試文[武]科榜目	고려대학교	4m-1637 / 대학원 B8 A2 1637	구장각[想白古 351.306-B224mn-1 637]
53	1639	仁祖 17	己卯	別試	己卯八月別試龍虎榜目	국사편찬위원회	MF A지수149	
54	1644	仁祖 22	甲申	庭試	甲申庭試榜目	국립중앙도서관	古朝26-28-14	하버드[K 2291.7 1748 (1644.2)]
55	1644	仁祖 22	甲申	別試	甲申別試文武科榜目	하버드옌칭	K 2291.7 1748 (1644)	성암고서박 성암2-719]
56	1646	仁祖 24	丙戌	重試	丙戌文武科重試榜目	하버드옌칭	FK125	구장각
57	1648	仁祖 26	戊子	式年試	戊子式年科龍虎榜目	국립중앙도서관	古6024-230	국중도[古6024-214]; 하버드[TK 22 91.7 1748 (1648)] · [FK126]
58	1649	仁祖 27	己丑	庭試	己丑四月十八日庭試文[武]庭試榜目	국립중앙도서관	위창古6024-5	하버드[FK486]
59	1651	孝宗 2	辛卯	庭試	辛卯三月二十八日文武庭試榜目	『嘉藺事實錄』	한古朝57-가61	
60	1651	孝宗 2	辛卯	式年試	辛卯式年九月二十二日文武科榜目	성균관대학교	B13KB-0037	고려대[만송 B8 A2 1651]; 하버드[K 2291.7 1748 (1651)]; 계명대[(立) 34 9.16 문곽신)→辛卯式年文科榜目(문곽만)
61	1651	孝宗 2	辛卯	別試	辛卯別試文[武]科榜目	하버드옌칭	K 2291.7 1748 (1651. 2)	
62	1652	孝宗 3	壬辰	增廣試	壬辰十月二十四日增廣別試及第榜目	국사편찬위원회	MF A지수645	하버드[K 2291.7 1748 (1652)]; 고려대[만송 B8 A2 1652]
63	1654	孝宗 5	甲午	式年試	甲午式年文科榜目6)	국립민속박물관	민속005217	
64	1656	孝宗 7	丙申	別試	丙申別試文武科榜目	개인		

	시년	왕대년	간지	시험명	방목명	소장처	청구기호	비고
65	1660	顯宗 1	庚子	式年試	庚子式年殿試文武科榜目	하버드옌칭	K 2291.7 1748 (1660)	성암고서박 성암2-714]·[성암2-71 5]; UC버클리대[2293.1746 1660]
66	1660	顯宗 1	庚子	增廣試	庚子增廣別試文[武]科榜目	고려대학교	만송 B8 A2 1660	하버드[K 2291.7 1748 (1660.1)]-문과만.
67	1662	顯宗 3	壬寅	增廣試	今上三年壬寅孝宗大王祔廟慈懿大王大妃崇孝備王大妃崇崇王妃冊禮元子誕生合五慶增廣別試文武科殿試試榜目	규장각	奎 7055	하버드[FK77]
68	1665	顯宗 6	乙巳	別試	康熙四年十月二十五日別試文[武]科榜目	경상대학교	古(오림) B13LB 예75 ㄱ	
69	1666	顯宗 7	丙午	別試	丙午九月二十二日慈慶下復重試計擥合設別試榜目	계명대학교	(고) 349.16 문무병오	계명대[(고) 349.16 문무병ㅇ]
70	1669	顯宗 10	己酉	庭試	康熙八年己酉十月初七日庭試文武科榜目	하버드옌칭	FK127	규장각
71	1670	顯宗 11	庚戌	別試	庚戌秋文武科別試榜目	국립중앙도서관	古6024-212	
72	1672	顯宗 13	壬子	別試	壬子年別試文[武]科榜目	하버드옌칭	TK 2291.7 1748 (1672)	국중도에서 서비스 중
73	1673	顯宗 14	癸丑	式年試	壬子式年文科榜目	UC버클리 동아시아 도서관	19.42	
74	1675	肅宗 1	乙卯	式年試	乙卯式年文武科榜目?	국립중앙도서관	古6024-231	
75	1675	肅宗 1	乙卯	增廣試	乙卯增廣別試文科榜目	규장각	想古 351.306-B22 4m-1675	하버드[FK128]
76	1677	肅宗 3	丁巳	謁聖試	丁巳謁聖別試文[武]科榜目	고려대학교	대학원 B8 A2 1677	하버드[K 2291.7 1748 (1677)]

	시년	왕대년	간지	시험명	방목명	소장처	청구기호	비고
77	1678	肅宗 4	戊午	增廣試	戊午增廣殿試榜目	규장각	想白古 351.306-B22 4m-1678	하버드[TK 2291.7 1748 (1648)]
78	1678	肅宗 4	戊午	庭試	戊午庭試[文武科榜目	하버드옌칭	TK 2291.7 1748 (167 8)	국중도에서 서비스 중. 하버드[FK12 9]. [FK2209]
79	1679	肅宗 5	己未	庭試	己未庭試榜	베이징대학(北京大學)	X/972.2038/1500	
80	1680	肅宗 6	庚申	春塘臺試	庚申六月初八日春塘臺庭試榜目	규장각	想白古 351.306-B22 4m-1680	하버드[FK130]
81	1681	肅宗 7	辛酉	武年試	辛酉武年文武科榜目	연세대학교	고서(I) 353.003 문무과 1681	하버드[K 2291.7 1748 (1681)]
82	1683	肅宗 9	癸亥	增廣試	癸亥增廣別試文武科榜目	계명대학교	(고) 349.16 문무계해	
83	1684	肅宗 10	甲子	庭試	甲子庭試文武科榜目	규장각	古 4650-14	하버드[K 2291.7 1748 (1684)]
84	1684	肅宗 10	甲子	武年試	甲子武年文武科榜目	영상대학교	古(한청사) B13LB 예7 5ㄱ	고려대[석주 賣 723 1684]
85	1686	肅宗 12	丙寅	別試	丙寅別試文[武科殿試榜目	규장각	想白古 351.306-B22 4mb-1686	하버드[FK132]
86	1686	肅宗 12	丙寅	重試	丙寅八月二十日文武科重試榜目	규장각	想白古 351.306-B22 4m-1686	하버드[FK133]
87	1687	肅宗 13	丁卯	謁聖試	丁卯九月二十一日謁聖親試文武科榜目	규장각	想白古 351.306-B22 4m-1687	하버드[FK134]
88	1687	肅宗 13	丁卯	武年試	丁卯式年龍虎榜目	청주대학교	350.48 정378	
89	1689	肅宗 15	己巳	增廣試	今十五年己巳元子定號增廣試文武殿試榜目	국립중앙도서관	古朝26-28-21	하버드[K 2291.7 1748 (1689)]

	시년	왕대년	간지	시험명	방목명	소장처	청구기호	비고
90	1694	肅宗 20	甲戌	謁聖試	甲戌謁聖別試文武科榜目	연세대학교	고서(I) 353,003 문무과 1694	하버드[K 2291.7 1748 (1694)]
91	1694	肅宗 20	甲戌	別試	甲戌別試龍虎榜目	국사편찬위원회	MF000008377	
92	1695	肅宗 21	乙亥	別試	乙亥別試榜目	경상대학교	古(한병사) B13LB 예75 0	구장각[古 4652.5-v.27]: 하버드[F K29]·[FK135]
93	1697	肅宗 23	丁丑	庭試	丁丑庭試文武科榜目	장서각	B13LB-26	하버드[FK123]
94	1697	肅宗 23	丁丑	重試	丁丑重試文武科榜目	계명대학교	(고) 349.16 문무중	하버드[FK29]
95	1699	肅宗 25	己卯	式年試	己卯式年文武科榜目	중남대학교	고서 史,試案類 232-2	구장각想白古 351.306-B224m-16 99]: 하버드[FK137]
96	1702	肅宗 28	壬午	謁聖試	壬午謁聖文武科榜目	구장각	想白古 351.306-B22 4m-1702	하버드[FK139]
97	1702	肅宗 28	壬午	武年試	壬午式年文[武]科殿試試榜目	구장각	想白古 351.306-B22 4mn-1702	하버드[FK138]
98	1702	肅宗 28	壬午	別試	壬午別試榜	하버드옌징	K 2291.7 1748 (1702, 1)	晩松金完燮文庫(고려대학교-壬午別試榜: 用申宮殿排禮慶設行)
99	1704	肅宗 30	甲申	春塘臺試	甲申春塘臺庭試別試文[武]科榜目	구장각	想白古 351.306-B22 4s-1704	하버드[FK140]
100	1705	肅宗 31	乙酉	增廣試	乙酉增廣別試文武科榜目	장서각	기타 고문서-아산 장중임씨(史部-3)	
101	1706	肅宗 32	丙戌	庭試	肅宗三十二年丙戌庭試別試文武科榜目	장서각	B13LB-9	
102	1707	肅宗 33	丁亥	別試	丁亥文武科別試榜目	국립중앙도서관	일산古6024-88	구장각想白古 351.306-B224m-17 07]: 성암고서비[성암2-717]: 하버드[K 2291.7 1748 (1707)]

번호	시년	왕대년	간지	시험명	방목명	소장처	청구기호	비고
103	1707	肅宗 33	丁亥	重試	丁亥重試文[武]科榜目	고려대학교	화산 B8 A2 1707	
104	1708	肅宗 34	戊子	武年試	戊子式年文武科榜目	국립중앙도서관	한古朝26-28-27	하버드[K 2291.7 1748 (1708)]
105	1710	肅宗 36	庚寅	增廣試	庚寅上候不復王世子不復合二慶增廣文武科殿試文榜目	국립중앙도서관	일산古6024-87	규장각[想白古 351.306-B224m-17 00]; UC버클리대[2293.1746 1710]; 하버드[FK136]
106	1710	肅宗 36	庚寅	春塘臺試	庚寅春塘臺庭試文[武]科榜目	계명대학교	(고) 349.16 문무경인	
107	1711	肅宗 37	辛卯	武年試	辛卯文科榜目	국사편찬위원회	MF A지수470	寒沙先生文集
108	1712	肅宗 38	壬辰	庭試	壬辰庭試別試文武科榜目	국립중앙도서관	古6024-220	
109	1713	肅宗 39	癸巳	增廣試	癸巳上之卽位四十年稱慶及上尊號合二慶大增廣別試文武科殿試文榜目	국립중앙도서관	古朝26-28-30	규장각[想白古 351.306-B224m-17 13]; 하버드[FK142]
110	1714	肅宗 40	甲午	增廣試	上之四十年甲午聖候不復稱慶增廣別試文武科殿試文榜目	국립중앙도서관	古朝26-28-32	규장각[想白古 351.306-B224m-17 14]·[古 4652.5-9]; 하버드[FK143]
111	1715	肅宗 41	乙未	武年試	上之四十年乙未式年文武科榜目	계명대학교	(이) 349.16 문무을미	
112	1717	肅宗 43	丁酉	武年試	丁酉式年文武科殿試榜	국사편찬위원회	MF000005282	경기도박물관 소장
113	1718	肅宗 44	戊戌	庭試	上之四十四年戊戌庭試別試文武科榜目	규장각	想白古 351.306-B22 4m-1718	하버드[FK144]
114	1723	景宗 3	癸卯	別試	上之三年癸卯討逆庭試別試文武科榜目	국립중앙도서관	古朝26-28-34	계명대[(고) 349.16 문무별제]; 하버드[K 2291.7 1748 (1723)]
115	1723	景宗 3	癸卯	武年試	癸卯式年文武科榜目	연세대학교	고서(I) 353.003 문무과 식-1723	하버드[K 2291.7 1748 (1723.3)]

	시년	왕대년	간지	시험명	방목명	소장처	청구기호	비고
116	1725	英祖 1	乙巳	增廣試	乙巳聖上即位增廣別試文武科榜目	장서각	B13LB-3	고려대[華山B8-A2-1725A]; 구장각[想白古 351.306-B224m-1725]·[古 4650-12]·[古 4650-12A]; 계명대[(고) 349.16 문무을]; 하버드[FK145]
117	1725	英祖 1	乙巳	別試	乙巳王世子冊禮及疹患平復合二慶二慶庭試別試文武科榜目	국립중앙도서관	古朝26-28-48	국중도[일산古6024-82]; 고려대[대하원 B8 A2 1725]; 하버드[FK146]
118	1726	英祖 2	丙午	式年試	丙午式年文科榜目	국립중앙도서관	古朝26-28-49	하버드[K 2291.7 1748 (1726)]
119	1726	英祖 2	丙午	謁聖試	丙午謁聖別科文武科榜目	계명대학교	(고) 349.16 문무	
120	1727	英祖 3	丁未	增廣試	雍正五年丁未閏三月增廣別試文[武]科殿試榜	국립중앙도서관	일산古6024-83	하버드[FK147]
121	1728	英祖 4	戊申	別試	戊申別試文武科榜目	계명대학교	(이) 349.16 문무무신	연세대[고서(II) 353.003 7]
122	1730	英祖 6	庚戌	庭試	庚戌庭試文武榜目	장서각	B13LB-27	국중도[古朝26-28-51]; 하버드[K 2 291.7 1748 (1730)]
123	1733	英祖 9	癸丑	謁聖試	癸丑謁聖文武科榜目	국립중앙도서관	古朝26-28-52	구장각[想白古 351.306-B224m-17 33]; 하버드[FK148]
124	1735	英祖 11	乙卯	式年試	乙卯式年文科榜目	계명대학교	(고) 349.16 을묘식	
125	1736	英祖 12	丙辰	庭試	丙辰文武科庭試別試榜目	연세대학교	고서(I) 353.003 문무 과 1736	하버드[K 2291.7 1748 (1736)]
126	1740	英祖 16	庚申	謁聖試	崇禎三庚申謁聖別試榜目	장서각	K2-3545	하버드[FK149]
127	1740	英祖 16	庚申	增廣試	庚申孝宗大王追上尊號大王大妃殿加上尊號大殿中宮殿上尊號合慶大增廣別試文武	국립중앙도서관	古朝26-28-57	국중도[古朝26-28-59]; 하버드[K 2 291.7 1748 (1740.3)]

	시년	왕대년	간지	시험명	방목명	소장처	청구기호	비고
128	1750	英祖 26	庚午	武年試	科榜目	국립중앙도서관	古朝26-28-37	하버드[K 2291.7 1748 (1750)]
129	1763	英祖 39	癸未	增廣試	癸未大增廣別試文武科榜目	국립중앙도서관	일산古6024-75	고려대[화산 B8 A2 1763]; 계명대[(고) 349.16 문무제] · [(고) 349.16 문무제미]; 하버드[FK485]; 국중박[구-002132]
130	1764	英祖 40	甲申	江華別試	崇禎三甲申江都附別科榜目	하버드-옌칭	K 2291.7 1748 (1764. 2)	성암고서박[성암2-718]
131	1765	英祖 41	乙酉	武年試	乙酉武年文武科榜目	국립중앙도서관	한古朝26-28-41	규장각[奎 1322] · [奎 1323]; 하버드[FK85]
132	1767	英祖 43	丁亥	謁聖試	崇禎三丁亥九月十八日以親幸太學謁聖及親耕後藏種親蠶後受繭慶親臨慶庭試文武科榜目	국립중앙도서관	일산古6024-73	하버드[FK150]
133	1771	英祖 47	辛卯	武年試	崇禎三辛卯式年殿試文武科榜目	국립중앙도서관	의산古6024-111	규장각[想白古 351.306-B224m-1771]; 하버드[FK151]
134	1773	英祖 49	癸巳	增廣試	癸巳合六慶大增廣文[武科榜目	국립중앙도서관	일산古6024-71	규장각[想白古 351.306-B224m-1773]; 고려대[대하원 B8 A2 1773]; 계명대[(고) 349.16 문무ㄱ]; 하버드[FK152]
135	1774	英祖 50	甲午	登俊試	丙戌後三百九年甲午年再登俊試榜	국립중앙도서관	古6024-206	하버드[FK80]; 국중박[보관-00007 3]
136	1783	正祖 7	癸卯	增廣試	崇禎三癸卯增廣別試文武科殿試榜目	국립중앙도서관	古朝26-28-63	규장각[古 4650-77]; 고려대[신암 B8 A2 1783]; 계명대[(고) 349.16 문무]

	시년	왕대년	간지	시험명	방목명	소장처	청구기호	비고
137	1784	正祖 8	甲辰	庭試	甲辰王世子冊封慶龍虎榜	국립중앙도서관	古朝26-28-65	제묘]; 하버드[FK153]; 청주대[350.48 승642]
138	1787	正祖 11	丁未	庭試	崇禎三丁未春合慶庭試武榜目	高麗聖像 및 甲冑遺物	보물 제739호	규중도[古朝26-28-66]; 규장각[古4652.5-21]; 하버드[FK87]; 전북대[351.3 문무과]
139	1789	正祖 13	己酉	武年試	崇禎三己酉式年文武科殿試榜目	국립중앙도서관	한古朝26-28-68	고려대[화산 B8 A2 1789]; 하버드[K2291.7 1748 (1789.2)]; 연세대[고서(I) 353.003 문무과 1789]; 숭실대[A 353.003 승7365]
140	1790	正祖 14	庚戌	增廣試	崇禎三庚戌增廣別試文武科殿試榜目	국립중앙도서관	일산古6024-64	규장사[奎 1061] · [奎 1508]: 하버드[FK92]
141	1792	正祖 16	壬子	武年試	崇禎三壬子式文武科科殿試榜目	국립중앙도서관	일산古6024-66	규중도[古朝6024-159]; 하버드[TK 2291.7 1748 (1792)]; 도쿄대학[阿川文庫[H20-1823]
142	1794	正祖 18	甲寅	謁聖試	崇禎三甲寅春謁聖文武科龍虎榜目	규장각	奎 3300	하버드[FK82]
143	1795	正祖 19	乙卯	水原別試	華城文武科別試榜	『園幸乙卯整理儀軌』권5	K2-2897	
144	1795	正祖 19	乙卯	式年試	崇禎三乙卯式文武龍虎榜目	규장각	奎 747	고려대[만송 B8 A2 1795]; 하버드[K2291.7 1748 (1795)]; 연세대[고서(I) 353.003 문무과 1795]; 제명대[(고) 349.16 문무을묘]
145	1795	正祖 19	乙卯	庭試	崇禎三乙卯秋合六慶慶科	일본 도요문고(東洋)	VIII-2-266	

	시년	왕대년	간지	시험명	방목명	소장처	청구기호	비고
146	1798	正祖 22	戊午	式年試	庭試文武科殿試榜目 崇禎三戊午式年文武科殿試榜目	文庫, Toyo Bunko) 개인		화성 조동점가(原榜 榜目)
147	1800	正祖 24	庚申	別試	崇禎三庚申慶科庭試別試文武科殿試榜目	국립중앙도서관	일산古6024-60	경상대[古(오림) B13LB 예[75ㅅ]·[古(목재) B13LB H예[75ㅅ]; 서울대[일석 351.306 Su72g 1800]; 고려대[화산 B8 A2 1800]·[지암 B8 A2 1800]; 하버드[FK484]
148	1801	純祖 1	辛酉	庭試	崇禎三辛酉夏以正宗大王祔享世室慶科庭試文武殿試榜目	국립중앙도서관	일산古6024-62	하버드[FK155]
149	1801	純祖 1	辛酉	增廣試	崇禎三辛酉夏聖上卽位元年增廣別試文武科殿試榜目	규장각	想白古 351.306-B22 4m-1801	하버드[FK156]
150	1805	純祖 5	乙丑	增廣試	崇禎三乙丑冬大殿痘候平復慶科別試增廣文武科殿試榜目	고려대학교	만송 B8 A2 1805	고려대[신암 B8 A2 1805]; 하버드[TK 2291.7 1748.9 (1805)]
151	1809	純祖 9	己巳	增廣試	崇禎三己巳冬元子誕降慶科別試增廣文武科殿試榜目	국립중앙도서관	古朝26-28-79	하버드[TK 2291.7 1748 (1809)]; 고려대[대학원 B8 A2 1809]
152	1813	純祖 13	癸酉	增廣試	崇禎百八十六年癸酉王大妃殿寶齡六旬上候平復王世子册禮王大妃殿寶齡周甲合四慶慶科增廣別試榜目	성균관대학교	B13KB-0004	
153	1825	純祖 25	乙酉	謁聖試	乙酉謁聖龍虎榜	『古書集成』 38책 (구매 문화유씨)		

	시년	왕대년	간지	시험명	방목명	소장처	청구기호	비고
154	1827	純祖 27	丁亥	增廣試	崇禎四丁亥增廣別試文武科榜目	篇-Ⅱ) 국립중앙도서관	古6024-1	국중도[일산古6024-36]·[한古朝26-28-86]; 구장각[奎 1454-1]·[奎 1454-2]; 고려대[만송 B8 A2 1827]; 경상대[古(순주)B13 방35]; 하버드[FK83]
155	1829	純祖 29	己丑	庭試	崇禎四己丑慶科庭試文武科榜目	장서각	K2-3544	국중도[일산古6024-38]; 고려대[만송 B8 A2 1829]; 구장각[奎 1512]·[奎 2273]·[奎 3944]; 하버드[FK84]
156	1835	憲宗 1	乙未	增廣試	崇禎紀元後四乙未增廣別試武科榜目	구장각	想白古 351.306-B22 4m-1835	하버드[FK484]
157	1844	憲宗 10	甲辰	增廣試	崇禎紀元後四甲辰增廣別試文武科殿試榜目	국립중앙도서관	일산古6024-47	국중도[古朝26-28-96]·[古朝26-28-97]; 구장각[奎 1086]; 하버드[FK86]
158	1848	憲宗 14	戊申	增廣試	崇禎紀元後四戊申慶科廣文武科殿試榜目	국립중앙도서관	古6024-2	고려대대학원[B8 A2 1848]; UC버클리대[2293,1746 1848]; 하버드[K 2291.7 1748 (1848)]; 연세대[고시(I) 353.003 문무과 1848]
159	1859	哲宗 10	己未	增廣試	崇禎紀元後四己未元子誕生慶科增廣別試文武科殿試榜目	고려대학교	대학원 B8 A2 1859	연세대[고지사(I) 353.003 문무과 1859]; 하버드[K 2291.7 1748 (1859)]·[FK1369]
160	1874	高宗 11	甲戌	增廣試	崇禎紀元後五甲戌慶科增廣文武科殿試榜目	국립중앙도서관	일산古6024-21	성균관대[B13KB-0005]; 원광대[AN 350.48-ㅅ136저1김]; 계명대[(고) 349.16 문무갑술]; 프랑스동양언어문화…

시년	왕대년	간지	시험명	방목명	소장처	청구기호	비고
161 1880	高宗 17	庚辰	增廣試	崇禎後五庚辰慶科增廣文武科殿試榜目	국립중앙도서관	일산古6024-11	향교[COR-I.182]; 하버드[FK158] 국중도[古朝26-28-116]; 하버드[TK 2291.7 1748 (1880)]·[FK159]; 국회[OL351.2-ㅅ363]
162 1882	高宗 19	壬午	增廣試	崇禎後五壬午慶科增廣文武科殿試榜目	국립중앙도서관	일산古6024-13	연세대[고서(용제) 59 이]·[고서(용제) 60 이]; 규장각奎 12891; 고려대[대학원 B8 A2 1882]; 하버드[FK81]

6) 63번: 갑오식년문무과방목(甲午式年文武科榜目)은 1654년(효종 5) 갑오 식년시 문무과 단회방목으로 현재 국립민속박물관(민속005217)에 소장되어 있다. 박사학위논문을 작성한 후에 발굴한 신규 방목이다.

7) 74번: 을묘식년문무과방목(乙卯式年文武科榜目)은 1675년(숙종 1) 을묘 식년시 문무과 단회방목으로 국립중앙도서관에서 2018년에 구입한 고문헌이다. 현재 국립중앙도서관(古6024-231)에 소장되어 있다. 박사학위논문을 작성한 후에 발견한 신규 방목이다.

7. 사마방목8) 소장처9) 목록

	서기	왕대년	간지	시험명	방목명	소장처	청구기호	비고	영인
1	1414	太宗 14	甲午	式年試	甲午式年司馬榜目	『江湖先生實記』권5, 국중도	古2511-10-43	김숙자(金叔滋)	1
2	1447	世宗 29	丁卯	式年試	司馬榜目【正統十二年我世宗大王二十九年丁卯式】	하버드옌칭	K 2291.7 1746 (1447)		1
3	1469	睿宗 1	己丑	增廣試	成化己丑六【五】年九月日生員進士試榜	고려대학교 도서관	만송 貴 378	하버드[K 2291.7 1746 (1469)]; 국민박 [민속082600]	1
4	1480	成宗 11	庚子	式年試	成化十六年庚子三月初三日司馬榜目	『絅村先生實紀』권下, 국중도	한古朝57-가618	남평문씨(인수문고(仁壽文庫)); 하버드 [K 2291.7 1748 (1483)]	1
5	1483	成宗 14	癸卯	式年試	成化十九年癸卯式二月日生員進士榜目	하버드옌칭	K 2291.7 1746 14 83		1
6	1486	成宗 17	丙午	式年試	監試生員進士榜【成化二十二年丙午宗大王十七年丙午】	『潚纓先生年譜』續下, 국중도	한古朝57-가230	국중도[일산古2511-10-27]; 규장각[想白古 923.251-G429t]	1
7	1495	燕山 1	乙卯	增廣試	司馬榜目【弘治八年大王二十七年乙卯】	『止軒先生逸稿』권3, 국중도	古3648-62-1013	이철명(李哲明)	1

8) 영인: 國學資料院, 『朝鮮時代 生進試榜目』1~28, 국학자료원, 2008.

9) 소장처: 경상대=경상대학교 문천각; 고려대=고려대학교 도서관; 국민박=국립민속박물관; 국중도=국립중앙도서관; 규장각=서울대학교 규장각한국학연구원; 단국대=단국대학교 석주선기념박물관; 동양문고=일본 도요문고(東洋文庫); 미기문고=성균관대학교 존경각; 성균관대=성균관대학교 존경각; 성남고서박=성남고서박물관; 연세대=연세대학교 학술정보원; 인수문고=하버드옌칭=하버드옌칭도서관(Harvard-Yenching Library); 장서각=한국학중앙연구원 장서각; 중앙=중앙대학교 학술정보원; 국민대=국민대학교 성곡도서관; 고려대=고려대학교 도서관; 성균관=성균관대학교 도서관; 버클리=UC Berkeley East Asian Library; 三木文庫=장서각=한국학중앙연구원 장서각.

	시년	왕대년	간지	시험명	방목명	소장처	청구기호	비고	영인
8	1496	燕山 2	丙辰	式年試	弘治九年丙辰閏三月初三日生員進士榜	『冲齋先祖府君進士榜目』, 權橃宗家典籍	보물 제896-2호	국중도[古6024-133]; 하버드[K 2291.7 1746 (1496)]	1
9	1501	燕山 7	辛酉	式年試	弘治十四年辛酉二月日生員進士榜	司馬榜目	보물 제1464호	계명대[(귀) 349.16 중지심(보물); 중남대[고서 史.記錄類-232-3]	1
10	1504	燕山 10	甲子	式年試	弘治十七年【燕山十年】甲子榜目	장서각	B13LB-6		1
11	1507	中宗 2	丁卯	增廣試	正德二年丁卯春增廣司馬榜目	계명대학교	(고) 349.16 사마 정덕		추가
12	1507	中宗 2	丁卯	式年試	正德二年丁卯九月初七日司馬榜目	하버드옌칭	K 2291.7 1746 (1 507)	성암고서박[성암2-761]	1
13	1510	中宗 5	庚午	式年試	正德五年庚午二月二十五日司馬榜目	연세대학교	고서(I) 353.003 사마 1510		1
14	1513	中宗 8	癸酉	式年試	正德八年癸酉八月二十日生員進士榜	醴州孝氏玉山門中典籍一司馬榜目	보물 제524호	장서각[B13LB-6]; 구강각[古4650-13]; 경상대[古 B13LB H예75ㄱ](경남 유형문화재 제405호)	1
15	1516	中宗 11	丙子	式年試	正德十一年丙子武生員進士榜	개인		進士公及第重試及第榜	추가
16	1519	中宗 14	己卯	式年試	正德十四年己卯武司馬榜目	장서각	수집 고문서-韓山李氏 문중		2
17	1522	中宗 17	壬午	式年試	嘉靖元年【我中宗大王十七年】壬午武年司馬榜目	하버드옌칭	TK 2291.7 1746 (1522)	국학진흥원[아성정씨 괴음당(槐陰堂)종가 기탁]	1
18	1525	中宗 20	乙酉	式年試	嘉靖四年乙酉二月二日司馬榜目	고려대학교	안동 貫 379 1522	안동대[350.48-방35일・[古小 350.48]	2

	시년	왕대년	간지	시험명	방목명	소장처	청구기호	비고	영인
					十一日生員進士試榜目			을67]	
19	1528	中宗 23	戊子	式年試	嘉靖七年戊子二月二十四日生員進士榜目	국립중앙도서관	古6024-174	구장각古 351,306-B224S2]; 계명대[(고) 349.16 사마가거]·[(고) 349.16 사마정집]; 안동대[350,48-냐35무]·[350,48-무711]; UC버클리대[2293,1746 1 528]	2
20	1531	中宗 26	辛卯	式年試	嘉靖十年辛卯八月日 司馬榜目	국사편찬위원회	MF A지수-208	장서각[B13LB-6]	2
21	1534	中宗 29	甲午	式年試	嘉靖十三年甲午閏二月初二日生員進士榜目	하버드옌칭	K 2291,7 1746 (1534)	성암고서박[성암2-762]	2
22	1540	中宗 35	庚子	式年試	嘉靖十九年庚子二月二十三日生員進士榜目	국립중앙도서관	古貴6024-221	성암고서박[성암2-763]	2
23	1543	中宗 38	癸卯	式年試	嘉靖二十二年癸卯八月二十四日生員進士試榜目	국립중앙도서관	古6024-183	고려대[대학원 B8 A1 1543]; UC버클리대[2293,1746 1543]	2
24	1546	明宗 1	丙午	式年試	嘉靖二十五年丙午九月日生員進士試	국립중앙도서관	古6024-213	고려대[만송 貴 381 1546]; 계명대[(고) 349.16 사마병오]	2
25	1549	明宗 4	己酉	式年試	嘉靖二十八年己酉九月初九日司馬榜目	계명대학교	(고) 349.16 사마 기유	하버드[TK 2291,7 1746 (1549)]	2
26	1552	明宗 7	壬子	式年試	嘉靖三十一年壬子司馬榜目	성균관대학교	B13KB-0006	고려대[만송 貴 382 1552]	2
27	1555	明宗 10	乙卯	式年試	嘉靖三十四年乙卯三月日生員進士榜目	국립중앙도서관	古6024-166	국편[MF A지수-328]; 고려대[만송 貴 383]	2

	시년	왕대년	간지	시험명	방목명	소장처	청구기호	비고	영인
					月初七日司馬榜目			1555]; 진북대[351,3 사마방 명종10]; 국립[MF A지수674; 성암고서박 성암2-764] 木文庫[300-1]	三
28	1558	明宗 13	戊午	武年試	嘉靖三十七年戊午式年秋司馬榜目	『連桂榜』 국립중앙도서관	古6024-145	하버드[K 2291.7 1746 (1558)]; 국립[MF A지수674; 성암고서박 성암2-764]	3
29	1561	明宗 16	辛酉	武年試	嘉靖四十年辛酉八月十九日司馬榜目	단국대학교	연민.고 920.051 가359	계명대[(고) 349.16 사마신유시; 안동대 [350.48-신671]	3
30	1564	明宗 19	甲子	武年試	嘉靖四十三年甲子七月二十日司馬榜目	국립중앙도서관	古朝26-29-1	하버드[TK 2291.7 1746 (1564)]	3
31	1567	宣祖 0	丁卯	武年試	隆慶元年丁卯十月一九日司馬榜目	진의이씨 이계효 (李繼孝) 문집		『朝鮮時代 生進試榜目』3	3
32	1568	宣祖 1	戊辰	增廣試	隆慶二年戊辰年增廣司馬榜目	국민대학교	고350.48 양01	하버드[K 2291.7 1746 (1568)]	3
33	1570	宣祖 3	庚午	武年試	隆慶四年庚午二月八日司馬榜目	국립중앙도서관	古朝26-29-2	하버드[K 2291.7 1746 (1570)]	3
34	1573	宣祖 6	癸酉	武年試	萬曆元年癸酉二月十四日司馬榜目	『古文書集成』48책 (진주 단목 진양하씨篇)		국중도[한貴古朝26-29-3], 고려대[만 송 B8 A1 1616B]	3
35	1576	宣祖 9	丙子	武年試	萬曆四年丙子二月十六日司馬榜目	국립중앙도서관	한貴古朝 26-29-4		3
36	1579	宣祖 12	己卯	武年試	萬曆七年己卯四月初二日司馬榜目	규장각	古 4650-108		3
37	1582	宣祖 15	壬午	武年試	萬曆十年壬午二月十八日司馬榜目	『朝鮮時代 生進試榜目』4			
38	1585	宣祖 18	乙酉	武年試	乙酉八月司馬榜目	국사편찬위원회	MF A지수532	국중도[古朝26-73]; 성균관대[B13KB-0049]; 국중b	4

	시년	왕대년	간지	시험명	방목명	소장처	청구기호	비고	영인
39	1588	宣祖 21	戊子	式年試	戊子式年司馬榜目	영남대학교	古(단지) E1 서31 (경남 유형문화재 제448호)	『古文書集成』2책(부안 부안김씨篇); 성암고서박[성암2-722]; 하버드[K 229 1,7 1746 (1588)]	4
40	1589	宣祖 22	己丑	增廣試	萬曆十七年己丑三月十七日宗系僧廣司馬榜目	성균관대학교	貴B13KB-0048	萬曆己丑司馬榜目[경기도 유형문화재 제249호]	주가
41	1590	宣祖 23	庚寅	增廣試	皇明萬曆十八年庚寅十月初六日上僧號僧廣司馬榜目	『淸冷府君榜目』대전역사박물관 내전역사박			4
42	1591	宣祖 24	辛卯	式年試	辛卯年司馬榜目	성균관대학교	貴B13KB-0052		주가
43	1603	宣祖 36	癸卯	式年試	萬曆三十一年癸卯式年司馬榜目	국립중앙도서관	이산古6024-114	규중도[古朝26-29-8]; 『古文書集成』30책(함천-용연서원篇)	4
44	1605	宣祖 38	乙巳	增廣試	萬曆三十三年乙巳增廣司馬榜目	국립중앙도서관	이산古6024-118	고려대[만송 B8 A1 1605]; 계명대[(고) 349,16 사마을시]·[(고) 349,16 사마o]	4
45	1606	宣祖 39	丙午	增廣試	萬曆三十四年丙午九月初十日增廣司馬榜目	규장각	想白古 351,306-B224s-1576		4
46	1606	宣祖 39	丙午	式年試	萬曆三十四年丙午十月二十九日式年司馬榜目	국사편찬위원회	MF A지수402	하버드[TK 2291,7 1746 (1606)]—규중도서비스, 영남대[古味350,48-사마방606]	4
47	1609	光海 1	己酉	增廣試	萬曆己酉冬增廣司馬榜目	계명대학교	(이) 349,16 사마민		주가
48	1610	光海 2	庚戌	式年試	萬曆三十八年庚戌三月初六日式年司馬	국립중앙도서관	古6024-169	原：三木文庫[300-3]; 규중도[古6024-153]; 국립[MF A지수532]; 전북대[351.	4

	시년	왕대년	간지	시험명	방목명	소장처	청구기호	비고	영인
					榜目			3- 사마방 광해2; 제명대[(고) 349.16 사만더ㄱ]; 안동대[350.48-경57]·[350.48-방35정]	
49	1612	光海 4	壬子	武年試	萬曆四十年壬子三月十三日司馬榜目	고려대학교	만송 B8 A1 1612A	하버드[K 2291.7 1746 (1612)]	5
50	1612	光海 4	壬子	增廣試	壬子增生員進士榜	『朝鮮時代 生進試 榜目』5			5
51	1613	光海 5	癸丑	增廣試	萬曆四十一年癸丑五月初一日增廣生員進士榜目	국립중앙도서관	古6024-203	국중도[古6024-200]; 고려대[만송 B8 A1 1613]	5
52	1615	光海 7	乙卯	武年試	萬曆四十三年乙卯司馬榜目	국립중앙도서관	일산古6024-95		5
53	1616	光海 8	丙辰	增廣試	萬曆四十四年丙辰三月增廣司馬榜目	국립중앙도서관	古6024-209	국중도[한貴古朝26-29-9]; 하버드[TK 2291.7 1746 (1616)]; 고려대[만송 B8 A1 1616]·[만송 B8 A1 1616B]	5
54	1618	光海 10	戊午	增廣試	萬曆四十五年丁巳 附 『星巖公貢記』錄	계명대학교	(고) 920.0515 박문엄묘		추가
55	1618	光海 10	戊午	武年試	萬曆四十六年戊午式年司馬榜目	하버드도엔칭	K 2291.7 1746 (1618)	성암고서박 성암2-723]	5
56	1624	仁祖 2	甲子	增廣試	天啓四年甲子增廣馬榜目	계명대학교	(고) 349.16 제감	하버드[K 2291.7 1746 (1624.1)]; 안동대 [古小 350.48 갑기]·[古 350.48 방35 감]; 대구가톨릭대[등 350.48 방35ㄱ]·[등 350.48 방35ㅅ]	5
57	1624	仁祖 2	甲子	武年試	天啓四年甲子十月十...	국립중앙도서관	古朝26-73		5

	시년	왕대년	간지	시험명	방목명	소장처	청구기호	비고	영인
58	1627	仁祖 5	丁卯	式年試	三日司馬榜目 天啓七年八月初四日丁卯式年司馬榜目	장서각	B13LB-1	국중도[의산6024-122]; 국판[MF A자수149]; 고려대[만송 B8 A1 1627]	5
59	1630	仁祖 8	庚午	式年試	庚午式年司馬榜目	국립중앙도서관	일산6024-91	국립대[고350.48 경01]	6
60	1633	仁祖 11	癸酉	增廣試	癸酉增廣司馬榜目	국립중앙도서관	古6024-29-13	국판[MF A자수208]; 전북대[고351.3-방35]	6
61	1633	仁祖 11	癸酉	式年試	癸酉式年司馬榜目	규장각	想白古351,306-B 224s-1633	국판[351,3-사마방 인조11]; UC 버클리대[2293.1746 1633]	6
62	1635	仁祖 13	乙亥	增廣試	崇禎八年乙亥十月初四日增廣司馬榜目	국립중앙도서관	古6024-127	하버드[TK 2291,7 1746 (1635)]; 원광대[AN 350,48-ㅅ136ㅈ]	6
63	1639	仁祖 17	己卯	式年試	崇禎十二年己卯八月十七日式年監試會試榜目	국립중앙도서관	古6024-126	국판[국편 911,009 국51ㅇ v.8]; 규장각[想白古 351,306-B224s-16 39]	6
64	1642	仁祖 20	壬午	式年試	壬午式年司馬榜目	국사편찬위원회	MF A자수100078	규장각[古 4652,5-22]·[想白古 351,306-B224s-1642]·[想白古 351,306-B224ss-1642]; 고려대[만송 B8 A1 1642]	6
65	1646	仁祖 24	丙戌	式年試	丙戌三月日乙酉式年司馬榜目	국립중앙도서관	한貴古朝26-29-15	하버드[TK 2291,7 1746 (1646B)]; 고려대[만송 B8 A1 1646]; 규장각[一簑古 351,306-B224b]	6
66	1648	仁祖 26	戊子	式年試	戊子式年司馬榜目	국립중앙도서관	古6024-223	하버드[TK 2291,7 1746 (1648)]; 국판[MF A자수532]; 규장각[一簑古 351,306-B224mj]; 고려대[만송 B8 A1 1648]	6
67	1650	孝宗 1	庚寅	增廣試	庚寅增廣司馬榜目	규장각	想白古 351,306-	규장각[一簑古-B224g]	7

시년	왕대년	간지	시험명	방목명	소장처	청구기호	비고	영인
						B224s-1650		
68	孝宗 2 1651	辛卯	式年試	辛卯式年司馬榜目	국립중앙도서관	古6024-201	국중도[古6024-184]; 하버드[TK 2291.7 1746 (1651)]; 고려대[만송 B8 A1 1651]; 전북대[351.3-사마방 효종2]; 성암고서 印[성암2-724]; 三木文庫[300-9]	7
69	孝宗 3 1652	壬辰	增廣試	壬辰增廣司馬榜目	계명대학교	(고) 349.16 사마 임진	계명대[(고) 349.16 사마임진지]; 전북대[351,3-사마방 효종3]; 성암고서[K 2291.7 1746 1483]	7
70	孝宗 5 1654	甲午	式年試	甲午式年司馬榜目	성균관대학교	B13KB-0043	고려대[만송 B8 A1 1654]; 하버드[TK 2291,7 1746 (1654)]	7
71	孝宗 8 1657	丁酉	式年試	丁酉式年司馬榜目	계명대학교	(고) 349.16 사마 정○	안동대[350.48-정유7]	7
72	顯宗 1 1660	庚子	式年試	庚子式年司馬榜目	국립중앙도서관	古6024-224	규장각[想白古 351.306-B224s-1660]; 경상대[古(단지) 印 경기, (경남 유형문화재 제448호)]	7
73	顯宗 1 1660	庚子	增廣試	庚子增廣司馬榜目	고려대학교	대학원 B8 A1 1660	하버드[K 2291.7 1746 (1660.1)]; 계명대[(고) 349.16 사마경자]	7
74	顯宗 3 1662	壬寅	增廣試	辛丑增廣司馬榜目	국립중앙도서관	의산古6024-121	규장각[想白古 351.306-B224s-1661] · [古 4652,5-25]; 계명대[(고) 349,16 사마신축]; 전북대[고301,155-방35]	7
75	顯宗 4 1663	癸卯	式年試	癸卯式年司馬榜目	고려대학교	대학원 B8 A1 1663	규장각[古 4652,5-18]; 영남대[古 350.4 8 사마방]제묘	8
76	顯宗 7 1666	丙午	式年試	丙午式年司馬榜目	국립중앙도서관	古해26-29-16	국중도[古6024-125]; 고려대[만송 B8 A 1 1666]; 東洋文庫[Ⅷ-2-268]	8

	서기년	왕대년	간지	시험명	방목명	소장처	청구기호	비고	영인
77	1669	顯宗 10	己酉	式年試	己酉年司馬榜目	국립중앙도서관	古朝26-29-17	국중도[일산古6024-94]; 구장각[想古 351,306-B224s-1669]; 전북대[351,3-사마방·현종10]; 제명대[(이) 349,16 사마기유기]; 영남대[古南 350,48 사마방기유]	8
78	1673	顯宗 14	癸丑	式年試	壬子年司馬榜目	국립중앙도서관	古6024-128	국중도[古6024-171]·[古6024-190]; 하버드[TK 2291,7 1746 (1672)]	8
79	1675	肅宗 1	乙卯	式年試	乙卯年司馬榜目	사우당(四友堂)종택	이성김씨 김관석(金關石)	성암고서박 성암2-726; 컬럼비아대	8
80	1675	肅宗 1	乙卯	增廣試	乙卯增廣司馬榜目	국립중앙도서관	의산古6024-116	구장각[想古 351,306-B224sj-1675]; 고려대[만송 B8 A1 1675]; 성균관대[B13KB-0021]·[B13KB-0021a]	8
81	1678	肅宗 4	戊午	增廣試	丁巳增廣司馬榜目	국립중앙도서관	古朝26-29-33	구장각[想古 351,306-B224s-1677]; 고려대[만송 B8 A1 1677]; 전북대[351,3-사마방ㅈ]	8
82	1679	肅宗 5	己未	式年試	戊午式年司馬榜目	장서각	B13LB-24	국중도[의산古6024-117]; 구장각[想古 351,306-B224s-1678]·[古 4652,5-26]; 제명대[(고) 349,16 사마무ㅇ]	9
83	1681	肅宗 7	辛酉	式年試	辛酉年司馬榜目	계명대학교	(고) 349,16 사마 신유사	전북대[351,3-사마방 숙종7]; 성암고서박 성암2-727; 하버드[K 2291,7 1746 (1681)]	9
84	1682	肅宗 8	壬戌	增廣試	壬戌增廣司馬榜目	규장각	想古 351,306-B224s-1682	구장각[古 4652,5-14]; 하버드[TK 229 1,7 1746 (1682)]	9
85	1683	肅宗 9	癸亥	增廣試	蘭陽九年癸亥十月十	국립중앙도서관	古6024-205	하버드[TK 2291,7 1746 (1683)]; 구장각	9

	시년	왕대년	간지	시험명	방목명	소장처	청구기호	비고	영인
					五日增廣司馬榜目			[慇白古 351,306-B224s-1683]: 계명대[[(고) 349.16 사마계:] · [(고) 349.16 사마해z]: 성암고서박[성암2-728]	
86	1684	肅宗 10	甲子	式年試	甲子武年司馬榜目	국립중앙도서관	古朝26-29-18	규장각[慇白古 351,306-B224s-1684]: 고려대[만송 B8 A1 1684]	9
87	1687	肅宗 13	丁卯	式年試	丁卯武年司馬榜目	국립중앙도서관	古6024-182	국중도[규장각[慇白古 351,306-B224s-1687]: 계명대[(이) 34 9.16 사마정묘ㄴ]: 영남대[古 350,48 사마병1687]: 성암고서박[성암2-729]	9
88	1689	肅宗 15	己巳	增廣試	己巳增廣司馬榜目	국립중앙도서관	古朝26-29-20	규장각[古 4652.5-20]: 계명대[(고) 34 9.16 사마기ㄴ] · [(고) 349.16 사마기시]	9
89	1690	肅宗 16	庚午	式年試	庚午武年司馬榜目	국립중앙도서관	古6024-105	국중도[古朝26-29-22]: 국편[MF A지 수287]: 규장각[一簑古 351,306-B224 g] · [慇白古 351,306-B224s-1690]	10
90	1691	肅宗 17	辛未	增廣試	辛未二月增廣司馬榜目	국립중앙도서관	일산古6024-93	하버드[TK 2291.7 1746 (1691)]: 규장각[一簑古 351,306-B224s]	10
91	1693	肅宗 19	癸酉	式年試	癸酉武年司馬榜目	국립중앙도서관	古6024-106	국중도[古朝26-29-23]: 규장각[慇白古 351,306-B224s-1693]: 고려대[대하원 B8 A1 1693]	10
92	1696	肅宗 22	丙子	式年試	丙子武年司馬榜目	국립중앙도서관	일산古6024-97	고려대[만송 B8 A1 1696]: 계명대[(고) 349.16 사마병자ㅅ]	10
93	1699	肅宗 25	己卯	式年試	己卯武年司馬榜目	고려대학교	만송 B8 A1 1699	성암고서박[성암2-730]	10
94	1699	肅宗 25	己卯	增廣試	今上二十五年己卯端宗大王定順王后复位制榜	국립중앙도서관	古朝26-29-24		10

	시년	왕대년	간지	시험명	방목명	소장처	청구기호	비고	영인
95	1702	肅宗 28	壬午	式年試	增廣別試司馬榜目 壬午式年司馬榜目	국립중앙도서관	古朝26-29-25		10
96	1705	肅宗 31	乙酉	式年試	乙酉式年司馬榜目	UC버클리대	2293,1746 1705	영광 연안김씨가 소장	11
97	1705	肅宗 31	乙酉	增廣試	乙酉增廣別試司馬榜目	장서각	B13LB-22	국중도[일산古6024-89]: 구장각古 351,306-B224s-1705]: 계명대[(교) 34 9,16 사마을]	11
98	1708	肅宗 34	戊子	式年試	戊子式年司馬榜目	장서각	B13LB-25	국중도[古6024-189]: 국편[MF A서수13 1]: 고려대[만송 B8 A1 1708]: 구장각[복 白古 351,306-B224s-1708]	11
99	1710	肅宗 36	庚寅	增廣試	庚寅增廣司馬榜目	국립중앙도서관	古6024-228	고려대[대하원 B8 A1 1710]: 구장각[古複 4650-16]: 성암고서박 성암2-731]	11
100	1711	肅宗 37	辛卯	式年試	辛卯式年司馬榜目	국립중앙도서관	古朝26-29-28		11
101	1713	肅宗 39	癸巳	增廣試	癸巳增廣司馬榜目	국립중앙도서관	일산古6024-86	국중도[古朝26-29-29]: 하버드[TK 22 91,7 1746 (1713)]: 성균관대[B13KB-00 32]	11
102	1714	肅宗 40	甲午	增廣試	甲午增廣司馬榜目	국립중앙도서관	古朝26-29-31	국중도[古6024-197]: 구장각[古想白古 35 1,306-B224sj-1714]	11
103	1714	肅宗 40	甲午	式年試	甲午式年司馬榜目	성균관대학교	B13KB-0007	구장각[古想古 351,306-B224s-1714]: 고려대[대하원 B8 A1 1714]	12
104	1717	肅宗 43	丁酉	式年試	丁酉式年司馬榜目	중앙대학교	O 351,09 정유식	구장각[古想白古 351,306-B224s-1717] · [一箋古 351,306-B224j-1717]	12
105	1719	肅宗 45	己亥	增廣試	己亥大殿入耆老所增廣別試司馬榜	국립중앙도서관	古6024-188	구장각[古想白古 351,306-B224s-1719]: 고려대[대하원 B8 A1 1719]	12

	시년	왕대년	간지	시험명	방목명	소장처	청구기호	비고	영인
106	1721	景宗 1	辛丑	式年試	庚子式年司馬目	국립중앙도서관	일산古6024-20	구장각[想白古 351.306-B224s-1720]; 고려대[좌산 B8 A1 1720]	12
107	1721	景宗 1	辛丑	增廣試	辛丑聖上卽位增廣別試司馬目	성균관대학교	B13KB-0020	하버드[TK 2291.7 1746 (1721)]; 고려대[좌산 B8 A1 1721]; 경상대[古(농포) B13 성51]; 성암고서박[성암2-732]; 國家圖書館[대만][2963]	12
108	1723	景宗 3	癸卯	增廣試	癸卯肅宗大王祔太廟增廣司馬榜目	규장각	想白古 351.306-B224s-1723		12
109	1723	景宗 3	癸卯	增廣試	癸卯式年增廣別試司馬榜目	장서각	B13LB-17	고려대[좌산 B8 A1 1723]; 중남대[고서 史...錄類 232-7]; UC버클리대[2293.1 746 1723]; 성암고서박 성암2-733]	13
110	1725	英祖 1	乙巳	增廣試	聖上元年乙巳增廣別試司馬榜目	국립중앙도서관	古朝26-29-47	하버드[K 2291.7 1746 (1725)]	13
111	1726	英祖 2	丙午	式年試	丙午式年司馬榜目	국립중앙도서관	일산古6024-70	고려대[좌산 B8 A1 1726]	13
112	1727	英祖 3	丁未	增廣試	崇禎再丁未合五慶增廣別試司馬榜目	국립중앙도서관	古朝26-29-50	국편[MF A지수149]; 구장각[想白古 351.306-B224s-1727]; 고려대[만송 B8 A1 1727]; 계명대[(고) 349.16 사마방목]	13
113	1729	英祖 5	己酉	式年試	己酉式年司馬榜目	고려대학교	만송 B8 A1 1729	구장각[想白古 351.306-B224s-1729]·[古 4652.5-10]	13
114	1733	英祖 9	癸丑	式年試	崇禎後再壬子式年退行癸丑司馬榜目	국립중앙도서관	일산古6024-80	국중도[古朝26-29-53]·[古朝26-29-54]·[古朝26-29-55]; 구장각[想白古 351.306-B224s-1733]	13
115	1735	英祖 11	乙卯	增廣試	乙卯增廣司馬榜目	장서각	B13LB-23	국중도[古朝26-29-56]; 고려대[대학원 B8 A1 1735]	14

	시년	왕대년	간지	시험명	방목명	소장처	청구기호	비고	영인
116	1738	英祖 14	戊午	式年試	崇禎再戊午式年榜目	국립중앙도서관	일산古6024-81	고려대[만송 B8 A1 1738]; UC버클리대[2293,1746 1738]	14
117	1740	英祖 16	庚申	增廣試	崇禎再庚申增廣司馬榜目	국립중앙도서관	일산古6024-79	국중도[古朝26-29-58]; 하버드[TK 2291.7 1746 (1740)]; 구장각[想白古 351.306-B224s-1740]; 고려대[만송 B8 A1 1740]; 제명대[(고) 349.16 사마경시]; 성암고서박[성암2-737]	14
118	1741	英祖 17	辛酉	式年試	崇禎再辛酉式年榜目	장서각	B13LB-28	구중도[일산古6024-78]; 구장각[想白古 351.306-B224s-1741]	14
119	1744	英祖 20	甲子	式年試	崇禎再甲子式年榜目	장서각	B13LB-14	국중도[古朝26-29-35]·[古朝26-29-36]	14
120	1747	英祖 23	丁卯	式年試	崇禎三[南]丁卯式年司馬榜目	국립중앙도서관	古6024-146	국중도[古朝26-29-76]; 구장각[想白古 351.306-B224s-1747]; 제명대[(고) 349.16 사마-정]	14
121	1750	英祖 26	庚午	式年試	崇禎三庚午式年榜目	고려대학교	만송 B8 A1 1750	구장각[想白古 351.306-B224s-1750]; 고려대[대하원 B8 A1 1750]	15
122	1753	英祖 29	癸酉	式年試	崇禎三癸酉式年司馬榜目	국립중앙도서관	일산古6024-76	국중도[古朝26-29-38]; 하버드[TK 2291.7 1746 (1753)]; 구장각[想白古 351.306-B224s-1753]·[古 4652.5-19]; 제명대[(고) 349.16 사마-승제]	15
123	1754	英祖 30	甲戌	增廣試	崇禎三甲戌增廣司馬榜目	장서각	B13LB-4	구장각[想白古 351.306-B224s-1754]·[古 4650-17]; 진남대[2F7-승73]	15
124	1756	英祖 32	丙子	式年試	崇禎三丙子式年司馬榜目	국립중앙도서관	일산古6024-77	고려대[만송 B8 A1 1756]; 구장각[想白古 351.306-224s-1756]; 제명대[(고) 34	15

	시년	왕대년	간지	시험명	방목명	소장처	청구기호	비고	영인
								9.16 사마방거]: 연세대[고서(I) 353.003 사마 1756]·[고서(한상억) 353.003 사마 1756]: 국회[OL351.2-ㅅ363]: 성암 고서b[성암2-735]: 東洋文庫[Ⅶ-2-2 66]	
125	1759	英祖 35	己卯	式年試	崇禎三己卯式年司馬榜目	국립중앙도서관	古朝26-29-39	국중도[일산古6024-65]·[古朝26-29-40]: 구장각想白古 351.306-B224s-1759]: 국편[MF A지수348]	15
126	1762	英祖 38	壬午	式年試	崇禎三壬午式年司馬榜目	성균관대학교	B13KB-0040	고려대[대학원 B8 A1 1762]: 하버드[K 2291.7 1746 (1762)]: 계명대[(고) 349.16 사마임]	15
127	1763	英祖 39	癸未	增廣試	癸未增廣司馬草榜目	『朝鮮時代 生進試 榜目』16			16
128	1765	英祖 41	乙酉	式年試	乙酉式年司馬榜目	국립중앙도서관	일산古6024-74	구장각[奎 850]·[古 4652.5-8]: 고려대[화산 B8 A1 1765]	16
129	1768	英祖 44	戊子	式年試	崇禎三戊子式年司馬榜目	국립중앙도서관	古朝26-29-42	국중도[일산古6024-72]: 구장각想白古 351.306-B224s-1768]: 고려대[민송 B8 A1 1768]: 계명대[(고) 349.16 사마무]	16
130	1771	英祖 47	辛卯	式年試	崇禎三辛卯式年司馬榜目	국립중앙도서관	古朝26-29-43	고려대[민송 B8 A1 1771]: 안동대[350.4 8-방35신]	16
131	1773	英祖 49	癸巳	增廣試	癸巳合六慶大增廣司馬榜目	국립중앙도서관	古朝26-29-46	구장각[奎 1498]: 고려대[민송 B8 A1 1773]: 안동대[350.48-제5i]: 경상대[B13-내51]: UC버클리대[2293.1746 1773]	16
132	1774	英祖 50	甲午	式年試	崇禎三甲午式年司馬榜目	국립중앙도서관	古朝26-29-44	구장각想白古 351.306-B224s-17	7

번호	시년	왕대년	간지	시험명	방목명	소장처	청구기호	비고	영인
					榜目			4]: 국회[OL351.2-人363]: 하버드[TK 2291.7 1746 (1774)]: 계명대[(고) 349.1 6 사마당ㅇ]: 고려대[대학원 B8 A1 1774 E]: 성암교서박[성암2-738]	
133	1774	英祖 50	甲午	增廣試	崇禎紀元後三甲午慶科增廣別試武科榜目	국립중앙도서관	일산古6024-40	국중도[古朝26-29-45]: 구장각[奎 108 2]: 고려대[대학원 B8 A1 1774]; 전남대[2 F7-수73]	16
134	1777	正祖 1	丁酉	增廣試	崇禎紀元後三丁酉增廣別試武科榜目	국립중앙도서관	古朝26-29-60	국중도[古朝6024-196]: 고려대[대학원 B8 A1 1777]: 계명대[(고) 349.16 사마ㅈ]	17
135	1777	正祖 1	丁酉	式年試	丁酉式年司馬榜目	계명대학교	(고) 349.16 사마 정유	하버드[K 2291.7 1746 (1777.1)]: 구장각[奎 1285]	17
136	1780	正祖 4	庚子	式年試	崇禎三庚子式年司馬榜目	장서각	B13LB-29	국중도[일산古6024-85] · [古朝26-29-61]: 고려대[만송 B8 A1 1780]: 계명대[(고) 349.16 사마-경]: 안동대[350.48-방35정]: UC버클리대[2293.1746 1780]	17
137	1783	正祖 7	癸卯	增廣試	崇禎三癸卯春先大王尊爲世室元子定號合二慶別試增廣別試武科榜目	국립중앙도서관	古朝26-29-62	구장각[一簑古 351.306-B224sm]: 고려대[대학원 B8 A1 1783]	17
138	1783	正祖 7	癸卯	式年試	崇禎三癸卯式年司馬榜目	장서각	B13LB-30	국중도[일산古6024-24] · [古朝26-29-64]: 충남대[고서 史.記錄類 232-8]	17
139	1786	正祖 10	丙午	式年試	崇禎三丙午式年司馬榜目	국립중앙도서관	일산古6024-84	국중도[MF A지수328]: 구장각[古 4650-76]: 고려대[대학원 B8 A1 1786]: UC버클리대[2293.1746 1786]	17
140	1789	正祖 13	己酉	式年試	崇禎三己酉式年司馬榜目	국립중앙도서관	일산古6024-68	국중도[古朝26-29-67] · [古朝26-29-	18

시년	왕대년	간지	시험명	방목명	소장처	청구기호	비고	영인
							69]; 하버드[TK 2291.7 1746 (1789)]; 구장각[全 1064]; 고려대[만송 B8 A1 1789]	
141	正祖 14	庚戌	增廣試	崇禎三庚戌增廣司馬榜目	국립중앙도서관	古朝26-29-70	국중도[일산古6024-67]; 구장각[全 1065]·[全 1066]; 고려대[대하원 B8 A1 1790]; 계명대[(고) 349.16 사마경술]; 성균관대[B13KB-0027]; 경상대[古(단지) E1 승73.(경남 유형문화재 제448호)]; UC버클리대[2293,1746 1790]	18
142	正祖 16	壬子	式年試	崇禎三壬子式年司馬榜目	장서각	B13LB-12	국중도[古朝26-29-71]; 구장각[全 142 9]	18
143	正祖 19	乙卯	式年試	乙卯式年司馬榜目	장서각	K2-3553	국회[OL351.2-o559]; 구장각[全 3618]·[一簑古 351.306-B224d]; 계명대[(이) 349.16 사마을묘]; UC버클리대[2293,1746 1795]	18
144	正祖 22	戊午	式年試	崇禎三戊午式司馬榜目	국립중앙도서관	古朝26-29-72	국중도[의산古6024-119]·[일산古6024-63]; 구장각[想白古 351.306-B224s-1798]; 계명대[(고) 349.16 사마나무]; 성암고서박[성암2-740]; 東洋文庫[VII-2-266]	18
145	純祖 1	辛酉	增廣試	崇禎三辛酉春聖上卽位慶科別試增廣司馬榜目	국립중앙도서관	일산古6024-23	국중도[일산古6024-61]·[古6024-17 0]; 하버드[만송 B8 A1 1801]; 고려대[만송 B8 A1 1801]; 계명대[(고) 349.16 사마신유ㄴ]	18
146	純祖 1	辛酉	式年試	崇禎三辛酉秋式年司馬司	장서각	B13LB-31	국중도[古朝26-29-73];	19

	시년	왕대년	간지	시험명	방목명	소장처	청구기호	비고	영인
					馬榜目			규장각[奎 1513]·[奎 3211]·[一簑古 351.306-B224sc]	
147	1803	純祖 3	癸亥	增廣試	崇禎三癸亥春大殿中宮殿參候不復合二慶慶科別試增廣司馬榜目	국립중앙도서관	古朝26-29-74	하버드[TK 2291.7 1746 (1803)]; 규장각[奎 1370]·[想白古 351.306-B224s-18 03]; 고려대[대학원 B8 A1 1803]; 성암고서박[성암2-739]; UC버클리대[2293.1 746 1803]	19
148	1804	純祖 4	甲子	式年試	崇禎百七十七年甲子式司馬榜目	국립중앙도서관	古朝26-29-75	하버드[TK 2291.7 1746 (1804)]; 규장각[奎 922]; 고려대[경화당 B8 A1 1804]; 계명대[(고) 349.16 ㅅ마ㅂ1]; 東洋文庫[Ⅶ-2-265]	19
149	1805	純祖 5	乙丑	增廣試	崇禎三乙丑冬大殿嬪宮候不復慶慶科別試增廣司馬榜目	국립중앙도서관	일산古6024-25	하버드[TK 2291.7 1746 (1805)]; 고려대[민속 B8 A2 1805]·[대학원 B8 A1 1805]·[신암 B8 A2 1805]; 규장각[想白古 351.306-B224s-1805]; 계명대[(고) 349.16 ㅅ마ㅂ윽지]; 충남대[고서 史.記錄類-232-1]	19
150	1807	純祖 7	丁卯	式年試	崇禎三丁卯式司馬榜目	국립중앙도서관	古朝26-29-78	구중도[BA6024-124]·[BA6024-146]; 규장각[一簑古 351.306-B2 24sa]·[想白古 351.306-B224s-18 07]; 고려대[대학원[350.48 ㅅ1 36사정]; 계명대[(고) 349.16 ㅅ마정ㅁ]·[(이) 349.16 ㅅ마정묘ㄱ]; 영남대[古 350.48 ㅅ마ㅂ1807] [古密孫 350.48 ㅅ마ㅂ1807]	19

	시년	왕대년	간지	시험명	방목명	소장처	청구기호	비고	영인
151	1809	純祖 9	己巳	增廣試	崇禎百八十二年己巳元子誕降慶增廣司馬榜目	국립중앙도서관	일산古6024-26	규장각[想白古 351.306-B224s-1809]; 고려대[신암 B8 A1 1809]: 계명대[(고)349.16 사마기]: 단국대[고351.2095105-숭287]: 국회[OL351.2-ㅅ363]; 성암-수287]; 성암고서박[성암2-741]	19
152	1810	純祖 10	庚午	武年試	崇禎三[四]庚午式司馬榜目	국립중앙도서관	일산古6024-69	국중도[古朝26-29-80]; 고려대[만송 B 8 A1 1810]	20
153	1813	純祖 13	癸酉	增廣試	崇禎紀元後百八十六年癸酉王大妃殿寶齡六旬上候不復王世子冊禮王大妃殿賓齡[周甲合四]慶賓科增廣司馬榜目	국립중앙도서관	古朝26-29-81	국중도[일산古6024-28]; 하버드[TK 2291.7 1746 (1813)]; 고려대[만송 B8 A1 1813]; 중담대[史.記錄類-232-9]: 계명대[(고) 349.16 사마게유]: UC버클리[2293.1746 1813]	20
154	1814	純祖 14	甲戌	武年試	崇禎紀元後四[四]戊司馬榜目	국립중앙도서관	일산古6024-30	규장각[奎 1083]; 고려대[대학원 B8 A1 1814]; 영남대[古味350.48-사마방181 3]; 중담대[고서 史.記錄類-232-5]; 성암고서박[성암2-743]	20
155	1816	純祖 16	丙子	武年試	崇禎三[四]丙子式司馬榜目	국립중앙도서관	일산古6024-31	국중도[古朝26-29-82]; 고려대[만송 B 8 A1 1816]; 영남대[古汶350.48-사마방-1816]: [古汶350.48-사마방-1816a]	20
156	1819	純祖 19	己卯	武年試	崇禎四己卯式司馬榜目	국립중앙도서관	일산古6024-35	국중도[古朝26-29-83]	20
157	1822	純祖 22	壬午	武年試	崇禎四壬午式司馬榜目	국립중앙도서관	古朝26-29-84	국중도[일산古6024-32]; 규장각[想白古 351.306-B224s-1822]; 고려대[만송	20

	시년	왕대년	간지	시험명	방목명	소장처	청구기호	비고	영인
158	1825	純祖 25	乙酉	式年試	崇禎紀元後四乙酉式司馬榜目	국립중앙도서관	일산古6024-34	B8 A1 1822]; 제명대[(고) 349.16 사마임오]	21
159	1827	純祖 27	丁亥	增廣試	崇禎紀元後四丁亥慶科增廣司馬榜目	고려대학교	대학원 B8 A1 182 7	고려대[화산 B8 A1 1824]; 東洋文庫[Ⅶ-2-262]	21
160	1828	純祖 28	戊子	式年試	崇禎紀元後四戊子式司馬榜目	국립중앙도서관	일산古6024-37	구장각[奎 1413]; 성암고서박 성암2-74 5]; 東洋文庫[Ⅶ-2-10144]	21
161	1831	純祖 31	辛卯	式年試	崇禎紀元後四辛卯式司馬榜目	국립중앙도서관	일산古6024-39	구장각[奎 916]; 고려대[화산 B8 A1 182 8]; 제명대[(고) 349.16 사마무즈]	21
162	1834	純祖 34	甲午	式年試	崇禎紀元後四甲午式司馬榜目	장서각	B13LB-35	국중도[일산古6024-41]·[古朝26-29-89]; 구장각[奎 925]·[奎 92 9]; 고려대[만송 B8 A1 1831]; UC버클리대[2293.1746 1831]	21
163	1835	憲宗 1	乙未	增廣試	崇禎紀元後四乙未慶科增廣司馬榜目	국립중앙도서관	일산古6024-42	국중도[古朝26-29-90]; 하버드[TK 229 1.7 1746 (1835)]: 구장각[奎 1518]: 고려대[만송 B8 A1 1835]: 성암고서박 성암2-746]; UC버클리대[2293.1746 1835]; 東洋文庫[Ⅶ-2-266]	21
164	1837	憲宗 3	丁酉	式年試	崇禎紀元後四丁酉式司馬榜目	국립중앙도서관	일산古6024-43	국중도[승계古6024-108]·[古朝26-29-91]; UC버클리대[2293.1746 1837]	22
165	1840	憲宗 6	庚子	式年試	崇禎紀元後四庚子式司馬榜目	장서각	B13LB-33	국중도[일산古6024-44]·[古朝26-29]	22

	시년	왕대년	간지	시험명	방목명	소장처	청구기호	비고	영인
					司馬榜目			-92]; 국편[국편 911.009 국51ㅇ v.48]; 구장각대본[奎 945]; 계명대[(고) 349.16 사마수] · [(이) 349.16 사마수기ㄱ]	
166	1843	憲宗 9	癸卯	式年試	崇禎紀元後四癸卯式司馬榜目	장서각	B13LB-32	국중도[일신古6024-45] · [古朝26-29-93] · [古朝26-29-95] · 하버드[TK 2291.7 1746 (1843)] · 구장각[奎 917] · [奎 928]; 국회[OL 351.2 ㅅ363] · 계명대[(고) 349.16 사마계ㅁ]; 충남대[고서 史.記錄類 232-6]	22
167	1844	憲宗 10	甲辰	增廣試	崇禎紀元後四甲辰增廣司馬榜目	장서각	B13LB-34	장서각[K2-3542] · 국중도[일신古6024-46] · 경희대[920.051-숭74]	22
168	1846	憲宗 12	丙午	式年試	崇禎紀元後四丙午式司馬榜目	국립중앙도서관	일신古6024-90	국중도[古朝26-29-98]; 하버드[TK 22 91.7 1746 (1846)] · 고려대[대학원 B8 A1 1846]; 구장각[奎 746]; UC버클리대[22 93.1746 1846]	22
169	1848	憲宗 14	戊申	增廣試	崇禎紀元後四戊申增廣司馬榜目	국립중앙도서관	일신古6024-22	하버드[TK 2291.7 1746 (1848)]; 구장각[奎 481] · [奎 927]; 계명대[(고) 349.16 사마승무]	22
170	1849	憲宗 15	己酉	式年試	崇禎紀元後四己酉式司馬榜目	장서각	B13LB-20	국중도[일신古6024-48] · [古朝26-29-99]; 구장각[奎 1084] · [奎 1420]; 진남대[2P7-승73]; 국회[OL351.2-ㅅ363]	23
171	1850	哲宗 1	庚戌	增廣試	崇禎紀元後四庚戌增廣司馬榜目	국립중앙도서관	일신古6024-49	국중도[古朝26-29-101]; 하버드[TK 22 91.7 1746 (1850)]; 인광대[AN350.48-ㅅ136사경]; 구장각古 4652.5-11] · [奎	23

	시년	왕대년	간지	시험명	방목명	소장처	청구기호	비고	영인
								924 · [一簑古 351.306-B224sg]; 고려대[민속 B8 A1 1850]; 국회[OL351.2-ㅅ363]; 국민대[고350.48 승01]	
172	1852	哲宗 3	壬子	武年試	崇禎紀元後四壬子式司馬榜目	국립중앙도서관	일산古6024-50	국중도[의산古6024-112] · [古朝26-29-102]; 하버드[TK 2291.7 1746 (1852)]; 규장각[奎 918] · [想白古 351.306-B224s-1852]; 고려대[대학원 B8 A1 1852]; 전남대[2F7-수73]; 국민대[고350.48 승03]; 東洋文庫[Ⅶ-2-266]	23
173	1855	哲宗 6	乙卯	武年試	崇禎紀元後四乙卯式司馬榜目	국립중앙도서관	일산古6024-51	국중도[古朝26-29-103] · [古朝26-29-104] · [古朝26-29-105] · [古朝26-29-106]; 하버드[TK 2291.7 1746 (1855)]; 규장각[奎 1421]; 고려대[대학원 B8 A1 1855]; 제명대[(고) 349.16 사마-일]; 경상대[古(순주) B13 사31]; 東洋文庫[Ⅶ-2-262]	23
174	1858	哲宗 9	戊午	武年試	崇禎紀元後四戊午式司馬榜目	국립중앙도서관	일산古6024-52	국중도[古朝26-29-107]; 하버드[TK 22 91.7 1746 (1858)]; 구장각[奎 4652.5-26]; 고려대[화산 B8 A1 1858]; 제명대[(고) 349.16 사마무오] · [(이) 349.16 사마무오]; [(고) 349.16 사마승정묘]	23
175	1859	哲宗 10	己未	增廣試	崇禎紀元後四己未增廣司馬榜目	국립중앙도서관	일산古6024-53	국중도[古朝26-29-108]; 하버드[TK 22 91.7 1746 (1859)]; 고려대[대학원 B8 A1 1859]; 전남대[2F7-수73]; 제명대[(고) 349.16 사마기미]; 성균관대[B13KB-00	23

	시년	왕대년	간지	시험명	방목명	소장처	청구기호	비고	영인
176	1861	哲宗 12	辛酉	式年試	崇禎紀元後四辛酉式司馬榜目	국립중앙도서관	古6024-181	규장각-鐵古 351,306-B224ss]; 고려대대학원 B8 A1 1861]; 계명대[(고) 349.16 사마신유-기; 성암고서박[성암2-748] ⋯13]: 성암고서박[성암2-747]	24
177	1864	高宗 1	甲子	增廣試	崇禎紀元後四甲子增廣司馬榜目	장서각	B13LB-16	국중도[일산古6024-54]·[古6024-147]; 성균관대[B13KB-0011]; 성암고서박[성암2-749]	24
178	1864	高宗 1	甲子	式年試	崇禎紀元後四甲子式司馬榜目	국립중앙도서관	일산古6024-55	국중도[古朝26-29-110]·[古6024-192] [古6024-193]: 국편[IM000002898 0]: 규장각想白古 351,306-B224s-186 4]: [古 4652.5-7]: 고려대대학원 B8 A1 1864]: 계명대[(고) 349,16 사마갑자]: 국회[OL351.2-ㅅ363]: 성암고서박[성암2-750]	24
179	1867	高宗 4	丁卯	式年試	崇禎紀元後四丁卯式年司馬榜目	국립중앙도서관	일산古6024-56	국중도[古6024-124]·[古6024-155]·[古朝26-29-111]; 규장각-鐵古 351,306-B224sj]; 하버드[TK 2291.7 1746 (1 867)]: 고려대석주 B8 A1 1867]: 계명대[(고) 349,16 사마정묘]·[(고) 349,16 사마정묘ㅅ]; 단국대[고 920,051 숭287]; 성암고서박[성암2-751]; 東洋文庫[VII-2-265]	24
180	1870	高宗 7	庚午	式年試	崇禎紀元後四[五]庚午式司馬榜目	장서각	B13LB-21	국중도[일산古6024-27]·[古朝26-29-112]; 하버드[TK 2291.7 1746 (1870)]: 규장각[奎 923]: 중앙대[고서 史,記錄類	25

시년	왕대년	간지	시험명	방목명	소장처	청구기호	비고	영인
181	1873	高宗 10	癸酉	武年試	崇禎紀元後四[五]癸酉式司馬榜目	국립중앙도서관	일산古6024-29	국중도[古朝26-29-113]; 고려대[대학원 B8 A1 1873]; 성암고서박 성암2-742]	25
								-295]; 제명대[(고) 349.16 사마장이]: UC버클리대[2293.1746 1870]	
182	1874	高宗 11	增廣試	崇禎紀元後五甲戌增廣別試司馬榜目	장서각	B13LB-37	국중도[일산古6024-57]·[일산古6024-58]·[의산古6024-123]·[古朝26-29-114]; 구장각率 1662); 고려대[대학원 B8 A1 1874]; 하버드[TK 2291.7 1746 (1874)]; 제명대[(고) 349.16 사마감술]; 국회[OL351.2-ㅅ363]: 동아대[(2):13: 2 19]; UC버클리대[2293.1746]	25
183	1876	高宗 13	武年試	崇禎紀元後五丙子式司馬榜目	장서각	B13LB-38	국중도[일산古6024-59]·[古6024-3]; 하버드[TK 2291.7 1746 (1876)]; 원광대[AN350.48-ㅅ1364비]; 국민대[고2350.48 승02]; 제명대[(고) 349.16 사마병자]; UC버클리대[2293.1746 1876]; 東洋文庫[Ⅶ-2-266]	25
184	1879	高宗 16	武年試	崇禎紀元後五己卯式司馬榜目	국립중앙도서관	일산古6024-10	하버드[TK 2291.7 1746 (1879)]; 국립[M F A지수566]; 고려대[대학원 B8 A1 1879]; [화산 B8 A1 1879]; 영남대[古도350.48-사마병1879]; 제명대[(고) 349.16 사마기묘]; 정상대[古(순주) B13 사31]; UC버클리대[2293.1746 1879]	26
185	1880	高宗 17	增廣試	崇禎紀元後五庚辰增廣別試司馬榜目	장서각	B13LB-2	국중도[일산古6024-12]·[古朝26-29-117]; 구장각率 1654]; 원광대[AN350.	26

시년	왕대년	간지	시험명	방목명	소장처	청구기호	비고	영인
							48-ㅅ-136ㄴ]; 제명대[(고) 349.16 사마 경ㅈ]	
186	1882	高宗 19	壬午	武年試	崇禎紀元後五壬午式司馬榜目	국립중앙도서관	古6024-207	구중도[古朝26-29-118]; 구장건[想白古 351,306-B224s-1882]; 제명대[(고) 349.16 사마음오ㅅ]; 경상대[古(춘주) B13 숭73]	26
187	1882	高宗 19	壬午	增廣試	崇禎紀元後[五]壬午增廣司馬榜目	국립중앙도서관	古朝26-29-119	구중도[일신古6024-33]; 하버드[TK 22 91.7 1746 (1882)]; 구장건[奎 1761]·[想白古 351,306-B224sj-1822]; 고려대[대하원 B8 A1 1882]; 제명대[(고) 349.16 사마음오]·[(이) 349.16 사마음오]; 구회[OL351.2-ㅅ363]; 중남대[고ㅅ 史記錄類-232-4]; 성암고서박[성암2-744]; UC버클리대[2293.1746 1882]; 東洋文庫[Ⅷ-2-265]	26
188	1885	高宗 22	乙酉	武年試	崇禎紀元後五乙酉式年司馬榜目	장서각	B13LB-5	구중도[일신古6024-14]; 하버드[TK 22 91.7 1746 (1885)]·[奎 1287]·[奎 1288]; 구장건[奎 1288]·[想白古 351,306-B224s-1885]; 성암고서박[성암2-753]	27
189	1885	高宗 22	乙酉	增廣試	崇禎紀元後五乙酉慶科增廣司馬榜目	국립중앙도서관	일산古6024-15	하버드[TK 2291.7 1746 (1885,2)]; 구장건[奎 1284]·[奎 1286]·[一簑古 351.306-B224se]; 고려대[대하원 B8 A1 1885]·[장화당 B8 A1 1885A]; 성암대[B13LB-예[75ㅅ]	27

연번	시년	왕대년	간지	시험명	방목명	소장처	청구기호	비고	영인
190	1888	高宗 25	戊子	式年試	崇禎紀元後五戊子式年司馬榜目	장서각	B13LB-39	장서각[K2-3543]; 국중도[일산古6024-16]·[古朝26-29-121]·[古朝26-29-122]; 국편[MF A지수570]; 규장각[古351.3-B224s-1888]·[奎 919]·[奎 920]; 고려대[대하원 B8 A1 1888]; 경상대[B13LB-예75ㅅ]; 영남대[古汶350.48-사마방-1888]; 성암고서박[성암2-752]	27
191	1891	高宗 28	辛卯	增廣試	上之卽阼二十九年辛卯慶科增廣司馬榜目	장서각	K2-3546	국중도[일산古6024-107]·[승계古6024-17]; 하버드[TK 2291.7 1746 (1891)]; 고려대[대하원 B8 A1 1891]; 성균관대[B13KB-0010]; 중앙대[351.09-상시직]; 계명대[(고) 349.16 사마신]; 전북대[351.3-사마방 상]; 경상대[B13LB-예75ㅅ]; 동국대[D351.3-방35ㅅ]; 건국대[고351.3-방35 1891]; 성암고서박[성암2-754]; UC버클리대[2293.1746 1891]; 東洋文庫[Ⅶ-2-265]	28
192	1891	高宗 28	辛卯	式年試	辛卯式生員進士榜	『朝鮮時代 生進試 榜目』27			27
193	1894	高宗 31	甲午	式年試	上之卽阼三十一年甲午式年司馬榜目	장서각	B13LB-40	국중도[일산古6024-18]·[古朝26-29]; 장서각[B13LB-11]; 규장각[想古 351.306 B224s 1895]·[古 4652.5-29]; 하버드[TK 2291.7 1746 (1894)]; 성균관대[B13KB-0009]; 고려대[만송 B8 A1 1894];	28

시년	왕대년	간지	시험명	방목명	소장처	청구기호	비고	영인
							충남대[고서 史.記錄類 152-2] · [고서 史.記錄類 242]; 계명대[(고) 349.16 사 마감]; 국민대[고350.48 상이]; 경희대 [古 951.5 사32]; 영남대[古350.48~사마 방1894]; 성암고서박[성암2-755]; UC 버클리대[2293,1746 1894]	

8. 잡과 단과방목 및 단회방목 소장처 목록

[잡과 종합방목 및 단과방목]

	구분	방목명	소장처	청구기호	권책수	수록 연한
1	잡과	雜科榜目	규장각	古 4652.5-16	4권 4책	권마다 다름
2	역과	譯科榜目	국중도	일산古6024-98		1498(연산 4)~1891(고종 28)
3	역과	象院榜目	국편위	KO 중B13KB 15		1568(선조 1)~1740(영조 16)
4	역과	司譯院榜目	규장각	古 4652.5-16	4책 중 1~2책	1498(연산 4)~1867(고종 4)
5	역과	譯科榜目	규장각	奎 12654	2권 2책	1498(연산 4)~1891(고종 28)
6	역과	譯科榜目	규장각	古 4650-4	2권 2책	1498(연산 4)~1891(고종 28)
7	역과	譯科榜目	장서각	K2-3548	2권 2책	1498(연산 4)~1870(고종 7)
8	역과	象院科榜[司譯院榜目]	하버드옌칭	TK 2291.7 1750.2		1498(연산 4)~1880(고종 17)
9	의과	醫科榜目	고려대	화산 B8 A52 1	2권 2책	1498(연산 4)~1885(고종 22)
10	의과	醫科榜目	고려대	대학원 B8 A52 2	2권 2책	1756(영조 32)~1885(고종 22)
11	의과	醫科榜目	국중도	古朝26-19		1498(연산 4)~1874(고종 11)
12	의과	醫科榜目	국편위	KO 중B13KB 21	2책	?~1891(고종 28)
13	의과	醫科榜目	규장각	古 4652.5-16	4책 중 4책	1498(연산 4)~1870(고종 7)
14	의과	醫榜	규장각			1498(연산 4)~1870(고종 7)
15	의과	醫科榜目	今西文庫			1498(연산 4)~1894(고종 31)
16	의과	醫科榜目	하버드옌칭	TK 2291.7 1749.2		1498(연산 4)~1880(고종 17)
17	의과	醫科榜目	하버드옌칭	K 2291.7 1749		1498(연산 4)~1894(고종 31)
18	음양과	雲科榜目	국중도	한古朝57-가45		1713(숙종 39)~1879(고종 16)
19	음양과	雲觀榜目	규장각	古大 5120-130		1713(숙종 39)~1885(고종 22)

구분		방목명	소장처	청구기호	권책수	수록 연한
20	음양과	觀象監榜目	규장각	古 4652.5-16	4책 중 3책	1713(숙종 39)~1867(고종 4)
21	음양과	雲科榜目	하버드옌칭	TK 2291.7 1751		1713(숙종 39)~1874(고종 11)
22	음과	律榜	규장각	?		?~1827(순조 27)
23	음과	律科榜目	규장각	古 4652.5-16	4책 중 3책	?~1861(철종 12)
24	음과	律科榜目	하버드옌칭	TK 2291.7 1752		1609(광해 1)~1861(철종 12)

[잡과 단회방목]

	시년	왕대년	간지	시험명	방목명	소장처	청구기호	비고	譯科	醫科	雲科	律科	선발
1	1498	燕山 4	戊午	武年試	醫科榜目戊午式年	영남대	古C貴350.48-의과방-1498		18	9			27
2	1507	中宗 2	丁卯	增廣試	正德二年三月文武雜科榜目	權橡宗家典籍	보물 제896-3호	沖齋先祖[府君 及第榜目	19	9	6	9	37
3	1513	中宗 8	癸酉	武年試	正德八年九月癸酉文武榜目		보물 제603호		10	9	6	7	32
4	1525	中宗 20	乙酉	武年試	嘉靖四年乙酉三月二十六日文武榜目	국중도	古6024-216	고려대[만송貴 388 1580]), 하버드[K 2291.7 1750 (1522)])	17	9	9	8	43
5	1540	中宗 35	庚子	武年試	嘉靖十九年庚子四月日式年榜目	고려대	만송 貴 380 15 40		15	9	9	4	37
6	1543	中宗 38	癸卯	武年試	癸卯式年榜目	제명대	(이규) 349.16 문무잡		15	9	9	6	39

	시년	왕대년	간지	시험명	방목명	소장처	청구기호	비고	譯科	醫科	雲科	律科	선발
7	1546	明宗 1	丙午	式年試	嘉靖二十五年丙午十月初八日文[武]科式年榜	중앙대	C1241774	신규	19	6	8	8	41
8	1549	明宗 4	己酉	式年試	嘉靖己酉式年試雜科榜目	하버드옌칭			19	9	6	8	42
9	1564	明宗 19	甲子	式年試	嘉靖四十三年甲子九月日文科覆試榜目	중남대	고서 史.記課類 179		15	9	8	4	36
10	1567	宣祖 0	丁卯	式年試	隆慶元年丁卯十一月初二日文[武]科覆試榜目	국중도	古6024-217	신규	9	8	9	6	32
11	1570	宣祖 3	庚午	式年試	隆慶庚午文科榜目	고려대	만송 386 15 70		10	7	8	7	32
12	1576	宣祖 9	丙子	式年試	丙子武年文科雜試榜目	고려대	만송 B8 A1 161 6B		4	7	9	2	22
13	1601	宣祖 34	辛丑	式年試	萬曆二十八年庚子武年退行於辛丑夏榜	하버드옌칭	TK 2291,7 174 8 (1600)		14	9	6		29
14	1633	仁祖 11	癸酉	增廣試	崇禎癸酉增廣試榜目	하버드옌칭			13	4			17
15	1633	仁祖 11	癸酉	式年試	文武科榜目	하버드옌칭	K 2291,7 1748 (1633)		8		1	4	13
16	1675	肅宗 1	乙卯	式年試	康熙乙卯式年試雜科榜目	하버드옌칭			19	9		8	36
17	1684	肅宗 10	甲子	式年試	甲子武年文武科榜目	고려대	식우 貴 723 16 84	경상매[古(한밭사) B13LB 예 75기]	18	9	2		29

9. 족보 천자문 페이지 색인

* '자모순'에서 한자를 찾은 다음에 해당 순서 [숫자]를 '페이지순'에서 찾아 앞뒤 한자로
페이지를 열람.

자모순	千字文	순서		순서	페이지순	千字文
가	可	187		1	천	天
가	家	501		2	지	地
가	駕	518		3	현	玄
가	假	577		4	황	黃
가	稼	655		5	우	宇
가	軻	674		6	주	宙
가	嘉	699		7	홍	洪
가	歌	850		8	황	荒
가	佳	935		9	일	日
각	刻	527		10	월	月
간	簡	883		11	영	盈
갈	竭	251		12	측	昃
갈	碣	635		13	진	辰
감	敢	158		14	숙	宿
감	甘	315		15	렬	列
감	感	558		16	장	張
감	鑑	693		17	한	寒
갑	甲	445		18	래	來
강	岡	48		19	서	暑
강	薑	64		20	왕	往
강	羌	120		21	추	秋
강	絳	783		22	수	收
강	糠	816		23	동	冬
강	康	864		24	장	藏
개	芥	63		25	윤	閏
개	蓋	145		26	여	餘
개	改	172		27	성	成

周興嗣(梁)

자모순	千字文	순서		순서	페이지순	千字文
개	皆	934		28	세	歲
거	巨	51		29	률	律
거	去	317		30	려	呂
거	據	423		31	조	調
거	車	517		32	양	陽
거	鉅	637		33	운	雲
거	居	730		34	등	騰
거	渠	753		35	치	致
거	擧	855		36	우	雨
건	建	210		37	로	露
건	巾	830		38	결	結
검	劍	49		39	위	爲
견	堅	401		40	상	霜
견	見	723		41	금	金
견	遣	748		42	생	生
결	結	38		43	려	麗
결	潔	836		44	수	水
겸	謙	686		45	옥	玉
경	景	201		46	출	出
경	慶	232		47	곤	崑
경	競	240		48	강	岡
경	敬	248		49	검	劍
경	竟	304		50	호	號
경	京	416		51	거	巨
경	涇	424		52	궐	闕
경	驚	432		53	주	珠
경	經	488		54	칭	稱
경	卿	496		55	야	夜
경	輕	520		56	광	光
경	傾	552		57	과	果
경	更	571		58	진	珍

周興嗣(梁)

자모순	千字文	순서		순서	페이지순	千字文
계	啓	444		59	리	李
계	階	458		60	내	奈
계	溪	530		61	채	菜
계	雞	629		62	중	重
계	誡	708		63	개	芥
계	稽	873		64	강	薑
고	羔	199		65	해	海
고	姑	346		66	함	鹹
고	鼓	453		67	하	河
고	稿	482		68	담	淡
고	高	505		69	린	鱗
고	皐	718		70	잠	潛
고	古	738		71	우	羽
고	故	819		72	상	翔
고	顧	885		73	룡	龍
고	孤	985		74	사	師
곡	谷	218		75	화	火
곡	穀	510		76	제	帝
곡	曲	539		77	조	鳥
곤	崑	47		78	관	官
곤	困	575		79	인	人
곤	昆	633		80	황	皇
곤	鯤	778		81	시	始
공	拱	110		82	제	制
공	恭	153		83	문	文
공	空	217		84	자	字
공	孔	353		85	내	乃
공	功	522		86	복	服
공	公	546		87	의	衣
공	貢	667		88	상	裳
공	恐	879		89	추	推

周興嗣(梁)

자모순	千字文	순서		周興嗣(梁)	순서	페이지순	千字文
공	工	941			90	위	位
과	果	57			91	양	讓
과	過	170			92	국	國
과	寡	987			93	유	有
관	官	78			94	우	虞
관	觀	430			95	도	陶
관	冠	506			96	당	唐
광	光	56			97	조	弔
광	廣	467			98	민	民
광	匡	547			99	벌	伐
광	曠	641			100	죄	罪
괴	槐	495			101	주	周
괵	虢	580			102	발	發
교	交	361			103	은	殷
교	矯	857			104	탕	湯
교	巧	926			105	좌	坐
구	駒	134			106	조	朝
구	驅	509			107	문	問
구	九	609			108	도	道
구	求	737			109	수	垂
구	具	801			110	공	拱
구	口	806			111	평	平
구	舊	820			112	장	章
구	懼	878			113	애	愛
구	垢	890			114	육	育
구	矩	969			115	려	黎
국	國	92			116	수	首
국	鞠	155			117	신	臣
군	君	244			118	복	伏
군	群	479			119	융	戎
군	軍	598			120	강	羌

자모순	千字文	순서		순서	페이지순	千字文
군	郡	614		121	하	遐
궁	宮	425		122	이	邇
궁	躬	706		123	일	壹
권	勸	669		124	체	體
궐	闕	52		125	솔	率
궐	厥	698		126	빈	賓
귀	歸	127		127	귀	歸
귀	貴	323		128	왕	王
규	規	368		129	명	鳴
균	鈞	925		130	봉	鳳
극	克	205		131	재	在
극	極	712		132	수	樹
근	謹	687		133	백	白
근	近	715		134	구	駒
근	根	770		135	식	食
금	金	41		136	장	場
금	禽	435		137	화	化
금	琴	918		138	피	被
급	及	142		139	초	草
급	給	502		140	목	木
궁	矜	979		141	뢰	賴
기	豈	157		142	급	及
기	己	183		143	만	萬
기	器	189		144	방	方
기	基	300		145	개	蓋
기	氣	358		146	차	此
기	旣	473		147	신	身
기	綺	553		148	발	髮
기	起	593		149	사	四
기	幾	682		150	대	大
기	其	702		151	오	五

周興嗣(梁)

周興嗣(梁)

자모순	千字文	순서		순서	페이지순	千字文
기	譏	707		152	상	常
기	機	724		153	공	恭
기	飢	813		154	유	惟
기	璣	954		155	국	鞠
길	吉	967		156	양	養
난	難	191		157	기	豈
난	蘭	266		158	감	敢
남	男	165		159	훼	毀
남	南	659		160	상	傷
납	納	459		161	녀	女
낭	囊	791		162	모	慕
내	柰	60		163	정	貞
내	乃	85		164	렬	烈
내	內	468		165	남	男
녀	女	161		166	효	效
년	年	945		167	재	才
념	念	206		168	량	良
념	恬	921		169	지	知
녕	寧	568		170	과	過
농	農	652		171	필	必
능	能	174		172	개	改
다	多	565		173	득	得
단	短	180		174	능	能
단	端	214		175	막	莫
단	旦	542		176	망	忘
단	丹	607		177	망	罔
달	達	470		178	담	談
담	淡	68		179	피	彼
담	談	178		180	단	短
답	答	886		181	미	靡
당	唐	96		182	시	恃

자모순	千字文	순서		순서	페이지순	千字文
당	堂	222	周興嗣(梁)	183	기	己
당	當	250		184	장	長
당	棠	316		185	신	信
대	大	150		186	사	使
대	對	447		187	가	可
대	岱	620		188	복	覆
대	帶	978		189	기	器
덕	德	209		190	욕	欲
도	陶	95		191	난	難
도	道	108		192	량	量
도	都	409		193	묵	墨
도	圖	433		194	비	悲
도	途	578		195	사	絲
도	盜	908		196	염	染
독	篤	289		197	시	詩
독	獨	779		198	찬	讚
독	讀	786		199	고	羔
독	犢	899		200	양	羊
돈	敦	675		201	경	景
돈	頓	859		202	행	行
동	冬	23		203	유	維
동	同	357		204	현	賢
동	動	390		205	극	克
동	東	413		206	념	念
동	洞	639		207	작	作
동	桐	766		208	성	聖
두	杜	481		209	덕	德
득	得	173		210	건	建
등	騰	34		211	명	名
등	登	307		212	립	立
등	等	991		213	형	形

周興嗣(梁)

자모순	千字文	순서		순서	페이지순	千字文
라	羅	490		214	단	端
라	騾	898		215	표	表
락	洛	420		216	정	正
락	落	773		217	공	空
람	藍	845		218	곡	谷
랑	朗	951		219	전	傳
랑	廊	975		220	성	聲
래	來	18		221	허	虛
량	良	168		222	당	堂
량	量	192		223	습	習
량	兩	721		224	청	聽
량	糧	824		225	화	禍
량	凉	896		226	인	因
려	呂	30		227	악	惡
려	麗	43		228	적	積
려	黎	115		229	복	福
려	廬	742		230	연	緣
려	驪	897		231	선	善
력	力	252		232	경	慶
력	歷	756		233	척	尺
련	連	359		234	벽	璧
련	輦	508		235	비	非
렬	列	15		236	보	寶
렬	烈	164		237	촌	寸
렴	廉	379		238	음	陰
령	令	296		239	시	是
령	靈	440		240	경	競
령	聆	689		241	자	資
령	領	972		242	부	父
례	禮	325		243	사	事
로	露	37		244	군	君

자모순	千字文	순서	周興嗣(梁)	순서	페이지순	千字文
로	路	493		245	왈	曰
로	勞	685		246	엄	嚴
로	老	821		247	여	與
록	祿	514		248	경	敬
론	論	740		249	효	孝
뢰	賴	141		250	당	當
료	僚	915		251	갈	竭
룡	龍	73		252	력	力
루	樓	429		253	충	忠
루	累	747		254	칙	則
루	陋	986		255	진	盡
류	流	274		256	명	命
륜	倫	923		257	림	臨
률	律	29		258	심	深
륵	勒	525		259	리	履
릉	凌	781		260	박	薄
리	李	59		261	숙	夙
리	履	259		262	흥	興
리	離	376		263	온	溫
리	理	692		264	정	淸
리	利	931		265	사	似
린	鱗	69		266	난	蘭
림	臨	257		267	사	斯
림	林	717		268	형	馨
립	立	212		269	여	如
마	磨	366		270	송	松
마	摩	782		271	지	之
막	莫	175		272	성	盛
막	漠	604		273	천	川
막	邈	644		274	류	流
만	萬	143		275	불	不

자모순	千字文	순서		순서	페이지순	千字文
만	滿	396		276	식	息
만	晚	763		277	연	淵
망	忘	176		278	징	澄
망	罔	177		279	취	取
망	邙	418		280	영	映
망	莽	758		281	용	容
망	亡	912		282	지	止
매	寐	844		283	약	若
매	每	947		284	사	思
맹	盟	584		285	언	言
맹	孟	673		286	사	辭
면	面	419		287	안	安
면	綿	643		288	정	定
면	勉	701		289	독	篤
면	眠	842		290	초	初
멸	滅	579		291	성	誠
명	鳴	129		292	미	美
명	名	211		293	신	愼
명	命	256		294	종	終
명	明	472		295	의	宜
명	銘	528		296	령	令
명	冥	648		297	영	榮
모	慕	162		298	업	業
모	母	343		299	소	所
모	貌	694		300	기	基
모	毛	937		301	적	籍
목	木	140		302	심	甚
목	睦	332		303	무	無
목	牧	596		304	경	竟
목	目	790		305	학	學
몽	蒙	990		306	우	優

周興嗣(梁)

자모순	千字文	순서	周興嗣(梁)	순서	페이지순	千字文
묘	杳	647		307	등	登
묘	妙	936		308	사	仕
묘	廟	976		309	섭	攝
묘	畝	660		310	직	職
무	無	303		311	종	從
무	茂	523		312	정	政
무	武	559		313	존	存
무	務	653		314	이	以
묵	墨	193		315	감	甘
묵	黙	734		316	당	棠
문	文	83		317	거	去
문	問	107		318	이	而
문	門	626		319	익	益
문	聞	988		320	영	詠
물	物	398		321	악	樂
물	勿	564		322	수	殊
미	靡	181		323	귀	貴
미	美	292		324	천	賤
미	糜	408		325	례	禮
미	微	541		326	별	別
민	民	98		327	존	尊
밀	密	563		328	비	卑
박	薄	260		329	상	上
반	盤	427		330	화	和
반	磻	529		331	하	下
반	飯	804		332	목	睦
반	叛	911		333	부	夫
발	發	102		334	창	唱
발	髮	148		335	부	婦
방	方	144		336	수	隨
방	傍	443		337	외	外

자모순	千字文	순서
방	紡	828
방	房	832
배	背	417
배	陪	507
배	杯	854
배	拜	876
배	徘	981
백	白	133
백	伯	347
백	百	613
백	魄	958
번	煩	591
벌	伐	99
법	法	588
벽	璧	234
벽	壁	487
변	弁	461
변	辨	695
별	別	326
병	丙	441
병	兵	504
병	并	616
병	秉	679
병	並	933
보	寶	236
보	步	970
복	服	86
복	伏	118
복	覆	188
복	福	229
본	本	650

周興嗣(梁)

순서	페이지순	千字文
338	수	受
339	부	傅
340	훈	訓
341	입	入
342	봉	奉
343	모	母
344	의	儀
345	제	諸
346	고	姑
347	백	伯
348	숙	叔
349	유	猶
350	자	子
351	비	比
352	아	兒
353	공	孔
354	회	懷
355	형	兄
356	제	弟
357	동	同
358	기	氣
359	련	連
360	지	枝
361	교	交
362	우	友
363	투	投
364	분	分
365	절	切
366	마	磨
367	잠	箴
368	규	規

자모순	千字文	순서	周興嗣(梁)	순서	페이지순	千字文
봉	鳳	130		369	인	仁
봉	奉	342		370	자	慈
봉	封	498		371	은	隱
부	父	242		372	측	惻
부	夫	333		373	조	造
부	婦	335		374	차	次
부	傅	339		375	불	弗
부	浮	421		376	리	離
부	府	489		377	절	節
부	富	516		378	의	義
부	阜	540		379	렴	廉
부	扶	551		380	퇴	退
부	俯	973		381	전	顚
분	分	364		382	패	沛
분	墳	475		383	비	匪
분	紛	930		384	휴	虧
불	不	275		385	성	性
불	弗	375		386	정	靜
비	悲	194		387	정	情
비	非	235		388	일	逸
비	卑	328		389	심	心
비	比	351		390	동	動
비	匪	383		391	신	神
비	飛	431		392	피	疲
비	肥	519		393	수	守
비	碑	526		394	진	眞
비	枇	761		395	지	志
빈	賓	126		396	만	滿
빈	嚬	942		397	축	逐
사	師	74		398	물	物
사	四	149		399	의	意

자모순	千字文	순서		周興嗣(梁)	순서	페이지순	千字文
사	使	186			400	이	移
사	絲	195			401	견	堅
사	事	243			402	지	持
사	似	265			403	아	雅
사	斯	267			404	조	操
사	思	284			405	호	好
사	辭	286			406	작	爵
사	仕	308			407	자	自
사	寫	434			408	미	縻
사	舍	442			409	도	都
사	肆	449			410	읍	邑
사	士	566			411	화	華
사	沙	603			412	하	夏
사	史	677			413	동	東
사	謝	750			414	서	西
사	嗣	867			415	이	二
사	祀	870			416	경	京
사	射	914			417	배	背
산	散	741			418	망	邙
상	霜	40			419	면	面
상	翔	72			420	락	洛
상	裳	88			421	부	浮
상	常	152			422	위	渭
상	傷	160			423	거	據
상	上	329			424	경	涇
상	相	492			425	궁	宮
상	賞	670			426	전	殿
상	箱	792			427	반	盤
상	象	847			428	울	鬱
상	牀	848			429	루	樓
상	觴	856			430	관	觀

자모순	千字文	순서
상	嘗	872
상	顙	874
상	詳	888
상	想	891
새	塞	628
색	穡	656
색	色	696
색	索	729
생	生	42
생	笙	456
서	暑	19
서	西	414
서	書	486
서	黍	663
서	庶	681
석	席	452
석	石	636
석	夕	843
석	釋	929
선	善	231
선	仙	439
선	宣	601
선	禪	621
선	膳	802
선	扇	834
선	璇	953
설	設	451
섭	攝	309
성	成	27
성	聖	208
성	聲	220

周興嗣(梁)

순서	페이지순	千字文
431	비	飛
432	경	驚
433	도	圖
434	사	寫
435	금	禽
436	수	獸
437	화	畵
438	채	綵
439	선	仙
440	령	靈
441	병	丙
442	사	舍
443	방	傍
444	계	啓
445	갑	甲
446	장	帳
447	대	對
448	영	楹
449	사	肆
450	연	筵
451	설	設
452	석	席
453	고	鼓
454	슬	瑟
455	취	吹
456	생	笙
457	승	陞
458	계	階
459	납	納
460	폐	陛
461	변	弁

周興嗣(梁)

자모순	千字文	순서
성	盛	272
성	誠	291
성	性	385
성	星	464
성	城	632
성	省	705
세	歲	28
세	世	513
세	稅	665
소	所	299
소	素	676
소	疏	722
소	逍	743
소	霄	784
소	少	822
소	嘯	920
소	笑	944
소	邵	968
속	屬	797
속	續	868
속	俗	932
속	束	977
손	飱	803
솔	率	125
송	松	270
송	悚	877
수	收	22
수	水	44
수	垂	109
수	首	116
수	樹	132

순서	페이지순	千字文
462	전	轉
463	의	疑
464	성	星
465	우	右
466	통	通
467	광	廣
468	내	內
469	좌	左
470	달	達
471	승	承
472	명	明
473	기	旣
474	집	集
475	분	墳
476	전	典
477	역	亦
478	취	聚
479	군	群
480	영	英
481	두	杜
482	고	稿
483	종	鍾
484	예	隸
485	칠	漆
486	서	書
487	벽	壁
488	경	經
489	부	府
490	라	羅
491	장	將
492	상	相

자모순	千字文	순서	周興嗣(梁)	순서	페이지순	千字文
수	殊	322		493	로	路
수	隨	336		494	협	挾
수	受	338		495	괴	槐
수	守	393		496	경	卿
수	獸	436		497	호	戶
수	岫	646		498	봉	封
수	誰	727		499	팔	八
수	手	858		500	현	縣
수	修	963		501	가	家
숙	宿	14		502	급	給
숙	夙	261		503	천	千
숙	叔	348		504	병	兵
숙	孰	543		505	고	高
숙	俶	657		506	관	冠
숙	熟	666		507	배	陪
숙	淑	939		508	련	輦
순	筍	846		509	구	驅
슬	瑟	454		510	곡	轂
습	習	223		511	진	振
승	陞	457		512	영	纓
승	承	471		513	세	世
시	始	81		514	록	祿
시	恃	182		515	치	侈
시	詩	197		516	부	富
시	是	239		517	거	車
시	時	534		518	가	駕
시	市	788		519	비	肥
시	侍	829		520	경	輕
시	施	938		521	책	策
시	矢	946		522	공	功
식	食	135		523	무	茂

자모순	千字文	순서	周興嗣(梁)	순서	페이지순	千字文
식	息	276		524	실	實
식	寔	567		525	륵	勒
식	植	704		526	비	碑
신	臣	117		527	각	刻
신	身	147		528	명	銘
신	信	185		529	반	磻
신	愼	293		530	계	溪
신	神	391		531	이	伊
신	新	668		532	윤	尹
신	薪	962		533	좌	佐
실	實	524		534	시	時
심	深	258		535	아	阿
심	甚	302		536	형	衡
심	心	389		537	엄	奄
심	尋	739		538	택	宅
심	審	887		539	곡	曲
아	兒	352		540	부	阜
아	雅	403		541	미	微
아	阿	535		542	단	旦
아	我	661		543	숙	孰
악	樂	321		544	영	營
악	惡	227		545	환	桓
악	嶽	617		546	공	公
안	安	287		547	광	匡
안	雁	625		548	합	合
알	斡	956		549	제	濟
암	巖	645		550	약	弱
앙	仰	974		551	부	扶
애	愛	113		552	경	傾
야	夜	55		553	기	綺
야	野	638		554	회	回

자모순	千字文	순서		순서	페이지순	千字文
야	也	1000		555	한	漢
약	若	283		556	혜	惠
약	弱	550		557	열	說
약	約	587		558	감	感
약	躍	902		559	무	武
양	陽	32		560	정	丁
양	讓	91		561	준	俊
양	養	156		562	예	乂
양	羊	200		563	밀	密
양	驤	904		564	물	勿
어	於	651		565	다	多
어	魚	678		566	사	士
어	飫	810		567	식	寔
어	御	826		568	녕	寧
어	語	994		569	진	晋
언	言	285		570	초	楚
언	焉	997		571	경	更
엄	嚴	246		572	패	覇
엄	奄	537		573	조	趙
업	業	298		574	위	魏
여	餘	26		575	곤	困
여	與	247		576	횡	橫
여	如	269		577	가	假
역	亦	477		578	도	途
연	緣	230		579	멸	滅
연	淵	277		580	괵	虢
연	筵	450		581	천	踐
연	讌	852		582	토	土
연	妍	943		583	회	會
열	說	557		584	맹	盟
열	悅	861		585	하	何

周興嗣(梁)

周興嗣(梁)

자모순	千字文	순서		순서	페이지순	千字文
열	熱	894		586	준	遵
염	染	196		587	약	約
염	厭	814		588	법	法
엽	葉	774		589	한	韓
영	盈	11		590	폐	弊
영	映	280		591	번	煩
영	榮	297		592	형	刑
영	詠	320		593	기	起
영	楹	448		594	전	翦
영	英	480		595	파	頗
영	纓	512		596	목	牧
영	營	544		597	용	用
영	永	965		598	군	軍
예	隸	484		599	최	最
예	乂	562		600	정	精
예	譽	606		601	선	宣
예	藝	662		602	위	威
예	翳	772		603	사	沙
예	豫	862		604	막	漠
오	五	151		605	치	馳
오	梧	765		606	예	譽
옥	玉	45		607	단	丹
온	溫	263		608	청	靑
완	甄	787		609	구	九
완	阮	919		610	주	州
왈	曰	245		611	우	禹
왕	往	20		612	적	跡
왕	王	128		613	백	百
외	外	337		614	군	郡
외	畏	796		615	진	秦
요	寥	736		616	병	并

자모순	千字文	순서	周興嗣(梁)	순서	페이지순	千字文
요	遙	744		617	악	嶽
요	颻	776		618	종	宗
요	要	884		619	항	恒
요	曜	952		620	대	岱
욕	欲	190		621	선	禪
욕	辱	714		622	주	主
욕	浴	892		623	운	云
용	容	281		624	정	亭
용	用	597		625	안	雁
용	庸	684		626	문	門
우	宇	5		627	자	紫
우	雨	36		628	새	塞
우	羽	71		629	계	雞
우	虞	94		630	전	田
우	優	306		631	적	赤
우	友	362		632	성	城
우	右	465		633	곤	昆
우	禹	611		634	지	池
우	寓	789		635	갈	碣
우	祐	964		636	석	石
우	愚	989		637	거	鉅
운	雲	33		638	야	野
운	云	623		639	동	洞
운	運	780		640	정	庭
울	鬱	428		641	광	曠
원	遠	642		642	원	遠
원	園	757		643	면	綿
원	垣	799		644	막	邈
원	圓	835		645	암	巖
원	願	895		646	수	岫
월	月	10		647	묘	杳

周興嗣(梁)

자모순	千字文	순서
위	爲	39
위	位	90
위	渭	422
위	魏	574
위	威	602
위	委	771
위	煒	839
위	謂	993
유	綏	966
유	有	93
유	惟	154
유	維	203
유	猶	349
유	猷	700
유	遊	777
유	輶	794
유	攸	795
유	帷	831
육	育	114
윤	閏	25
윤	尹	532
융	戎	119
은	殷	103
은	隱	371
은	銀	837
음	陰	238
음	音	690
읍	邑	410
의	衣	87
의	宜	295
의	儀	344

순서	페이지순	千字文
648	명	冥
649	치	治
650	본	本
651	어	於
652	농	農
653	무	務
654	자	茲
655	가	稼
656	색	穡
657	숙	俶
658	재	載
659	남	南
660	묘	畝
661	아	我
662	예	藝
663	서	黍
664	직	稷
665	세	稅
666	숙	熟
667	공	貢
668	신	新
669	권	勸
670	상	賞
671	출	黜
672	척	陟
673	맹	孟
674	가	軻
675	돈	敦
676	소	素
677	사	史
678	어	魚

자모순	千字文	순서	周興嗣(梁)	순서	페이지순	千字文
의	義	378		679	병	秉
의	意	399		680	직	直
의	疑	463		681	서	庶
이	易	793		682	기	幾
이	邇	122		683	중	中
이	以	314		684	용	庸
이	而	318		685	로	勞
이	移	400		686	겸	謙
이	二	415		687	근	謹
이	伊	531		688	칙	勅
이	貽	697		689	령	聆
이	耳	798		690	음	音
이	異	823		691	찰	察
익	益	319		692	리	理
인	人	79		693	감	鑑
인	因	226		694	모	貌
인	仁	369		695	변	辨
인	引	971		696	색	色
일	日	9		697	이	貽
일	壹	123		698	궐	厥
일	逸	388		699	가	嘉
임	任	927		700	유	猷
입	入	341		701	면	勉
자	字	84		702	기	其
자	資	241		703	지	祇
자	子	350		704	식	植
자	慈	370		705	성	省
자	自	407		706	궁	躬
자	紫	627		707	기	譏
자	玆	654		708	계	誡
자	姿	940		709	총	寵

자모순	千字文	순서	周興嗣(梁)	순서	페이지순	千字文
자	者	996		710	증	增
작	作	207		711	항	抗
작	爵	406		712	극	極
잠	潛	70		713	태	殆
잠	箴	367		714	욕	辱
장	張	16		715	근	近
장	藏	24		716	치	恥
장	章	112		717	림	林
장	場	136		718	고	皐
장	長	184		719	행	幸
장	帳	446		720	즉	卽
장	將	491		721	량	兩
장	牆	800		722	소	疏
장	腸	808		723	견	見
장	莊	980		724	기	機
재	在	131		725	해	解
재	才	167		726	조	組
재	載	658		727	수	誰
재	宰	812		728	핍	逼
재	再	875		729	색	索
재	哉	998		730	거	居
적	積	228		731	한	閑
적	籍	301		732	처	處
적	跡	612		733	침	沈
적	赤	631		734	묵	黙
적	寂	735		735	적	寂
적	的	755		736	요	寥
적	適	805		737	구	求
적	績	827		738	고	古
적	嫡	865		739	심	尋
적	賊	907		740	론	論

자모순	千字文	순서	周興嗣(梁)	순서	페이지순	千字文
전	傳	219		741	산	散
전	顚	381		742	려	慮
전	殿	426		743	소	逍
전	轉	462		744	요	遙
전	典	476		745	흔	欣
전	翦	594		746	주	奏
전	田	630		747	루	累
전	牋	881		748	견	遣
절	切	365		749	척	慼
절	節	377		750	사	謝
접	接	853		751	환	歡
정	貞	163		752	초	招
정	正	216		753	거	渠
정	定	288		754	하	荷
정	政	312		755	적	的
정	靜	386		756	력	歷
정	情	387		757	원	園
정	丁	560		758	망	莽
정	精	600		759	추	抽
정	亭	624		760	조	條
정	庭	640		761	비	枇
정	淸	264		762	파	杷
제	帝	76		763	만	晩
제	制	82		764	취	翠
제	諸	345		765	오	梧
제	弟	356		766	동	桐
제	濟	549		767	조	早
제	祭	869		768	조	凋
조	調	31		769	진	陳
조	鳥	77		770	근	根
조	弔	97		771	위	委

周興嗣(梁)

자모순	千字文	순서
조	朝	106
조	造	373
조	操	404
조	趙	573
조	組	726
조	條	760
조	早	767
조	凋	768
조	糟	815
조	釣	928
조	照	960
조	眺	984
조	助	995
족	足	860
존	存	313
존	尊	327
종	終	294
종	從	311
종	鍾	483
종	宗	618
좌	坐	105
좌	左	469
좌	佐	533
죄	罪	100
주	宙	6
주	珠	53
주	周	101
주	州	610
주	主	622
주	奏	746
주	晝	841

순서	페이지순	千字文
772	예	翳
773	락	落
774	엽	葉
775	표	飄
776	요	颻
777	유	遊
778	곤	鯤
779	독	獨
780	운	運
781	릉	凌
782	마	摩
783	강	絳
784	소	霄
785	탐	耽
786	독	讀
787	완	翫
788	시	市
789	우	寓
790	목	目
791	낭	囊
792	상	箱
793	이	易
794	유	輶
795	유	攸
796	외	畏
797	속	屬
798	이	耳
799	원	垣
800	장	牆
801	구	具
802	선	膳

자모순	千字文	순서	周興嗣(梁)	순서	페이지순	千字文
주	酒	851		803	손	飧
주	誅	905		804	반	飯
준	俊	561		805	적	適
준	遵	586		806	구	口
중	重	62		807	충	充
중	中	683		808	장	腸
즉	卽	720		809	포	飽
증	增	710		810	어	飫
증	蒸	871		811	팽	烹
지	地	2		812	재	宰
지	知	169		813	기	飢
지	之	271		814	염	厭
지	止	282		815	조	糟
지	枝	360		816	강	糠
지	志	395		817	친	親
지	持	402		818	척	戚
지	池	634		819	고	故
지	祇	703		820	구	舊
지	紙	924		821	로	老
지	指	961		822	소	少
직	職	310		823	이	異
직	稷	664		824	량	糧
직	直	680		825	첩	妾
진	辰	13		826	어	御
진	珍	58		827	적	績
진	盡	255		828	방	紡
진	眞	394		829	시	侍
진	振	511		830	건	巾
진	晋	569		831	유	帷
진	秦	615		832	방	房
진	陳	769		833	환	紈

자모순	千字文	순서		순서	페이지순	千字文
집	集	474		834	선	扇
집	執	893		835	원	圓
징	澄	278		836	결	潔
차	此	146		837	은	銀
차	次	374		838	촉	燭
차	且	863		839	위	煒
찬	讚	198		840	황	煌
찰	察	691		841	주	晝
참	斬	906		842	면	眠
창	唱	334		843	석	夕
채	菜	61		844	매	寐
채	綵	438		845	람	藍
책	策	521		846	순	筍
처	處	732		847	상	象
척	尺	233		848	상	牀
척	陟	672		849	현	絃
척	慼	749		850	가	歌
척	戚	818		851	주	酒
천	天	1		852	연	讌
천	川	273		853	접	接
천	賤	324		854	배	杯
천	千	503		855	거	擧
천	踐	581		856	상	觴
첨	瞻	983		857	교	矯
첩	妾	825		858	수	手
첩	牒	882		859	돈	頓
청	聽	224		860	족	足
청	靑	608		861	열	悅
체	體	124		862	예	豫
초	草	139		863	차	且
초	初	290		864	강	康

周興嗣(梁)

자모순	千字文	순서	周興嗣(梁)	순서	페이지순	千字文
초	楚	570		865	적	嫡
초	招	752		866	후	後
초	超	903		867	사	嗣
초	誚	992		868	속	續
촉	燭	838		869	제	祭
촌	寸	237		870	사	祀
총	寵	709		871	증	蒸
최	最	599		872	상	嘗
최	催	948		873	계	稽
추	秋	21		874	상	顙
추	推	89		875	재	再
추	抽	759		876	배	拜
축	逐	397		877	송	悚
출	出	46		878	구	懼
출	黜	671		879	공	恐
충	忠	253		880	황	惶
충	充	807		881	전	牋
취	取	279		882	첩	牒
취	吹	455		883	간	簡
취	聚	478		884	요	要
취	翠	764		885	고	顧
측	昃	12		886	답	答
측	惻	372		887	심	審
치	致	35		888	상	詳
치	侈	515		889	해	骸
치	馳	605		890	구	垢
치	治	649		891	상	想
치	恥	716		892	욕	浴
칙	則	254		893	집	執
칙	勅	688		894	열	熱
친	親	817		895	원	願

周興嗣(梁)

자모순	千字文	순서
칠	漆	485
침	沈	733
칭	稱	54
탐	耽	785
탕	湯	104
태	殆	713
택	宅	538
토	土	582
통	通	466
퇴	退	380
투	投	363
특	特	900
파	頗	595
파	杷	762
팔	八	499
패	沛	382
패	覇	572
팽	烹	811
평	平	111
폐	陛	460
폐	弊	590
포	飽	809
포	捕	909
포	布	913
표	表	215
표	飄	775
피	被	138
피	彼	179
피	疲	392
필	必	171
필	筆	922

순서	페이지순	千字文
896	량	凉
897	려	驪
898	라	騾
899	독	犢
900	특	特
901	해	駭
902	약	躍
903	초	超
904	양	驤
905	주	誅
906	참	斬
907	적	賊
908	도	盜
909	포	捕
910	획	獲
911	반	叛
912	망	亡
913	포	布
914	사	射
915	료	僚
916	환	丸
917	혜	嵇
918	금	琴
919	완	阮
920	소	嘯
921	념	恬
922	필	筆
923	륜	倫
924	지	紙
925	균	鈞
926	교	巧

자모순	千字文	순서	周興嗣(梁)	순서	페이지순	千字文
핍	逼	728		927	임	任
하	河	67		928	조	釣
하	逻	121		929	석	釋
하	下	331		930	분	紛
하	夏	412		931	리	利
하	何	585		932	속	俗
하	荷	754		933	병	並
학	學	305		934	개	皆
한	寒	17		935	가	佳
한	漢	555		936	묘	妙
한	韓	589		937	모	毛
한	閑	731		938	시	施
함	鹹	66		939	숙	淑
합	合	548		940	자	姿
항	恒	619		941	공	工
항	抗	711		942	빈	嚬
해	海	65		943	연	妍
해	解	725		944	소	笑
해	骸	889		945	년	年
해	駭	901		946	시	矢
행	行	202		947	매	每
행	幸	719		948	최	催
허	虛	221		949	희	羲
현	玄	3		950	휘	暉
현	賢	204		951	랑	朗
현	縣	500		952	요	曜
현	絃	849		953	선	璇
현	懸	955		954	기	璣
협	挾	494		955	현	懸
형	形	213		956	알	斡
형	馨	268		957	회	晦

자모순	千字文	순서		순서	페이지순	千字文
형	兄	355	周興嗣(梁)	958	백	魄
형	衡	536		959	환	環
형	刑	592		960	조	照
혜	惠	556		961	지	指
혜	稽	917		962	신	薪
호	號	50		963	수	修
호	好	405		964	우	祐
호	戶	497		965	영	永
호	乎	999		966	유	綏
홍	洪	7		967	길	吉
화	火	75		968	소	邵
화	化	137		969	구	矩
화	禍	225		970	보	步
화	和	330		971	인	引
화	華	411		972	령	領
화	畵	437		973	부	俯
환	桓	545		974	앙	仰
환	歡	751		975	랑	廊
환	紈	833		976	묘	廟
환	丸	916		977	속	束
환	環	959		978	대	帶
황	黃	4		979	긍	矜
황	荒	8		980	장	莊
황	皇	80		981	배	徘
황	煌	840		982	회	徊
황	惶	880		983	첨	瞻
회	懷	354		984	조	眺
회	回	554		985	고	孤
회	會	583		986	루	陋
회	晦	957		987	과	寡
회	徊	982		988	문	聞

자모순	千字文	순서	周興嗣(梁)
획	獲	910	
횡	橫	576	
효	效	166	
효	孝	249	
후	後	866	
훈	訓	340	
훼	毁	159	
휘	暉	950	
휴	虧	384	
흔	欣	745	
흥	興	262	
희	羲	949	

순서	페이지순	千字文
989	우	愚
990	몽	蒙
991	등	等
992	초	誚
993	위	謂
994	어	語
995	조	助
996	자	者
997	언	焉
998	재	哉
999	호	乎
1000	야	也

조선시대 문무과(文武科) 재급제(再及第) 현황과 재급제자(再及第者) 조사*

– 문무과방목의 전산화 자료를 중심으로

1. 서론

　조선(1392~1910)은 과거(科擧)의 나라였다. 같은 시기의 중국의 명·
청(1368~1911)의 기간과 비교해보아도 알 수 있다. 약 500여 년간의
과거 기록을 보면 조선(1393~1894, 502년)은 약 804회[1]의 문과(文科)를
설행하고, 15,150여 명을 선발하였다. 같은 기간의 중국(1371~1905,
535년)은 (조선의 문과에 해당하는) 진사과(進士科)가 201회 설행되었다.
201회 시험으로 선발된 진사는 51,600여 명이었다.[2] 조선에서는 같
은 시기의 중국보다 4배나 많은 과거를 실시하였다.

---

　* 「조선시대 문무과 재급제 현황과 재급제자 조사 (1)」(『藏書閣』 32집, 2014)와 「조선시대
　　무과 재급제 현황과 재급제자 조사」(『藏書閣』 35집, 2016)를 한 논문으로 통합하였음.
　1) 문과 횟수 804회는 현전하는 문과 종합방목의 설행 횟수를 기준으로 하였다. 참고한
　　종합방목은 『國朝文科榜目(國朝文科榜目)』(규장각한국학연구원[奎 106]), 『국조방목
　　(國朝榜目)』(규장각한국학연구원[奎貴 11655]), 『국조방목(國朝榜目)』(국립중앙도서
　　관[한古朝26-47]) 등이다. 원래는 805회가 맞는데, 1618년(광해군 10) 무오 식년시는
　　회시까지만 실시되었고, 전시가 설행되지 못하고 파방이 되었다. 이로써 조선시대 문
　　과 설행은 804회로 보고 있다.
　2) 송준호, 「明·淸 中國의 進士에 관한 基本資料」, 『전북사학』 제6집, 전북대사학회,
　　1983, 299~301쪽. 明(1368~1644)은 89회 진사과가 있었으며, 24,877명의 진사를 선
　　발하였다. 淸(1636~1911)은 112회 진사과가 있었고, 26,747명의 진사를 배출하였다.

심지어 조선은 전쟁 중에도 예외 없이 과거를 실시하였다. 임진왜
란(1592~1598) 7년 동안 (3년마다 실시되던 식년시는 중단되었지만) 과거
는 중단되지 않았다. 임진왜란 기간 중에 정식 문무과는 12회(중시 1회
포함)가 실시되었다.3) 문과 설행 없이 무과 단독으로 병력 충원을 위
해 실시한 과거도 20여 차례나 되었다.4)

과거제(科擧制)는 조선 사회를 지탱하는 보이지 않은 힘이었다. 중
앙집권적 양반관료체제(兩班官僚體制)가 완성되었던 조선시대에서 양
반 관료는 국가 운영의 주체였다. 양반은 문반과 무반으로서, 이를 선
발하는 시험이 문과(文科)와 무과(武科)였다. 문무과 이외에도 생원진
사시(生員進士試=司馬試)와 잡과(雜科)가 있었다. 사마시와 잡과는 정기
시인 식년시(式年試)과 비정기시인 증광시(增廣試)에만 설행되었기 때
문에 조선시대 과거제의 근간은 문무과라고 할 수가 있다.

문과는 선발 대상을 특정 계층으로 제한하고, 시험 과정에서 유학
(儒學)에 대한 소양을 검증 받도록 요구하여 지배 계층 및 지배 이념을
재생산하고 유지하는 기능이 요구되었다. 이로 인해서 문과는 조선의
정치 세력, 지배 계층, 지배 이념의 재생산과 성격을 이해하는 데 중
요한 연구 주제로 인식되었다.5)

무과는 "문무대거(文武對擧=文武一體)"에 의거해서 몇 개의 시험을
제외6)하고는 항상 문과와 같이 시행되었다. 무과의 경우 특수한 목적

---

3) 송준호, 「朝鮮後期의 科擧制度」, 『國史館論叢』 제63집, 國史編纂委員會, 1995, 38쪽.
   '附錄Ⅰ. 壬亂 7年 동안의 科擧 日誌'에 자세한 사항이 나와 있다.
4) 심승구, 「壬辰倭亂중 武科及第者의 身分과 特性」, 『韓國史硏究』 제92호, 한국사연구
   회, 1996; 심승구, 「壬辰倭亂중 武科의 運營實態와 機能」, 『朝鮮時代史學報』 제1집,
   조선시대사학회, 1997.
5) 차미희, 『朝鮮時代 文科制度硏究』, 국학자료원, 1999, 9쪽.
6) 최초의 무과는 1402년(태종 2)에 설행되었다. 태조 2년(1393), 태조 5년(1396), 정종
   1년(1399) 식년시와 태종 1년(1401) 증광시 즉, 4번의 시험에는 무과가 없다. 그리고

에 의해서 "만과(萬科)"[7]와 같은 파격적인 시험이 실시되기도 하였다.

기존의 과거에 대한 연구 성과를 살펴보면 과거 제도에 대한 연구와 과거 합격자에 대한 연구로 나눌 수 있다. 전자는 1세대 연구자들[8]에 의해서 주로 연구되었고, 후자는 2세대 연구자들에 의해서 각 과거별로 진행되었다. 문과는 원창애[9]·차미희[10], 무과는 심승구[11]·정해은[12], 사마는 최진옥[13], 잡과는 이남희[14]를 들 수 있다.

조선시대 문과에서 2번을 급제하는 경우가 있다. 물론 중시(重試)급제[15]를 포함하면 많은 급제자가 2번 이상 문무과에 급제하였다. 여기서는 당연히 과거 출신의 현직관료[당하관(堂下官)]를 대상으로 설행하였던 정기시인 중시[16]와 일종(一種)의 중시로서 비정기시인 발영시

임진왜란 시 문과 없이 무과만 단독 실시된 시험들이 있다.

7) 이성무(李成茂), 『韓國의 科擧制度』, 집문당, 1994, 205쪽. 萬科의 시초는 1460년(세조 6)에 1,813명을 선발하는 庚辰 別試였다. 이는 申叔舟의 北征 때문이었다. 이후 1555년(명종 10)의 乙未倭變, 1583년(선조 16) 泥蕩介의 침입, 1592년(선조 25) 壬辰倭亂, 1636년(인조 14) 丙子胡亂 등이 원인이었다.

8) 송준호, 「朝鮮時代의 科擧와 兩班 및 良人(Ⅰ) —文科와 生員進士試를 中心으로 하여—」, 『歷史學報』 第69輯, 역사학회, 1976.

　이성무, 『韓國의 科擧制度』, 집문당, 1994.

　이홍렬, 「文科 設行과 疑獄事件-己卯科獄을 中心으로-」, 『白山學報 第8號·東濱金庠基博士古稀記念史學論叢』, 白山學會, 1970.

　조좌호, 『韓國科擧制度史 研究』, 범우사, 1996.

9) 원창애, 「조선시대 문과급제자 연구-문과방목을 중심으로-」, 한국정신문화연구원 한국학대학원 박사학위논문, 1997.

10) 차미희, 『朝鮮時代 文科制度研究』, 국학자료원, 1999.

11) 심승구, 「조선전기 무과연구」, 국민대대학원 국사학과 박사학위논문, 1994.

12) 정해은, 「朝鮮後期 武科及第者 研究」, 한국정신문화연구원 박사학위논문, 2002.

13) 최진옥, 『朝鮮時代 生員進士研究』, 집문당, 1998.

14) 이남희, 「朝鮮時代 雜科入格者 研究」, 한국정신문화연구원 한국학대학원 박사학위논문, 1998.

15) 중시 급제자 수: 381명(52회 시험).

16) 중시(重試): 經國大典 諸科條에 "중시는 文武科에서 10년마다 실시하되, 堂下官에게 응시함을 허락한다. 지금은 每丙年에 시행한다." 『大典會通』 禮典 참조.

(拔英試)¹⁷⁾·등준시(登俊試)¹⁸⁾·진현시(進賢試)¹⁹⁾·탁영시(擢英試)²⁰⁾(중시에 포함시켜 이하 "중시"로 지칭)는 제외하였다.

　그럼 어떤 경우에 한 번도 아닌 두 번이나 문과 또는 무과에 급제할 수 있었는가? 이는 급제자가 파방(罷榜)이나 삭과(削科)를 통해서 과거 급제가 취소된 후 다시 응시 자격을 획득해서 과거에 재급제 한 경우와 삭과 또는 발거(拔去)를 당한 후에 복과(復科, 과거 급제 회복)하는 경우이다. 파방은 과거 시험 자체가 무효 처리 되는 경우이고, 삭과는 어떤 이유로 급제자의 과거 합격 사실이 취소되는 것이다. 발거는 급제 명단에서 제외되는 것이다.

　기존의 연구 성과에서는 파방이나 삭과에 대한 연구²¹⁾는 거의 없는 실정이다. 본고에서는 문무과방목의 전산화(電算化)²²⁾ 자료를 통해서

　　重試 及第者의 陞階: 【續】重試人에 대한 加階는 경국대전의 文科 及第者 중 官階를 원래 갖고 있는 자의 (陞階) 例에 의한다.
　　文科 及第者의 陞階: 【原】文科의 甲科의 第一人은 종6품을 주고, 갑과의 나머지는 정7품을 준다. 乙科는 정8품 階를 주며, 丙科는 정9품 階를 준다. 『大典會通 硏究』- 卷首·吏典編 -, 한국법제연구원, 1993, 186~187쪽.
17) 발영시(拔英試): 1466년(세조 12) 5월 5일 설행. 문과 장원 김수온(金守溫) 등 40인, 무과 장원 금휘(琴徽) 등 43인. 한국역대인물 종합정보시스템(http://people.aks.ac.kr/index.aks) 참조.
18) 등준시(登俊試): 1466년(세조 12) 7월 23일 설행. 문과 장원 김수온(金守溫) 등 12인, 무과 장원 최적(崔適) 등 27인.
　　1774년(영조 50) 1월 15일 설행. 문과 장원 조덕성(趙德成) 등 15인, 무과 장원 이춘기(李春琦) 등 18인. 위와 같은 곳 참조.
19) 진현시(進賢試): 1482년(성종 13) 10월 25일 설행. 문과 장원 이승건(李承健) 등 4인, 무과 장원 김수정(金守貞) 등 10인. 위와 같은 곳 참조.
20) 탁영시(擢英試): 1538년(중종 33) 9월 21일 설행. 문과 장원 나세찬(羅世纘) 등 12인, 무과 장원 전유담(全有淡) 등 23인. 위와 같은 곳 참조.
21) 전경목, 「한글편지를 통해 본 조선후기 과거제 운용의 한 단면」, 『정신문화연구』 제34권 제3호, 한국학중앙연구원, 2011.
22) 전산화와 관련된 논문들.
　　김현, 「韓國古典籍의 電算化의 成果와 課題」, 『민족문화』 18, 1995.

재급제자를 발견하였고, 그 재급제자가 방목에 어떤 형태로 출현하는
지를 조사하였다. 이 조사를 통해서 파방이나 삭과를 당한 급제자가
다시 과거에 재급제 하는 경향을 파악하였다.

전산화는 한마디로 데이터베이스라고 말할 수 있다. 자료를 컴퓨터
에 입력한 후 데이터베이스에 적재를 하는 것을 전산화라고 한다. 요
즘은 인터넷의 발달로 인해서 데이터베이스에 적재된 데이터를 웹상
에서 온라인으로 서비스하는 것까지를 총칭하는 말이다.

국내 전산화의 효시는 미국 Harvard대학교 교수였던 에드워드 와
그너(Edward W. Wagner)와 전북대학교 교수였던 송준호(宋俊浩)가
1966년부터 근 40년 걸쳐 진행 한 "문과(文科) Project"이다.[23] 그리
고 최초의 전산화 결과물은 1995년에 간행된 『CD-ROM 국역 조선왕
조실록』[24]이다. 국외의 전산화는 예수회의 신부인 로베르토 부사

김현, 「한국 고전적 전산화의 발전 방향」, 『민족문화』 28, 2005.
남권희, 「한국학 자료 전산화의 문제점과 바람직한 방향」, 『국학연구』 2, 2003.
류준범, 「역사 자료 전산화와 사료 비판」, 『역사문제연구』 20, 2008.
박진훈, 「고려시대 문헌자료 정보화 사업 현황 및 이용실태와 효과적인 활용방안」,
『한국중세사연구』 30, 2011.
　서경호·김문식·연갑수, 「규장각 소장 자료의 전산화 방안과 현황」, 『규장각』 23,
2000.
　최연주, 「고려시대 미정보화 자료의 현황과 전산화 방안」, 『한국중세사연구』 30,
2011.
　최영호, 「고려시대 대장경·문집·고문서 자료의 정보화 현황과 전산화 방안」, 『한
국중세사연구』 30, 2011.
　최진옥, 「韓國史 資料의 電算處理」, 『정신문화연구』 17(3), 1994.
　허흥식, 「韓國學의 目錄化와 電算情報化」, 『정신문화연구』 17(3), 1994.
23) 최진옥, 「韓國史 資料의 電算處理」, 『정신문화연구』 17(3), 1994, 73쪽.
24) 국보 제151호(1973년), UNESCO 지정 세계기록유산(1997년).
　① 영인: 국사편찬위원회에서 1955~1958년까지 4년 동안 태백산본을 8분의 1로 축
쇄, 영인하여 A4판 양장본 48책으로 간행.
　② 국역: 1968~1993년까지 26년 걸려 신국판(新菊版) 총 413책으로 완성. (사)세종
대왕기념사업회에서는 1968년부터 태조~성종, 숙종~철종까지, (재)민족문화추진회

(Roberto Busa, 1913~2011)가 1949년부터 토마스 아퀴나스의 저작을 위시한 중세 라틴어 텍스트의 색인을 전자적인 방법으로 편찬한 것을 최초로 보고 있다.[25]

이 논문에서 재급제자의 분석은 하지 못하였다. 재급제자가 되는 원인이 개인마다 천편일률적이지 않고 다양하였다. 문과방목은 조선시대 전체 급제자의 명단이 있기 때문에 문과 전체를 대상으로 하였고, 무과방목은 문과방목과 달리 종합방목이 없기 때문에 자료의 한계가 있다. 이것 때문에 무과방목에 대한 기초 연구가 더욱더 필요하다. 이 글은 기초 연구의 한 방향으로 단회방목 하나하나가 아닌 단회방목들을 집대성(데이터베이스)한 가운데 이루어진 연구이다. 이 조사를 통해서 파방이나 삭과를 당한 급제자가 다시 과거에 재급제하는 경향을 파악하였다.

그래서 본 논문에서는 문과와 무과의 재급제자를 소개하는 데 의의를 두었고, 이 논문에서 최초로 조선시대 문무과 재급제자를 밝혔다. 무과방목은 현전(現傳)하는 방목만을 대상으로 조사하였다.

2. 조선시대 문무과방목의 전산화 현황

1) 문과방목의 전산화

조선시대 문과방목은 집성된 종합방목(綜合榜目)[26] 형태로 전체가 남

에서는 1972년부터 연산군~현종까지 국역.
　③ 국역 전산화: 1992~1995년 서울시스템주식회사에서 개발, 간행. 1998년 고종·순종실록을 조선왕조실록연구회에서 국역하고 서울시스템주식회사에서 개발 간행.
　④ 원문 표점·교감 전산화: 국사편찬위원회(태조~철종), 서울시스템주식회사(고종·순종). 2003년 개발 간행.
25) 김현, 「디지털 인문학」, 『인문콘텐츠』 29, 2013, 12쪽.

아있다. 대표적인 소장처로 규장각한국학연구원, 국립중앙도서관, 한국학중앙연구원 장서각, 그리고 각 대학도서관과 미국에 있는 하버드옌칭도서관, 일본 동양문고, 동경대도서관 등이 있다. 종합방목은 『국조문과방목(國朝文科榜目)』·『국조방목(國朝榜目)』·『등과록(登科錄)』·『해동용방(海東龍榜)』 등의 이름으로 20여 종이 현전(現傳)하고 있다. 물론 기록 형태나 책수, 수록 연대는 제각각 다르다.

문과방목은 종합방목도 있지만, 단회방목(單回榜目)[27]도 있다. 현재 문과방목은 단회방목으로 일부(약 154회분)가 전해지고 있고, 종합방목으로 문과방목은 전체가, 잡과방목은 일부가 집성되어 현전하고 있다. 잡과방목은 특성상 단과방목(單科榜目)[28]의 형태도 있다. 사마방목과 무과방목은 단회방목으로만 전해지고 있다. 특히, 무과방목은 문과방목과 앞뒤로 이어진 단회방목 형태로 전한다.(1594년 "萬曆二十二年甲午正月日別試武科榜目"[29]은 임진왜란 중에 경상좌도 지방에서 무과만

---

26) 후대에 집성한 대표적인 문과 종합방목. 종합방목이란 명칭은 조선시대에 있었던 것은 아니다. 조선 초부터 문과 급제자를 왕대순으로 시험별, 등위순으로 수록하고 있기 때문에 편의상 부르는 호칭이다. 단회방목에 대응하는 말이다.
 - 규장각한국학연구원 소장, 『國朝文科榜目』[奎 106]: 태학사에서 영인. 太祖 2~英祖 50년까지(8권8책), 미완결.
 - 규장각한국학연구원 소장, 『國朝榜目』[奎貴 11655]: 국회도서관에서 영인. 太祖 2~高宗 31년까지(13권12책), 완결.
 - 서울대학교 중앙도서관 소장, 『國朝榜目』[일사 351.306 B224]: 忠烈王 16~高宗 25년까지(13권10책), 미완결.
 - 국립중앙도서관 소장, 『國朝榜目』[한古朝26-47]: 太祖 2~高宗 25년까지(13권12책), 미완결.
 - 한국학중앙연구원 장서각 소장, 『國朝榜目』[K2-3538]: 高麗朝~正祖 20년까지(8권8책)·『國朝榜目』[K2-3539]: 正祖 22~高宗 31년까지(4권4책), 완결.
27) 단회방목(單回榜目): 시험을 보고 급제자를 발표 한 후에 그 시험의 과거 급제자만을 대상으로 하는 작성된 1회분의 방목.
28) 단과방목(單科榜目): 잡과는 譯科·醫科·陰陽科·律科로 나뉘는데, 단과방목은 각 시험별로 집성된 방목.

단독으로 설행된 방목이다. 앞부분에 문과방목이 없음.) 문과 종합방목이 영인(影印)되어 간행된 것으로는 『국조방목』(국회도서관, 1971)30), 『국조문과방목』(태학사, 1984)31), 『국조방목』(영남문화사, 1987)32)이 있다.

문과방목의 전산화는 3번 진행되었다. 첫째는 2001년에 동방미디어(주)에서 Wagner & Song 『CD-ROM 補註 朝鮮文科榜目』으로 간행되었다. 이것은 미국 Harvard대학교 교수였던 Edward W. Wagner와 전북대학교 교수였던 송준호가 1965년부터 근 40년 걸쳐 진행 한 "문과 Project"의 결과물이다. 필자(筆者)는 송준호의 연구실에 조교로 있으면서 이 프로젝트에 참여하였고, 동방미디어(주)에 입사한 후, 이 결과물을 데이터베이스로 만들어 문과방목의 전산화를 완성하였다. CD-ROM이 간행된 후 유료로 온라인 서비스33)를 하였다.

둘째는 엠파스(empas, 현 네이트닷컴(http://nate.com/))에서 2005년 1월 17일에 오픈한 "엠파스한국학지식" 서비스34)이다. "역사와 인물"

---

29) 연세대학교 도서관에 소장(청구기호: 고서(Ⅱ)353.003 6).

30) 1책. 저본은 규장각한국학연구원 소장 2종 방목, 조선조: 『國朝榜目』[奎貴 11655], 고려조: 『國朝榜目』[奎 5202].

31) 4책(1책은 색인). 저본은 규장각한국학연구원 소장 3종 방목, 고려조: 『國朝榜目』[奎 5202], 태조 2~영조 50년: 『國朝文科榜目』[奎 106], 영조 50~고종 31년: 『國朝榜目』[奎貴 11655].

32) 1책. 저본은 규장각한국학연구원 소장 2종 방목, 조선조: 『國朝榜目』[奎貴 11655], 고려조: 『國朝榜目』[奎 5202].

33) KoreaA2Z(http://gate.dbmedia.co.kr/aks/).

34) 현재 네이트한국학(http://koreandb.nate.com/)으로 2005년 1월 17일에 세계 한국학 연구의 본산인 한국학중앙연구원(원장 윤덕홍)과 제휴, 한국학 정보를 총 망라한 한국학지식 서비스(http://koreandb.empas.com)를 오픈하였다. 한국학지식 서비스는 한국의 역사, 인물, 문학, 예술, 종교, 사상 등 한국학중앙연구원이 디지털해해 보유 중인 총 25만 여건에 이르는 전문자료를 독점 제공하였다.(마이데일리(www.my daily.co.kr) 인터넷신문. "엠파스, 한국학중앙연구원과 한국학 포털 개설"(http://news.naver.com/main/read.nhn?mode=LSD&mid=sec&sid1=105&oid =117&aid=0000002097), 2005년 1월 17일 기사를 참고.)

항목에서 "조선의 방목"이란 이름으로 문과방목을 서비스하고 있으며, 15,151명의 문과 급제자를 소개하고 있다.

엠파스는 2007년 11월에 SK커뮤니케이션즈와 통합하였고, 2009년 2월 28일부로 네이트로 통합되면서 서비스를 종료하였다. "엠파스한국학지식"은 네이트에서 "네이트한국학"으로 서비스를 계속하였다. 그러나, 네이트에서 2014년 1월부터 "네이트한국학"의 서비스를 중지하였다.

[그림 1] 엠파스한국학지식 홈페이지(마이데일리(www.mydaily.co.kr) 인터넷신문.
2005년 1월 17일 기사를 참고.)

셋째는 2005년에 정보통신부에서 관할한 '지식정보자원관리사업'의 일환으로 한국학중앙연구원에서 진행된 "전근대인물 종합정보시스템 구축사업"에서 4종 방목(문과·무과·사마·잡과)의 전산화를 추진하였다. 이 중 문과방목은 한국학중앙연구원 한국학대학원에서 박사학위[35])를 받은 원창애가 제공한 데이터[36])에 한국학대학원 교수인 최진옥이 좀 더 내용을 추가한 자료[37])를 이용하였다. 문과방목은 '한국역대인물 종합정보시스템'(이하 "역대인물")38)에서 무료로 인터넷 서비스가 되고 있다.

[표 1] 문과방목의 전산화 내용

	연도	사업명	사업 내용
1	2001	補註 朝鮮文科榜目	문과 급제자: 14,608명(중시·파방 급제자 제외)
2	2005	엠파스한국학지식	문과 급제자: 15,151명
3	2005	전근대인물 종합정보시스템 구축사업	문과 급제자: 15,150명(전체 804회 시험)

2) 무과방목의 전산화

무과방목의 전산화는 여러 해에 걸쳐서 진행되었다. '지식정보자원 관리사업'으로 2005년, 2008~2010년까지 4년 동안 데이터베이스화가 이루어졌다. 무과방목은 문과방목처럼 종합방목으로 집성되지도 않았고, 사마방목처럼 단회방목을 모아 영인(影印)39)된 적도 없다. 오직 개개의 단회방목으로 각 도서관에 산재되어 있다.

한국학중앙연구원에서 진행된 사업으로 전산화가 진행된 것이다. 무과방목의 전산화는 한국학중앙연구원 한국학대학원에서 박사학위40)를 받은 정해은의 자료를 이용하였다.

---

35) 박사학위 논문: 원창애, 「朝鮮時代 文科 及第者 硏究」, 韓國精神文化硏究院, 1997.
36) 『國朝榜目』(영남문화사, 1987)을 저본으로 하여 급제자의 성명을 한자나 한자 병기가 아닌 한글로 입력한 데이터.
37) 『國朝文科榜目』(태학사, 1988)을 저본으로 한글 성명을 한자 성명으로 바꾸고, 기타 내용을 추가한 자료.
38) 한국역대인물 종합정보시스템(http://people.aks.ac.kr/index.aks).
39) 사마방목 영인은 1990년에 國學資料院에서 『司馬榜目』 17책으로 집성되었고, 2008년에 『朝鮮時代 生進試 榜目: 司馬榜目』 28책으로 증보 영인이 되었다.

　이 전산화 사업을 진행하면서 사마방목은 『CD-ROM 司馬榜目』(186
회)을 저본으로 이용하였는데, 7회분[41]의 사마방목을 새로 추가하였
다. 무과방목은 정해은의 소개로 학계에 알려진 132회분[42]의 무과방
목(2회분[43] 미구축)과 27회분[44]을 새로 찾아내서 추가하였다. 그래서
총 157회분의 무과방목을 구축하였다.

　사마방목과 무과방목에서 새로운 방목을 발굴하게 된 것은 전산화
의 영향인 듯하다. 2005년부터 사업을 시작한 후 계속 신규 방목을
찾는 노력을 하였고, 그 결실로 새로운 방목을 찾아냈다. 현재는 그동
안 꾸준히 축적된 자료의 바탕 위에서 역대인물 이용자들이 신규 방목

---

40) 정해은, 『朝鮮後期 武科及第者 研究』, 한국정신문화연구원 박사학위논문, 2002a.
41) 새로 추가한 사마방목 7회분

	시험년	왕	년	간지	시험명	방목명	소장처
1	1507	중종	2	정묘	증광시	正德二年丁卯春增廣司馬榜目	계명대학교
2	1516	중종	11	병자	식년시	正德十一年丙子式生員進士榜	개인
3	1519	중종	14	기묘	식년시	正德十四年己卯式司馬榜目	개인
4	1589	선조	22	기축	증광시	萬曆十七年己丑三月十七日宗系增廣司馬榜目	성균관대학교
5	1591	선조	24	신묘	식년시	辛卯年司馬榜目	개인
6	1609	광해	1	기유	증광시	萬曆己酉司馬榜目	계명대학교
7	1618	광해	10	무오	증광시	丁巳司馬榜目萬曆四十五年	계명대학교

42) 정해은, 「조선시대 武科榜目의 현황과 사료적 특성」, 『軍史』 第47號, 國防部軍史編纂
　　研究所, 2002b. 논문 부록에 단독 무과방목 1회와 문무과방목 131회(중시방목 6회 포
　　함)로 총132회의 현전하는 문무과방목이 소장처와 함께 정리되어 있다.(1594년 "萬曆
　　二十二年甲午正月日別試武科榜目"은 임진왜란 중에 경상좌도 지방에서 무과만 단독으
　　로 설행된 방목이다.)
43) 미구축 2회분 방목 소장처는 고려대학교(1522), 산기문고(1549)로 알려져 있으나,
　　방목을 확인하지 못하였다. 고려대학교는 방문했으나, 방목의 소장을 확인할 수 없었
　　다. 산기문고(山氣文庫)는 고서점 통문관(通文館)을 운영했던 산기(山氣) 이겸로(李謙
　　魯, 1909~2006)의 개인 문고이다. 통문관에 연락한 결과 『山氣文庫目錄』(國學資料保
　　存會, 1974.)에 나오는 이 방목은 소장하고 있지 않은 것으로 확인되었다.(매매된 것으
　　로 추정된다.)
44) 새로 추가한 무과방목 27회분.

의 소장처를 제보해주고 있다. 그리고 개인 소장자들로부터 방목 자
료를 기증받기도 하였다.

	시험년	왕	년	간지	시험명	방목명	소장처
1	1525	중종	20	을유	식년시	嘉靖四年乙酉三月二十六日文武科榜目	국립중앙도서관
2	1528	중종	23	무자	별시	嘉靖七年戊子九月日別試榜目	국립중앙도서관
3	1546	명종	1	병오	식년시	嘉靖二十五年丙午十月初八日文[武]科式年榜	중앙대학교
4	1546	명종	1	병오	중시	嘉靖二十五年丙午十月十一日文[武]科重試榜	중앙대학교
5	1577	선조	10	정축	별시	萬曆五年丁丑十月初六日文武科別試榜目	장서각
6	1588	선조	21	무자	식년시	萬曆戊子文武榜目	국사편찬위원회
7	1589	선조	22	기축	증광시	己丑增廣龍虎榜目	국사편찬위원회
8	1599	선조	32	기해	정시	己亥春庭試龍虎榜目	국사편찬위원회
9	1599	선조	32	기해	별시	己亥秋別試榜目	개인
10	1602	선조	35	임인	별시	萬曆三十年壬寅年十月二十二日文科榜目	개인
11	1603	선조	36	계묘	정시	癸卯春別試榜	해군사관학교 박물관
12	1612	광해	4	임자	증광시	壬子增廣文科榜目	국사편찬위원회
13	1629	인조	7	기사	별시	己巳別試榜目－崇禎二年己巳皇太子誕生別試	성균관대학교
14	1635	인조	13	을해	알성시	崇禎八年乙亥九月初四日謁聖文科榜目	국사편찬위원회
15	1639	인조	17	기묘	별시	己卯龍虎榜目	국사편찬위원회
16	1651	효종	2	신묘	정시	辛卯三月二十八日文武庭試榜目	국립중앙도서관
17	1665	현종	6	을사	별시	康熙四年十月二十五日別試文科榜目	경상대학교
18	1670	현종	11	경술	별시	庚戌秋文武科別試榜目	국립중앙도서관
19	1694	숙종	20	갑술	별시	甲戌別試龍虎榜目	국사편찬위원회
20	1697	숙종	23	정축	정시	丁丑庭試文武科榜目	장서각
21	1705	숙종	31	을유	증광시	乙酉增廣別試文武榜目	장서각
22	1710	숙종	36	경인	춘당대시	庚寅春塘臺庭試文[武]科榜目	계명대학교
23	1711	숙종	37	신묘	식년시	辛卯文科榜目	국사편찬위원회
24	1712	숙종	38	임진	정시	壬辰庭試別試榜文武科榜目	국립중앙도서관
25	1787	정조	11	정미	정시	崇禎三丁未春合慶庭試文武榜目	보물 제739호
26	1795	정조	19	을묘	정시	崇禎三乙卯秋合六慶慶科庭試文武科殿試榜目	동양문고 (東洋文庫)
27	1798	정조	22	무오	식년시	崇禎三戊午式年文武科殿試榜目	개인

이런 방목의 전산화의 영향으로 여러 연구가 진행되고 있다. 이 재
급제자 조사도 전산화를 기반으로 하고 있다.

[표 2] 한국역대인물 종합정보시스템 연도별 무과방목 전산화 내용

연도	사업명 및 방목명	사업 내용
2005	전근대인물 종합정보시스템 구축사업	무과 급제자 10,000여 명 (58회분 시험)
2008	장서각 소장 인물자료 DB 구축사업	무과 급제자 10,000여 명 (54회분 시험)
2009	장서각 소장 인물자료 DB 구축사업	무과 급제자 2,500여 명 (14회분 시험)
2010	장서각 소장 인물자료 DB 구축사업	무과 급제자 1,500여 명 (17회분 시험)
2013	① 1599년 기해춘정시용호방목(203) ② 1599년 기해추별시방목(151) ③ 1679년 기미정시방(23)	무과 급제자 377명 (3회분 시험)
2014	④ 1525년 가정4년을유3월26일문무과방목(28) ⑤ 1546년 가정25년병오10월초8일문[무]과식년방(28) ⑥ 1546년 가정25년병오10월11일문[무]과중시방(35) ⑦ 1577년 만력5년정축10월초6일무과별시방목(34) ⑧ 1603년 계묘춘별시방(209) ⑨ 1635년 숭정8년을해9월초4일알성문과방목(4) ⑩ 1665년 강희4년10월25일별시문과방목(30) ⑪ 1795년 숭정3을묘추합6경경과정시문무과전시방목(500)	무과 급제자 868명 (8회분 시험)
2015	⑫ 1705년 을유증광별시문무과방목(48) ⑬ 1710년 경인춘당대정시방목(55) ⑭ 1798년 숭정3무오식년문무과전시방목(30)	무과 급제자 133명 (3회분 시험)

① 경상북도 경주시 소재 "경주이씨 양월문중"에서 기증한 방목으로 국사
  편찬위원회에 소장(206명 선발, 203명 등재)
② 개인 소장(152명 선발, 151명 등재)
③ 중국 베이징대학(北京大學) 소장(23명)

④ 국립중앙도서관 소장(28명)

⑤ 두산동아에서 기증한 방목으로 중앙대학교 학술정보원 소장(28명)

⑥ 두산동아에서 기증한 방목으로 중앙대학교 학술정보원 소장(35명). 중시와 식년시는 1책으로 합본되어 있음.

⑦ 장서각 수집 고문서(34명). 이 방목으로 인해서 그동안 학계에 알려지지 않았던 무과 장원의 성명[金南傑]이 처음으로 밝혀졌다. 『조선왕조실록』, 『종합방목』, 『무과총요』 등에 미상으로 나와 있다.

⑧ 해군사관학교 박물관 소장[1,629명 선발, 209명 등재. 1장(2쪽) 망실, 10명 정도 누락]

⑨ 국사편찬위원회에 소장되어 있는 『숭정계유사마방목(崇禎癸酉司馬榜目)』의 말미에 등재되어 있음(4명)

⑩ 경상대학교 도서관 소장(30명)

⑪ 일본 도요분코(東洋文庫) 소장(500명)

⑫ 아산(牙山) 선교 장흥임씨(長興任氏) 임욱(任勗) 종택 전적으로 장서각 기탁 문서(48명)

⑬ 계명대학교 동산도서관 소장(55명)

⑭ 개인 소장(429명 선발, 30명 등재). 『정조실록』 48권, 정조 22년(1798) 3월 12일(병자) 기사에 "문과에서는 진사 이경삼(李敬參) 등 53인을 취하였고, 무과에서는 강이팔(姜利八) 등 429인을 취하였다."고 나온다. 『무과총요(武科摠要)』에는 "姜利八[李鳳采·李萬淳]等四百二十九人[甲三人·乙五人·丙四百二十一人]直赴四百二人"이라고 기록되어 있다. 이로 보아 무과 급제자 30명은 原榜 급제자인 것으로 추정된다. 『무과총요』에 따르면 원방 급제자는 27명이 되어야 하는데, 방목에는 30명이 등재되어 있다.(방목에 문과 급제자는 53명 전체가 등재되어 있음). 원방 급제자 중에 갑과인 강이팔(姜利八)·이봉채(李鳳采)·이만순(李萬淳)은 보이지 않는 것으로 보아 3명은 직부자라는 것을 알 수 있다. 이렇게 직부자가 장원을 차지하자, 법령으로 장원을 하지 못하게 하였다.

3. 문과 재급제자

조선시대 전체 문과 급제자를 조사한 결과 53명의 재급제자(복과45) 포함)가 있었다. 이는 53명이 파방(罷榜)이나 삭과(削科)로 인해서 과거 합격 사실이 취소되었다가 응시 자격을 갖추어 다시 과거에 응시한 것 이다.

파방은 1618년(광해군 10) 식년시처럼 회시까지 실시한 후에 문제가 생겨서 전시(殿試)를 실시하지 못해서 파방이 된 경우도 있고46), 급제 자를 발표한 후에 과거 부정47)으로 과거 시험 전체를 무효화 시키는 것이 있다. 과거 부정에 의한 경우는 1626년(인조 4) 병인 별시가 대표 적이고, 정치적인 이유 때문에 파방이 된 예는 현량과(賢良科)48)가 있 다. 현량과는 기묘사화(己卯士禍) 후에 파방이 되었고, 조선시대 최초 의 재급제자가 이 현량과에서 출현하였다.

아래에서는 조선시대 문과에서 출현하는 53명의 재급제자(再及第者) 를 세기별로 묶어서 제시하였다. 그리고 4종49)의 종합방목을 보고 출

---

45) 복과(復科): 취소된 과거 급제를 다시 찾는 것. 여기서 복과는 재시험을 보지 않고, 다시 급제 신분을 회복하는 것이기 때문에 재급제는 아니다. 그러나 종합방목(문과)에 2번 출현하는 복과는 재급제로 포함하였다.

46) 『國朝文科榜目』 1, 太學社, 1988, 671쪽. "榜有物議不得行殿試 癸亥改玉後改試."

47) 이성무, 『韓國의 科擧制度』, 집문당, 1994, 222~223쪽. "과장에 많은 隨從을 데리고 들어가는 것, 시험지를 빨리 내려는 협잡[무모], 책이나 커닝 페이퍼 등을 가지고 들어 가는 것[挾書], 남의 글을 빌리거나[借述], 대리시험을 치는 것[代述], 試官과 짜고 특 정인의 시험지를 알아보게 하거나 시험문제를 미리 가르쳐 주는 것[赫蹄], 易書할 때 書吏를 매수하여 勘合할 때 합격자의 시험지에 자기의 皮封을 바꿔치기하는 것[竊科], 시험장을 습격하고 시관을 구타하는 사건[科場亂動] 등."

48) 현량과: 현량과는 혁파(중종) - 복과(인종) - 혁파(명종) - 복과(선조)를 거쳤다.
『중종실록』 38권, 중종 15년(1520) 1월 11일(경자): 혁파.
『인종실록』 2권, 인종 1년(1545) 6월 29일(경신): 복과.
『명종실록』 2권, 명종 즉위년(1545) 10월 10일(기해): 혁파.
『선조실록』 2권, 선조 1년(1568) 10월 9일(갑신): 복과.

현하는 모든 재급제자들의 과거 취소 원인을 조사하였다.

1) 16세기 재급제자

[표 3] 1524년 문과 재급제자 명단(1명)

	인명	시년1	시험명	전력1	시년2	재시험명	전력2	연차	본관	부명	원인	비고
1	金明胤	1519	賢良科	進士	1524	別試	副率	5	光山	金克愊	罷榜	再及第

(1) 김명윤(金明胤)은 1519년(중종 14) 조광조(趙光祖)의 건의로 실시한 기묘 현량과[50]로 급제하였는데, 현량과가 기묘사화로 파방된 후 1524년(중종 19)에 다시 과거에 급제하였다. 현량과로 급제한 인물들이 다시 과거에 재 응시하지 않았는데, 김명윤만 홀로 응시하여 재급제 하였다. 조선시대 최초의 재급제자이다.

김명윤의 기묘 현량과 방목을 보면 태학사본에는 "罷科後復登科 附順朋以圻伯[51] 上變作乙巳禍 千百億化身[52]"이라는 주(註)가 있다. 국회

---

49) 53명의 재급제자들이 과거에 취소된 원인을 조사한 종합방목 4종.
『國朝文科榜目』(규장각한국학연구원[奎 106], 太學社, 1988, 이하 "태학사본"). 온라인 이미지 서비스(pdf).
『國朝榜目』(규장각한국학연구원[奎貴 11655], 國會圖書館, 1971, 이하 "국회도본"). 온라인 이미지 서비스(pdf).
『國朝榜目』(국립중앙도서관[한古朝26-47], 이하 "국중도본"). 온라인 이미지 서비스(jpg).
『國朝榜目』(장서각[K2-3538], 이하 "장서각본"). 온라인 이미지 서비스(pdf).
『國朝榜目』(장서각[K2-3539], 이하 "장서각본"). 온라인 이미지 서비스(pdf).

50) 단회방목: 「正德己卯四月薦擧別試文武科榜目」(安鼎福, 『雜同散異』 4, 亞細亞文化社, 1981.)

51) 기백(圻伯=畿伯): 경기도관찰사의 이칭. 동의어로 경기감사(京畿監司), 기찰(畿察), 수찰(水察) 등이 있음.

52) 천백억화신(千百億化身): 불교 용어로 헤아릴 수 없이 변화하는 부처의 화신을 뜻함. 김명윤이 변화를 자주하여 절조를 바꾸었다는 뜻이다. 백인걸이 김명윤을 보고, "공은 천백억 화신이다."고 하였다. 『연려실기술』 제8권 [중종조 고사본말(中宗朝故事本末)]

도본에는 재급제에 대한 주가 없다.(이하 국회도본에 "주"가 없으면 언급하지 않겠다.) 국중도본에는 "復科前 登甲申別試"라는 주가 있다. 장서각본에는 "甲申再科"라는 주가 있다. 재급제 한 갑신 별시 방목을 보면 태학사본에는 "薦科[53]削後復登科 爲元衡鷹犬 乙巳追削"이라 적혀있다. 국중도본에는 "己卯登賢科罷榜後 更登此科"라는 주가 있다. 장서각본에는 "己卯登薦後復擧"라는 주가 있다. 태학사본과 국중도본, 장서각본을 참고하면 김명윤이 2번 과거에 급제했다는 것을 알 수가 있다.

2) 17세기 재급제자

[표 4] 1609~1624년 문과 재급제자 명단(4명).

	인명	시년1	시험명	전력1	시년2	재시험명	전력2	연차	본관	부명	원인	비고
2	李再榮	1599	庭試	司果	1615	謁聖試	學官	16	永川	李選	削科	再及第
3	李涵	1600	別試	察訪	1609	增廣試	縣監	9	載寧	李殷輔	〃	〃
4	韓琦	1605	庭試	進士	1624	別試	進士	19	淸州	韓德遠	停擧	復科
5	鄭碩儁	1615	式年試	洗馬	1621	謁聖試	通訓	6	迎日	鄭泗	削科	再及第

(2) 이재영(李再榮)은 1599년 기해 정시에 장원을 하였는데, 천창(賤倡)의 자식으로서 허통(許通)[54]을 통해서 과거에 응시하였다. 사헌부에서 신분이 천하다고 삭과(削科)하기를 요청하였다. 삭과된 후에 다시 과거를 보아서 1615년 을묘 알성시에 급제 하였다. 이재영은 글재주가 좋아서 외교문서를 전담하였고, 북인정권 하에서 권력 실세의 자제들이 과거를 응시할 때 대술(代述)을 하기도 하였다. 인조반정 후

참조.

53) 천과(薦科): 기묘(己卯) 현량과(賢良科)를 의미한다.

54) 허통(許通): 조선시대 庶孽들에게 禁錮法을 풀어 과거에 응시하도록 허락한 제도.

에 이에 연루되어 장살되었다.

이재영의 기해 정시 방목을 보면 태학사본에는 신상 정보는 없으면서 "以賤産臺啓論削 登乙卯科"라는 주가 있다. 국중도본에는 성명 아래에 "以賤蘗臺啓削科 更登乙卯謁聖"이라는 주가 있다. 장서각본에는 "以賤産憲府削論"이라는 주가 있다. 재급제 한 을묘 알성시 방목을 보면 태학사본에는 "己亥庭以賤産削 癸丑謁以預印試券黜 癸亥以代述杖死"라는 주가 달려 있다. 국중도본에는 "癸亥杖死 爾瞻諸子借述皆此手 己亥庭試拔去 更登此科"라는 주가 있다. 장서각본에는 "癸亥以爲人借述栲死 己亥庭居魁以賤生削科 癸丑以預點收券印見黜"이라는 주가 있다.

(3) 이함(李涵)은 1600년(선조 33)에 경자 별시에 급제하였으나, 대책(對策) 시권에 『장자(莊子)』의 글을 인용하여 삭과되고 정거(停擧) 당하였다. 과장문자(科場文字)에는 일정한 정식(程式)이 있어서 여기에 어긋나면 합격해도 소용이 없었다.[55] 즉, 과거 문장에 노불(老佛, 도교·불교)의 글을 쓸 수 없었다. 자격을 회복한 후 1609년(광해군 1) 기유 증광시에 현감(縣監) 전력으로 급제하였다.

이함의 경자 별시 방목을 보면 태학사본에는 신상 정보는 없으면서 "以用莊老語 命削後 登己酉科"라는 주가 있다. 국회도본에는 태학사본처럼 신상 정보는 없으면서 "以用莊老語 命削後 登乙[己]酉增"이라는

---

55) 이성무, 『韓國의 科擧制度』, 집문당, 1994, 217쪽. "① 생원·진사시와 전시의 試券은 반드시 楷書로 쓸 것. ② 老·佛 문자를 쓰거나 荀子, 陰陽書, 神說을 인용하지 말 것. ③ 色目(朋黨)을 언급하지 말 것. ④ 國諱(나라의 國王이나 歷代王의 이름)를 범하지 말 것. ⑤ 신기하고 기괴한 문자를 쓰지 말 것. ⑥ 특히 策間에서는 먼저 試題를 베껴 쓰고 초·중·종장의 虛頭에 '臣伏讀'의 세 글자를 써야 한다. 懸題(출제된 문제)한 것과 자획이 다르거나 한 자라도 빠뜨리면 안 된다. 국왕과 관계되는 문자는 두 자 올려 써야 하고 국가와 관계되는 문제는 한 자를 올려 써야 한다. 책문의 답안지는 1행 24자, 본문은 두 자 내려 쓰고 국왕이나 황제와 관계있는 문자는 두 자 올려 쓴다(이를 擡頭라 함)".

주가 있다. 그러나 '기유'를 '을유'로 오기하였다. 국중도본에는 "以用老莊語 特令拔去 更登己酉增廣"이라고 적혀 있다. 장서각본에는 "用壯[莊]老語削去後又登科"라는 주가 있다. 재급제 한 기유 증광시 방목을 보면 태학사본에는 신상 정보도 적혀 있고, "始登庚子別試 以用莊老語命削至是復科"라고 주를 달고 있다. 국중도본에는 "庚子別試拔去 更登此科"라는 주가 있다. 장서각본에는 "用莊老語命削"이라는 주가 있다. 태학사본에서는 복과라고 하여 재급제가 아니고 급제만 복원 시킨 듯하다. 그러나 국중도본에서는 확실하게 이 과거에 등과하였다고 적고 있다. 운각본 단회방목이 현전하면 결과를 알 수 있을 것이다.

(4) 한언(韓琂)은 1605년(선조 38) 을사 정시에 급제하였으나, 선조(宣祖)의 비망기(備忘記)에 의하여 정거(停擧)를 당하였다.[56] 4조(四祖) 중 외조가 성세녕(成世寧)[57]인데, 임진왜란 때 왜적에 항복하고서 딸을 왜장의 처가 되게 하였다. 사신(史臣)이 논하기를 당사자나 아들도 아닌 외손인데 종신토록 금고형(禁錮刑)은 너무하다고 하였다. 사헌부에 탄핵에 의해서 삭과되었다. 19년 뒤인 1624년 갑자 별시에 재급제를 하였다.

한언의 을사 정시 방목을 보면 태학사본에는 "以世寧外孫因傳敎削科 甲子復 世寧壬辰爲倭將之婿者也"라는 주가 있다. 국회도본에는 주가 없으면서 이름을 "한신(韓琂)"이라고 적고 있다. 국중도본에는 "以成世寧外孫因傳敎拔去 更付甲子別試"라는 주가 있다. 장서각본에는 "以成世寧外孫因傳敎啓削 甲子復給"이라는 주가 있다. 재급제 한 갑자 정시 방목의 태학사본에는 "宣廟乙巳科 以成世寧外孫削今復"이라고 주가 달려 있다. 국중도본에는 "乙巳庭試拔去 追付此榜[58]"이라고 하

---

56) 『선조실록』 188권, 선조 38년(1605) 6월 29일(임신).
57) 성세녕(成世寧): 1552년(명종 7) 임자(壬子) 식년시(式年試) 병과(丙科) 12위로 급제.

였다. 장서각본에는 "曾削還給再科"라는 주가 있다. 한언은 선조의 명으로 정거를 당하여 다시 과거를 볼 수가 없었다. 그러다가 인조 2년에 복과가 되어 갑자 정시 방목에 끼어들었다. 한언은 태학사본이나 국중도본, 장서각본의 주를 참고하면 재급제가 아닌 급제를 회복한 것이다.

(5) 정석준(鄭碩儁)은 1615년(광해군 7) 을묘 식년시[59]에 급제하였으나, 역적 진릉군(晉陵君) 이태경(李泰慶)의 처남이어서 삭과되었다. 1621년 재차 신유 알성시에 급제하였다. 이때는 김진서(金振潨)가 상소하여 중용되지 못하였다.

정석준의 을묘 식년시 방목을 보면 태학사본에는 "以晉陵妻甥命削復登辛酉謁"이라는 주가 있다. 국중도본에는 "以晉陵軍[君]泰慶妻男特命削科 更登辛酉謁聖"이라고 적혀 있는데, 진릉군 이태경의 오기가 있다. 장서각본에는 "以晉陵妻娚削科"라는 주가 있다. 재급제 한 신유 알성시 방목의 태학사본에는 "曾登乙酉式 以晉陵君妻娚削科"라는 주가 있다. 국중도본에는 "乙卯式拔去 更登此科"라고 적혀 있다. 장서각본에는 "凶人竄 癸亥再科"라는 주가 있다.

[표 5] 1623~1642년 문과 재급제자 명단(13명).

	인명	시년1	시험명	전력1	시년2	재시험명	전력2	연차	본관	부명	원인	비고
6	崔有淵	1621	別試	禦侮將軍	1623	改試	禦侮將軍	2	海州	崔澐	罷榜	再及第
7	郭希泰	1621	別試	教官	1642	庭試	教官	21	淸州	郭說	〃	〃
8	李性源	1621	別試	通訓大夫	1623	改試	通訓大夫	2	韓山	李德演	〃	〃
9	李必行	1621	別試	幼學	1623	改試	幼學	2	廣州	李士修	〃	〃

58) 국중도본에서는 시험을 보아서 재급제를 하면 '此科'라고 하고, 시험을 보지 않고 복과를 하면 '此榜'이라고 구별해서 쓴 듯하다.
59) 단회방목: 「乙卯式年文武科榜目」(하버드옌칭도서관[K 2291.7 1748 (1615)]).

10	尹繼榮	1621	別試	進士	1623	改試	幼學	2	坡平	尹希宏	〃	〃
11	宋行吉	1621	別試	宣務郞	1623	改試	宣敎郞	2	礪山	宋駿	〃	〃
12	李省身	1621	別試	進士	1623	改試	進士	2	全義	李勸	〃	〃
13	朴大益	1621	別試	進士	1623	改試	進士	2	慶州	朴弘美	〃	〃
14	崔㬃	1621	別試	縣監	1623	改試	通訓大夫	2	朔寧	崔東立	〃	〃
15	邊復一	1621	別試	幼學	1623	改試	幼學	2	原州	邊潚	〃	〃
16	金慶徵	1621	別試	司果	1623	改試	佐郞	2	順天	金堥	〃	〃
17	蔡裕後	1621	別試	通訓大夫	1623	改試	生員	2	平康	蔡忠衍	〃	〃
18	李舠	1621	別試	幼學	1630	式年試	參奉	9	全義	李揚門	〃	〃

위 표에 나오는 (6) 최유연(崔有淵), (7) 곽희태(郭希泰), (8) 이성원(李性源), (9) 이필행(李必行), (10) 윤계영(尹繼榮), (11) 송행길(宋行吉), (12) 이성신(李省身), (13) 박대익(朴大益), (14) 최호(崔㬃), (15) 변복일(邊復一), (16) 김경징(金慶徵), (17) 채유후(蔡裕後), (18) 이일(李舠) 등 13명은 1621년(광해군 13) 신유 별시에 급제한 40명 중 재급제 한 사람들이다.

태학사본에 나온 주에 의하면 이 별시는 전년도 1620년에 있었던 친경(親耕)·친잠(親蠶)을 행하면서 7월에 600관시(館試)[60]로 설행되었다. 그러나 국가에 많은 일들이 있어서 이때(1621년)에 이르러 비로소 전시를 실시하였다. 1590년(선조 23) 경인 증광시의 예에 따라서 40명을 선발하였으나, 창방(唱榜=放榜)을 뒤로 미루었다. 1623년 인조반정 후에 1618년(광해군 10) 무오 식년시[61]에서 회시(會試) 강경(講經)으로 입격(入格)한 사람들과 함께 개시(改試)[62]를 보아서 출방(出榜=唱榜)하

---

60) 관시(館試): 관시는 圓點(성균관 식당에 朝夕으로 들어가는 것 즉, 두 번의 식사를 1點으로 한다.) 300점을 기준으로 하여 응시함을 허락한다. 『大典會通』 禮典 참조.

61) 1618년(광해군 10) 戊午 式年試. 殿試를 실시하지 않아서 罷榜이 되었다. 태학사본의 주를 보면 "榜有物議 不得行殿試 癸亥改玉後改試"라고 나온다. 시험에 물의가 있어서 부득이하게 전시를 행하지 못하였고, 계해년 인조반정 후에 개시를 실시하였다.

62) 1618년(광해군 10) 파방된 戊午 式年試의 會試 講經 합격자와 1621년(광해군 13) 辛酉

였다.

인조반정 후 실시된 개시(改試)를 통해서 11명이 급제하였고, 곽희태는 21년 후인 1642년 임오 정시에 합격하였고, 이일(李䑣)은 이로(李艪)로 개명하고 3년 후인 1624년 갑자 증광시 생원(生員)에 합격하였고, 6년이 지난 1630년 경오 식년시[63]에 재급제 하였다.

신유 별시 방목의 태학사본을 보면 급제자명이 적혀있으면서, 40명의 이름 밑에 합격한 시험명 또는 부제(不第)라고 적어서 재급제 여부를 기록하고 있다. 국회도본도 마찬가지이다. 국중도본도 2개 본과 같이 재급제 여부를 적고 있다. 다만 불합격한 사람은 본관을 밝히면서 다른 정보도 같이 싣고 있다. 장서각본은 다른 판본과 다르게 원래 위치하고 있어야 할 곳(권4)에 있지 않고(종합방목은 시험 설행 순서대로 나열되어 있음), 권7의 말미(末尾)에 다른 파방된 시험들[64]과 함께 자리하고 있다. 별다른 정보 없이 성명과 부명만 기록되어 있다.

재급제 한 계해 개시 방목 태학사본의 주[65]를 보면 시험 설행에 대해서 자세히 알 수 있다. 무오 식년시에서는 '칠대문지기(七大文之譏)'[66]가 있었고, 신유 별시에서는 '오류지요(五柳之謠)'[67]가 있었다. 그래서 무오

別試 급제자 40명을 대상으로 재 실시한 시험.

63) 단회방목: 「庚午式年文武科榜目」(계명대학교[(이)349.16 문무ㅅ]).

64) 파방: ① 1621년(광해군 13) 신유(辛酉) 별시(別試) 40인
　　　　　② 1626년(인조 4) 병인(丙寅) 별시(別試) 16인
　　　　　③ 1668년(현종 9) 무신(戊申) 정시(庭試) 9인
　　　　　④ 1723년(경종 3) 계묘(癸卯) 별시(別試) 13인.
　1723년(경종 3) 계묘 별시는 1725년(영조 1)에 파방이 되었다가, 1727년(영조 3)에 복과되었다.(무과 재급제자 설명 부분에 자세히 나옴.)

65)『國朝文科榜目』2, 太學社, 1984, 689쪽.「戊午式有七大文之譏 辛酉別有五柳之謠 一則不得行殿試 一則不得爲唱榜 是年八月十二日 擇兩科中公道者改試 講四書一經 粗以上製策 又殿試坐次」.

66)『연려실기술』제21권 [폐주 광해군 고사본말(廢主光海君故事本末)] 참조.

67)『연려실기술』제21권 [폐주 광해군 고사본말(廢主光海君故事本末)] 참조.

식년시는 전시(殿試)를 행할 수 없었고, 신유 별시는 창방을 할 수 없었다. 이해(1623) 8월 12일에 두 시험의 공도자(公道者)를 택하여 다시 시험하였다. 4서 1경을 강(講)하여 조(粗) 이상에게 책문을 짓게 하여 전시의 석차를 정하였다.

태학사본에서는 본관을 적는 부분 위에 출신 시험명을 적고 있다. 신유 별시는 "신별(辛別)", 무오 식년시는 "무식(戊式)", 그 외는 "직부(直赴)"(羅緯素)로 구분하였다. 그러나 병과 3위인 이구원(李久源)은 무오 식년시 출신인데, '신별(辛別)'이라고 오기하였다. 국중도본에서는 성씨 우측에 첨자 형태로 "별(別)"과 "식(式)"으로 구별하고 있다. 아무 것도 적지 않은 사람은 3명이다. 나위소(羅緯素)·곽엄(郭崦)·강몽룡(姜夢龍)인데, 나위소는 직부이고, 나머지 2명은 무오 식년시 출신이다. 장서각본에는 출신 시험명이 없이 개시 급제자만 나열되어 있다. 개시 급제자 24명 중 전시를 행하지 않아서 방방하지 않은 무오 식년시 출신(12명)은 처음 급제이지만, 방목이 있는 신유 별시 출신(11명)은 재급제이다.

신유 별시 출신 중 2명(곽희태·이일)은 개시가 아닌 다른 시험에 급제하였다.

(7) 곽희태는 1642년(인조 20) 임오 정시에 재급제 하는데, 태학사본을 보면 "六十六登第九十卒"이라는 주가 있다. 90졸은 오기로 87졸이 맞다. 재급제에 대한 주는 없지만, 66세에 급제한 것이다. 국중도본에는 "丙寅[辛酉]罷榜 更登此科 癸卯卒 八十七"이라고 적혀 있다. 그러나 병인 별시가 아니고, 신유 별시가 맞다. 장서각본에는 성명이 이희태(李希泰)로 적혀 있는데, 이(李)자 옆에 곽(郭)을 첨자하였다. 재급제에 대한 언급은 없고, "大耋 八十七卒"이라는 주가 있다.

(18) 이로(이일의 개명)는 1630년(인조 8) 경오 식년시에 재급제 하였

다. 경오 식년시 방목 태학사본에는 주가 없고, "초명일(初名馹)"만 두 주로 달려 있다. 국중도본에는 급제자명이 초명인 이일로 되어 있고, "丙寅[辛酉]別試罷榜 更登此科"라는 주가 있다. 곽희태처럼 병인 별시가 아니고, 신유 별시가 맞다. 병인 별시 파방은 아래 표에 나오는 13명이다. 이 파방에 해당하는 사람들과 혼동을 한 것 같다. 장서각본에는 재급제에 대한 주는 없고, "초명박(初名舶)"이라고 되어 있는데, 박(舶)이 아니고 일(馹)이 맞다.

[표 6] 1627~1639년 문과 재급제자 명단(13명).

	인명	시년1	시험명	전력1	시년2	재시험명	전력2	연차	본관	부명	원인	비고
19	沈演	1626	別試	參奉	1627	式年試	都事	1	靑松	沈大亨	罷榜	再及第
20	趙全素	1626	別試	進士	1639	式年試	司果	13	豊壤	趙璞	〃	〃
21	李時韞	1626	別試	幼學	1633	式年試	生員	7	公州	李瑀	〃	〃
22	安獻規	1626	別試	縣監	1635	增廣試	前別坐	9	廣州	安應亨	〃	〃
23	申冕	1626	別試	生員	1637	庭試	生員	11	平山	申翊聖	〃	〃
24	都愼修	1626	別試	進士	1627	式年試	進士	1	星州	都汝兪	〃	〃
25	權任中	1626	別試	進士	1633	增廣試	都事	7	安東	權憘	〃	〃
26	趙錫胤	1626	別試	進士	1628	別試	生員	2	白川	趙廷虎	〃	〃
27	朴鍒	1626	別試	進士	1627	庭試	進士	1	忠州	朴大述	〃	〃
28	崔繼勳	1626	別試	進士	1633	增廣試	參奉	7	全州	崔衡	〃	〃
29	李袤	1626	別試	幼學	1629	別試	幼學	3	韓山	李慶全	〃	〃
30	趙珩	1626	別試	幼學	1630	式年試	幼學	4	豊壤	趙希輔	〃	〃
31	申翊全	1626	別試	幼學	1636	別試	幼學	10	平山	申欽	〃	〃

위 표는 나오는 (19) 심연(沈演), (20) 조전소(趙全素), (21) 이시온(李時韞), (22) 안헌규(安獻規), (23) 신면(申冕), (24) 도신수(都愼修), (25) 권임중(權任中), (26) 조석윤(趙錫胤), (27) 박금(朴鍒), (28) 최계훈(崔繼勳), (29) 이무(李袤), (30) 조형(趙珩), (31) 신익전(申翊全) 등 13명은 1626년

(인조 4) 병인 별시 급제자 중 재급제 한 사람들이다. 선발인원 16명 중 13명이 다시 시험을 보아 재급제 하였다.

이 시험은 왕세자의 입학(入學)과 중시대거(重試對擧)[68]로 설행되었다. 그러나 과거 부정(不正)[69]에 의해서 파방이 되었다. 급제자 여러 명이 명관(命官)[70]의 자제들이었다. 신익전은 명관 우의정(右議政) 신흠(申欽)의 아들이었고, 신면은 신흠의 손자였다. 조전소는 조박(趙璞)의 아들이고, 조형은 목대흠(睦大欽)의 질녀(姪女)사위이다. 그래서 일명 '자서제질방(子婿弟姪榜)'[71]이라고 불려졌다. 양사(兩司)의 탄핵으로 파방이 되었다.(이때 무과는 파방되지 않았다.)

13명 중 유학(幼學) 이시온(李時韞)은 이지온(李之韞)으로 개명한 후 1630년 경오 식년시 생원·진사 양시[72]에 합격하고, 생원 전력으로 1633년 계유 식년시[73]에 재급제 하였다.

---

68) 중시대거(重試對擧): 조선시대 과거에서 重試가 설행되면 반드시 이에 따른 別試(『조선왕조실록』에서는 중시와 구별하여 "初試"라고 칭함)를 시행하였음.

69) 태학사본에 "試券五十五張 收卷官出後追捧 翌曉試官啓請 竝考兩司發啓 試官趙希逸以下并爲罷職命官 以大臣不在啓罷中仍爲削榜"이라는 부정과 파방에 대한 註가 있다.

70) 명관(命官): 조선시대의 과거 시험관. 임금이 친림(親臨)하여 임명한 시험관.

71) 태학사본은 자서제질방(子婿弟姪榜), 국회도본은 자서제질방(子壻弟係[任]榜), 국중도본은 이칭이 없고, 장서각본은 자서제방(子婿弟榜)이라고 적혀 있다.

72) 양시(兩試): 생원(生員)과 진사(進士)에 동시 합격하는 것. 같은 말로 '쌍련(雙蓮)·쌍중(雙中)·구중(俱中)'이 있다. 그래서 사마방목을 '연방(蓮榜)'이라고 함.(문과방목은 '용방(龍榜)', 무과방목은 '호방(虎榜)'.)
   연벽(聯璧): 사마시(司馬試)에서 같은 해에 형제가 나란히 합격하는 것. 같은 말로 "연방(聯榜)·연중(聯中)·형제구중(兄弟俱中)·형제동년(兄弟同年)"이 있다. 조선시대에 같은 해 생원과 진사에 동시 장원한 경우는 3번 있었다. 1441년(세종 23) 신유 식년시의 "이석형(李石亨)", 1462년(세조 8) 임오 식년시의 "배맹후(裴孟厚)", 1507(중종 2) 정묘 식년시의 "김구(金絿)"이다. 특히, 이석형은 같은 해에 생원 장원, 진사 장원을 하고, 또 문과에서도 장원을 한 유일무이(唯一無二)한 사람이다.

73) 단회방목: 「崇禎六年癸酉十一月日式年文武科榜目」(국립중앙도서관[한貴古朝26-28-12]).

태학사본 방목을 보면 재급제자들은 신상 정보는 적지 않고, 이름 아래에 재급제한 시험명과 시험관(명관)과의 관계를 적고 있다. 국회 도본에는 생년, 재급제한 시험명, 시험관과의 관계 등을 기록하고 있다. 국중도본에는 신상 정보는 전무하고, 재급제한 시험명만 있다. 장서각본에는 재급제자는 재급제한 시험명만 적고, 부제자는 다른 시험의 급제자와 동일하게 모든 정보를 기록하고 있다. 이 병인 별시는 원래의 자리인 권4와 파방된 시험들을 모아 놓은 권7의 말미 2곳에 모두 존재한다.

선발인원 중 재급제하지 못한 3명은 이목(李穆, 德水人), 이탁(李晫, 全州人), 신경원(辛慶遠, 寧越人)이다. 태학사본을 참고하면 이목은 "폐과(廢科)" 즉, 과거 보는 것을 그만두었다. 이탁은 "時年六十 未幾逝"로 급제한 나이가 60세였고, 얼마 후에 사망하였다. 신경원은 태학사본에 이름뿐이고 아무런 정보도 있지 않다. 국회도본에는 3명에 대해 본관, 부·조부·증조부가 나온다. 국중도본에는 3명에 대해 본관, 부, 형 등 자세히 기록되어 있고, 이목은 "罷科後更不應擧", 신경원은 "停擧不第"라는 주가 첨부되어 있다. 장서각본에는 3명에 대해서 이목은 "終於縣令因不復就擧", 이탁은 "年六十 未幾逝", 신경원은 성명이 신경원(辛景遠)으로 적혀 있고 주는 없다.

재급제 한 방목을 보면 태학사본이나 국회도본에는 재급제에 대한 주가 없다. 태학사본에서 유일하게 조석윤만 "癸亥中司馬罷榜甲子復中 丙寅登大科罷榜至是復登"이라고 한 주가 있다.

그러나 국중도본에는 재급제자 13명 전원에 대한 주가 있다. 1627년 정묘 정시[74]의 박금은 "丙寅別試罷榜後 更登此科", 1627년 정묘 식

---

74) 단회방목: 「天啓七年丁卯七月二十九日庭試榜目」(규장각한국학연구원[想白古351.306 -B224m-1627]).

년시의 심연은 "丙寅別試罷榜 更登此科", 도신수는 "丙寅罷榜 更登此科", 1628년 무진 별시의 조석윤은 "丙寅別試罷榜 更登此科", 1629년 기사 별시75)의 이무는 "丙寅別試罷榜 更登此科", 1630년 경오 식년시76)의 조형은 "丙寅別試罷榜 更登此科", 1633년 계유 증광시77)의 최계훈·권임중은 "丙寅別試罷榜 更登此科", 1633년 계유 식년시78)의 이지온은 "丙寅別試罷榜 更登此科", 1635년 을해 증광시의 안헌규는 "丙寅別試罷榜 更登此科", 1636년 병자 별시79)의 신익전은 "丙寅別試罷榜 更登此科", 1637년 정축 정시의 신면은 "丙寅罷榜 更登此科", 1639년 기묘 식년시의 조전소는 "丙寅罷榜 更登此科"라고 재급제에 대한 주가 달려 있다.

장서각본에는 일부 재급제자만 주가 기록되어 있다. 1627년 정묘 정시의 박금은 주가 없고, 1627년 정묘 식년시의 심연과 도신수도 언급이 없다. 1628년 무진 별시의 조석윤은 주가 없으나, 1629년 기사 별시의 이무는 "복제(復第)"라는 주가 있다. 1630년 경오 식년시의 조형은 "복제", 1633년 계유 증광시의 최계훈·권임중도 "복제"라는 주가 있는데, 1633년 계유 식년시의 이지온은 주가 없다. 1635년 을해 증광시의 안헌규는 "복제", 1636년 병자 별시의 신익전은 "복제", 1637년 정축 정시의 신면은 "복제", 1639년 기묘 식년시의 조전소는 "복제"라고 재급제에 대한 주가 달려 있다.

75) 단회방목: 「己巳別試榜目[崇禎二年己巳皇太子誕生別試]」(성균관대학교 존경각[B13KB
　　-0050]).

76) 단회방목: 「庚午式年文武科榜目」(계명대학교[(이)349.16 문무ㅅ]).

77) 단회방목: 「癸酉增廣文武科榜目」(개인 소장).

78) 단회방목: 「崇禎六年癸酉十一月日式年文武科榜目」(국립중앙도서관[한貴古朝26-28-
　　12]).

79) 단회방목: 「丙子別試文武科榜目」(하버드옌칭도서관[K 2291.7 1748 (1636.1)]).

[표 7] 1651~1699년 문과 재급제자 명단(7명)

	인명	시년1	시험명	전력1	시년2	재시험명	전력2	연차	본관	부명	원인	비고
32	金益振	1651	庭試	進士	1651	別試	前別檢	0	慶州	金南獻	拔去	再及第
33	鄭壽俊	1668	庭試	通德郎	1680	庭試	縣令	12	光州	鄭綺	罷榜	〃
34	任奎	1668	庭試	前縣監	1670	別試	府使	2	豊川	任俊伯	〃	〃
35	李秀彦	1668	庭試	通德郎	1669	庭試	通德郎	1	韓山	李東稷	〃	〃
36	沈壽亮	1668	庭試	幼學	1672	別試	幼學	4	青松	沈榥	〃	〃
37	許堅	1668	庭試	進士	1670	別試	進士	2	陽川	許積	〃	〃
38	柳鳳輝	1697	庭試	生員	1699	式年試	進士	2	文化	柳尚運	拔去	〃

위 표에 나오는 (32) 김익진(金益振)은 1651년(효종 2) 신묘 정시 문과 단회방목[80])에는 보이지 않는다. 교서관[운각(芸閣)]에서 간행한 방목이 아니고, 문집에 실려 있는 방목이어서 교서관에서 과거를 실시한 직후에 만든 방목과는 다를 수 있다. 문집의 저자에 의해서 일부 수정이 된 듯하다. 즉, 급제자가 발거를 당했기 때문에 필사하는 과정에서 고의로 누락 시킨 듯하다. 그러나 태학사본에는 "秘封闊大有表拔去 是年冬別得中", 국회도본에는 "以皮封闊大 自上下敎府啓拔 登同年別", 국중도본에는 "以皮違格拔去 更登別試", 장서각본에는 "以皮封闊大違格見削 復登同年別試"라는 주와 함께 4종의 종합방목에 모두 등재되어 있다. 정시(庭試)에서 부정을 저질러 발거를 당한 후에 같은 해 별시(別試)에 다시 급제를 하였다.

김익진이 재급제 한 신묘 별시 방목[81])을 보면 태학사본과 국회도본, 장서각본에는 재급제에 대한 언급이 없다. 다만 국중도본에는 "少年庭試拔去 更登此科"라는 주가 있어서 재급제 하였다는 것을 알 수가

80) 단회방목: 「辛卯三月二十八日文武庭試榜目」(『嘉齋事實錄』, 국립중앙도서관[한古朝57 -가61]).
81) 단회방목: 「辛卯別試文[武]科榜目」(하버드옌칭도서관[K 2291.7 1748 (1651.2)]).

있다.

(33) 정수준(鄭壽俊), (34) 임규(任奎), (35) 이수언(李秀彦), (36) 심수량(沈壽亮), (37) 허견(許堅)은 1668년(현종 9) 무신 정시에 급제한 9명 중 5명이다. 이 시험은 12월 22일에 세자의 건도(愆度, 악질) 평복(平復)을 기념하여 설행되었는데, 시험 문제인 "唐裵度拜同平章事制"가 이미 성균관 반제시(泮製試)[82]에 나온 문제였다. 대간(臺諫)이 출제한 시관(試官) 대제학(大提學) 조복양(趙復陽)의 파직을 청하고, 이어서 파방을 청하였고, 곧바로 윤허되었다.

무신 정시 방목 태학사본을 보면 재급제자들은 재급제 시험명이 있고, 재급제 못한 사람들은 "부제(不第)"와 간단한 신상 정보가 기록되어 있다. 국회도본도 태학사본과 마찬가지이다. 국중도본에는 "갱등(更登)"이란 말과 함께 급제한 시험명만 적혀 있다. 장서각본에는 급제자 명단이 권7 말미에 자리(원래는 권5에 있어야 함)하고 있으며, 재급제자는 성명 아래에 재급제 시험명이 적혀있다. 급제하지 못한 사람은 "미제(未第)"라고 기록되어 있다.

재급제 한 방목을 보면 태학사본·국회도본·장서각본에는 재급제에 대한 내용이 없다. 국중도본에는 재급제에 대한 주가 명기되어 있다. 1669년 기유 정시[83]의 이수언은 "戊申罷榜 更登此科", 1670년 경술 별시[84]의 임규는 "戊申庭試罷榜 更登此科", 허견은 재급제에 대한 주는 없고 "謀逆伏誅"만 있는데, 처음 급제한 곳에서 "更登庚戌別試"

---

82) 반제(泮製): 到記科라고도 한다. 到記는 成均館과 四學의 居齋儒生(寄宿生)들의 출석부(식당 이용회수를 적는 것)를 말한다. 점수(朝夕 兩食이면 1점) 즉, 50점(정조 때부터는 30점)이 되면 봄·가을 두 번 講經과 製述로 나누어 親臨試取 혹은 命官試取하여 각 居首者 1인씩을 殿試에 바로 응시할 수 있게 하였다. 『大典會通』禮典 참조.
83) 단회방목: 「康熙八年己酉十月初七日庭試文武科榜目」(하버드옌칭도서관[FK127]).
84) 단회방목: 「庚戌秋文武科別試榜目」(국립중앙도서관[古6024-212]).

라고 하였다. 1672년 임자 별시[85]의 심수량은 "戊申庭試罷榜 更登此
科", 1680년 경신 정시의 정수준은 "戊申庭試罷榜 更登此科"라는 주가
있다.

1697년(숙종 23) 정축 정시[86]에는 선발인원 15명 중 2명의 발거인이
있다. 정축 정시 방목의 태학사본에는 "是榜崔守慶柳鳳輝竝因臺啓請拔
允之"라는 주가 있다. 이 시험에서 최수경과 유봉휘 둘 다 대간들의
요청에 의해서 발거를 당했다는 것이다. 이 시험의 단회방목이 한국
학중앙연구원 장서각(청구기호[B13LB-26])에 소장되어 있다. 이 방목
에는 최수경과 유봉휘의 이름이 누락된 상태로 13명의 급제자만 실고
있다. 이것으로 보아 이 방목은 교서관에서 간행한 방목이 아니고, 후
대에 작성된 것으로 추정할 수 있다.

최수경을 보면 태학사본에는 "試券不踏小印 臺啓拔去 己丑復", 국회
도본에는 "試卷不踏小印 故拔去 戊子復科", 국중도본에는 "以試紙不踏
小印 坮啓拔去 庚寅復科", 장서각본에는 "以券中不踏小印違格因臺疏拔
去後復"라고 적혀 있다. 같은 원인에 의해서 발거는 되었는데, 복과된
연도는 각각 다르다. 그리고 중요한 것은 3개의 연도(기축·무자·경인)
에 해당하는 시험에 성명이 나오지 않는다. 그래서 재급제는 아니다.

반면에 생원(生員) (38) 유봉휘는 명관의 자식으로서 시험에 참석하
였다는 대간의 탄핵에 의해 발거를 당하였다. 2년 후에 전력을 바꿔서
진사(進士)로 기묘 식년시에 급제하였다.

유봉휘의 정축 정시 태학사본에는 "以命官子參榜 而全不屬對且有妄
發 臺啓拔去", 국회도본에는 "以命官之子 臺啓自上特命拔榜 己卯三製",
국중도본에는 "以命官之子 坮啓拔去 更登己卯式年", 장서각본에는 "所

製全不屬對且多妄發不成科体而　以命官之子得參因臺疏收議大臣特命拔
去"이라는 주가 있다.

　유봉휘의 재급제 한 기묘 식년시 방목을 보면 태학사본과 국회도
본, 장서각본에는 재급제에 대한 언급이 없다. 국중도본에는 "丁丑庭
試拔去　更登此科"라는 주가 있다.

3) 18세기 재급제자

[표 8] 1702~1706년 문과 재급제자 명단(4명)

	인명	시년1	시험명	전력1	시년2	재시험명	전력2	연차	본관	부명	원인	비고
39	李濟	1699	增廣試	通德郎	1705	增廣試	通德郎	6	全州	李百朋	削科	再及第
40	洪錫輔	1699	增廣試	通德郎	1706	庭試	通德郎	7	豊山	洪重箕	〃	〃
41	洪萬迪	1699	增廣試	佐郎	1705	增廣試	縣令	6	豊山	洪柱國	〃	〃
42	金一鏡	1699	增廣試	通德郎	1702	式年試	通德郎	3	光山	金呂重	〃	〃

　1699년(숙종 25) 기묘 증광시에 34명이 급제한 후 그 중 12명이 과
거 부정으로 삭과(削科)[87]를 당하였다. 12명은 (39) **이제**(李濟, 易書符同
削 三年充軍), 김인지(金麟至, 以換皮封賊嚴刑減死 濟州爲奴), 이성휘(李聖
輝, 以換皮封賊嚴刑減死 濟州爲奴), 유세기(俞世基, 以潛通試官用奸 龍川充
軍), (40) **홍석보**(洪錫輔, 被囚白脫), (41) **홍만적**(洪萬迪), (42) **김일경**(金
一鏡, 改赴壬午式), 박필위(朴弼渭, 以換皮封賊嚴刑減死 濟州爲奴), 송성(宋
晟, 換皮封賊嚴刑減死 濟州爲奴), 이수철(李秀哲, 換皮封賊嚴刑減死 濟州爲
奴), 이도징(李道徵, 換皮封賊嚴刑減死 濟州爲奴), 이세정(李世禎, 以外場借
述承服減死 龍川充軍 代述人鄭維錫 同律) 등이다. 부정 합격자가 많아서
시험 전체를 파방하였다가 1710년에 나머지 22명은 대간에 주청에 의

해서 복과가 되었다. 복과되기 전에 삭과자 김일경, 이제, 홍만적, 홍
석보 등 4명이 재급제를 하였다.

　기묘 증광시 방목 태학사본을 보면 이제는 "乙酉增", 홍석보는 "丙戌
庭", 홍만적은 "乙酉增", 김일경은 "改赴壬午式"이라고 재급제 시험명
이 적혀있다. 국회도본에 이제는 "乙酉增", 홍석보는 "丙戌庭", 홍만적
은 "乙酉增", 김일경(이름에 검은 색 테두리가 있다. 역적 표시)은 "直赴改
赴 壬午式"이라는 주가 있다. 국중도본에 이제는 "復科前登 乙酉增廣",
홍석보는 "復科前登 丙戌庭試", 홍만적은 "復科前登 乙酉增廣", 김일경
은 "以直赴更赴 壬午式年"이라는 재급제에 대한 내용이 있다. 장서각
본에 이제는 "復科前中乙酉增廣", 홍석보는 "別占他科", 홍만적은 "別
占他科", 김일경은 "改赴壬午殿試"라는 주가 있다.

　재급제 한 1702년(숙종 28) 임오 식년시[88]의 김일경은 태학사본과
국회도본, 장서각본에서는 주가 없다. 국중도본에는 "己卯罷榜 更登此
科"라는 주가 있다. 1705년(숙종 31) 을유 증광시의 이제, 홍만적은 태
학사본과 국회도본, 장서각본에는 재급제에 대한 언급이 없다. 국중
도본에는 둘 다 "己卯罷榜 更登此科"라는 주가 있다. 1706년 병술 정
시[89]의 홍석보는 태학사본·국회도본·국중도본·장서각본 4종 모두
에 재급제에 관한 언급이 없다.

---

88) 단회방목: 「壬午式年文武科榜目」(규장각한국학연구원[想白古351.306-B224mn-1702]).
89) 단회방목: 「肅宗三十二年丙戌庭試別試文武科榜目」(장서각[B13LB-9]).

[표 9] 1715~1780년 문과 재급제자 명단(4명)

	인명	시년1	시험명	전력1	시년2	재시험명	전력2	연차	본관	부명	원인	비고
43	李廷�	1714	增廣試	進士	1715	式年試	進士	1	全州	李相休	削科	再及第
44	李匡輔	1714	增廣試	進士	1715	式年試	進士	1	全州	李眞遇	〃	〃
45	洪文海	1775	庭試	通德郎	1777	庭試	幼學	2	南陽	洪啓鉉	罷榜	〃
46	李福潤	1775	庭試	生員	1780	式年試	生員	5	慶州	李錄	〃	〃

(43) 이정소(李廷�)와 (44) 이광보(李匡輔)는 1714년(숙종 40) 갑오 증
광시90)에 급제하였다. 이정소는 벌을 당하였는데 전시에 나갔다. 이것
으로 비난을 많이 받았다. 이광보는 성균관 삼일제(三日製)에서 수석하
여 직부전시(直赴殿試)91) 하였다.(초시, 복시를 거쳐 전시까지 온 사람들을
원방(原榜)이라 하였다. 참고로 무과에서는 직부전시한 사람들이 장원
(壯元)을 차지하자, 법령92)으로 직부전시는 장원을 하지 못하게 하였
다.) 유생 시절에 윤증(尹拯)의 상(喪)에 송시열(宋時烈)을 욕하는 제문을
지어 조문(弔問)한 것 때문에 성균관 유생들로부터 벌을 받아서 전시를
보지 못할 뻔하였다. 그러나 벌을 받았으면서 전시에 응한 것이 문제가
되어서 정언(正言) 김재로(金在魯)의 상소로 이정소와 함께 삭과되었다.
1년 뒤 1715년 을미 식년시93)에 둘 다 재급제 하였다.

1714년 갑오 증광시 방목 태학사본에 이정소는 "冒罰赴殿試 退付後
榜", 이광보는 "操崔錫鼎 所撰文祭尹拯 被停冒赴拔"이라는 주가 있다.

---

90) 단회방목: 「甲午聖候平復稱慶增廣別試文武科殿試榜目」(규장각한국학연구원[想白古3
51.306-B224m-1714]).

91) 직부전시(直赴殿試): 특혜의 하나로 初試, 會試(=覆試)를 거치지 않고 곧바로 殿試로
가는 것을 말한다. 전시는 회시 합격자가 등위(석차)만 정하는 시험이기 때문에 직부
전시는 급제나 다름없다.

92) 장원: 【補】殿試의 壯元은 原榜 중에서 뽑는다. ＊補: 大典會通 편찬 시에 추가된 법문
이다. 『大典會通』兵典 참조.

93) 단회방목: 「上之四十年乙未式年文武科榜目」(계명대학교[(이)349.16 문무을미]).

국회도본에 이정소는 "冒罰赴殿試 拔去追赴", 이광보는 "拔去付後榜"
이라고 적혀 있다. 국중도본에 이정소는 "直赴乙未式年", 이광보는 "以
冒罪入殿試追付 乙未式年直赴"라는 주가 있다. 장서각본에 이정소는
"以被儒罰入殿試拔去 赴後殿試", 이광보는 "以儒罰未解入殿試拔去 赴
後殿試"라는 주가 기록되어 있다.

재급제 한 1715년 을미 식년시 방목 태학사본에 이정소는 주가 없
고, 이광보는 "甲午增拔追付"라는 언급이 있다. 국회도본에 이정소는
"甲午增退赴", 이광보는 "赴甲午增 拔去退赴"라고 적혀 있다. 국중도본
에 이정소·이광보는 특이하게(다른 본에서 언급이 없더라도 국중도본에
서는 주가 있었다.) 재급제에 대한 언급이 없다. 장서각본에 이정소는
"以甲午增廣退赴此榜", 이광보는 "初赴甲午增退赴此榜"이라는 두주가
있다.

 (45) 홍문해(洪文海)와 (46) 이복윤(李福潤)은 1775년(영조 51)[94] 을미
정시에 급제하였다. 이 시험은 34명을 선발하였는데, 1777년(정조 1)
에 대간의 청에 의해 파방[95]이 되었다가, 1790년(정조 14)에 임금의
특교(特敎)로 복과[96]가 되었다.

 홍문해는 홍문영(洪文泳)으로 개명하고 복과가 되기 전인 1777년 정
유 정시에 재급제[97] 하였고, 이복윤도 복과가 되기 전인 1780년에 경
자 식년시에 재급제[98] 하였다. 파방된 후에 재급제자가 나오자, 복과
되기 전인 1784년(정조 8)에 이름이 대계(臺啓)에 오른 사람 12명[99]은

---

 94) 태학사본[奎 106]은 1774년(영조 50) 갑오 식년시까지만 기록이 있다. 동년 갑오
    정시부터는 국회도본과 국중도본, 장서각본 3종만 조사하였다.
 95) 『정조실록』 4권, 정조 1년(1777) 7월 25일(무자).
 96) 『정조실록』 30권, 정조 14년(1790) 7월 11일(기축).
 97) 『정조실록』 4권, 정조 1년(1777) 11월 15일(정축).
 98) 『정조실록』 7권, 정조 3년(1779) 1월 7일(임진).

종전대로 삭과하고, 8명[윤익동(尹翊東)·**홍문영**(洪文泳)·연동헌(延東憲)·**이복윤**(李福潤)·이양원(李養遠)·허책(許策)·이방인(李邦仁)·김낙성(金樂誠)]을 직부전시 하여 먼저 복과100)시켰다.

홍문해의 을미 정시 방목을 보면 국회도본에는 "甲辰因 特敎復科"라는 주가 있다. 국중도본에는 "甲辰八月初三日復 復前登丁酉庭試"라고 적혀 있다. 삭과된 12명에게는 "庚戌七月十一日復"이라고 기록되어 있다. 장서각본에는 "削科前文學 復科前弘文應敎 削科後第五月更占討逆庭試"라고 기록되어 있다. 이복윤을 보면 국회도본에는 "甲辰因 特敎復科", 국중도본에는 "甲辰八月初三日復 復前登庚子式年", 장서각본에는 "削科前承正 復科前兵曹佐郎 己亥更占人日製"이라는 주가 있다.

재급제 한 홍문영(홍문해의 개명)의 정유 정시 방목 국회도본에는 "罷榜後 再登科", 국중도본에는 "乙未榜 復科前 登此科", 장서각본에는 주가 없다. 이복윤의 경자 식년시 방목 국회도본에는 주가 없고, 국중도본에는 "乙未榜 復科前登此科", 장서각본에는 재급제에 대한 언급이 없다.

4) 19세기 재급제자

[표 10] 1874~1880년 문과 재급제자 명단(7명)

	인명	시년1	시험명	전력1	시년2	재시험명	전력2	연차	본관	부명	원인	비고
47	金復性	1867	式年試	幼學	1879	庭試	幼學	12	淸風	金東敎	拔去	復科
48	鄭度仁	1867	庭試	幼學	1875	別試	幼學	8	海州	鄭匡弼	〃	再及第
49	李蒙濟	1868	庭試	幼學	1874	庭試	幼學	6	全州	李錫升	削科	復科
50	南廷皓	1879	庭試	進士	1880	增廣試	進士	1	宜寧	南敎元	拔去	復科
51	閔泳序	1879	庭試	幼學	1880	增廣試	幼學	1	驪興	閔舜鎬	〃	〃

99) 『정조실록』 4권, 정조 1년(1777) 7월 25일(무자).
100) 『정조실록』 18권, 정조 8년(1784) 8월 3일(병술).

| 52 | 朴泳薫 | 1879 | 庭試 | 進士 | 1880 | 增廣試 | 進士 | 1 | 潘南 | 朴鳳陽 | 〃 | 〃 |
| 53 | 李禧懋 | 1879 | 庭試 | 幼學 | 1880 | 增廣試 | 幼學 | 1 | 丹陽 | 李膺燮 | 〃 | 〃 |

(47) 김복성(金復性)은 1867년(고종 4) 정묘 식년시에 급제하였다가 거주지를 조작하여 합격한 것이 발각되어 발거(拔去)를 당한 후에 1879년 기묘 정시에 복과(復科) 되었다. 시험은 보지 않았다.[101]

김복성의 정묘 식년시 방목을 보면 국회도본에는 "발거"라는 주가 보인다. 국중도본에는 주가 없다. 장서각본에는 신상 정보는 생략되어 있으며, "발거"만 적혀 있다. 복과된 기묘 정시 방목을 보면 국회도본에는 "復科 恩"이란 두주(頭註)가 있다. 국중도본에는 복과에 대한 언급이 없다. 장서각본에는 "復科 恩"이 두주로 기록되어 있다.

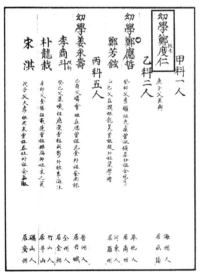

[그림 2] 『國朝文科榜目』 3, 1685쪽

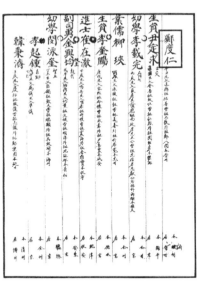

[그림 3] 『國朝文科榜目』 3, 1726쪽

---

101) 『고종실록』 16권, 고종 16년(1879) 2월 26일(경자).

(48) 정도인(鄭度仁)은 1867년(고종 4) 정묘 정시에 장원 급제하였는데, 남의 시험 답안을 바꾸어서 합격하게 된 것이 탄로 나서 국회도본에서 보이는 것처럼 발거102)를 당한 후에 1875년 을해 별시에 재급제하였다. [그림 2]과 [그림 3]의 차이점은 많은 곳에서 나타난다. 생년이 경자(庚子, 1840)에서 신축(辛丑, 1841)으로 바뀌었고, 거주지도 함양(咸陽)에서 진주(晉州)로 변경되어 있다. 더 놀라운 것은 필사자의 실수인지는 모르겠지만 본관이 해주(海州)에서 파주(坡州, 해주로 고친 흔적이 있다.)로 변하였다. 아버지는 정광필(鄭匡弼)로 같다.

정도인의 정묘 정시 방목 국회도본에는 성명 옆에 "발거"라는 언급이 있다. 국중도본에는 아무런 주가 없다. 장서각본에는 국회도본처럼 성명 옆에 "발거"가 적혀 있다. 재급제 한 을해 별시 방목 국회도본과 국중도본, 장서각본에는 주가 없다.

(49) 이몽제(李蒙濟)는 전주이씨를 대상으로 하는 1868년(고종 5) 무진 종과정시에서 장원 급제하였다. 그러나 종친부에서 세계(世系)를 거슬러 올라가 따져보니 가계(家系)가 명확하지 않다고 삭과하기를 청하여 삭과103) 당하였다. 1874년 갑술 정시에 복과104)되었다.

이몽제의 무진 종과정시 방목을 보면 국회도본과 장서각본에는 전력과 성명뿐이다. 국중도본에는 삭과에 대한 주가 없다. 복과 된 갑술 정시 방목 국회도본과 국중도본, 장서각본 모두 주가 없이 방목의 말미에 이름이 올라 있다.

(50) 남정호(南廷皓), (51) 민영서(閔泳序), (52) 박영훈(朴泳薰), (53) 이희당(李禧戇)은 1879년(고종 16) 기묘 정시에 급제하였다. 발거105)를 당한

---

102) 『고종실록』 4권, 고종 4년(1867) 9월 28일(무인).
103) 『고종실록』 5권, 고종 5년(1868) 3월 23일(신미).
104) 『고종실록』 11권, 고종 11년(1874) 9월 9일(무신).

후에 다음 해인 1880년에 시험을 보지 않고 경진 증광시에 복과[106]되었다.

기묘 정시 방목을 보면 국회도본과 장서각본에는 남정호·민영서·박영훈·이희당의 이름 위에 두주로 "발거"가 적혀 있다. 국중도본에는 남정호·민영서·박영훈의 내용에 "삭과"라고 적혀 있다. 이희당은 주가 없다. 참고로 이 시험에 김복성이 복과 되었다.

복과된 경진 증광시 방목을 보면 국회도본에는 박영훈·민영서·이희당·남정호의 성명 위에 두주로 "복과"가 기록되어 있다. 국중도본에는 박영훈의 성명 위에 두주로 "己卯庭試"가 적혀 있고, 민영서·남정호는 "동(仝)"이라고 쓰여 있다. 이희룡(李禧龍, 이희당의 개명)은 주가 없다. 필사자가 개명으로 급제자를 적으면서 복과에 대한 주를 망기(忘棄)한 듯하다. 장서각본에는 국회도본처럼 4명의 성명 위에 "복과"가 두주로 적혀 있다. 국립중앙도서관에 소장된 경진 증광시 단회방목[107]에도 복과된 4명의 명단이 기록되어 있다.

4. 무과 재급제자

삭과를 당하여 방목에서 삭제되는 발거(拔去)의 예를 보면 방목에서 성명을 아예 빼버리는 경우도 있고, 성명 전체를 먹칠하거나 성명에 검은색 선으로 테두리를 둘러 표시하는 경우도 있다. 급제 당시에 작성되는 단회방목이 아닌 종합방목인 경우에 그러한 예가 많다.

---

105) 『고종실록』 16권, 고종 16년(1879) 3월 13일(정사), 『고종실록』 16권, 고종 16년(1879) 3월 25일(기사).
106) 『고종실록』 17권, 고종 17년(1880) 6월 9일(을사).
107) 단회방목: 「崇禎後五庚辰慶科增廣文武科殿試榜目」(국립중앙도서관[일산古6024-11]).

파방은 1618년(광해군 10) 식년시처럼 회시까지 실시한 후에 문제가
생겨서 전시(殿試)를 실시하지 못해서 파방이 된 경우도 있고,108) 급
제자를 발표한 후에 과거 부정109)으로 과거 시험 전체를 무효화시키
는 것이 있다. 과거 부정에 의한 경우는 1626년(인조 4) 병인 별시가
대표적이고, 정치적인 이유 때문에 파방이 된 예는 현량과(賢良科)110)
가 있다. 현량과는 기묘사화(己卯士禍) 후에 파방이 되었고, 조선시대
최초의 문과 재급제자가 이 현량과에서 출현하였다.

무과는 조선시대 전체를 파악할 수 없다. 왜냐하면 현전하는 무과
방목이 많지 않기 때문이다. 더구나 무과방목은 종합방목이 없고, 단
회방목으로만 존재하기 때문에 조사 내용이 문과보다는 소략하다.

현재 국내외에서 발견된 무과방목은 전체 설행 횟수 800회(임진왜란
때 무과 단독으로 설행된 무과는 횟수에서 제외하였다)의 19.6%인 157회에
불과하다. 문무대거(文武對擧=文武一體)로 보면 문과와 동일한 804회여
야 하는데, 문과보다 적은 800회인 이유는 무과가 처음 설행111)된 것

---

108) 『國朝文科榜目』 1, 太學社, 1988, 671쪽. "榜有物議不得行殿試 癸亥改王後改試."
109) 이성무, 『韓國의 科擧制度』, 집문당, 1994, 222~223쪽. "과장에 많은 隨從을 데리고
　　　들어가는 것, 시험지를 빨리 내려는 협잡(무모), 책이나 커닝 페이퍼 등을 가지고 들어
　　　가는 것(挾書), 남의 글을 빌리거나(借述), 대리시험을 치는 것(代述), 試官과 짜고 특
　　　정인의 시험지를 알아보게 하거나 시험문제를 미리 가르쳐주는 것(赫蹄), 易書할 때
　　　書吏를 매수하여 勘合할 때 합격자의 시험지에 자기의 皮封을 바꿔치기하는 것(竊科),
　　　시험장을 습격하고 시관을 구타하는 사건(科場亂動) 등."
110) 현량과는 혁파(중종), 복과(인종), 혁파(명종), 복과(선조)를 거쳤다. 『중종실록』 38
　　　권, 중종 15년(1520) 1월 11일에 혁파, 『인종실록』 2권, 인종 1년(1545) 6월 29일에
　　　복과, 『명종실록』 2권, 명종 즉위년(1545) 10월 10일에 다시 혁파, 『선조실록』 2권,
　　　선조 1년(1568) 10월 9일에 재복과가 되었다.
111) 최초의 무과 시험은 1402년(태종 2) 4월 4일에 복시(覆試)가 설행되었고[『태종실록』
　　　3권, 태종 2년(1402) 4월 4일(병진)], 4월 10일에 전시(殿試)가 실시되었다[『태종실록』
　　　3권, 태종 2년(1402) 4월 10일(임술)].
　　　『국조문과방목(國朝文科榜目)』(규장각한국학연구원[奎 106])에 최초 무과 설행은
　　　1408년(태종 8) 무자 식년시라고 밝히고 있다(武壯馬希聲 武科始此). 『국조방목(國朝

이 1402년(태종 2)이기 때문이다.

1393년(태조 2) 계유 식년시, 1396년(태조 5) 병자 식년시, 1399년(정종 1) 기묘 식년시, 1401년(태종 1) 신사 증광시(조선시대 최초의 증광시) 등 네 번의 과거에 무과는 실시되지 않았다. 다음은 처음 설행된 무과 전시에 대한 『조선왕조실록』의 내용이다.

> 마암(馬巖)에 행차하여 무과(武科)에 윤하(尹夏) 등 27명[112]을 복시(覆試)를 시행하여,[113] 성달생(成達生)으로 제1등을 삼았다. 의정부에서 잔치

榜目)』(규장각한국학연구원[奎貴 11655])에도 1408년 무자 식년시에 처음으로 무과 장원명을 적고, 주를 달아서 설명하고 있다(武壯馬希聲 (筆苑雜記云武科始於太宗而未知 自何年始行 武科壯元始自於此 故自此必書武壯 時有三級風雷魚變甲 一春烟景馬希聲語)). 『무과총요(武科摠要)』(한국학중앙연구원 장서각[K2-3310])에도 최초의 무과는 1408년으로, 이해에 처음으로 무과 장원명이 출현하고 있다(戊子太宗八年(永樂六年) 三月馬希聲等). 『국조문과방목』은 무과 시작을 1408년이라고 단언하고 있고, 『국조방목』은 필원잡기를 인용하면서 처음으로 무과 장원을 기록하고 또 이후로 반드시 무과 장원을 적는다고 말하고 있다. 『무과총요』에서도 무과 장원을 처음으로 기록한 해가 1408년이다. 이 자료들의 편저자들이 실록의 기록을 볼 수 없어서 무과 시초를 오판(誤判)한 듯하다.
무과 장원 마희성(馬希聲) 이전에 2명의 무과 장원이 더 있다. 1402년(태종 2) 임오 식년시 무과 장원 성달생(成達生, 성삼문의 조부)[『태종실록』 3권, 태종 2년(1402) 4월 10일(임술)]과 1405년(태종 5) 을유 식년시 무과 장원 강유(姜裕)이다[『태종실록』 9권, 태종 5년(1405) 5월 1일(을미)]. 1407년(태종 7) 정해 중시(최초 중시, 문과장원 卞季良)에 무과는 실시되지 않았다[『태종실록』 13권, 태종 7년(1407) 4월 22일(병오)]. 최초 중시 무과는 3년 후인 1410년 경인 중시 무과로 설행되어서 윤하(尹夏, 1402년 임오 식년시 무과 복시 장원)가 장원이 되었다[『태종실록』 19권, 태종 10년(1410) 3월 28일(갑오)].
112) 원래 복시 합격자는 28명(갑과3인·을과5인·병과20인)이었는데, 최윤덕(崔潤德)이 빠져서 27명이다.
113) 식년시와 증광시에서는 3단계(初試·覆試[=會試]·殿試)의 시험을 실시한다. 복시는 2단계 시험으로 복시에 합격하면, 최종 급제라고 보아도 된다. 3단계 전시에서는 순위(석차)만 다시 정하기 때문이다. 여기서 "무과(武科)에 윤하(尹夏) 등 27명을 복시(覆試)를 시행하여"라고 번역한 것은 오역(誤譯)이라고 생각된다. 원문을 보면 "覆試武科尹夏等二十七人"인데, "복시 무과 장원 尹夏 등 27인을 대상으로 殿試를 시행하여"라고 번역해야 맞다. 왜냐하면 이 임오 식년시 무과 장원은 성달생(成達生)이기 때문

를 베풀었다. 전 감무(監務) 장온(張蘊)이 제4등으로 뽑히니, 이때의 사람들이 장온이 이미 문과(文科)에 급제하고도 무과(武科)에 든 것을 비방하였다. 삼관(三館)에서 상소하여 말하기를, "신 등이 국가에서 문무(文武) 양과(兩科)의 제도를 설치한 것을 보건대, 벼슬하는 사람들이 출신(出身)하는 곳으로 여기기 때문에 이미 문과(文科)에 든 사람은 문학(文學)에 종사하되 겸하여 무예(武藝)에 통해도 가하지만, 다시 무과(武科)에 응시할 필요는 없습니다. 지금 문과 출신자로서 '국가에서 무과에 합격하면 수를 더해서 이를 준다.'는 영(令)을 듣고, 무과에 응시하려고 하여 염치(廉恥)의 도(道)를 잃습니다. 원컨대, 이미 문과에 합격한 자는 다시 무과에 응시할 수 없게 하여 사풍(士風)을 바루게 하소서." 하였으나 윤허하지 않았다. 최윤덕(崔閏德)은 이미 회시(會試)에 합격하였으나, 그 아버지 최운해(崔雲海)를 따라가 이성(泥城)을 수비하라고 명하였던 까닭에, 전시(殿試)에 응하지 못하였으므로 그를 방(榜)의 끝에 넣게 하였다.(幸馬巖, 覆試武科 尹夏等二十七人, 以成達生爲第一, 議政府設享. 前監務張蘊爲第四, 時人以 蘊旣登文科, 又入武科, 譏之. 三館上疏曰: 臣等竊見, 國家設文武兩科, 以爲 仕者出身之地, 則已中文科者, 事於文學, 而兼通武藝可矣, 不必更試武科也. 今文科出身者, 聞國家中武科, 則增數給之令, 求試武科, 以喪廉恥之道. 願旣 中文科者, 毋得更試武科, 以正士風. 不允. 崔閏德旣中會試, 命從其父雲海備 守泥城, 故未赴殿試, 乃令置諸榜末.)[114]

실록 내용으로 보면 장온(張蘊)이 문과에 급제하고 다시 무과에 급제한 것으로 보인다. 그러나 1402년(태종 2)과 이전에 실시된 다섯 번의 시험[115]에서 급제자 장온의 이름은 보이지 않는다. 종합방목을 편

찬하면서 이름을 고의로 누락했을 수도 있지만, 식년시와 증광시의 선발인원(갑과 3인·을과 7인·병과 23인)이 33명인 것으로 보아 누락은 아닌 것 같다.

삼관의 상소에서 "문과에 급제한 후에 다시 무과에 응시하지 못하게 하여 사풍(士風)을 바로 세우게 하자"고 하였는데, 당시 태종은 허락하지 않았다. 그런데 종합방목에 이름이 보이지 않는 것으로 추정하건대, 문과에서 삭과 또는 발거를 당한 것 같다.

조선초 두만강 방면의 6진(六鎭) 개척과 압록강 방면의 4군(四郡) 설치로 유명한 사람이 김종서와 최윤덕인데, 그중 최윤덕이 이 실록 기사에서 보인다. 무과 회시까지 합격한 후에 전시를 보지 못하고 국경 수비로 차출되어서 임금의 명으로 무과 방목 말미에 급제자로 이름을 올렸다. 결론적으로 이 사건을 계기로 문과와 무과에 동시에 급제한 사람은 없었던 것으로 추정된다. 이것이 관례(慣例)로 정착되었던 것 같다.

최초의 문과 중시[116]가 1407년(태종 7)에 실시된 데 반하여, 최초의 무과 중시[117]는 3년 후인 1410년(태종 10)에 처음 실시되었다. 이후 모든 과거는 같은 해에 문무대거로 실시되었다.

1) 1637년 정축 별시 무과방목

1637년 정축 별시 단회방목의 무과는 만과(萬科)[118] 중의 하나이다. 현전하는 대량 시취 무과방목 중 일부는 급제자 전체가 아닌 일부만 기록한 경우가 있다. 무과방목 중에 1637년 정축 별시 단회방목은 선

---

116) 『태종실록』 13권, 태종 7년(1407) 4월 22일(병오).

117) 『태종실록』 19권, 태종 10년(1410) 3월 28일(갑오).

118) 『經世遺表』卷43, 夏官修制 武科條, "有取數百者 謂之千科 有取數千者 謂之萬科 此又 何法也."(李洪烈, 「萬科設行의 政策史的 推移」, 『史學研究』 제18호, 한국사학회, 1964, 207쪽).

발인원 전체가 수록되어 있는 방목이다. 재급제자 조사는 무과 급제자 전체를 시험 단위별로 성명, 자, 생년, 부명 등을 비교하였다. 즉, 같은 시험에서는 동일 인명이 나와도 무시하였다. 특히, 성명과 자는 개명(改名)·개자(改字) 등으로 변경이 가능하기 때문에 생년과 부명에 중점을 두었다.

문제는 단회방목의 체재가 일관성이 없다는 점이다. 교서관(운각) 방목은 급제자 당 3행으로 정형화되어 있다. 첫 행에는 전력, 급제자 성명, 자·생년, 본관, 거주지를 적고, 다음 행에는 부 관직과 부명, 마지막 행에는 부모 구존 여부와 안항이 기록된다. 생부가 있는 경우는 4행으로 구성되고, 생부모의 구존 여부와 생가의 안항을 표시하게 되면 전체 5행으로 기록된다(부모의 관직이 길어서 다음 행으로 넘어가는 경우, 2행이 아니라 1행으로 간주한다). 그런데 어떤 단회방목은 첫 행만 기록하거나 아니면 첫 행과 두 번째 행까지만 기록하는 방식으로 존재하기도 한다.

1637년 정축 별시 단회방목은 문과는 3행, 무과는 2행으로 구성되어 있다. 2행이지만, 부모 구존을 제외하고는 문과와 내용이 동일하다. 1639년 기묘 별시 단회방목의 무과는 교서관 방목 방식으로 3행이지만, 전력과 성명, 그리고 부명만 기록되어 있고 다른 내용은 생략되어 있다. 이 방목의 무과 급제자에서 재급제자가 출현하였다. 방목 정보가 소략해서 급제자 성명과 부명만 비교하였다.

[표 11]는 1637년 정축 별시 이후 10년간의 과거 시험 목록이다. 이는 1637년 무과 급제자가 재급제한 시험을 알아보기 위해서 조사하였다. 1638년 정시, 1639년 알성시는 방목이 현전하지 않아서 재급제 유무를 알 수 없다. 1639년 별시에 2명의 재급제자가 출현하였다. 1639년 식년시 이하 1643년 관서별시까지는 방목이 실전되어서 재급제가

[표 11] 1637년(인조 15) 정축 별시부터 1646년(인조 24) 병술 식년시까지 과거시험

시험년	월	왕대	연차	간지	시험명	무과 장원	선발	문과 장원	선발	방목	재급제자
1637	8	인조	15	정축	별시	崔嶍	5,536	鄭知和	10	現傳	
1638	3	〃	16	무인	정시	玄水銀	80	黃暐	15		
1639	3	〃	17	기묘	알성시	金士吉	11	權諰	7		
1639	9	〃	17	**기묘**	**별시**	**金聲律**	21	**李以存**	16	**現傳**	**有**
1639	10	〃	17	기묘	식년시	黃寧	38	金雲長	33		
1641	9	〃	19	신사	정시	元三樂	12	洪錫箕	8		
1642	4	〃	20	임오	식년시	■■■		任翰伯	33		
1642	9	〃	20	임오	정시	韓俊榮	11	沈䅘	5		
1643	2	〃	21	계미	관서별시	安㮨	60	金汝旭	4		
1644	9	〃	22	**갑신**	**정시**	**李枝馨**	100	**李慶億**	7	**現傳**	
1644	10	〃	22	**갑신**	**별시**	**李益達**	201	**崔後賢**	19	**現傳**	
1645	11	〃	23	을유	별시	洪照	100	權悟	15		
1646	4	〃	24	병술	식년시	芮用周	25	鄭承明	34		

있었는지 조사할 수가 없었다. 1644년 정시·별시에서는 많은 급제자
(각각 100명·201명)를 선발하였는데, 이 중 재급제자는 없었다.

1637년 정축 별시 단회방목은 규장각한국학연구원과 고려대학교 도서
관에 현전하고 있다. 규장각한국학연구원에는 『丁丑庭試文科榜目』[119]
으로, 고려대학교 도서관에는 『丁丑庭試榜目』[120]으로 소장되어 있다.
이 두 판본은 필사본으로 내용 및 형식이 동일하다.

1637년 정축 별시 단회방목은 문과 9명(갑1·을3·병5)[121]과 무과

---

119) 『丁丑庭試文科榜目』(규장각한국학연구원[想白古 351.306-B224mn-1637]). 책 크
　　기는 36.6×24.5cm, 四周單邊, 半葉匡郭 30×21.2cm, 有界, 20行, 上下內向花紋魚尾.
120) 『丁丑庭試榜目』(고려대학교[대학원 B8 A2 1637]). 책 크기는 35.8×24.3cm, 四周單
　　邊, 半郭 29.8×21.2cm, 有界, 20行, 上下白口, 上下內向花紋魚尾.
121) 『국조문과방목(國朝文科榜目)』(규장각한국학연구원[奎 106])에는 "丙科六人"이라고
　　하고, 趙搏이 급제자로 등재되어 있다(갑1·을3·병6, 총 10인). 조박은 후에 무과에

5,536명(갑1·을100·병5,435)을 선발하였다. 순서는 문과 은문, 문과 장원을 한 정지화(鄭知和)가 쓴 서문, 문과 급제자 명단, 무과 은문, 무과 급제자 명단, 윤형(尹珩, 문과 병과 1위)이 쓴 발문으로 구성되어 있다. 문과는 1단으로 되어 있는 반면에 무과는 3단 20행으로 한 면에 30명이 기록되어 있다. 무과 병과 급제에 "丙科五千四百三十五人"이라고 적혀 있는데, 방목에는 30명이 누락된 병과 5,405명만 등재되어 있다. 필사하는 과정에서 1면을 빼고 기록한 듯하다. 누락 상태는 규장각본과 고려대학교본이 동일하다.

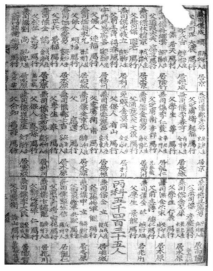

[그림 4] 1637년 정축 별시 방목(무과)   [그림 5] 1639년 기묘 별시 방목(무과)

　　재급제자가 출현한 1639년 기묘 별시 단회방목은 『용호방목(龍虎榜目)』[122]으로 국사편찬위원회에 소장되어 있다. 경상북도 의성군 아주

급제하였다고 설명되어 있다.

신씨 소장 자료라고 설명되어 있다. 이 방목에는 1589년 기축 증광시 문무과와 1639년 기묘 별시 문무과가 합본되어 있다. 1639년 기묘 별시 단회방목은 문과 16명(갑1·을3·병12)과 무과 20명(갑1·을3·병16)[123]이 기록되어 있다. 그런데 무과방목은 내용이 너무 소략하다. 급제자 본인의 전력과 성명, 부명만 나와 있다. 본인 성명과 부명이 나와 있어서 원급제한 방목과 비교가 가능하였다.

[표 12] 1639년 기묘 별시 무과 재급제자 명단(2명)

	성명	시험년	시험명	전력	재시험년	재시험명	재시험전력	연차	본관	부명	원인	비고
1	金大斤	1637	별시	兼司僕	1639	별시	御營軍	2	彦陽	金德老	削科	再及第
2	車愛吉	1637	별시	兼司僕	1639	별시	御營軍	2	南陽	車大男	〃	〃

(1) 김대근(金大斤)은 1637년 정축 별시 무과방목(이하 "원급제")에서는 병과 1,536위(1,637/5,536)였는데, 1639년 기묘 별시 무과방목(이하 "재급제")에서는 병과 13위(17/21)가 되었다. 재급제에서는 생년, 본관, 거주지가 미상이다. 전력이 겸사복(兼司僕, 정9품~정3품)에서 어영군(御營軍)으로 강등되었다.

(2) 차애길(車愛吉)은 원급제에서는 병과 4,579위(4,680/5,536)였는데, 재급제에서는 병과 15위(19/21)가 되었다. 재급제에서는 생년, 본관, 거주지가 미상이다. 전력이 겸사복에서 어영군으로 차이가 있다. 두 시험 모두 파방되지 않았기 때문에 개인적인 사유[124]로 삭과당한

---

122) 『己卯八月日別試龍虎榜目』(국사편찬위원회[MF A지수149 1]). 책 크기는 27.5× 38.5cm, 1책 17장.

123) 단회방목에는 "丙科十五人"으로 적고 16명이 등재되어 있다. 『무과총요(武科摠要)』 (한국학중앙연구원 장서각[K2-3310])에는 保人 金聲律等 21인(甲一人·乙三人·丙十六人·砲手一人)으로 기록되어 있다.

후에 다시 과거에 급제한 듯하다. 이는 전력의 변화로 추정한 것이다.

2) 1723년 계묘 별시 무과방목

1723년(경종 3) 계묘 별시 단회방목[125]은 문과 13명(갑1·을2·병10)
과 무과 478명(갑1·을28·병449)을 선발하였다. 이 단회방목은 『上之
三年癸卯討逆庭試別試文武科榜目』으로 국립중앙도서관에 소장되어
있다. 급제자 설명에 3행을 할애하는 방목이다.

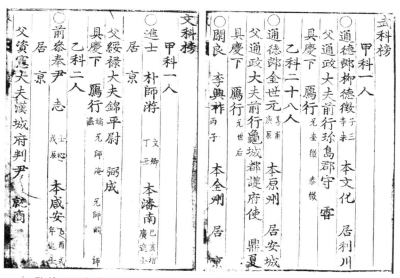

[그림 6] 1723년 계묘 별시 방목(문과)　　　[그림 7] 1723년 계묘 별시 방목(무과)

---

124) 문과에서 삭과되는 개인적인 사유는 다양하다. 천한 신분, 과거 답안에 사용하면
　　안 되는 문장(老佛)을 적어서, 친척 중에 정치적인 사건이나 역모에 연좌된 사람이
　　있어서 삭과를 당하였다.

125) 『上之三年癸卯討逆庭試別試文武科榜目』(국립중앙도서관[古朝26-28-34]). 책 크기
　　는 23.3×21.4cm, 1冊(83張), 四周單邊, 半郭 24.3×16.8cm, 10行, 內向二葉花紋魚尾.

위옥(僞獄)126)을 경사라고 칭하면서 설행127)하였기 때문에, 1725년
(영조 1) 3월에 파방128)되었다가, 2년 후인 1727년(영조 3) 7월에 복
과129)되었다. 1725년 3월 25일에 민진원(閔鎭遠)·홍치중(洪致中)·이
휘진(李彙晉) 등이 청하여 파방이 되었다. 1727년 7월 11일에 교리(校
理) 송진명(宋眞明)과 승지(承旨) 송인명(宋寅明)이 복과에 대한 상소를
하자, 영조의 하명으로 복과가 되었다.

문과 급제자 13명은 파방된 뒤에도 다시 과거에 응시하지 않았다.
재급제 한 사람들이 없다. 파방에서 복과되는 기간이 3년 내여서 그런
것 같다.

그러나 무과 급제자 478명 중 10.5%인 50명이 재급제를 하고 있다.
1725년 을사 증광시130)에 20명, 같은 해인 1725년 을사 정시131)에 23
명, 1726년 병오 식년시132)에 3명, 1727년 정미 증광시133)에 4명이
다시 급제하였다(1726년 병오 알성시134)에는 재급제자가 없다).

---

126) 신임사화(辛壬士禍)는 신축(1721)년부터 임인(1722)년에 걸쳐 일어난 사화이다. 睦虎
  龍의 告變事件, 즉 노론이 숙종 말년부터 경종을 제거할 음모를 꾸며왔다는 고변을
  계기로 일어났다. 고변으로 인해 8개월간에 걸쳐 국문이 진행되었고, 그 결과 金昌集·
  李頤命·李健命·趙泰采 등 노론 4대신을 비롯한 노론의 대다수 인물이 화를 입었다.
127) 『경종수정실록』 4권, 경종 3년(1723) 3월 16일(을미).
128) 『영조실록』 4권, 영조 1년(1725) 3월 25일(계해).
129) 『영조실록』 12권, 영조 3년(1727) 7월 11일(을축).
130) 『乙巳聖上卽位增廣別試文武科榜目』(한국학중앙연구원 장서각[B13LB-3]). 책 크기
  는 33×20.8cm, 不分卷1册, 四周單邊, 半郭 26×17cm, 10行, 上下二葉花紋魚尾.
131) 『乙巳王世子册禮及痘患平復合二慶庭試別試文武科榜目』(국립중앙도서관[古朝26-28
  -48]). 책 크기는 33.8×21.5cm, 1册(73張), 四周單邊, 半郭 25.0×17.0cm, 10行, 註
  雙行, 內向二葉花紋魚尾.
132) 『丙午式年文武科榜目』(국립중앙도서관[古朝26-28-49]). 책 크기는 32.8×21.4cm,
  1册(40張), 四周單邊, 半郭 25.2×17.2cm, 10行, 註雙行, 內向二葉花紋魚尾.
133) 『雍正五年丁未閏三月增廣別試文[武]科殿試榜』(국립중앙도서관[일산古6024-83]). 책
  크기는 33.7×21.5cm, 1册(25張), 四周單邊, 半郭 25.2×16.9cm, 10行, 註雙行, 內向二
  葉花紋魚尾.

[표 13] 1723년(경종 3) 癸卯 別試부터 1727년(영조 3) 복과하기 전까지 과거 시험

시험년	월	왕대	연차	간지	시험명	무과 장원	선발	문과 장원	선발	방목	재급제자
1723	3	경종	3	계묘	별시	柳德徵	478	朴師游	13	現傳	
1723	10	경종	3	계묘	정시	朴枝發	122	金尙星	5		
1723	11	경종	3	계묘	식년시	朴受繪	138	鄭再春	35	現傳	
1725	2	영조	1	을사	정시	李長澤	130	朴弼哲	15		
1725	10	영조	1	을사	증광시	柳潗	309	鄭彦燮	44	現傳	有
1725	11	영조	1	을사	정시	朴世敏	432	李萬榮	20	現傳	有
1726	2	영조	2	병오	강화별시	具澈	183	成有烈	5		
1726	11	영조	2	병오	식년시	蔡仁海	198	李彙恒	35	現傳	有
1726	11	영조	2	병오	알성시	金潤九	10	金致垕	7	現傳	
1727	3	영조	3	정미	증광시	金麗彩	112	閔瑗	43	現傳	有
1727	9	영조	3	정미	정시	金鼎三	81	姜栢	5		
1727	10	영조	3	정미	중시	孫時澤	39	李庭綽	5		

[표 13]에서 보듯이 1725년 증광시 전에 130명을 선발하는 을사 정시와 1726년 식년시 전에 183명을 선발하는 병오 강화별시가 실전되었다. 『영조실록』에 의하면 파방된 것이 1725년 3월 25일이기 때문에 2월에 설행된 1725년 을사 정시에는 재급제자가 없었을 것이다. 그러면 1726년 강화별시에는 재급제자가 있었을까? 강화별시는 외방별시로서 강화 거주자를 대상으로 하는 시험인데, 간혹 거주지를 속이고 시험에 응시하는 사람들도 있었다. 그래서 이 시험에 재급제가 있을지 없을지는 방목이 발견되기 전에는 알 수 없다.

1726년 병오 알성시에는 재급제자가 없다. 1727년 7월 11일에 복과가 되었기 때문에 1727년 9월에 설행되는 정미 정시에는 당연히 재급제자가 없었을 것이다(10월에 있었던 중시 급제자는 모두 재급제자이지만,

---

134) 『丙午調聖別科文武科榜目』(계명대학교[(고) 349.16 문무ㅂ]). 책 크기는 33.5× 20.0cm, 東裝1冊, 四周單邊, 半郭 25.0×15.8cm, 有界, 10行, 內向二葉花紋魚尾.

여기서는 재급제로 포함하지 않는다).

1723년 계묘 별시 급제자(이하 "원급제")가 4개의 시험(이하 "재급제")에서 다시 급제를 하는데, 시험별로 표로 정리하였다. 원급제 방목과 재급제 방목의 차이점만 기술하였다(원급제 방목과 재급제 방목에서 동일한 항목은 언급하지 않았다).

(1) 1725년 을사 증광시 무과 재급제자

1725년 을사 증광시 단회방목은 한국학중앙연구원 장서각에 『乙巳聖上卽位增廣別試文武科榜目』으로 소장되어 있다. 문과 44명(갑3·을7·병34)과 무과 309명(갑3·을9·병297)을 선발하였다. 무과 309명 중에 재급제자 20명이 있다. 목록은 [표 14], [표 15]과 같다.

[표 14] 1725년 을사 증광시 무과 재급제자 명단(20명 중 10명)

	성명	시험년	시험명	전력	재시험년	재시험명	재시험전력	연차	본관	부명	원인	비고
1	權重器	1723	별시	上護軍	1725	증광시	上護軍	2	安東	權義楫	罷榜	再及第
2	姜震明	1723	별시	副司果	1725	증광시	副司果	2	晉州	姜右文	〃	〃
3	金大呂	1723	별시	閑良	1725	증광시	閑良	2	金海	金萬遠	〃	〃
4	金漢祖	1723	별시	閑良	1725	증광시	閑良	2	金海	金南赫	〃	〃
5	尹殷昌	1723	별시	閑良	1725	증광시	閑良	2	坡平	尹迪	〃	〃
6	朴世柱	1723	별시	閑良	1725	증광시	閑良	2	密陽	朴俊珍	〃	〃
7	劉萬碩	1723	별시	副護軍	1725	증광시	副護軍	2	沔川	劉好俊	〃	〃
8	金益華	1723	별시	上護軍	1725	증광시	上護軍	2	金海	金時傑	〃	〃
9	趙泰濟	1723	별시	業武	1725	증광시	閑良	2	平壤	趙碩基	〃	〃
10	李弘祥	1723	별시	閑良	1725	증광시	閑良	2	河濱	李後萬	〃	〃

(1) 권중기(權重器)는 원급제 을과 16위(17/478)에서 재급제 병과 3위(15/309)가 되었다. 재급제에 자[德守], 부모구존[永感下], 안항이 추가

되었다.

(2) 강진명(姜震明)은 원급제 을과 20위(21/478)에서 재급제 병과 143위(155/309)가 되었다. 재급제에 자[輝叔]만 추가되었고, 다른 것들은 동일하다.

(3) 김대려(金大呂)는 원급제 병과 12위(41/478)에서, 재급제 을과 7위(10/309)가 되었다. 두 방목은 모두 같은데, 차이점은 부모구존이 구경하(具慶下)[135]에서 중경하(重慶下)[136]로 바뀌었다.

(4) 김한조(金漢祖)는 병과 43위(72/478)에서 병과 213위(225/309)가 되었다. 차이점은 안항에서 제(弟)의 이름이 한평(漢平)에서 한칭(漢秤)으로 바뀌었다.

(5) 윤은창(尹殷昌)은 병과 70위(99/478)에서 병과 69위(81/309)가 되었다. 차이점은 안항에서 형(兄) 신창(莘昌)이 상창(商昌)으로 바뀌었다.

(6) 박세주(朴世柱)는 병과 106위(135/478)에서 병과 273위(285/309)가 되었다. 두 방목이 동일하다.

(7) 유만석(劉萬碩)은 병과 107위(136/478)에서 병과 124위(136/309)가 되었다. 재급제에 자[泰之], 구존[慈侍下], 안항이 기록되어 있다.

(8) 김익화(金益華)는 병과 164위(193/478)에서 병과 120위(132/309)가 되었다. 재급제에서는 자[君郁]가 보이고, 부모구존[慈侍下][137]이 기록되어 있다.

(9) 조태제(趙泰濟)는 병과 186위(215/478)에서 병과 275위(287/309)가 되었다. 전력이 업무(業武)[138]에서 한량(閑良)[139]으로, 생년이 갑술

---

135) 구경하(具慶下)는 부모가 모두 살아 계신 경우이다.

136) 중경하(重慶下)는 조부모와 부모가 모두 살아 계신 경우이다.

137) 자시하(慈侍下)는 아버지는 돌아가시고 어머니만 살아 계신 경우이고, 엄시하(嚴侍下)는 어머니는 돌아가시고 아버지만 살아 계신 경우이다.

138) 업무(業武): 서얼 출신으로 무과를 준비하는 사람이다. 1696년(숙종 22)에 정한 것이

(1694)에서 신미(1691)로 바뀌었다. 재급제에 자[國輔], 구존[慈侍下], 안항이 추가되었다.

(10) 이홍상(李弘祥)은 병과 187위(216/478)에서 병과 271위(283/309)가 되었다. 원급제와 재급제의 차이점은 생년이다. 생년이 신유(1681)에서 신미(1691)로 바뀌었다.

[표 15] 1725년 을사 증광시 무과 재급제자 명단(20명 중 10명)

	성명	시험년	시험명	전력	재시험년	재시험명	재시험전력	연차	본관	부명	원인	비고
11	朴慶弘	1723	별시	兼司僕	1725	증광시	副司果	2	咸陽	朴碩敏	罷榜	再及第
12	李浹	1723	별시	通德郎	1725	증광시	親騎衛	2	全州	李世章	〃	〃
13	鄭東齊	1723	별시	閑良	1725	증광시	閑良	2	海州	鄭萬亨	〃	〃
14	崔尙恒	1723	별시	上護軍	1725	증광시	上護軍	2	海州	崔義傑	〃	〃
15	表世建	1723	별시	上護軍	1725	증광시	上護軍	2	新昌	表應吉	〃	〃
16	崔武達	1723	별시	展力	1725	증광시	展力	2	南原	崔甲信	〃	〃
17	許珣	1723	별시	閑良	1725	증광시	閑良	2	陽川	許時俊	〃	〃
18	李禧遠	1723	별시	通德郎	1725	증광시	副司果	2	全州	李汝迪	〃	〃
19	劉益夏	1723	별시	閑良	1725	증광시	閑良	2	陽城	劉廷	〃	〃
20	李陽重	1723	별시	閑良	1725	증광시	閑良	2	全州	李興植	〃	〃

다. "庶孽이 米穀을 바쳐야만 과거에 응시함을 허락한다는 규정은 영구히 혁파한다. 서얼 유생은 業儒라 稱하고 서얼 武人은 業武라 稱한다. 士夫의 妾子로서 거짓으로 幼學이라 칭한 자는 軍保로 降定한다."(『大典會通』 禮典 참조.)

139) 한량(閑良): ① 여말선초에 閑良耆老·閑良品官·閑良子弟 따위를 통틀어 이르던 말이다. 직역(職役)이 없었다. ② 조선후기 1625년(인조 3)에 작성된 호패사목(戶牌事目)에는 사족으로서 속처가 없는 사람, 유생(儒生)으로서 학교에 입적(入籍)하지 않은 사람, 그리고 평민으로서 속처가 없는 사람을 모두 한량으로 호칭하고 있다. 그러나 정조 때 武科榜目에는 무과 급제자로서 전직(前職)이 없는 사람을 모두 한량으로 호칭하고 있다. 이는 이 무렵부터 한량이 무과 응시자격을 얻게 되면서 무과 응시자 혹은 무반 출신자로서 아직 무과에 급제하지 못한 사람의 뜻으로 바뀐 것을 말한다. ③ 돈 잘 쓰고 잘 노는 사람을 비유적으로 이르는 말이다(한국민족문화대백과사전(http://encykorea.aks.ac.kr/) 참조).

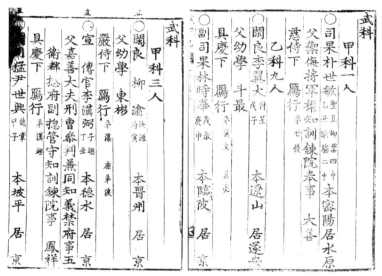

[그림 8] 1725년 을사 증광시 방목(무과)　　　[그림 9] 1725년 을사 정시 방목(무과)

(11) 박경홍(朴慶弘)은 원급제 병과 236위(265/478)에서 재급제 병과 9위(21/309)가 되었다. 원급제와 재급제 사이에 차이점들이 보인다. 전력이 겸사복(兼司僕)에서 부사과(副司果)로, 자가 치경(致卿)에서 대경(大卿)으로, 안항에서 제 이름이 경하(慶夏)·경훈(慶暈)에서 경래(慶來)·경휘(慶彙)로 바뀌었다.

(12) 이협(李浹)은 병과 242위(271/478)에서 을과 4위(7/309)가 되었다. 원급제에 없던 자[澤中]가 재급제에서는 보인다. 그리고 전력이 통덕랑(通德郞)에서 친기위(親騎衛)로 바뀌고, 재급제에는 원급제에 없던 부모구존[永感下][140]과 안항이 실려 있다.

(13) 정동제(鄭東齊)는 병과 340위(369/478)에서 병과 71위(83/309)가 되었다. 원급제와 재급제가 동일하다.

---

140) 영감하(永感下)는 부모가 모두 죽고 없는 경우이다.

(14) 최상항(崔尙恒)은 병과 344위(373/478)에서 병과 41위(53/309)가 되었다. 두 방목이 동일하다.

(15) 표세건(表世建)은 병과 345위(374/478)에서 병과 121위(133/309)가 되었다. 두 방목이 동일하다.

(16) 최무달(崔武達)은 병과 374위(403/478)에서 병과 186위(198/309)가 되었다. 거주지는 동일한데, 본관이 원급제는 남원(南原), 재급제는 전주(全州)로 변경되었다. 안항은 둘 다 동일한데, 부가 역리(驛吏) 최갑신(崔甲信)에서 어모장군(禦侮將軍) 최갑신(崔甲申)으로 서로 다르다.

(17) 허순(許珣)은 병과 421위(450/478)에서 병과 210위(222/309)가 되었다. 자[麗敬/麗卿]와 부모구존[嚴侍下/具慶下]이 다르다. 부명이 원급제에서는 허시준(許時俊), 재급제에서는 허준(許俊)이다. 안항에서도 차이가 있다.

(18) 이희원(李禧遠)은 병과 446위(475/478)에서 병과 142위(154/309)가 되었다. 전력이 통덕랑(通德郞)에서 부사과(副司果)로 바뀌고, 부의 관직이 달라졌다. 그리고 서제(庶弟) 봉원(鳳遠)이 제(弟)로 바뀌었다.

(19) 유익하(劉益夏)는 병과 448위(477/478)에서 병과 272위(284/309)가 되었다. 재급제에 자[泰澄], 구존[具慶下], 안항이 보인다. 그리고 부의 관직이 부사직(副司直)에서 납속절충장군(納粟折衝將軍)으로 달라졌다.

(20) 이양중(李陽重)은 병과 449위(478/478)에서 병과 274위(286/309)가 되었다. 차이점은 안항에서 제 극중(極重)이 득중(得重)으로 바뀌었다.

이상으로 1725년 을사 증광시 무과에 재급제한 20명을 살펴보았다.

(2) 1725년 을사 정시 무과 재급제자

1725년 을사 정시 방목은 국립중앙도서관에 『乙巳王世子册禮及痘患平復合二慶庭試別試文武科榜目』으로 2개 판본[일산古6024-82·古朝26-

28-48]이 소장되어 있다. 문과 20명(갑1·을3·병16)과 무과 432명(갑1·
을9·병422)을 선발하였다. 무과 432명 중 재급제자가 23명 출현하였
다. 목록은 [표 16], [표 17]과 같다.

[표 16] 1725년 을사 정시 무과 재급제자 명단(23명 중 10명)

	성명	시험년	시험명	전력	재시험년	재시험명	재시험전력	연차	본관	부명	원인	비고
21	朴枝泰	1723	별시	副司果	1725	정시	上護軍	2	羅州	朴亮	罷榜	再及第
22	金一器	1723	별시	通德郎	1725	정시	通德郎	2	慶州	金益昌	〃	〃
23	姜昌周	1723	별시	副司果	1725	정시	副司果	2	晉州	姜順益	〃	〃
24	張瑞翩	1723	별시	閑良	1725	정시	閑良	2	結城	張緯鳳	〃	〃
25	趙震華	1723	별시	業武	1725	정시	副司果	2	白川	趙明元	〃	〃
26	丁道益	1723	별시	閑良	1725	정시	閑良	2	禮山	丁時豪	〃	〃
27	李義煥	1723	별시	通德郎	1725	정시	通德郎	2	全義	李弘肇	〃	〃
28	車重遠	1723	별시	閑良	1725	정시	閑良	2	龍城	車萬齡	〃	〃
29	朴銑	1723	별시	通德郎	1725	정시	通德郎	2	務安	朴重圭	〃	〃
30	宋廷弼	1723	별시	業武	1725	정시	閑良	2	仁義	宋德濟	〃	〃

(21) 박지태(朴枝泰)는 원급제 을과 7위(8/478)에서 재급제 병과 263
위(273/432)가 되었다. 전력만 부사과(副司果)에서 상호군(上護軍)으로
변경되었다.

(22) 김일기(金一器)는 을과 21위(22/478)에서 병과 282위(292/432)
가 되었다. 자가 대숙(大叔)에서 대방(大方)으로, 안항에서 형 정기(廷
器)·하기(夏器), 서제 홍기(弘器)가 형 태기(兌器)·정기(廷器)·하기(夏
器), 서제 홍기(弘器)·원기(元器)로 변경되었다.

(23) 강창주(姜昌周)는 병과 36위(65/478)에서 병과 114위(124/432)가
되었다. 차이점은 자가 군경(君卿)에서 덕재(德載)로 바뀌었다.

(24) 장서숙(張瑞翩)은 병과 52위(81/478)에서 병과 151위(161/432)가

되었다. 자가 운로(雲路)에서 붕로(鵬路)로 바뀌었다.

(25) 조진화(趙震華)는 병과 65위(94/478)에서 병과 69위(79/432)가 되었다. 전력이 업무(業武)에서 부사과(副司果)로 바뀌었다. 그 외는 동일하다.

(26) 정도익(丁道益)은 병과 81위(110/478)에서 병과 249위(259/432)가 되었다. 안항에서 제 도홍(道弘)이 도욱(道郁)으로 바뀌었다.

(27) 이의환(李義煥)은 병과 115위(144/478)에서 병과 29위(39/432)가 되었다. 차이점은 거주지가 경(京)에서 함흥(咸興)으로 바뀌고, 안항에서 적형(嫡兄) "의혁(義爀)"이 형이 되었다. 또 제 "의병(義炳)"을 "의(義)"만 적어서 오기하고 있다.

(28) 차중원(車重遠)은 병과 143위(172/478)에서 병과 386위(396/432)가 되었다. 자가 근숙(近淑)에서 근숙(近叔)으로 변경되었다.

(29) 박선(朴銑)은 병과 155위(184/478)에서 병과 130위(140/432)가 되었다. 원급제에는 자[君澤], 안항이 있는데, 재급제에는 없다. 그리고 구존이 자시하에서 구경하로 바뀌었다(어머니만 생존에서 부모 생존으로 변경, 입양이 된 듯함).

(30) 송정필(宋廷弼)은 병과 159위(188/478)에서 병과 420위(430/432)가 되었다. 전력이 업무(業武)에서 한량(閑良)으로, 자가 효백(孝栢)에서 대재(大才)로 바뀌었다.

[표 17] 1725년 을사 정시 무과 재급제자 명단(23명 중 13명)

	성명	시험년	시험명	전력	재 시험년	재 시험명	재시험 전력	연차	본관	부명	원인	비고
31	丁良說	1723	별시	副司果	1725	정시	副司果	2	禮山	丁時晉	罷榜	再及第
32	金鼎禹	1723	별시	副司正	1725	정시	副司正	2	金海	金澕明	〃	〃
33	洪以淵	1723	별시	通德郎	1725	정시	通德郎	2	南陽	洪時疇	〃	〃

34	宣翊成	1723	별시	副護軍	1725	정시	副護軍	2	寶城	宣豪燦	〃	〃
35	金振聲	1723	별시	副司勇	1725	정시	副司果	2	慶州	金斗卿	〃	〃
36	金夏兼	1723	별시	閑良	1725	정시	閑良	2	慶州	金兌寶	〃	〃
37	崔崙華	1723	별시	閑良	1725	정시	閑良	2	水原	崔繼信	〃	〃
38	吳俊夏	1723	별시	閑良	1725	정시	閑良	2	海州	吳德昌	〃	〃
39	宋瑞奎	1723	별시	閑良	1725	정시	閑良	2	恩津	宋相廷	〃	〃
40	李瑃	1723	별시	閑良	1725	정시	閑良	2	固城	李重輝	〃	〃
41	徐文俊	1723	별시	業武	1725	정시	閑良	2	利川	徐完	〃	〃
42	金泰重	1723	별시	別抄武士	1725	정시	別武士	2	三陟	金滿弘	〃	〃
43	文以萬	1723	별시	閑良	1725	정시	閑良	2	南平	文極昌	〃	〃

(31) 정양열(丁良說)은 원급제 병과 163위(192/478)에서 재급제 병과 6위(16/432)가 되었다. 자[而輔/爾輔]가 다르다.

(32) 김정우(金鼎禹)는 병과 167위(196/478)에서 병과 121위(131/432)가 되었다. 원급제에는 자[德三], 구존[具慶下], 안항 등이 보이는데, 재급제에는 자, 구존, 안항이 누락되어 있다.

(33) 홍이연(洪以淵)은 병과 168위(197/478)에서 병과 28위(38/432)가 되었다. 차이점은 구존이 자시하에서 영감하로 바뀌었다.

(34) 선익성(宣翊成)은 병과 189위(218/478)에서 병과 264위(274/432)가 되었다. 원급제와 재급제가 동일하다.

(35) 김진성(金振聲)은 병과 197위(226/478)에서 병과 115위(125/432)가 되었다. 재급제에 자[子集], 구존[重慶下], 안항이 추가되었다.

(36) 김하겸(金夏兼)은 병과 262위(291/478)에서 병과 407위(417/432)가 되었다. 차이점이 없다.

(37) 최윤화(崔崙華)는 병과 299위(328/478)에서 을과 8위(9/432)가 되었다. 원급제와 재급제의 차이점은 자가 여숙(汝叔)에서 여숙(汝淑)으로, 생년이 무오(1678)에서 신유(1681)로, 거주지가 경(京)에서 수원

(水原)으로 바뀌었다.

(38) 오준하(吳俊夏)는 병과 306위(335/478)에서 병과 320위(330/432)가 되었다. 두 방목이 동일하다.

(39) 송서규(宋瑞奎)는 병과 311위(340/478)에서 병과 59위(69/432)가 되었다. 차이점은 자가 찬연(燦然)에서 문찬(文燦)으로 바뀌었다.

(40) 이숙(李璹)은 병과 318위(347/478)에서 병과 405위(415/432)가 되었다. 차이점은 원급제에는 자[壽玉], 구존[慈侍下], 안항이 있는데, 재급제에는 없다.

(41) 서문준(徐文俊)은 병과 331위(360/478)에서 병과 421위(431/432)가 되었다. 전력이 업무(業武)에서 한량(閑良)으로, 안항에서 제 문걸(文傑)·문인(文仁)이 제 문협(文俠)으로 변경되었다.

(42) 김태중(金泰重)은 병과 373위(402/478)에서 병과 294위(304/432)가 되었다. 자[重海/大來]가 다르다. 전력은 별초무사(別抄武士)에서 별무사(別武士)로, 부모구존은 중경하에서 구경하로 바뀌고, 부명[金滿弘/金滿泓]과 안항[金華重/金三重]이 서로 다르다.

(43) 문이만(文以萬)은 병과 382위(411/478)에서 병과 99위(109/432)가 되었다. 재급제에 자[一之]가 추가되었고, 안항에서 형 이명(以明)·이망(以望)이 형 이습(以習)·이명(以明)·이채(以彩)로 변하였다.

이상으로 1725년 을사 정시 무과에 재급제한 23명을 조사하였다.

(3) 1726년 병오 식년시 무과 재급제자

1726년 병오 식년시 단회방목은 국립중앙도서관에 『丙午式年文武科榜目』으로 소장되어 있다. 문과 35명(갑3·을7·병25)과 무과 198명(갑3·을7·병188)을 선발하였다. 무과 198명 중에 재급제자 3명이 있다. 목록은 [표 18]와 같다.

[표 18] 1726년 병오 식년시 무과 재급제자 명단(3명)

	성명	시험년	시험명	전력	재시험년	재시험명	재시험전력	연차	본관	부명	원인	비고
44	李師晟	1723	별시	閑良	1726	식년시	閑良	3	海州	李益大	罷榜	再及第
45	柳星明	1723	별시	副司果	1726	식년시	副司果	3	文化	柳澔	〃	〃
46	李仁綱	1723	별시	展力	1726	식년시	副司果	3	全州	李榮燁	〃	〃

(44) 이사성(李師晟)은 원급제 병과 136위(165/478)에서 재급제 병과 50위(60/198)가 되었다. 차이점은 원급제에는 자[君秀]가 있는데, 재급제에는 없다.

(45) 유성명(柳星明)은 병과 348위(377/478)에서 병과 75위(85/198)가 되었다. 원급제에는 자[君望], 구존[永感下], 안항이 있는데, 재급제에는 안 보인다.

(46) 이인강(李仁綱)은 병과 366위(395/478)에서 병과 83위(93/198)가 되었다. 전력이 전력부위(展力副尉)에서 부사과(副司果)가 되었다.

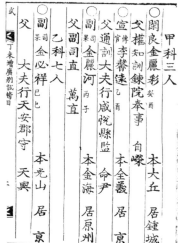

[그림 10] 1726년 병오 식년시 방목(무과)   [그림 11] 1727년 정미 증광시 방목(무과)

(4) 1727년 정미 증광시 무과 재급제자

1727년 정미 증광시 단회방목은 국립중앙도서관에 『雍正五年丁未閏三月增廣別試文科殿試榜目』으로 소장되어 있다. 문과 43명(갑3·을7·병33)과 무과 112명(갑3·을7·병102)을 선발하였다. 무과 112명 중에 재급제자 4명이 출현하였다. 목록은 아래 [표 19]와 같다.

[표 19] 1727년 정미 증광시 무과 재급제자 명단(4명)

	성명	시험년	시험명	전력	재시험년	재시험명	재시험전력	연차	본관	부명	원인	비고
47	彭龜瑞	1723	별시	別抄	1727	증광시	副司正	4	龍岡	彭澤令	罷榜	再及第
48	張佑碩	1723	별시	閑良	1727	증광시	閑良	4	海美	張宗繼	〃	〃
49	韓弼海	1723	별시	閑良	1727	증광시	閑良	4	淸州	韓永碩	〃	〃
50	金鼎九	1723	별시	展力	1727	증광시	展力	4	金海	金永得	〃	〃

(47) 팽귀서(彭龜瑞)는 원급제 병과 122위(151/478)에서 재급제 병과 33위(43/112)가 되었다. 이 증광시 무과방목에는 처음부터 부모구존과 안항을 표시하지 않고 있다(문과방목에는 있음). 원급제와 재급제의 차이점은 전력이 별초(別抄)에서 부사정(副司正)으로 바뀌고, 자[禹徵]가 재급제에는 없다. 그리고 본관이 용강(龍岡)에서 용강(龍崗)으로 변경되었다(龍岡이 맞다).

(48) 장우석(張佑碩)은 병과 266위(295/478)에서 병과 95위(105/112)가 되었다. 원급제와 재급제의 차이점은 자[順甫]가 재급제에는 없다. 그리고 생년이 계유(癸酉, 1693)에서 계축(癸丑, 1673)으로 변경되었다.

(49) 한필해(韓弼海)는 병과 324위(353/478)에서 병과 50위(60/112)가 되었다. 자[子亨]와 부모구존[慈侍下]이 재급제에는 없다. 부명[韓永碩/韓英碩]이 서로 다르고, 원급제에 있는 안항이 재급제에는 없다.

(50) 김정구(金鼎九)는 병과 447위(476/478)에서 병과 69위(79/112)가

되었다. 두 방목에서 차이점을 발견할 수 없다.

이상으로 1726년 병오 식년시 무과에 재급제한 3명과 1727년 정미 증광시 무과에 재급제한 4명을 살펴보았다.

1723년 계축 정시 무과 급제자 중에 재급제한 50명의 무과 재급제자를 원급제와 재급제로 비교해보았다. 두 방목 사이에 변경된 점을 살펴보기 위해서였다. 대체로 두 방목은 동일하였고, 시간이 흘러서 전력에서 변경된 점 등이 발견되었다. 또 부모구존, 자, 안항 등에서 변화된 것들이 눈에 띄었다. 생년이 달라진 것은 필사자의 오기인 것으로 보인다.

중요한 점은 급제한 후 2년 뒤에 파방되고, 4년 후에 복과가 되었다는 것이다. 2~4년 사이에 재급제를 하였는데, 전력에서 큰 변화가 보이지 않은 점으로 보아 급제가 취소되면서 급제의 혜택인 승진과 가자(加資) 또한 취소된 것으로 추정된다.

1723년(경종 3) 계묘 별시 문무과의 파방은 정치적인 이유이다. 경종대 남인·소론 정권에서 실시된 과거가 영조대 노론 정권이 들어서자 과거 전체가 취소되었다. 최초의 정치적인 사유로 취소된 중종대의 현량과와 비교하면 큰 차이가 있다. 현량과의 파방에서 무과는 취소되지 않았다. 그런데 이 시험은 문과와 무과 모두 취소되었다.

무과 급제자들 또한 당파의 영향을 받아서 선발되었다고 여겨진다. 그래서 현량과와는 다르게 무과 또한 급제를 취소한 것 같다. 정권이 바뀐 상황에서도 다시 무과 급제를 위해서 재시험을 치르는 것으로 보아 과거 급제에 대한 개인적인 열망을 짐작하게 한다. 입신양명과 승진의 척도인 과거의 목적이 확연해진다.

5. 결론

세계 역사에 있어서 전근대 국가가 시험을 통하여 관리를 선발한 예는 중국과 한국·베트남뿐이었다. 조선 사회에서 기득권층인 양반이라도 능력이 없으면 출세하기 어려웠다. 이 능력을 측정하는 방법이면서, 지배계층의 엘리트를 선발하는 수단이 과거(科擧)였다. 엘리트가 된다는 것은 입신양명(立身揚名)이었다. 즉, 과거는 출세의 사다리[141]였다.

과거에 1번 급제하기도 어려운데, 2번 급제한 재급제자들을 문과와 무과에서 살펴보았다. 과거 급제는 견고(堅固)한 것이 아니었다. 과거가 파방되면 당연히 급제는 자동적으로 취소되었다. 정치적인 이유나 시험 자체의 문제로 과거 자체가 취소되는 파방(罷榜)이나 과거 부정 또는 개인적 이유로 삭과(削科)를 당하여 과거 급제가 취소될 때에도 정거(停擧)만 되지 않는다면 언제라도 과거에 응시하였다.

재급제자들이 과거를 2번 급제하게 된 원인들을 조사해 보았다. 정치적인 이유로 시험 자체가 파방되는 경우도 있었다. 또 과거 규정을 어겨서 대간들의 상소에 의해서 파방되는 것도 있었다. 개인적 사유로 삭과되는 경우와 과거 부정에 의한 삭과도 있었다. 급제 취소의 원인은 다양하였지만, 입신양명의 가장 빠른 길은 과거 급제였다. 개인적인 삭과를 보면 신분의 한계, 즉 천첩의 소생이기 때문에 삭과를 당한 경우, 가족이나 친척의 문제로 연좌(連坐)를 당해 삭과를 당한 경우, 과거 시험에 노불(老佛)의 문장을 사용해서 삭과를 당한 경우 등이 있었다. 그래서 이일(李舳=李鱛)이나 이시온(李時韞=李之韞)처럼 개명

---

141) 한영우, 『과거, 출세의 사다리』 1~4, 지식산업사, 2013.
　　이남희, 『영조의 과거, 널리 인재를 구하다』, 한국학중앙연구원출판부, 2013.

을 하거나, 정도인(鄭度仁) 같이 신분 세탁(생년과 거주지를 변경)을 통해서 재급제 하는 상황도 나오게 되었다.

그 결과 문과에서는 조선 전 시기에 53명의 재급제자를 확인하였다. 무과에서는 1637년 정축 별시 무과에서 2명, 1723년 계묘 별시 무과에서 50명의 재급제자를 조사하였다. 전자는 개인적인 삭과 때문인 듯하고, 후자는 정치적인 이유로 인한 파방 때문이었다.

재급제를 하는 연차를 보면 문과의 경우는 다양하다. 같은 해 시험에 재급제하는 경우도 있고, 길게는 21년의 차이가 나는 경우도 있다. 무과는 2개 시험에서 재급제자가 나타나는데, 모두 3년 이내에 재급제를 하고 있다. 이것이 문과와 무과의 차이점 중 하나이다. 1723년 계묘 별시 무과 급제자가 4회의 시험에서 50명의 재급제자가 출현하였는데, 보다 많은 급제자가 재급제에 도전했을 것으로 짐작된다.

왜 과거를 2번 급제했는가에 대한 대답은 여러 가지가 있을 수 있겠다. 가장 중요한 이유는 과거가 가지는 의미 내지는 목적이라고 할 수 있을 것이다. 과거 급제는 관계(官界) 진출의 척도였으며, 승진(陞進)할 수 있는 가장 쉬운 방법이었다. 이는 문과에 이어 무과에서도 다수의 재급제자가 출현하는 것으로 설명할 수 있다. 양반 사회에서 과거 급제는 신분을 유지하고 생계를 꾸려가기 위한 제일의 목적이었다. 그래서 모든 유학자들이 그것을 위해 평생을 노력하였다. 관리가 되기 위해서는 유학적 소양을 갖추어야만 하였고, 유학(儒學) 경전(經典)을 시험 과목으로 하였기 때문에 평생을 유학 경전과 시문(詩文)에 시간과 노력을 투자하여야만 과거에 급제할 수 있었다. 과거는 다른 곳에 관심을 둘 여유를 주지 않으면서 많은 양반 사대부들을 국가 체제 안에 귀속시킬 수 있는 일종의 '사회 안전핀(social safety pin)' 역할을 수행하였다.

이 글에서 재급제자의 분석은 다루지 못하였다. 다만 재급제자를 소개하는 데 의의를 두었고, 재급제자들의 분석은 과제로 남겨서 향후에 동학들의 연구를 기대 하고자 한다.

▌참고문헌

1. 사료

『國朝文科榜目』(규장각한국학연구원[奎 106], 太學社, 1984)[태학사본] 온라인 이미지(pdf) 서비스.

『國朝榜目』(국립중앙도서관[한古朝26-47])[국중도본] 온라인 이미지(jpg) 서비스.

『國朝榜目』(규장각한국학연구원[奎貴 11655], 國會圖書館, 1971)[국회도본] 온라인 이미지(pdf) 서비스.

『國朝榜目』(한국학중앙연구원 장서각[K2-3538])[장서각본] 온라인 이미지(pdf) 서비스.

『國朝榜目』(한국학중앙연구원 장서각[K2-3539])[장서각본] 온라인 이미지(pdf) 서비스.

『朝鮮時代 生進試 榜目: 司馬榜目』, 국학자료원, 2008.

『朝鮮王朝實錄』(국사편찬위원회 온라인 서비스-국역, 원문, 이미지).

1519년 방목: 「正德己卯四月薦擧別試文武科榜目」(安鼎福, 『雜同散異』 4, 亞細亞文化社, 1981.)

1567년 방목: 『隆慶元年丁卯十月十九日司馬榜目』(개인 소장)

1615년 방목: 「乙卯式年文武科榜目」(하버드옌칭도서관[K 2291.7 1748 (1615)])

1627년 방목: 「天啓七年丁卯七月二十九日庭試榜目」(규장각한국학연구원[想白古351.306-B224m-1627])

1629년 방목: 「己巳別試榜目[崇禎二年己巳皇太子誕生別試]」(성균관대학교 존경각[B13KB-0050])

1630년 방목: 「庚午式年文武科榜目」(계명대학교[(이)349.16 문무ㅅ])

1633년 방목: 「癸酉增廣文武科榜目」(개인 소장)

1633년 방목: 「崇禎六年癸酉十一月日式年文武科榜目」(국립중앙도서관[한貴古朝26-28-12])

1636년 방목: 「丙子別試文武科榜目」(하버드옌칭도서관[K 2291.7 1748 (1636.1)])

1637년 방목: 『丁丑庭試文[武]科榜目』(규장각한국학연구원[想白古 351.306-B224mn-1637])

1639년 방목: 『己卯八月日別試龍虎榜目』(국사편찬위원회[MF A지수149 1])

1651년 방목: 「辛卯別試文[武]科榜目」(하버드옌칭도서관[K 2291.7 1748 (1651.2)])

1651년 방목: 「辛卯三月二十八日文武庭試榜目」(『嘉齋事實錄』, 국립중앙도서관[한古

朝57-가61])

1669년 방목: 「康熙八年己酉十月初七日庭試文武科榜目」(하버드옌칭도서관[FK127])

1670년 방목: 「庚戌秋文武科別試榜目」(국립중앙도서관[古6024-212])

1672년 방목: 「壬子年別試文武科榜目」(하버드옌칭도서관[TK 2291.7 1748 (1672)])

1697년 방목: 「丁丑庭試文武科榜目」(장서각[B13LB-26])

1702년 방목: 「壬午式年文武科榜目」(규장각한국학연구원[想白古351.306-B224mn-1702])

1706년 방목: 「肅宗三十二年丙戌庭試別試文武科榜目」(장서각[B13LB-9])

1714년 방목: 「甲午聖候平復稱慶增廣別試文武科殿試榜目」(규장각한국학연구원[想白古351.306-B224m-1714])

1715년 방목: 「上之四十年乙未式年文武科榜目」(계명대학교[(이)349.16 문무을미])

1723년 방목: 『上之三年癸卯討逆庭試別試文武科榜目』(국립중앙도서관[古朝26-28-34])

1725년 방목: 『乙巳聖上卽位增廣別試文武科榜目』(한국학중앙연구원 장서각[B13LB-3])

1725년 방목: 『乙巳王世子冊禮及痘患平復二慶庭試別試文武科榜目』(국립중앙도서관[古朝26-28-48])

1726년 방목: 『丙午式年文武科榜目』(국립중앙도서관[古朝26-28-49])

1726년 방목: 『丙午謁聖別科文武科榜目』(계명대학교[(고)349.16 문무ㅂ])

1727년 방목: 『雍正五年丁未閏三月增廣別試文[武]科殿試榜』(국립중앙도서관[일산古6024-83])

1880년 방목: 「崇禎後五庚辰慶科增廣文武科殿試榜目」(국립중앙도서관[일산古6024-11])

2. 연구논저

김현, 「디지털 인문학」, 『인문콘텐츠』 29, 2013.

____, 「한국 고전적 전산화의 발전 방향」, 『민족문화』 28, 2005.

____, 「韓國古典籍의 電算化의 成果와 課題」, 『민족문화』 18, 1995.

남권희, 「한국학 자료 전산화의 문제점과 바람직한 방향」, 『국학연구』 2, 2003.

류준범, 「역사 자료 전산화와 사료 비판」, 『역사문제연구』 20, 2008.

박진훈, 「고려시대 문헌자료 정보화 사업 현황 및 이용실태와 효과적인 활용방안」, 『한국중세사연구』 30, 2011.

서경호·김문식·연갑수, 「규장각 소장 자료의 전산화 방안과 현황」, 『규장각』 23, 2000.

송준호, 「明·淸 中國의 進士에 관한 基本資料」, 『전북사학』 제6집, 전북대사학회, 1983.

_____, 「朝鮮時代의 科擧와 兩班 및 良人(Ⅰ)─文科와 生員進士試를 中心으로 하여─」, 『歷史學報』 第69輯, 역사학회, 1976.

_____, 「朝鮮後期의 科擧制度」, 『國史館論叢』 제63집, 國史編纂委員會, 1995.

_____, 『朝鮮社會史硏究』, 一潮閣, 1987.

심승구, 「壬辰倭亂中 武科及第者의 身分과 特性」, 『韓國史硏究』 제92호, 한국사연구회, 1996.

_____, 「壬辰倭亂中 武科의 運營實態와 機能」, 『朝鮮時代史學報』 제1집, 조선시대사학회, 1997.

_____, 「조선전기 무과연구」, 국민대학원 국사학과 박사학위논문, 1994.

원창애, 「조선시대 문과급제자 연구─문과방목을 중심으로─」, 한국정신문화연구원 한국학대학원 박사학위논문, 1997.

이남희, 「朝鮮時代 雜科入格者 硏究」, 한국정신문화연구원 한국학대학원 박사학위논문, 1998.

_____, 『영조의 과거, 널리 인재를 구하다』, 한국학중앙연구원출판부, 2013.

_____, 『朝鮮時代 雜科入格者 硏究』, 한국정신문화연구원 박사학위논문, 1998.

이성무, 『韓國의 科擧制度』, 집문당, 1994.

이홍렬, 「萬科設行의 政策史的 推移」, 『史學硏究』 제18호, 한국사학회, 1964.

_____, 「文科 設行과 疑獄事件─己卯科獄을 中心으로─」, 『白山學報 第8號·東濱金庠基博士古稀記念史學論叢』, 白山學會, 1970.

전경목, 「한글편지를 통해 본 조선후기 과거제 운용의 한 단면」, 『정신문화연구』 제34권 제3호, 한국학중앙연구원, 2011.

정해은, 「조선시대 武科榜目의 현황과 사료적 특성」, 『軍史』 第47號, 國防部軍史編纂硏究所, 2002b.

_____, 『朝鮮後期 武科及第者 硏究』, 한국정신문화연구원 박사학위논문, 2002a.

조좌호, 『韓國科擧制度史 硏究』, 범우사, 1996.

차미희, 『朝鮮時代 文科制度硏究』, 국학자료원, 1999.

최연주, 「고려시대 미정보화 자료의 현황과 전산화 방안」, 『한국중세사연구』 30, 2011.

최영호, 「고려시대 대장경·문집·고문서 자료의 정보화 현황과 전산화 방안」, 『한국
　　중세사연구』 30, 2011.
최진옥, 「韓國史 資料의 電算處理」, 『정신문화연구』 17(3), 1994.
＿＿＿, 『朝鮮時代 生員進士硏究』, 집문당, 1998.
한영우, 『과거, 출세의 사다리』 1~4, 지식산업사, 2013.
허홍식, 「韓國學의 目錄化와 電算情報化」, 『정신문화연구』 17(3), 1994.

3. 사이트 및 전산 자료
국립중앙도서관 디브러리(http://www.dibrary.net/).
국사편찬위원회 전자사료관(http://archive.history.go.kr//).
왕실도서관 장서각 디지털 아카이브(http://yoksa.aks.ac.kr/).
조선왕조실록(http://sillok.history.go.kr/main/main.jsp).
한국고전종합DB(http://db.itkc.or.kr/itkcdb/mainIndexIframe.jsp).
한국민족문화대백과사전(http://encykorea.aks.ac.kr/).
한국역대인물 종합정보시스템(http://people.aks.ac.kr/index.aks).

▌저자약력

이재옥

1968년 나주에서 출생하여 1986년 광주 금호고등학교를 졸업하였다. 1993년 원광대학교 사학과에 입학하여 1997년에 졸업하고, 9월에 동국대학교 일반대학원 동양사학과에 입학하였다. 2000년 8월에 대학원을 수료하고, 9월에 동방미디어(주)에 입사하여 각종 CD-ROM을 기획·편찬하였다. 2002년에 서울시스템(주)으로 이직하여 역사정보 DB 구축 사업에 전념하였다.

2004년에 열린사이버대학교 정보통신공학과에 편입하여 2006년에 졸업하였다. 2005년부터 2008년 사이에 (주)솔트웍스, (주)유진데이타, (주)한국문헌정보기술, (주)나라지식정보 등에서 역사정보 DB 구축 사업을 전담하였다.

2009년에 한국학중앙연구원 한국학대학원 인문정보학전공 석사 과정에 입학하여 2011년 석사 졸업하고, 바로 박사 과정에 입학하였다. 2013년 8월에 박사를 수료하고, 2017년 8월에 박사 학위를 취득하였다. 2013년부터 한국학중앙연구원 한국학도서관 한국학정보화실에서 전임 연구원으로 근무하고 있다.

[논문]
「과거 합격자 시맨틱 데이터베이스를 활용한 디지털 인문학 연구」
「조선시대 무과 재급제 현황과 재급제자 조사」
「조선시대 문무과 재급제 현황과 재급제자 조사 (1)」
「婚姻 關係 分析을 위한 族譜 데이터베이스 開發 研究」

[공동번역]
『표해록(漂海錄)』(한길사, 2004)
『중국의 예치 시스템』(청계, 2001)

E-mail : sonamu5@naver.com

디지털인문학연구총서 5

조선시대 과거 합격자의 디지털 아카이브와 인적 관계망

2018년 8월 28일 초판 1쇄 펴냄

저　자 이재옥
발행인 김흥국
발행처 보고사

책임편집 이경민
표지디자인 손정자

등록 1990년 12월 13일 제6-0429호
주소 경기도 파주시 회동길 337-15 보고사 2층
전화 031-955-9797(대표)
　　　02-922-5120~1(편집), 02-922-2246(영업)
팩스 02-922-6990
메일 kanapub3@naver.com / bogosabooks@naver.com
http://www.bogosabooks.co.kr

ISBN 979-11-5516-819-6 94810
　　　979-11-5516-513-3 (세트)
ⓒ 이재옥, 2018

정가 30,000원